Diadorim

DU MÊME AUTEUR

Aux Éditions Albin Michel

MON ONCLE LE JAGUAR, 1999.
SAGARANA, 1997.

João Guimarães Rosa

Diadorim

ROMAN

Traduit du brésilien par
Maryvonne Lapouge-Pettorelli

Préface de
Mario Vargas Llosa

Albin Michel

« *LES GRANDES TRADUCTIONS* »

Ouvrage traduit avec le concours de la Société Vitae,
de l'Institut national du livre brésilien
et du centre national des Lettres

Édition originale :

GRANDE SERTÃO : VEREDAS

© 1984, by Herdeira de João Guimarães Rosa

Première version française :

Éditions Albin Michel, 1965

Nouvelle traduction française :

© Éditions Albin Michel, 1991, 2006
Préface © 1991 by Mario Vargas Llosa

PRÉFACE

ÉPOPÉE DU SERTÃO, TOUR DE BABEL OU MANUEL DE SATANISME?

par Mario Vargas Llosa

Guimarães Rosa est né en 1908 dans l'État du Minais-Geraïs. Après des études de médecine, il s'installa dans un village du sertão, s'engagea comme médecin volontaire pendant les guerres civiles qui ensanglantèrent le Brésil des années trente, puis abandonna la médecine pour embrasser la carrière diplomatique. Il fut ambassadeur du Brésil en Allemagne, en France et en Colombie, avant d'être responsable du service des frontières du ministère des Affaires étrangères de son pays. Mais derrière ces quelques ternes données biographiques, se cache une personnalité étrange, énigmatique. Souffrant d'une allergie toute faulknérienne aux interviews, Guimarães Rosa avait l'habitude d'échapper, non sans divers mots d'amicale ironie, aux journalistes et aux curieux. Je l'ai connu brièvement à New York, en 1966, pendant une réunion du Pen Club. D'une élégance un peu tape-à-l'œil (nœuds papillons chaque jour différents, souliers brillants comme des miroirs, costumes trois-pièces très ajustés), ce gentleman aux cheveux grisonnants, à la démarche chaplinesque et à l'appétit féroce, avait toujours le sourire aux lèvres et faisait dévier toute conversation littéraire par des considérations moqueuses sur la pluie et le beau temps. Il était difficile de deviner que, derrière cette apparence bonhomme et simple, se cachait une personnalité plurielle. Car Guimarães Rosa, écrivain, médecin et diplomate, eut aussi le temps d'être un érudit, spécialiste en géographie, en ésotérisme et en botanique, et, selon Luis Harss[1], un grand linguiste, philologue et sémanticien, qui

---

1. Luis Harss, *Los nuestros*, Sudamericana, Buenos Aires, 1966.

11

non seulement connaissait le portugais et les principales langues européennes, comme l'allemand, le français, l'anglais, lisait l'italien, le suédois, le serbo-croate et le russe, mais avait étudié la grammaire et la syntaxe de la plupart des autres langues : hongrois, malais, persan, chinois, japonais, hindi. Son œuvre littéraire comprend peu de volumes : un livre de poèmes, plusieurs recueils de contes (Sagarana, 1946; Corpo de baile, 1956; Primeiras estórias, 1962; Tutameia (Terceiras estórias), 1967; Estas estórias, 1969; Ave Palavra, 1970) et un roman, Grande Sertão : Veredas (Diadorim), publié en 1956. Ses premiers livres n'eurent guère de retentissement au Brésil; la célébrité, aujourd'hui fermement assise, ne lui vint qu'avec la publication de son roman que la critique brésilienne salua d'emblée comme un chef-d'œuvre.

Dans un essai célèbre, W. H. Auden dit que la valeur littéraire d'un livre peut être mesurée au nombre de lectures différentes qu'il permet de faire. Merveilleux exemple de cette observation, livre aussi énigmatique et multiple que son auteur, Grande Sertão : Veredas est en réalité la somme de plusieurs ouvrages de nature très différente. Une lecture rapide, innocente, qui se pencherait uniquement sur la cascade d'épisodes composant l'argument romanesque et sauterait allégrement les obstacles et les difficultés stylistiques, ne retiendrait que la splendide épopée de mœurs se déroulant dans le sertão, une action élaborée dans l'observation rigoureuse des lois du roman : drame, exotisme, mouvement, suspens, nature indomptée, caractères suggérés et brutaux. L'ex-jagunço Riobaldo Tatarana, qui, transformé en riche propriétaire foncier après une existence sauvage, évoque, devant un auditeur inconnu, sa dangereuse vie de comparse, lieutenant et chef de bandoleros dans les arides déserts du Minas-Geraïs à la fin du siècle dernier, ressuscite avec nostalgie les combats, les exactions, les prouesses, les joies, les craintes qui formèrent sa vie passée. Ce personnage a quelque chose d'un paladin de roman de chevalerie, d'un mousquetaire romantique et d'un aventurier du Far-West. Il est vrai que son récit — du point de vue de la narration épique — est imparfait, d'une part, parce que Riobaldo, en racontant, ne cesse de chambouler le temps qui avance en propulsant ses mots non pas en ligne droite mais en zigzag, comme un serpent, et d'autre part, parce que le narrateur ouvre de trop longues parenthèses afin de réfléchir sur l'existence du diable, l'amitié, l'amour et la mort, et d'énoncer d'ésotériques postulats religieux. Mais tout ceci est en quelque sorte équilibré par la magnificence avec laquelle il s'étend sur la vie et l'âme du sertão, décrivant amoureusement ses arbres, sa flore, ses fleuves, sa faune, ses villages, ses légendes, et par la grande fresque humaine composée de ruffians téméraires comme Joǎo Ramiro et Zé Bebelo, ou effroyables comme le pervers Hermogenes, le bel et ambigu Diadorim, la furtive Otacilia. Réduit à l'anecdote, Grande Sertão : Veredas est un roman régionaliste au grand souffle, qui n'est toutefois pas exempt de certains défauts caractéristiques du genre : excès dans la description, exagération « tellurique », abus de données géographiques et d'informations folkloriques, invraisemblance de certaines situations.

Une lecture plus malicieuse et plus attentive, qui au lieu d'esquiver affronterait résolument la complexité linguistique du roman dévoilerait que les paysages inhospitaliers, la chair, le sang, les objets pittoresques ne sont ni la matière profonde ni le contenu essentiel de Grande Sertão : Veredas, mais plutôt un prétexte, une apparence, et que la réalité exprimée par l'auteur n'est ni matérielle ni historique mais abstraite et intemporelle : verbale. Parce que l'élan impétueux et vital dans le monologue sans pause de Riobaldo ne provient pas du flot ininterrompu d'actions, des hommes ou des choses qu'il mentionne, pas plus qu'il n'est donné par sa passion homosexuelle, craintive et hésitante, pour Diadorim : il se nourrit de la parole, de l'expression. Les eaux de ce fleuve sonore au cours tumultueux charrient des métaphores, des substantifs, des adjectifs, des expressions, des verbes, façonnés, triturés, organisés de telle sorte qu'ils acquièrent une souveraineté et ne renvoient qu'à la réalité qu'ils ont eux-mêmes créée au long du récit de Riobaldo. De même que les couleurs d'un tableau abstrait s'envolent de la réalité d'où elles ont surgi pour intégrer une réalité distincte, ou de même que les sons gagnent dans une pièce de musique une nature autonome, dans ce roman le langage a conquis son indépendance, se suffit à lui-même, est son propre commence- ment et sa propre fin. Une telle lecture, qui se laisserait prendre à l'esclavage d'un envoûtement phonétique, en succombant à la magie verbale, ferait apparaître le roman de Guimarães Rosa comme une tour de Babel miraculeusement suspendue au-dessus de la réalité humaine, détachée d'elle et cependant vivante, un édifice plus proche de la musique (ou d'une certaine poésie) que de la littérature.

Roman d'aventures, labyrinthe verbal, ces deux aspects de Grande Sertão : Veredas, *ne s'excluent pas et le roman ne s'épuise pas davantage en eux. Le monologue de Riobaldo brasse pêle-mêle doutes et inquiétudes, formule maintes affirmations obscures sur l'existence du démon avec qui le narrateur a fait ou a cru faire ou veut faire croire à son auditeur qu'il a conclu un pacte, au cours d'une nuit d'orage, à une croisée des chemins. Il est bien possible que Riobaldo doive sa chance — cette chance qui lui a permis de sortir sain et sauf des combats, d'être un tireur d'élite et le chef de la bande de* jagunços, *et de devenir plus tard un respectable* fazendeiro *— à son pacte imaginaire ou véridique avec le Malin. De même sa passion pour Diadorim n'est-elle peut-être qu'un piège tendu par le Seigneur des ténèbres en contrepartie de la dette que Riobaldo a contractée avec lui. On pourrait même imaginer que non seulement Hermogenes le traître est un instrument du démon, mais que le sont aussi le valeureux Joca Ramiro, Zé Bebelo, Quelemen et Riobaldo lui-même, et tous les hommes, et que la réalité tout entière n'est qu'une projection de l'enfer, l'enfer lui-même. L'esprit satanique de Riobaldo apparaît, dans le roman, comme tamisé, tapi derrière des phrases au flou prémédité : mais il est là et bien là. Riobaldo (ou l'auteur) se contente de lancer de temps en temps, en général aux moments névralgiques de l'action (pendant le siège que livrent les hommes d'Hermogenes à la bande de Zé Bebelo, lors du procès intenté par Joca Ramiro à ce dernier, ou lorsque les* jagunços *traversent le village frappé par une épidémie de variole), un signe furtif mais indubitable, une phrase comme une fugitive patte de bouc, une allusion ou un souvenir flottant telle une prompte odeur de soufre, qui suffit à provoquer un tressaillement, un frisson indiquant que quelque chose ou quelqu'un d'intangible et pourtant de puissamment réel rôde alentour. En concentrant une attention essentielle sur cette suite d'allusions obscures, contaminées par un ésotérisme symbolique, sur ces feux follets qui apparaissent et disparaissent stratégiquement dans l'histoire, tissant une subtile toile luciférienne qui recouvre la vie de Riobaldo et la traversée du sertão,* Grande Sertão : Veredas *devient non un roman d'aventures ou une symphonie mais une allégorie religieuse du mal, une œuvre traversée de convulsions mystiques ayant une lointaine parenté avec la tradition du roman noir gothique* (Le Moine, le Château d'Otrante, *etc.). Le véritable sujet de* Grande Sertão :

Veredas, *c'est la possession diabolique, a dit un critique*[1], *dans une analyse pénétrante de l'œuvre de Guimarães Rosa, et cette affirmation est parfaitement valable, si l'on fait sienne cette troisième lecture. Il en résulte que la réalité la plus profondément reflétée dans le livre n'est ni la conduite humaine, ni la nature, ni la parole, mais l'âme. L'odyssée de Riobaldo porte en elle, implicite, comme un fil secret qui la guide et la justifie, une interrogation métaphysique sur le bien et le mal. C'est un masque derrière lequel est embusquée une démonstration des pouvoirs de Satan sur la terre et sur l'homme. L'anecdote, le langage, la structure du roman doivent alors être considérés comme des clés dont la signification profonde débouche sur une mystique. Ni œuvre de cape et d'épée, ni tour de Babel,* Grande Sertão : Veredas *serait dans cette perspective, une cathédrale pleine de symboles, une sorte de temple maçonnique.*

S'il me fallait choisir entre les trois romans que contient ce livre, je me déciderais pour le premier : un livre d'aventures éblouissant. Mais, naturellement, ce choix est tout théorique car, de fait, ces trois livres différents sont comme la sainte trinité : un seul dieu. Il n'est pas exagéré de dire qu'avec le temps d'autres lectures verront le jour, que d'autres lecteurs découvriront dans ce livre des dimensions insoupçonnées. Guimarães Rosa a écrit un roman ambigu, multiple, destiné à durer, difficilement saisissable dans sa totalité, trompeur et fascinant comme la vie immédiate, profond et inépuisable comme la réalité elle-même. C'est probablement le plus bel éloge que puisse recevoir un créateur.

Traduit par Annie Morvan

---

1. Émir Rodríguez Monegal, *in Mundo Nuevo*, n° 6, décembre 1966.

LES VEREDAS

Vous le savez, dès les paysages qui constituent la région la plus importante du Minas-Geraïs (ouest et surtout nord-ouest) apparaissent les « campos geraïs », les terres-générales, ou « geraïs » — ce paysage géographique qui s'étend, depuis l'ouest de Bahia, et le Goïas (où le terme devient féminin : *as geraïs*), jusqu'aux États du Piaui et du Maranhão.

Ce qui caractérise ces GERAÏS, ce sont les *chapadas* (ou plateaux, amples élévations de terrain régulières, ou parfois même montagnes, plus ou moins tabulaires) et les *chapadãos* (grandes *chapadas* immenses, ou parfois suite de *chapadas*). Ce sont des terres de la pire espèce — différents états superposés de roches sableuses, infertiles (Brasilia est une *chapada* typique) — et d'une telle porosité, qu'on ne voit jamais se former de boue et qu'on n'assiste pratiquement jamais, en période de pluie, à une inondation : l'eau s'infiltre, rapidement et très vite ; à peine il a plu, on n'en voit plus trace. La végétation est celle du *cerrado* : des petits arbres bas, tordus, rachitiques (ils résistent parce qu'ils ont d'immenses racines verticales, très longues et pivotantes, qui plongent à des profondeurs incroyables). Et l'herbe là, de très mauvaise qualité, lorsqu'à l'époque des pluies elle reverdit, pousse incrustée de sable, de petites particules siliceuses, pareilles à du verre moulu : raison pour laquelle lorsqu'il en mange, le bétail tombe gravement malade. Les arbres, les arbustes, et ce mauvais fourrage, sont, sur les *chapadas*, d'un vert éteint, laid, monotone.

Mais, entre les chapadas et les séparant (ou parfois même formant en haut, au centre d'une chapada, des dépressions), il y a les *veredas*. Ce sont des dépressions de terre argileuse ou de tourbe argileuse, où affleure l'eau absorbée. Et toujours, dans les *veredas*, on rencontre ce palmier : le *buriti*. De loin, on aperçoit les buritis, et, d'emblée, on sait : là il y a de l'eau. La *verada* est une oasis. Comparées aux *chapadas*, les *veredas* sont d'un beau vert d'eau, doux, agréable. Le

17

Buriti : palmier *(mauritia vinifera).*

fourrage est vert tendre, clair. Les *veredas* sont fertiles. Peuplées d'oiseaux, d'animaux de toutes sortes.

Les pentes qui descendent des chapadas vers les veredas sont en général très humides, pierreuses (des petites, de minuscules pierres dans le sol clair détrempé), imprégnées d'eau : on les appelle *resfriados*. Sur les *resfriados* ne pousse qu'une herbe rase, résistante. Les différences d'aspect entre la chapada et le resfriado, et entre le resfriado et la vereda, sont très nettes. En général les routes dans ces régions, pour des raisons qui tombent sous le sens, suivent bien obligées les resfriados, en contournant les chapadas de veredas en veredas (d'où, probablement, l'étymologie de cette désignation).

Il y a des grandes et des petites veredas ; des veredas s'étirant certaines en longueur, d'autres en largeur. Des veredas autour d'un lac comme autour de marais ou de marécages : des marécages à partir desquels se forment et s'en vont, de plus en plus nourries, les sources des fleuves ; des veredas autour de vastes marigots encombrés de joncs, de broussailles ; ou creusées de ruisseaux, de bayous, de rivières. Raison pour laquelle, également, en certains endroits de la région, ces ruisseaux, bayous et rivières, ont peu à peu hérité eux aussi — pour notre grande confusion — de la dénomination *vereda* (Riobaldo explique ces choses au début de *Grande Sertão*).

En général, les habitants des « geraïs » occupent les veredas, où ils peuvent planter et élever du bétail. Ce sont les *veredeiros*. D'autres habitent là-haut, sur les chapadas, près de petites veredas encaissées ou de ces veredas élevées, que l'on trouve aussi, comme j'ai dit, sur les chapadas : ceux-là sont les « geralistas » proprement dits (par opposition aux *veredeiros*). Mais le terme de *geralista* recouvre également l'ensemble : les *veredeiros* et les *geralistas* proprement dits. Qui habite les geraïs, que ce soit une vereda ou une chapada, est geralista. Moi, par exemple ; vous dorénavant, également.

Dans les veredas, il y a des forêts communes, grandes ou moins grandes. Mais, le centre, le cœur, animé et de vives couleurs, de la vereda, est toujours orné de buritis, des futaies de buritis, de sassafras et d'aliboufiers (corossoliers), au bord de l'eau. Les veredas sont toujours belles !

GUIMARÃES ROSA

*Extrait de la correspondance de Guimarães Rosa
avec son traducteur italien* Eduardo Bizzari
(Éd. T. A. Guiroz, Instituto cultural italo-brasileiro,
São Paulo, 1981, p. 22-23)

NOTE DE LA TRADUCTRICE

Les lecteurs rencontreront l'expression *vereda* souvent traduite par :
clairière, fond de vallée, parfois basse-plaine, etc. Ce choix a été pris
pour aider à une représentation plus rapide des lieux évoqués. Le mot
« combe » a été écarté parce que généralement allié à un sentiment
d'ombre et de très grande fraîcheur qui ne pouvait toujours convenir
ici.

Une quinzaine d'expressions, celles-ci non traduites, font l'objet
d'un glossaire succinct en fin de volume. La collaboration du lecteur
est également souhaitée, s'agissant des vocables, nombreux, se
rapportant à la faune et à la flore, qui ont été parfois traduits, parfois
non ; sans un souci extrême, pour ceux traduits, d'exactitude. J'ai
également suivi ici les indications de Guimarães Rosa recommandant
« expressément » à son premier traducteur français comme à son
traducteur italien, dans la mesure où flore et faune brésiliennes sont
inconnues en Europe, de s'aider de préférence de vocables familiers,
et surtout, proposition surprenante, de ne pas hésiter, dans le cas de
noms doubles, à accoler un vocable brésilien et un vocable de la
langue d'arrivée, « la sonorité, dans le cas présent, ayant autant sinon
plus d'importance que la véracité ». Autre manière de prévenir pour
toutes les traductions qui pourraient être faites de son œuvre, que les
dimensions poétique et mythique devraient, dans l'esprit des traduc-
teurs, et des lecteurs futurs, toujours primer sur celle de l'immédiate
réalité.

DIADORIM

— Que nenni. Les coups de feu que vous avez entendus, ce n'était pas un règlement de comptes, non. Dieu merci. J'ai fait mouche sur des arbres en bas de l'aire, au bord du ruisseau. Pour garder la main. J'aime bien, je fais ça tous les jours ; presque depuis ma prime jeunesse. Là-dessus, on est venu me chercher. Rapport à un veau : un veau blanc, égaré, des yeux comme un humain — ça s'est vu — et avec une tête de chien. C'est ce qu'ils m'ont dit ; j'ai pas voulu y aller voir. Même qu'avec ses lèvres retroussées, un défaut de naissance, il avait l'air de rire, tout comme vous et moi. Faciès d'humain, faciès de chien : ils ont tranché — c'est le démon. Des gens demeurés. Ils l'ont tué. Je ne sais même pas à qui il appartenait. Ils sont venus emprunter mes armes, je les ai cédées. Je n'ai pas de ces croyances. Cela vous fait rire... Voyez-vous : quand on tire pour de vrai, d'abord tous les chiens se mettent à aboyer, instantanément. Après quoi, alors, on va voir s'il y a eu mort d'hommes. Faut vous y faire, le *sertão* * c'est ça. Il y en a qui ne sont pas d'accord : que le sertão bien situé c'est à perte de vue les terres-générales, le bout du monde, ils disent, le haut-pays, au-delà de l'Urucuia. Sottise. Cela ici, alors, pour ceux de Corinto et de Curvelo, ça n'est pas ce qu'on appelle sertão ? Ah, y a pas plus grand ! Ledit sertão ça se connaît : c'est là où les pâtures n'ont pas de clôtures ; où tout un chacun peut courir dix, vingt lieues, sans tomber sur une habitation ; où les criminels vont leur vie à bonne distance de la pression des autorités. L'Urucuia vient des monts de l'Ouest. Mais c'est que tout pousse, aujourd'hui, sur ses rives — des énormités de fazendas, des plaines alluviales de bon rendement, des petites vallées très arrosées, des cultures qui vont de forêt à forêt avec des arbres de

* Voir glossaire.

23

bonne taille, il y en a même encore de vierges. Les *geraïs* *, les terres-générales, se déploient tout autour. Les terres-générales sont sans fin. Bref, vous le savez, chacun approuve ce qu'il veut : ail ou aulx, ça se vaut... Le sertão est de par le monde.

Du démon ? J'en glose pas. Demandez à ceux du coin. Par une crainte infondée, ils déparlent, au lieu de son nom — ils disent seulement : le *Fume-Bouche*. Foin de lui ! Hé, non... Qui tant l'on évite, on vit avec. D'un certain Aristides — celui qu'habite dans la première palmeraie de buritis à ma main droite, appelée la Bonne-Vache-de-Santa-Rita — on raconte, et tout le monde le croit : qu'en trois endroits signalés, il ne peut pas passer : parce que alors aussitôt, se font entendre des petits gémissements, et une petite voix par-derrière qui prévient : « J'arrive ! J'arrive !... », qui est le vert-bouc, le *fume-bouche*... Et d'un autre, José Simpilício, le premier venu ici jure qu'il a un diable chez lui, un petit satan minuscule, enfermé, contraint de l'aider dans tous les mauvais profits qu'il pratique ; raison pour laquelle ce Simpilício s'affaire en chemin de se parfaire fort riche. Ils disent aussi que la bête, à cause de ça, lui facilite pas les choses, elle le laisse pas l'approcher, quand il veut la monter, elle le désarçonne... Superstition. En réalité, que ça leur vienne ou non aux oreilles, José Simpilício et Aristides tout simplement, s'en mettent plein les poches. Pensez aussi : il se trouve encore des gens, aux jours de notre époque, pour raconter à tout venant que le diable en personne s'est arrêté, de passage, à Andrequicé. Un type serait apparu, étranger au pays, et qui se serait vanté que pour venir jusqu'ici — dans les un jour et demi, normalement, à cheval — il en était capable en seulement quelque vingt minutes... Parce qu'il suffisait de prendre au bord du fleuve du Chico par les sources ! À moins également, qui sait — sans offenses — ç'aura peut-être été vous, par exemple, qui vous êtes annoncé ainsi, quand vous êtes passé par là, pour le plaisir de faire une joyeuse plaisanterie ? Faut bien, ne m'en veuillez pas, je le sais que ça n'était pas vous. Et je n'ai pas cherché à mal. Sauf qu'une question, parfois, au moment propice, met au clair les raisons de faire la paix. Mais, vous me comprenez : le type en question, s'il existe, a voulu rigoler. Vu, hein, que prendre le fleuve par les sources, serait quasiment la même chose qu'aller et venir sur place dans les intérieurs de cet État qui est le nôtre, ce qui coûterait dans les trois mois de voyage... Alors, le *Fume-Bouche* ? Folie. C'est le voir à tous les carrefours. Et le respect de lui donner ainsi de ces noms déguisés, c'est tout pareil à une envie de le prier de prendre forme, et de montrer ses présences !

* Voir glossaire.

Que ça n'arrive pas ! Moi, personnellement, j'ai déjà presque perdu la croyance en lui, grâce à Dieu ; c'est ce que je vous dis, en toute franchise. Je sais qu'il est bien établi, qu'il sévit dans les Saints Évangiles. J'en ai parlé, à l'occasion, avec un jeune séminariste, très comme il faut, qui consultait son livre de prières, revêtu de ses attributs et sa férule à la main — il m'a expliqué qu'il allait aider le prêtre à extraire Celui-en-Question du corps d'une vieille, au village de la Cascade-aux-Bœufs, il accompagnait le curé de Campo-Redondo... Je m'interroge. Vous n'êtes pas comme moi ? J'en ai pas cru un brin. Mon compère Quelemém décrit que ce sont les vulgaires esprits décharnés, de troisième zone, ceux qui font le sabbat dans les pires ténèbres, avides d'entrer en matière avec les vivants, dont on voit les effets — ils assurent protection. Mon compère Quelemém est celui qui me donne bien du réconfort — Quelemém de Góis. Mais il s'entête à habiter loin d'ici, à Jijujã, vereda du Buriti-Gris... Fichtre, passez-le-moi, que — possédé du démon ou son protégé — vous devez vous-même en avoir connu plusieurs, des hommes, des femmes. Ou bien sûr, n'est-ce pas ? Pour moi, j'en ai tant vu, que j'ai appris. Hennissement-Suprême, Sang-de-l'Autre, le Lippu, Fends-le-Ventre, Couteau-Froid, Bouc-à-Queue, un Treciziano, Vert-de-Gris... Hermógenes... Sur le nombre, une bonne poignée. Si j'avais pu oublier tous ces noms... Je n'ai rien d'un dresseur de chevaux. Et, vraiment, qui se mêle de se faire *jagunço** , est déjà en raison d'une certaine compétence familier du démon. C'est juste, non ? C'est juste ?

Au début, je faisais et je me démenais, et penser je ne pensais pas, je n'avais pas le loisir. J'ai vécu à la dure de dure, poisson vivant sur le gril : qui s'esquinte à la dure ne se monte pas la tête. Mais, désormais, vu le temps qui me vient, et sans petits soucis, je farniente. Et je me suis inventé ce goût, de spéculer sur des idées. Le diable existe ou n'existe pas ? Je passe le mot. Vade retro. Ces mélancolies. Par exemple, tenez : une cascade, elle existe ; et alors ? Mais une cascade c'est une dénivellation de terrain, et de l'eau qui retombe, arrive dessus ; vous consommez cette eau, ou vous comblez la dénivellation, qu'est-ce qu'il reste comme cascade ? Vivre est une affaire très dangereuse...

Je vous explique : le diable veille dans l'homme, dans les replis de l'homme — il est ou l'homme en ruine, ou l'homme des contraires. Libre, de soi, citoyen, de diable, il n'y en a aucun. Aucun ! — voilà ce que je dis. Vous approuvez ? Dites-moi tout, franchement — c'est une grande faveur que vous me faites. Et demander, je peux, si vous

* Voir glossaire.

25

voulez bien. Cette affaire — aussi énergumène que je puisse paraître — m'est d'une certaine importance. J'aurais bien préféré que non... Mais ne me dites pas que vous, averti et instruit, vous croyez dans sa personne ?! Non ? Je vous en sais gré ! Votre haute opinion me donne du poids. Je le savais, je l'attendais — j'en étais sûr. Ah, les gens, quand ils se font vieux, ont besoin de leur petite chance de repos. Je vous sais gré. Il n'y a aucun diable. Ni aucun esprit. J'en ai jamais vu. Si quelqu'un devait en avoir vu, alors ça serait moi, votre serviteur ici présent. Si je vous racontais... Bon, le diable organise ses noires façons dans les créatures, dans les femmes, les hommes. Et même : dans les enfants — je dis. Car, il y a bien ce dicton, non : « marmaille — attirail du diable » ? Et dans les usances, les plantes, dans les eaux, la terre, le vent... Fumiers... *Le diable dans la rue, au milieu du tourbillon...*

Hein ? Hein ? Ah, mes imaginations, les pires dans le temps, certaines remembrances. Pauvre de moi ! De raconter ne me coûte guère... Au contraire, car, à bien réfléchir : sur un terrain, et avec des branches et des feuilles de même aspect, est-ce que ne poussent pas du manioc-doux, qu'on mange couramment, et du manioc-amer, qui vous envoie ad patres ? Maintenant, vous avez déjà vu cette bizarrerie ? Le manioc-doux peut tout à coup tourner amer — les raisons, j'en sais rien ; on dit parfois que c'est à force de replanter toujours dans le même terrain, avec des boutures successives du même plant — tant et tant qu'il en devient amer, les poisons il les tire de lui. Et, voyez encore : l'autre, le manioc-amer, c'est qu'il peut, parfois, devenir doux lui aussi par hasard, bon à manger, sans faire de mal. Et ça, qu'est-ce que c'est ? Hé, vous avez déjà vu, histoire de voir, la trogne, la laideur des plis de haine, sur les joues d'un crotale ? Vous avez observé le porc immonde, chaque jour plus brute content de lui, capable, si ça se pouvait, de grogner et d'avaler, pour sa seule commodité, le monde entier ? Et l'épervier, certains, le corbeau, leurs traits disent déjà la précision pour taillader droit devant, tout mettre en pièces et lacérer à coups de bec, on croirait un couteau sans manche, salement aiguisé par de vilains sentiments. Tout. Il y a jusqu'à des races tordues de pierres, hideuses, vénéneuses — qui infectent l'eau mortellement, elles gisent au fond d'un puits ; le diable dort là en dessous : elles sont le démon. Ça se sait ? Et le démon — qui est ainsi seulement le représentant d'un esprit malin, vif-argent — a ordre de suivre son chemin, a permission de battre la campagne ? Gare, il s'infiltre partout.

Ce qui use, va peu à peu usant le diable à l'intérieur des gens, c'est de souffrir le raisonnable. Et les joies de l'amour — dit mon compère

Quelemém. La famille. Vraiment ? Oui, et non. Vous êtes d'accord et n'êtes pas d'accord. Tout est et n'est pas... Presque tout grave criminel, le plus féroce, est toujours bon mari, bon fils, bon père, et il est bon ami-de-ses-amis. J'en connais. Sauf qu'il y a les suites — et Dieu, avec. J'ai vu bien des nuages.

Mais, en vérité, un enfant, aussi, vous tempère. Voyez : un dénommé Aleixo, qui réside à une lieue du Pas-du-Fou, près des-Sables, était l'homme capable des pires tranquilles vilenies qu'on ait déjà vues. Près de chez lui, ce qui m'a plu, il y avait un petit étang, au milieu des palmiers, avec des trigones, énormes plus qu'énormes, mais si énormes, réellement, qu'elles sont devenues célèbres ; Aleixo leur donnait à manger, à des heures régulières, elles s'étaient habituées ainsi à s'amener de leurs cachettes, pour leur repas, on aurait dit des poissons dressés. Un jour, rien que parce qu'il trouvait drôle, le rustre a tué un pauvre gueux de petit vieux qui se trouva passer par là en demandant l'aumône. Croyez-moi — il y a des gens en ce monde désolant, qui tuent rien que pour voir quelqu'un faire une sale tête... Hé, la suite, ensuite, le reste vous le voyez défiler : le pain, la main, le saint, le vilain. Cet Aleixo était un homme enfamillé, il avait des enfants ; ces petits enfants étaient tout son amour, exagérément. Ce qui s'est passé, un an ne s'était pas écoulé, après avoir trucidé le pauvre petit vieux, et voilà pas que les enfants d'Aleixo tombèrent malades. Épidémie de rougeole, on a dit, mais avec des complications ; ils ne guérissaient jamais. Quand, enfin, ils ont guéri. Mais leurs yeux sont devenus très rouges, une inflammation de conjonctivite très rebelle ; et subséquemment — ce que je ne sais pas c'est si ça les a pris tous ensemble, ou très vite et l'autre très vite après, puis l'autre — ils sont devenus aveugles. Aveugles, sans la rémission d'un tantinet de notre lumière ! Vous imaginez : ces petits en rang d'oignons — trois garçons et une fillette — tous aveugles. Irrémédiablement. Aleixo n'a pas perdu le jugement, mais il a changé : ah, il a changé du tout au tout — aujourd'hui il vit dans le sein du Seigneur, suant eau et sang pour être charitable et bon à toutes les heures du jour et de la nuit. Il est même devenu heureux, à ce qu'il paraît, ce qu'avant il n'était pas. Il dit lui-même qu'il a été un homme chanceux parce que Dieu a voulu le prendre en peine, orienter d'autre façon les voies de son âme. Je l'ai entendu de sa bouche, et ça m'a mis en rogne. À cause des enfants. Si c'était une punition, les méfaits d'Aleixo, quelle faute ils en avaient ces petiots ?

Mon compère Quelemém désapprouve mes incertitudes. Sûrement, d'après lui, dans une autre vie d'avant celle-ci, les enfants avaient été des plus mécréants, de la même pâte et eau que leur père, des démons

27

s'ébattant dans le même chaudron. Qu'est-ce que vous croyez ? Je sais
— et le petit vieux trucidé ? — vous allez me répliquer. Eh bien, lui
aussi. De ce point de vue il avait le péché d'un meurtre sur le dos, à
payer. Si les gens — conformément à ce que dit mon compère
Quelemém — se réincarnent rénovés, j'ai dans l'idée que l'ennemi
mortel peut revenir comme fils de son ennemi. Voyez plutôt : ce que
je me dis, il y a un certain Pedro Pindó, mon voisin à six lieues d'ici, un
homme de bien pour tout en tout, sa femme et lui ont toujours été
bons, des gens de bien. Ils ont un fils, dans les dix ans, appelé Valtêi
— un nom moderne, comme les gens d'ici maintenant apprécient,
vous avez remarqué. Eh bien, ce petit minuscule, ce tout-petit, un
éclair de compréhension ne s'est pas plus tôt allumé en lui, il a montré
tout achevé ce qu'il est : ingrat fini, incendiaire hargneux, se
pourléchant vilainement des façons du tréfonds de sa nature. De sorte
qu'il tourmente, au ralenti, toutes les bêtes et les petites créatures
qu'il attrape ; un jour, il a rencontré une négresse fin soûle endormie,
il a déniché un tesson de bouteille et il lui a lacéré le gras du mollet en
trois endroits. Ce qui le fait saliver de plaisir ce gamin c'est de voir
saigner une poule ou égorger un cochon — « J'aime tuer… » — il m'a
dit une fois encore tout petit. Ça m'a fait un coup ; parce que : le petit
oiseau qui se penche — l'envol est pour demain. Eh bien, voyez
l'affaire : le père, Pedro Pindó, manière de le corriger, et la mère, lui
tapent dessus, sans pitié avec un bâton — ils laissent le gamin sans
manger, l'amarrent sur l'aire à un tronc d'arbre, lui tout nu, nu comme
un ver, jusque dans le froid de juin, ils lui labourent le corps avec le
bâton et le garrot, après ils lavent le sang, avec une pleine calebasse de
saumure. Les gens sont au courant, ils épient, ça leur donne la chair de
poule. Le gamin est déjà tout réduit de maigreur, les yeux caves, sa
petite figure toute creuse, rien que de l'os, il est devenu phtisique, il
tousse sans arrêt, une toux qui sort sèche de la poitrine. Attention,
que désormais, visiblement, Pindó et sa femme se sont habitués à le
battre, ils se sont petit à petit créé là-dedans un vilain plaisir de
diversion — vu que les raclées sont administrées à des heures
confortables, ils font même venir les gens pour voir le bon exemple. Je
crois que cet enfant ne va pas durer, il est déjà à la déglingue, il n'ira
pas jusqu'au carême qui vient… Ouais-ouais, et alors ?! Si ce n'est pas
comme veut mon compère Quelemém, quelle explication vous
donneriez ? Ce petit aurait été un homme. Avec, à son passif, de
terribles perversités. Son âme perdue, dans la ténèbre. Il le montrait.
Et, désormais, il payait. Ah, mais, il se trouve, lorsqu'il pleure et
pâtit, qu'il souffre tout comme s'il était un gentil petit… Une pitié, j'ai

vu de tout, dans ce monde ! J'ai même vu un cheval avec le hoquet...
— ce qui est bien la chose la plus pénible qu'il y ait.

Bon, mais vous allez me dire, vous le devez : et au commencement
— pour tous ces péchés et manigances, les gens — comment pourquoi
est-ce que tant d'expiation a commencé ? Eh oui, eh oui, là-dessus
tout le monde se casse le nez. Mon compère Quelemém, de même. Je
ne suis qu'un homme du sertão, je navigue mal dans ces hautes
sphères. Je suis vraiment un pauvre diable. Mon envie sincère est
envers quelques-uns comme vous êtes, pleins de lecture et suprêmes
docteurs. Ce n'est pas que je sois analphabète. J'ai appris à lire, une
année entière, moyennant la mémoire, la férule et l'abécédaire. J'ai
eu un maître, Maître Lucas, à Curralinho, j'ai appris par cœur la
grammaire, les opérations, la règle de trois, et même la géographie et
l'histoire du Brésil. J'ai tracé avec soin de jolies cartes, sur de grandes
feuilles de papier. Ah, ce n'est pas pour dire : mais, dès le début, on
me trouvait un futé de raisonneur. Et que je méritais d'aller étudier le
latin, à la Grande École — c'est aussi ce qu'ils disaient. C'était le bon
temps. 'Jourd'hui encore, j'apprécie un bon livre, de temps à autre.
Dans la fazenda « Le Citron-Nain », de mon ami Vito Soziano, ils
sont abonnés à ce gros almanach, de charades et de logogriphes et
autres matières différentes, il arrive tous les ans. Dans le tas, je donne
la primauté à la lecture profitable : vie de saint, exemples et vertus —
un missionnaire expert à entourlouper les Indiens, ou saint François
d'Assise, saint Antoine, saint Gerald... J'aime beaucoup la morale.
Ratiociner, exhorter les autres à suivre la bonne voie, conseiller le
juste. Ma femme, comme vous savez, veille sur moi : elle prie
énormément. C'est une béatifiable. Mon compère Quelemém dit
toujours que je peux accoiser mes craintes de conscience, qu'étant
bien assisté, de redoutables bons esprits me protègent. Hip, hip, hip,
hourra ! Je demande que ça... Comme c'est de bon effet, j'aide avec
mon désir de croire. Mais je ne peux pas toujours. Je dois vous dire :
moi, toute ma vie, j'ai pensé par moi-même, affranchi, je suis né
différent. Je suis qui je suis. Je diverge de tout le monde... Je ne sais
pas grand-chose. Mais de beaucoup de choses je me méfie. Je peux
dire, passez-le-moi : pour penser loin, je suis maître-chien — vous
lâchez devant moi une petite idée, et je vous la traque au fin fond de
tous les bois, amen ! Écoutez : ce qui devrait exister, ce serait de
réunir tous les sages, les politiciens, les élus importants, et de régler
définitivement la question — proclamer une bonne fois, par le biais
d'assemblées, qu'il n'y a aucun diable, il n'existe pas, il ne peut pas.
Force de loi ! Comme ça uniquement, on nous donnerait à tous une
bonne tranquillité. Pourquoi le gouvernement ne s'en occupe pas ?

Oh, je sais bien, ça n'est pas possible. Ne me prenez pas pour un béotien. Mettre les idées en ordre c'est une chose, avoir affaire à un pays de personnes de chair et de sang, de mille et mille misères, c'en est une autre... Tant de gens — c'est terrifiant d'y penser — et pas un qui soit tranquille : tous qui naissent, grandissent, se marient, qui veulent nourriture, santé, richesses, la renommée, un emploi assuré, veulent qu'il pleuve, que les affaires marchent... De sorte qu'on est obligé de faire un choix : ou vous vous employez à vivre dans la pagaille commune, ou vous vous occupez seulement uniquement de religion. Je pouvais être : prêtre et curé, sinon chef de jagunços ; je ne suis pas venu au monde pour autre chose. Mais ma vieillesse est déjà commencée, je me suis trompé du tout au tout. Et le rhumatisme... Là, comme on dit : dans les rognons. Ahan...

Ce que je pense, constate et explique : tout le monde est fou. Vous, moi, nous, tous les gens. C'est pour ça principalement qu'on a besoin de religion : pour se désenfoller, désafoller. C'est prier qui guérit de la folie. En général. C'est cela qui est le salut de l'âme... Beaucoup de religion, jeune homme ! Moi ici, je ne perds pas une occasion de religion. Je profite de toutes. Je bois à l'eau de tous les fleuves... Une seule, c'est trop peu pour moi, fort possible que ça ne me suffise pas. Je prie chrétien, catholique, je vais au plus sûr ; et j'accepte les prières de mon compère Quelemém, sa doctrine à lui, de Kardec. Mais, quand je peux, je vais à Mindubim, où il y a un croyant, un certain Matias, méthodiste : on s'accuse de péché, on lit la Bible à haute voix, et on prie, en chantant les beaux hymnes qu'ils ont. Tout m'apaise, me soulage. La plus petite ombre me rafraîchit. Mais c'est seulement très provisoire. Je voudrais prier — à longueur de temps. Nombre de gens ne m'approuvent pas, ils trouvent que la loi de Dieu n'est que privilèges, comme toujours. Et moi ! Sale tête ! Je déteste ! Ce que je suis ? — je fais ce que je veux, très personnel. Et je le fais, vite fait bien fait, au nez de tous. Moi ? — je me débine pas !

Voyez : il y a une noire, Maria Leôncia, elle n'habite pas loin d'ici, ses prières sont réputées de grande vertu efficace. Eh bien, chaque mois, je la paie — à charge de réciter pour moi un chapelet tous les jours que Dieu fait, et les dimanches, un rosaire. Ça vaut ce que ça vaut. Ma femme n'y voit point de mal. Et du coup, j'ai déjà fait porter un message à une autre de Gué-au-Gué, une certaine Izina Calanga, pour qu'elle vienne, je me suis laissé dire qu'elle prie également avec grand mérite et compétence, je vais passer contrat égal avec elle. Je veux une poignée de ces femmes, je me défends sous l'aile de Dieu, réunies autour de moi... Plaies du Christ !

Vivre est très dangereux... Trop vouloir le bien, de façon incertaine, peut déjà être comme vouloir le mal, pour commencer. Ces hommes! Chacun tirait le monde à soi pour l'accommoder bien raccommodé. Mais chacun ne voit et ne comprend les choses qu'à sa seule façon. Sur le nombre, le plus sérieux, suprême, — fut Medeiro Vaz. Et un homme à l'ancienne mode... M'sieur Joãozinho Bem-Bon, le plus courageux de tous, jamais personne n'a pu déchiffrer de quoi en dedans il était fait. Joca Ramiro — une figure, un prince — était un politique. Zé Bebelo a voulu se montrer politique, mais il a eu et n'a pas eu de chance : renard qui a trop attendu. Sô Candelário s'est endêvé, pour s'être mis en tête qu'il avait le haut-mal. Titan Passos, ce qu'il était, il le devait à ses amis; c'est seulement grâce à eux, grâce à ces mêmes amitiés, qu'il s'est élevé si haut parmi les jagunços. Antônio Dó — bandit sévère. Mais pour moitié; la plus grande moitié qui soit. Andalécio, un bon homme de bien dans le fond, emporté maladroit avec toute sa justice. Quant à Ricardo, vraiment, ce qu'il voulait c'était d'être riche en paix : pour cela il faisait la guerre. Le seul qui soit né fauve déjà formé, et assassin, ç'a été Hermógenes. Et le « Crotale-Blanc »? Ah, ne m'en parlez pas. Ah, celui-là... Le tristounet de tête brûlée que ce fut — pauvre enfant du destin qu'il était.

Aussi bien, on n'y peut rien. Vous écoutiez, je vous disais : le mauvais avec le mauvais, ça se termine que ce qui pique s'émousse — Dieu attend que ça se détraque. Jeune homme! : Dieu est patience. Le diable, c'est le contraire. Il se fatigue. Vous agacez une lame sur une lame — vous les affûtez — qu'elles se raclent. Jusqu'aux pierres, au fond de l'eau, elles battent l'une sur l'autre, s'arrondissent bien lisses, à mesure que le ruisseau les roule. Pour l'heure, je pense que tout ce qu'il y a, en ce monde, est mérité et obligé. Premièrement j'en ai besoin. Dieu ne se présente pas le fusil au poing, il ne serre pas trop le règlement. À quoi bon? Il laisse faire : le benêt avec le benêt — le jour vient, que l'un se casse les reins et apprend : il se déniaise. Sauf que parfois, pour donner un coup de pouce, Dieu saupoudre un rien de piment...

Que ça arrive? Eh bien, pour vous donner un exemple : il y a un bout de temps, je suis allé, en chemin de fer, aux Settons, dans l'intention de consulter un médecin, dont on m'avait indiqué le nom. Je voyageais bien habillé, et en wagon de première, en raison des soupçons. Qu'on ne me prenne pas pour un ancien jagunço. Je m'installe et voilà pas qu'en face, tout près de moi, vint prendre place, de retour de ce Nord sauvage, un dénommé Jazevedon, de son métier commissaire de police. Il était accompagné d'un homme à lui, de la secrète, je les connaissais bien ces deux, que, si l'un était mauvais,

31

l'autre l'était tout autant. À dire la vérité, j'eus d'abord une forte envie de me tirer loin de là, de changer de place. Mon jugement me dit que c'était mieux de rester. Donc, puisque je restais, je regardai. Et — je vous assure : jamais je n'ai vu visage d'homme plus marqué de brutalité et de méchanceté, que chez celui-là. Telle une bête de somme, trapu et taillé à la serpe, il avait une lueur cruelle dans de tout petits yeux, un menton de pierre, des sourcils énormes ; et pas de front, pas le moindre. Il ne riait pas, il n'a pas ri, pas une fois ; mais qu'il parle ou se taise, on lui voyait toujours une dent, un croc acéré de *guará**. Peste, et il soufflait, un bon petit peu. Il ne faisait que grommeler, tout bas, des moitiés de mots tout mangés. Il s'affairait à trier et classer des paperasses — des feuilles une à une, avec les photos et les empreintes noires de doigts de jagunços, de voleurs de chevaux et de criminels assassins. Une telle application dans ce travail, ce genre de choses, que la colère vous prenait. Et celui de la secrète, aux petits soins, assis tout contre à l'aider, plus chien que chien. Ça me donna le frisson, mais seulement dans la bêtise du corps, non au cœur des courages. À un moment, un de ces papiers tomba — et je me baissai rapidement, est-ce que sais même pourquoi, je n'ai pas voulu, je n'ai pas réfléchi — j'en ai de la honte encore aujourd'hui — je ramassai le papier par terre, le lui rendis. Là-dessus, je dis : la colère m'est montée plus forte, d'avoir fait ça, mais c'était déjà fait. Le type ne me jeta pas un regard, ne dit même pas un merci. Jusqu'aux semelles de ses chaussures — rien qu'à les voir — de grosses semelles dures, des doubles semelles énormes, à les croire de bronze et de fer. Parce que je savais : ce Jazevedon, quand il arrêtait quelqu'un, la première chose tranquille à laquelle il procédait c'était de s'amener sans se préoccuper de souffler mot, en faisant semblant d'être très pressé, il allait et marchait ferme sur les pieds nus des malheureux. Et dans ces occasions il partait de ces rires, mais de ces rires... Dégueulasse, non ! Je lui rendis la feuille de papier, et je filai, pour me maîtriser, me retenir de détruire ce type à bout portant. Des chairs qui pesaient leur poids... Et il étalait un début de ventre ventru qui m'a levé des envies... Avec mon naturel doux, je le descendais bien content. Mais, les abominations qu'a pratiquées et exécutées ce policier, vous n'avez pas assez de cal au cœur pour pouvoir l'entendre. Il a soutiré des larmes de sang à nombre de femmes et d'hommes, dans notre brave petit univers d'ici. Le sertão. Vous le savez : le sertão c'est

* *Guará* : le plus grand (jusqu'à 1,45 m de longueur et une queue de 45 cm) et le plus beau des canidés brésiliens. Vit la nuit dans les régions de savanes et de maquis. Extrêmement audacieux. (Dictionnaire Aurélio Buargue de Hollanda.)

là où le plus fort, à force d'astuces, fait la loi. Dieu lui-même, quand il s'amènera, qu'il s'amène armé. Et une balle est un tout petit petit bout de métal.

Aussi, je dis : Jazevedon, un comme lui, il en fallait, fallait qu'il existe ? Ah, il le faut. C'est le mauvais cuir qui appelle l'écharnoir. Vu qu'ensuite — à lui de s'en débrouiller — dans cette vie ou dans l'autre, chaque Jazevedon sa besogne accomplie, choit droit, également, dans son temps de peine, jusqu'à payer son dû — mon compère Quelemém est là pour veiller à l'affaire. Vous le savez : quel danger c'est de vivre. Mais c'est uniquement de pareilles façons, comme celles-là, par de vilains procédés, que le temps des jagunços a pris fin. Vous croyez peut-être qu'Antônio Dó ou Olivino Oliviano allaient se tenir bien gentils pour leur seule gouverne, ou à la demande de pauvres gens, ou encore parce qu'un curé leur rebattait les oreilles en chaire ? Je t'en fiche ! À d'autres...

De jagunço sachant se conduire, actif, qui se soit repenti au milieu de ses forfaits, je n'ai été témoin que d'un seul : appelé Joé Cazuzo — ça s'est passé au pire d'une fusillade, au-dessus d'un endroit, Mont-Nouveau, dans le district de Rio-Pardo, au bord de la rivière Traçadal. Nous étions une triste petite minorité, coincés sur notre flanc par les hommes d'un certain Adalvino, grand fazendeiro, sacré politique avec au centre tout un bataillon de soldats réguliers, aux ordres du lieutenant Reís Leme, qui est devenu capitaine ensuite. Nous avons tenu heure après heure, et nous nous donnions déjà pour encerclés. C'est là que, tout à coup, ce Joé Cazuzo — un homme très courageux — s'agenouilla timbré à même le sol de la savane, il levait les bras, pareil à une branche sèche de *jatobá*, et ne faisait que pousser des cris, un hurlement clair et sourd tour à tour : — « *J'ai vu Notre Vierge Marie, dans la splendeur des cieux, avec les anges ses fils !...* » Il criait n'arrêtait plus. — « *J'ai vu la Vierge...* » Une vision qu'il avait ? Nous avons pris le large. Vite mon cheval — je me suis dit — j'ai sauté sur ma selle en je ne sais quel éclair-de-temps, j'ai détaché le licol amarré au pied d'un arbre. J'ai volé, filé. Les balles sifflaient. Le maquis grondait. Dans les bois, la peur des gens sort entière, une peur justifiée. Je pouvais ruer, pareil à un âne buté, dia, dia. Quelque deux trois balles sont venues se ficher dans la dossière de ma selle, elles l'ont traversée en arrachant presque toute la bourre. Le cheval en plein galop se met à trembler, par sympathie je sais : il pense à son maître. Je ne pouvais pas être en plus mauvaise posture. La musette que j'avais sur le dos, avec mes quelques petites affaires, criblée de balles également. Une autre, une balle de fusil, sûrement par ricochet, me brûla la cuisse, sans me blesser, voyez : la balle fait ce qu'elle veut

— celle-là s'est enfilée, coincée entre moi et le coussinet de la selle. Temps déments... Burumbum ! mon cheval s'affaissa sur les genoux, mort peut-être, et je tombai en avant, pris dans un taillis de branchages et de lianes qui me balançaient, m'embrochaient, j'étais comme suspendu dans une immense toile d'araignée... J'allais où ? Je traversai tout cela, une éternité... Effaré, affolé, je forçai de tout mon corps pour percer ces fourrés, je forçai, je ne sais comment — et je dévalai, une chute sans fin, je roulai dans le vide d'une grotte fermée par des broussailles, je m'accrochais, je m'accrochais — n'empêche, je roulais toujours : après — après, quand j'ai regardé mes mains, tout ce qui n'était pas du sang poissant mes doigts, formait une bouillie verte, de feuilles vivaces que je broyai, arrachai... J'atterris sur l'herbe dans le fond — et une bête fit un bond énorme, en crachant, folle de frayeur elle aussi : c'était un blaireau, que j'entrevis à peine ; pour se sauver, y a pas plus rapide. Plus grand que lui que j'étais, suant de fatigue, je m'étirai de tout mon long. Et une petite lueur de pensée : que si cette bestiole de blaireau avait créché là, alors il n'y avait pas de serpent. Je pris sa place. Il n'y avait pas de serpent, pas trace. Je pouvais me laisser aller. J'étais tout flasque, une mollesse, mais qui n'atténuait pas les soubresauts à l'intérieur, de mon cœur. Je haletais. Je réfléchis qu'ils allaient venir, qu'ils allaient me tuer. Tant pis, peu m'importait. Ainsi, quelques instants, je m'accordai au moins la permission d'un peu de répit pour me reposer. Évidemment je pensai à Diadorim. Je ne pensais qu'à lui. Un coucou chanta. Je voulais mourir en pensant à mon ami Diadorim, mon frère, proches lui et moi comme les doigts de la main, et qui était dans la montagne de Pau-d'Arco, presque sur la frontière de l'État de Bahia, avec l'autre moitié de notre bande, ceux de Sô Candelário... J'entourais de mes bras mon ami Diadorim, mes sentiments allaient-volaient droit vers lui... Mais, attention : qu'ici ma bouche parle dans le désordre. Je raconte à contretemps, des divagations. Je vous fais confiance ? Bien sûr, bien sûr. L'ange gardien prévient... Mais, ainsi que je disais : on le sut après, que même les soldats du lieutenant et les sbires du colonel Aldavino s'amadouèrent et respectèrent ce transport de Joé Cazuzo. Et que celui-ci a fini dans la peau de l'homme le plus pacifique de la terre, fabricant d'huile et sacristain, à Blanc-Dimanche-le-Saint. Cette époque !

À tout propos, pour un oui pour un non, je réfléchis. J'aime. Le mieux, pour que votre idée se déploie à l'aise, c'est de voyager en chemin de fer. Si je pouvais, je passerais ma vie à aller et venir en train. L'information que je réclame : comment est-ce que jusque dans le ciel, l'âme, à la fin des fins, parvient à oublier tant de souffrances et de méchancetés, les reçues et les infligées ? Oui, comment ? Vous le savez : il y a des douleurs par trop épouvantables, s'il y en a ! Douleurs de corps et douleurs de pensée s'impriment profond, aussi profond que le tout amour et que la haine en fureur. Va, la mer... De sorte que, écoutez ça, plutôt : Firmiano, Pou-de-Serpent de son petit nom, avec sa jambe enflée, et déformée : il avait attrapé la lèpre, cette maladie qui ne guérit pas ; et il n'y voyait presque plus, étant donné cette chose blanchâtre dans les yeux, la cataracte. Il a bien fallu, ça fait un moment, des années, qu'il laisse tomber la vie de jagunço. Eh bien, un jour, quelqu'un s'est arrêté chez lui, à Jequitaí-le-Haut, il l'a raconté après — que, le temps passant, le sujet arrive sur le tapis, et qu'est-ce que l'autre lui sort ? — « Ce qui me manque c'est de prendre un soldat, et de l'étriper salement, avec un couteau émoussé... Mais, d'abord, de le castrer... » Vous imaginez ? Qui a une telle dose de démon en lui est indien, d'une race de bougre quelconque. On rencontre ce genre de tribus dans le fin fond des hautes-terres de Goïas, là où il y a de grands fleuves nonchalants, aux eaux toujours tellement claires, agréables, courant dans un lit de cristal rosé... Pou-de-Serpent disait avoir du sang d'Indien dans les veines. Vous me direz : qu'il dégoisait ainsi, manière de montrer qu'il n'était pas encore décrépit décadent. Histoire de s'opposer, par peur de s'amadouer, et motif pour se voir respecté. Tous procèdent suivant cette règle : ils se vantent du pire, pour mieux se faire valoir, parce que les gens autour c'est à qui sera le plus dur. Mais, le pire, c'est que d'avoir pris ce pli, ils finissent un jour par se croire obligés de mettre leurs dires à exécution, dans le réel. J'ai vu tant de cruautés. Dommage que raconter la douleur ne rapporte guère ; si je commence, je n'arrête plus. Et ça me lève le cœur, me dégoûte de trop, tout ça. Ce qui me plaît c'est que les gens, au jour d'aujourd'hui, ont le cœur bon. C'est-à-dire, bon pour le tout-venant. Des malices de maboul, et des perversités, il y en a toujours, mais raréfiées. Ma génération, la vraie, n'était pas encore de cette eau. Ah, le temps est proche, où de tuer les gens ne se pratiquera plus... Moi, je suis déjà vieux.

Bon, je vous disais : cette question, qui me harcelait... Oh, je l'ai posée, à mon compère Quelemém. Et il m'a répondu : que les gens, lorsqu'ils approchent du ciel, se sont déjà tant rapprochés, que toutes les laideurs passées se sont évaporées en non-être — pareilles aux diableries, ce sans-façon du temps de l'enfance. Tout comme il n'y a pas de matière à avoir du remords pour ce qui fait surface dans le halètement des cauchemars d'une nuit. Vu que : plus l'on coupe, plus ça repousse. Ah-ahan. C'est en raison de ce dicton, que la montée au ciel prend du temps. J'en défère à mon compère Quelemém, vous le savez : en raison précisément de la croyance qu'il a — que, pour tout le mal, qu'on fait, un jour ou l'autre on repaie, le légitime. Un chrétien de ce fait réfléchit trois fois, avant de se permettre la facilité d'une bagatelle répréhensible... Mon compère Quelemém ne parle jamais pour ne rien dire, il ne se dérobe pas. Sauf que je ne vais pas aller le lui dire. On ne doit jamais déclarer qu'on accepte l'entier étranger — c'est cette règle-là qui est la règle d'or !

Vous-même... Écoutez voir : le plus joli et important, dans le monde, c'est ceci : que les personnes ne sont pas toujours égales, qu'elles n'ont pas été terminées, pas encore — mais qu'elles vont changeant continûment. Elles se parfont ou se défont. Vérité majeure. C'est ce que la vie m'a enseigné. Et cela me réjouit, énormément. Puis, autre chose : le diable, il y va brutal brutalement ; mais Dieu est perfidie. Ah, un summum de perfidie — que c'en est un plaisir. Sa force, quand il s'y met — jeune homme ! — me donne la peur panique ! Dieu s'amène : personne s'en aperçoit. Ce qu'il fait c'est suivant la loi du catimini — c'est là le miracle. Et Dieu attaque joliment, en s'amusant, il s'économise. À preuve : un jour, dans une tannerie, le petit couteau que j'avais tomba dans une cuve, pleine à ras bord de cette préparation d'écorces, de caroubier ou d'angico, je ne sais trop, pour tanner — « Je le retirerai demain » — je me suis dit. Car c'était la nuit, sans lumière, je n'y arrivais pas. Ah, alors, écoutez bien : le lendemain, au petit matin, le couteau, sa lame, presque à la moitié, avait été rongée par cette petite eau noire, bien tranquille. Je l'ai laissé pour voir la suite. Nom d'un pétard ! Devinez ce qui s'est passé ? Eh bien, le même jour, l'après-midi, de mon couteau, il ne restait plus que le manche... Le manche — parce que ce n'était pas de l'acier, mais de la corne de cerf. Nous y voilà : Dieu... Bien, vous avez entendu, qui a entendu a retenu, qui a retenu me comprend...

Résumons, je ne pense pas que la religion affaiblit les gens. Vous pensez le contraire. Visible que, dans ce temps-là, j'en faisais de vertes et de pas mûres — on croit que la plante va faire sa fleur. Ah, ma bonne terre... La jeunesse. Mais la jeunesse est le genre d'entreprise à plus tard être démentie. Et puis, de rester à penser autant et dans le vague, je perdais mon coup de main pour les rudes besognes, au milieu des autres. Mais aujourd'hui, que j'ai réfléchi, et que je pense d'affilée, ce n'est pas pour autant non, que je donne pour nulle ma compétence, dans une charge au fer et au fusil. Faut voir. Qu'ils s'amènent et viennent ici me faire la guerre, en mauvaise part, avec d'autres lois, ou des regards trop insistants, qu'ils s'amènent, qu'ils s'amènent ! Je tiens encore le pari de mettre à feu tout ce canton, autour, au cas où, au cas où... Au fusil lebel : au tac-atactacatac... Et je ne suis pas tout petit tout seul, attention ! Pour éviter ça, je me suis entouré de mes gens. Voyez plutôt : ici, attenant, au bout du chemin, Paspe — mon métayer — c'est mon homme. Une lieue plus loin, en comptant large, il y a Acaouã, et il y a le père Cyril et ses trois fils, je sais que je peux compter dessus. De ce côté, Alaripe : si vous saviez ce que peut être précieux, au rifle et au couteau, un gars du Ceara comme celui-là ! Ensuite en plus : João Nonato, le Goal, Pacamã-les-Crocs. Et Fafafa — celui-là s'est distingué, à mes côtés, dans ce vieux combat de Tamandua-tan : nous leur avons sucré l'air à tous ceux qui n'avaient pas ordre de respirer, et d'abord nous les avons encerclés... Fafafa a de bonnes poulinières. Il élève des chevaux. Et un peu au-delà, au pied de la montagne, qui ont fait partie de ma bande, il y a Sesfrêdo, Jesualdo Nelson et João Concliz. Plus quelques autres. Triol... Et je serais pas une puissance ? Je leur laisse une terre, ce qui est à moi est à eux, on s'est mis d'accord comme des frères. Pourquoi je voudrais amasser de la richesse ? Ils sont là, leurs armes fin prêtes. Si l'ennemi arrive, on se passe le mot, on se rassemble : c'est le moment d'une bonne fusillade pacifique, histoire de leur faire voir. Je vous dis cela, en toute confiance. Aussi, n'allez pas penser à plus. Ce que nous voulons c'est travailler, proposer la tranquillité. Moi, pour ma part, je vis pour ma femme, qui mérite tout et du meilleur, et pour la dévotion. Que ma femme m'ait en affection, ses prières, et la grâce, c'est ça qui m'a aidé. L'amour naît de l'amour. Parole. Je pense aussi à Diadorim — mais Diadorim est ma brume d'eau...

Maintenant, bon : je ne voulais pas y revenir — à propos du Maudit ; suffit. Mais il y a un mais : je demande : vous y croyez, vous voyez un brin de vérité dans ces racontars, qu'on puisse conclure un pacte avec le démon ? Non, non c'est non ? Je sais que ça n'existe pas. Je racontais des craques. Mais toute bonne confirmation est bonne à recevoir. Vendre sa propre âme... Menteries inventées ! Et l'âme, qu'est-ce que c'est ? L'âme doit être une chose interne magnifiée, beaucoup plus de l'intime, sans mélange, qu'on n'imagine : ah, l'âme absolue ! La décision de vendre son âme n'est que vaine intrépidité, une lubie momentanée, sans obédience légale. Je peux vendre ces bonnes terres, entre ici et Les Quatre-Chemins — celles qui appartiennent à un Monsieur Almirante qui réside dans la capitale fédérale ? Je peux que je peux pas ! Alors, si un enfant est un enfant, c'est bien pour ça qu'on l'autorise pas à faire du négoce... Et nous autres, je sais, nous ne sommes bien parfois que pareils à un enfant. Le mal que j'ai commis dans ma vie, cela s'est passé pendant une certaine enfance en rêves — tout arrive et court si vite —; et il y aurait une lueur de responsabilités ? Le temps de rêver ; et c'est déjà fait... J'ai donné du sucre mascave à la jument ! Ah ah. Hé bien. Si l'âme existe, et elle existe, c'est Dieu qui l'a installée, que la personne veuille ou non. Elle n'est pas vendable. Vous êtes bien d'accord ? Dites-le, franchement, je vous en prie. Ah, je vous remercie. On voit que vous en savez des choses, bien pensées, en plus d'avoir le diplôme de docteur. Aussi, je vous remercie. Votre compagnie me vaut de grands plaisirs.

En bonne règle, j'aimerais que vous habitiez ici, ou à côté, ça m'aiderait. Ici, l'entourage manque pour s'instruire. Le sertão. Vous le savez, le sertão c'est là où notre pensée se forme plus forte que le pouvoir du lieu. Vivre est très dangereux...

Hé, vous n'allez pas vous en aller ? Pas déjà déjà ? Aujourd'hui, non. Demain, non. Je ne consens pas. Pardonnez-moi, mais au nom de notre amitié, acceptez : vous restez. Après, jeudi tôt-le-matin, si vous y tenez, alors partez, même que vous me laissiez sentir votre absence. Mais, aujourd'hui ou demain, non. Une visite chez moi, ici, dans ma maison, c'est pour trois jours !

Mais, vous avez sérieusement l'intention de parcourir de fond en comble cette mer de territoires, pour collationner l'assortiment de ce qui existe ? Vous avez vos raisons. Maintenant — ce que je me dis — vous venez : vous êtes venu trop tard. Les temps s'en sont allés, les coutumes ont changé. Pratiquement, de légitime authentique, il reste peu de chose, il ne reste même plus rien. Les grandes bandes de vaillants braves se sont dispersées ; beaucoup qui furent jagunços peinent, mendient dans le coin. Au point que les bouviers hésitent à se présenter pour traiter affaire habillés de cuir de pied en cap, ils trouvent que porter une capote c'est laid, ça fait péquenot. Et jusqu'au bétail, dans les pâtures, qui se modère, moins sauvage, plus éduqué : les petits des zébus se dénaturent avec ce qui reste des troupeaux et du bétail d'élevage. Partout, à travers les geraïs, c'est la pauvreté et la misère. Une tristesse qui finit presque par devenir plaisante. Mais, écoutez, pour une récolte raisonnable de bizarreries, je vous reconseille d'affronter un voyage plus déployé. Si ce n'était mon impotence, due à l'ulcère et aux rhumatismes, je venais volontiers. Je vous guidais, jusque partout.

Pour vous montrer les sommets clairs de la chaîne des Âmes : la rivière se jette de là-haut, impatiente, une muraille d'écume, dans une clameur torrentielle ; chaque cascade, une cataracte. Le rut de la tigresse noire dans les monts du Tatou : vous avez déjà entendu une *onça* * se gargariser de plaisir ? La bruine étincelante sur les Monts-

* Voir glossaire.

des-Confins, au petit matin quand le ciel blanchit, une brume qu'on appelle *xererem*. Qui m'apprit à apprécier ces beautés sans maître, ce fut Diadorim... Les Monts-de-Raïzama, où même les oiseaux — à ce qu'on dit — calculent les phases de la lune, et que sillonne le grand jaguar. Une lune telle qu'on en frapperait du bel argent. Quand vous rêverez, rêvez de ces choses. L'odeur des champs en fleurs, forte, en avril : la ciganinha, violette, le myrte poivré, toute jaune... Ça — dans le Saririnhèm. Des compagnies de cigales. À l'ombre d'un tamarinier... Eh, un froid ! Il gèle par là, jusque sur le dos des bœufs, jusque sur le toit des maisons. Ou dans le Meãonmeãon — au-delà c'est une terre presque bleue. On croirait le ciel : celui-là est un ciel d'azur vivace, pareil à un œuf de tinamou. Des vents à ne pas laisser la rosée se former... Un petit vent chaud qui se faufile entre deux palmes de buriti... Je me souviens, ne me souviens plus... Ou — vous y allez — la terre en eau : par vache qui pisse. Vous trouverez un torrent avec un mauvais passage, ou des rivières pleines de tourbillons... Entre Buriti-le-Petit, Angical et Sainte-Marie-du-Bout... Vous chassez ? Il y a là plus de perdrix que sur le plateau des Vertentes... On chasse la *anta* *, le tapir, entre Buriti-le-Haut et Tête-Noire — qui mangent ceux-là une herbe différente et rongent l'écorce de beaucoup d'autres arbres : leur chair est tellement succulente, qu'elle ne ressemble à rien. J'ai traversé tous ces lointains, avec la personne de ma vie à mes côtés, on s'aimait bien. Vous savez comme c'est ? Vous avez déjà souffert l'épreuve de l'air qui est tout nostalgie. On dit qu'il y a la nostalgie de l'esprit et la nostalgie du cœur... Ah, et on dit que le Gouvernement va faire ouvrir une bonne route carrossable de Pirapora à Paracatu, pas loin d'ici...

Dans les monts du Cafundó — d'entendre le tonnerre là-bas, et le retonnerre, vous vous bouchez les oreilles, vous pouvez même pleurer, de malepeur et de visions, comme lorsque vous étiez petit garçon. Vous voyez des vaches vêler en plein orage. De loin en loin, toujours en remontant le long de l'Urucuia, l'Urucuia — qui va totalement sauvage... Les monts succèdent aux monts, on ne voit plus la lune. La montagne court tordue. La montagne forme des pics. À un endroit, sur les contreforts, il sort du sol une vapeur de soufre, dans un boucan effarant, les bêtes s'ensauvent, de frayeur. De même dans les monts du Ronfleur et le mont Tonnerre —, ça donne de sacrés orages là-dedans, de temps à autre. Hein ? Vous dites ? Écoutez : les eaux du Carinhanha sont noires, celles du Paracatu marron ; mon fleuve, pour la beauté, c'est l'Urucuia — la paix des eaux... Il est la vie !... Passé

* Voir glossaire.

Port-des-Onças, il y a une petite fazenda. Nous fîmes halte, là, deux semaines durant, on se reposa. On en avait besoin. Parce que en chemin on se déplaçait à pied, pour ne pas fatiguer les chevaux, qui étaient en mauvais état. Medeiro Vaz, son plaisir dans ce genre d'endroit, en dehors de la guerre, c'était de dormir en camisole et bonnet de nuit ; avant de se coucher, il s'agenouillait et récitait le chapelet. Ce furent mes plus beaux jours. On chassait ; chacun, ce qu'il avait envie d'oublier, il l'oubliait, de-quoi manger ne manquait pas, on pêchait du poisson dans des étangs bordés de buritis... Vous allez là-bas, donc vous verrez. Les lieux sont toujours là tels qu'en eux-mêmes, pour confirmer.

Un vrai délice : Des eaux claires, des sources, des ombrages et du soleil. La fazenda du Bœuf-Noir, d'un dénommé Eleutério Lopes — passé Champ-Azuré, quand on suit la rivière Queimada. Là ce fut en février ou en janvier, à l'époque de la floraison du maïs. J'ai trois souvenirs : le sorgho aux pointes argentées, qui pousse dru dans la savane ; l'anis qui égaye les bois ; et les *dejaniras* avec leurs petites fleurs. Ces graminées sont très résistantes, elles se multiplient à mesure qu'elles poussent, vert outremer, filles de la plus petite bruine. Partout dans le paysage, des rondes de papillons de toute couleur sortaient d'entre presque chaque rebord ou enroulement de feuilles. Ce qu'on n'a jamais vu, ici on le voit. Parce que, dans le haut-pays la même race de papillons — qui ailleurs est commune banale — devient ici, on le sait, beaucoup plus grande, elle croît, et avec plus d'éclat ; j'imagine que c'est à cause de cet air sec, lavé, de cette lumière énorme. Là, au bord des sources de l'Urucuia, le *povi* * chante à tire-larigot. Et il y avait le *xenxém* qui pépietintinait le matin dans les boqueteaux, le saci des marais, la *doidinha*, la *gangorrinha,* le coucou des bois, la gélinotte... et le *bem-te-vi,* qui disait « je t'ai vu » *, les aras enroués. C'était bon d'entendre le meu-euh des vaches à l'heure de la traite. Mais, la tourterelle dans le matin diaphane, pour toute la tristesse qui nous vient de nos pensées, demande la raison et feint une réponse. De même, le soir, l'oiseau-mouche se mettait à voler en tous sens, plus haut plus bas, toute petite bestiole aux ailes transparentes dans son vol d'arabesques ; oiseau futé. La pluie tardait de plus en plus. De ces soirs qui emplissent les arbres de cigales — alors, il ne pleut pas. Des sifflements qui fermaient le jour : le cotinga, le

---

* *Povi, xenxém, doidinha, gangorrinha,* ainsi que les vocables qu'on rencontrera plus loin (*grunhata* du cocotier, *fariscadeira, araça,* etc.) appartiennent à la faune régionale ou peut-être imaginaire consignée par G.R. dans ses carnets — non répertoriés au dictionnaire. (N.d.T.)

troglodyte des marais, le gobe-mouches, le sabia orangé, le *grunhata* du cocotier... J'étais presque tout le temps avec Diadorim.

Diadorim et moi, nous deux. On se promenait. Ce faisant, on se différenciait des autres, parce que le jagunço n'est guère féru de conversation prolongée ni d'étroites amitiés : d'ordinaire, ils s'associent et se dissocient, au hasard, mais ils vont chacun pour soi. De nous deux ensemble, personne ne disait rien. Ils avaient la prudence souhaitable. Que l'un d'eux parle, qu'il ricane, je dis — il pouvait mourir. Ils s'habituaient à nous voir de conserve. Au point de ne plus penser à mal. Et nous étions en conversation, près du ruisseau — un cassis comme dans les anciennes fazendas, où le cresson donne des fleurs. À l'heure entre chien et loup, quand l'ombre tombe. Diadorim alluma un petit feu, j'allai chercher des épis de maïs séché. Des noctuelles voletaient nombreuses, entre nos deux visages, et de gros hannetons se télescopaient. Il ventait une petite brise. Le souffle du vent nous revenait avec l'odeur d'une pluie dans les parages. Et le crissement des grillons occupait toute la campagne, dans les quatre directions. De moi-même, seul, je ne serais pas capable de me rappeler toutes ces minutes, je ne suis pas le genre à m'arrêter à un détail ; mais la nostalgie me les rappelle. Comme si c'était aujourd'hui. Diadorim m'a pour toujours déposé son empreinte dans ces toutes petites choses de la nature. Je sais comment je sais. Et comment le son que faisaient les crapauds rendait triste. Diadorim, dur sérieux, si joli, dans le reflet des braises. On n'ouvrait quasiment pas la bouche ; mais c'était un appel qui me halait vers lui : l'irrémédiable illimité de la vie. Je ne sais quel vertige de honte, quant à moi, avec lui muet et moi qui lui obéissais sagement. C'était presque toujours ainsi, sans un changement : nous arrivions dans un endroit, il me disait de m'asseoir ; je m'asseyais. Je n'aime pas rester debout. Puis alors, il venait s'asseoir, à son tour. Toujours plus ou moins loin. Je n'avais pas le courage de bouger pour me rapprocher. C'est seulement envers moi que Diadorim semblait parfois avoir un petit accès de méfiance ; envers moi, qui étais son ami. Mais, ce soir-là, il était là, venu tout près, à portée de main. Et moi — au bord de ne pas me consentir d'acquiescer à la douceur des choses laides — j'oubliais tout, dans un bien-être de contentement, je cessais de penser. Mais un doute aussitôt, un relent de dégoût s'insinuait : je retournais cela dans ma tête en ronds et en carrés. Sauf que mon cœur l'emportait. Le corps ne traduit pas, mais il en sait ! s'il ne comprend pas, il devine. Près de beaucoup d'eau, tout est heureux. On entend une loutre ou une autre, du côté du fleuve : ce sifflement, comme une succion, qui fait plim. « C'est bon, mais je veux que ce jour arrive ! », disait

41

Diadorim. « Je ne peux avoir aucune joie, ni même simplement vivre, aussi longtemps que ces deux monstres ne seront pas bel et bien exterminés... » Et il soupirait de haine, comme on soupire d'amour ; mais, pour le reste, il demeurait le même. Si entière, la haine qu'il avait, qu'elle ne pouvait plus augmenter : elle déposait, devenue tranquille. Haine et patience ; vous voyez ?

Et, cette chose forte qu'il ressentait, s'imprimait peu à peu en moi ; mais pas sous forme de haine, virant davantage chez moi à de la tristesse. Aussi longtemps que ces deux monstres vivraient, Diadorim c'est simple, dans cette mesure ne vivrait pas. Aussi longtemps qu'il ne pourrait venger le passé historique de son père, il demeurerait hanté. Tandis que nous étions ainsi en marge de notre itinéraire, un temps de repos, où je voulais plus d'amitié, Diadorim ne faisait que parler de l'issue, du dénouement de l'affaire. Tuer, tuer, le sang réclame le sang. Ainsi attendions-nous là tous les deux, côte à côte, aux portes de la nuit. Silencieux. Je me souviens, ah. Les crapauds. Le crapaud tirait sa voix de sa panse, voix de reptile, sénile. Je regardais le bord du ruisseau. Tout ce ramage du cresson d'eau — vous connaissez — à certaines heures, dans cette obscurité, de lui-même il donne une lumière : feuille à feuille, une phosphorescence — le cresson s'allume, pareil à de l'électricité. Et j'avais peur. Peur dans l'âme.

Je ne répondis pas. Ça ne servait à rien. Diadorim voulait en finir. C'est pour cette raison que nous étions en route. Nous allions repartir, après ce repos nécessaire, sous le commandement de Medeiro Vaz, nous allions marcher sur eux — les Judas — les provoquer au combat. Les munitions ne manquaient pas. Nous étions dans les soixante hommes, mais tous des combattants hors pair. Notre chef, Medeiro Vaz, ne perdait jamais une bataille. Medeiro Vaz était un homme de grand bon sens, et de grande expérience, il ne gaspillait pas ses mots. Jamais il ne racontait à l'avance le projet qu'il pouvait avoir, ni en vue de quelle opération nous prendrions la route le lendemain au réveil. Il faut dire, tout en lui déterminait notre confiance et obédience. Osseux, avec une nuque énorme, la tête puissante plantée bas, il était maître du jour et de la nuit — vu qu'il ne dormait presque plus : il se levait toujours le ciel encore plein d'étoiles, parcourait les alentours, nonchalamment, à pas comptés, chaussé de ses bonnes bottes si vieilles, de pécari. S'il pensait de bonne foi avoir raison, Medeiro Vaz était homme à garder précieusement son chapelet dans sa poche, à se signer solennellement et à donner ordre sans broncher de tuer une à une le millier de personnes. Dès le début j'appréciai cette hauteur d'un homme hors du commun. Son secret était de pierre.

Oh, j'en ai vécu, j'en ai vu. Je me souviens des choses avant qu'elles arrivent... Cela donne plus d'éclat à ma réputation ? J'ai ramé une vie libre. Le sertão : ces vides qu'il est. Vous y allez. Vous rencontrerez bien encore quelque chose. Des bouviers ? Un premier, tout d'abord, sur le plateau de l'Urucuia — là où meuglent tant de bœufs... Ou au-delà : les bouviers des Landes-vertes ou de la rivière Passe-moi-Devant : leurs chevaux — à ce qu'on raconte — font la conversation, ils chuchotent dans l'oreille du cavalier un conseil avisé, lorsqu'il n'y a plus personne à côté, qui puisse entendre. J'y crois et je n'y crois pas. Il y a fagots et fagots, et le « ó » du renard... En revenant vers ici, vous avez les sources du Carinhanha et du Piratinga, l'affluent de l'Urucuia — ces deux-là se tournent, tous les deux, le dos. Ils sortent des mêmes marécages — au cœur d'immenses palmeraies de buritis. Dans ces parages, le serpent sucuri geint. Le genre d'anaconda énorme — trente empans ! — qui bondit sur le cerf, s'entortille le corps autour de lui, l'étouffe. Tout alentour, est une glaise gluante, qui retient jusqu'aux sabots des mules, arrache fer après fer. La peur de l'anaconda fait que beaucoup de bêtes retardent pondérées, cachées derrière des souches de buritiranas, le moment de paix où pouvoir aller boire. Le sassafras heureusement pousse dru, il garde les points d'eau : ce qui sent un bon parfum. Le caïman émet son cri, une fois, deux, trois, rauque rauqué. Le caïman fraie — ses yeux globuleux, grumeleux de boue, vous regardant méchamment. Eh, il sait s'engraisser. Dans les lacs, là où pas une bête ailée ne se pose, à cause de l'appétit du caïman et des piranhas aux dents de scie. Ou cet autre — un lac qui n'ouvre même pas l'œil, tant il est plein de joncs. Ensuite, de loin en loin, les marécages deviennent des fleuves. Les buritis suivent, les accompagnent, ils vont, ils vont. Pour passer d'un bassin à un autre, vous grimpez par des raidillons à flanc de relief, vous tombez droit sur le plateau, une *chapada* * immense qui n'en finit plus. Là, pas trace de la plus petite eau — sauf celle que vous emportez avec vous. Des étendues à perte de vue pleines de guêpes. Des nuées de guêpes qui vous piquent. Le soleil tape, par vagues, il tape et retape, à force la lumière blesse. Les chevaux suaient écume et sel. Souvent nous empruntions ces trouées dans la forêt, le chemin du tapir — l'aller du retour... La nuit, si tant est qu'il fait nuit, le ciel se grumelle d'étoiles. À presque se cogner la tête. Il n'y a pas plus beau que ce firmament d'étoiles, vers la mi-février ! Mais, à la lune descendante, la nuit venue, c'est un noir de suie, qui oppresse et compresse. Ce sont des nuits de beaucoup de volume. La ténèbre entière du sertão, me met toujours mal à l'aise. Diadorim, non, il ne

* Voir glossaire.

43

se distrayait pas un instant du feu de glace de cette idée ; et il ne se troublait jamais. Mais je voulais que l'aube arrive. À chaude journée, nuit de gel. Nous arrachions des canneliers pour alimenter le feu. Si nous avions de quoi boire et manger, je m'endormais très vite. Je rêvais. Je ne rêve, bien ou mal, que dans cette liberté. J'étais d'humeur tranquille. Quand le jour se levait à l'horizon, j'entendais d'autres oiseaux. Le merle, la tourterelle-au-ventre-blanc, la *fariscadeira*, la palombe-rouge-de-la-forêt, mais surtout le *bem-te-vi*. Devant et derrière moi, partout, on aurait dit un seul *bem-te-vi*. — « Ça alors ! Tu ne trouves pas qu'on dirait que c'est toujours le même ? » — je demandai à Diadorim. Il n'a pas approuvé, il ne paraissait pas dans son assiette. Quand mon ami avait cet air, je perdais ma bonne humeur. Et je continuai à soupçonner que ce devait être — que c'était bien un *bem-te-vi*, qui persécutait ma vie derechef, m'accusant de sales moments où je n'avais pas encore trempé. C'est encore ainsi aujourd'hui...

Venant de là, il convient que vous visitiez le village des noirs : ceux qui lavaient le sable dans de grandes cuvettes en bois — dans ce maquis retiré de la Vallée-du-Petit-Bétail — d'où on a déjà tiré de l'or. Pour ce que je sais, de peu de carats. Des noirs qui savent encore chanter leurs compliments dans leur langue de la Côte. Nous ne fîmes que passer : le jagunço ne faisait jamais que passer, ne s'attardait jamais : sur le plateau, c'est trop lentement, dans l'hébétement, que vivent les pauvres malheureux légitimes du coin. Une si grande misère. Le plateau, dans la grisaille, s'étend pareil, pareil — il rend triste nombre de gens ; mais j'étais à peine né que déjà je l'aimais. Les pluies se sont espacées...

Je dis : autre mois, autre horizon — nous fîmes halte à Aroeirinha. C'est là que, sur le seuil d'une maison, je vis une jeune belle femme, vêtue de rouge, qui riait : « Hé, toi, le jeune homme à la barbe faite... » — elle a fait. Quand elle riait, elle montrait toutes ses dents, en enfilade. Si jolie, et seule. Je descendis de cheval, j'amarrai l'animal au pieu d'un enclos. Les jambes dans l'entrecuisse, me faisaient mal, tant pendant ces trois jours, nous avions enduré une course douloureuse, une randonnée de trente lieues. Diadorim n'était pas près de moi, pour me réprimander. Soudain, des camarades passèrent au galop dans une grande clameur, pourchassant un bœuf noir qu'ils allaient saigner et dépecer au bord de l'eau. Je n'avais pas encore parlé à cette jeune fille, et la forte poussière qui s'éleva dans l'air nous rassembla tous les deux, dans une épaisse traînée rougeâtre. Alors j'entrai, je bus un café passé par une main de femme, je bus une boisson fraîche, du jus de poire sauvage. Elle s'appelait Norinha. Elle accueillit ma caresse sur sa peau de satin — et ce fut une fête, pareille à un mariage, conjugale. Ah, la mangaba n'est bonne à manger que ramassée, une fois tombée, sur le sol... : Norinha. Après elle me donna en cadeau une dent de caïman, pour mettre à mon chapeau, renommée contre les morsures de serpent ; et elle me montra, pour que j'y pose les lèvres, une image pieuse, dite un peu miraculeuse. Ce ne fut pas rien.

Sa mère arriva, une vieille femme aux yeux hors de la tête, du nom d'Ana Duzuza : réputée voyante, fille de gitans, capable de deviner le bon ou mauvais sort des gens : cette femme dans ce sertão dispose d'un grand pouvoir. Elle savait que sa fille se prostituait — et pourvu que ce soit avec des hommes étrangers au village, des jagunços ou des muletiers, elle ne trouvait pas à redire, elle était même complaisante. Nous mangeâmes de la farine, avec un peu de sucre mascave. Et Ana Duzuza me dit, vendant un rude secret, que Medeiro Vaz allait tenter de traverser de bout en bout le plan du Suçuarão. Elle rentrait du cantonnement de Medeiro Vaz, qui l'avait fait chercher, car il avait besoin de ses prophéties. Qu'est-ce que c'était que cette folie ? Pour quoi faire ? Je n'en crus vraiment rien. Je savais que nous allions prendre par la chaîne des Aras — retraverser ces repaires de chouettes dans cette fin de terre sauvage, où tout ce qui est bandit en fuite trouve à se cacher — par là, avec un peu de chance on pourrait recruter de nouveaux camarades différents. Ensuite, c'était connu : que le plan du Suçuarão, pas âme qui vive n'avait pu le passer, c'était le *plan* le pire qui soit, c'était un désert des enfers. S'il existe, réellement ? Ah, il existe, vindieu ! Hé... Pareil au val d'Enfer ? Ah, non, celui-là c'est autre chose — au-delà, en remontant les versants du Noir et du Gris... Là où se forme également une chaleur de mort — mais dans d'autres conditions... La montée là, faut la grignoter... Ah, le Haut-Plateau ? Alors vous connaissez ? Non, celui-là occupe depuis la Sente-de-la-Vache-Noire jusqu'à Catolé, qui coule en bas de ce côté, il va de la source du Peruaçu à la rivière Cochá, qui sort, passé les savanes de *mangabeiras* *, de la basse-plaine du Nandou.

Rien, rien toujours rien, et le démon : ce plan du Suçuarão est le plus éloigné — bien au-delà, au-delà, dans les grandes solitudes. Il se rallonge de lui-même. D'eau, il n'y en a pas. À croire quand on se trouve là-devant, que le monde se termine : il faut faire demi-tour, toujours. Qui est du coin ne se risque pas ; il observe seulement le début, le début, pas plus. Pour voir comment la lune éclaire,

---

* *Mangabeiras* : arbre de petite taille de la famille des apocynacées, doublement précieux (latex et fruit comestible, la *mangaba*). (N.d.T.)

maternelle, et entendre comment le vent sait se créer tout seul mille et un cris, dans le lit de ces déserts. Il n'y a pas d'excréments. Il n'y a pas d'oiseaux.

Aussi, j'ai foudroyé du regard cette Ana Duzuza, et elle n'a pas supporté. « Que c'est M'sieur Medeiro Vaz, c'est lui-même en personne qui m'a raconté... » — elle a cru bon de dire. Funérailles. C'était pas Dieu possible !

Diadorim m'attendait. Il avait lavé mes habits : deux chemises et une veste et un pantalon, et une autre chemise, neuve, de bougran... C'était moi, des fois, qui les lavais, nos habits ; mais celui qui le faisait presque plus souvent c'était Diadorim. Parce que je trouvais cette corvée la pire de toutes, puis également Diadorim savait mieux s'y prendre, la main plus habile. Il ne demanda pas où j'étais passé, et je fis ce mensonge, que je m'étais arrêté là uniquement à cause de la vieille Duzuza, pour m'enquérir de mon sort futur. De ça non plus Diadorim ne dit rien ; il aimait les silences. Quand il était ainsi, les manches retroussées, je regardais ses bras — si jolis, des bras blancs, et bien faits, et son visage et ses mains rougies et gonflées, à cause des piqûres de guêpes. À ce moment-là, je réalisai que j'aurais pu demander à Ana Duzuza un passage ou un autre de mon destin à venir. Une autre chose également, enclose, et mienne, j'aurais dû demander. Une chose que même avec moi-même je ne voulais pas discuter, je n'avais pas le courage. Car si la Duzuza devinait vraiment, si elle le soulevait le voile du destin ? Je ne demandai pas, je n'avais pas demandé. Qui sait, peut-être, cela arrive, j'étais ensorcelé ? Je me mordis les doigts de ne pas avoir demandé un résumé à Ana Duzuza. Ah, il y a une répétition, qui constamment se reproduit plusieurs fois dans ma vie. Je traverse les choses — et au milieu de la traversée je reste aveugle ! — uniquement occupé par la pensée des endroits par où entrer et sortir. Vous le savez de reste : on veut passer une rivière à la nage, et on passe ; mais on se retrouve à un endroit sur l'autre rive beaucoup plus en aval, bien différent de ce qu'on avait pensé en premier. Vivre n'est-il pas très dangereux ?

Je rapportai à Diadorim ce que j'avais glané, que le projet de Medeiro Vaz n'était pas autre chose que de nous emmener sur le plan du Suçuarão — droit à travers, jusqu'au bout. — « Mais c'est sûr. C'est sûr » — répondit Diadorim, me laissant pantois d'apprendre qu'il le savait déjà et il ne m'en avait pas soufflé le plus petit mot. Et voyez : je me défendais depuis si longtemps, contre ce vouloir aimer Diadorim bien davantage que ce qu'il convient, au grand jour, d'aimer un ami ; et là, à l'instant, je ne ressentais aucune honte de me découvrir une jalousie amère. Cela se savait que Medeiro Vaz déposait en Diadorim une confiance bien plus grande qu'en aucun de nous tous, de sorte qu'avec lui il s'ouvrait, disait les choses. Cette différence de traitement me dérangeait maintenant ? Mais Medeiro Vaz était un homme d'un autre âge, il allait de par ce monde la main loyale, il ne se décontenançait, ne variait jamais. Je savais que lui, à dire vrai, ne gardait le souvenir que d'un seul ami : Joca Ramiro. Joca Ramiro avait été la grave admiration de sa vie : Dieu dans les cieux et Joca Ramiro sur l'autre rive du fleuve. Avec raison. Mais la jalousie coûte plus à endormir que l'amour. Le cœur des gens — le noir, noirceurs.

Alors, Diadorim me décrivit le reste. Au-delà du Suçuarão, déjà sur les terres de l'État de Bahia, un des deux Judas possédait sa très grande fazenda, avec beaucoup de bétail, des cultures ; sa famille légitime habitait là, sa lignée — femme et enfants. Qu'on pourvoie à faire le coup de traverser le plan de part en part, on débarquait sans être attendus, on jetait tout ce monde dans une rude surprise — et le tour était joué ! Qui jamais irait penser que le plan du Suçurão ait pu se prêter à ce qu'on y taille son chemin ? Ah, ils prospéraient dans leur fazenda comme dans une caserne en bronze — vu que se présenter par les autres côtés, ce n'était pas la peine d'y penser, car tout autour il y avait sûrement des sentinelles, de grands renforts de munitions et une clique de camarades à tous les passages difficiles, chaque grotte et chaque point d'eau, qu'ils contrôlaient. Ce truc que, tout à coup, du côté le plus impossible, on aille surgir à l'improviste, prendre ces gens au dépourvu. J'écoutai, j'en frissonnai presque. Mais Diadorim, derechef très sérieux, ajouta : « Cette vieille Duzuza c'est l'enfer, elle gâche tout... À partir des questions que lui a faites Medeiro Vaz, elle a déduit avec bon sens ses intentions, elle n'aurait pas dû dire ce qui est resté dans les blancs... Cette femme, il faut qu'elle meure, pour ne plus parler à tort et à travers... »

J'en ai pas cru mes oreilles. Il m'est venu des sueurs froides. Diadorim était comme ça : tuer, s'il tuait — c'était par précaution. Un Judas éventuel ? — au couteau ! Une habitude à prendre. Je ne le savais pas ? Je ne suis pas homme à voir la rosée à midi, je ne suis pas faible de nature. Mais j'eus pitié de cette Ana Duzuza, avec ses yeux proéminents — on aurait pu les prendre dans les doigts. Une pauvre chose qui m'avait conté tant de sornettes. Minable, un vieux débris, la bouche qui se rentrait comme une courge, d'être sans dents. Elle râpait le sucre mascave avec un vieux canif, roulait dans le creux de sa main les raclures noires et collantes ; ou, sinon, elle en gardait un morceau dans la main, elle le suçait, le reléchait. Ça vous levait le cœur, on salivait. Comment pouvait-elle, alors, inspirer tant de pitié ?

Je n'eus pas la présence d'esprit de contredire. Les volontés de ma personne étaient déposées en Diadorim. Son argument sentait la provocation. Je vis, épouvanté, le moment où il allait me dire de retourner moi-même là-bas, régler son compte à Ana Duzuza de mes propres mains. Je ne parvenais plus à contrôler tout ce que j'éprouvais. Cela faisait un moment que je ne regardais pas Diadorim dans les yeux.

Mais, aussitôt après, je pensai : s'ils tuent la vieille Duzuza pour préserver le secret, ils sont bien capables alors de tuer également la fille, Norinha... et ça c'est un assassinat. Ah, c'est qu'une décision s'est levée en moi, et j'ai ouvert les vannes : — « De tout ce que tu viens de dire, je disconviens ! Toucher à la vie de cette femme, ne va faire que nous retarder... » — voilà ce que je dis. Diadorim me perçait à jour : « Je sais déjà que tu as couché avec la donzelle, sa fille... » — il me rétorqua, sèchement, entre ses dents. Presque un sifflement. De serpent. Là, je compris le vrai de la chose : que Diadorim tenait tant à moi, que sa jalousie à mon endroit, augmentait elle aussi. Après une bouffée de joie, un autre genre de honte, une curieuse amertume, me rendit mal à l'aise.

Et je criai presque : « Alors, c'est une intimation ? Eh bien, faites-le, et je vous plante là, à jamais pour toujours. Tu ne me verras plus !... » Diadorim posa la main sur mon bras. Ce qui me fit frissonner, de l'intérieur, mais je repoussai ces emportements de douceur. Il me tendit la main ; je la pris. Mais c'était comme avoir un caillou pointu entre mes deux paumes. « Alors c'est déjà tout ce que tu veux bien payer pour Joca Ramiro ? À cause d'une jeteuse de sorts, et de la mauvaise vie de sa fille, ici dans ces confins des geraïs ? » — il s'exclama tout bas. Je vis rouge : « C'est tout ! » — je dis. Tout le monde, alors, le monde entier, devait passer sa vie à célébrer la mémoire de celui-là, de Joca Ramiro, pareil que s'il était le Christ Notre-Seigneur, pas moins ! À cette hauteur, j'avais déjà fumé deux cigarettes. Être maître de moi définitivement, voilà tout ce que je voulais ; je le voulais. Mais Diadorim le savait, il ne semblait pas vouloir désarmer :

« Bon, Riobaldo, alors écoute : Joca Ramiro était mon père... » — il a dit — je ne sais pas s'il était très pâle et si c'est ensuite qu'il est devenu tout rouge. Étant donné qu'il a baissé la tête, le visage plus près de moi.

Je me calmai, le souffle coupé. La surprise me laissa court. Assis au-dessus du vide. Et je le crus d'emblée, de façon si certaine, que ce fut comme si j'avais toujours su. Je ne trouvai rien à dire. J'examinai Diadorim, sa rude tête altière, si joli si sérieux. Et le souvenir aussitôt de Joca Ramiro me revint : son port majestueux, son pas leste, ses bottes à la russe, son rire, ses moustaches, son bon regard autoritaire, son grand front, la touffe de ses cheveux noirs bouclés, qui brillaient. Comme brillait toute sa personne. Car Joca Ramiro était vraiment ainsi, souverain, il dégageait une lumière, roi de la nature. Que Diadorim soit son fils, me laissait maintenant à la fois ravi et transi. J'eus envie de déclarer : « Je le redis, Diadorim, je marche avec toi, tu as ma parole, pour toute l'affaire, et en mémoire de ton père !... » Mais ce fut ce que je ne dis pas. Allez savoir pourquoi ? La créature en nous est un non, est question, une corde de trois brins, trois fois tressés. — « Eh bien, pour moi, pour qui veut l'entendre, cette Ana Duzuza devient en fait comme ma mère ! » — fut ce que je dis. Et, terminant, je criai presque : « Quant à moi, on peut me faire miroiter la lune : je ne marche pas. Je suis contre ces barbaries !... »

Tout tourneboulait. J'attendis sa réaction. Et soudain, je lus clair en moi : ce qui déterminait mon opinion était que, follement, je me sois mis à aimer Diadorim, tandis qu'en même temps, je me rétractais et balançais furieux, dans la mesure où ce n'était pas possible que je l'aime comme je désirais, dans l'honneur et jusqu'aux conséquences. Sa voix me retournait l'oreille. Au point que, au bout de toute cette exaltation, mon amour déborda, jusqu'à imbiber tous les feuillages, et je souhaitais prendre Diadorim à plein corps, le soulever dans mes bras, l'embrasser, des cent et mille fois, toujours. Et j'éprouvais un grand dégoût de cette Ana Duzuza, qui venait peut-être rompre notre amitié. En même temps je ressentis presque une sourde fierté de, s'il le fallait, retourner de moi-même là-bas, faire taire la vieille — sauf que ce que je ne pouvais pas c'était maltraiter Norinha que je chérissais, avec tant d'affection. Sûr que je déraillais un peu, non ? Je ne sais pas, je ne sais pas. Je ne devrais pas rappeler tout cela, raconter ainsi la part sombre des choses. Je dégoise — je dégoise. Je ne devrais pas. Vous êtes d'une autre terre, mon ami mais mon étranger. Mais, peut-être justement pour cette raison. Parler ainsi avec un étranger, qui écoute bien et bientôt s'en retourne au loin, c'est un second profit : c'est davantage comme si je parlais avec moi-même. Écoutez voir : ce qui ne va pas en nous, on le pervertit toujours parce qu'on le repousse loin de soi. C'est pour ça qu'on parle tant ?

Et les idées instruites que vous avez m'apportent la paix. Principalement la confirmation, que vous m'avez donnée, que le Dit n'existe pas ; non, n'est-ce pas ? Le Renégat, le Chien, le Cramoulhon, l'Individu, le Gaillard, le Pied-de-Bouc, l'Affreux, l'Homme, le Roussi, le Boiteux, le Fume-Bouche, le Brudemort, le Belzébuth, le Fourchu, le Gaucher, le Tentateur, le Grappin, le Tristounet, le

Baphomet, le Vert-Bouc, Celui-qui-ne-rit-jamais, le Malgracieux... Donc, il n'existe pas. Et s'il n'existe pas, comment est-ce qu'on peut contracter pacte avec lui ? Car l'idée me tourmente. Dites-moi, cette vilaine idée que j'imagine, si elle est licite : que, ou alors — est-ce que ça serait également que peut-être tout est beaucoup plus reculé, touillé, oublié, dans le tréfonds, plus chronique : que, quand quelqu'un prend la décision de vendre son âme, c'est parce qu'elle était déjà donnée vendue, à son insu ; et la personne concernée ne fait qu'assurer la régularisation de quelque ancien traité — car depuis beau temps déjà, son âme petit à petit avait été vendue ? Dieu veuille ne pas vouloir ; Dieu qui fait tout tourner. Dites ce que vous pensez, dites-le-moi. Il se peut même qu'on l'entende un jour de quelqu'un et le comprenne ainsi : nous autres créatures, nous sommes encore tellement pécheresses, tellement, qui sait si ce n'est pas seulement parfois en commandant par l'intermédiaire du *Maudit* que Dieu peut manœuvrer les hommes ? Ou que Dieu — quand le projet qu'il entame est pour beaucoup plus tard, la méchanceté native de l'homme le rend capable de voir la venue de Dieu uniquement sous la forme de l'*Autre* ? Qu'est-ce que nous pressentons véritablement ? Dix ans que je m'interroge. Les pauvres vents dans l'hébétement de la nuit. Il faut bien que le monde tourne ! J'ai mes arrières assurés, grâce au pouvoir de mes prières. Ah ah. Un si grand amour, si grand... J'évoque Diadorim. Que ma femme ne m'entende pas. Jeune homme : tout vague à l'âme est une sorte de vieillesse.

Mais là, je vous disais — quand j'ai crié ce défi rageur, Diadorim répliqua ce que je n'attendais pas :

« Il n'y a pas matière à discorde, l'ami, calme-toi, Riobaldo. La précaution que cette Ana Duzuza disparaisse n'est pas nécessaire. Et nous ne marchons pas avec Medeiro Vaz pour nous conduire comme des sauvages avec la femme et les petits enfants du pire de ces deux Judas, encore qu'ils le méritaient, lui et ceux de son espèce, qui ont coutume d'agir ainsi. Mais ce qu'on veut c'est seulement prendre la famille en otage ; sûr alors qu'il va rappliquer, et vite. Et rappliquer contraint d'engager le combat... Mais si un jour tu renonces à marcher avec nous, je te jure la chose suivante : j'en aurai une tristesse mortelle... » Il dit. Il avait de nouveau mis sa main dans la mienne en commençant à parler, ensuite il la retira ; et il s'écarta de moi. Mais jamais je ne le sentis meilleur et plus proche, au son de sa voix, une voix vraiment pénétrée. Le cœur — c'est-à-dire tous ces détails. Ce fut un trait de lumière. De soi, l'amour est déjà une sorte de repentir. J'enveloppai Diadorim, ainsi que les ailes font à tous les oiseaux.

J'allais désormais, si nécessaire, tuer et mourir, pour le nom de son père, Joca Ramiro.

Mais Diadorim n'a pas davantage complété ce qu'il n'expliquait pas davantage. Et, peut-être qui sait, pour détourner la conversation, il me demanda : « Riobaldo, tu te souviens certainement de madame ta mère. Raconte-moi de quel genre était sa bonté... »

Lorsque j'entendis ça, je peux vous dire, que j'entendis sa question, ça me plut beaucoup moins. Je ne fais que m'esquiver, quand quelqu'un d'autre veut savoir tout net ce qui m'est vraiment propre, dans ce qui est à moi, ah. Mais dans la seconde je changeai d'attitude, voyant que seul Diadorim vraiment, avec sa délicatesse et son amitié, pouvait marquer ce point. Je le compris, que ça devait être ainsi. Toute mère est faite de bonté, mais chacune accomplit son office, qui est sien et le sien, de façon singulière, selon une bonté différente. Je n'avais jamais vu les choses sous cet angle. Pour moi, ma mère était ma mère, ce qu'on sait. Maintenant, je réalisais. La bonté particulière de ma mère avait été celle d'un amour comptant avec la justice, dont j'avais besoin enfant. Et celle, même en punissant mes écarts, d'accompagner mes joies. Son souvenir me fit venir l'inspiration, l'élocution — le temps d'un instant — comme une grandeur à célébrer, comme ce moment entre aube et aurore.

« C'est que la mienne je ne l'ai pas connue... », poursuivit Diadorim. Et il le dit rapidement simplement, comme il aurait dit : *berges — barre — berceaux...* Comme s'il était aveugle de naissance.

Quant à moi, ce que je pensai, fut : que je n'avais pas eu de père ; ce qui veut dire, que même officiellement je n'ai jamais su son nom. Je n'ai pas honte d'être de naissance obscure. Orphelin de reconnaissance et de documents officiels, c'est ce qu'on voit le plus dans ces sertões. L'homme voyage, il fait halte, repart : il change d'endroit, de femme — ce qui perdure c'est un enfant. Qui est pauvre, se fixe peu, c'est un va-et-vient dans l'indistinct des hautes-terres, tout comme les oiseaux des lacs et des rivières. Voyez : Zé-Zim, le meilleur métayer que j'ai ici, un homme joyeux, ingénieux. Je lui demande : « Zé-Zim, pourquoi tu n'élèves pas des pintades comme tout le monde ? » — « Je ne veux faire aucun élevage... — il m'a répondu. J'aime trop bouger... » Et c'est ça, il est chez lui avec une petite mulâtresse, ils ont déjà deux enfants. Un beau jour, il décampe. C'est comme ça. Personne ne s'étonne. Moi, dans tout ça, je dis pareil. Je leur donne protection. Moi, c'est-à-dire Dieu, par mon humble entremise... Elle n'a pas manqué non plus manqué à ma mère, la protection, quand j'étais enfant, dans le petit sertão où je suis né, au pied de la pointe de la chaîne des Merveilles, entre cette chaîne et celle des Alegres, les communs désaffectés d'une ferme abandonnée, dite « La Conque », derrière les sources de la Verte, la rivière qui se jette dans le Paracatu. À côté il y a un gros village — qui s'est appelé *Alegres,* vous le verrez. Aujourd'hui, il a changé de nom, ils l'ont changé. Tous les noms, ils les altèrent petit à petit. C'est la consigne. Tout *Saint-Romain* ne s'est-il pas appelé d'abord *Ville-Rieuse ? Cèdre* et *Bagre* n'ont-ils pas perdu leur être ? Et *Le Grand-Tabuleiro ?* Comment peut-on de cette façon remplacer des noms ? Vous êtes d'accord ? Un nom de lieu où est né quelqu'un, devrait être sacré. C'est ce qu'on dit : comme si le premier venu se mêlait de renier le nom de *Bethléem* — le village de Notre-Seigneur Jésus-Christ dans sa crèche, entre Notre Dame et saint Joseph ! Il faudrait plus d'attachement. Vous le savez : Dieu existe définitivement, le démon est son contraire... Voilà ce que je dis : moi, dont vous avez déjà vu que ce n'est pas la remembrance qui me manque, je n'ai rien oublié de mon enfance. Bonne, elle a été. Je m'en souviens avec plaisir : mais sans regret. Parce que très vite s'insinue diffuse une petite brise d'imprévus. Derrière soi, il y a peu de joie. Vous le savez : la chose la plus lointaine de ma première petite enfance, que je trouve dans ma mémoire, c'est la haine, ma haine à l'égard d'un homme appelé Gramacèdo... Les gens les meilleurs de l'endroit appartenaient tous à cette famille Guedes, Jidião Guedes ; quand ils sont partis, ils nous ont emmenés avec eux, ma mère et moi. Nous sommes allés vivre dans une vallée de la Sirga, sur l'autre rive, là où la rivière de-Janeiro se jette dans le São Francisco. J'avais dans les treize ou quatorze ans.

De sorte que, à propos de ce que j'étais en train de vous dire, une nuit se passa, tout le monde satisfait, ayant rêvé son content. Je tiens que c'était en avril, à l'entrée. Medeiro Vaz, pour mener à bien ce qu'il projetait, avait voulu prendre de vitesse les retombées des pluies de mars — la Saint-Joseph et les crues saisonnières — pour s'assurer un ciel clément, avec les champs encore dans leur verte croissance, étant donné que nous allions commencer par descendre à travers de grandes prairies marécageuses, et de là poursuivre comme on dit, droit devant soi. Parce que c'était l'extraordinaire vérité, je m'en rendis compte très vite ; mais je ne m'effrayai guère. Nous avançâmes, en nous arrêtant deux jours au Vesper — là des chevaux frais nous attendaient, d'autres chevaux, sous la garde d'un fermier ami, Jõe Engrácio, de son nom. Sur les chemins, on pataugeait encore dans toute la boue de la veille. — « Vouloir voyager à cheval sans avoir de routes — il n'y a qu'un fou pour faire ça, ou un jagunç... » — dit ce Jõe Engrácio, qui était un homme sérieux travailleur, mais par trop simplet ; et il riait lui-même, aux éclats, de ce qu'il disait. Mais il se trompait — vu que Medeiro Vaz sut toujours comment s'y prendre, et s'y tenir. C'est bien pourquoi, ce Jõe Engrácio remarqua la quantité de nourriture et de provisions que nous avions rassemblées à dos de tant de mulets, ce qui était hors de proportion, pour seulement le goût de pareille abondance : les viandes et les farines, du sucre brun. Et même du sel. Même du café. De tout. Et lui, voyant ce qu'il voyait, demanda où on allait, et, bon, finit par dire qu'il voulait venir lui aussi. « Tu veux rire ? » fut tout ce que répliqua Medeiro Vaz. « Je voulais rire, chef. Je demande pardon... », s'inclina Jõe Engrácio.

Medeiro Vaz n'était pas passéiste. De plus de jugement seulement, l'habitude, un homme d'expérience. Parfois il se mettait à parler sourdement, en maugréant. Personne, avec lui, n'administrait. Mais il acceptait toujours, en gardant le silence, tout conseil juste et bon. Sauf qu'il n'appréciait guère qu'on s'y mette en chœur. On était tous en train de discuter ? Sûr alors que Medeiro Vaz n'y était pas. Ce qu'avait été autrefois sa propre histoire, vous le savez ? Dans sa jeunesse, de parents ayant beaucoup de biens, il avait hérité une immense fazenda. Il pouvait la gérer, faire sa vie.

Mais les guerres étaient arrivées, et les troubles dus aux jagunços — tout était mort et exaction, et offense charnelle envers les femmes mariées et les demoiselles, il n'y eut plus de tranquillité possible dès lors que cette immonde folie gagna les serras, se répandit à travers les hautes-terres. Alors Medeiro Vaz, au terme d'une solide réflexion, reconnut quel était son devoir : il se défit de tout, largua tout ce qu'il possédait, en terres et en troupeaux, il se délesta, libre comme s'il voulait revenir à l'état de naissance. Il n'avait pas de bouches à nourrir, pas d'héritiers à obligatoirement entretenir. À la fin des fins, il a parfait les faits : il mit de ses propres mains le feu à la maison de maître de l'énorme fazenda qui avait été la propriété de ses père, grand-père et arrière-grand-père — il surveilla jusqu'à l'envolée des cendres ; des petits bois aujourd'hui, ont poussé à cet endroit. Après quoi, il se rendit sur l'emplacement où sa mère était enterrée — un petit cimetière en bordure de terres restées sauvages — et il arracha la clôture, dispersa les pierres : terminé, il pouvait désormais aller tranquille, personne ne pourrait découvrir, pour le profaner, l'endroit où reposaient les ossements de ses parents. Là-dessus, lavé de tout, drainé maître de lui, il se mit en selle, avec des brassées d'armes, rassembla une bande de gens courageux, des garçons de ces sertões, et partit en campagne, pour imposer la justice. Il chevauchait monts et vaux, des années ça a duré. On dit qu'il est devenu de plus en plus étrange. Lorsqu'il a rencontré Joca Ramiro, il a connu alors un nouvel espoir : pour lui, Joca Ramiro était le seul homme, pair-de-france, capable de prendre en charge notre sertão, d'y faire régner la loi, sous son autorité suprême. Le fait est que Joca Ramiro était lui aussi en campagne pour la justice et la grande politique, mais pour le compte uniquement de ses amis spoliés persécutés ; et il ne renonçait pas à ses bonnes propriétés. Mais Medeiro Vaz était d'une race d'hommes comme vous ne voyez plus ; moi, j'ai pu voir. Il avait une présence si forte, qu'auprès de lui, même le prêtre, même le docteur, les riches se comportaient avec tout le respect. Il pouvait bénir ou maudire, et pas un homme plus jeune, aussi valeureux soit-il, n'avait honte de lui baiser la main. Nous lui obéissions tous à cause de cela. Nous nous inclinions, que ce soit rire ou pleur, une folie contrôlée. Lieutenant dans les hautes-terres — il était l'autorité. Nous étions les medeiro-vaz.

Raison pour laquelle, on accepta en faisant bonne figure, quand en effet Medeiro Vaz, en peu de mots, confirma : que nous allions traverser le plan de Suçuarão, et chercher noise à l'ennemi jusque dans les fins fonds de l'État de Bahia. Il y eut même du coup, en approbation, un grand tintamarre de fête. Ce que personne n'avait encore fait, on se sentait en pouvoir de le faire. Comment on s'y est pris : de là, de Vesper, nous sommes partis, dévalant les fondrières et les ravines. Ensuite nous sommes montés. La zone où commencent les bois, dans les *cerrados* *, s'étend de plus en plus à mesure qu'on remonte vers les sources. Le bœuf sauvage peut surgir des fourrés, hors de lui furieux, comme l'est qui n'a jamais vu forme humaine — il charge pire que le jaguar. On voyait dans le ciel des bandes d'aras si importantes qu'on aurait dit un tissu rouge ou bleu déployé, effiloché sur les lombes du vent chaud. Puis nous sommes redescendus et, soudain, nous sommes arrivés dans une vallée toute dégagée, joliment agréable et heureuse, avec un lac très convenable, entouré de buritis de bonne hauteur : le buriti — vert, et qui s'élance fin et dépouillé, carillon-de-beauté. Il y avait aussi les ruines d'une maison, que le temps avait détruite petit à petit ; et un bois de bambous, planté par des gens d'autrefois ; et une petite cabane. L'endroit s'appelait les Bambous, le *Bambual-du-Bœuf*. C'était ce qu'il nous fallait pour passer la nuit et procéder aux derniers préparatifs.

J'étais de garde, sur une petite hauteur à l'écart, à un quart de lieue de distance. De là j'observais tout ce mouvement : les hommes, pleins de joie, que je voyais de la taille minuscule de petits gamins, pareils à un nuage d'abeilles sur des fleurs d'*araçà*, la même agitation, en train de se déshabiller et de courir pour profiter de se baigner dans le rond

* Voir glossaire.

54

bleu du lac, d'où les oiseaux se sauvaient épouvantés — les hérons, les marabouts, les flamants, et des bandes de canards-noirs. Il semblait que pour savoir que le poids de la vie allait se faire sentir dès le lendemain au matin, les camarades ne voulaient pour l'instant que sauter, batifoler, rire, s'en donner à cœur joie. Mais une bonne dizaine devaient toujours rester en sentinelle avec leurs fusils et leurs grenades, comme Medeiro Vaz l'exigeait. Et, vers le soir, quand le vent revint, ce fut un souffle suave et suivi dans les palmes des buritis, enroulées une à une. Et la même chose quasiment dans le bois de bambous. Le son doux de la pluie. Alors, Diadorim arriva me tenir compagnie. J'étais un peu perplexe. Celui qui était le plus inquiet au sujet du lendemain, c'était peut-être moi, j'avoue. Tel que je suis bâti, je n'ai jamais vu le jour se lever avec un grand courage ; c'est-à-dire : le courage chez moi était variable. Ah, en ce temps-là, je ne savais pas, c'est aujourd'hui que je sais : que, pour se transformer en minable ou en brave, ah, il suffit de se regarder une petite minute dans le miroir — en s'efforçant de faire une tête de héros ; ou une tête de mécréant ! Mais ma compétence m'a coûté le prix fort, elle a cheminé avec les pieds de l'âge. Et, je vous le dis, cela même qu'on renâcle à faire lorsque Dieu commande, après quand c'est au tour du diable de le demander on le fait et parfait. Le Corrupteur ! Mais Diadorim était tout miel : « Écoute, Riobaldo » — il me dit — « nous marchons vers la gloire. À l'heure du découragement, souviens-toi de ta mère, je me souviendrai de mon père... » Ceux-là, ne les nomme pas, Diadorim... Les morts, c'est en silence qu'on parle d'eux... La conviction me manqua pour lui répondre ce que je pensais. Tout mon désir c'était de mettre mes doigts légèrement, très légèrement, sur ses yeux caressants, de les cacher, pour ne pas avoir ainsi à tolérer de voir leur appel, tant ce regard inaltéré, cette beauté verte si impossible, j'en étais malade.

Nous dormîmes notre soûl. Au petit jour — nuées, envols d'oiseaux, et trilles et pépiements — on courait tous affairés dans tous les sens, pour mettre la dernière main. Les outres en cuir furent remplies aux sources du lac et arrimées sur le dos des petits ânes. Nous avions également emmené des mulets, le seul moyen pour le transport. Les chevaux broutaient encore un peu, une herbe haute, qui cachait leurs jambes. On se disait plein de choses gaies. Chacun prenait aussi sa gourde d'eau, et la ration de vivres pour la journée, de la viande séchée avec de la farine de manioc*, dans sa gibecière. Medeiro Vaz,

---

* Rappelons que cette farine, grossièrement moulue (la consistance se rapproche de la noix de coco en poudre), base de l'alimentation dans les cerrados et le sertão, est ingurgitée sans autre préparation à pleines poignées, directement et quasiment jetées dans la bouche. (N.d.T.)

après n'avoir rien dit, donna ordre de marche. Un premier groupe de cinq hommes, une petite patrouille, prit les devants. Vu que nous avions avec nous trois bons éclaireurs — Suzarte, Joaquim Beiju et Tipote — ce Tipote connaissait les méthodes pour découvrir les points d'eau et les grottes. Suzarte déployait un flair de chien-maître, et Joaquim Beiju connaissait sur le bout des doigts, de jour comme de nuit, chaque recoin des hautes-terres — capable si on le voulait d'en dresser la carte. Nous nous mîmes en route, à notre pas. Six bouvillons bien gras, menés à l'aiguillon, seraient abattus en chemin. Soudain, tandis qu'on s'éloignait, tous les oiseaux revinrent du fond du ciel, ils descendaient en flèche, retrouver la fraîcheur de leurs abris, sur les bords du lac — ah, un papotage dans les buritis, une effervescence. Fallait voir, et le soleil, qui montait, cette splendeur sur l'horizon au-dessus des bois, loin derrière nous, régna. Le jour déployé.

Nous nous enfonçâmes alors, sans détours, dans un maquis de mangabeiras, presque jusqu'à l'heure du déjeuner. Mais le terrain devenait de plus en plus inhospitalier. Et les arbres rapetissaient, se ratatinaient, leurs robes balayaient le sol. Seul le tatou devait venir là, attiré par le miel et les mangabas. Au-delà, arbres et arbustes de mangabeiras s'arrêtaient. Là où la campagne prend ses aises. Les urubus s'espaçaient dans la vastitude. Les plantes fourragères disparurent, puis les épineux, et jusqu'à ces fourrés de faisceaux argentés : toutes les touffes. Le fourrage, dans ces parages de grisaille, cessait définitivement. Et, survenant ainsi petit à petit, cela pesait d'un poids raréfié, de monde vieilli, désaffecté. Toute la végétation sauvage des hautes-terres cessa. On regardait derrière soi. Mais le soleil ne laissait voir dans aucune direction. Je vis la lumière, un cauchemar. Un énorme épervier traversa : ce fut le dernier oiseau qu'on aperçut. Normal, car nous étions dans cette chose : un monde déserté, le vide, le mou, l'envers. C'était une terre différente, folle, et un lac de sable. Où était passé ce qui la bordait, limitrophe ? Le soleil se déversait sur le sol, nappe de sel, qui étincelait. De loin en loin, des herbes mortes ; et quelques touffes de plante sèche — pareilles à une chevelure sans tête. Au-delà, sur des distances, s'exhalait une vapeur jaune. Et le feu commença à entrer, avec l'air, dans nos pauvres poitrines.

Je vous explique que la souffrance qui allait suivre, on le sut de reste dès le commencement : elle n'allait qu'augmenter. Et ce qui devait venir. Ce qui doit venir — ce sont les mots. Ah, parce que. Pourquoi ? Je jure que : au moment même de poser le pied sur ce plan du

Suçuarão, un camarade, un certain João le Bougre, me dit, ou dit à un autre à côté de moi :

« ... L'Hermógenes a fait pacte... Il s'est mis avec le Maudit... » C'était plus qu'il n'en fallait pour mes oreilles. Le pacte ! Cette chose qu'on raconte — vous êtes au courant. Des bobards. Que la personne se rend, à minuit, à une croisée de chemins, et appelle d'une voix forte le Prétendument — et attend. Si ça se passe, alors vient un souffle de vent, sans raison, et gare, une truie se présente avec une nichée de poussins, ou bien une poule avec une portée de gorets. Tout à l'envers, mal fichu, inachevé... Vous imaginez la scène ? Le Malin à ce moment-là — la personne ne se démonte pas — lâche une odeur de goudron brûlé. Et le susdit — le Boiteux — se forme, prend apparence ! Il s'agit de garder courage. Le pacte est signé. Il est signé avec le sang de la personne. Le paiement c'est l'âme. Plus tard, longtemps après. Vous imaginez ! La minable superstition ! Des sornettes !... « L'Hermógenes a fait pacte... » La preuve, je l'ai faite. Je vous l'ai dit. Personne, contre lui, ne pouvait ? Hermógenes — le démon lui-même. Oui, c'est tout. Le diable en personne.

Nous tous — les humains — sommes venus de l'enfer, m'a instruit mon compère Quelemém. De certains lieux inférieurs, si affreux-monstrueux, que le Christ lui-même n'est resté là qu'un minimum de temps, mûrir la grâce de sa substance luminescente dans les ténèbres de la veille du Troisième Jour. Vous êtes prêt à le croire ? Que là, le plaisir banal de tout un chacun est d'embêter les autres, de bien les tourmenter, et que le froid et le chaud persécutent davantage ; que pour digérer ce qu'on mange, il faut en même temps faire de gros efforts au milieu de fortes douleurs, même respirer coûte une douleur. Et on n'y a jamais de repos. Si j'y crois ? Je crois que ça prête à commentaire. Je repense au hameau de Macaúba da Jaïba, je l'ai présent, ce que j'ai vu de mes yeux et tout ce qu'on m'a raconté : les horreurs de rigueur auxquelles ils s'adonnaient dans tant de pauvres petits villages : fusillant, poignardant, étripant, crevant les yeux, arrachant les langues et les oreilles sans épargner les petits enfants, tirant à bout portant sur le bétail innocent, mettant le feu à des personnes encore à moitié vivantes, à côté de tout ce sang gaspillé. Ils ne viendraient pas droit de l'enfer ces gens ? Compliments ! Ça se voit qu'ils sont remontés de là avant le temps, avec la charge, j'imagine, de punir les autres et de servir d'exemple pour qu'ils n'oublient jamais ce qui règne en bas. Le fait est que beaucoup retombent là en dessous, dès qu'ils meurent... Vivre est très dangereux.

Mais le plus infernal aussi on le mesure. Je dis. À malin, malin et demi. Les pluies étaient déjà bien oubliées, et la moelle malade du sertão résidait ici, c'était un soleil sur le vide des espaces. On progressait de quelques brasses, et on foulait le tréfonds de tout ce sable — un sable qui se dérobait, sans consistance, refoulant le sabot des chevaux. Après quoi, on faisait du surplace dans un enchevêtrement d'épines et de gravier mêlés, de la pire espèce, d'un vert-noir couleur de serpent. Car il n'y avait pas de chemin. De là, on passait sur un sol dur, rosé ou cendreux, brûlant comme la pierre d'un foyer, crevassé et caillouteux — n'y comprenant goutte les chevaux s'énervaient. Diadorim — toujours la tête haute — son sourire redoublait mon angoisse. Comme s'il disait : « Hé, vaillants que nous sommes, intrépides plus que personne — nous allons voir notre peine et notre mort par ici... » Les medeiro-vaz... Medeiro Vaz se démenait en tête, avec ceux qui nous frayaient une piste ? Pourrions-nous jamais revenir d'un pareil endroit ? Et peu à peu, je crus voir des visions. Les camarades qui s'acharnaient, s'acharnaient à avancer, et la peur me prit d'avoir un malaise — comme un vertige d'homme ivre. Pourquoi, je pouvais le savoir ? Je crois que cela provenait de trop penser, car des marches bien pires, j'en avais déjà fait, à cheval ou à pied, sous un soleil de plomb. La peur, ma peur. J'endurai. Tout ce que je transportais avec moi me pesait — je sentais les sangles des buffleteries, leurs formes. Au bout d'une lieue et demie de marche, je bus ma première lampée d'eau — de ma gourde que j'économisais comme un avare. J'avais perdu la juste notion des choses, mes idées défilaient sans queue ni tête. Cela dura jusqu'à ce que nous nous arrêtions. Jusqu'au moment où, sans que change le paysage, sans que l'on distingue un seul arbre, une seule dénivellation, on vit d'un côté le soleil basculer et de l'autre côté la nuit se mettre en place. Je n'aidai même pas à prendre soin des bœufs, ni à desserrer le bât des mulets. Où les bêtes allaient-elles pouvoir paître ? La nuit s'arrondit, une nuit noire sans bouche. Je débridai, amarrai l'animal, je m'écroulai et m'endormis. Mais à l'instant où je glissais dans le sommeil, deux pensées me traversèrent, qui se croisèrent : est-ce que Medeiro Vaz avait bien toute sa tête ? — et qu'Hermógenes avait conclu alliance avec le diable. Ces deux poutres, je pense, me fermèrent les yeux. J'entendis encore Diadorim qui gisait là, reprenant des forces à côté de moi, me dire : « C'est ça, dors, Riobaldo, tout finira bien... » Des paroles qui attisèrent d'abord chez moi un agacement de fatigue, mais sa voix était juste-juste ce qu'il fallait pour me bercer. Nuit hantée, où je fis ce rêve fou : Diadorim passant sous un arc-en-ciel. Ah, que ne pouvais-je l'aimer vraiment — les amours...

Comment trouver à vous dire dans l'ordre la continuation de ce martyre, à partir du moment où, le lendemain, les bancs de nuit

58

cédèrent, dans la brume blême de ce lever du jour éteint, sans un seul espoir, sans le simple chant des petits oiseaux absents? Nous partîmes. J'allais les yeux baissés, pour ne pas fixer les horizons qui barraient, nous encerclaient, immuables. Pour le soleil et le reste, avec votre imagination, vous pouvez compléter; ce que vous ne pouvez pas, c'est avoir été là, l'avoir vécu. Sachez seulement : le plan de Suçuarão concevait le silence et engendrait un maléfice — telle une personne! J'étais la proie de ces pensées : aller, aller, aller — rien d'autre; et que Medeiro Vaz était dément, il avait toujours vécu à moitié cinglé, sauf que cette fois ça empirait, sautait aux yeux — voilà ce que j'avais l'envie impérieuse de crier. Et les autres, les camarades, qu'est-ce que pensaient les autres? Je le sais? Rien, dix fois rien, c'est sûr — ils allaient comme de coutume — hommes du sertão si éprouvés. Le jagunço est un homme qui a déjà à moitié renoncé à soi... La calamité de la chaleur. Et l'embrasement, l'étouffement, la douleur de toute cette chaleur sur tous les corps qu'on a. Les chevaux soufflaient par les naseaux — on n'entendait que leur halètement et le laborieux travail de leurs enjambées. Pas le moindre signe d'ombre. Il n'y avait pas d'eau. Il n'y avait pas d'herbe. Quand on donnait à boire aux chevaux, dans les vaches à eau en cuir, une demi-dose, pas plus, et qu'ils allongeaient le cou pour réclamer, ils semblaient regarder leurs sabots, pour montrer tout l'effort qu'ils enduraient; mais il fallait économiser chaque petit reste de boisson. On allait, un cauchemar. Un vrai cauchemar, à faire délirer. Les chevaux gémissaient sans plus aucune confiance. Désormais ils n'avançaient plus. Et nous étions perdus. On ne rencontrait pas un puits. Nous avions tous les yeux rouges, enflammés, les visages violaçaient. La lumière assassinait trop. Nous tournions en rond, les éclaireurs tâtonnaient, furetaient. Certains baisaient déjà leurs scapulaires et disaient leurs prières. Quant à moi, brisé, prostré sur ma selle, je confiai mon âme à mon corps. Même mes tempes étaient devenues de plomb. La vaillance vaut à n'importe quelle heure? Je pensai des choses comme pensent les vieillards. Ou peut-être je divaguais? Le chagrin qui me vint fut de penser que j'allais perdre Otacília. Une jeune fille qui m'aimait, elle vivait dans les monts des Geraïs — à Buriti-le-Haut, une palmeraie au fond d'une vallée — dans la fazenda Santa Catarina. Je m'enivrai d'elle, comme d'une musique dingue, je buvais d'une autre eau. Otacília, elle voulait vivre ou mourir avec moi — qu'on se marie. Ma nostalgie fut de courte durée. Le temps de quelques vers :

Buriti, ma palmeraie
Là, près des étangs, là-bas :

À gauche une maisonnette,
Des yeux comme vagues de mer...

Mais les yeux verts étaient ceux de Diadorim. Mon amour d'argent et mon amour d'or pur. Mes yeux s'embuaient, se brouillaient, tant j'avais mal, je finis par ne plus pouvoir regarder le ciel. L'encolure de mon cheval — tout le plat de chaque côté suant, souffrant — me fit peine. Revenir sur nos pas, vers les monts amènes ! Je voyais, je voulais voir, avant de passer à trépas, un oiseau planer immobile, le sol remué de frais par le mufle d'un tapir, le balancement des palmes à la cime des arbres, le rire de l'air et le flamboiement d'un ara. Vous savez ce que c'est qu'un coup de vent, sans un boqueteau, un pan de mur pour le freiner ? Diadorim se tint sans arrêt à mes côtés. De temps à autre il plissait le front, méditatif. Il devina que je glissais loin de lui dans mes pensées — « Riobaldo » — il me dit — « on ne l'a pas tuée, Ana Duzuza... On n'a rien fait de répréhensible... » Et moi je ne répondais pas. Qu'est-ce que j'en avais à faire désormais — des mauvaises actions ou des punitions ? J'aspirais seulement au chuintement léger d'une source courant sur un lit de pierres — à la fuite paisible d'un ruisseau dans les sous-bois. Et je me suis souvenu des derniers oiseaux du Bambual-du-Bœuf. Ces oiseaux agitaient une petite brise. Ils criaient contre nous, chacun secouait son ombre sur un empan d'eau vive. Le meilleur de tout c'est l'eau. Dans la fournaise... « Je sors d'ici vivant, je plante là la vie de jagunço, je file et j'épouse Otacília » — je me jurai, excédé par toutes mes souffrances. Mais déjà, à ce moment-là, je n'aimais plus personne : je n'aimais que moi, que moi ! Nouveau-venu que j'étais dans cette vieillerie d'enfer. Le jour où pour chacun cesser d'exister, un décret le décide : c'est bien pour ça que vous me voyez ici aujourd'hui. Ah, et les puits on ne les trouvait pas... L'un de nous, la mort était déjà sur lui. Miquím, un garçon sérieux sincère, un guerrier émérite : il s'arrêta, éclata de rire : « Est-ce que c'est pas une chance ? » Puis, on entendit en avant le cri d'un autre, déchirant : « Je suis aveugle ! » Mais, le pire fut celui qui tomba de traviole, comme une masse, et qui roula sous le pas des montures. Soudain, quelqu'un se mit à maugréer, à protester à voix basse. Puis un second. Les chevaux tanguaient. Je vis une ronde de visages. Des visages d'hommes ! L'un d'eux, il me sembla — même ses oreilles étaient grises. Et un autre : était devenu tout noir et ses paupières et les poches qu'il avait sous les yeux saignaient. Medeiro Vaz ne tenait donc compte de rien ? Je sentis mon sang bouillir. Je réussis alors à attraper en marche les rênes du cheval de Diadorim — leur cuir me blessa la main — je restai un moment de gingois, mais je

60

parlai : « À partir d'ici, de cet endroit même, je n'avance plus d'un pas ! Ou il faudra me traîner de force... » Diadorim me parut de pierre ; chien en arrêt. Mais il me dévisagea fermement, avec cette beauté dont rien n'avait raison : « C'est bon, nous allons revenir, Riobaldo... Je vois que rien n'a bien tourné... » « Ce n'est pas trop tôt ! » — je rétorquai plus fort, la voix rauque comme celle d'un ouakari. C'est là que le cheval de Diadorim s'affaissa, les membres déjetés, écartelés à terre, et qu'il agonisa. Je descendis du mien. Medeiro Vaz était là, l'air perplexe. Autour de nous, les camarades retenaient leur souffle, attendant les décisions. « Il faut qu'on fasse demi-tour, chef ? », sollicita Diadorim. Il s'interrompit, et fit un geste à notre adresse, qu'on se tienne tranquilles. Il avait parlé sans élever le ton ; mais il était clair que Medeiro Vaz ne pouvait pas vouloir autre chose que ce que demandait Diadorim. Medeiro Vaz alors pour la première fois, écarta les bras, montrant qu'il n'y avait rien à faire ; et il resta ainsi, les épaules basses. Je ne vis, n'entendis rien de plus. Je pris ma gourde, j'avalai une gorgée, amère comme du fiel. Mais, enfin, Dieu me le dit, nous rebroussions chemin. Et — que vous sachiez tout — je me sentis aussitôt sain, dispos, rajeuni ! Et les autres également, ranimés récupérés. Le retour fait toujours plaisir. Diadorim me prit le bras. Je vis : ses yeux embués de larmes. D'autant, je le sus plus tard, que l'idée de traverser le plan de Suçuarão, c'était lui qui l'avait conseillée à Medeiro Vaz.

Mais pourquoi vous raconter par le menu, tout ce qu'il nous fallut passer ensuite ? Un léger aperçu suffit. Dieu aidant, de ce soleil foudroyant, nous pûmes réchapper sans de trop gros dégâts. C'est-à-dire, quelques hommes moururent, et nombre de chevaux. Mais le plus grave fut de nous retrouver sans les mulets, qui s'étaient sauvés, trop éprouvés, et le chargement, presque tout le chargement, avec les vivres, nous l'avions perdu. Et si nous ne finîmes pas de même égarés perdus, ce fut uniquement en nous réglant sur les étoiles. Nous sortîmes de là un matin, comme l'aurore pointait. Et pas du tout à l'endroit prévu. Mais on n'en pouvait plus. Le ciel haut et la lune attardée. En plus de nos autres souffrances, les hommes s'énervaient hallucinés, à force d'avoir faim — nous ne trouvions aucun gibier — quand enfin ils descendirent un singe de belle taille, ils le découpèrent, le débitèrent et se mirent à manger. J'en goûtai. Diadorim n'eut pas le temps. Étant donné que, je vous le jure, tandis qu'ils finissaient de le cuire et mangeaient, on comprit, ce corpulent animal n'était pas un singe, il ne pouvait pas, on ne trouvait pas la queue. C'était un homme humain, un habitant du coin, un certain José des Alves ! Sa mère accourut nous prévenir, elle pleurait, expliquait : cette créature de

Dieu allait nue, faute de vêtements... C'est-à-dire, pas totalement, car elle-même avait bien sur la peau quelques guenilles ; mais il arrivait aussi que le fils se sauve comme ça à travers bois, parce qu'il avait le cerveau fêlé. Ce fut l'épouvante. La femme, les genoux en terre, suppliait. Quelqu'un dit — « Maintenant qu'il est bien mort, mangeons ce qui n'est pas l'âme, plutôt que de mourir tous... » Une triste plaisanterie. Mais non, ils ne mangèrent plus, ils n'y arrivèrent pas. Il n'y avait même pas de farine pour accompagner. Je me mis à vomir. D'autres aussi vomissaient. La femme suppliait. Medeiro Vaz s'affaissa, brûlant de fièvre, beaucoup se trouvaient mal. — « Alors, t'en veux encore, hein ?... » — les rembarraient d'autres. Mais quelques-uns pendant ce temps obtinrent de la femme une information : qu'à une affaire d'environ un quart de lieue de là, il y avait un grand champ de manioc. — « Attention, n'y allez pas ! » — j'entendis crier : que la femme, c'est sûr, donnait ce tuyau pour se venger, ce devait être du manioc sauvage ! Et ils fusillaient des yeux la pauvre femme. Crocodile à ce moment-là, ramassa un peu d'une terre, dont on dit qu'elle a bon goût, qu'on peut en profiter. Il m'en donna, je mangeai, sans lui trouver autre chose qu'un arrière-goût curieux visqueux, et qui trompait l'estomac. Mieux valait manger de l'herbe et des feuilles. Mais il y en avait déjà qui remplissaient jusqu'à leur musette avec des mottes de cette terre. Diadorim en mangea. La femme aussi accepta, la pauvre. Après Medeiro Vaz se trouva mal, d'autres avaient des douleurs, et ils se dirent que la viande d'humain empoisonnait. Nombreux étaient ceux qui étaient malades, ils saignaient des gencives, ils avaient des taches rouges sur tout le corps et des douleurs dans leurs jambes qui enflaient, à se damner. Et j'avais une telle dysenterie, que je m'écœurais moi-même au milieu des autres.

Mais nous avons pu arriver jusqu'aux rives de la rivière aux Bœufs, près du lac Suçuarana, et là nous avons pêché. Nous avions emmené la femme qui n'arrêtait pas d'avoir peur, si on ne trouvait pas autre chose à manger, que ce soit son tour. — « Le premier qui s'avise de la toucher, aura affaire à moi ! » garantit Diadorim. — « Qu'il essaie pour voir ! » j'appuyai, à côté de lui. Pour finir ils tuèrent un cochon d'eau bien gras. Un naturel du coin en haillons nous refila de la farine de buriti, ça aidait toujours. Puis nous suivîmes la petite rivière qui part du lac Suçuarana et que viennent gonfler les eaux de la Jenipapo et de l'Étang-de-Vitorin ; elle se jette ensuite dans le fleuve Tambourin — celui-là, il y a sur son parcours des chutes d'eau qui chantent, et il est d'une couleur si foncée que les perroquets le survolent dans une cacophonie : « *Elle est verte ! Elle est bleue ! Elle est verte ! Elle est verte !* » ils crient. Et je vis plus loin une vieille pierre, brûlée par le soleil. Des eaux saintes, et voisines. Et que c'était beau, à mesure que se déroulait la plaine, les fleurs du capitaine-de-la-salle, rouges et orangées, qui brillaient frissonnantes, pleines de reflets. « C'est le cavalier-de-la-salle ! », s'est exclamé Diadorim ravi. Mais Alaripe, près de nous, hocha la tête : « Celle-là, chez moi » — il dit — « on l'appelle dame-jeanne. Mais son lait est un poison... »

Nous étions en état de choc, moulus, brisés par cette équipée. Mais pas découragés. Personne ne se plaignait, et je crois même que personne ne se trouvait à plaindre. Fils de l'instant, le jagunço est ainsi fait. Un jagunço ne se démonte pas, que ce soit perte ou déroute — presque tout pour lui est du pareil au même. À ce point, j'ai jamais vu. L'existence pour lui est déjà assurée : manger, boire, apprécier les femmes, guerroyer, et pour finir le final. Et c'est bien ce que tout le monde escompte, non ? Le fazendeiro, pareil ? Ce qu'ils veulent c'est un octobre avec des orages et du riz plein les greniers. Au point que même moi, la difficulté que nous venions de passer, j'oubliais. Je recommençais à avoir confiance dans la clairvoyance de Medeiro Vaz, je veux dire, je ne le dépréciais plus. La confiance — vous le savez — on ne la retire pas des choses faites ou parfaites : elle vient de la chaleur que dégage la personne. Et je me sortis de l'esprit d'aller chercher Otacília, de la demander en mariage, garantie de vertu. Après avoir été cendres, je redevins feu. Ah, parfois, à l'égard de quelqu'un, c'est ainsi : on ne peut que s'incliner. Écoutez : Dieu mange en cachette, et le diable court partout lécher les plats... Mais j'aimais Diadorim afin de savoir comme sont belles ces geraïs.

On avait en même temps grand besoin de prendre du repos, de voir venir. On se procura tant bien que mal de nouveaux chevaux de selle, et, après avoir bivouaqué quelques jours dans une fazenda hospitalière à Vereda-Heureuse, nous poursuivîmes en traversant l'Acari et le Gris, partout nous étions bien reçus. Ce qui se fit attendre ce fut d'avoir vent des bandes des deux Judas. Mais nous avions cet avantage que tous les habitants étaient de notre bord. Medeiro Vaz ne maltraitait personne sans juste raison, il ne prenait rien contre le gré des gens, ne tolérait pas les coups de tête de ses hommes. On s'arrêtait quelque part, les gens arrivaient, ils donnaient ce qu'ils pouvaient en nourriture, ou d'autres présents. Mais les hermógenes et ceux de Ricardo volaient, violaient effrontément, rançonnaient à main armée dans des villages de rien du tout, s'acharnaient comme la peste. À un moment donné, nous apprîmes qu'Hermógenes se trouvait sur l'autre rive, en bordure de l'État de Bahia, et qu'ils étaient tout un monde de sale engeance. Et Ricardo ? Où qu'il soit, il ne perdait rien pour attendre. Nous arrivâmes par petites étapes dans un endroit sûr, à

Buriti-du-Zé. Le propriétaire, Sebastião Vieira, possédait un parc à bétail et une maison. Et il gardait nos munitions : plus de dix mille cartouches entreposées.

Pourquoi est-ce qu'ensuite, tous les mois qui ont suivi, nous n'avons pas livré combat ? Je vous dois la vérité : nous avions les soldats du Gouvernement aux trousses. Le commandant Oliveira, le lieutenant Ramiz et le capitaine Melo Franco — ces trois ne nous laissaient pas le champ libre. Et Medeiro Vaz avait en tête cette idée : se débrouiller pour ne pas engager le combat avec eux, ne pas se gaspiller — parce que nos armes avaient un seul destin, de devoir. On se barrait, on s'esquivait. On détalait de vereda en vereda comme enseignent les buritis. Nous traversions le Piratinga, qui est profond, nous le traversions : soit au gué du Bois, soit au gué de la Manade ; ou alors en prenant plus bas, par le gué de José Pedro, sur le São Domingos. Sinon, nous remontions le long de cette rivière, jusqu'aux sources, à Domingos-le-Petit. La chose importante, qu'il fallait étudier, c'était de se faufiler rapidement, retrouver les bons passages sur les frontières, lorsque les militaires nous collaient aux fesses. Il faut les bien connaître ces passages pour descendre sur Goïas : car le plateau de ce côté, avant d'arriver, prend fin sans prévenir, il dégringole à pic. Il y a de terribles sentiers en pente, rouges, un casse-gueule pour les chargements. Écoutez : plus loin dans cette direction, j'ai vu des endroits où la terre est brûlée et où le sol résonne. Un monde bizarre — étrange ! Au lieu-dit Les-Marais-de-Jatobá, un homme se pendit, de la peur qu'on lui fit. En poursuivant, à l'extrémité on arrivait jusqu'au Jalapão — qui sait que ça existe ? — un plateau uniformément plat, sans une âme. Eh bien, un homme là me demanda d'être le parrain de son enfant. Le petit reçut le nom de Diadorim également. Ah, et celui qui officia ce fut le curé des Bahiannais, je vous explique : la population d'un village de l'État de Bahia qui se transférait à pied, au grand complet — les hommes, les femmes, les bêtes, les vieux, le curé avec tout son attirail, la croix, la statue de son église — il y avait même quelques musiciens qui les accompagnaient, on aurait dit un petit cortège allant au rythme de cette danse du Pernambouc, le maracatu ! Ils allaient en quête de diamants, très loin, c'est ce qu'ils disaient : « ... vers les fleuves... » Certains menaient des mulets avec leur charge, d'autres transportaient leurs effets — des sacs de nourriture, des ballots de vêtements, leurs hamacs en bandoulière. Le curé, avec son chapeau de cuir sur l'arrière du crâne. Ce n'était qu'une procession bien sage, occupant toute la route, dans la poussière et le clic-clac des espadrilles de cuir, les vieilles égrenaient des litanies, des gens qui aiment chanter. Ils priaient, en chemin de la pauvreté vers la richesse. Et pour le plaisir de prendre part au confort de la religion, nous les avons accompagnés jusqu'au hameau de La Pierre-à-Aiguiser. Là, le vent souffle du ponant, à la saison des pluies ; à la saison sèche, il vient de cette direction-ci. Le cortège des Bahiannais apportait comme un air de fête. Dans le sertão, même un simple enterrement est une fête.

Parfois je pense : ça serait une affaire que les personnes croyantes et de bonne condition se réunissent dans un endroit approprié, au milieu des hautes-terres, pour vivre seulement en récitant de belles prières, très fortes, en louant Dieu et en intercédant pour le pardon du monde. Il arriverait des gens de partout, on édifierait une église énorme, finis les crimes et l'ambition, toute la souffrance irait s'épandre en Dieu, jusqu'à l'heure de chanter chaque mort. J'ai discuté la chose avec mon compère Quelemém, et il a hoché la tête, sceptique : — « Riobaldo, la récolte est commune, mais faucher c'est l'affaire de chacun » — il m'a répondu avec sa sagesse.

Mon compère Quelemém est un homme qui ne s'embarrasse pas de projets. Allez le voir, à Jijujã. Allez-y maintenant, que nous sommes en juin. L'étoile du berger apparaît à trois heures ; de belles aubes glacées. C'est la saison de la canne. Vous verrez dans le noir un gros cigare — et c'est lui, rieur et déjà en sueur, en train de manœuvrer son moulin. Vous buvez une calebasse de vesou et vous lui donnez mon bon souvenir. Un homme aux manières amènes, le cœur si blanc et empli de bonté, que toute personne, même très heureuse, même très triste, aime pouvoir bavarder avec lui.

Comme je vous disais, ce que réclamait ma vocation, c'était une grande fazenda appartenant à Dieu, placée à l'endroit le plus en vue, et on ferait brûler de l'encens auprès des sources et le peuple entonnerait des hymnes, que même les oiseaux et les animaux viendraient bisser. Vous voyez la scène ? Des gens sains, vaillants, ne désirant, somme toute, que le ciel. Bien autre chose que ce qu'on voit, soit ici soit ailleurs. Comme c'est arrivé avec une jeune fille, à Limon-Salé, elle s'est tout à coup arrêtée de manger, elle ne buvait plus par jour que trois gouttes de l'eau du bénitier, des miracles commencèrent autour d'elle. Mais le commissaire du district s'amena avec la troupe, et il obligea les gens à se disperser ; la jeune fille, ils l'ont balancée à l'asile des fous, dans la capitale, on dit même qu'ils la forcèrent à manger, au moyen d'un assemblage de sondes. Ils avaient le droit ? Ils ont bien fait ? D'une certaine façon, je pense qu'ils ont eu raison. Ce n'était guère le genre de choses que dans ma croyance, je pouvais apprécier. Parce que, le temps de faire ouf, et il en avait déjà surgi des milliers qui accouraient, pour réclamer la guérison, des malades condamnés : lépreux couverts de plaies, estropiés de toutes sortes de façons abominables, des grands blessés, des aveugles quasi impotents, des fous enchaînés, des idiots, des phtisiques et des hydropiques, de tout : des créatures qui empuantissaient. Vous auriez vu, ça vous aurait découragé. On éprouvait un grand dégoût. Je sais : le dégoût est une invention de Celui-Qui-N'existe-Pas, pour empêcher qu'on ait pitié. Et ces gens vociféraient, ils exigeaient la santé à toute vitesse, ils priaient à tue-tête, discutaient les uns avec les autres, désespéraient d'une foi sans effet — ce qu'ils voulaient c'était guérir, ils n'avaient que faire d'un ciel. Un spectacle à vous laisser pantois devant le sérieux de ce monde où peut tenir tout ce qu'on ne veut pas. Ce sera à dessein que les erreurs et les horreurs de la nature sont bien convenablement réparties dans les coins perdus. Sinon, on perdrait tout courage. Le sertão regorge de ces malheureux. C'est seulement quand on cavale des journées de jagunços, à marches forcées, l'habitude de ne pas rester en place, qu'on ne remarque pas trop : le statut de misères et de maladies. La guerre fait diversion — estime le démon.

Écoutez ça : un couple, loin d'ici, à Rio de Borá, seulement parce que le mari et la femme étaient cousins germains, leurs quatre enfants sont venus au monde avec la pire transformation qui soit : sans bras et sans jambes, rien que le torse... Funérailles, cela dépasse toutes les idées de mon imagination. J'en réfère à vous : un autre docteur, un jeune docteur, qui explorait la vallée d'Araçuaí, à la recherche de pierres de tourmaline, m'a tenu ce discours que la vie des gens s'incarne et se réincarne, elle progresse d'elle-même, mais que Dieu n'existe pas. J'en tremble. Comment faire sans Dieu ? S'il y a Dieu, tout donne de l'espoir : un miracle est toujours possible, le monde se solutionne. Mais, s'il n'existe pas, sûr que nous sommes perdus dans ce va-et-vient, et la vie est stupide. C'est la porte ouverte à tous les dangers des grandes et petites heures, rien ne pouvant s'arranger — il faut se méfier de tout ce qui arrive. Dieu étant là, c'est moins grave de se laisser aller un petit peu, car à la fin, ça s'arrange. Mais si Dieu n'y est pas, sûr qu'alors nous ne pouvons rien nous permettre ! Parce que la douleur existe. Et la vie de l'homme est oubliée, remisée dans un coin — un pas de travers aboutit à des difformités comme celles-là, des enfants sans bras ni jambes. La douleur ne fait-elle pas souffrir même les petits enfants, même les bêtes, même les fous ? — ne fait-elle pas souffrir même sans que les gens aient la connaissance ou la raison ? Et les gens ne continuent-ils pas de naître ? Ah, ce n'est pas de voir la mort qui me fait peur, mais de voir la naissance. Mystère et peur. Vous ne trouvez pas ? Ce qui n'est pas Dieu, c'est l'état du démon.

Dieu existe même quand il n'est pas. Mais le démon n'a pas besoin d'exister pour être — à peine on sait qu'il n'existe pas, c'est là qu'il prend tout en main. L'enfer est un sans-fin qu'on ne peut même pas voir. Mais c'est parce qu'ils veulent une fin que les gens veulent le ciel : mais une fin après laquelle on puisse tout voir. Si je parle à la venvole, faites-moi taire. C'est ma façon. Je suis né pour qu'il n'y ait pas un homme ayant mes goûts. Ce que j'envie c'est votre instruction...

D'Araçuaí, je rapportai une pierre de topaze.

Ça justement, vous savez pourquoi j'y étais allé de ce côté ? Je vous raconte, mes petites affaires. Comment est-ce qu'on peut aimer le vrai dans le faux ? L'amitié avec l'illusion de la désillusion ? La vie est très spongieuse. J'allais bien, mais je faisais des rêves qui me fatiguaient. De ceux dont on peine à se réveiller. L'amour ? Un oiseau qui pond des œufs en fer. Le pire, ce fut quand je commençai à passer mes nuits blanches, sans trouver le sommeil. Diadorim était cette personne réservée — il ne laissait jamais rien transparaître de ce qu'il pensait profondément, ni de ce qu'il présumait. Je crois que moi aussi j'étais comme ça. Je voulais connaître ses pensées ? Je ne voulais que ça et je ne voulais pas. Une question absurde adverse, même lorsqu'elle se définit d'elle-même, dans le silence, reste sans suite. Je revins à la froideur de la raison. Maintenant, le destin qu'on vit, voyez plutôt : je rapportai la pierre de topaze pour la donner à Diadorim ; finalement c'est à Otacília, une gâterie, que je l'ai offerte ; et aujourd'hui où elle se trouve, c'est au doigt de ma femme.

Ou je raconte mal ? Je reraconte.

Je disais donc, nous établîmes le camp non loin de grands marécages, au fond d'une vallée bien arrosée. C'était même très favorable pour empêcher les chevaux de s'égailler — vu qu'il y avait une barrière naturelle, où s'appuyer et de faux enclos, l'idéal pour attraper le bétail sauvage. Une belle nature, de l'herbe tendre. Je revois tout de ces jours-là. Diadorim tenait depuis un moment une gourde en main, et je la regardais : « Riobaldo, fasse le ciel qu'on ne tarde pas à se remettre en route. Cette fois, nous allons porter la guerre... » — il prononça, heureux, comme toujours lorsqu'on était ainsi, veille d'un départ. Mais il secoua sa gourde : il y avait un truc dedans, un bout de fer, et ça m'énerva ; un morceau de fer, qui ne servait à rien, si ce n'est à agacer les gens : « Jette ça, Diadorim ! » — je dis. Il me regarda, il ne protesta pas, et il me regarda d'un air hésitant comme si je venais de dire quelque chose d'impossible. Puis il rangea le morceau de fer dans sa poche. Et il ne lâchait pas sa gourde ; c'était une gourde fabriquée à Bahia, dessinée avec soin, mais maintenant elle me tapait sur les nerfs. Et comme j'avais soif, je pris mon gobelet en corne ciselée, qui ne casse jamais, et nous sommes allés chercher de l'eau au puits dont il m'avait parlé. Ce puits était dissimulé sous un palmier — d'une espèce dont je ne sais pas le nom, de petite taille, mais bien gros, et avec des palmes très fournies, retournées vers le haut, puis vers le bas, jusqu'à reposer avec les pointes par terre. Toutes les palmes, très lisses, très serrées, fermaient comme un abri, imitant une hutte d'indien. Je tiens que c'est pour en avoir rencontré de semblables que les bougres ont trouvé l'idée de comment construire leurs cabanes. Il fallait se pencher, soulever une palme, et on entrait. Le puits s'ouvrait presque arrondi, ou de forme ovale. À l'intérieur, la lumière verdoie, comme dans un sous-bois. Mais l'eau elle-même était bleue, du plus beau bleu qui soit — et très vite elle devenait violette. Et, bon, mon cœur battit très fort. Je réfléchis : si Diadorim plante ses yeux dans les miens, s'il me déclare les choses noir sur blanc ? Ma réaction : je le repoussais. Moi ? Surtout pas de ça ! Diadorim se tenait là tranquille, normal, regardant autour de lui comme si de rien n'était. Comme s'il n'y avait pas de secret. Si je fus déçu de l'occasion perdue, devant ce silence sensé ? Je me penchai, j'allais puiser un peu d'eau, quand juste à ce moment-là, nous aperçûmes une bête — une grenouille affreuse, inattendue : elle lâchait des bulles qui formaient des grappes à la surface. Je résume, que dans la seconde, l'entente rompue, nous fîmes un bond en arrière. Diadorim ne dit plus rien, il disparut, allez savoir où, conformément à son habitude étrange, de toujours disparaître parfois et soudain réapparaître sans raison. Ah, qui fait ça, ce n'est pas parce qu'il est et se sait une personne coupable ?

J'allai, du coup, rejoindre un groupe de camarades, qui étaient en train de jouer aux palets pour passer le temps. Je dois dire que leur compagnie ces derniers temps m'assommait jusqu'à me dégoûter, je les trouvais tous ignares, de vulgaires hommes de main. Sauf que là j'avais besoin de leur pauvre présence — pierre, paul, jacques et jean — des gens ordinaires. Là-dessus, bien que je n'aie pas faim, je me servis une bonne bouillie de manioc, que je mangeai en silence. Et je voulus — je m'interrogeai même — réfléchir à la vie : — « Je pense ? » Mais juste à ce moment-là, ils relevèrent tous la tête : à cause seulement d'un grand remue-ménage là-bas, dans le tournant où débutait la pente — et où d'autres camarades nous appelaient en faisant de grands signes. Et donc nous accourûmes, voir de quoi, en grimpant par le resfriado.

C'était une caravane, plusieurs convois de mulets, qui arrivaient de Saint-Romain et transportaient du sel à Goïas. Comme le chef muletier était en train de raconter une nouvelle déplorable, de celles dont la vie est pleine, Medeiro Vaz exigea une confirmation : — « Il était grand, le visage allongé, les dents en avant ? » — « Eh oui, tout juste » — répondit le chef muletier — « et, avant de mourir il a donné son nom : qu'il se nommait Saints-Rois... Mais il n'a pas pu en dire plus, parce que là il a rendu l'âme. Croyez bien, commandant, ça nous a fait grand-peine... » Autour, nous étions consternés. À Courourou, ces muletiers avaient trouvé Saints-Rois, qui se mourait ; ils avaient allumé un cierge et l'avaient enterré. Les fièvres ? Qu'au moins, en tous les cas, Dieu ait son âme. Et Saints-Rois était l'homme qui de son vivant nous était le plus nécessaire — il était notre courrier pour transmettre les messages et les mesures prises par Sô Candelário et Titan Passos, deux chefs en notre faveur, sur l'autre vaste rive du fleuve.

« Maintenant il faut que quelqu'un y aille... », décida Medeiro Vaz, en nous regardant tour à tour ; *amen!* — nous approuvions. Je cherchai Diadorim des yeux, il se tenait juste devant moi, il avait même une barre de fer en main, et je lui trouvai l'air d'avoir envie d'une revanche pas très jolie. Je détournai les yeux. Je m'avançai et je sollicitai — « Avec votre permission, Chef, j'aimerais y aller... » Medeiro Vaz se gratta la gorge. Entre nous, je m'étais lancé, mais plutôt pour me faire mousser : je ne pensais pas qu'il accepterait ; vu le bon tireur que j'étais, le meilleur et supérieur, ils avaient besoin de moi ; quelle raison de m'envoyer en estafette, en diseur de messages ? Et là il arriva ce qu'il arriva — c'est-à-dire : Medeiro Vaz tomba d'accord ! « Mais il faut que tu emmènes un camarade... » — il proposa. À l'ouïe de ça, est-ce qu'il ne fallait pas que je me taise, laisse à d'autres le choix du second, qui ne m'incombait pas ? Ah, l'angoisse : de ne pas vouloir ce qu'au vrai je voulais, et qui pouvait se présenter à l'improviste... Le désir d'en finir, qui était en train de m'agacer les dents, me fit prendre les devants : « Avec votre permission. Chef, Sesfrêdo vient avec moi... » — je dis. Je ne regardai pas Diadorim. Et Medeiro Vaz d'approuver : il me dévisagea, une éternité, et m'expédia, le ton très rude : « Eh bien, va ! et ne meurs pas en chemin ! » Le fait est que Medeiro Vaz, à cette époque — avec ses traits défaits, sa difficulté pour respirer — accusait déjà la dernière phase de la maladie. Il était jaune de la couleur du mastic, se tenait malgré lui plié en deux, et on disait que lorsqu'il urinait, on l'entendait gémir. Ah, mais j'attends de voir son pareil !... Medeiro Vaz — le *Roi des Geraïs*...

Pourquoi je me conduisais de la sorte comme un écervelé ? Est-ce que je sais, monsieur ? Mettez-y de votre entendement. Nous vivons en répétant, et bon, en une minime minute le répété dérape, et nous voilà déjà projetés sur une autre branche. Si j'avais deviné ce que j'ai appris après, au-delà de tant de saisissements... Quelqu'un reste la vie entière dans le noir, et ce n'est qu'à l'ultime tout dernier moment que la pièce s'éclaire. Je dis : le réel n'est ni à la sortie ni à l'arrivée — c'est au milieu de la traversée qu'il se présente aux gens. J'ai vraiment été trop sot ! Au jour d'aujourd'hui, je ne me plains de rien. Je ne sors pas le passé de la tombe. Mais je n'ai pas non plus à me rabaisser et avoir du remords. Si, rien que d'une chose. Et c'est de celle-là, précisément, que j'ai peur. Aussi longtemps qu'on a peur, je suis pas loin de penser qu'on ne peut pas cultiver un remords sain, ce n'est pas possible. Ma vie n'est pas celle d'un saint. Mais sept prêtres ont reçu ma confession, je me suis assuré sept absolutions. Je me réveille au milieu de la nuit et je m'efforce de prier. J'y arrive. Aussi longtemps que j'y arrive, ma sueur ne refroidit pas. Passez-moi de tant en dire.

Voyez plutôt comme nous sommes faits : à peine une seconde plus tard, en train de seller mon cheval et d'arrimer mon paquetage, et déjà j'étais triste. Diadorim m'observait de loin, affectant l'air dégagé. Je sentis le besoin en prenant congé, de lui dire tout bas : « Mon ami-mon frère, je vais pour ton père... Venger Joca Ramiro... » Ma faiblesse, adulatrice. Mais lui répondit : « Bon voyage, Riobaldo. Et bonne chance... » Dire adieu donne la fièvre.

Au galop de conserve, Sesfrêdo et moi laissâmes derrière nous ce hameau de Buriti-des-Trois-Filières. Mes regrets défilaient. C'est alors que je déchiffrai mon empressement à avoir voulu partir avec Sesfrêdo. C'est que lui, c'était connu, avait laissé depuis des années, dans la région de Jequitinhonha, une jeune fille qu'il aimait de grande passion, une jeune fille aux blonds cheveux. « Dis-moi un peu, Sesfrêdo, cette affaire, raconte-moi... » — on n'avait pas avancé cent brasses que déjà je l'interrogeais. J'étais comme s'il me fallait courir derrière l'ombre empruntée d'un amour. « Et tu ne retournes pas là-bas, Sesfrêdo ? Tu supportes l'existence ? » — je lui demandai. « Je me garde ça, pour avoir parfois un petit rien de nostalgie. Pristi ! De la nostalgie, pas plus... » — et il fronça le nez, tellement il riait. J'ai vu que cette histoire de la jeune fille était fausse. On gagne peu à inventer. La règle du monde diffère selon chacun. Sesfrêdo mangeait énormément. Et il savait siffler en les imitant, à la suite de nombreux oiseaux.

Dans la pratique — je devais traverser bien des pays et des municipalités — on se tapa un voyage à travers ce Nord, à peu près la totalité. Ainsi je connais les provinces de l'État, il n'y en a pas une où je n'aie fait une apparition. Nous sommes passés : par La Pointe-

Sainte-Marie, Acari, Tête-de-Nègre, Vieira, Pierre-de-Gervásio et Fundo, cherchant le moyen de rejoindre le São Francisco. Sans histoire. Nous traversâmes en barque. Et filant toujours vers l'ouest, nous prîmes droit au-dessus de Tremedal, aujourd'hui appelé Monte-Azur. Nous le savions : des hommes à nous patrouillaient par là, entre Jaïba et Serra-la-Blanche, dans les terres inhospitalières qui longent le fleuve Verde-Grande. Au petit matin, nous réveillâmes par sa fenêtre un petit vieux, propriétaire d'une bananeraie. Le petit vieux était un ami. Il prit le message. Au bout de cinq matins, nous sommes revenus. C'était pour voir quelqu'un, et qui arriva, ce fut João Goanhá en personne. Et les détails qu'il donna, furent les pires de tous. Sô Candelário ? Tué dans une fusillade, la mitraille lui avait scié le corps en biais, au-dessus de la ceinture. Alípio, arrêté, emmené prisonnier on ne savait où. Titan Passos ? Ah, poursuivi par toute une soldatesque, il avait dû se sauver du côté de Bahia, se mettre sous la protection du fazendeiro Horário de Matos. João Goanhá était vraiment le seul qui restait. Il commandait le contingent de ceux, peu nombreux, qui avaient survécu. Mais il ne manquait ni de courage ni de munitions. « Et les Judas ? » — je demandai, en me faisant ce triste raisonnement : pourquoi les soldats ne nous laissaient-ils pas en paix, pourquoi ne s'en prenaient-ils pas aux autres ? « On dit qu'ils ont une protection des enfers... », m'éclaira João Goanhá : « Hermógenes a fait le pacte. Et le Roussi travaille pour lui... » À ça, ils croyaient tous. Et, vu la faiblesse qui me venait de la peur et la force qui me venait de la haine, je crois bien que je fus le premier à le croire.

João Goanhá dit encore qu'il fallait qu'on fasse vite. Parce qu'il savait que les Judas avaient décidé de traverser le fleuve en deux endroits, avec du renfort, et de marcher sur Medeiro Vaz, pour lui régler son compte une fois pour toutes là-bas, d'où nous venions. Là où était le danger, Medeiro Vaz avait besoin de nous.

Mais nous avons été retardés. À peine on s'était remis en selle, pour les chutes du Salto, on se trouva nez à nez avec une troupe de soldats — le lieutenant Plínio. Ils tirèrent. Nous prîmes la fuite. À Grand-Caïman, nouvelles salves — le lieutenant Rosalvo. À Jatobá-qui-Tangue, autres salves — le sergent Leandro. On tournait en rond. À ce point, je me sentis pire qu'une puce entre deux doigts. Dans le fond de mon fond, je n'étais pas le plus courageux des courageux, ni non plus ce qu'on appelle un couard. J'étais un homme comme un autre. À dire vrai, je trouvais que je n'étais pas né pour ça, être jagunço à longueur d'existence ne me disait rien. Comment est-ce alors que quelqu'un se récupère ou se déglingue ? Tout arrive. Je crois, je crois, c'est selon l'influence commune, et le temps de chacun. Tel l'entre-temps d'une traversée donnée, une saison, comme il y a les mois de sécheresse et ceux de pluie. Vraiment ? La mesure de tant d'autres devait pourtant bien être égale à la mienne, et sans qu'ils y pensent, sans même qu'ils le sentent. Sinon, comment se pouvait-il qu'existent tout écrits ces vers — que nous chantions, tellement à longueur de vie, en traçant en bande nos journées de route, une joie feinte au cœur :

> *Ollé, ollé, bahiannaise...*
> *j'y allais et je n'y vais plus :*
> *je fais,*
> *oh bahiannaise !*
> *comme si j'y allais,*
> *et je rebrousse chemin... —?*

João Goanhá, homme de courage et de parole, n'avait pas besoin de faire l'important. Une personne très loyale et intrépide. Il me dit : « Désormais, on ne sait pas ce qu'on va devenir... Pour une guerre importante, il n'y avait, je crois bien, que Joca Ramiro de capable... » Ah, mais João Goanhá lui aussi, avait ses atouts. Un homme épatant. Et, bien qu'ignorant analphabète, il vous sortait tout à coup, je ne sais d'où, de terribles petites idées, différentes morts. Ainsi, on tâtait le terrain, en faisant semblant de fuir. Des hautes-terres, par là aussi il y en a. Escarpées et creusées de gorges profondes. Fichtre, les *tremedais :* vous en avez déjà vu ? Leur sol est dur et sec, normal qu'on s'y trompe, qui ne sait pas le reste y met le pied, s'engage, et avance, une troupe à cheval, une cavalerie. Sans que personne s'y attende, alors qu'ils sont déjà plus ou moins au milieu, le sol se hérisse ; il commence à s'ébranler, il gronde, il tremble en se dérobant, tout comme le jaune de l'œuf frit se défait dans la poêle. Malheur ! Parce que, sous la croûte sèche, ondule bien dissimulée, une couche intermédiaire, un immense marécage qui engloutit tout... Eh bien, João Goanhá nous posta autour — trois groupes d'hommes — en embuscade. Le matin levé, les soldats du sergent Leandro s'engagèrent les premiers, ceux-là étaient les moins nombreux et ils payaient un guide pour connaître le chemin solide. Mais, nous nous sommes précipités et nous avons éparpillé à toute vitesse les branches d'arbres vertes qu'ils avaient disposées pour informer les autres... Car ensuite, venaient ceux du lieutenant. Lieutenant, lieutenant, si tu y tiens ! Ils s'engagèrent droit là-dedans, ah ! Quelques-uns des nôtres, là-bas, tirèrent pour donner le change. Le traquenard ! Les chevaux des soldats se sont énervés. Sainte Mère, et tout à coup ça y est allé : la croûte du sol gondolait, puis elle craquela, s'ouvrit en croix sur plusieurs mètres — boursoufla. Les chevaux faisaient la culbute — c'était comme des étagères pleines tombant à la renverse — les soldats poussaient des cris, accrochés au cou de leurs montures qui tombaient ou battaient l'air, et certains déchargeaient leur mousqueton au hasard. Mais en s'enlisant et se piétinant, pour jamais plus... Nous, si le cœur nous disait, on épaulait, on en descendait encore. Les choses que j'ai vues, vues, vues. Ouille... Je ne tirai pas. Les bras me manquèrent. J'eus pitié peut-être.

À partir de là, dent pour dent, ils sont devenus encore plus chiens avec nous, pour boire leur vengeance. Par les champs et les bois, par les gorges et les vallées, partout, derrière, sur notre flanc, devant nous, ce n'était plus que des soldats, des tas, une multiplication. *Val-du-Milieu. Passage de Limeira.* Le mont *Dieu-m'en-garde! Chapada d'enfer.* Solón Nelsón. Arduino-le-Petit mourut. Et Figueiro, Patate-Rouge, Davila-sait-y-Faire, Campêlo, le Saint-Gouin, Deovídio, Cou-Noir, Toquim, Suicivre, Elisiano, Pedro Bernardo — je crois bien que tous ceux-là moururent. *Chapada du Précipice. Ruisseau du Poulain.* Il en mourut encore une demi-douzaine. Je corrige : plus ceux, faits prisonniers, dont on dit qu'ils les achevèrent. On devenait fou. Tous les passages sur Bahia étaient encerclés. Jusqu'à n'importe quel trouillard de péquenaud, habitant du coin, qui inventait de tirer avantage de leur revanche sur nous. Ah, parfois, on le leur passait vite fait le goût de plaisanter. *Plateau de la Pierre.* Là, Éleutério s'écarta de nous, environ cent brasses, pour aller, à pied, frapper à la porte d'une cabane, se renseigner. Le paysan se montra, il lui fila je ne sais quelle indication quelconque, inventée. Éleutério remercia, il tourna les talons, s'éloigna de quelques pas. À ce moment-là le paysan l'a rappelé. Éleutério se retourna pour entendre ce que c'était, et il prit de plein fouet, dans la poitrine, toute une charge de petits plombs. Il trébucha, pivota aveuglé, il agitait les bras frénétiquement, en s'éclaboussant partout de taches rouges qui s'étalaient. Ses cheveux se hérissaient. Et la soldatesque canardait, embusquée dans les buissons sur l'autre rive, le long de la rivière, et en bordure des maquis. Le paysan s'était abrité derrière le four à pain — il tirait caché là avec une carabine — et nos balles faisaient gicler la terre autour de lui, comme un grand chien en train de gratter. Il restait également d'autres soldats à l'intérieur de la cabane ; ils durent rendre leurs comptes à Dieu. Ataliba, avec son grand couteau, cloua le paysan contre le mur de torchis, à l'extérieur ; il mourut gentiment, on aurait dit un saint. Il resta là, embroché. Nous autres — hé — bon. On réussit à prendre le large. Jusqu'à un endroit où, tirés d'affaire, on se mit à discuter.

La Montagne-Noire. Il ne nous restait ni munitions ni à manger. De sorte qu'il fallait qu'on se sépare, chacun pour son propre risque, et en se débrouillant de trouver une échappée. Les goanhás se dispersèrent. Chacun pour soi : qui vivrait devrait repasser le fleuve pour le rassemblement : au confluent de la Vereda-aux-Bœufs avec la petite rivière Santa Fé. Ou se rendre directement là où se trouverait Medeiro Vaz. Ou alors, au cas où l'ennemi rôderait trop près, à Buriti-va-la-Vie et São Simão-d'en-Bas, ou plus en amont, là où le torrent dit du Bétail-Sauvage est praticable. Telles furent les consignes de João Goanhá. Faire vite au plus vite. L'air dans toute la campagne sentait la poudre et les soldats. Devant moi, un costaud, un vieux guerrier jagunço, Cunha-le-Blanc, n'en finissait pas d'attacher les courroies de sa vareuse : sa langue flottait dans sa bouche ouverte. Et la peur, ma peur, est devenue beaucoup plus grande. On se dit au revoir. Déboulant au hasard je m'en allai, je traçai, Sesfrêdo derrière moi, nous traçâmes. Avec l'aide de Dieu, nous sortîmes du cercle du danger. Et nous arrivâmes en vue de la rivière aux-Orties, non loin d'Aracuaí. Il fallait pour un temps, nous procurer un travail quelconque reconnu, tout arrive dans l'existence. Nous déposâmes nos armes et une partie de nos vêtements, bien cachés, en lieu sûr. Puis, on s'arrangea avec le personnel de ce garçon, qui travaillait à l'extraction des pierres, dont je vous ai déjà parlé et vous êtes au courant.

Pourquoi n'être pas restés là ? Je sais et je n'en sais rien. Sesfrêdo attendait que toutes les décisions viennent de moi. Un certain remords, de désobéir à la consigne, de déserter ? Non, je vois que non, j'élimine. Quand on est deux, il est plus facile de se monter la tête, l'etcetera de la trahison n'insuffle pas de scrupules, de même qu'on n'entre pas en pétard, quel que soit le crime : on change de peau pareil au loup-garou. Sauf si, avec les camarades qui restent, on revient se pencher sur le sujet déshonorant, ça oui, le discrédit d'être devenu un lâche rancit. Mais je pouvais réfléchir aux avantages, tenter de rejoindre la demeure de Selorico Mendes, exiger le traitement qui m'était dû dans la fazenda São Gregório. Ça serait la panique. Ou encore, je pouvais comme naguère me pointer de passage, en raison d'Otacília, à Buriti-le-Haut — continuer ma cour. Je m'y refusai. Je languissais de Diadorim ? Moins, je dois dire. Ou peut-être même, pas du tout : pas davantage que le ciel et les nuages là-haut regrettent l'hirondelle qui vient de passer. Ce fut plutôt, je crois, la curiosité, ce penchant, qui rajeunit en moi : j'avais assez envie de me retrouver là-bas, mêlé aux medeiro-vaz, de voir comment allaient tourner les choses. Au mois d'août, le buriti donne du vin... Araçuaí n'était pas ma terre... Vivre est une imprévoyance têtue. Là-dessus, les nuits se gâtant avec l'arrivée des pluies, les mauvais jours. Je n'y tins plus.

« On se taille ? Il est temps... » — je dis à Sesfrêdo. « On se taille, et comment ! » — Sesfrêdo me répondit...

Ah, eh ! et non, halte là avec moi, que je falsifie les choses, ou tout comme. Car j'allais oublier : le Vupes. Je ne dis pas ce que je dis si je ne rends pas sa part à Vupes — qu'il a eue, largement. Un étranger ce Vupes, allemand, vous voyez : le teint clair, une forte constitution, avec les yeux bleus, une haute stature, léonin, et roux — quelqu'un vraiment. Une bonne personne. Un homme méthodique, sain dans sa gaieté pondérée. Eh, eh, au milieu de toute la confusion politique et des luttes qui régnaient, il restait en dehors ; il voyageait la tête sur les épaules, et se préoccupait d'exercer dans le sertão sa profession — qui était d'amener et de vendre de tout aux fazendeiros : charrues, bêches, batteuses, coutellerie, outils de chez Rogers et Roscoff, bidons de formicide, arsenic et autres désinfectants ; jusqu'à des « mange-vent », ces moulins à vent pour remonter l'eau avec une tour, il se chargeait de les mettre en état de marche. Il avait une façon tellement à lui, différente, de procéder, que tout le monde le respectait. On dit qu'il vit encore, mais très aisé dans la capitale — et qu'il est propriétaire d'un magasin, une belle affaire, vu qu'il a prospéré. Ah, vous l'avez connu ? Ce monde est bien petit ! et comment c'est exactement que vous le phrasez ? *Vusp ?* C'est ça. M'sieu Emílio Wuspes... *Wúpsis...* Vuspses. Donc, là, ce Vupes est apparu. Il me remit tout de suite, vu qu'il me connaissait, de Curralinho. Il me reconnut à sa façon, lente, exacte. Un homme méticuleux ! Il me regarda, il me dit — « Content de vous revoir. Vous allez bien ? Content de vous revoir... » Et cette façon de me saluer me plut. Cela fait toujours plaisir de retrouver en bonne condition une vieille connaissance — selon la personne, on rit, on ranime les choses passées, mais triées à ce qu'il semble, uniquement les péripéties intéressantes, celles qui furent agréables. L'Allemand Vupes en face de moi, je me suis remémoré le souvenir de ces petites — Myosotis et Rose'uarda — celles dont je pensais qu'elles avaient été mes petites amies à Curralinho. — « Content également, content de vous revoir, m'sieur Vupes. Vous allez bien aussi ?... » — je lui répondis, très civilement. Ce qu'il fumait, c'était des cigares. Il poursuivit : « Je sais que vous êtes un homme courageux, très courageux... Moi avoir besoin d'un homme comme ça, courageux, en voyage avec moi, quinze jours, le sertão ici maintenant très agité, des gens méchants, et tout... » De l'entendre, j'ai pas pu me retenir, je ris, mais je ris...

Mais je me sentis très important, fier de ma profession. Ah, le bon état de jagunço. C'est ça qui est la bonne vie, vécue avec la considération. À vivre cette vie, un jagunço ne voit pas, il ne remarque pas la pauvreté de tout, le poussier. Vous le savez : tant de pauvreté généralisée, des gens dans la dure et le découragement. Un pauvre est condamné à un bien triste amour envers l'honnêteté. Ce sont des arbres qui prennent la poussière. Ça nous arrivait parfois d'aller à cent, deux cents camarades à cheval, dans un tintamarre de musiques, tant on était armés — et, en chemin, un type maigre, le teint jaune, sortait de son trou, il s'approchait, loqueteux, ravalant sa peur, une pièce couverte de vert-de-gris dans le creux de la main : l'homme voulait acheter une poignée de nourriture. Celui-là était marié, père d'une famille affamée. Des choses sans lendemain... Je réfléchis, je demandai : « Vous allez de quel côté ? » Et Vupes répondit : « Moi, tout droit, ville de Saõ Francisco. Je vais en force. » Il ne gesticulait pas quand il parlait, ne remuait même pas le plus petit bout de son doigt. Or, là, c'était juste ma direction — j'acceptai — le destin ! J'allai parler à Sesfrêdo, qui voulut bien lui aussi. Sesfrêdo ne présumait rien, il n'avait guère dans tout cela son mot à dire.

Mais les chemins, on n'en voit pas la fin. Nous pilotâmes comme convenu le sieur Vupes, sans ennuis ni imprévus, à travers ces contrées de Grand-Mogol, du Marais-des-Âmes, de Brasilia. J'appris grâce à Dieu beaucoup, auprès de lui. Vupes vivait réglé minutieux, et gardait son sang-froid en toute circonstance. Imaginez plutôt : il n'avait jamais l'air de faire sa pelote, mais il récoltait une chose ici, quelque chose d'autre là, une autre encore ailleurs — une fraise, quelques œufs, des cannes de bambou, des simples — et après, quand nous arrivions, dans une maison un petit peu meilleure, il commandait, tous frais payés, un dîner ou un déjeuner, plusieurs plats, le grand luxe, il enseignait lui-même comment cuisiner le civet, tout devenait mets de roi. Tel que je vous dis, au cœur du sertão, et il s'entourait de confort, ce qu'il lui fallait. Il s'y connaissait ! Nous nous séparâmes au terme du voyage, mais je m'occupai bien de lui, qui s'était reposé sur ma confiance...

Nous étions arrivés droit sur le fleuve et nous passâmes sur l'autre rive. Et là, après tout ce temps, le souvenir de Diadorim, ce vague à l'âme, me reprit, et aussitôt, dans ma hâte d'arriver, d'arriver, d'être tout près, je pris le mors aux dents à m'en rompre les os. Le cheval qui aime son maître respire quasiment de la même façon. La lune est belle, la lune là-haut, qui réapparaît émergeant des nuages, découpée plus arrondie. Nous avons longé l'Urucuia. L'Urucuia est le fleuve de mes amours. Le plateau — où meuglent tant de bœufs. Puis, les hautes-terres, et les prés verdoyants. C'est là que le bouvier brame, derrière ses troupeaux débandés. Un air qui fouette, active le mouvement, le temps-des-pluies de retour, le tonnerre qui tonne. Les bouviers qui rameutent le bétail. Les bêtes renâclaient nerveuses. Le gros des nouvelles malheureusement se rapportait à la clique des Judas, en augmentation cette racaille ! J'y allai de ma question : « Quel nombre, si nombreux ? » — « Des tas ! Toute une monarchie... » — les bouviers me répondirent.

Mais Medeiro Vaz, les nôtres, on ne les trouvait pas, personne ne savait rien d'eux. Nous allions, comme au bout du monde. Nous laissant dériver seulement. Tout comme vous, qui voulez tirer l'instantané des choses, approcher la nature. Je comprends ces choses. Nous nous retrouvâmes dans un fond de vallée, un endroit très à l'écart, entre la rivière du-Vesou et celle dite du Boa-Constrictor, il y a là trois lacs en un, de quatre couleurs : on dit que l'eau est vénéneuse. Et qu'est-ce que j'en ai à faire ? L'eau, les eaux. Vous verrez une petite rivière qui se jette dans le fleuve Cardamone — qui se jette dans le Taboca, qui se jette dans le Rio Preto, le premier Preto, affluent du Paracatu — eh bien l'eau de cette rivière n'est que sel, elle est dense très salée, elle bleuit à force : qui connaît le coin dit qu'elle vient de la mer, en tout point pareille ; même le bœuf ne l'aime pas, il n'en boit guère, eh non ! Et je vous donne toutes ces explications, parce que nombre de rivières et de marigots à cet endroit, portent le même nom. Quand on n'a pas encore appris, on s'embrouille, on s'énerve. Rien que de *Preto,* j'ai déjà trempé ma main dans une bonne dizaine. De *Verde,* une dizaine. De *Pacari,* cinq environ. De *Ponte,* énormément. De ceux qu'on appelle *Vache* ou *Bœuf,* pareillement. Et facilement sept du nom de *La Charmante.* Et de *Saõ Pedro,* de *Santa Catarina* et de *Tambourin,* une tapée. Le sertão est de la taille du monde.

Maintenant, de ce côté comme vous avez vu : le fleuve c'est seulement le São Francisco, le fleuve du Chico. Le reste, plus petit, est ruisseau, marigot. Et je me souviens brusquement : par là, au bord de la rivière Entre-Ribeiros, vous allez voir la vieille fazenda où il y avait une salle presque de la taille de la maison, mais creusée en dessous, dans l'antre du sol — ils ont fait des horreurs là-dedans avec des esclaves et des gens, jusqu'à les faire mourir à petit feu... Mais je dois dire, pour ne pas mentir : je n'en crois rien. Une cache, d'y mucher or et trésor, armes et munitions, ou de l'argent, de la monnaie fausse, ça oui. Tenez-vous pour averti : ce peuple ici prend trop de plaisir à raconter des bobards, d'un pet de baudet, ils font un typhon. Par goût de l'imbroglio. Ils inventent pour inventer, des merveilles qui leur rapportent gloire, qu'ils finissent ensuite eux-mêmes par craindre ou croire. Il semble que tout le monde ait besoin de ça. Je crois, oui.

Ainsi, voyez : il existe un marécage — de ces marais funestes — attenant à la rivière Ciz — là un troupeau presque entier a été englouti, qui a pourri ; certaines nuits, ensuite, on a pu voir, s'étirant à la surface, se pourléchant au vent, enrobant tout, un million de petites flammes bleues, des flammeroles, des feux follets. Des gens qui n'étaient pas au courant, quand ils ont vu ils ont perdu la tête, pris leurs jambes à leur cou. Eh bien cette histoire s'est répandue partout, elle a voyagé davantage, sans aucun doute, que vous ou moi, les gens disant que c'était en signe de châtiment : que le monde allait finir à cet endroit, parce que, jadis, un prêtre avait été castré dans le coin, à une vingtaine de lieues, pour la raison qu'il n'avait pas consenti à marier un fils avec sa propre mère. Même que, là-dessus, ils ont rimé des chansons : celles du Feu-Bleu-de-la-Fin-du-Monde. Hé, hé ?...

Maintenant, la potence, je l'ai vue — une potence moderne, équarrie, érigée bien dressée sur la hauteur, taillée dans un beau bois brun, précieux : du sucupira. On l'a dressée sur une éminence, passé São Simão d'en-Bas, non loin des berges, à main droite du Pripitinga. Drôle de potence pour pendre les gens, construite là exprès particulière- ment, parce qu'ils n'avaient pas de prison à disposition, et prendre soin d'un criminel le temps d'un voyage était compliqué, retirait les gens de leurs postes. Alors, à cet endroit on l'utilisait. On amenait même parfois, à cheval, un condamné des alentours, pour le pendre à la potence, publique. Sauf qu'un miséreux est venu s'installer à côté, en dessous pratiquement, il percevait son obole en chaque occasion utile, et ensuite il creusait la fosse et enterrait le corps, avec une croix. Rien d'autre.

Ça ne se passa pas comme ça le jour où un homme, Rudugério de Freitas, de ces Freitas roux des Eaux-Lavées, s'avisa de donner ordre exprès à un de ses fils d'aller tuer l'autre, d'aller chercher pour le tuer son autre fils, qui avait volé l'ostensoir en or de l'église de l'Abbatiale. Mais là, au lieu d'accomplir ce qu'on lui avait dit, le frère complota avec son frère ; les deux s'amenèrent, et celui qui fut tué ce fut leur vieux père, à coups de faux bien distribués. Mais ils avaient commencé par orner les faux de sainbois et de différentes fleurs. Leur coup fait, ils hissèrent le cadavre du père en haut de la maison — une bonne petite maison, avec des tuiles, la meilleure de la contrée. Puis ils rassemblèrent le bétail, qu'ils voulaient emmener pour le vendre au loin. Mais ils furent arrêtés presque tout de suite. À les prendre, nous avions aidé. Nos prisonniers, de ce fait. Et nous les passâmes en jugement. Le résultat, si ç'avait été Medeiro Vaz, il faisait pendre les deux haut et court sur-le-champ, à cette potence si rationnelle. Mais il s'est trouvé que notre chef, à cette époque, était déjà — sachez-le — Zé Bebelo !

Avec Zé Bebelo, eh là ! le déroulement des événements naissait inconstant différent, suivant les circonstances. Il savait causer : — « Or-ça ! Pourquoi avez-vous prémédité de décorer les faux ? » — il leur demanda. Les deux frères répondirent qu'ils avaient agi de la sorte, en hommage à la Vierge Notre-Dame, pour la rémission anticipée du péché qu'ils allaient accomplir, et qu'ils accomplirent, vite dit vite fait. À la façon dont Zé Bebelo se dressa du col, circonspect, embêté, ampoulé, mais sans rides sur le front, je vis tout de suite qu'en dedans il se marrait. Il dit, tel que : « Notre Très Sainte Vierge... » — et tous les hommes se découvrirent, en grand respect. « Eh bien, si elle pardonne ou non, j'en sais rien. Mais je pardonne en son nom — la Pure entre les Pures, Notre Mère ! », décréta Zé Bebelo. — « Le père voulait tuer, non ? Eh bien, il est mort — ça fait le compte. J'absous ! J'ai l'honneur de résumer les circonstances de cette décision, sans appel ni révocation, légalement et selon la loi, comme il se doit !... » Et Zé Bebelo dit encore satisfait, en commentaire : « Pardonner est toujours la chose à faire, juste et sûre... » — perlimpimpin pimpan. Mais comme les deux frères méritaient tout de même quelque punition, il réquisitionna pour notre usage ce troupeau bien gras, que nous revendîmes sans attendre, et nous empochâmes l'argent. Résulta également de cette affaire une jolie chanson à viole. Mais je témoigne que Zé Bebelo trancha de façon telle en la circonstance, uniquement pour l'exemple de la décence. Normalement, lorsque nous croisions un troupeau transhumant, il ne percevait l'impôt que d'une ou deux têtes de bétail, pour notre subsistance quotidienne. Il préconisait qu'il était nécessaire de respecter le travail d'autrui, et qu'il fallait exalter l'ordre et l'obstination dans ce triste sertão.

Zé Bebelo — ah ! Si vous n'avez pas connu cet homme, vous avez perdu l'occasion de vérifier quelle qualité de cervelle la nature donne de temps en temps, rarement. Cet homme-là voulait tout savoir, disposer de tout, tout pouvoir modifier. Il n'était jamais en repos. Il était sûrement né déjà comme ça, un peu cinglé, virevoltant, une créature de confusion. Il se piquait d'être le plus honnête de tous, ou le plus infernal, imprévisible, selon les moments. Il résonnait dans les choses qu'il disait, dans sa façon de les dire, une manière d'autorité, différente, mais une autorité toujours très prompte. Je le vis un jour, s'avancer désarmé sur Léonce Dú, qui tenait tout le monde à distance et moulinait avec un grand couteau. À sa façon de crier : « Tu veux le sang ? Gare, fripouille, que je te fends en deux ! » — l'autre du coup décida, laissa tomber son coutelas, et se rendit. Vous me suivez ? Zé Bebelo était vaillant et intelligent. Un homme arrive toujours à monter des coups ; c'est seulement à se montrer vaillants et intelligents que beaucoup ne parviennent pas. Et Zé Bebelo reniflait les gens. Un dur à cuire, un homme de Zagaia, s'amena un jour, recommandé : « Ton ombre m'agace l'échine ! », le salua au flair Zé Bebelo. Et il fit amarrer le quidam, lui fit coller une sacrée raclée. Le type, effectivement confessa — qu'il était venu exprès en mission secrète, pour trahir. Zé Bebelo pointa son Mauser dans sa tignasse : une déflagration qui fit tout exploser — la cervelle en bouillie alla se plaquer loin et près. Nous nous mîmes à chanter la Comptine-du-Bœuf.

Dans la vie normale, Zé Bebelo pêchait, chassait, dansait nos danses, il exhortait les gens, s'enquérait de tout, il prenait les bêtes au lasso ou les piquait à l'aiguillon, il jouait de la guitare, sifflait des airs : la seule chose : il ne pratiquait ni les cartes ni le jeu des osselets — faisant état de ses craintes, la peur d'une trop grande attirance pour le vice et les risques du jeu. Simplement, quoi qu'il y ait, il s'enthousiasmait : il avait plu, il bénissait la pluie ; une demi-minute plus tard, il vantait le soleil. Il aimait donner des conseils hors de propos à tout bout de champ. Il considérait le progrès de tous — ainsi celui de notre Brésil, des territoires — et déblatérait des heures et des heures. — « Je reviens pour de bon ! » — il nous tint quand il revint de Goïas. Le passé, pour lui, était vraiment passé, n'avait plus d'usage. Et sa part de faiblesse, il ne la laissait pas voir, pas la plus petite parcelle, jamais. Une fois, se voyant chevaucher un chemin complètement nouveau, il s'exclama, sérieux : « Tiens, voilà que ces montagnes vont parfois jusqu'à déménager !... » De fait. Mais de fait, c'est lui qui s'était perdu, qui avait dérivé hors de sa route, ah, ah. Mais avec lui, même le pire de la guerre recelait une certaine joie, tissait son côté amusant. À la fin d'une échauffourée, il fonçait avec encore son revolver au poing, coursant ce qu'il rencontrerait, aux cris de : « Vive la loi ! Vive la loi !... » Et c'était une pétarade. Ou il clamait à tue-tête : « Paix ! Paix ! » — et, une balle : deux de plus qui se rendent. « Vive la loi ! Vive la loi !... » Au nom de quoi, de quelle valeur, de quelle loi, quelqu'un le savait ? À telle enseigne, en bref, que sa réputation a couru. Je vous donne un exemple : un jour qu'il galopait pour se dérouiller, un paysan qui le vit sur son cheval prit peur, il se jeta à genoux sur la route, en suppliant : « Ne fais pas *Vivelaloi* sur moi, s'ieu Zebebel', par pitié... » et Zé Bebelo jeta une pièce au pauvre diable ; il cria : « Monte là, frère, en croupe ! » — et il ramena l'autre partager notre dîner. Ça, c'était lui. C'était un homme. Pour Zé Bebelo, mon meilleur souvenir est toujours prêt tout chaud. Ami, ce fut dans cette vie une des personnes que j'ai le plus appréciées et estimées.

Mais donc, revenant à ce que je disais, je termine mon histoire. Qui est, que de prés en prairies, par les monts et les vaux, le sable des plateaux, nous arrivâmes Sesfrêdo et moi à Marcavan. Un peu avant d'arriver, le ciel se chargea à la pluie. Une pluie à déraciner souches et troncs, des trombes : un déluge, on le voit, qui mange la terre. Qui mesure et soupèse ces excès d'eau ? Les fleuves grossirent. Nous descendîmes de nos chevaux à Marcavan, au bord de L'Ensommeillée. Medeiro Vaz mourut dans ce pays oublié. Nous arrivâmes à temps.

Quand nous retrouvâmes la bande, ce fut à cet endroit, et Medeiro Vaz était déjà au plus mal : raison pour laquelle peut-être, la joie commune ne put se manifester, et Diadorim ne me donna même pas l'accolade, ni ne démontra aucune joie de mon retour. Je demeurai sincère. La tristesse et l'attente funeste s'emparaient de nous. « Le pire c'est le reste : l'ennemi est là, embusqué, tout près... », m'apprit Alaripe. Il plut beaucoup pendant la nuit — les arbres comme des éponges. Il soufflait même un vent froid, plein d'humidité. Pour réchauffer Medeiro Vaz, ils avaient dressé un *bœuf* — vous connaissez : une peau entière, enfilée sur un piquet, pour protéger la personne, dans la direction d'où vient le vent — le souffle des rafales. Nous étions campés sous des grands arbres. Le gazouillis de la rivière était le gargouillement d'insectes sur une plaie. Medeiro Vaz gisant sur une couverture en peau de bouc blanche — la poitrine, dans son vêtement ouvert, couverte de poils grisonnants. Son ventre avait beaucoup enflé, mais ce n'était pas d'hydropisie. C'était à cause des douleurs. Quand il m'aperçut, il fit un effort pour se mettre d'aplomb, luttant pour me voir. Les yeux — leur blancheur, pareille à de la moelle de grallaire. Mais il s'affaissa, ses bras se dérobèrent, et il mesura le sol de toute la longueur de son dos. « Il est au glas » — je pensai. Ah, son visage : jaune, vindieu, de ce jaune : de paille. Ainsi, dans cet état, il mena la journée presque jusqu'à son terme.

L'après-midi obscurcit. Malgré tout, Diadorim me prit à part ; il retenait ses larmes : « Ton amitié, Riobaldo, je l'ai imaginée pendant tout ce temps... » — et il me serra la main. Je restai un pied de côté, à demi interdit. À ce moment-là, on nous appela : « Vite, que le chef est à l'extrémité ! » Medeiro Vaz râlant, comme font les mourants. Et son menton n'arrêtait pas de remuer ; de grands moments. Il résistait. Et il y eut une violente rafale, des hallebardes, comme fait exprès : une pluie d'un poids d'arrobes. C'était presque nuit. Réunis à son chevet, nous maintenions des peaux ouvertes pour protéger sa mort. Medeiro Vaz, le roi des hautes-terres — comment est-ce que quelqu'un de cette trempe pouvait s'achever ? L'eau tombait, à seaux, elle ruisselait sur nos visages, des filets de gouttelettes. En nous inclinant sous les peaux, nous pouvions voir la fin que l'âme obtient du corps. Et Medeiro Vaz, se gouvernant jusque dans le courant de l'agonie, bloqua avec effort le râle qui lui remontait des glaires plein la gorge, et bégaya : — « Qui va va rester à ma place ? Qui commande ?... » Avec le fracas de la pluie, peu entendirent. Il ne parlait plus que par mots hachés. Mais je vis que son regard s'arrêtait sur moi et me choisissait. Du rouge brouillait ses yeux ? Mais un rouge plombé, vitreux. Mon cœur se serra très fort. Je ne voulais pas être chef ! « Qui commande ?... » Je vis mon nom dans sa petite lueur de vie. Les veines de sa main... Il voulut la lever pour me désigner. Je voyais avec quelle lumière ? Mais il ne put y arriver. La mort put davantage. Ses yeux roulèrent dans les orbites ; et il râlait, dans les affres. Il rendit le souffle. S'en alla dormir dans un hamac blanc.

C'était son jour de grand labeur. Quand la pluie cessa, nous cherchâmes quelque chose à allumer. Nous ne pûmes trouver qu'un bout de chandelle de *carnaúba* * et un brandon de palmes. Je venais de vivre une épouvante. Et il me venait maintenant, désorienté, et dans un demi-vertige, l'envie de dire ces vers, de ceux qu'on chante en chœur :

> *Mon bœuf noir facétieux*
> *à quel arbre te ficeler ?*
> *un palmier qui ne ploiera pas :*
> *un buriti — qui ne s'incurve pas...*

Toutes les cloches de toutes les églises auraient dû sonner.

Nous recouvrîmes le corps avec des palmes d'un jeune buriti, coupées mouillées. Nous prîmes le quart, tous, jusqu'à ce que les barres de nuit cèdent sur l'horizon. Les crapauds coassaient. Le crapaud-buffle racla son rauquement. Un tapir siffla, un sifflement plus ténu que le hennissement d'un poulain naissant. Dès l'aurore, nous creusâmes une fosse profonde. La terre du haut-pays est bonne.

On but le café, et Diadorim, résolument, me dit :
« Riobaldo, tu commandes. Medeiro Vaz t'a désigné par ses dernières volontés... »
Ils étaient tous là, les braves, tout yeux sur moi. Leurs prunelles obscures palpitaient — grain et grain — me fusillaient : c'était comme recevoir une décharge de gros plombs ou une pluie de gravier. Ils approuvaient. Ils me voulaient pour gouverner. Alors je frémis intérieurement, je me glaçai à ne pouvoir sortir un son. Je ne voulais

* Voir glossaire.

pas, je ne voulais pas. Je vis la chose très au-dessus de mes capacités. La déveine, que João Goanhá ne soit pas revenu ! Je ne désirais décidément nulles grandes gloires, ni pouvoir de commandement. J'avalais ma salive. Pour en finir, je répondis à moitié bégayant, je dis ceci : « Je ne peux pas... Je ne conviens pas..

— Riobaldo, vieux frère, tu peux ! »

Je fis front. Je ravalai un mot grossier. Qu'ils pensent ce qu'ils pensaient — personne en tout cas n'allait manipuler mon être, histoire de plaisanter...

« Riobaldo, vieux frère, tu crois que tu ne le mérites pas, mais nous connaissons ta vaillance... », me renvoya Diadorim. Ainsi il insistait, la main levée. Tandis que les autres, en cercle autour de nous, manifestaient leur assentiment : « Tatarana ! Tatarana... », scandèrent certains ; *Tatarana* était un surnom que j'avais.

Je tremblai. Ça se corsait. Ainsi, Diadorim disposait du droit de me faire une chose pareille ! Moi, qui suis moi, je tapai du pied :

« Je ne peux pas, je ne veux pas ! Je le dis une fois pour toutes. Ma nature c'est d'exécuter, je ne suis pas fait pour donner des ordres... »

Un court instant, tout s'arrêta. Ils attendaient retenant leur souffle. Vous avez déjà connu de l'intérieur une bande de jagunços sur le qui-vive — quand un danger menace ? — vous savez quelle meute de loups ? Mais, eh non, le pire c'est le calme, une circonspection noire. Non qu'ils se tuent les uns les autres, voyez ; mais, pour le plus petit rien, vous pouvez perdre la face, vous retrouver déconsidéré à jamais, dans cette vallée de larmes. Tout gronde. Diadorim entre-temps s'était dressé de tout son haut et avancé d'un pas. Il cessa de me soupeser, examina la tête que faisaient les autres. Ah, pour ça il était maître, adroit comme pas un pour se faire sa petite idée rien que d'un rapide coup d'œil en coulisse — il avait la prestesse de ceux qui recensent le bétail. Il dit bellement :

« Eh bien, en ce cas, je prends le commandement. Je ne suis pas le meilleur, ô gens, mais pour ce que je veux et apprécie, je m'acharne pareil à vous tous. La règle de Medeiro Vaz doit se poursuivre avec détermination. Mais si l'un de vous trouve qu'il ne trouve pas, le juste, on en décide à la pointe de l'épée... »

Hé, qui s'y frotte s'y pique ! Sacré Diadorim bel et féroce ! Ah, il savait s'y prendre ! De jagunço à jagunço, c'est l'autorité sèche de la personne qui vaut... Beaucoup parmi les présents auraient donné leur vie pour être chef — mais ils n'avaient pas eu le temps d'actionner leur cervelle. Et les autres apprécièrent et applaudirent : « Reinaldo ! Vive Reinaldo ! » — fut leur approbation. Ah !

Dans la seconde, du coup, une violente dénégation jaillit du fond de

83

moi. Non. Diadorim, non. Jamais je ne pourrais consentir. Non pas parce que j'étais follement son ami, et concevais pour lui l'affection humiliante qui me délabrait, pareille à un occulte amour pervers — pour cela vraiment, pas le moins du monde, c'était que je ne pouvais pas accepter ce bouleversement : cette affaire d'avoir pour toujours à recevoir des ordres de sa bouche, souffrant que Diadorim soit mon chef, hein, hein ? Pas question que je me laisse faire. Non, hein, je clamai — ainsi que se déclenche une cloche à la volée :

« Je ne suis pas d'accord. »

Si tous me regardaient ? Je ne vis pas, ne tremblai pas. De visible, je vis uniquement Diadorim — un condensé de son air, des gestes qu'il pouvait ébaucher : les mains, les yeux ; en alerte. Je fis, à toute vitesse, le calcul du nombre de coups de feu que je pouvais tirer à bout portant — plus une petite balle, la première, déjà dans le percuteur de mon automatique — ah, le grain ne manquait pas dans ma besace ! Les autres petit à petit, les camarades, cessèrent de s'agiter, tant ils n'étaient plus qu'attente ; sûr qu'ils me rétribuaient de l'antipathie, écœurés que je sois continûment en train de contrecarrer les décisions ; ils devaient trouver que je n'avais plus le droit maintenant de donner mon opinion, vu que le commandement lui-même je l'avais décliné. Qui sait s'ils n'étaient pas heureux de l'occasion de nous voir tous les deux, Diadorim et moi — qui étions jusque-là comme des frères — nous lacérer à coups de couteau ? J'éprouvai une violente envie de tuer pour apaiser mon désarroi : quiconque, n'importe qui — Diadorim, non — jamais. Ils perçurent certainement tout cela en moi. Les silencieux. Seul Sesfrêdo, de façon inattendue, jeta également un : « Je ne suis pas d'accord ! » Il m'épaulait parce qu'il m'estimait. Et Alaripe alors, personne sérieuse appuya : « C'est pensé... Laissez Riobaldo, qu'il s'explique... » Je me dressai. Lançai :

« À mon avis, c'est Marcelino Pampa qui doit prendre le commandement. Moyennant qu'il est le plus âgé, et en plus d'être le plus âgé, un homme valeureux, plein de savoir et de jugement ! »

Le visage de Marcelino Pampa devint énorme. À ce que je constatai chez les autres, à leur accord, j'établis que j'avais manœuvré avec habileté. J'avais mis dans le mille. Mais, Diadorim ? Nous deux, yeux dans les yeux. Cette folie, tout ce que je voulais en cette minute, c'était porter plus haut ma grande tendresse envers Diadorim ; pourtant, pourtant, à peine pourtant il aurait fait mine de se fâcher, de dégainer, froidement, je relevais le défi. Un suspens du temps, qui pour se remettre en marche dut soulever des montagnes... Là, finalement, Diadorim baissa les yeux. J'avais pu davantage que lui ! Il se mit à rire, après moi. Toujours aussi entier, il dit :

« Ça me va. Meilleur que Marcelino Pampa, il n'y a pas. Je ne briguais pas les pouvoirs... »

C'était parler avec courage. Et :

« Je le dis et le redis, c'est l'heure de parer au plus pressé, unis sans nous chercher querelle... », acheva Alaripe.

Amen. Tous, voix après voix, approuvèrent. Marcelino Pampa prit alors la parole, il dit ainsi :

« Je consens, pour notre bien à tous, à ce qui est mon obligation. En attendant qu'arrive l'un des chefs confirmés, de plus grande stature : João Goanhá, Alípio Mota, Titan Passos... Pour l'heure, j'ai besoin des bons conseils de tous ceux qui en auraient, garantie assurée. Marchons ensemble... »

Il en dit plus, sur le même ton, sans grand relief, sans grande idée ; car Marcelino Pampa possédait des talents mesurés. Je pensai seulement qu'il se mettait un lourd poids sur le dos, par abnégation. Sûr que si, en des temps meilleurs, il était plaisant de commander, en la circonstance, au plus bas comme nous étions, et toutes ces misères, est-ce qu'il n'y avait pas de quoi dégoûter quelqu'un de la responsabilité ? Mais quoi, je constatai : comment Marcelino Pampa aussitôt, superbe satisfait, arbora un autre air, une bizarrerie circonspecte. Être chef — une chose à l'extérieur un peu amère ; mais à l'intérieur un lit de roses.

Quant à moi, j'étais soulagé. Je ne doutai pas un instant de ma valeur : y en avait-il un là, qui ait des traits pareils aux miens ? Hé, mon cœur savait d'emblée battre à l'unisson. Aujourd'hui, je ne reconnais pas la rumeur tapageuse de ses coups. Diadorim s'approcha de moi, me parla de son admiration, beaucoup de sa loyale affection. J'écoutai, j'écoutai tout cela, ce miel si doux, l'épée au fourreau. J'en avais besoin. Il y a des moments où je pense qu'il serait bon, brusquement, de se réveiller d'une sorte d'envoûtement. Les gens, et les choses, ne sont pas pour de vrai. D'où nous vient, et souvent, de concevoir d'incertaines nostalgies ? Serait-ce que nous avons déjà tous, vendu nos âmes ? J'élucubre ! Comment une chose pareille serait possible ? Hein ?!

Écoutez : je vous raconte. On dit que dans la bande d'Antônio Dó, il y avait un jagunço de haut rang, nanti de biens, David de son nom. Le temps passant, ce David un beau jour, de ces choses qui se produisent parfois, se mit à avoir peur de mourir. Il réfléchit et, sans scrupules, proposa à un autre, pauvre entre les pauvres, appelé Faustino, le traité suivant : David lui donnait dix mille *contos de reis* *,

* Voir glossaire.

mais si le destin choisissait David pour mourir au combat le premier, alors, selon une loi de noire magie — invisible et surnaturelle — ce serait Faustino à sa place, qui mourrait. Et Faustino accepta, tope là, il reçut l'argent. Il paraît en effet qu'il ne croyait pas tellement au maléfice du contrat. Sur ce, une grande bataille eut lieu contre les soldats du major Alcides do Amaral, solidement établis sur le São Francisco. Quand le combat se termina, les deux étaient vivants, David et Faustino. La conclusion ? Le jour-et-l'heure n'avaient sonné pour aucun d'eux. Ah, et ils ont poursuivi ainsi pendant des mois, saufs toujours, sans aucune modification ; ils s'en sortaient indemnes, pas même blessés... Et alors, qu'est-ce que vous en pensez ? Car, écoutez plutôt : j'ai raconté la chose à un garçon de la ville, très intelligent, arrivé ici en camion avec des camarades pour pêcher dans le Fleuve. Vous savez ce que m'a dit ce garçon ? Que c'était là un sujet fort intéressant, de ceux qui fournissent une histoire pour composer un livre. Mais qu'il fallait une fin qui surprenne les gens, bien fignolée. La fin qu'il imagina fut celle-ci : que Faustino à son tour, se prenait un jour à avoir peur, il voulait révoquer le marché ! Il rendait l'argent, mais David n'acceptait pas, il refusait, ne voulait rien entendre. À force de discuter ils s'échauffaient, en venaient aux mains. À la fin, Faustino sortait son couteau, il fonçait, les deux roulaient à terre emmêlés. Mais, dans la confusion, Faustino se plantait de sa propre main le couteau dans le cœur, et mourait...

Cette continuation inventée me plut énormément. Le nombre de choses nettes et vraies qu'une personne de haute instruction peut concevoir. On peut de cette façon remplir ce monde d'autres mouvements, sans les erreurs et les revirements de la vie lorsqu'elle s'efforce maladroitement de rapetasser. La vie travestit ? Par exemple. Je l'ai dit au garçon qui était venu pêcher, et que j'ai sincèrement félicité. Et lui m'a demandé quelle fin avaient fait, en vrai dans la réalité, David et Faustino. La fin ? Qui sait, j'ai seulement entendu dire que David résolut de mettre un terme à sa vie de jagunço — il planta là la bande et, contre certaines promesses, comme de lui céder quelques hectares de terre, plus d'autres avantages et compléments en argent, il obtint de Faustino que celui-ci laisse tomber également, et vienne habiter près de lui, pour toujours. Mais ce qu'ils sont devenus, je l'ignore. Dans le réel de l'existence, les choses se terminent de façon moins réglée, ou ne se terminent pas. Et c'est mieux. De batailler pour l'exactitude, se solde par des erreurs dont les gens font les frais. Il ne faudrait pas. Vivre est très dangereux...

Bref, ce que je vis aussitôt, c'est que Marcelino Pampa, en dépit de sa bonne volonté, n'était pas à la hauteur. Afin de décider au mieux la conduite des premières opérations, il m'appela, ainsi que João Concliz. « Les Judas sont dans le coin, à une vingtaine de lieues, et ils savent où nous sommes. Attaquer vraiment, ils n'attaquent pas, avec ce temps de pluie et de rivières en crue. Mais ils sont en train, vu le grand nombre qu'ils sont, de mettre au point comment nous encercler, du moins loin possible... De recours, à mon avis, il y en a deux : ou nous enfuir par le plateau, tant qu'il est encore temps — mais c'est renoncer à tout espoir et nous couvrir de honte... Ou alors, tenter le tout pour le tout, et nous frayer un chemin au milieu d'eux : nous passons sur l'autre rive du Fleuve et nous cherchons à rallier João Goanhá et les autres camarades... Mais pour l'instant je ne sais pas, j'ai besoin de toutes les opinions raisonnables. » C'est ainsi que lui, Marcelino Pampa, parla. « Mais s'ils apprennent la nouvelle de la mort de Medeiro Vaz, ils sont bien capables de nous tomber dessus dès aujourd'hui... », fut ce qu'émit João Concliz : et il n'avait pas tort. Je ne voyais guère que dire, les bouleversements des dernières heures m'accablaient. Qu'aurait fait Medeiro Vaz dans cette situation ? Et Joca Ramiro et Sô Candelário ? Ces pensées défilaient en désordre dans ma tête. Misère, c'est là que je touchai du doigt combien un ramassis de gens a besoin à sa tête d'une tête bien faite. Un commandant est nécessaire, pour soulager les inquiets, pour protéger l'esprit des gens de perturbations non conformes. Je ne connaissais alors, je n'en connais peut-être guère plus aujourd'hui, aucune règle de moyen terme. Sans l'action, je pourrais perdre ma vie entière sur place, à couper les cheveux en quatre. Peu de temps après, Marcelino Pampa décida également, après bien des silences et peu de paroles, que nous reprendrions cette conversation l'après-midi. Perplexes, tous les trois.

J'allai de là rejoindre Diadorim. « Riobaldo » — il me dit aussitôt — « tu vois bien que nous n'avons pas de remède... » Là, il s'arrêta, réfléchit un instant, une main sur son autre main — « Et vous, qu'est-ce que vous avez décidé de faire ? » — il me demanda. Je répondis : « La décision sera prise cet après-midi, Diadorim. Ça ne te va pas ? » Il se redressa. Puis, il dit : « Ce qui me va, je le sais. Tout ça pour moi, n'avance pas à grand-chose. Je désire chaudement pouvoir approcher l'un des Judas, pour en finir ! » Je savais que parlant de se battre, il ne disait pas des mots en l'air. Moi j'avais plus de tristesse, de fatigue. « Qui sait si... pour trouver le moyen de nous approcher d'eux... Le mieux ne serait pas... » — il laissa échapper d'un trait : et il se tut replié sur lui-même. Je crus voir tournoyer dans ses grands yeux la tentation de s'emparer du commandement en incitant tous les camarades à la révolte. C'était bien de lui, ce genre de folie. Mais, non ; il reprit : « C'est toi, Riobaldo, qui as tout dirigé aujourd'hui. Tu as choisi Marcelino Pampa ; tu as décidé et imposé... » C'était vrai. Cela me plut, énormément, me soulagea de l'entendre. Ah, et néanmoins, je me heurtai au tranchant d'une pensée, et je tremblai tremblai fouaillé. Chaque heure de chaque jour, vous apprenez une nouvelle qualité de peur !

Mais comme nous étions de nouveau réunis, le repas fini — Marcelino Pampa, João Concliz et moi — on n'eut même pas le temps de commencer. À cause de ce qu'on entendit : un galop, l'arrivée, les chevaux qu'on freine, les cavaliers qui sautent à terre, le frottement des semelles sur le sol. C'étaient Goal et Feliciano qui revenaient, escortant un petit vacher. Et ils arrivaient quasiment en courant. Le petit vacher ne devait pas avoir plus de quinze ans, et les traits de son visage se modifiaient sans cesse — de peur panique. « Une chance qu'on l'a vu passer. Il se sauvait, à moitié hébété. On l'a attrapé. Il a du nouveau à raconter... » — et ils bousculèrent un peu le petit vacher. De peur — on le quittait pas des yeux — il évitait notre regard. Ouf, à la fin, il avala une gorgée d'air, et il hoqueta :

« C'est un homme... C'est tout ce que je sais... C'est un homme...

— Remets-toi, petit. Ici tu es libre et sauf. Où allais-tu comme ça ? le calma Marcelino Pampa.

— Il y a eu une énorme bagarre... C'est cet homme... Je m'en vais loin, je retourne chez mon père... Ah, cet homme... Il a descendu le Rio Paracatu sur un bachot de buritis...

— Cet homme, qu'est-ce qu'il a fait ? demanda alors João Concliz.

— Il a tiré... Cet homme, plus cinq autres... Ils sont entrés dans la forêt, ils ont tiré sur les autres. Les autres étaient tout un tas, plus de trente. Mais ils se sont sauvés. Ils ont laissé trois morts, quelques blessés. Embusqués qu'ils étaient. Itou, et à cheval... L'homme et les siens étaient à pied. Un homme terrible... Il a dit qu'il va réformer tout ça. Ils sont venus demander de la farine et du sel à la cabane. Je leur en ai cédé. Ils avaient tué un petit cerf, ils m'ont donné un morceau de viande...

— Le nom de cet homme ? Parle ! Comment les autres l'appellent ? De quoi il a l'air ? À quoi il ressemble ?

— Lui ? L'air qu'il a, qu'est le sien ? Ben, il est plutôt petit que grand, il n'est pas vieux, il n'est pas jeune non plus... C'est un Blanc... Il vient de Goïas... Comment les autres disent et le traitent : " *Député*. " Il a descendu le Paracatu sur un bachot de buritis...

— " On était à jeun d'une bonne bagarre !... " — il a même dit. Lui et les cinq, ils ont tiré comme des bêtes féroces. Ils hurlaient le cri de la onça... Il a dit : qu'il va remettre le monde dans le bon sens ! Il a descendu le Paracatu sur un bachot de buritis... Ils ont accosté. Ils n'ont pas de chevaux...

— C'est lui ! Mais c'est lui ! Ça ne peut être que lui... » s'est souvenu quelqu'un à ce moment-là. « Oui, oui, c'est lui... Et alors il est de notre bord ! », compléta un autre. — « Il faut lui envoyer quelqu'un... » décida Marcelino Pampa. « Où il se trouve maintenant ? Du côté de Pavoã ? Faut que quelqu'un y aille... » — « C'est lui... Comme va la vie : qui l'aurait cru ? Et c'est un fameux homme, la tête près du bonnet... » — « Il marche avec nous... Et il sait guerroyer... » Et c'était vrai. La pluie avait repris, des cordes, mais Goal et Cavalcanti se remirent malgré tout en selle et partirent en direction de Pavoã à sa recherche. Ils eurent certainement grand mal à le trouver, car à la nuit tombante ils n'avaient pas réapparu. Mais : cet homme — pour que vous le sachiez — cet homme : était Zé Bebelo. Et, la nuit, personne ne dormit vraiment, dans notre cantonnement. Au matin, dans une éclaircie de soleil, il arriva. Un jour de trèfle à quatre feuilles.

À grandes enjambées, le chapeau sur le front, il arriva, accompagné de ses cinq gardes du corps. À leur allure, à leur vêture, ceux-là étaient des gens du Haut-Urucuïa. De pauvres hères des hautes-terres. Pauvres, mais armés de pied en cap, et leurs cartouchières pleines. Marcelino Pampa s'avança à sa rencontre. Nous nous étions groupés en formation derrière notre commandant. Il fallait voir ! Ces cérémonies.

« Paix et santé, chef ! Comment va ? »

« Comment va, frère ? »

Les deux grands se saluaient. Puis Zé Bebelo me repéra : « *Professeur,* oh là ! viva ! Il est écrit qu'on doit se rencontrer... » Il n'oubliait jamais avec le temps le nom et la figure des gens. Je vis qu'il m'avait en cordiale estime, ne me tenant ni pour traître ni pour faux jeton. Il rit de plus belle. Soudain, il s'arrêta net. Il recula d'un pas.

« Je viens pour de bon ! — il dit presque avec défi.

— Vous tombez bien, chef ! C'est ce que tous ici nous déclarons... », répondit Marcelino Pampa.

— Or donc. Salut à Medeiro Vaz !...

— Dieu soit avec lui, l'ami. Medeiro Vaz a gagné le repos...

— Je l'ai appris. *Lux eterna...* » — et Zé Bebelo tira son chapeau et se signa trois fois, en s'immobilisant très grave un instant, d'un air si exemplaire, qu'on se sentit émus. Ensuite, il dit :

« Je suis venu réclamer vengeance pour la vie de mon ami Joca Ramiro, qui m'a autrefois, lorsqu'il était en vie, sauvé de la mort... Et liquider ces deux bandits, qui déshonorent le nom de la Patrie et ce sertão national. Fils de chienne!... » — et il était dans une telle rage, que tout ce qu'il disait devenait vérité.

« En ce cas, nous sommes frères... Et ces hommes ? »

Les urucuianais n'ouvrirent pas la bouche. Mais Zé Bebelo les engloba d'un geste autoritaire et déclara, la voix forte, ce qui suit : « Je suis venu pour l'ordre et le désordre. Ceux-là ici sont mes armées. »

Le plaisir que ce fut d'entendre ce qui était dit. Si on voulait se battre, cet homme irait en tête — ainsi, tout seul, les armes le grandissaient.

Ce fut au tour de Marcelino Pampa de dire :

« En ce cas, l'ami, pourquoi ne pas organiser notre destin ? Nous sommes ensemble, marchons ensemble.

— L'entente et l'amitié, j'accepte, vieux frère, mais, nous associer, non. Je n'œuvre que là où je commande ; je suis né ainsi. Je sais seulement être chef. »

En un tournemain, Marcelino Pampa fit ses comptes. Il plissa le front, demeura un moment concentré. Puis fit rapidement du regard, le tour de nous tous, ses camarades, ses braves. Rien ne fut dit. Mais il comprit ce que réclamait chaque volonté. Il transmit aussitôt l'accord tacite :

« Tu seras chef. Nous te remettons nos armes, nous attendons tes ordres. »

Il le dit avec courage, et de nouveau nous parcourut du regard.

« D'accord ! » — je dis, et Diadorim dit, et João Concliz dit, et tous déclarèrent : « D'accord !... »

Là, Zé Bebelo ne manifesta pas le plus petit chouia de surprise, à croire que ce vote, il l'attendait. « Tous les pouvoirs ? Tout le monde ratifie ? » — il demanda encore, strident sérieux. Nous avons confirmé. Alors, il se dressa presque sur la pointe des pieds et nous appela : « Autour de moi, mes fils. Je prends le commandement ! » Cela pouvait prêter à rire. Personne ne riait. Tous en cercle autour de lui, et les cinq hommes de l'Urucuia dans le tas. Il poursuivit : « Donc, nous voilà. C'est le dur de la vie, mes gens. Mais les assassins de Joca Ramiro vont payer, plutôt dix fois qu'une !... » — il déclara, nous prenant, un à un, dans son regard. « Assassins... Ce sont les *Judas*. De ce nom qui désormais, sera le leur... », expliqua João Concliz. « Sus, dia ! Deux Judas, nous pouvons entonner les alléluias. Alléluia ! Alléluia ! De la viande dans les plats ! De la farine plein les calebasses !... », approuva Zé Bebelo, lançant cela comme un vivat. Nous fîmes chorus. Et c'était ainsi qu'était Zé Bebelo. Comme lorsqu'il se mit à tonner, ce tonnerre de sertões, qui rôde haut, intermittent, avant les grosses gouttes de pluie chaude. Le tonnerre gronde, emplit le monde, on tâte le sol du pied. C'est ce qui se passa : ça tonna à nous laisser cois — et Zé Bebelo se toucha le dos de la main, comme on fait en signe de respect, et dit : « C'est mon affaire... » Et, j'y reviens et je raconte, il révéla ce qui suit : « On n'avait quasiment rien, moi et les miens, même pas une demi-heure de munitions... » Nous reconnûmes encore plus son courage. C'est-à-dire, n'importe qui parmi nous savait que cela pouvait être pur mensonge. C'était moins joli, mais même pour ça, un homme, en dessous de tout ce baratin, devait avoir un sacré courage.

De ce jour, dès cette heure, il se mit, très à l'aise, à l'ouvrage ; il n'arrêta plus. Il voulut aller voir l'emplacement de la tombe, les armes et les effets que laissait Medeiro Vaz ; il décida, le défunt n'ayant pas de parents, qu'alors ses biens reviennent en souvenir aux meilleurs, ses plus proches : les carabines et les revolvers, le pistolet automatique, le poignard, le coutelas, la gourde dans son étui, sa capote, ses musettes et ses havresacs, les cartouchières à porter en bandoulière. Quelqu'un dit que son grand cheval rouan devait lui revenir à lui, Zé Bebelo. Il ne voulut pas. Il appela Marcelino Pampa, et le lui remit avec cérémonie : « Cet animal vous appartient, bien mérité, Marcelino. Car j'attends d'en voir un autre avec un égal jugement et caractère ! » Il lui serra la main, à plusieurs reprises. Marcelino Pampa gonfla le torse, tout remué. Il était désormais capable, après cet épisode, de mourir pour Zé Bebelo. Mais pour lui-même, Zé Bebelo garda seulement la peau laineuse de jeune mouton, pour doubler la selle, et un scapulaire miraculeux, fait de trois épaisseurs de flanelle.

Puis il enchaîna, observant, interrogeant, voyant à tout. Il apprit le nom de chacun, un par un, et où l'homme était né, le résumé de sa vie, combien de combats, ses goûts, le métier auquel il était habile. Il examina et recensa les sacs de munitions et les armes. Il passa les chevaux en revue, appréciant les mieux ferrés et ceux qui avaient belle allure. — « Les fers, les fers ! C'est ce qui est important... » — il répétait à tout venant. Il répartit les hommes en quatre pelotons : trois détachements de quinze et un de vingt — avec dans chacun au moins un bon éclaireur. Il réclama : — « Il nous faut quatre cornes de chasseur, pour les appels... » Lui-même avait un sifflet pendu à son cou, qu'on entendait de très loin. Pour commander les détachements, il désigna : Marcelino Pampa, João Concliz et Fafafa. Il resta personnellement avec le plus important — où figuraient les cinq urucuianais, et moi, Diadorim, Sesfrêdo, Joaquim Beijou, Le Cloporte, Dimas-le-Fou, Acauã, L'Enclou, Forte-Tête, J'te-crois, Le Frelon, Fends-le-Ventre, Jiribibe, et Jõe-le-Grêlé, dit *L'Espadrille*.

91

Sauf que, une fois tout le monde réparti, il en restait encore neuf — ils servirent pour un peloton à part, chargé de s'occuper des mulets de bât, avec les vivres et les munitions. À leur tête, vu qu'il était bon quoi qu'on lui demande, ce fut Alaripe. À chacun de ces neuf incomba également une obligation : Quim-Queiroz veillait aux réserves de balles ; Crocodile exerçait les fonctions de cuisinier, il ne devait jamais oublier de dire ce dont à-manger il avait besoin ou manquait. Doristino : ferrer les bêtes, les soigner ; et les autres pour aider ; mais Raymond Lê, qui s'y entendait en soins et médecines, eut charge de toujours garder un ballot avec des remèdes. De remèdes, pour l'heure, nous n'en avions guère. Zé Bebelo ne s'affolait pas : « En route, là ou ailleurs, on en achète, on en trouve, mon garçon. Mais occupe-toi déjà de récolter des herbes et des racines. Tu ramasses, tu amasses... Ce que je veux c'est te voir toujours ce ballot à la main... » Notre cantonnement avait l'air d'une ville.

Des sujets importants, Zé Bebelo nous faisait une leçon, et déduisait des ordres. Il proclamait : « Travailler dur, pour bien dormir » ; ou, pétillant : « Une fois que je serai mort, vous aurez tout le temps après, de vous reposer... » — et il éclatait de rire : « Mais je ne meurs pas... » Une personne très logique, vous savez, débrouillant n'importe quelle embrouille. Et — c'est drôle à dire — on appréciait. Ça nous donnait un espoir solide. Dans un sens, le mieux en temps de guerre, c'est de s'occuper minutieusement des travaux des temps de paix. Le reste c'était l'exercice à cheval, de côté et d'autre, ou la parade, et alors Zé Bebelo, marchant faraud, le torse bombé et les pieds en dedans, faisait évoluer les patrouilles, en avant, demi-tour, à coups de son sifflet. Et seulement — « Hardi, mes gens, le temps presse, du nerf !... » Toujours, à la fin, pour encourager, il levait haut les bras : « Je veux défiler à cheval, vous emmener tous, un jour, dans les grandes villes ! Ce qui me manque ici c'est un drapeau, et le tambour et les trombones, et les cuivres... Mais je les aurai ! Ah, et nous entrerons dans Carinhanha et dans Montes-Claros, là, le vin coulera... Nous bivouaquerons sur le marché de Diamantina... Hé, nous irons à Paracatu-au-Prince... »

Et de la bouche, et du sifflet : ce qu'il sifflait !

Avec sérieux, il m'appelait auprès de lui, et faisait venir les autres — Marcelino Pampa, João Concliz, Diadorim, l'urucuianais Pantaléon et Fafafa, les commandants en second. Nous devions tous exposer ce que nous savions de ce territoire des terres-générales : les distances en lieues et brasses, les gués, la profondeur des marigots et des points d'eau, les brandes où se cacher, les herbages les plus fournis. À nous interroger et nous écouter, Zé Bebelo se faisait une idée. Il traçait parfois sur le sol, avec la pointe d'un bâton, un dessin de l'ensemble. Il organisait tout cela petit à petit dans sa tête. Il apprenait. Encore un peu, et il en saurait plus que nous tous réunis. Je connaissais bien Zé Bebelo, d'autres enclos. J'aurais bien aimé être né comme lui... Puis il s'en allait chasser. Sûr que la chasse lui plaisait ; mais ce qu'il faisait c'était examiner les collines, les passer au peigne fin. Les forêts et les prés, comme deux font la paire. Une fois allé et revenu, il avait son idée et demandait notre avis : « Avec dix hommes sur cette hauteur, et dix autres répartis sur le versant, y a moyen d'empêcher le passage de deux cents cavaliers par le resfriado... Et avec une poignée d'autres en arrière-garde, alors là... » Ce genre de coups, il ne faisait qu'y penser, quasiment. Et il expédiait, dans l'heure, quelqu'un en éclaireur, s'informer des déplacements des Judas, rapporter des nouvelles fraîches. Et un homme heureux, autant que Zé Bebelo à cette époque-là, croyez-moi, je n'ai jamais vu.

Diadorim de même, qui m'écartait des voies claires. La bonne vengeance s'annonçait, pour sa grande joie, sans qu'il dise mot. Venger, je vous le dis : c'est lamper froid le plat que l'autre a cuisiné trop chaud. Le démon en invente à la pelle. Celui-là ! Il épie, mais ne régit pas. Quel est notre chemin le plus certain ? Ni celui qui est devant, ni celui qui est derrière : seulement celui qui monte. Ou s'arrêter quiet, net. Comme font les bêtes. Les bêtes ne font rien qu'attendre la plupart du temps ? Mais qui sait comment ? Vivre... Vivre, vous le savez déjà, c'est et cetera... Diadorim fringant, et moi non. Le passé sous la lune. Moi je me tapais cette obscurité. Et les *bem-te-vi* le matin, qui m'assaillaient de leur « *je t'ai vu* ». J'aimais Diadorim d'une façon condamnée ; je ne pensais même plus que je l'aimais, mais je savais que déjà je l'aimais à jamais. Hou, la chouette ! — la belle couleur...

Le jour à peine levé, brusquement Zé Bebelo ordonna que tout et le reste soit prêt pour une répétition des exercices de marche, comme à l'ordinaire. Rien que pour faire fête. Voyant les petits ânes qui mangeaient deux par deux, dans une prairie bien verte, il leur intima : « Mes mignons, vous porterez nos munitions, à vous la responsabilité des bâts ! » Mais, une fois en selle, il déclara : « Mon nom dorénavant sera, oh, ah, oh, *Zé Bebelo Vaz Ramiro !* Vous, camarades, mes amis, car je n'ai confiance qu'en vous : les zé-bebelos ! Le jour est arrivé : marchons en guerre. Allons ! allons, en finir avec cette clique de malfaiteurs !... » Nous nous mîmes en route, fin prêts.

Pour autant, la lune n'était guère bonne. Qui lance une troupe montée en campagne, par des routes pleines de boue, creusées d'ornières, un sol trempé défoncé, et la pluie qui inonde encore tout ?

93

Il convenait d'attendre que les eaux se régularisent. « Le Paracatu est plein... », dit quelqu'un. Mais Zé Bebelo l'interrompit : « Le São Francisco l'est davantage. » Avec lui, tout était ainsi, bizarroïde ; et il ne supportait pas les parlotes inutiles. Nous partîmes. Il poissait une petite pluie fine qui me poissait. Jusqu'au dernier moment, nous avons cru que nous allions traverser le Paracatu. Nous n'avons pas traversé. Cet homme avait tout retenu, étudié. D'abord, il répartit les patrouilles. Nous autres, son détachement, nous suivîmes la berge, en gardant toujours le Paracatu à main gauche. Le tonnerre éclata, au risque de tout compromettre. « Encore mieux », dit Zé Bebelo — « on va leur faire la surprise... Il n'y a qu'une bonne surprise pour donner un résultat. Ce que je veux c'est attaquer ! » Nous avancions en direction de Buriti-Tacheté. Jusque-là, il faut compter dans les dix à douze lieues. — « Le moment venu, chacun doit voir seulement un Judas à la fois, bien viser et tirer. Le reste ensuite c'est l'affaire de Dieu... » — il y allait déjà de son débit : « Pour le travail auquel on tient, on a toujours le bon outil. Ces chevaux, c'est seulement pour la vitesse, se déplacer d'un point à un autre, en avant, en arrière. Je sais, mais le gros des combats, c'est à pied qu'on va le mener... » Arrivés au bord de la rivière L'Ensommeillée, nous nous sommes reposés. Les bêtes de somme, la petite escouade de mules, restèrent cachées dans un coude en retrait de la rivière sur le bachot. Avec seulement trois hommes pour surveiller. « L'heure et le lieu pour attaquer, c'est moi qui choisis... », dit Zé Bebelo. Et, à un endroit où les eaux dormaient, nous traversâmes L'Ensommeillée dans l'obscurité sans noyer nos armes, une balle dans le canon.

Au matin, de trois côtés, nous ouvrîmes le feu.

Là, Zé Bebelo avait tout programmé, comme sur un dessin. João Concliz avança le premier, avec ses quinze hommes, l'air de rien. Quand l'ennemi s'amena, nous étions déjà tous bien embusqués, aux bons endroits. Alors, Fafafa arriva de l'autre côté avec ses cavaliers : qui étaient agglutinés, très serrés, parce que de cette façon une troupe de chevaux ou de cavaliers donne l'impression d'être beaucoup plus importante qu'elle n'est en réalité. Et les chevaux, tous bais ou alezans — parce que la couleur claire aussi les fait paraître plus grands. Ah, et ils vociféraient. Les Judas tiraient, plutôt mal, à contretemps, un petit tir de rien. Alors, du surplomb occupé en prévision, nous déclenchâmes notre calamité sur eux. Les hommes d'Hermógenes... Pris de court, sans le temps de faire ouf ! Une mitraille d'acier. « Au duel !... Hé, Vouitre !... » Juste le temps d'une branche qui casse, d'un vêtement arraché, un Judas se précipita du côté où se trouvait Jiribibe : pauvre de lui ! « Ouh ! » — fut sa manière de contrition parfaite. Un autre se redressa un chouia de trop : « Hé, toi, tu crois que tu as un petit Dieu dans ta manche ? », dit Zé Bebelo, après l'avoir abattu d'un tir bas, rapide comme la poussée du cresson. Un autre se sauvait, preste et futé : « Il a du talent au bout des pattes... » Ceux que j'expédiai, je renonçai à les compter, pour raison de charité. Les malheureux ! La victoire, c'est ça. Vous croyez peut-être que c'est un mal joyeux, pareil à une partie de chasse ?

Souffler un peu ? Celui qui le dit ne fut pas entendu. « Si je m'en vais laisser cette racaille brigander en paix dans le coin ! Bis, mes gens ! Sus à l'ennemi ! » — Zé Bebelo ne se sentait plus. Quant aux hommes de João Concliz, ils s'étaient emparés des chevaux des autres. « Remontons vers le nord : là, la face de la terre m'appartient davantage... » Non, le chemin c'était du côté opposé. Nous devions tomber droit sur le gros des Judas. Par des resfriados, des raccourcis nous avons tracé, tracé. Ensuite une grand-route, où avancer quatre de front. Jusqu'à Salut-Mère. Là, il y a un lit de roches de bonne largeur, où de grandes pierres qui tapissent le fond viennent à fleur. Nous arrivâmes pénards, sans une anicroche. Zé Bebelo distribuait ses recommandations, comme en train de faire sa ronde dans une chambre de malades, il reniflait l'air. Subreptice, on aurait dit un chat. On se rendait compte que dans sa tête, il visualisait tout et livrait combat à l'avance. En guise d'exemple : il y avait un grand ravin, où l'ennemi s'était embusqué des deux côtés, dans les anfractuosités à flanc de parois. Comment est-ce que Zé Bebelo le savait déjà ? João Concliz emmena ses hommes plus haut, à la lisière des champs, en guet-apens. Le temps qu'il prenne position, et notre peloton remonta alors en rampant jusqu'aux lèvres du ravin. Ah, et là Fafafa arriva, il s'avança, pépère, bien à découvert avec ses cavaliers, sans s'en faire — ils débouchaient innocemment, tels des cerfs dans la mire... Mais — han ! — alors, donnant du rifle et rugissant, nous déclenchâmes du haut du ravin un feu croisé, sur ce qu'il y avait en dessous. « *Du beau travail !...* » Hé, hé ! Ce fut comme un essaim d'abeilles dans un tronc creux : ceux cachés dans les anfractuosités perdirent leur sang-froid, ils s'affolèrent, se débandèrent sous la mitraille, jurant, vociférant. João Concliz, bon, vous voyez la suite... Les urubus purent voler dans un froufrou d'ailes — des urubus résolus.

Puis nous fîmes demi-tour, en retraversant L'Ensommeillée là où se trouvait notre petite escouade de mules, avec les munitions et le reste. On se repliait sans battre en retraite. C'était dommage, mais nous étions obligés de frimer ainsi, nos effectifs ne suffisaient pas pour en finir une fois pour toutes avec ces Judas. Constamment, constamment pour les tromper sur ce qu'ils verraient, Zé Bebelo changeait notre façon de voyager, à un moment presque tous ensemble, à un autre dispersés, éparpillés. De plus, autre avantage suprême de cette tactique, nous ouvrîmes un feu de tous les diables, dans la fazenda Saint-Séraphin, avec succès.

Continuant dans cette direction, mais beaucoup plus bas, il y a un endroit. C'est une croisée de chemins. Les routes mènent à *Veredas Tortes,* moitié mares, moitié marigots : des veredas mortes. J'ai dit, vous n'avez pas entendu. N'allez plus jamais prononcer ce nom. C'est ce dont je vous prie. Un endroit de nulle part. Les endroits de ce genre sont quelconques — ils ne préviennent pas. Maintenant : quand je suis passé par là, ma mère ce jour-là — n'avait donc pas prié pour moi ?

Ainsi, tout comme à Parados. Mais où l'eau est limpide, c'est aux sources uniquement. Où résident le mal ou le bien, c'est dans celui qui les fait — ce n'est pas dans l'effet qu'ils ont. À l'ouïe de ce qui suit, vous allez me comprendre. Là, existe Parados. Vous y allez, vous le verrez. C'est un petit village. Aujourd'hui plus personne n'y habite. Les maisons vides. Il y en a même une à étage. L'herbe a poussé sur le toit de l'église, n'importe quand vous entrez, vous entendez le froufroutement entrecoupé des chauves-souris. Une bête qui garde tous les froids de la terre dans le corps. Les bœufs rentrent des champs, ils se frottent contre les murs. Ils se couchent. Somnolent à l'ombre. À la brumante, les chauves-souris se mettent à couvrir les bœufs de petits mouchoirs noirs. Des dentelles noires de deuil. Quand on tire un coup de feu, les chiens aboient, un long moment. Et c'est partout la même chose. Mais aujourd'hui ces chiens sont devenus sauvages, ils sont obligés de chasser leur pitance. Des chiens qui ont déjà lapé beaucoup de sang. Également, l'espace est dans un tel silence qu'ici le susurrement de minuit se produit à neuf heures. J'ai entendu un bruit. La torche de carnaúba donnait un peu de jour. Il ne restait pas âme qui vive. Je vis seulement un paisible perroquet parleur qui déchiquetait quelque chose à coups de bec. Revenait-il celui-là, dormir là de temps à autre ? Et je ne revis plus Diadorim. Ce village n'a qu'une rue qui le traverse, c'est la rue de la guerre... *Le diable dans la rue, au milieu du tourbillon...* Ne me demandez rien. Ce genre de chose n'est guère bon à demander.

Je sais que je raconte mal, je survole. Sans rectifier. Mais ce n'est pas pour donner le change, n'allez pas croire. De grave, selon la loi commune, je vous ai à peu près tout dit. Je ne me fais pas de bile. Vous êtes un homme à penser les choses des autres comme étant les vôtres, vous n'êtes pas une créature à aller dénoncer. Et mes actions ont déjà été abrogées, blanchies, la prescription rendue publique. J'ai ma réputation établie. Désormais, je suis le tapir dans son ressui, personne ne me chasse. Il ne me reste pas lourd de vie — seulement le *deo gratias* — et la réplique. Balivernes. Un type, à la foire de Saint-Jean-le-Blanc, répétait à qui voulait l'entendre : « La patrie n'a que faire des vieux... » Je ne suis pas d'accord. La patrie appartient bien plus aux vieux. Ce type avait l'esprit dérangé, les doigts couverts de bagues sans valeur, les pierres manquaient — il disait : que toutes ces bagues pouvaient même produire des chocs électriques... Allons donc ! Je raconte tout ça, parce que c'est ma façon de raconter. Les guerres et les batailles ? C'est comme un jeu de cartes. On les bat, on les rebat. Les insurgés sont passés par ici après, les soldats de Prestes *, ils venaient de Goïas, ils réquisitionnaient tous les animaux de selle. Je sais qu'ils ont livré bataille à São-Romão-d'en-Bas, au confluent de l'Urucuia, là où accosta un vapeur du Gouvernement, plein de troupes de Bahia. Bien des années après, un paysan va débiter un arbre, et il trouve encore dans le tronc des balles fichées. Ce qui importe, ce sont d'autres choses. La mémoire de la vie des gens se conserve dans des parcelles séparées, chacune d'elles avec son émotion et sa coloration, je crois même qu'elles ne se mélangent pas. Raconter à la suite, en enfilade, ce n'est vraiment que pour les choses de peu d'importance. De chaque vécu que j'ai réellement passé, de joie forte ou de peine, je vois aujourd'hui que j'étais chaque fois comme s'il s'agissait de personnes différentes. Se succédant incontrôlées. Tel je pense, tel je raconte. Vous avez bien de la bonté de m'écouter. Il y a des heures anciennes qui sont restées beaucoup plus proches de nous que d'autres, de date récente. Vous le savez bien.

Ainsi, voyez, cette jeune fille prostituée, au nom joli de Norinha, fille d'Ana Duzuza : un jour j'ai reçu une lettre d'elle : une lettre toute simple, qui demandait des nouvelles et disait son bon souvenir, écrite, je crois bien, par une main étrangère. Cette Norinha avait un petit foulard sur la tête, pareil à une huppe. Elle a écrit, fait partir la lettre. Mais la lettre a mis dans les huit ans pour me parvenir. Quand je l'ai reçue, j'étais déjà marié. Une lettre qui s'est promenée de côté et d'autre, loin dans ces sertões, à travers ces terres-générales, dans tant de poches, tant de sacoches, grâce à tant d'obligeances. Dessus, elle avait mis seulement : *Riobaldo qui est avec Medeiro Vaz*. Et la lettre est arrivée, confiée à des muletiers, à des voyageurs, elle a sillonné toute la région. On ne pouvait presque plus la lire, tant elle était pliée et repliée, sale, elle se déchirait. Des gens l'avaient même enroulée dans une autre feuille de papier, avec du fil à coudre noir. Certains ne savaient plus de quelle main ils l'avaient reçue. Le

---

* Voir note en fin d'ouvrage.

dernier, qui m'est arrivé avec, presque par une erreur du hasard, était un homme qui redescendait son bétail vers des maquis plus secs, par peur de la maladie de la *mouche*. J'aime ma femme, je l'aime depuis le premier jour, et davantage à ce jour. Lorsque des yeux, des mains, j'ai connu cette Norinha, je l'ai aimée seulement le sans lendemain du moment. Elle devait m'aimer, c'est sûr, quand elle a écrit la lettre. Elle habitait déjà probablement chagrinée, au-delà, à Saint-Joseph-du-Mont, en allant vers Torrent-des-Âmes, quand on vient du Morne-des-Offices. Quand j'ai reçu la lettre, là j'ai vu que je l'aimais d'un grand amour de flammes ; mais sans avoir cessé de l'aimer un instant, depuis celui bien court où j'avais été avec elle, à Aroeirinha, et l'avais connue, je veux dire : d'amour. Norinha, ce bonheur resté dans mes yeux, ma bouche. De là à là, huit années s'annihilaient. Elles n'existaient plus. Vous sous-entendez ce que c'est ? La vérité c'est que dans ma mémoire, elle avait même gagné en beauté. Sûr qu'aujourd'hui, probablement elle ne m'aime plus, peut-être même qui sait, est-elle morte... Je sais que ce que je suis en train de dire est très enchevêtré, très laborieux. Mais vous allez de l'avant. J'envie l'instruction que vous avez. Je voudrais déchiffrer les choses qui sont importantes. Et ce que je raconte n'est pas une vie d'homme du sertão, aurait-il été jagunço, mais la matière qui déborde. Je voudrais comprendre la peur et le courage, et la rage qui pousse les gens à tant et tant agir, à donner corps au déroulement. Ce qui nous induit à d'étranges mauvaises actions, c'est que nous sommes très proches de ce qui, de droit, est à nous. Mais ça ne se sait pas, ne se sait pas, ne se sait pas !

Cela étant, au fou je dis des folies. Mais vous êtes quelqu'un qui vient d'arriver, un homme sensé, fidèle comme un document, vous m'écoutez, vous pensez, pourpensez, me reprenez, alors vous m'aidez. De sorte qu'ainsi je raconte. Je raconte de préférence les choses qui ont constitué pour moi le passé de plus d'appartenance. Je vais vous parler. Je vous parle du sertão. De ce que je ne sais pas. Un grand sertão. Je ne sais rien. Aucune personne encore ne sait. Sauf quelques-unes très rarissimes — et ces petites vallées, ces très petites vallées ponctuées d'eau, de bois de buritis. Ce dont je vous remercie c'est de la finesse de votre attention.

Un jour il s'est produit, il est arrivé un événement. Le premier. Qui me restitua ma raison, vous verrez après pourquoi.

Un événement, arrivé il y a longtemps, il y a très longtemps, imaginez : je devais avoir dans les quatorze ans, et encore. Nous étions venus là — une affaire de cinq lieues — ma mère et moi. Au port de notre rivière, la de-Janeiro, que vous avez vue. Là aujourd'hui, c'est le port de s'ieur Janot', le négociant. Port, c'est beaucoup dire, mais il n'a pas d'autre nom. De sorte que c'est ainsi, parole, qu'il s'appelle dans le sertão : c'est une berge en contrebas, avec une maison, un enclos et un entrepôt. De céréales. Il y avait même un plan de rosier. Pâque Dieu ! Vous y allez, vous verrez. Eh bien, à l'époque, tout était déjà quasiment comme ça. Environ une demi-lieue plus bas, la de-Janeiro se jette dans le São Francisco. Elle arrive bien droit, les deux forment une équerre. Qui en a besoin traverse la de-Janeiro en barque — elle est étroite, elle n'atteint pas les trente brasses. Qui veut rejoindre commodément le São Francisco commence également le voyage à cet endroit. Le port se trouve là, c'est obligé, plus en amont, où on ne prend pas les fièvres des lagunes. La berge dégringole à pic, on ne peut pas faire d'amélioration parce que les crues arrivent et excavent tout. Le São Francisco, monté grossi, retient la de-Janeiro, parfois dès ses premières eaux de novembre. Et décembre arrivant, à coup sûr. Les barques pendant ce temps, doivent rester attendre, amarrées à la racine émergée d'un copayer qu'il y a là. Il y avait aussi deux ou trois gommiers, d'autrefois, je me souviens très bien. Voir les gens descendre cette berge dans la vase, bien souvent en portant des sacs très lourds, fait peine. La vie ici se paie et se repaie, vous êtes d'accord. Alors en ce temps-là, le mien, qu'est-ce que ça ne devait pas être ?

Bon, ce qui s'était passé, je venais de guérir d'une maladie, et ma mère avait fait une promesse qu'il faudrait que j'accomplisse lorsque je serais sur pied : je devais demander l'aumône jusqu'à réunir une petite somme — moitié pour faire dire une messe dans une église, moitié pour mettre dans une calebasse passée au goudron et bien fermée, qu'on jetait dans le São Francisco afin qu'elle descende avec le courant jusqu'au sanctuaire, dans l'État de Bahia, de Bon-Jésus-da-Lapa, qui peut tout sur les rives du fleuve. Or, l'endroit où récolter l'aumône, c'était au port. Ma mère me donna une petite sacoche. J'y allais tous les jours. Et j'attendais là, à cette escale. Il était rare que vienne quelqu'un. Mais ça me plaisait, je souhaitais pour mes yeux ces tranquilles nouveautés. De descendre la berge, j'appréhendais. Mais je lorgnais les petites calebasses, qui servent de flotteurs pour l'hameçon, toujours pendues au mur de l'entrepôt.

Le troisième ou quatrième jour que je me trouvais là, arrivèrent d'autres gens, deux ou trois hommes, étrangers, ils achetaient de ces grands sacs contenant chacun un alquière de riz, ficelé avec une jeune pousse de buriti, la feuille nouvelle — vert et jaune, coupée en deux dans la longueur. Ils hissaient ces sacs sur leurs épaules, et passaient, en barque, de l'autre côté de la de-Janeiro. Sur cette autre rive, c'était comme c'est encore aujourd'hui, une forêt de hautes futaies. Mais on pouvait voir entre les arbres un char à bœufs arrêté ; les bœufs mastiquaient, mais avec peu de bave, ce qui indiquait qu'ils venaient de parcourir une grande distance. À ce détail, vous pouvez voir : tout ce travail par-dessus le marché, à cause seulement de quelques mètres d'eau bien gentille, uniquement faute d'un pont. Sans compter, qu'en char à bœufs, vous mettez des jours et des jours pour franchir ce que dans votre jeep vous résolvez en quelques heures. Le transport se fait encore comme ça, à dos d'homme, aujourd'hui.

Et là, soudain, je vis un garçon appuyé contre un arbre, avec une cigarette au coin de la bouche. Un garçon un peu plus jeune que moi, ou son âge devait tourner autour du mien. Il se tenait là, avec un chapeau de cuir, la jugulaire baissée, et il me souriait. Il ne bougea pas. C'est moi le premier qui m'approchai de lui. Et lui se mit à m'expliquer, d'un ton très naturel, que cet acheteur était son oncle, et qu'ils habitaient dans un endroit appelé Os-Porcos, moitié à l'autre bout du monde et différent, mais ce n'était pas là qu'il était né. Il racontait tout cela, et c'était un garçon très joli, la peau claire, et la tête altière, et les yeux mais-très grands, verts. Ce fut beaucoup plus tard que je sus que ce petit endroit, Os-Porcos, existe visible, pas tellement loin d'ici, dans les terres de Lassance.

« C'est bien, par là ? » — je lui demandai — « Très bien... » — il me répondit ; et il poursuivit ses explications : « Mon oncle plante de tout. Mais cette année, il n'a pas pu planter de riz, parce qu'il est devenu veuf, que sa femme, ma tante, est morte... » Il me parut, voyez, qu'ils avaient honte d'être en train d'acheter ce riz.

Mais je regardais ce garçon, avec un plaisir d'être en compagnie, comme jamais je n'avais senti avec personne. Je le trouvais très différent, ses traits fins me plurent, et aussi sa voix, très légère, très agréable. Parce qu'il parlait sans changer de ton, sans intention, et sans trop d'effort, une petite manière ancienne et adulte de converser. Je sentis m'envahir un désir qu'il ne s'en aille plus, mais reste ainsi, à perte d'heures, sans plaisanteries bavardes ou inutilités — seulement mon compagnon ami inconnu. Je m'empressai, du coup, de rouler ma sacoche en cachette, tellement j'eus honte, même tenu par la promesse, d'être en train de mendier. Mais il suivait le travail des hommes, et il attira mon regard sur eux, d'un air raisonnable. Je compris, à ma manière d'enfant, que lui aussi déjà, avait de la sympathie pour moi.

Comme il avait de l'argent à lui, il acheta un quart de fromage et un peu de cassonade. Il dit qu'il allait faire un tour en barque. Il ne demanda pas la permission à son oncle. Il m'invita, si je voulais venir.

Il faisait tout avec une touche de simplicité, tellement dénuée d'insistance, qu'on pouvait seulement répondre oui. Il me tendit la main pour m'aider à descendre la berge.

Il y avait plusieurs embarcations, toutes longues, comme celles d'aujourd'hui, creusées chacune dans un tronc d'arbre. L'une servait, toute ventrue, à transporter les sacs de riz, et nous choisîmes parmi les autres la meilleure, presque sans eau et sans vase dans le fond. Je m'assis à l'intérieur, tel le poussin dans l'œuf. Il s'assit devant moi, nous étions face à face. Je notai que la barque était mal équilibrée, elle balançait au gré de la rivière. Le garçon m'avait donné la main pour descendre la berge. C'était une main fine, douce et chaude. J'étais maintenant gêné, troublé. L'oscillation de la barque me causait une appréhension grandissante. Je regardai : ces yeux smart, merveilleux, d'un vert d'eau, aux cils feuillus, irradiaient une impression de calme, qui me gagnait presque. Je ne savais pas nager. Le rameur, un garçon également plus ou moins dans nos âges, se mit à pagayer. Ça n'avait rien de très agréable, tant la barque tanguait. Je décidai d'avoir ma dignité. La seule chose bonne, c'était d'être près du garçon. Je ne pensais même pas à ma mère. J'allais mon petit bonheur-la-chance.

Sachez que les eaux de la de-Janeiro sont claires. Et la rivière est pleine de tortues d'eau. On pouvait en voir une d'un côté, en regardant — en train de prendre le soleil sur une pierre, ou de nager à la surface, régulière. C'est le garçon qui me la montra. Et il attira mon attention sur la végétation le long de la rive, dressée, une falaise, comme tracée au cordeau : « Les fleurs... » — dit-il, ravi. En haut c'était une profusion de fleurs, rouges subitement, des fleurs de saponnier et d'autres plantes grimpantes, et celles, violettes, du *mucunã,* qui est un haricot sauvage ; car nous étions au mois de mai, je dois dire — l'époque où acheter du riz pour qui n'a pas planté. Un oiseau chanta. Un magana ? Des perruches passaient, en bandes, au-dessus de nous. Vous voyez, je n'ai rien oublié. Ce garçon, comment j'aurais pu ne pas m'en souvenir ? Un perroquet rouge : « C'était un ara ? » — il me demanda. Et — *quoi-quoi-quoi ?* s'étonnait le toucan. Lui, le garçon, était dissemblable, je vous l'ai dit, il ne présentait pas le moindre petit trait d'une seule autre personne. Comparable plutôt à une façon d'être délicate, mais forte, posée, un peu — pour vous en faire une idée — comme une bonne odeur sans aucune odeur repérable. Même ses vêtements n'avaient pas de tache, pas un pli, ils ne froissaient pas. À dire vrai, il parlait peu. On voyait qu'il savourait l'air du temps, en silence et en connaisseur, et tout en lui était sûreté de soi. Je voulais qu'il me prenne en affection.

Mais, en peu de temps, nous arrivâmes dans le do-Chico *. Vous débouchez : et c'est brusquement, cette terrible largeur d'eau : l'immensité. La plus grande peur qu'on puisse avoir, c'est, arrivant à la rame sur une petite rivière, de donner, sans s'y attendre, en plein corps d'un énorme fleuve. Quand ça ne serait que pour le changement. La laideur avec laquelle roule le São Francisco, en malaxant des tourbillons de glaise rouge, et reçoit la de-Janeiro, verte seulement et presque seulement un ruisseau. « Nous pourrons revenir ? » — je demandai, angoissé. Le garçon ne me regarda pas — vu qu'installé comme il était, il me regardait déjà. « Pourquoi ? » — il me demanda seulement, paisible et rassuré. C'est le batelier, qui ramait debout, qui se mit à rire, sûrement pour se moquer de moi. Le garçon sourit, sans bonté, sans malignité. Il ne clignait pas les yeux. Le batelier pagayait là, dans la barre, entre deux eaux moins profondes, sans dessein précis, jouant à promener la barque en la faisant virer doucement. Ensuite, il entra dans le do-Chico, le remonta en longeant la rive. Je m'appliquai à regarder la végétation sur le bord. Des berges sans une plage, tristes, où tout avait l'air à l'abandon, à moitié pourri, pris dans la boue de la dernière crue, vous connaissez : quand le do-Chico monte ses six à onze mètres. À un moment, le rameur accosta pratiquement au milieu des joncs, et il se pencha, il voulait casser une branche de grenadille. Il fit un faux mouvement et la barque faillit chavirer, le garçon lui aussi s'était mis debout. Je poussai un cri : « Non, ce n'est rien », dit-il, très gentiment même. « Mais, alors, vous restez assis... » — je protestai. Il se rassit. Mais, sérieux avec sa bienveillance charmante, d'un seul mot, catégorique, mais sans le vexer, il ordonna au batelier : « Traverse ! » Le batelier obéit.

J'eus très peur. Vous savez ? Ça se résume à ça : j'eus très peur. Je distinguai, de l'autre côté, les confins du fleuve. Loin, loin, combien de temps pour aller jusque-là ? Peur et honte. Ce flot sauvage, traître — le fleuve est plein de fracas, de molles façons, de froidure, et de murmures de désolation. Je m'agrippai des doigts au rebord de la barque. Je ne pensai pas au *Caboclo-d'Agua,* l'esprit des eaux qui chavire les embarcations, je ne pensai pas au danger que sont, on le dit, les *onças-d'água,* ces loutres qui sortent de l'eau, en bandes, et agressent les gens : elles encerclent la barque et font alors exprès de la chavirer. Je ne pensai rien. J'avais la peur aveugle. Et toute cette clarté du jour. L'impétuosité du fleuve, et seulement cette estrapade d'embarcation, et le risque infini de l'eau, de part en part. En plein fleuve, je fermai les yeux. Mais je m'étais jusque-là raccroché à un

* Do-Chico : autre nom du fleuve Saõ Francisco. (N.d.T.)

espoir. J'avais entendu dire que, lorsqu'une barque chavire, elle flotte, et il suffit, ne serait-ce que d'un doigt, de s'appuyer sur elle, pour tenir, avoir la constance de ne pas couler, et là de se laisser aller, jusqu'à sortir sur le sec. Je le dis. Mais le rameur me contredit : — « Cette barque-là est de celles qui coulent à pic. Elle est en bois de bégonia. Les barques en bois de bégonia et de copayer ne surnagent pas... » La tête me tourna. Et la haine m'envahit : ah, toutes ces barques dans le port, de bonnes barques qui flottent, en bois d'anacardier, de cèdre, d'imburana, et nous avions choisi celle-là... C'était vraiment un crime d'en construire de semblables, dans un bois minable ! Ce n'était peut-être qu'un mensonge — mais je dois avoir écarquillé des yeux affolés. Calme en face de moi, circonspect, le garçon me regardait. « Il faut avoir du courage... » Est-ce qu'il vit venir mes larmes ? Cela me coûta de répondre : « Je ne sais pas nager... » Le garçon eut un beau sourire. Il affirma : « Moi non plus je ne sais pas. » Serein, serein. Je vis le fleuve. Je voyais ses yeux, ils dégageaient une lumière. « Qu'est-ce qu'on sent quand on a peur ? » — il me demanda alors, mais il ne se moquait pas ; et je ne pus me mettre en colère. « Tu n'as jamais eu peur ? » fut tout ce que je trouvai à dire. Il répondit : « Ça ne m'arrive pas... » et, le temps que je pousse un soupir — « Mon père dit qu'il ne faut pas... » Ce qui me laissa à moitié interdit. Il ajouta encore : « Mon père est l'homme le plus courageux de ce monde. » Autour, la gigue des eaux, leur poussée colossale, rouleau après rouleau — ce que de ma vie entière, j'ai aperçu de plus grand, ç'a été ce fleuve. Ce fleuve, ce jour-là. On pouvait écouter, et les compter, chaque plongée des rames manœuvrées par le batelier, avec la crainte que ça ne finisse jamais. « Oh, toi : tu n'as pas peur du tout ? », demanda le garçon au batelier, le ton un peu fier. « Je suis riverain ! », rétorqua le petit batelier, et il le répéta avec orgueil. Cela plut au garçon car il approuva d'un hochement de tête. Moi aussi. Le chapeau de cuir qu'il avait était presque neuf. Ses yeux, je le savais et je le sais encore plus aujourd'hui, s'ombraient d'un éclat dur. Même avec le peu d'âge qui était le mien, je perçus que, de me voir ainsi trembler de la tête aux pieds, le renforçait dans son courage. Mais j'assumai le défi de son regard. Ses yeux alors redevinrent bons, retrouvèrent leur lumière. Et le garçon mit sa main sur la mienne. Il l'appuyait et je la sentais devenir la part la meilleure de ma peau, profondément comme s'il transmettait quelque chose à mes chairs. C'était une main blanche, avec des doigts délicats. « Tu es brave, toi aussi... » — il me dit. L'aurore se leva sur ma vie. Mais la confusion que j'éprouvais maintenant était d'une autre qualité. Oh hisse, le rameur entonna, d'une vilaine voix, le refrain d'une chanson qu'utilisent les riverains le long du São Francisco : « *Mon beau fleuve São Francisco / Dans cette pire perturbation / J' viens t'offrir une gorgée d'eau / Et donne-moi ta bénédiction...* » Puis nous avons atteint l'autre rive, celle si éloignée. Le garçon ordonna d'accoster ; nous descendîmes seulement lui et moi. « Tu ne bouges pas d'ici. Tu restes et tu surveilles ! » — il intima au batelier, qui s'empressa d'obéir, en attachant l'amarre à un tronc d'anacardier. Où le garçon voulait-il aller ? Je me le demandai, mais je le suivis, et nous nous mîmes à marcher le long de la rive, dans le foisonnement rouge tendre des graminées. Nous finîmes par nous asseoir, un endroit un peu surélevé, avec des pierres, entouré d'un épais fourré de bambous. Et nous sommes restés là, laissant aller le temps, c'est-à-dire, presque silencieux, simplement. Le terre-à-terre, c'était que les moustiques nous harcelaient sans arrêt. « Ami, tu veux manger quelque chose ? Tu as faim ? » — il me demanda. Et il me donna de son fromage et de la pâte de fruits. Lui-même y toucha à peine. Il fumait. Il termina sa cigarette, et il arrachait des tiges d'herbe et les mastiquait ; elles avaient le goût du maïs avant qu'il mûrisse ; c'est ce dont se nourrit le cochon d'eau. Puis, j'eus envie d'uriner et quand je le dis, il trancha : « Ne te gêne pas, va là derrière, loin de moi... » Il ne fit pas d'autre commentaire ; mais je remarquai, mal à l'aise, combien mes vêtements étaient pauvres auprès des siens.

À ce moment-là surgit derrière nous, sans prévenir, comme une apparition, le visage d'un homme. Il écartait de ses deux mains les branches du fourré, et il me fit sursauter. Un sentier certainement devait passer non loin, l'homme avait entendu notre conversation. En fait, c'était un mulâtre, l'air dans les dix-huit ou vingt ans, mais grand, fort, avec des traits très grossiers. D'un ton grivois, il dit ceci : « Ouais, vous deux ?! Qu'est-ce que vous êtes en train de faire, hein ?... » Il renifla, l'air entendu, et un doigt dans son autre poing serré, il fit un geste obscène. Je regardai mon compagnon. Resté sourd et assis, civil avec son sourire habituel, il ne paraissait pas avoir éprouvé la moindre surprise. « Hein, hein ? Et moi ? Je veux moi aussi ! », insista le mulâtre en s'avançant. Là, je réussis à élever la voix, je protestais, que nous n'étions occupés à aucune saleté, nous ne faisions qu'inspecter les lointains du fleuve et l'immobilité des choses. Mais, ce à quoi je m'attendais le moins, j'entendis la voix harmonieuse du garçon dire : « Toi, mon joli ? Tu as raison, viens là... » Le ton, son attitude, imitaient les manières d'une femme. Alors, c'était ça ? Et le mulâtre, satisfait, vint s'asseoir contre lui.

Ah, il y a de ces incidents — ils se produisent si vite, notre regard n'a pas le temps d'accompagner. Le crotale mord, il a déjà mordu ?

C'est ce qui arriva : le mulâtre fit un bond en arrière, le « ô » d'un cri, un gémissement, et il hurla. Il se sauva, détalant à travers les fourrés ; on entendait cette course effrénée. Le garçon éventait son grand couteau nu dans sa main, et il ne riait pas. Il avait plongé le fer dans la cuisse du mulâtre, et entaillé profond. De la lame, dégouttait un sang mauvais. Mais le garçon ne bougeait pas de sa place. Et il nettoya son couteau dans l'herbe, avec le plus grand soin. « Un couteau qui coupe... » fut tout ce qu'il dit, parlant pour lui. Il le remit dans son étui.

Mes craintes ne s'apaisaient pas. Le mulâtre pouvait revenir, être allé chercher une faux, une pistole, rameuter des camarades ; qu'est-ce que nous allions devenir d'ici un moment ? Je le fis observer au garçon, en ajoutant qu'il fallait nous en aller très vite. Il me calma. « Il faut avoir du courage... Beaucoup de courage... » — avec une grande gentillesse. Je me rappelai ce qu'un moment auparavant, il m'avait dit de son père. « Mais alors, c'est chez ton oncle que tu habites ? » — je demandai. Là, il se leva, m'appela pour que nous repartions. Mais il s'en retourna sans hâte, lentement très lentement, jusqu'à la barque. Et il ne regardait pas derrière lui. La peur, non, il ne connaissait pas, ni du mulâtre, ni de personne.

Il y a de tout dans ce monde, des gens bizarres : le petit rameur dormait, étendu de tout son long dans la barque, des moustiques agglutinés sur lui et sa chemise trempée de la sueur du soleil. Il se régala avec le reste de fromage et de pâte de fruits, il nous ramena en ramant, il chantait même au milieu du fleuve avec plus d'entrain. De ce retour — tout identique, identique — je ne vous fais pas la description. Sauf que, cette fois, cela me parut trop rapide. « Tu as toujours du courage ?... » — je demandai au bout d'un moment. Le garçon trempait ses mains dans l'eau rouge, il réfléchit un moment. À la fin, sans me regarder, il fit cette déclaration : « Je suis différent de tout le monde. Mon père dit que je dois être différent, très différent... » Et moi je n'avais plus peur. Moi ? La chose grave ponctuelle, c'est celle-ci, vous m'écoutez, mais vous écoutez au-delà de ce que je suis en train de dire ; et vous écoutez sans prévention. Le grave là-dedans, de toute l'histoire — c'est pour cela que je vous l'ai racontée : je ne sentais rien. Sauf une transformation, mesurable. Le nom manque pour nombre de choses importantes.

Ma mère était là au port, en train de m'attendre. Je dus la suivre, je ne pus même pas dire au revoir au garçon correctement. De loin, je me retournai, de la main il me salua, je répondis. Je ne savais même pas son nom. Mais je n'en avais pas besoin. Je ne l'ai jamais oublié, après, au long de tant d'années.

Maintenant, que vous m'avez écouté, je pose des questions. Pourquoi est-ce que j'ai eu besoin de rencontrer ce garçon ? Stupide, je sais. Je vous l'accorde. Ne me répondez pas. Et, quel courage tout d'une pièce était ce courage, il lui venait d'où ? De Dieu, du démon ? De l'un des deux, ou des deux ? Sur ces questions que je me pose à longueur de vie pour savoir, même mon compère Quelemém ne m'apprend rien. Et qu'est-ce que son père voulait dire ? Sur le moment, étant donné mon âge, cette question je ne me la posai pas. Écoutez voir : un jeune garçon de Nazaré, qu'on avait humilié, s'en prit à un homme et le tua. Il tua, rentra chez lui. Vous savez comment son père l'accueillit ? « Fils, te voilà majeur. J'ai maintenant un défenseur capable pour mes vieux jours, qui saura me venger… » Minable, non ? Vous voyez, vous enregistrez. Le sertão c'est le monde pénal, criminel. Le sertão c'est là où l'homme doit avoir la nuque solide et la main rapide. Mais lorsque la réponse quelle qu'elle soit est stupide, c'est là que la question se questionne. Pourquoi est-ce que j'ai connu ce Garçon ? Vous ne l'avez pas ' connu. Quelemém mon compère ne l'a pas connu, des milliers de personnes ne l'ont pas connu. Pensez-y bien, repensez ce que vous avez pensé : pourquoi a-t-il fallu que je traverse le fleuve, le Garçon en face de moi ? Le São Francisco loge toujours ici, puissant, il passe. Le haut plateau s'étend au-dessus très loin, il confine, extrême, aux terres de Goïas. Les terres-générales n'entendent rien au temps. Songerie — je crois qu'il me fallait apprendre à être triste et joyeux à la fois dans les moments, ensuite, où je repensais à ce Garçon, oui, je crois. Mais pourquoi ? Pourquoi ? J'étais là, au port de la de-Janeiro, ma petite sacoche à la main, récoltant les aumônes pour Notre-Seigneur Jésus, par obligation de tenir la promesse faite par ma mère, afin de me guérir d'une grave maladie. On le voit vraiment que notre existence n'est pas tellement bien rentrayée. Que ce fut un tour du destin, voilà ce que je me dis : Zé Bebelo en savait un bout là-dessus, mais il savait sans savoir, et il ne voulait pas savoir ; comme Medeiro Vaz ; comme Joca Ramiro ; comme mon compère Quelemém qui va un autre voyage. Et alors ? Ne me donnez pas de réponse, pas déjà. Passé aujourd'hui, un autre jour plus tard, je compte voir que vous m'en donnerez une. Vous me ferez là déjà, grand plaisir. Maintenant, à votre façon de rester hautement silencieux, je vois que vous m'élucidez.

Ensuite ? Je raconte. La suite est simple. Ma mère — *la Bigri*, le seul nom qu'on lui connaissait — mourut. Elle mourut par un décembre pluvieux, et ma tristesse fut fort grande. Mais une tristesse au vu et au su de tous, une tristesse à laquelle j'avais droit. Depuis lors, et jusqu'au jour d'aujourd'hui, le souvenir de ma mère parfois, me déporte. Elle mourut, de même ma vie changea, entra dans une seconde partie. Je m'éveillai davantage. En héritage, il me resta ces petites misères — des babioles quasi innocentes — qui ne pouvaient guère prêter à discussion — sur place, j'abandonnai à d'autres le pot, la bassine, les nattes, la casserole, la chocolatière, une marmite et une bouilloire ; je pris seulement mon hamac, une statue de saint en bois, un broc à anse décoré de fleurs, une grande boucle travaillée, une couverture molletonnée, et mes habits de rechange. On me mit tout cela dans un ballot, juste de quoi remplir la moitié d'un sac. Un voisin charitable se chargea même, à cause des pluies, un voyage qui dura six jours, de m'emmener à la Fazenda São Gregório, de mon parrain Selorico Mendes, en bordure de la route pour le bétail, lorsqu'on va sur Bagre et Curralinho, là où les montagnes amorcent leur descente. Mon parrain Selorico Mendes m'accepta dès mon arrivée, avec de grandes bontés. Il était riche et chiche, il possédait trois fazendas d'élevage. Celle-ci aussi lui a appartenu, la plus grande de toutes.

« Ne pas t'avoir connu pendant toutes ces années, purge mes remords... » fut la première parole sentie qu'il proféra, après m'avoir dévisagé. Je passai des jours à me dire qu'il n'avait pas toute sa tête. Il ne parla jamais de ma mère. Des choses d'usage et de ses affaires, dans le quotidien, il ne parlait presque pas non plus. Mais il aimait bavarder, il racontait des anecdotes. Des hauts faits de jagunços — ça il aimait toujours — des histoires.

« Ah, c'est autre chose, la vraie vie de citoyen du sertão. La politique ! C'est tout de la politique, et des puissants qui font la loi. Dommage, que le pays ici soit déjà pacifié, le ronron de la concorde, et je suis un particulier. Mais, par-là au-dessus, plus avant, le gros fazendeiro règne encore en maître — tous possèdent une clientèle à leur solde, des bandes d'hommes de main, avec des carabines et des fusils. Domingos-Taureau à Alambic, le Major Urbain à Macaça, les Silva Salles à Crondeúba, dona Próspera au Gué-du-Gué, à Campo-Redondo dona Adélaïde, à la Barre-de-la-Vache Simon Avelino, Mozar Vieira à Saint-Jean-du-Cochon, et aux-Archanges dans le district de La Grise, le Colonel Camucin, et bien d'autres, bien d'autres. De sorte qu'aux frontières de chaque fazenda on voit surgir et s'évanouir un camarade en sentinelle, son arme à feu sous le bras, et qui veille pareil à la onça en train de ronger une carcasse. Eh oui. Et c'est la même chose le long de la jetée, qui descend le São Francisco s'en rend compte, chaque endroit est la propriété de seulement un grand fazendeiro avec toute sa parentèle, ses mille jagunços aux ordres : suffit de voir São Francisco du Mauvais-Sang, Januária, Carinhanha, Urubu, Xique-Xique et Sento-Sé. »

Sous prétexte qu'il avait connu Neco, il ne tarissait plus, il se souvenait de l'époque, aux alentours de 1879, où Neco était entré en force dans Januária et Carinhanha : il avait occupé tous les ports — La Bergerie, Jatobá et Mangue — avait fait là la pluie et le beau temps ; et il avait établi le siège de ses puissantes armées au bourg d'Alligator, qui était son pays — « Je suis allé là-bas, avec une lettre d'introduction du Capitaine Severiano Francisco Magalhães, qui marchait main dans la main avec Neco. Les effectifs qu'ils pouvaient rassembler pour une expédition de guerre avaient l'allure d'une Babylone. Ils allaient jusqu'à mettre à l'eau des barques pleines d'hommes avec des arquebuses, qui descendaient et remontaient le fleuve de part en part. Jour et nuit, on entendait des tirs, des cris. Des escouades de jagunços partaient au grand galop, pour rallier des distances convenues. Quand ils entraient dans une ville, ils donnaient le signal des réjouissances en tirant un feu d'artifice. Ils faisaient sonner les cloches de l'église. Ils enfonçaient les grilles de la prison et libéraient les prisonniers, ils s'emparaient de l'argent de la perception, et banquetaient dans la salle du Conseil Municipal... »

Mon parrain Selorico Mendes était très froussard. Il racontait qu'il avait eu son temps de bravoure, il faisait le crâne, se rengorgeait. Il voulait que j'apprenne à bien tirer, à me servir d'un gourdin et d'un couteau. Il me donna très vite un poignard, il me donna un pistolet à deux coups et un fusil à grenades. Il me donna même plus tard un sabre, qu'il avait fait forger pour lui, presque de la taille d'une épée, en forme de feuille d'ananas. « Je me suis assis à table avec Neco, j'ai bu du vin, déjeuné... Il tenait sous ses ordres dans les huit cents braves, qui lui prêtaient obéissance et respect. » Mon parrain, invité de Neco ; de raconter ça le faisait se sentir plus important. Lors de cette campagne, toutes les personnes de condition, ne pouvant plus recourir au pouvoir de la loi s'étaient enfuies de Januária, elles allèrent attendre un sort meilleur au bourg Les-Pierres-de-Marie-de-la-Croix. « Neco ? Ah, il a régné plus que Renovato ou Lióbas, il a causé plus de troubles que João Brandon ou Filgueiras... » Et mon parrain me montra un papier, avec l'écriture de Neco — c'était un reçu confirmant la remise de six petits barils de poudre et d'un envoi de teinture d'iode.

Mais je ne savais pas lire. Alors mon parrain prit une décision : il m'envoya à Curralinho pour que j'aille à l'école et habite dans la maison d'un ami, Pépé-le-Marrant, dont le vrai nom à l'état civil était Gervásio Lé de Ataíde. Un brave homme. Là, je n'avais pas à m'occuper de gagner ma croûte, vu que mon parrain Selorico Mendes fit un arrangement avec Pépé-le-Marrant pour payer chaque fin d'année mon inscription, ainsi que ma pension et mon entretien, jusqu'aux bottines et aux vêtements dont je pouvais avoir besoin. Je mangeais beaucoup, la dépense n'était pas mince, et j'ai toujours aimé ce qu'il y a de bon et de meilleur. Il se trouve que Pépé-le-Marrant, parfois, me demandait par-ci par-là un petit service, en usant de tout son bagout, en me cajolant, et disant que ça serait lui faire une faveur. Je n'ai jamais été avare de mes pieds et de mes mains, de plus il ne s'agissait jamais d'un travail important. Le temps passant, il me dit un jour : « Baldo, il faut vraiment que tu étudies et que tu obtiennes ton diplôme de docteur, parce que pour t'occuper du tout-venant, tu n'as pas la manière. » Ce qu'il me dit m'impressionna, au point que j'allai aussitôt interroger Maître Lucas. Celui-ci me regarda, un bon moment — c'était un homme d'une grande équité, et d'une opinion visiblement très correcte, qui n'épargnait personne : il y avait des jours, ça arrivait, où il y allait de sa férule, tous les enfants prenaient, et aucun de nous, malgré cela, ne lui en voulait. Maître Lucas me répondit ceci : « C'est sûr, mais le plus sûr de tout c'est que tu ferais un professeur de premier ordre... » Et, dès le début de la seconde année, il décida que je l'aiderais pour le courant de l'instruction, j'explique-rais aux plus petits l'alphabet et les quatre opérations.

Curralinho était un endroit très bien, où la vie était accommodante. Je liai amitié avec les autres garçons de mon âge. Je passai là ces années, je n'éprouvai aucun regret, le passé ne m'encombrait pas. Puis, je vécus mes premières amours, pour du beurre, sottement, ah ces petites aux noms de fleurs. Sauf avec Rose'uarda — une fille déjà faite, plus âgée que moi, dont le père était un gros commerçant, sieur Assis Wababa, propriétaire du magasin *Le Premier Soldeur du Printemps de São José* — elle était étrangère, turque, ils étaient tous turcs, un grand magasin, une grande maison. M'sieur Assis Wababa faisait toutes les sortes de commerces. Il était empressé bizarre, et très roublard, il était aux petits soins pour moi, disait que mon parrain Selorico Mendes était un très bon client, et il m'invita plusieurs fois à déjeuner chez lui. Ce que j'appréciai : de la viande hachée avec de la semoule de blé, des cubes de viande sautée, une très bonne farce dans des courgettes et des feuilles de vigne, et cette façon de confire les gombos — des mets succulents. Les entremets, également. J'avais de l'estime pour sieur Assis Wababa, pour sa femme, dona Abadia, et je m'entendais bien avec les enfants, les frères et sœurs de Rose'uarda, mais plus petits, avec une grande différence d'âge. La seule chose qui m'énervait, c'était ce langage de gorge qu'ils parlaient entre eux, l'arabe. J'affirme malgré tout que Rose'uarda m'a aimé, elle m'apprit les premiers dévergondages, et les complets, que nous pratiquions ensemble dans un réduit, au fond de la cour, et auxquels je m'adonnai avec angoisse et délice. Elle me disait tout le temps des mots doux en turc. Elle m'appelait : « Mes yeux. » Mais les siens brillaient très exaltés, extraordinairement noirs, d'une beauté vraiment singulière. Toute ma vie j'ai énormément aimé les gens étrangers.

C'est aujourd'hui que je reconnais combien mon parrain a beaucoup fait pour moi, lui qui avait développé un amour jaloux pour son argent, et qui était si avare. Car, à plusieurs reprises, il fit le voyage de Curralinho, pour me voir — il en profitait également, c'est vrai, pour vendre des bœufs et pour bien d'autres négoces — il m'apportait des petits coffrets de pâte d'anone et de buriti, de la ricotta, et de la pâte de coing. Tous les mois de novembre il m'envoyait chercher. Il ne me querella jamais, et il me donnait de tout. Mais jamais je ne lui demandai la moindre chose. Il aurait pu me donner dix fois plus, ça n'aurait pas servi. Je ne l'aimais, ni le détestais. Mais le vrai est que je ne savais pas comment m'habituer à lui. Je finis, pour une autre raison, par m'enfuir, vous le verrez, de São Gregório. Je ne revis jamais mon parrain. Mais il ne m'en voulut pas ; je ne comprends pas. Il a certainement été ravi quand il a appris les nouvelles, su que j'étais jagunço. Et il me coucha sur son testament, son premier héritier : des trois fazendas, j'en reçus deux. C'est seulement São Gregório qu'il laissa à une mulâtresse, avec laquelle il s'était mis à la fin de sa vieillesse. Je ne me formalisai pas. Même ce que j'ai reçu, je n'en méritais pas tant. Maintenant, une dernière chose, que je tiens à dire : si, devenu vieux, il a souffert de remords à mon sujet, je pâtis moi, devenu vieux, de repentir à son sujet. Je crois que nous deux nous nous appartenions vraiment.

Peu de temps après que je retournai définitivement de Curralinho, il se produisit une événément important, que je ne vous cache pas. Un matin, aux aurores, tous les chiens dans São Gregório, se mirent à aboyer. Quelqu'un frappait. C'était en mai, une mauvaise lune, la bise grisait. Et, jeune comme j'étais, j'avais bien du mal à me lever, non pas en raison d'une santé fragile, mais par une paresse mal corrigée. Aussi, quand je sortis de mon lit et allai voir s'il fallait ouvrir, mon parrain Selorico Mendes, la lanterne à la main, faisait déjà entrer dans la grande salle un petit groupe d'hommes, six ils étaient, tous avec de grands chapeaux, et revêtus de capes et de capotes, leurs éperons aux pieds. Ils entrèrent en déplaçant l'air d'une façon qui me fit craindre des ennuis éventuels. Je n'en revins pas : toutes ces armes. Ils n'étaient pas des chasseurs. Mais à ce que je flairai : sur le pied de guerre.

Mon parrain m'envoya chercher une femme dans les chambres,

pour passer un café bien chaud. Quand je revins, l'un des hommes — Alarico Totõe — était en train d'exposer, et d'expliquer. Ils n'avaient toujours pas pris place sur les sièges. Alarico était un fazendeiro de Grand-Mogol, mon parrain le connaissait. Lui, ainsi que son frère Aluiz Totõe, des personnes qui avaient des manières, des gens de condition. Ils avaient demandé l'aide amicale des jagunços pour une affaire politique, je le compris très vite. Mon parrain écoutait, en approuvant d'un hochement de tête. Mais vers qui son regard n'arrêtait pas de se tourner très bouleversé, avec admiration, c'était vers le chef des jagunços, le principal : Et vous savez qui c'était ? Joca Ramiro ! Rien que d'entendre son nom, je me figeai, le souffle suspendu.

Joca Ramiro se tenait ostensiblement les bras croisés, son chapeau retombait largement sur son front. Même son ombre, que la lanterne rabattait sur le mur, s'imposait différente, altière, elle prenait du volume. Et je vis que c'était un bel homme, soigné de toute sa personne. Je vis que c'était un homme affable. De chaque côté de la sienne se reflétait l'ombre de deux jagunços ; qui étaient, je l'appris ensuite, ses seconds. L'un s'appelait Ricardo : calme et corpulent, avec quelque chose de sympathique dans le sourire : il avait l'air d'un fazendeiro aisé. L'autre : Hermógenes — un homme sans ange gardien. Sur le moment, je ne le notai pas du premier coup. Petit à petit, je ressentis une menace. Hermógenes : il se tenait de dos, mais un dos difforme, l'échine tassée, le chapeau planté bas, mais un chapeau rond en cuir, on aurait dit une calebasse sur son crâne. Cet homme était tout ramassé, faute d'avoir un cou. Ses pantalons en accordéon, plus froissés que la normale, faisaient des plis. Les jambes, très écartées ; mais lorsqu'il fit quelques pas, traînant les pieds, j'eus l'impression qu'il ne voulait pas les soulever du sol. J'évoque tout cela, et je me demande : serait-ce que la vie dispense le secours de certains avertissements ? Je me souviens constamment de lui, et mal, je me souviens, mais enveloppé de beaucoup de fumées. Ce premier moment, je ne voulais pas le voir se retourner, voir son visage. Il se retourna. L'ombre du chapeau descendait presque sur la bouche, le rendant tout noir.

En terminant, Alarico Totõe demanda : il dit qu'ils avaient besoin d'un repaire isolé, où leur troupe pourrait passer la journée qui venait, parce qu'ils voyageaient de nuit, pour créer la surprise et brouiller leur piste. Mon parrain consentit : « Il y a une très bonne cache... » Et il m'ordonna d'aller guider ces gens jusqu'auprès du puits de Cambaúbal, un refuge dissimulé, dans un bois très isolé. Mais d'abord, on but le café. Joca Ramiro promenait ses yeux partout autour de lui, le sourire franc, le visage très gaillard, et il mit ses mains dans ses poches. Ricardo riait d'un gros rire. Et cet Hermógenes s'avança pour m'accompagner, ainsi que le dernier des six — un homme du Ceara au teint clair, et qui avait l'œil très vif : celui-là me plut, Alaripe, il s'appelait, il s'appelle toujours. De sorte que, les deux à cheval, moi à pied, nous allâmes rejoindre les autres là où ils attendaient, à deux pas, en contrebas de la route.

Le mois de mai, donc, je vous ai dit, avec l'étoile du berger. La rosée perlait, le sol détrempé. Et les grillons crissaient. Cette masse puissante, soudaine, à distance, emplissait l'espace : avant même d'avoir pu voir, je pressentis. Un état entier de chevaux. Les cavaliers. Aucun n'avait mis pied à terre. Ils devaient être près d'une centaine. Je respirai : on absorbait l'haleine — l'odeur de crinières, de queues fouettant l'air, le poil, le relent de vieille sueur saupoudrée de toutes les poussières du sertão. Et ce frémissement contenu que susurre une troupe à l'arrêt — fait d'une quantité de petits bruits, pareils à ceux, à fleur d'eau, d'un grand fleuve. À dire vrai, ces gens étaient totalement silencieux. Mais une selle grince d'elle-même, une boucle d'étrier, un étrier tintent, une étrivière, ou les branches du mors, quand l'animal mastique ou passe sa langue sur le frein. Le cuir racle sur le cuir, les chevaux dressent l'oreille, ils piaffent. Ici, là, un souffle, un demi-halètement. Et de temps à autre, un cavalier faisait doucement avancer sa monture, se frayait dans ce magma pour changer de place, retenant la bride. Je ne sentais pas les hommes, je ne savais que les chevaux. Mais des chevaux tenus, montés. C'est différent. Grandiose. Et, peu à peu, des silhouettes se sont détachées, de plus en plus nombreuses, pareilles à des arbres grandis côte à côte. Et les chapeaux rabattus, la pointe des fusils surgie dans les dos. Parce qu'ils ne parlaient pas — et avaient cette façon d'attendre — ils faisaient peur. Il devait se trouver parmi eux certains des hommes les plus redoutables de ces sertões, dressés sur les chevaux gardés à l'arrêt, tête-bêche. Je le savais si je rêvais ?

De garde certainement, un cavalier se détachait, entier, à l'écart des autres. Il s'avança, son cheval était sombre : c'était un alezan, le pas franc.

« Capixúm, c'est moi. Plus s'ieur Hermógenes..., avisa l'homme du Ceara.

— C'est bon, Alaripe ! » répondit l'autre.

On se recroquevillait dans le froid, on entendait la rosée, le bois plein de senteurs, le crépitement des étoiles, la présence des grillons et le poids des cavaliers. L'aube pointait, cette entre-lueur de l'aurore, quand le ciel blanchit. Et à mesure que l'air devenait gris, les contours des cavaliers, ce flou, se précisaient. Et pardonnez-moi de m'attarder à tant de détails. Mais aujourd'hui encore j'ai cette heure dans les yeux, tout cela si bon ; et, ce que c'est, c'est de la nostalgie.

En même temps que Capixúm, un autre également s'approcha, un chef en second, qu'Hermógenes appela s'ieu-Marques. Hermógenes avait une voix qui n'était ni nasillarde ni rauque, mais inégale, mal posée, une voix qui se dérobait. Comme — une drôle de façon de dire — l'être d'un putois : son odeur puante. — « Ouais, qui ça, celui-là, frère ? » — demanda ce s'ieu-Marques désignant ma personne. — « Paix, vieux frère. Un ami qui vient nous montrer le bivouac... » — rétablit Hermógenes. Il fit encore un bruit de gorge et de bouche, tel un grognement. Sans attendre davantage, je me mis en route, marchant à côté du cheval d'Hermógenes, pour les emmener tous à Cambaubal. J'entendais derrière nous les pas posés de cette cavalerie énorme, cette poussée continuée, régulière. Je ne voulais pas me retourner et épier, qu'ils me prennent pour un curieux. Mais, maintenant ils parlaient, certains riaient, se lançaient des plaisanteries. J'imaginai qu'ils étaient fort contents de gagner ce repos de quelques heures, car ils avaient navigué en selle toute la nuit. L'un d'eux dit plus haut une très jolie chose, dénuée de sens : « *Siruiz, la fille vierge, qu'est-ce qu'elle est devenue ?* » Nous avions quitté la route, l'herbe trempée me lavait les pieds. Quelqu'un, ce Siruiz, entonna une chanson, des paroles différentes, un air pour moi totalement étrange :

> *Urubu est une ville haute*
> *La plus ancienne du sertão :*
> *Ma patronne, ma vie.*
> *Je viens de là, n'y retourne pas...*
>   *Je viens de là : n'y retourne plus ?...*
>
> *Je passe les jours dans cette verdure,*
> *Mon bœuf sans cornes en couverture.*
> *Buriti — eau bleue d'azur,*
> *Carnaúba — sel de la terre...*
>
> *Paix des eaux sur le large fleuve,*
> *Guitare de la solitude.*
> *J'appelle mon cœur à la rescousse*
> *Lorsque je pars livrer combat...*

Les barres de nuit s'effilochaient. Un jour de mai, j'ai dit, avec la rosée. Nos souvenirs sont ainsi.

Ils me prêtèrent un cheval, et j'allai, avec Alaripe, attendre plus loin, à l'entrée du pont, l'arrivée des mulets. Ils ne tardèrent pas, déjà ils arrivaient. Un convoi d'une dizaine de mulets, avec les muletiers. Mais ils arrivaient, leurs sonnailles bouchées, bourrées avec du coton médicinal ; ils ne faisaient aucun bruit, à part le grincement des bâts. Nous guidâmes également les muletiers jusqu'à Cambaubal. Mais là, mon parrain arriva, avec Joca Ramiro, Ricardo et les Totõe. Et mon parrain insista, il me ramena à la maison. Il faisait maintenant tout à fait jour. Mon cœur demeurait lourd de choses mouvementées.

Je ne revis pas leur cantonnement, le tim-bilim des éperons. Ce ne fut pas possible. Parrain Selorico Mendes m'ordonna de courir à O-Cocho, chercher un dénommé Rozendo Pie, un homme — me dit mon parrain — qui savait lire et frayer des pistes. Et c'était pour qu'il vienne, dans le plus grand secret, guider la bande de Joca Ramiro à travers les Monts-aux-Trente-Voltes, par les meilleurs sentiers et raccourcis, histoire de faire en deux nuits, et sans danger excessif, ce qui, sinon, durerait six ou sept. Moi seul, vu les circonstances, méritais la confiance d'y aller. J'obtempérai, de mauvais gré. Trois lieues, trois lieues et demie de route. Mais il fallait que j'emmène un cheval par la bride pour cet homme. Et ce Rozendo Pie était un fourbe et un fou. Il traîna énormément, prétextant des préparatifs. En chemin, pendant le retour, il ne savait rien des jagunços, ne parlait quasiment pas, ne voulut faire aucune démonstration. Il ne prenait visiblement aucun plaisir à la chose. Nous arrivâmes comme la nuit tombait, la troupe était sur le pied de départ. Il se répartirent par petits groupes. Mon parrain avait fait attacher tous les chiens de la fazenda. Ils s'en allèrent. Je trouvai vraiment que tout de ce qu'il y avait à voir, avait perdu son agrément.

Les semaines qui suivirent, mon parrain ne parla plus que des jagunços. Disant que Joca Ramiro était un chef compétent : il y en a peu qui naissent ses égaux : un seigneur de gloire. Cette bande de mercenaires était de taille, avec un peu de chance, à imposer le respect au Gouvernement. Mon parrain avait passé la journée au milieu d'eux. Il racontait : le soin apporté aux préparatifs, chaque chose bien réglée, la consigne d'aller dormir, cette énorme autorité dans cette confusion. Rien ne manquait : les grands sacs de farine, des quantités et des quantités d'arobes de viande-de-soleil *, les munitions bien surveillées, une caisse de pains de savon pour que chacun se lave et lave ses vêtements. Ils avaient un maréchal-ferrant, avec sa petite tente et son matériel : l'enclume et les tenailles, un soufflet à main, les

* Voir glossaire.

114

outils convenables... et l'homme qui servait de vétérinaire, avec différents modèles de lancettes pour saigner les chevaux malades. Plus toutes les autres choses dont mon parrain avait entendu la narration fiable, qu'il décrivait avec beaucoup d'entrain. Les luttes des joca-ramiros, les branle-bas de combat, les manœuvres menées pour l'emporter en combat, une masse de relations de toute espèce de coups et de stratagèmes. D'entendre mon parrain raconter avec une complaisance éhontée, commençait à me dégoûter. On aurait dit qu'il voulait s'adjuger les prouesses des jagunços, que Joca Ramiro était là à côté de nous, obéissant aux ordres, et que c'était à lui, Selorico Mendes, que revenait tout le mérite. Mon parrain était antipathique. Il l'était de plus en plus. Je trouvais. Dans un endroit qui stagne, ainsi, à la campagne, on a de temps à autre grand besoin de changer de sujets.

Je ne suis pas en train, dites-le-vous, de me chercher des excuses, pas du tout. Ce qui me plaisait, ça oui, c'était de me souvenir de cette chanson, si étrange, qui régna pour moi dans ce petit matin. Je vous le dis sans détour : elle me baigna l'esprit. Vraiment, elle m'apaisa au point que je me mis, de tête, à inventer des vers de cette tonalité. J'en fis beaucoup, des quantités. Je ne les chantais pas moi-même, parce que je n'ai jamais eu le bon ton de voix, et mes lèvres ne conviennent pas pour siffler. Mais je les recopiais pour les gens, et tout le monde admirait, les récitait, à répétition. Maintenant, j'attire votre attention sur un point : et l'entendant vous serez d'accord avec ce que, ne le sachant pas moi-même, je ne dis pas. Ce fut, eh bien — que j'écrivis d'autres vers, de mon invention, sur de vrais sujets, personnels très personnels, que je ressentais tous, à propos de mes tristesses et vagues à l'âme. Alors ? Mais ces vers-là, qui me plurent sur le moment, sont ratés, remisés, en moi ils sont bien morts, ils n'ont pas fait de cendres. Je ne m'en rappelle aucun, aucun. Ce que je conserve dans le tourniquet de ma mémoire, c'est cette aube grand dépliée : les cavaliers entassés dans la pénombre, tels des arbres, des animaux, le goutte-à-goutte de la rosée, les crissements dans les champs, le piétinement des chevaux, et la chanson de Siruiz. Tout cela a quelque signification ?

Mon parrain Selorico Mendes me laissait vivre comme un lord. À São Gregório, je disposais raisonnablement de tout, quoi que je veuille. Et de m'employer à un travail, je n'avais guère besoin. Que je fasse ou ne fasse pas, mon parrain m'appréciait ; mais il ne me faisait pas de compliments. La seule chose qu'il ne tolérait pas, et c'était la seule : qu'on lui demande à combien au juste se montait son argent. Je

115

ne m'en suis jamais préoccupé, je ne suis pas le genre à spéculer. Je vivais bien avec mon corps. Peut-on goûter meilleur sort ?

Mais un jour, quelqu'un — à force de ne pas vouloir penser au début de l'affaire, j'ai fini par oublier qui — quelqu'un me dit que ce n'était pas par hasard que mes traits étaient le portrait de Selorico Mendes. Qu'il avait été mon père ! Je vous garantis qu'entendant ça, tout tourna autour de moi — le monde entier me rejetait, dans un grand déshonneur. Il me parut même que, d'une façon voilée quelconque, je le savais déjà. Je l'avais entendu, par bribes, d'autres bouches, des allusions plus ou moins directes, et je me bouchais les oreilles. Lui demander à lui, si c'était vrai ? Ah, non, je ne pouvais pas. Ni le demander à quelqu'un d'autre : j'avais mon compte. Je n'attendis pas d'avoir la tête froide. Je rassemblai mes petites affaires, mes armes, je sellai mon cheval, je m'enfuis. Je courus à la cuisine, fourrai un morceau de viande et deux poignées de farine dans ma gibecière. Il y aurait eu de l'argent à portée de main, je l'empochais ; je n'aurais eu aucun scrupule. Je pris le large résolument. Piquai droit sur Curralinho.

La raison pour quoi j'agis ainsi ? Je sais et je ne sais pas. Aux A, je pensais clairement, je crois qu'aux B, non, je ne pensais guère. Je voulais l'effervescence. Cela allait même jusqu'à me griser, déraisonnablement, tel le vice d'un plaisir coupable. J'alimentais ma rage. Ce n'était pas exactement de la rage, c'est-à-dire, plutôt une espèce de dépit à l'intérieur, l'humiliation qui me suffoquait m'empêchait de décider mon itinéraire. La seule conduite était de me tenir la tête haute et de souffler sur les violents désespoirs, le désordre et la confusion dans ma tête. Je lançai mon cheval au galop, au grand galop. Je n'allais pas demander asile à Pépé-le-Marrant. J'allais d'abord me rendre chez M'sieur Wababa — en pareille circonstance, je ne voulais avoir affaire qu'à des gens étrangers, très étrangers, tout ce qu'il y a de plus étrangers. Si c'était également en partie pour voir Rose'uarda, celle que j'aimais comme j'ai dit ? Ah, non ! Rose'uarda, je pouvais l'aimer, mais là, je n'étais pas en état de penser à ses délices — parce que le désarroi dû à ma honte augmentait. Le mieux c'était d'aller à l'école, chez Maître Lucas. Là, à côté de la maison de Maître Lucas, habitait un monsieur appelé Dodó Meirelles, qui avait une fille appelée Myosotis. C'est que, un petit peu, stupidement, cette jeune fille Myosotis aussi avait été ma petite amie, je pensais maintenant que ça pourrait me consoler un moment de la voir — qu'elle sache : comment, avec mes armes de mort, je m'étais enfui à grands cris de la maison, hors de moi sur mon cheval, à travers bois, capable du pire. Là, je devrais à Maître Lucas une explication. Je n'aimais pas cette

Myosotis, elle était un peu sotte, à São Gregório jamais je n'avais pensé à elle ; c'était Rose'uarda que j'aimais. Pépé-le-Marrant, de toute façon, ne pouvait qu'apprendre bien vite que j'étais arrivé à Curralinho, et mon parrain allait être prévenu rapidement. Il allait m'envoyer chercher. Venir, lui-même. Peu m'importait. Je comprenais tout à coup : tout ce que je voulais c'était ça justement. Qu'il vienne, me demande de revenir, me promette tout et le reste, qu'il se jette à mes pieds. Et s'il ne venait pas ? S'il tardait à venir ? Là, ce que j'allais avoir à faire, ç'allait être de me chercher un moyen de subsistance, endurer je ne sais quelles insinuations de la part de tout le monde, me colleter aux petites choses de tous les jours, si pénibles exécrables. Et, bis, alors ma colère redoubla. De nouvelles larmes emplirent mes yeux stupides. Je pensai, dramatique, à ma mère, de toute mon affection, et je me persuadai bien haut que c'était seulement pour elle que je me comportais de travers, je criai. Mais j'avais du mal à feindre, et mon espèce de honte augmentait. Là-dessus, la robe du cheval, comme pour demander miséricorde, devint noire de sueur. Je calmai mes éperons. Nous poursuivîmes au pas. J'étais effrayé en pensant à ma vie, lorsque nous entrâmes dans Curralinho.

Chez M'sieur Assis Wababa, ils me firent fête. Là, je mangeai, je ris, je bavardai. Sauf qu'ils m'annoncèrent une surprise calamiteuse : celle que Rose'uarda était maintenant fiancée, à la veille d'épouser un certain Salino Cúri, un autre commerçant turc, débarqué dans le coin ces derniers mois. J'éprouvai d'affilée, tristesse et soulagement — cet amour n'était vraiment pas pour moi, pour des raisons personnelles. Je me vis mal parti, mais je me contrôlai, je croisai les jambes, me fis avare de mes mots, non-monsieur, oui-monsieur, sérieux précautionneux, et me renseignant sur des prix élevés ; ils allaient ainsi échafauder que ma venue c'était pour tramer quelque affaire importante au nom de mon parrain Selorico Mendes. Sieur Assis Wababa, ce soir-là, se félicitait bruyamment de la nouvelle que décrivait Vupes : les rails de chemin de fer allaient sous peu arriver jusque-là, Curralinho était promise à un bel avenir, elle allait devenir une place commerciale de premier ordre. M'sieur Assis Wababa opinait, il se montait la tête, il apporta un pichet de vin. Je me souviens : je me laissai emporter par mon imagination — par la petite illusion que pour moi également de cette façon, avec le progrès moderne, tout allait se résoudre : et je me voyais dans la place, riche, établi. Je vis même combien ce serait agréable, si c'était vrai.

Mais il y avait là Vupes, l'Allemand Vupes, comme je dis, s'ieur Emílio Wusp, comme vous dites. Il était déjà pour moi une vieille

117

connaissance, des précédentes fois où il était venu à Curralinho. Un homme qui en valait trois. Car il entendait tout du maniement des armes, mais il voyageait sans le moindre flingue ; il disait : « Nitch ! Moi désarmé complet, comme ça moi, ils vont tous me respecter davantage, oh, dans le sertão... » Il m'avait vu viser, une fois, et il m'avait félicité pour savoir si bien de naissance, retenir juste au bon moment, ma respiration. Il m'avait dit : « Vous tirez bien parce que vous tirez avec votre esprit. C'est toujours l'esprit qui fait mouche... » Ce qui me sonna comme s'il avait dit : c'est toujours l'esprit qui tue... Mais, ce jour-là, par chance, cela se trouva, il y avait là Vupes. Parce que, dans le désastre du moment, il m'était venu cette idée — ce qui allait résoudre ma situation, c'était de travailler pour lui, d'aller et venir à vendre dans le coin du matériel, une machine à éplucher le coton. Je ne réfléchis pas, mais je dis : « Sieur Vupes, vous ne voudriez pas me prendre à votre service ? » « Nitch ! » — ainsi que Vupes s'exclamait constamment. Je n'avais fini de parler, que déjà au fond de moi, je me repentais à la vitesse grand V. Car je venais de penser un peu plus loin : que toute personne, même amie et courtoise, devenue votre patronne, se montre plus rude et réprobatrice. Je me mordis les lèvres, j'avais déjà parlé. Je tentai encore de minimiser, protestai que c'était par plaisanterie ; mais sieur Assis Wababa et Vupes me regardaient avec des défiances, je me sentis affreusement rabaissé. J'avais tout contre moi, la seule occasion me filait sous le nez. Je me sauvai de là au plus vite, en prenant congé dans les formes. Pour aller où ? Je ne pouvais aller voir que Maître Lucas. Et je me rendis chez lui, poussé par le désespoir. Je me souviens, j'allais à pied, et c'était maintenant que je me mettais à penser libre et détaché à Rose'uarda, à ses belles grosses belles jambes, Rose'uarda dans sa robe de nansouk, ça ne serait jamais pour mon régal. Je le sentis d'une certaine façon lorsque je l'évoquai, passé bien des années, quand ce fut la mode de chanter :

> *Si ton père avait de l'argent,*
> *S'il était commerçant,*
> *Je t'épouserais sur-le-champ*
> *et nous aurions du bon temps...*

Cela, mais exactement ; après longtemps.

À propos de ce que je vous dis là, je demande : c'est comme ça dans votre vie ? Dans la mienne, c'est maintenant que je m'en rends compte, les choses importantes, toutes, c'est lors d'une brève occasion de hasard qu'elles ont pu se produire — grâce au petit saut que l'on fait sans rien voir — la chance du moment tenue par un cheveu par un fil, un crin de la crinière d'un cheval. Ah, si ça n'était pas, si ça n'avait pas été, chaque fois, du hasard, quel alors aurait été ensuite mon destin ? Vaine pensée, qui ne comprend pas de réponse. Et parfois, elle m'effraie. Mais, voyez : j'arrivai chez Maître Lucas, il me reçut, très naturel. Ce que je trouvai moi aussi tout naturel, j'avais que j'étais fatigué. Et quand Maître Lucas me demanda si j'étais là de passage ou avec un message de la fazenda, j'expliquai que non : que j'avais obtenu de mon parrain la permission de commencer ma vie autonome à Curralinho, ou au-delà, dans l'intention de développer davantage mes études et de me frotter aux manières de la ville. Disant ce que je dis, j'aurais le premier juré que Maître Lucas n'allait pas croire un traître mot. Mais il crut, et mieux encore. Vous savez pourquoi ? Parce que ce jour-là, précisément, il était aux prises avec un problème, qui le préparait à bien me croire. Je veux dire : il m'écouta, et dit :

« Riobaldo, tu tombes à point nommé ! »

Et il m'expliqua : un monsieur, au Pailler, dans la fazenda Nhanva, sur la hauteur dominant le Jequitaí, voulait engager un professeur pour l'enseignement de toutes les matières. C'était urgent, un homme ayant du bien, qui garantissait un bon salaire. Autant dire qu'il voulait que Maître Lucas y aille, laisse quelqu'un d'autre faire la classe à sa place pendant quelque temps ; ce qui, évidemment, était hors de question. Je voulais y aller ?

« Vous croyez que je peux ? » — je demandai. Pour m'atteler à une tâche, n'importe laquelle, je n'ai pratiquement jamais eu le courage tout seul. « Sûr, que tu peux ! », déclara Maître Lucas. Il était déjà en train d'enfourner tous les livres — géographie, arithmétique, grammaire et abécédaire — dans une sacoche en cuir, et les gomme, crayon, règle, encrier, tout ce qui pourrait avoir son utilité. J'acceptai. Notre enthousiasme mutuel me donnait du cœur au ventre. Le mieux de tout : c'était pour tout de suite, sur-le-champ : deux camarades du fazendeiro en question étaient là, à Curralinho, attendant une décision, ils allaient m'emmener immédiatement. Dona Dindinha, la femme de Maître Lucas m'embrassa pour me dire au revoir, elle versa pour moi quelques larmes de bonté : « Tant de vauriens de par le monde, mon petit... Et tu vas si jeune, si joli... » De sorte que je ne pus même pas voir cette petite Myosotis. Rose'uarda, je l'aperçus de loin.

Les deux camarades, je le compris bien vite, étaient deux hommes de main. Mais des individus sachant se comporter, sans hauts-et-bas, ni de trop grandes aspérités, ils me traitèrent avec toute la considération. Nous parcourûmes ensemble presque trente lieues, un voyage de quatre jours, un bon moment en longeant le Gros-Ru, avec à main gauche les Monts-de-Cabral se profilant sur l'horizon. Mes compagnons ne me donnèrent quasiment aucune information, ou un rien de rien. Ils avaient d'autres ordres. Mais, même avant d'entrer sur les terres du Pailler, je commençai à remarquer des choses non négligeables, qui me mirent la puce à l'oreille. Des patrouilles à cheval, et armées ; des échanges de mots de passe ; et un petit convoi de mules, mais il y avait trois soldats mêlés aux muletiers. Plus avant, je me vis dans plus important. Arriver là laissait abasourdi. Nhanva grouillait, des hommes partout — le tohu-bohu d'une place un jour de foire. Et c'était une fazenda superbe, la maison avec un étage, de grands enclos et une aire immense. Je vis tout de suite le maître des lieux.

Il était d'emblée déroutant, vêtu de coutil bleu et chaussé de bottes tirant sur le jaune. Il était nerveux, maigre, un peu plus petit que la moyenne, et avec des bras qui avaient l'air trop longs, tant ils pouvaient gesticuler. Je m'approchai et il s'avança, le grand revolver à sa ceinture ; un foulard voltigeait autour de son cou. Et ce cheveu solide, très dégagé, le toupet hérissé. Je pressai le pas, et il s'arrêta, les mains sur les hanches. Il me regarda bien en face, se mit à rire — il ne savait certainement pas qui j'étais. Et il s'exclama, moqueur : « Amène-toi avec ta démarche de crapaud, amène-toi... »

Hé là, hé ! Cette bévue de me prendre comme tête de turc m'énerva. Je m'arrêtai, moi aussi. Je me fis sourd. Mais lui alors, vint vers moi, me salua, de façon sensée et sympathique. Je parlai le premier : « Je suis le jeune professeur... » Sa joie en m'entendant fut stupéfiante. Il me saisit le bras, dans un débordement de phrases et de gentillesses, monta les marches avec moi, m'entraîna dans une pièce, là à l'intérieur, à toute vitesse, on aurait dit qu'il voulait me dérober à la vue de tout le monde. Comme une folie, et pourquoi ? Ah, mais, ah — cet homme — c'était qui ? Zé Bebelo. Le fait du fait, tout en lui, pour moi, rendait plus évidente une réalité nouvelle.

Je vous l'ai dit ? — je croyais que je venais faire la classe aux enfants d'un fazendeiro. Erreur. Avec Zé Bebelo, le commun, avec le temps, s'avérait différent, donnait lieu à l'erreur. Il m'avertit. L'élève c'était lui. Il voulut sur-le-champ jeter un œil sur les cahiers, les livres, les prendre dans ses mains. Lire et écrire, les quatre opérations, il savait déjà, il consommait des journaux. Il se mit à farfouiller, un ouragan, et à tout ranger sur la grande table de la chambre, et ce qu'il sifflait, christ-jésus, et chantonnait ! Mais — et là il redevint sérieux — il ne fallait pas que le secret transpire : je me rendis compte. « Nous allons faire croire que j'élabore des plans. Tu me sers de secrétaire. » Dans le courant de ce même jour, on s'y mit. Cet homme me fit tourner bourrique, hé, ô, me dégrossit. Pareille ardeur et avidité, et la capacité de tout comprendre, je n'ai jamais trouvé qui d'autre. Ce qu'il voulait c'était se mettre dans la tête, une fois pour toutes, ce que les livres donnent et ne donnent pas. Il était l'intelligence. Il dévorait. Il allait de leçon en leçon au pas de course, me questionnait, me requestionnait, il paraissait presque enrager que je sache et lui pas, dépité de devoir encore apprendre, à n'en plus finir. Il brûlait par soir deux, trois chandelles. Il disait lui-même : « Je ne vais pas regarder la montre. Je vais étudier, étudier, jusqu'à tirer un petit somme. Le sommeil me prend, alors le livre je l'envoie promener, je m'allonge, je m'endors. » Simplement, par sa seule volonté. Dans la journée, tandis que nous égrenions des pages, il se levait brusquement, courait à la fenêtre, et il sifflait dans son sifflet, bramait ses ordres : dix, vingt consignes à la fois. Ses gens se précipitaient, obtempéraient. On aurait dit un cirque, du bon théâtre. Mais, en moins d'un mois, Zé Bebelo s'était rendu maître de tout retenir, il en savait bien plus que j'en savais moi-même. Là, sa joie ne connut plus de bornes. Il me tombait dessus avec le livre, me faisait à brûle-pourpoint une poignée de questions. Sur quoi, je tâtonnais, je m'embrouillais dans mes explications, je frimais, je trichais. Aïe, aïe, aïe, et lui de m'interrompre, de me montrer sur le livre que je disais faux, de me corriger, de me faire la leçon. Il riait aux éclats, battait des mains, se dépensait en autres manifestations, bien de son invention — tout heureux de me voir à mon tour « l'ignorant », découragé déconfit, dans ces difficultés. C'est alors seulement, je dois dire, qu'il se mit à m'aimer. Dûment. Il me donna l'accolade, me gratifia en bon argent, me fit de solides compliments. « Sieur Baldo, j'ai atteint maintenant le haut niveau en tout. Mais ce qu'il faut c'est que tu ne t'en ailles pas, non, mais bien que tu continues, tu es mon secrétaire... Je signale que nous partons pour ce Nord, et pour de grands événements, tu n'auras pas à t'en repentir... » — il me dit — « ... ce Nord, de sales bandes. » Il souffla seulement : c'était comme s'il ventait.

Car il m'avait fait part de ses projets. Comment il s'occupait de réunir et d'exercer ces gens, pour remonter aux frontières de l'État, en commando de grande guerre. Le but visé était : d'attaquer de front une bande après l'autre, de les réduire toutes, d'en finir avec elles, de liquider les jagunços jusqu'au dernier, de nettoyer le monde de ce banditisme sauvage. « Après seulement que je l'aurai fait, Sieur Baldo, je serais moi-même : j'entre droit dans la politique ! » Il m'avait auparavant mis dans la confidence, avoué l'unique destin que, de tout cœur, il ambitionnait : et c'était d'être député. Il me demanda le secret, et ça ne me plut guère. Parce que je savais que depuis beau temps tous avaient éventé cette extravagance, même que dans son dos on le surnommait par anticipation : « *le Député* »... Le monde est ainsi. Aucun de ses hommes, néanmoins, ne lui lésinait le plus grand dévouement et respect. En raison de son mâle courage. Ah, Zé Bebelo était un dur de dur — sept poignards de sept aciers, le tout dans le même fourreau ! Il tirait son content avec n'importe quelle arme de n'importe quel calibre, faisant mouche à tout coup, il maniait le lasso et traquait le bétail comme un bouvier accompli, domptait l'animal le plus rétif — chevaux et grands mulets ; il se battait en duel au couteau, roué rusé comme une onça acculée, sans cesser d'attaquer ; et la peur, ou chaque parente de la peur, il crachait dessus et ne connaissait pas. On racontait : il se fourrait au beau milieu, personnellement, et quelle que soit la bagarre, rétablissait la paix. Un homme vindicatif, et qui n'avait pas froid aux yeux ! Il rugissait. Et pour lui, véritablement, il semblait n'y avoir rien d'impossible. Avec toute cette loufoquerie, risible et ridicule, malheur à qui se serait risqué à lui lancer un regard de moquerie : celui-là, dans la seconde, passait de vie à trépas... — « Le seul homme-jagunço que je pouvais respecter, Sieur Baldo, n'est déjà plus de ce monde... À nous maintenant de rendre ce service à la patrie — tout est national ! » Celui dont il parlait, qui n'était plus de ce monde, c'était Petit-Jean Bem-Bon d'Aroeiras, réputé dans tous les environs. Il avait étudié sa vie, disait-on, dans les détails, avec une si particulière dévotion, qu'il y avait gagné ce surnom : *Zé Bebelo ;* alors qu'en vérité son nom, était José Rebelo Adro Antunes.

« Si je pense qu'il faut condescendre à ce qu'il y ait toujours la racaille, cette vergogne des jagunços ? Patience, que d'ici quelques mois, on ne va plus voir dans notre Nord, un seul chef quel qu'il soit, racoler pour les élections ces bandes de sacripants, qui se posent en justiciers, uniquement pour tout détruire de ce qui est légal et civilisé ! » Et il appuyait ses dires sur des faits avérés, avec une colère justifiée. Nous devions vraiment réprouver les usances de ces bandes armées d'envahir les villes, de démanteler le commerce, de tout mettre à sac, de souiller d'excréments humains les murs de la maison du juge, de promener le procureur hissé de force, à contresens, sur une mauvaise jument, une boîte de conserve attachée à la queue, avec la piétaille en train par-dessus le marché, de crier à-mort et de lancer des pétards ! Ne sont-ils pas allés jusqu'à crever des barils de cachaça * devant l'église, ou encore ceci de promener le curé nu en pleine rue,

* Voir glossaire.

d'offenser les jeunes filles et les familles, de jouir, à plusieurs, de femmes mariées, sous les yeux du mari ? Lorsqu'il parlait avec ce feu qui se dégageait de lui, Zé Bebelo était obligé de s'arrêter, il allait à la fenêtre ou jusque sur la galerie, siffler dans son sifflet, distribuer les ordres nécessaires. Puis, plus en forme que jamais, il revenait près de moi, reprenait : « Ah, quand je m'y mets, je m'y mets, Sieur Baldo. Et je suis bien le seul capable de le faire et d'y arriver. Étant donné que je suis le seul qui soit né pour ça ! » Il disait aussi qu'ensuite, une fois le banditisme aboli, et lui devenu député, alors ce Nord reluirait magnifique, on construirait des ponts, on installerait des usines, il serait remédié à la santé de tous, mis un terme à la pauvreté, inauguré mille écoles. Il commençait là-dessus, et il en avait pour un moment, haussant le ton à mesure de ses déclarations, la plupart piochées dans le journal. Il finissait par me lasser. Parce qu'il débitait toujours la même chose.

Mais, ma vie dans cette fazenda, elle était mauvaise ou elle était bonne ? Elle était des meilleures. Fichtre, j'étais comme un coq en pâte. Je menai là une vie de lord. Je m'habituai facile à ce mouvement, entrai en amitié avec les hommes de main. Il arrivait constamment des gens de l'extérieur, qui s'entretenaient seul à seul avec Zé Bebelo, des personnes de la ville. Je sus, à propos de l'une d'elles, que c'était un commissaire, en mission. Et Zé Bebelo me présentait avec les honneurs de : Professeur Riobaldo, mon actuel secrétaire. J'allais aux heures de loisir, avec les camarades, à Leva, une affaire d'une lieue, où les femmes s'étaient établies, plus de cinquante. Il en arrivait et en arrivait, tellement, que presque d'un jour sur l'autre, elles étaient obligées de baisser leur prix. Ce bon divertissement ne manquait pas. Zé Bebelo approuvait : « Où a-t-on déjà vu un homme être considéré, s'il n'a pas sous la main des filles en maison ? Où ça ? » Il fournissait même la cachaça, réglementée. « Préférable, qu'ils n'y pourvoient pas eux-mêmes, ça a tôt fait de dégénérer en abus, en beuveries... » — il expliquait. Pour le reste, on jouissait là pour tout d'une abondance confortable. Nourriture copieuse, armement de première, munitions à volonté, chaussures et vêtements de la meilleure qualité. Et le bon argent hebdomadaire de salaire, car aucun de ces hommes n'était là pour l'amour-de-dieu, mais bricolant son moyen de vie. Le bruit courait que c'était l'argent du coffre du Gouvernement. C'en avait tout l'air.

De telle sorte, finalement, qu'arriva le jour de se mettre en route, sur le pied de guerre, par vaux et monts, au grand complet. Ouille, le barouf ! Un grand charivari, une assemblée de perroquets, un tourbillon d'oiseaux prenant leur vol — vous-même n'avez jamais vu pareille chose, ou seulement décrite dans un roman. La superbe et l'équipage d'une armée véritable, et des chevaux à redouter de ne pouvoir trouver de pâtures qui suffisent, et un contingent de près d'un millier d'hommes. Accompagné des chefs-de-section — auxquels il donnait patente de sous-lieutenants et d'officiers de son régiment — Zé Bebelo juché bien en selle, sur un puissant gris-tourterelle, un chapeau suprêmement distingué sur le crâne et courant de droite et de gauche, passait l'inspection. Il m'appela près de lui, je devais avoir en main un gros calepin, pour gratte-papier de service, inscrire, sur son ordre, chiffres, noms et choses diverses. C'est-à-dire, vous voyez, je m'en allais avec eux. Je m'en allais pour connaître ce destin-mondieu. Ce qui me décida, fut qu'il me prédise que, lorsque je ne voudrais plus, il suffirait que je lui fasse un signe, et il me donnerait licence et dispense de m'en retourner.

Je dis que je les accompagnai, je dis que ça me plut. À rude randonnée, nourriture fournie, bonnes haltes, camaraderie. On prenait du bon temps. Je découvrais de nouvelles routes, une diversité de terres. On se réveillait dans un endroit, on arrivait le soir dans un autre, tout ce qui pouvait être rancidité, mauvaise entente avec soi-même, on le laissait derrière soi. C'était l'Enfin. Ça l'était — « Le mieux, le mieux, c'est pour demain, quand le combat va commencer ! » — disaient certains. Ce que voulait Zé Bebelo. Il savait ce qu'il voulait, un vieux renard. Dès le départ de Nhanva, il avait réparti ses hommes par petits groupes, à chacun son chemin. Un premier par le São Lamberto, à main droite ; un second le long du fleuve Fundo et du torrent du Courroux ; un troisième se sépara de nous au lieu-dit Só-Ici, pour rejoindre la rivière de la Barre ; et un autre prit à main gauche, le dos au São Francisco. Mais nous, qui étions sous le commandement personnel de Zé Bebelo, nous coupâmes au plus court, en suivant la petite rivière Félicité. Nous passâmes près de Vila Inconfidência, et allâmes bivouaquer à Pierre-Blanche, un hameau au bord de la rivière Les-Eaux-Blanches, qui lui donne son nom. Tout se déroulant au mieux. Des estafettes circulaient d'un bataillon à l'autre, avec des ordres et des messages. Nous mîmes à l'eau un grand filet pour prendre de grands poissons. On en prit. Je ne vis pas cette fameuse bataille — J'étais resté à Pierre-Blanche. Non pas par peur, non. Zé Bebelo m'ordonna : « Tu patientes, tu attends, pour réunir les citoyens de l'endroit et faire un discours, aussitôt qu'une estafette viendra rendre compte de notre première victoire... »

Il arriva, ce qu'il avait dit. Sauf qu'au lieu d'une estafette, arriva au grand galop Zé Bebelo soi-même. J'avais gardé une gerbe de fusées pour les lancer, et ce fut la fête. Zé Bebelo fit dresser une planche dans l'angle d'un enclos, il se hissa dessus et parla d'abondance. Il décrivit. Au-delà du fleuve Pacu, sur le district de Brasilia, ils avaient encerclé une bande de jagunços — avec le vaillant Hermógenes à leur tête — et ç'avait été leur déroute totale. Plus de dix tués, dix au moins de ses sbires faits prisonniers ; le seul malheur : cet Hermógenes avait réussi à s'enfuir. Mais il n'irait sûrement pas loin ! Là-dessus, Zé Bebelo fit un éloge de la loi, il acclama le gouvernement, promit pour un avenir prochain moultes choses républicaines. Ensuite, il intervint pour que je fasse aussi un discours. Il fallut bien. — « Ce que tu dois citer le plus c'est en mon nom, sur lequel par modestie, je ne me suis pas étendu. Et parler en faveur de la nation... » — il me souffla. J'obtempérai. Qu'un homme comme lui devait être député, je le dis, j'insistai. Je terminai, il m'embrassa. Et les gens je crois, appréciaient. Là-dessus alors qu'on avait fini de déjeuner, arrivèrent nos cavaliers, convoyant l'escouade des prisonniers. Ils me firent peine les malheureux, hébétés, épuisés, souillés presque tous de plaques de sang séché — on voyait qu'ils n'avaient aucune espérance décente. On les dirigeait sur la prison d'Extrema, et de là, ils seraient à coup sûr emmenés dans d'autres prisons, peut-être même dans celle de la Capitale. Zé Bebelo, qui regardait, me regarda, il remarqua mon apitoiement. « Faut pas les plaindre, ce sont de sacrés durs à cuire... » Ah, c'est sûr. Je le savais. Mais comment ne pas avoir pitié ? Ce qui passe la mesure chez les gens, c'est la force hideuse de la souffrance, ce n'est pas la qualité du souffrant.

Je pensai que nous pouvions maintenant mériter un plus long repos. Ah, ouiche ? — « En selle et au galop. Il y en a d'autres ! Il y en a d'autres !... » — Zé Bebelo battit le rappel. Nous repartîmes. En chemin, comme nous bavardions, je ne sais pour quelle raison, je demandai : « Et Joca Ramiro ? » Zé Bebelo rentra un peu les épaules, l'air de ne rien vouloir dire. Ce qui me créa une petite envie, pas bien méchante, d'expliquer combien l'administration de Joca Ramiro était fabuleuse, combien il savait tout et pourvoyait à tout, et qu'il emmenait même quelqu'un rien que pour l'office de ferrer les chevaux, avec la tente et les outils, et tout ce qui avait trait aux animaux. Ce qu'entendant, Zé Bebelo s'arrêta net : « Ah, c'est une fameuse idée, voyez-vous ça ! Il faut nous aussi qu'on s'en préoccupe, c'est un bon exemple dont profiter... » — il réfléchit. Et moi, qui allais déjà en raconter d'autres, de toutes sortes, des péripéties qu'aux dires de mon parrain, Joca Ramiro inventait pour donner l'assaut, alors je me concertai en mon for intérieur et je la fermai. Pensez un peu, tout ce qui s'enraie dans la vie, en raison de pressentiments. Car j'étais en train de me dire que, si je racontais, ce serait perpétrer un acte de trahison. Trahison, mais pourquoi ? Je fis une moue. Nous ne savons rien, nous savons tout. Derechef, je la fermai. Nous rendîmes la main aux chevaux.

Entre Loutre et Condado, nous ouvrîmes le feu. Là, je vis, j'appris. La moitié des nôtres, qui avaient mis pied à terre, avançaient en se faufilant et en se dissimulant, l'arme au poing — escamotés par les arbres ; puis ils se jetaient soudain rapidement sur le sol : pour se mettre à ramper, et ils flairaient, flairaient avec leur tête, sans plus s'arrêter ! Ceux-là savaient se battre, de naissance ? Je n'observai la chose qu'un instant. Parce que nous fîmes demi-tour, derrière Zé Bebelo, pour rejoindre Gameleiras, où se produisit le pire. C'est qu'il y avait là la bande de Ricardo, toute proche, que nous encerclâmes. Pour l'hallali il ne manquait plus que les chiens. Nous donnâmes l'enfer. Un rude combat. Les coups de feu retentissent terribles, au milieu du cerrado : on croit à une explosion, à un tonnerre roulant. J'eus l'impression qu'il en mourait énormément. Nous l'emportâmes. Je ne descendis pas de mon cheval. Je ne participai pas, je n'y étais pas quand à la fin ils se lancèrent au galop à la poursuite de ceux qui se repliaient avec ce Ricardo. Mais ce fut peine perdue, Ricardo était déjà loin. Alors les nôtres, de dépit, voulurent en finir avec les types, les huit faits prisonniers. « Hé là, surtout pas de ça ! Ces perversités de couards, je n'en veux pas ! », éclata Zé Bebelo hors de lui. J'appréciai son excellence, ce système de ne pas tuer. Ainsi je souhaitai que l'atmosphère de .paix revienne vite, nettoyage fait, que les cris s'atténuent. Cette journée avait été une rude affaire. Je sentis le besoin, immense, de distance et de tranquillité. Il y en eut peu. Une fois réglé l'indispensable, on ne prit qu'un bref répit, parce qu'ils combinèrent de nouveaux plans pour pousser plus avant, et nous redémarrâmes en direction de Gente-Terre, pratiquement sur la frontière de Grand-Mogol. Mais je n'allai pas jusque-là. En chemin, à un certain moment, je résolus mon destin de meilleure façon.

Je leur faussai compagnie. Je me rendis compte tout à coup que je ne pouvais plus, un dégoût me submergea. Je ne sais si c'est parce que je réprouvais ceci : d'aller avec une telle supériorité et majorité, prenant et tuant des gens, avec une brutalité constante. Je réussis à détourner leur attention, je restai caché à la traîne. Continuai à mon pas. Je n'avais certes pas besoin d'agir ainsi, vu notre arrangement. Je pouvais aller trouver Zé Bebelo, me dédire : — « Je n'ai plus envie, je déclare que je retourne à Curralinho... » Je le pouvais, non ? Mais comme je prenais ma décision, je ressentis un ras-le-bol de Zé Bebelo, une aversion, de sa conversation. Je n'étais pas en veine de faire confiance à qui que ce soit. En bref : je leur faussai compagnie, et je ne pensai pas plus loin. C'est tout. Vous le savez, on déprocède : un dérapage, une action regrettable, mais sans substance narrable.

J'avais un bon cheval, j'avais de l'argent en poche, j'étais bien armé. Je rebroussai chemin, sans me hâter. Ma direction était des plus incertaines. Je voyageai, vaguai, je crois que je n'avais nulle envie d'arriver nulle part. Au bout de vingt jours de musardise et sans autres complications, j'arrivai dans les parages de la Rivière des Vieilles, en vue de son confluent avec une plus petite rivière, la Baptistère. Je couchai avec une femme, qui me donna beaucoup de plaisir — le mari était en tournée dans les environs. Là, il n'y avait pas la malaria. Le lendemain matin au réveil, la femme me dit : « Mon père habite d'ici à un quart de lieue. Vas-y, là tu déjeunes et tu dînes. Ce soir, si mon mari n'est pas revenu, je t'appelle, je fais des signaux. » Je dis : « Tu allumes un feu sur cette hauteur, je surveille et je reviens... » Elle dit : « Ça je ne peux pas, quelqu'un d'autre en le voyant pourrait se méfier. » Je dis : « Ça ne fait rien, j'y tiens. Un feu — un petit feu de rien... » Elle dit : « Peut-être bien que j'allume, qui sait... » Sérieux tous les deux, sans même nous sourire. Sur quoi, je filai.

Mais le père de cette femme était un homme d'un matois, finement rusé, habile à tirer les vers du nez des gens. Sa maison — spacieuse, crépie, avec un toit de tuiles — était à l'endroit, sur la berge, où il y a tous ces bancs de sable dans la rivière. Il s'appelait Manuel Inácio, dit Malinácio, et il avait en fermage de bonnes pâtures, où paissaient nombre de chevaux, et des bœufs. Il m'offrit à déjeuner, me fit parler. Je voulais être sincère. Et je remarquai qu'en parlant il me regardait bien en face et qu'en écoutant il clignait des yeux : et celui qui en parlant vous dévisage, mais pour écouter cligne des yeux, celui-là ne porte guère les soldats dans son cœur. Alors, petit à petit, je racontai : que je n'avais pas voulu faire parti des zé-bebelos ; ce qui était la vérité vraie. « Et Joca Ramiro ? » — il me demanda. Je répondis, un peu pour me faire valoir et y aller de ma prose, que j'avais déjà servi Joca Ramiro, et parlé avec lui. Que c'était même à cause de ça que je ne pouvais pas rester avec Zé Bebelo, parce que, pour l'affection et la dévotion, mon penchant allait à Joca Ramiro. Et je parlai de mon parrain Selorico Mendes, je parlai des frères Aluiz et Alarico Totõe, je racontai comment Joca Ramiro avait bivouaqué dans notre fazenda de São Gregório. J'en dis certainement beaucoup plus, et cet homme Malinácio m'écoutait, sans rien faire d'autre que de se tenir tranquille. Mais je perçus qu'il ne l'était pas. Il se débrouilla pour me conseiller de ne pas rester. Des miasmes de malaria infestaient l'endroit. Je déclinai. Je voulais attendre, pour voir si pour ma veine le feu s'allumerait, j'avais beaucoup aimé sa fille mariée. Ce rusé d'homme lambina un instant, ne sachant trop que faire. Mais comme je lui demandais un coin où suspendre mon hamac à l'ombre et me reposer — je dis que je ne me sentais pas très bien question santé — cela parut le soulager. Il m'amena dans une chambre, où il y avait une couchette en bois avec une paillasse, il me dit de faire comme chez moi, referma la porte. Je m'écroulai ; serrant mes armes contre moi.

Je ne m'éveillai que lorsque ce Malinácio m'appela pour le dîner. J'arrivai dans la pièce et tombai sur trois autres hommes. Ils me dirent qu'ils étaient des muletiers, et ils en avaient l'allure et la tenue. Mais Malinácio commença à faire des commentaires et à répéter la conversation que j'avais eue avec lui — ce qui me déplut. Les frais secrets racontés ne sont pas pour la galerie. Et le chef des muletiers — celui qui avait la figure ronde avec le teint plutôt clair — me posa des tas de questions. Je me sentis dans de mauvais draps. Je décidai de rester sur mes gardes. À cause non pas de le voir renchérir de cette façon — tous les muletiers veulent toujours tout savoir — mais de la façon qu'avaient les deux autres de l'aider à me sonder, de leur insistance à tout prendre en compte. Il voulait savoir dans quelle direction j'allais. Il voulait savoir pourquoi, si je soutenais Joca Ramiro, et que j'étais armé, pourquoi alors je n'avais pas trouvé moyen de filer vers le Nord, dans le but de me joindre aux ramiros ? Qui se méfie, devient sage : je m'arrangeai pour confirmer beaucoup de choses ; mais je confirmai en ajoutant que je me trouvais là parce que j'avais jugé prudent de faire un détour, et afin qui plus est, d'avoir le calme nécessaire pour mettre au clair mes projets dans ma tête. Ah, mais, ah ! — tandis qu'ils m'écoutaient, un autre homme, un muletier également, se présenta sur le seuil de la porte. Cet homme, mon regard le reçut, et je frissonnai, dans un ébranlement de stupeur. Mais c'était la stupeur d'un cœur transporté, c'était la plus grande des joies...

Sur-le-champ, je le reconnus. Ce jeune homme, si différent et élégant, était, eh bien vous savez qui, mais qui, devinez ? C'était le Garçon. Oui Monsieur, le Garçon, celui du port de la de-Janeiro, dont je vous ai parlé, celui qui avec moi, traversa le fleuve à n'en pas voir la fin, dans une embarcation chancelante. Il entra, je me levai du banc. Les yeux verts, pareillement grands, les longs cils mémorables, la plus jolie des bouches, le nez fin doucement effilé. De tels éblouissements, vous êtes foudroyé et vous ne comprenez pas : qu'allez-vous dire, de ce que je raconte là ? Je voulais aller vers lui, lui donner l'accolade, mais mes courages ne suffirent pas. Parce que lui trébucha, d'un mouvement de recul, embarrassé. Mais il me reconnut, visiblement. Nos yeux maîtres de nous deux. Je sais qu'il doit s'être établi quelque chose de fort, car les autres personnes remarquèrent le changement — cela je le perçus au milieu du reste. Le Garçon me tendit la main. Et ce qui se dit de main à main est bref ; et peut parfois être le plus deviné et contenu ; cela aussi. Et le sourire qu'il me fit. Je vous le dis : il continue jusqu'aujourd'hui de me sourire. Croyez-moi. Il s'appelait Reinaldo.

Pourquoi tout rappeler en racontant par le détail et le menu ? Notre rencontre eut lieu hors du raisonnable trivial, au-delà du vraisemblable, et comparable à ce qu'on lit seulement dans le journal et dans les livres. Même ce que je raconte en ce moment, c'est bien après que j'ai pu rassembler ce dont je me souviens et que j'ai véritablement compris — parce que lorsqu'une chose de ce genre se noue, ce que l'on sent le plus c'est ce que le corps est de lui-même : le cœur qui bat. Ce dont il s'agit : le réel rôde et soudain s'impose : « Ces heures-là sont les nôtres. Les autres, de tous les jours, sont les heures de tous », m'a expliqué mon compère Quelemém. Comme si l'ordinaire de la vie était pareil à une eau, qu'on soit plongé dedans, et que tout s'accumule et s'amortisse — c'est seulement de très rares fois, pareilles à un miracle, que l'on réussit à sortir la tête à la surface : petit poisson qui réclame. Pourquoi ? Je vous dirai ce qui n'est pas si connu : toujours lorsqu'on commence à éprouver de l'amour pour quelqu'un, dans le traintrain quotidien, l'amour prend et croît parce que, d'une certaine façon, on veut que cela soit, et que ça y va, dans la tête, qui le souhaite et donne un coup de pouce ; mais, quand c'est le fait du destin, plus grand que le tout-venant, on aime d'un amour fatal, intégral, par nécessité d'aimer, et ce n'est plus que se trouver face à des surprises. Un amour de cette sorte croît d'emblée, c'est après qu'il fleurit. Je parle beaucoup, je sais ; je vous ennuie. Mais pourtant il le faut. Car alors. Alors, répondez-moi : un tel amour peut venir du démon ? Il pourrait ! Il peut venir de quelqu'un-qui-n'existe-pas ? Mais acquiescez en silence, je vous prie. Ne me donnez pas de réponse : car, sinon, ma confusion augmente. Une fois, savez-vous : à Tamanduá-tan, en pleine bataille, j'allais l'emporter, et là, dans un clair éclair de peur je frissonnai — mais peur de moi seulement, car je ne me reconnaissais plus. J'étais immense, beaucoup plus grand que moi-même ; et je m'étais mis à rire, je riais de moi aux éclats. Et je me demandai tout à coup, pour ne pas me répondre : « Tu es le roi-des-hommes ?... » Je le dis, et je ris. Je poussai un hennissement, tel un cheval sauvage. Je tirai. Il ventait dans tous les arbres. Mais mes yeux voyaient seulement le haut tremblement de la poussière. Et je n'en dis pas plus : chut ! Ni vous, ni moi, personne ne sait.

Je raconte. *Reinaldo* — il s'appelait. C'était, je l'ai déjà expliqué, le

Garçon du Port. Et dès qu'il apparut, jeune homme et inchangé, sur le seuil de la porte, je sus : que je n'allais plus pouvoir par ma seule volonté me séparer jamais, en raison d'aucune loi, de sa compagnie ; j'aurais pu ? Je le compris au fond de moi : exactement comme si réencontrant à ce moment-là ce Garçon devenu jeune homme, je retrouvai pour toujours et à jamais, à point nommé, les instances d'une famille qui soit la mienne. Sans le poids sans doute et sans la paix, je sais. Mais, ceci étant, l'amour pouvait venir sur l'ordre du démon ? Je démens. Ah — et Otacília ? Otacília, vous le verrez, quand je vous raconterai — elle, je l'ai connue dans des circonstances aimables, tout clair offert, le temps en suspens, disent les gens : avec les anges, et leur vol autour, quasiment, quasiment. La Fazenda Santa Catarina, à Buriti-le-Haut, dans un fond de vallée. Otacília, son style était d'être en toutes choses parfaite, une créature de beautés. Après je vous raconterai : chaque chose a son temps. Mais le mal dont j'ai souffert, qui m'affectait et revenait, c'est qu'il m'a fallu compenser, d'une main et de l'autre, l'amour avec l'amour. C'est possible ? Il m'arrive certaines heures, de dire : si un tel amour vient de Dieu, alors... l'autre, comment vient-il ? Que de tourments ! Les choses chez moi n'ont pas leur aujourd'hui, leur avant-hier demain : c'est toujours. Des tourments. Je sais que c'est bel et bien ma faute. Mais quand est-ce que ma faute a commencé ? Pour l'heure, vous me comprenez mal, si tant est qu'à la fin vous me comprendrez. Mais la vie n'est pas compréhensible. Je dis : en dehors de ces deux — plus cette petite Norinha, d'Aroeirinha, fille d'Ana Duzuza — je n'ai jamais pourvu à un autre amour, jamais. Et Norinha, je l'ai beaucoup aimée dans le passé, avec un pénible retard.Moi, dans le passé, je le dis et sais, je suis ainsi : me souvenant de ma vie derrière moi, j'aime tout le monde, je n'éprouve mésestime et méfiance qu'envers ma propre ancienne personne. Medeiro Vaz, avant de partir en campagne à travers les Geraïs au nom de la justice, mit le feu à sa maison, même les cendres il en refusait la propriété. Des maisons, criant mes ordres à la cantonade, j'en ai incendié : je restais écouter — le bruit des choses à l'intérieur, qui se cassaient et tombaient, se brisaient en éclats sourds, désemparées. Le sertão !

Dès l'instant où Reinaldo me reconnut et me salua, je n'eus plus de difficulté à rassurer les autres sur ma situation. Quasiment, sans en remettre, il se porta garant de ma bonne foi, auprès de celui à la figure ronde et de brave apparence, qui passait pour le chef muletier et s'appelait Titan Passos. En fait, ils n'étaient pas muletiers, je l'appris, mais des hommes d'armes au service de Joca Ramiro. Et leur caravane ? Celle-ci, qui devait pour l'instant poursuivre vers le Nord, avec ses trois convois de bons animaux, transportait des munitions. Ils cessèrent de se soucier de me cacher la chose. Ce Malinácio était le gardien : de munitions soigneusement mises à l'abri. En face, exactement, de sa maison, ainsi qu'en aval et en amont, la rivière formait des bancs de sable — chacun d'entre eux avec son nom, que les bateliers des environs leur donnaient, et que tous connaissaient. Trois bancs de sable et une île. Mais l'un de ces trois bancs de sable, le plus important, était également pour moitié une île : c'est-à-dire, en aval du fleuve, une île de terre, avec des grandes pierres et des arbres, un fouillis d'herbes et de fourrés, du romarin vigoureux trempant son feuillage dans l'eau, des acanthes vertes vivaces ; et, en amont, un simple de banc de sable. Une île-à-banc-de-sable, comme on dit. Dite, l'Île-à-Banc-de-Sable de Malinácio. Les hommes allaient jusque-là, où se trouvait la cache, en barque, transporter les munitions. Les autres camarades, soi-disant muletiers, étaient Triol et João-le-Vacher, plus Assomption et Acrísio, postés en sentinelles, et Vove, Jenolim et Admeto qui finissaient d'arrimer le chargement sur les mulets. On dîna, déjà sur le départ, en prévision du voyage. Je partais avec eux. Et donc nous nous mîmes en route. Je n'eus aucun regret de ne pas attendre le signal, le feu sur la hauteur de la femme mariée, fille de Malinácio. Et elle était jolie, dégourdie. Une femme de ce genre : telle une brassée de canne fermentant dans la cuve avant d'être moulue. Je n'y pensais même pas. La marche de nuit commençait comme sur de l'ouate — menée avec précaution. Ces munitions valaient des milliers et des milliers de contos de reis, nous honorions d'importantes responsabilités. Nous allions sans suivre la rive, mais sans perdre la rivière de vue. Titan Passos commandait.

Que je continue ainsi avec eux, sans véritable décision, tels ces chiens efflanqués qui attendent les voyageurs à l'endroit du bivouac, vous allez penser, qui sait, que je suis un homme sans caractère. Je le pensai moi aussi. Je vis combien j'étais veule, livré aux événements, dénué d'obligation honnête et personnelle. Tous, à cette époque, et quelle que soit la bande que j'aurais rejointe, ce n'était que gens massacrant et mourant, vivant dans une ferme fureur, dans une certitude, et je n'appartenais à aucune foi, ne défendais aucune conviction, ne faisais partie de rien. Ébranlé par tout cela, je me fis des idées. La seule chose, je me gardai de tout repentir : c'était toujours un début, et le découragement était une façon de réagir que j'avais désormais appris à remettre à plus tard. Mais Reinaldo et moi voyagions ensemble, dans le même convoi, et il ne recherchait pas ma compagnie, il ne vint pas une fois près de moi, pas une fois, il ne manifestait nullement vouloir renouer notre amitié. Nous n'avions pas besoin de nous occuper des mulets, qui allaient l'un derrière l'autre en file indienne, avec leur patience habituelle, discernant tout dans l'obscurité comme un plein jour. Si je n'étais pas passé par un endroit donné, et n'avais rencontré cette femme et combiné avec elle qu'elle allume un feu, plus jamais dans cette vie, je ne serais tombé sur le Garçon ? — voilà ce que je pensai. Voyez, monsieur : je creusais cette idée, et au lieu de me réjouir d'avoir eu tant de chance, je souffrais de mon sort. La chance ? Ce que Dieu sait, Dieu le sait. Je vis la brume envahir le tracé de la rivière et la barre de l'aube faire irruption sur l'autre rive. Des flamants derrière nous chantèrent leur content. Puis nous arrivâmes droit sur une petite ferme, on aperçut un noir déjà sur pied en train de travailler, qui défrichait un bout de terrain. Le noir était des nôtres ; nous fîmes halte.

Là-dessus, je récitai mon petit je-vous-salue-marie du matin, tandis qu'on débarrassait les bêtes et leur donnait une ration de maïs. D'autres brossaient les mules et les mulets, ou installaient le charge-ment, toute la cargaison. Qu'on put mettre à l'abri — elle occupa presque entière la petite maison du noir. Lequel était si pauvre dépourvu, qu'on dut même leur donner de quoi manger à lui et à sa femme, et à leurs mômes, une ribambelle. Et il n'y avait aucune nouvelle, d'aucune sorte. Nous allions au moins dormir tout le jour ; mais il en fallait trois qui restent éveillés, en sentinelle. Reinaldo disant qu'il serait l'un d'eux, j'eus le courage d'offrir également de rester ; je n'avais pas sommeil, j'étais un sac de nerfs. La rivière, pour ce que nous vîmes, avait un banc de sable jaune, avec une grande plage : là, dans le matin qui se levait, c'était rempli de colonies d'oiseaux. C'est même Reinaldo qui attira mon attention. Les espèces communes : ces aigrettes, en rang d'oignons, toutes blanches, le héron jaburu, le colvert, le tadorne et sa houppe, toutes sortes de canards dansants ; le martin-pêcheur ; le pélican atobá ; et jusqu'à des urubus, de cette triste couleur noire qui tache le paysage. Mais le plus beau de tous — comme me dit Reinaldo — le petit oiseau le plus gracieux et le plus amusant, que l'on remonte ou redescende le cours de la rivière, le petit-chevalier-aux-pieds-rouges : s'appelle le petit-manuel-du-banc-de sable.

Jamais, avant cette circonstance, je n'avais entendu dire qu'on pouvait s'arrêter pour apprécier, par goût de la beauté, la simple vie des oiseaux, lorsqu'ils prennent et reprennent leur vol et viennent se poser. C'était bon cela pour se saisir d'une carabine et chasser. Mais Reinaldo aimait ce spectacle : — « C'est vraiment très beau... » — il me fit observer. De l'autre côté, il y avait des lacs et des marécages, au-dessus desquels des bandes de canards croisaient dans tous les sens : — « Regarde comme sont ceux-là... » Je regardais et me rassérénais à mesure. Le soleil donnait sur le fleuve et les îles étaient claires. — « Et celui-là, qu'il est joli ! » C'était le petit-chevalier-des-sables, qui allait toujours en couple, sur le sable lisse : leurs hautes petites pattes rouges et l'arrière-train pointant très en arrière, dressés de toute leur petite hauteur, la poitrine dodue, et picorant scrupuleusement mille petites choses pour leur alimentation. Le petit mâle et la femelle — ils se donnaient parfois de tout petits bécots — leur manière à eux de se faire la cour. — « Ceux-là, il faut les observer avec beaucoup de tendresse... » — dit Reinaldo. Bien sûr. Mais qu'il le dise de cette façon, surprenait. La douceur de sa voix, sa bienveillance désintéressée, sa manière d'être raffinée — et tout cela chez un homme-d'armes, un farouche et vrai jagunço — je ne comprenais pas. Je l'aurais entendu d'un autre, j'aurais pensé : une poule mouillée, le genre qui se fait valoir et n'a pas de couilles. Mais venant de Reinaldo, non. Ce qu'il y eut, ce fut pour moi un très grand contentement d'entendre ses paroles. Elles me le rendaient plus aimable. Je me souviens très bien. De tous ces oiseaux, le plus joli et élégant est vraiment le petit-chevalier-aux-pieds-rouges.

Nous bavardâmes ensuite de mille choses sans intérêt pour d'autres et je me sentis en confiance pour raconter des détails de ma vie, et parler à la légère sans m'en faire, sans être avare d'amabilités, de bonté. Tout me plaisait de ce qui pourrait suivre, je n'avais pas besoin de voir plus loin. « *Riobaldo... Reinaldo...* » — il se prit à dire tout à coup : « ... Ils font la rime, nos noms à tous les deux... » Paroles dont l'effet se répartit, apportant : pour moi, dans l'état où je me trouvais déjà, une poussée de joie ; pour lui un revirement de tristesse. Mais pourquoi ? Je ne le savais pas encore. Reinaldo fumait beaucoup ; je ne comprends pas comment il pouvait conserver des dents aussi soignées, aussi blanches. Il faut dire aussi que fumer n'était pas de trop, parce que sans arrêt nous harcelaient de ces petits moustiques qui sucent le sang, et règnent au bord des eaux, des rondes de moustiques à réveiller tous les endormis. Je racontai mon existence. Je ne cachai rien. Je relatai comment j'avais accompagné Zé Bebelo, le feu d'artifice que j'avais lancé et le discours que j'avais fait, au hameau de La-Pierre-Blanche, l'assaut que nous avions donné au bord du Gameleiras, les pauvres prisonniers que j'avais vus passer, avec le visage et leurs chemises souillés de plaques de sang séché — « Riobaldo, tu es vaillant... Tu es un homme, un vrai de vrai... » — il me dit quand je terminai. Je soupesai mon cœur, plein à craquer, comme on dit : je me crus capable des plus hauts faits, prêt pour toute

133

chose sérieuse et juste. Et je sus là, dès cet instant, que Reinaldo, quoi qu'il dise, la chose se répercuterait sept fois en moi.

Veuillez m'excuser, je sais que je parle trop, des à-côtés. Je dérape. C'est le fait de la vieillesse. Mais aussi, qu'est-ce qui vaut et qu'est-ce qui ne vaut pas ? Tout. Voyez plutôt : vous savez pourquoi le remords ne me lâche pas ? Je crois que ce qui ne le permet pas c'est la bonne mémoire que j'ai. La petite lumière des saints-repentis, c'est dans l'obscurité qu'elle s'allume. Mais moi, je me souviens de tout. Il y a eu de grands moment où, je l'aurais voulu, que je n'aurais pu procéder à mal. Pourquoi ? Dieu se manifeste, il nous guide la distance d'une lieue, puis il laisse tomber. Et tout alors demeure pire qu'avant. Cette vie est la tête à l'envers, personne ne peut mesurer ses cueillettes et pertes. Mais je raconte. Je raconte pour moi, je raconte pour vous. Quand vous ne me comprendrez pas bien, attendez-moi.

À midi, ce même jour, notre tour de veille terminé, Reinaldo et moi n'avions toujours pas sommeil, et il alla chercher une jolie musette qu'il avait, avec des broderies et trois boutons pour la fermer. À l'intérieur étaient rangés des ciseaux, des petits ciseaux, un peigne, une glace, du savon frais, un blaireau et un rasoir. Il suspendit la glace à une branche de cognassier sauvage, il rectifia la coupe de ses cheveux, déjà taillés fort court. Puis il voulut couper les miens. Il me prêta son rasoir, et il me dit de me raser, que j'avais trop de barbe. Tout cela au milieu de rires et de phrases amicales — comme lorsque un *nhaúma* s'envola en déployant son éventail de plumes sombres, ou quand je sautai pour attraper une petite branche fleurie et faillis m'étaler de tout mon long, ou quand nous entendîmes le hi-han d'une mule qui paissait tout près. D'être ainsi sans souci, coiffé comme les gens de la ville, et le visage rasé de frais, c'était une petite joie, nouvelle pour moi. De ce jour-là, encouragé, jamais je ne cessai de prendre soin de ma personne. C'est aussi Reinaldo un peu plus tard, qui acheta à quelqu'un de passage un rasoir et un blaireau qu'il me donna, rangés dans la musette en question. J'avais honte parfois, qu'on me voie avec une pièce brodée et aussi luxueuse, mais je la conservai avec beaucoup d'égards. Et Reinaldo, à l'occasion d'autres voyages, me fit d'autres présents : une chemise avec de fines rayures, un mouchoir et une paire de chaussettes, ce genre de choses. D'ailleurs, vous le voyez : aujourd'hui encore je suis soigné de ma personne. Un homme propre, pense proprement. Je trouve.

Ensuite, Reinaldo dit : que j'aille me laver dans la rivière. Lui n'irait pas. Il ne prenait de bain, me dit-il, une habitude, que seul et aux premières lueurs de l'aube, dans l'obscurité. Je connaissais depuis beau temps cette superstition, la façon bizarre de procéder qu'ont certaines personnes — les *caborjudos,* ces gens au corps-fermé, pour raison de conjuration. Il y a du vrai. Je ne fus pas surpris. Mais, pensez un peu : un tel sacrifice, l'inconfort de se cogner dans des branches tordues, de tâtonner en aveugle dans le noir, sans pouvoir distinguer un païen d'un chrétien, de déraper dans des ornières ou sur des dalles glissantes, de s'embourber dans la vase, plus la crainte d'araignées vénéneuses et des serpents ! Non, moi non. Mais Reinaldo me donna ce conseil, et il me laissa au bord de la plage, l'esprit tout à la joie de l'air. Je parvins à affronter l'eau, la Rivière des Vieilles dans sa période des hautes eaux, un fleuve est toujours sans ancienneté. Je parvins à me déshabiller. Mais alors je découvris que j'étais extrême-ment content de me laver parce que Reinaldo me l'avait demandé, et c'était un plaisir douillet et perturbé : « Saloperie ! » — je pensai. Je laissai libre cours à ma rage. Je me rhabillai, je retournai à la maison du noir ; il devait être l'heure de manger le dîner et de se remettre en route. Ce que je voulais désormais c'était l'entrain pour voyager ces hautes heures de la nuit et très loin. Au point que je ne voulais même pas regarder Reinaldo.

Je vous raconte, et il faut que je vous donne une explication. Penser de travers est facile, parce que cette vie vire au marécage. On vit, je crois, pour vraiment se défaire de ses illusions et de la foi dans les gens. Le manque de scrupules règne, si insinueux, insinueusement présent, qu'au début on n'ose prêter foi à la sincérité sans méchan-ceté. C'est ce qu'il faut, je sais. Mais je vous donne ma parole : homme très homme comme j'ai été, et un homme aimant les femmes ! — jamais je n'ai eu de penchant pour les vices aberrants. Ce qui est hors des préceptes me répugne. Alors — vous allez me demander — cela, qu'est-ce que c'était ? Ah, loi brigande, que le pouvoir de la vie. Je déclare bien franchement ce qui, pendant tout ce temps, toujours plus, parfois moins, s'est passé pour moi. Cette amitié subjuguante. Je ne pensais à aucun prolongement, au pire des desseins. Mais je l'aimais, jour après jour je l'aimais davantage. Je vous le dis : comme un maléfice ? Tout juste. Agi par magie. Il suffisait qu'il soit près de moi, et rien ne me manquait. Il suffisait qu'il devienne triste, que son visage se ferme, et je perdais ma tranquillité. Il suffisait qu'il soit au loin, et je ne pensais qu'à lui. Et je ne comprenais pas moi-même alors ce que c'était ? Je sais que si. Mais non. Et comprendre réellement, je ne voulais pas. Je crois bien. Cette douceur, sans pareille et qu'il savait dissimuler la plupart du temps. Et chez moi sans arrêt, l'envie d'être tout proche, une obsession quasiment de sentir l'odeur de son corps, de ses bras, que je surpris parfois de façon insensée — je caressais ce genre de tentations, sévère envers moi-même, je les

135

désavouais. Souventes fois. De même, par exemple, lorsque je me souvenais de ses mains, de la façon dont elles maintenaient mon visage, lorsqu'il me coupa les cheveux. Tout le temps. Du démon : je demande ? J'entendais avec quel entendement, et c'est avec quels yeux que je voyais ? Je raconte. Vous m'écoutez à mesure. Bien d'autres événements suivirent.

Même ainsi, dans l'état d'exaltation où je me trouvais, je sus conseiller à bon escient : nous devions, notre prochaine journée de voyage, passer sur l'autre rive du fleuve, franchir la Montagne-de-la-Onça, et entamer la traversée du Jequitaí, où pouvait bivouaquer un détachement de soldats : n'était-ce pas plus sensé d'envoyer seulement l'un d'entre nous jusque-là, épier ce qui pouvait se passer et glaner d'autres informations ?

Titan Passos était un homme pondéré, qui allait au plus simple, il trouva bon mon argument. Et tous de même. Ces munitions devaient être amenées avec urgence, mais elles étaient également plus précieuses que l'or, que le sang, elles exigeaient les plus grands soins. On me félicita, on me déclara homme de valeur, aux idées sûres. Ce qu'entendant, je vous avoue, je ne me sentis plus de satisfaction — car la petite brise sur notre vanité c'est la joie, qui donne la flamme la plus rapide et la plus acérée. Mais je déchantai vite, en me rendant compte que mon opinion n'était que le souhait déguisé que nous puissions rester plus longtemps dans cet endroit qui me dispensait tant de régals. Une petite morsure de remords en quelque sorte : tant de dangers qui menaçaient, la vie si sérieuse au-dessus de nous, et moi en train de m'agiter et faire des entourloupes pour le compte de petits plaisirs. Je me suis toujours conduit ainsi, à contretemps, hors de propos. Mais mon souhait fut suivi d'effet, et l'ordre de départ modifié. Pour observer et de ses yeux voir, Jenolim partit en direction du Jequitaí et du Grand-Lac ; et Acrísio dans la même intention, prit sous un déguisement le chemin de Porteiras et de Pontal de la Barre, toutes ses oreilles bien ouvertes. Et nous restâmes là cinq jours, attendant leur retour à prendre du repos et du bon temps dans la maison du noir Pedro II de Rezende, qui était vigile sur les terres de la Fazenda São Joãozinho, appartenant à un certain colonel Juca Sá. Si je ne me repens toujours pas aujourd'hui, en le racontant ? Ces journées furent différentes du reste de ma vie. Nous marchions dans la forêt pendant des heures, contemplant la fin du soleil dans les palmes des cocotiers macaúbas, chassant, taillant des palmites et recueillant du miel d'abeille-de-peu-de fleurs, qui donne une cire de couleur rose. Il y avait une quantité d'oiseaux heureux juchés sur les bancs de sable ou dans les îles. Et nous pêchâmes même des poissons d'eau douce.

Jamais plus, jusqu'à la toute dernière fin, jamais plus je ne revis Reinaldo aussi serein, aussi joyeux. Et c'est lui-même, au bout de trois jours, qui me demanda : « Riobaldo, nous sommes amis, à la vie à la mort amis ? » — « Reinaldo, je veux mourir et vivre ton ami ! » — je répondis. Les sentiments. La douceur de son regard me nimba du regard de vieillesse de ma mère. Alors, je vis les couleurs du monde. Comme au temps où toute la nature parlait, cela, je sais. La rivière haute le matin, blanche de brume ; et la noix de coco fait ployer les palmes. Seul un bon air de guitare pourrait rendre tout cela à la vie.

Des autres, les camarades qui étaient avec nous, je néglige de parler. Avec eux je me liai peu. Braves au demeurant, des hommes de main sans trop de cervelle de ce Nord de misère, des gens quelconques. Non par orgueil, mais plutôt parce que me manque le minimum de patience, je crois que je n'ai jamais eu de goût pour les créatures qui se contentent de peu. Je suis fait comme ça. Mais Titan Passos, je dois dire, je l'appréciais : parce que ce qui faisait sa mesure c'était d'être né le cœur immense, abritant de grandes amitiés. Il trouvait le Nord naturel. Un jour que nous bavardions, je lui demandai si Joca Ramiro était un homme bon. Titan Passos ravala sa surprise : une question, c'est sûr, comme il n'en attendit jamais de personne. Je crois que jamais il ne se demanda si Joca Ramiro pouvait être bon ou mauvais : il était l'ami de Joca Ramiro, et cela suffisait. Mais ce fut le noir de-Rezende, qui se trouvait là, qui dit avec un bon rire béat : « Bon ? Un messie !... » Vous le savez : un noir, quand il est de ceux qui vous regardent en face, c'est bien le genre de personne au monde capable de plus de reconnaissance. Là-dessus, entendant qu'on parlait de Joca Ramiro, Reinaldo s'approcha. Ça n'avait guère l'air de lui plaire de me voir en longue conversation amicale avec d'autres, il devenait quasiment un rien boudeur. À mesure que les jours défilèrent, je me rendis compte aussi qu'il n'était pas toujours de cette humeur égale tranquille, comme j'avais d'abord pensé. Ah, il aimait commander, il commandait d'abord avec douceur, ensuite, s'il n'était pas obéi, comme un lance-pierres. Cette force d'opinion qu'il avait était ce qui me plaisait le plus ? À mon avis, non. Mais je m'inclinais, peut-être à cause, allez savoir, de cette mollesse qu'on a parfois sans raison, mollesse dans le quotidien, une chose qui me paraît même parente de la paresse. Et lui, Reinaldo, était si crâne et fier, si prééminent, cette façon ainsi de la porter belle, que cela satisfaisait chez moi une vanité qu'il m'ait choisi pour être son ami en toute loyauté. Peut-être aussi pour cette raison. Le tapir quand il entre dans l'eau, son poil se hérisse. Mais, non. Non, ce n'était pas cela. C'était, c'était que je l'aimais. Je l'aimais quand je fermais les yeux. Une

137

tendresse qui venait de l'air que je respirais, et du rêve de mes nuits. Vous me comprendrez, pour l'heure vous ne comprenez pas encore. Et le reste, que je critiquais c'était de me monter la tête — de faire colin-maillard.

« Tu vas bientôt connaître Joca Ramiro, Riobaldo... dit Reinaldo en s'approchant. Tu vas voir qu'il est l'homme le plus valeureux qui existe ! » Il me regarda, de ses grands yeux tellement doux. Et il ajouta : « Tu ne sais pas que celui qui est vraiment, au fond du cœur, totalement valeureux, ne peut pas ne pas être bon ? » C'est ce qu'il dit. J'enregistrai. Je réfléchis. Reréfléchis. Pour moi, ce qui était dit n'était pas toujours l'entière vérité. Ma vie. Ce n'était pas possible. Mais j'y repensai à un moment ou à un autre. Je demandai à mon compère Quelemém. « Il ne peut y avoir vérité plus grande — il me répondit — que la valeur contenue dans ces paroles... » Mon compère Quelemém a toujours raison. J'y repense. Et vous allez voir à la fin que la vérité en question sert à augmenter ma honte et tribulation.

La fin des bonnes choses arrive vite, malheureusement. Acrísio revint : calme plat à la barre, sur la rivière ; aucune nouveauté. Et revint Jenolim : le Jequitaí était praticable. Et nous repartîmes sans histoire avec la caravane, sans autre préoccupation et sans appréhension, par les chemins prévus, à travers la montagne. Et là, une heure grave sonna pour moi, au bout de trois lieues de marche. Le tourment de nouveaux ennuis. Et du côté où je craignais le moins, je me retrouvai dans le pire. Titan Passos entreprit de me questionner.

Titan Passos était un homme direct et bon ; il me posait des questions avec un naturel d'une telle dignité, que je n'avais pas plus le cœur de mentir que de garder le silence. Je ne pouvais pas. Plus avant, quand nous traverserions le Jequitaí, tout allait devenir pour nous tous champ de bataille et périls de mort. Les détachements à cheval de Zé Bebelo sillonnaient la région, ne dormant que d'un œil, ou des deux. Parmi les habitants, il n'en manquait pas qui, se méfiant de nous, leur faisaient parvenir des avis de dénonciation, car ils voulaient tous profiter de l'occasion pour en finir avec les jagunços, à jamais. « Mourir, mourir, on y consent sans faire des manières... — dit Reinaldo — ... Mais les munitions doivent être remises entre les mains de Joca Ramiro ! » Je pouvais dans ces parages, penser tranquillement à ma mort ? Je pouvais penser à Reinaldo mourant ? Et ce que Titan Passos voulait savoir c'était tout ce que je pouvais savoir à propos de Zé Bebelo, les machinations dont il usait dans les combats, ses habitudes invétérées, ses forces et armements. Tout ce que je dirais, pouvait aider. Savoir des uns, mort des autres. Afin de mieux réfléchir, je me mis à répondre plus ou moins, à me taire, à parler généralités. Comment j'aurais témoigné? Je pouvais? Je pouvais vouloir tout ce que je voulais. Mais, trahir, non.

Non. Ce n'était pas par souci du devoir, ou pour raison d'honnêteté ou d'une quelconque affectation. Mais je ne pouvais pas. Rien en moi ne pouvait. Je vends à vil prix la fatigue que me coûta ce moment, mes joues devaient être en train de prendre feu. Que je raconte ou ne raconte pas, j'étais sur des charbons ardents. Je ne pouvais pas, ainsi qu'un animal ne peut laisser sans la manger la nourriture qu'il a sous les yeux, ainsi qu'une femelle ne peut s'enfuir en laissant ses petits aux prises avec la mort. Je devais? Je ne devais pas? Je vis vaguement l'avancée de la nuit, avec des ombres plus marquées. J'étais qui, moi? Et j'étais de quel bord? Pour Zé Bebelo, pour Joca Ramiro? Titan Passos... Reinaldo... Je n'étais à personne. J'étais à moi seul. Moi, Riobaldo. Je ne voulais pas vouloir raconter.

Je parlai et reparlai selon, d'inutilités ; et si Titan Passos prenait ce que je lui disais pour argent comptant? Il me croyait. Je me rappelai que j'avais encore, bien gardée sur moi dans un calepin, cette liste, de noms et de choses, de Zé Bebelo. Cela avait quelque valeur? Je ne sais pas, je n'en savais rien. Je pris le calepin et, sans me faire voir, le déchirai tout en marchant en petits morceaux, je jetai le tout dans le courant d'un torrent. Ces eaux me lavaient. Et, tout ce que je savais au sujet du reste, je m'obligeai à l'effort de l'oublier totalement. Ensuite, Titan Passos dit : « Tu peux nous être d'une grande aide. Si on tombe sur des zé-bebelos, tu lies conversation — tu dis que tu es un des leurs, que tu mènes cette caravane... » Avec cela, je tombai d'accord. Je me composai même bientôt une certaine joie d'être capable d'aider et de prêter la main, comme tout bon camarade. Vu que, dans la bande de Joca Ramiro, je devais contribuer avec tout mon zèle et tout mon courage. Et que je n'en raconte guère plus à propos de Zé Bebelo n'avait guère d'importance, parce que le tort qui pourrait en découler, j'aurais moi-même à en souffrir et à payer. En la circonstance, étant donné que je devenais maintenant un ramiro, j'étais concerné. À cette pensée, j'éprouvai un grand orgueil, de gloire, de joie. Mais cela dura peu. Ouille, les eaux bourbeuses du Jequitaí, qui passèrent devant ma pusillanimité.

C'est qu'ayant mieux réfléchi, Titan Passos me dit : « Nous devons tout prévoir... S'ils se sont déjà avisés que tu t'es enfui, et te tombent dessus, ils sont gens à vouloir te tuer sur-le-champ, pour délits de désertion... » Je mis un moment à réaliser, je ne pus rien répondre. Je sentis un goût de fiel sur le bout de ma langue. La peur. La peur qui vous coince. Qui me rattrapa au tournant. Un bananier prend le vent par tous les bords. L'homme? C'est une chose qui tremble. Mon cheval me menait sans échéance. Les mulets et les ânes de la caravane, Dieu sait si je les enviais... Il y a plusieurs inventions de peur, je sais, et vous le savez. La pire de toutes est celle-ci : qui d'abord vous étourdit, et ensuite vous vide. Une peur qui commence d'emblée par une grande fatigue. Là où naissent nos énergies, je sentis qu'une de mes sueurs se glaçait. La peur de ce qui peut toujours arriver et qui n'est pas encore là. Vous me comprenez : le dos du monde. Il me fallait du coup, penser à une foule de choses — que pouvaient être soudain en train de patrouiller dans le coin des zé-bebelos armés, ils allaient s'emparer de moi : pour un oui pour un non, j'allais me retrouver sur-le-champ le dos au mur, vaincu, sans chance de salut, frappé à mort, terre retournée à la terre. Je devais me souvenir d'autres mauvais pas, et me remémorer ce que je savais des haines de ces hommes friands de chairs et de sangs, des perfidies dont, polissant leur vengeance avec la pire vilenie, ils étaient capables. Je n'y arrivais pas, je ne pensais pas distinctement. La peur ne permettait pas. J'avais la cervelle embrumée, la tête me tournait. Je changeai mon cœur de place. Et notre voyage de nuit continuait. Je bus jusqu'à la lie le passage de la peur : je traversais un grand vide.

La tristesse. À ce moment-là, Reinaldo, mon voisin, se rapprocha de moi. Je sais qu'il m'aimait davantage, en raison de ma tristesse. Toujours, quand je suis triste, les autres m'aiment davantage, prennent plaisir à ma compagnie. Pourquoi ? Je ne me plains jamais, de rien. Ma tristesse est un détour calculé ; mais ma joie reprend le dessus. Je traversais le cerne même de la tristesse, et Reinaldo arriva. Il se montra affectueux, me conseilla en plaisantant : « Riobaldo, tire un peu les oreilles de ta jument !... » Mais je n'étais pas fâché. Je répondis seulement : « Ami... » et je n'en dis pas plus. Avec tout mon sérieux. Mais, de fait, j'avais besoin de rester seul. Même la personne particulière de Reinaldo ne pouvait m'aider. Je suis seul, l'étant, j'ai toujours d'autant plus besoin d'être seul dans les heures difficiles — je m'y emploie. Reinaldo de pair avec moi, et la tristesse de la peur m'infectait, m'empêchant de reconnaître sa valeur. Un homme comme moi, être triste près d'une personne amie le débilite. Je voulais véritablement un certain désespoir.

Un désespoir tranquille est parfois le meilleur des remèdes. Qui rend le monde plus vaste et délivre la créature. La peur s'empare des gens par la racine. Je continuai à avancer. Tout à coup, tout à coup, je saisis en moi l'éclair d'une pensée — crépitement d'or : crépite d'or. Et je sus ce qu'est un secours.

Avec vous qui m'écoutez, je dépose, je raconte. Mais je dois d'abord rapporter un enseignement important que je tiens de mon compère Quelemém. Et vous verrez ensuite qu'au fond de ma nuit je devinais des choses, de grandes idées.

Mon compère Quelemém, bien des années après, m'enseigna qu'il est toujours possible de réaliser un désir quel qu'il soit — pour peu que nous ayons, sept jours de suite, l'énergie et la patience soutenue pour faire uniquement ce qui nous répugne, nous est odieux, nous épuise et fatigue, et pour rejeter toute espèce de plaisir. C'est ce qu'il me dit ; je crois. Mais il m'enseigna que, mieux encore et meilleur, c'est, à la fin, de rejeter même jusqu'à ce désir initial qui a servi à nous donner le courage de cette glorieuse pénitence. Et de tout offrir à Dieu, qui se présente soudain, avec de nouvelles choses plus nobles, et nous paie et repaie, ses intérêts n'obéissent à aucune mesure humaine. Je tiens cela de mon compère Quelemém. Une sorte de prière ?

Bon, prier, cette nuit-là, je n'y arrivais pas. Je n'y pensais même pas. Jusque pour se souvenir de Dieu, il faut une certaine habitude. Mais ce fut ce petit germe d'idée qui fit déborder la coupe, et me fournit des arguments. Une toute petite idée. Rien qu'un début. C'est petit à petit, que nous ouvrons les yeux ; je découvris, tout seul, la solution. Et ce fut : que, de toute cette journée qui se levait, je n'allais pas fumer, aussi fort que le réclame ma volonté viciée. Et je n'allais pas dormir ni me reposer, allongé ou assis. Et je n'allais pas rechercher la compagnie de Reinaldo, ni sa conversation, ce qui m'était le plus précieux de tout. Je pris cette décision, et je me sentis heureux. Déjà la peur, dans mes jambes, ma poitrine, desserrait son étau. Nous approchions d'une métairie abandonnée, près des lacs entourant le Mucambo. Nous disposions là de bonnes pâtures. Ce que je décidai, je l'effectuai. L'exécutai.

Ah, cette journée me pesa lourd, je coupai court au pouvoir d'autres brises. La tête haute — je dis. Cette vie est pleine de chemins secrets. Si vous le savez, vous savez ; ne sachant pas, vous ne me comprendrez pas. C'est pourquoi je vous donne, par ailleurs, encore un autre exemple. Il paraît, c'est ce qui se dit et se fait — que le premier venu devient d'une vaillance redoutable s'il peut manger cru le cœur d'un chat-tigre. Oui, mais, le chat-tigre, la personne doit l'avoir tué elle-même, mais l'avoir tué de sa main, à la pointe du couteau ! Bon, eh bien, on le voit faire par ici, je l'ai déjà vu : quelqu'un de peureux, qui a naturellement une peur énorme du chat-tigre, mais qui veut à toute force se transformer en vaillant jagunço — eh bien cet homme aiguise son couteau, il entre dans la tanière, capable de tuer le chat-tigre avec une forte inimitié ; il mange le cœur, s'enfle de courages terribles ! Vous n'êtes pas bon entendeur ? Je poursuis. De ne pas fumer, il me venait de soudains grincements de dents, comme si j'étais en rage contre le monde entier. Je tins le coup. N'en pouvant plus, je me mis à marcher, le pas ferme : bis et rebis ; des allers-retours. Ce qui me donna envie de boire de ma bouteille. Je grommelai que non. Je refis les cent pas. Je n'avais pas le moindre sommeil, la fatigue je la désavouai. Je trouvai en moi un autre souffle. Dieu administre la grandeur. Si j'avais encore peur ? Plus la moindre ! Une clique de zé-bebelos pouvait désormais s'amener, ou un détachement de flics, ils trouveraient à qui parler. Ils trouveraient à qui parler, ah, et pas qu'un peu. J'affronterais n'importe quelle rixe de guerre, j'attaquerais, fer contre fer, et que coule le sang. J'en arrivais à vouloir qu'ils s'amènent, une fois pour toutes, qu'on en finisse. C'est alors que j'entendis des pas, je vis : c'était Reinaldo qui arrivait. Il voulait sans détour, s'entretenir avec moi.

Je ne pouvais pas si rapidement lui fermer mon cœur. Il le savait. Je le sentis. Et il partait d'une impression erronée : il pensa que j'étais contrarié, et je ne l'étais pas. Ce qui était de ma part modération du feu de ma nature, il le prit pour de la langueur. Il voulait me consoler ? « Riobaldo, ami... » — il me dit. Je respirais très fort, sans guère de patience pour les banalités ; aussi je ne répondis qu'à peine un petit mot. Lui, d'ordinaire, pour bien moins que cela aurait fait qu'on se fâche. Cette fois, il ne se blessa pas. « Riobaldo, je ne me serais pas douté que tu as l'humeur noire... » — il plaisanta encore. Je ne bronchai pas. Nous restâmes un moment silencieux, on entendait mastiquer les bêtes, qui paissaient voracement dans l'herbe haute. Reinaldo s'approcha plus près de moi. Plus je lui avais fait montre de ma dureté — je pensai, malintentionné — plus il se montrait amical. Je crois que je lui lançai un œil noir. Cela il ne le voyait pas, ne le remarquait pas. Ah, je vous dis, il m'avait en bonne part.

Mais, grâce à Dieu, ce qu'il dit fut dit succinctement.

« Riobaldo, écoute il y a un détail qu'il faut que je te dise, et que je ne peux te sceller plus longtemps... Écoute : je ne m'appelle pas *Reinaldo*, en réalité. Ce nom est un nom de guerre, inventé à cause d'une nécessité que j'ai, il importe que tu ne me demandes pas pourquoi. Je vis mes destins. Notre vie — dit-on — fait sept tours. La vie ne nous appartient pas... »

Il disait cela sans véhémence, sans arrogance, davantage plutôt, avec une certaine hâte, avec, qui sait, un brin de chagrin, de réticence gênée.

« Tu étais un enfant, j'étais un enfant... Nous avons traversé le fleuve dans la barque... Nous avons accosté dans ce port. C'est depuis ce jour-là que nous sommes amis. »

Que ça l'était, j'attestai. Et j'entendis :

« Eh bien : mon nom, le vrai, c'est *Diadorim*... Je te confie mon secret. Toujours, quand nous serons seuls, c'est ainsi, Diadorim, que tu devras m'appeler, je te le dis et je t'en prie, Riobaldo... »

C'est ce que j'entendis, une chose si singulière ! Je me répétai plusieurs fois mentalement ce qu'il venait de dire, manière de me familiariser. Et il me tendit la main. À travers cette main, je recevais des certitudes. À travers ses yeux. Les yeux qu'il posait sur moi, si offerts, presque tristes à force de grandeur. Son âme à fleur de visage. Je devinai ce que tous les deux nous désirions — je dis très vite : « *Diadorim... Diadorim !* » avec la conviction de l'affection. Il sourit sérieux. Et il me plaisait, me plaisait, me plaisait. Là je voulus avec ferveur qu'il ait besoin de ma protection sa vie entière : besoin que j'intercède, réponde, châtie pour lui. Et surtout ses yeux me perturbaient ; mais sans jamais me fragiliser. Diadorim. Au soleil couchant, nous repartîmes et prîmes la route en direction de Canabrava et de La Barre. Cette journée avait été ma journée, elle m'appartenait. Nous traversions une plaine détrempée ; la lune se montrait. La netteté de la lune. La proximité du sertão — ce Grand-Nord sauvage commençait.

— Ces fleuves doivent courir droit ! je m'avisai. Le sertão c'est ça, vous le savez : tout instable, tout stable. Jour de lune. Le clair de lune qui fait la nuit pleine.

Reinaldo, Diadorim, me disant que son nom, le vrai, était celui-là — ce fut comme s'il me donnait des nouvelles de ce qui se passait dans des terres lointaines. C'était un nom, un simple nom. Qu'est-ce qu'un nom ? Un nom ne se donne pas, un nom se reçoit. La raison de ce secret, je n'en éprouvai même pas de curiosités. Quelque mauvaise affaire dont il se repentait, qui sait, une autre terre qu'il avait dû fuir ; ou une dévotion envers un saint patron. Mais il voulait que je sois le seul à savoir, et le seul à prononcer ce nom réel. J'en compris la valeur. Notre amitié, il ne la voulait pas advenue simplement, communément, sans lendemain. Son amitié, il me la donnait. Et l'amitié donnée est de l'amour. J'allais plongé dans mes pensées, comme l'exige toute joie notable : je pensais pour faire durer. Et parce que toute joie est dans le même temps une porte ouverte pour la nostalgie. Même celle-là — une joie sans licence, née contrecarrée. C'est pour vouloir voler que tombe l'oisillon, mais à terre, il bat de ses petites ailes.

Au jour d'aujourd'hui, je revois les choses : je corrige et compare. Tout amour n'est-il pas une sorte de comparaison ? Et comment est-ce que naît l'amour ? Pour mon Otacília, je vais vous dire. Encore que je n'aie vraiment connu Otacília que bien après ; après qu'eut lieu cette sauvage disgrâce, conformément à ce que vous allez entendre. Après l'après. Mais ma première rencontre avec elle, je la raconte dès maintenant, tant pis si je vous la raconte avant le temps. Maintenant, n'est-ce pas que tout remonte soudain avec plus de force dans mon souvenir ? Eh bien, que je vous dise. Vu que de ce côté du fleuve nous avions pâti une brassée de revers, dès qu'il nous vint aux oreilles que les Judas également étaient passés sur l'autre rive du São Francisco, alors nous traversâmes et nous mîmes en devoir de rallier les forces de Medeiro Vaz, la seule espérance qui nous restait. Dans les hautes-terres. Ah, là où le buriti gagne en hauteur et valeur, c'est dans les hautes-terres. J'allais en compagnie de Diadorim, d'Alaripe et de João-le-Vacher, plus Jesualdo, et Fafafa. En remontant, voyez, vers Buriti-le-Haut — un fond de vallée — jusqu'à arriver dans une Fazenda Santa Catarina. Nous savions que le propriétaire nous était favorable et de notre bord, et nous devions attendre là, sous son toit, un message. Nous arrivâmes le soir, à la nuit pratiquement, la nuit tombée, noire. Mais le maître de maison n'était pas là, il n'arriverait que le lendemain, et son nom était Sieur Amadeus. Qui nous reçut et nous parla, ce fut un petit vieux, déjà un honorable vieillard, qui ne se montra qu'à la balustrade de la véranda — à croire que notre allure ne le rassurait pas ; il ne nous invita pas à monter, ne nous fit rien porter à manger, mais il nous donna l'autorisation de dormir en contrebas du moulin. Ce vieillard était le grand-père d'Otacília, il s'appelait Vieux Père Anselmo. Mais, tandis qu'il parlait, en dépit de la confusion et malgré les aboiements de toute une meute de chiens, je devinai, là à l'intérieur, dans l'encadrement d'une fenêtre, autant que le permettait la mauvaise lueur d'une chandelle, la douceur d'un visage de jeune fille. Une jeune fille avec une petite figure ronde, auréolée de longs cheveux. Et, ce qu'il y eut surtout, ce fut un sourire. Cela suffisait ? Parfois cela suffit, parfois. C'est connu — que la mort et l'amour ont leurs territoires délimités. Dans l'obscurité. Mais je sentis ; je me sentis. Des eaux pour attiser ma soif. Et je me le jurai : que si Notre Dame devait un jour m'apparaître en rêve ou revenante, ce serait ainsi — cette petite tête, ce tout petit visage, posé sur une auréole en l'air qu'on ne voyait pas. Ah, notre jeunesse dresse sur pied n'importe quelle impossibilité ! Otacília. Je méritais une pareille récompense ?

Et Diadorim, vous me direz : alors, je ne remarquai rien de vicieux dans sa façon de me parler, de me regarder, de m'avoir en si bonne part ? Non, que non — je le dis, le cautionne. Ce qu'il avait c'est de bonnes raisons, d'autres choses... Vous en doutez ? Allons, suppositions ! vous êtes quelqu'un d'heureux, laissez-moi rire... C'était qu'il m'aimait d'un amour d'âme ; vous me comprenez ? Reinaldo, Diadorim, je veux dire. Eh, il savait être un homme redoutable. Pristi ! Vous

144

avez déjà vu une tigresse : la gueule fendue d'une oreille à l'autre, hors d'elle, pour ses petits ? Vous avez vu le taureau devenu furieux, tempêtant au milieu des champs ; le serpent jararacuçu porter sept bottes d'affilée ; une bande de porcs sauvages en cavale, semer la fièvre dans les bois ? Et vous n'avez pas vu Reinaldo se battre !... Ces choses, on y croit. *Le diable dans la rue, au milieu du tourbillon...* Je parle ! Qui va m'empêcher de parler, autant qu'il me plaît ?

Ainsi une fois, très vite, après que nous avions mis pied à terre dans le camp d'Hermógenes ; et comment ! Ah, là c'était un capharnaüm. Un pataquès de méchantes gens ; de ces bandits jagunços sans foi ni loi. Ils bivouaquaient entre la Trouée-de-Saint-Roque et la Trouée-du-Crapaud, au bord de la rivière Macaúba, à l'extrémité de la forêt de la Jaíba. Nous arrivâmes là par une fin d'après-midi. Les premières heures, je me dis que c'était l'enfer. Puis, au bout de trois jours, je m'habituai. C'est que j'étais à moitié tourneboulé par le voyage.

À propos de ce que je disais : qui ne connaissait pas Riobaldo eût vite fait de le connaître. Diadorim, je veux dire. Nous étions finalement arrivés à destination, sans superbe aucune, contents de tomber sur un si grand nombre de camarades en armes : tous étaient une garantie pour tous. Nous nous mêlâmes à eux et nous mîmes en quête d'un feu auprès duquel nous accroupir et bavarder. Rien de neuf là-dedans, vous connaissez — autour d'un feu, toute conversation c'est du temps en menues portions. Quelqu'un expliquait les combats livrés contre Zé Bebelo, nous notre affaire : tout notre itinéraire de voyage, l'histoire racontée petit à petit. Mais Diadorim était un jeune homme très élégant, les traits fins et soignés. Un ou deux parmi ces hommes, qui ne lui trouvaient pas l'aspect viril, allèrent jusqu'à le prendre pour une nouvelle recrue. Aussi, très vite, ils commencèrent avec leurs plaisanteries. L'un d'eux, de son petit nom, s'appelait Queue-de-Bouc. Une fichue canaille. L'autre, un noir dégueu, se faisait appeler, voyez un peu, Fulorêncio. Une sale paire. La fumée des tisons se rabattit sur le visage de Diadorim. « La petite fumée va du côté du joli jeunet », fit Queue-de-Bouc sur un ton de théâtre. Et il marmonna une grossièreté, grivoise, une insinuation dans la voix. Nous autres, quiets. Quelle raison de se mettre en bagarre rien que pour le plaisir ? Mais le type ne voulait pas démordre. Il s'était mis debout et commença à minauder et envoyer des petits baisers, à se déhancher et faire des castagnettes, en esquissant un pas de danse. Diadorim bondit sur ses pieds, il s'écarta du feu ; je vis et le vis faire : délimiter son territoire. Mais ce Queue-de-Bouc était sans vergogne, il cherchait à l'entraîner dans une danse du ventre. Et l'autre, le noir lèche-cul, se mit, complice, à l'exciter en fredonnant d'une voix de tête :

La gaudriole pour Gaudêncio...
Et quoi alors pour Fulorêncio?...

Ce fut le raffut. Un barouf, le temps de dire ouf, mais ce qui allait suivre, je le savais déjà... Hop! : rapide comme l'éclair, Diadorim se précipita sur Queue-de-Bouc, il lui colla un sacré coup de poing — une beigne en plein dans la mâchoire, une autre sous le menton — et, changé en furie, il lui décocha un croc-en-jambe. Queue-de-Bouc roula à terre et déjà Diadorim se penchait au-dessus de lui : et il arrêta son poignard la lame contre la carotide, coincée en haut contre la pomme d'Adam, prête ainsi, avec un bon appui, à pénétrer d'un simple glissement, tandis que de la pointe il lui chatouillait le gras de la peau, pour lui donner un petit avant-goût de bonne-mort : il suffisait qu'il laisse aller, et, avec le poids, l'affaire était faite. Un battement de paupières, et j'avais moi aussi sorti mon revolver. Gare, je ne cherchais noise à personne, mais j'étais vraiment prêt à tuer, si nécessaire. Je crois qu'ils le comprirent. Vu que, de ma vie, jamais au moment crucial, je n'ai eu peur. Ils comprirent. Ils flairèrent, un pressentiment : comme en ont les chiens. Personne ne s'interposa, car se fourrer ainsi au milieu est dangereux. Ce Fulorêncio arrêta net ses gestes indécents, c'est à peine s'il me regarda une fois, puis il ne releva plus les yeux. « En garde, misérable ! », intima Diadorim à l'autre pour qu'il se relève : qu'il sorte son couteau et puisse ainsi se mieux tirer d'affaire. Mais Queue-de-Bouc se mit à rire, conciliant, éhonté, comme s'il n'avait cherché qu'à plaisanter : « Ô gens ! T'es un homme, vieux frère, un pays ! » Il était démonté. Il vous répugnait avec sa sale trogne, où les poils poussaient par tous les bords. Je rangeai mon revolver, respectueusement. Ces deux hommes n'étaient pas des mauviettes ; sauf qu'ils n'avaient guère intérêt à se voir morts de sitôt. Un homme c'est les yeux dans les yeux ; le jagunço aussi : au face à face. Et ces deux n'avaient guère l'air très estimés par les camarades. Désireux de nous être agréables, ceux-ci prirent un air amical. Et même, cordial et plaisantant, Fulorêncio me demanda : « Vieux frère, tu m'achètes le rêve que j'ai fait cette nuit ? » Amusé, moi aussi, je lui répondis sur le même ton : « Seulement avec l'argent de la mère du crocodile... » Tous éclatèrent de rire. Ils ne rirent pas de moi. Fulorêncio rit lui aussi, mais il riait jaune. Et moi, silencieux, silencieux bien gentil, je pensai : « Un de ces quatre, l'un de nous deux va devoir manger l'autre... Sinon, l'affaire restera au débit de nos petits-fils, ou des petits-fils de nos fils... » La paix parfaitement rétablie, ils m'offrirent à boire : de la bonne eau-de-vie de canne — rien qu'une gorgée : de cette cachaça bleutée fort réputée de Januária. Je dormis cette nuit-là en conséquence.

Je vous l'ai toujours dit, je tire bien.

Et ces deux types, Queue-de-Bouc et Fulorêncio passèrent de vie à trépas, dès notre premier affrontement avec une patrouille de Zé Bebelo. Pour une raison ou une autre, quelqu'un fit courir le bruit que dans la fièvre de la fusillade, j'aurais tiré sur eux. Comme cela arrive, par exemple, dans le tournois de l'empoignade, vous le savez : quand la balle ricoche. Plus tard, ils racontèrent que j'avais veillé à l'affaire, afin d'éviter que l'envie les prenne dans l'avenir de me dresser quelque traquenard ou embuscade, pour prendre leur revanche. Je le récuse, ce n'est pas vrai. Je ne l'ai ni souhaité ni fait, je ne les ai même pas maudits. Ils moururent, parce que le jour était venu pour eux de la question finale. Même qu'il n'en est mort qu'un seul. L'autre fut fait prisonnier — je suppose —, il doit avoir tiré dix ans dans une bonne prison quelconque. Peut-être celle de Montes-Claros, allez savoir. Je ne suis pas un assassin. Ils inventèrent cette chose fausse sur mon dos, vous savez comment sont les gens. Maintenant, pour une chose, je suis d'accord : que s'ils n'étaient pas morts aussi vite, ils auraient passé leur temps à me chercher ainsi que Diadorim, pour, à la première occasion, nous servir un chien de leur chienne. C'est bien comme ça que ça se passe, non, dans les livres, dans les histoires ? Possible que, lorsqu'on le raconte avec moultes surprises et péripéties successives, ce soit beaucoup et vraiment plus drôle. Mais, quoi, quand c'est nous qui le vivons, dans le réel habituel, ces fioritures ne servent pas ; le mieux réellement, et qu'on n'en parle plus, c'est d'en finir au plus vite avec votre traître d'ennemi, un tir bien placé, avant qu'il vous fasse un mauvais coup. D'autre part, je sais ce que je dis : partout, où que je sois passé, même en temps d'ordre et de paix, vu comme je suis, il y a toujours eu un tas de gens qui avaient peur de moi. Ils me trouvaient bizarre.

La seule chose que je doive reconnaître, c'est que je tire bien : je suis en vie parce que j'attends encore de rencontrer mon égal, à la mire et à la gâchette. Pour mon bon sort, depuis ma prime jeunesse. L'Allemand Vupes, n'a pas eu grand-chose à m'apprendre. À l'époque, j'étais déjà bon tireur. Maîtrisant n'importe quelle arme à feu : carabine, revolver, espingole, fusil d'ordonnance, mousqueton, rifle ou escopette. Je n'en tire pas vanité, car je suis persuadé que la dextérité naturelle vient de Dieu, un don du ciel. À ce que m'a expliqué mon compère Quelemém : je me serais, dans une autre vie, une autre incarnation certainement, souvent exercé à tirer. Vous croyez ? Faire mouche, vous êtes d'accord, c'est tout un talent ; dans l'idée. Le moindre c'est dans l'œil. Le compas. Ce Vupes était prophète ? Je suis entré une fois dans un salon, les camarades avaient besoin de moi pour jouer, il leur manquait un partenaire. Au billard — je veux dire. Je n'y connaissais rien, une queue de billard, je n'en avais jamais touché une de ma vie. « Ça ne fait rien — décida Advindo. — Tu joues avec moi, pour queuter, je crains personne. João Nonato, avec Escopil, seront nos adversaires... » J'acceptai. Il avait été entendu qu'Advindo pourrait me surveiller et m'indiquer chaque coup en me conseillant, mais sans avoir le droit de me toucher le bras ou la main, ni de poser un doigt sur la queue de billard. Fallait voir, même comme ça je n'ai pas dévié d'un poil. Advindo me montrait dans quelle direction prendre l'avantage, et je me penchais, le ventre souple, et je queutais d'une bonne détente, en visant bien dans le vert — et c'était l'effet rétrograde exact — des caramboles et des bricoles, des doublés et des triplés, des chicanes et des coulés : à la fin, ce qui m'amusait le plus c'était encore le miroitement et d'entendre s'entrechoquer les boules quand elles glissaient l'une sur l'autre... Et donc, comme je vous disais, ils me respectaient à cause de mon tir, ils voulurent me donner un surnom : d'abord *le Rémouleur*, puis *Tatarana,* « chenille-de-feu ». Mais ça n'a pas bien pris. Sur moi, pratiquement aucun surnom ne prenait. Peut-être : parce que je ne me tiens jamais tranquille à une façon d'être ?

Comment c'était, et où je me vis, dans le cantonnement d'Hermógenes.

Un caravansérail. De la racaille. Après une première bonne impression, ensuite, voyant ce que je voyais, je me hérissai. Ils étaient plus de cent, cent cinquante, résignés, tous rodés à la vie de Jagunço, une pègre, des gens vulgaires. Inquiet en diable pour commencer, je voulus ensuite y regarder de plus près, je me débrouillai, pour faire mon trou. De sorte, c'est-à-dire, que je m'habituai en n'y mettant, dans ce cantonnement, que la moitié de mon cœur. En particulier avec les hommes d'Hermógenes. Bons et méchants, évidemment, les uns et les autres, comme c'est de règle en ce monde. Aussi mauvais que soit l'un, vous avez vite fait un peu plus loin de rencontrer pire que lui. Et nous étions en état de guerre. Malgré cela, le cœur vaillant, personne ne se laissa démonter par des dangers d'une pareille gravité. On vivait joyeusement, sans s'en faire et se prêtant la main, dans un brouhaha et un charivari de fête. Aucun n'était le genre à redevenir péquenot. Le rassemblement, là, de tous ces gens qui baguenaudaient, le nez au vent ; un ramassis de types à vaguer ou se tourner les pouces, assis en cercle ; certains dormaient, tout comme le bœuf ; d'autres qui ne dormaient pas, faisaient le lézard allongés par terre. Je repérai une belle quantité de vêtements de toutes sortes : je me souviens même d'un type avec une large ceinture de laine rouge ; d'un autre qui portait une toque de lièvre et un gilet noir dans un tissu de qualité, comme en ville ; d'autres, avec une cape et de la paille, même quand il ne pleuvait pas ; sauf qu'on ne voyait pas un vêtement blanc : car la guerre ne se fait pas en costume clair. Mais personne ne restait nu-comme-Dieu-nous-a-faits ou dans une tenue indécente, au milieu des autres, cela non et non. Aller et venir ou rester assis, jouer à des jeux ou au bras de fer, se moucher, renifler ou priser du tabac brun et cracher très loin, fumer des cigarettes de paille, écraser et rouler du tabac dans le creux de la main pendant des heures ; et pour le reste, toujours à jacasser. Les plus rodés échangeaient leurs petites affaires, des broutilles leur appartenant dont ils ne voulaient plus, et qui ne leur avaient rien coûté. Et personne ne volait ! Voler c'était encourir la mort. Certains chantaient, des chansons de bouviers, en l'absence des bœufs. Ou ils s'occupaient de se remplir la panse. Leur seul travail était de fourbir leurs armes — et de graver des croix sur la crosse. Et tout ce qu'ils faisaient d'autre, c'était faute d'avoir à faire. Raison pour laquelle — à ce qu'on disait — il se tramait là beaucoup d'intrigues et circulaient bien des ragots, des pique-assiettes. Il y avait même des chiens : qui erraient dans tous les coins, mais le maître de chacun on savait qui c'était ; et il n'était guère indiqué de les maltraiter, à cause de leurs maîtres.

Peu à peu, ils m'acceptèrent ; mais en restant sur leurs gardes. Soit qu'il s'agisse vraiment chez eux d'une habitude, par une propension de leur tempérament ; ou est-ce alors qu'ils voulaient me tenir à l'écart, dans la mesure où ils me trouvaient différent ? Cela uniquement dans les débuts. Vu que je me rendis compte que j'étais vraiment d'autres extractions. Ainsi que je le compris bien vite à travers cet exemple : ils voulaient être jagunços, pour le panache et les galons, conformément à ce que je découvris, la chose qui suit. Est-ce qu'il n'y en avait pas, figurez-vous, qui passaient leur temps dans un coin, à l'écart, occupés à un drôle de manège, et ce qu'ils faisaient : c'était de se limer leurs propres dents, pour les rendre plus pointues. Vous imaginez ? il fallait voir, cet acharnement au travail, c'en était accablant, écœurant, même cela faisait peine toute cette peine, imbécile. À se travailler de cette façon, je repérai : Jesualdo — un jeunot, fort sympathique —, Araruta et Nestor ; et ceux qui leur montraient étaient Simon et Acauã. Tel que je vous le dis. Un usage courant, s'aiguiser les dents de devant, avec la lame d'un outil, pour le plaisir d'imiter le tranchant des dents de ces poissons féroces du São Francisco — les piranhas noirs, dits aussi *piranhas-rodoleiras*. Et n'allez pas croire que pour ce curetage ils avaient les instruments appropriés, une petite lime, ou une rape. Non : ils y allaient au couteau. Jesualdo se le faisait lui-même, accroupi sur ses talons. Il s'arrangeait pour coincer la lame du couteau contre le bord de la dent, le fil émorfilé, et il frappait avec une pierre sur le manche du couteau, à petits coups, en cadence. Sans glace, sans voir ; encore heureux que le manche du couteau soit en métal. Ah, et vu qu'on bave d'ordinaire la bouche ouverte, par instants il bavait du sang. Et pire, il gémissait, le visage tordu, car ça faisait vraiment très mal. Il endurait. Et quand ça chauffait trop, alors, pour refroidir, il se rinçait la bouche, avec un petit pichet d'eau-de-vie coupée d'eau. Les deux autres, pareil. Araruta se débrouillait seul, en frappant pareillement le couteau avec le plat d'un second couteau. Nestor, non : c'était Simon qui limait pour lui, en frappant avec un petit marteau ; mais sûr que Nestor devait donner la pièce à l'autre. Vade retro ! « Jamais de la vie ! » — je dis. « Vraiment ? Alors, vieux frère, t'es sûr que tu ne veux pas ? », me demanda Simon en plaisantant. Il me fit une grimace ; et, croyez-moi : lui, qui s'escrimait à limer les deux autres, il n'en avait plus une seule, de dent, sur les gencives — conformément à ce que je vis lorsque cette bouche rouge édentée s'ouvrit. Je répliquai : « Je tiens que pour être courageux, ce n'est pas besoin de singeries. » Acauã, qui était déjà une vieille connaissance se piqua de réagir : « C'est selon les goûts... » Mais un autre qui arrivait, dit plus sèchement : « C'est tout selon les goûts dans la vie, camarade. Mais ce ne sera pas le mien ! » Je dévisageai celui-là, qui m'apportait son appui. Et c'était un certain Luis Pajeú — il y avait ce nom sur son poignard, et il était du sertão du même nom, un des districts du Pernambouc. Un type qui n'avait pas les deux pieds dans le même sabot, la peau couleur du pain brûlé, mais avec des cheveux bouclés, et un courage terrible. Ah, mais ce qui manquait, sur sa personne, qu'il n'avait plus, c'était une oreille — qui avait été coupée à ras, soit dit en passant. Où donc Luis Pajeú avait-il pu l'oublier cette oreille ? » — « Ça ne sera jamais de mon goût, de m'éplucher les dents... » — il déclara tout net, il parlait moitié chantant, la voix douce, fine. Au même instant j'entendis également un autre dire, d'une voix tonitruante — « Ouais, chez moi, qui s'aiguise les cornes, c'est le taureau, hi hi !! » Et celui-là, un cavalier accompli, et qui n'avait pas la langue dans sa poche, c'était Fafafa. Je fis connaissance. Le concernant j'ai à dire, pour plus tard.

Et ce qui là, ne manquait pas, je le vis tout de suite, c'était la nourriture en abondance. Des vivres et de bonnes boissons. D'où sortait tout cela, dans de pauvres contrées aussi oubliées, vu qu'on bivouaquait quasiment dans un désert ? Et les munitions, une telle quantité qu'ils n'eurent même pas besoin de celles qu'on avait apportées et qui furent emmenées plus loin, dans les caches de Joca Ramiro, près du village de Bró ? Et la paie, pour satisfaire cette bande d'hommes de main pleins de vie, qui se trouvaient là parce que c'était leur métier ? Ah, ils avaient volé et pillé à volonté, ils sévissaient. Le pillage à main armée était leur grande occupation, ils parlaient même d'attaquer des villes importantes. Ça a eu lieu ou non ?

Mais, écoutez plutôt : aux alentours de 1896, quand ceux de la montagne se mirent en tête de marcher sur São Francisco, ils s'en emparèrent sans peine, en moins de temps qu'il ne faut pour le dire. Mais lorsque ces dernières années, Andalécio et Antônio Dó se sont efforcés à leur tour d'y pénétrer, avec dans les mille, mille cinq cents hommes, à cheval, les habitants de São Francisco dès qu'ils l'ont su se sont réunis, et ils ont fait le coup de feu pour se défendre. On dit que le combat dura trois heures, ils avaient dressé des barricades à l'entrée des rues — avec du bois de palissade, du sable et des pierres en quantité, des troncs d'arbres, jetés en travers — ils luttèrent comme une brave population. Puis les autres revinrent et mirent vraiment le paquet, ils se rendirent maîtres de presque toute la ville ; ils eurent fort à faire avec le commandant Alcides Amaral et quelques soldats, cernés à l'intérieur de deux ou trois maisons et d'une arrière-cour ; ce fut un combat de nuits et de jours. Pour se venger, voyez, parce que précédemment le commandant Alcides Amaral avait une fois déjà, fait prisonnier cet Andalécio et il lui avait coupé ses moustaches. Andalécio — de son vrai nom : Indalécio Gomes Pereira — un homme avec d'énormes moustaches. Celui qui m'a rapporté l'affaire en tremblait encore, se souvenant : de la façon dont, pendant la fusillade qui dura la nuit entière, Andalécio commandait et arrêtait le feu, pour crier comme une bête féroce : « Montre-toi, chien ! Viens là ! La moustache d'un homme on n'y touche pas !... » Rien que l'entendre, glaçait les sangs. Celui qui vint leur porter secours, pour délivrer le commandant, ce fut le commissaire Cantuária Guimarães, accouru en toute hâte de Januária, avec une poignée d'autres jagunços, des fazendeiros qui marchaient avec le Gouvernement. Ils les délivrèrent et ils firent sur-le-champ désenterrer, pour bien les compter, plus de soixante cadavres, jusqu'à quatorze ensemble dans une seule fosse ! Ces choses n'arrivaient déjà plus de mon temps, et à l'époque, je m'étais déjà retiré pour faire de l'élevage, et planter du coton et de la canne à sucre. Mais le pire s'est encore produit récemment, maintenant quasiment, actuel, c'est-à-dire : les représailles ne se sont pas fait attendre après les troubles de Carinhanha — une boucherie : quand le sang a giclé partout, vous savez : « *Carinhanha est la plus jolie...* » — une vérité que chantent les riverains du São Francisco, les passeurs. C'est que Carinhanha a toujours été le fief d'un homme de valeur et de pouvoir : le colonel João Duque — le père du courage. Antônio Dó, je l'ai rencontré, une fois, à Varges-la-Jolie, il y avait là une petite foire, il s'est amené avec quelques hommes à lui, ils sont restés en groupe à l'écart, silencieux. Andalécio a été un de mes bons amis. Ah, le temps des jagunços devait vraiment se terminer, la ville c'est la mort du sertão. La mort ?

Je n'ai pas pigé au commencement, lequel c'était qui nous commandait tous. Hermógenes. Mais, près d'une cinquantaine — parmi eux Acauã, Simon, Luis Pajeú, Jesualdo et Fafafa — obéissaient à João Goanhá, ils dépendaient de lui directement. Il y avait aussi une bande de braves, appartenant à Ricardo. Ricardo, où est-ce qu'il était ? Occupé à recruter davantage de bras, des hommes armés, sur la frontière de l'État de Bahia. On attendait également l'arrivée de Sô Candelário, avec les siens. Et on attendait le grand chef, le premier de tous — Joca Ramiro — signalé pour l'heure à Palmas. Mais je trouvais que tout cela faisait beaucoup de confusion. Titan Passos, simple sergent avec seulement une petite escouade, était néanmoins très respecté. Et le système différait considérablement du régime qui régnait chez Zé Bebelo. Voyez : un jagunço, ce genre d'homme se mène d'une façon détournée, très compliquée à vous expliquer. Ainsi — selon un savoir-faire subtil, mais sans véritablement aucun bon sens que je pourrais décrire : comme lorsque au milieu d'eux se noue un arrangement solide et tacite, un peu, une comparaison tirée par les cheveux, à la façon dont se gouverne une bande d'animaux — des pécaris ou des bœufs, une manade, par exemple. Et, de tout et de rien, ils faisaient un mystère. Un jour, nous reçûmes un ordre : rassembler toutes les bêtes, les chevaux et les animaux de bât, on allait les emmener pour les cacher et les faire paître dans la montagne, un petit vallon le long d'un torrent, le Triste-Puits... Pour moi, les coordonnées qu'ils donnaient de cet endroit sonnaient faux. Mais je dus livrer mon cheval, totalement à contrecœur. Je me sentis, à pied, sans aucune sécurité. Et il y a les cent petites choses qui vous encombrent : alors qu'allant et venant avec mon cheval, j'avais le porte-manteau, la sacoche fixée à ma selle, mes gibecières : je pouvais garder mes petites affaires. La nuit, je suspendais la selle à une branche d'arbre, j'installais la sacoche en dessous, avec mes vêtements, je dormais à côté, en paix. Je me retrouvai du coup, très inconfortable. Transporter mon barda, je ne pouvais pas — le poids des armes, des balles et de ma provision de cartouches, suffisait amplement. Je demandai à un type où, nos affaires, on les déposait. — « Hé, balourd !... Colle-les n'importe où... Jette-les... Ou c'est-y que tu transportes de l'or dans ces sacoches ?... » Qu'est-ce que ça pouvait leur faire ? Partout, il y avait des foyers pour faire la cuisine, avec la fumée qui sentait le romarin, la marmite fixée sur un trépied, et la bonne odeur de viande grillée, cuite à la broche, et des patates et des galettes de manioc, toujours chaudes sous la cendre. De la farine et de la cassonade : en quantité. Les grandes pièces de viande séchées au soleil, et qui ne risquaient pas de manquer, car souvent certains partaient en chasse et revenaient menant une bête, qu'ils répartissaient. Beaucoup ajoutaient un doigt d'eau-de-vie au coulis qui gouttait dans la louche, je n'avais jamais vu lier le coulis de cette façon. Les usances ! Fallait voir, comment Fafafa creusait un trou dans le sol en carré, le remplissait de grosses braises, et faisait cuire, à peine, à même ces braises, une pièce entière de viande dégoulinante de sang, il la retournait lentement en se fiant uniquement au chuintement, avec la pointe de son coutelas. Cette façon de s'y prendre, je détestai résolument. Mon plus grand regret, c'était des petits plats mijotés : un poulet aux gombos avec de la courge et le jus ; ou des feuilles de carourou sautées, enrobées de farine de manioc. Je sentis un manque navré de la fazenda São Gregório — vu que ma petite vie là-bas était une vie de maître. Diadorim remarqua mes difficultés. Il me dit pour me consoler : « Riobaldo, des temps meilleurs viendront. Pour l'heure, nous sommes dans le trou, acculés... » Me trouver avec Diadorim, et entendre un petit mot de lui, suffisait à me faire un abri.

Mais, malgré tout, j'estimai que le convenable, en la circonstance, n'était pas de rester trop de temps ensemble, à l'écart des autres. Je réfléchis qu'ils allaient penser à mal, imaginer un attachement coupable. Ces gens étaient tout le temps mélangés, tout le temps ensemble. Tout de la vie de chacun était commenté : au vu et au su de tous. Ce fut bien autre chose et beaucoup mieux lorsque nous nous sommes retrouvés avec Medeiro Vaz : là, la grande majorité était originaire des hautes-terres, des gens taciturnes repliés sur eux-mêmes, habitants de lointains distants. Mais, à la fin, on s'habitue : c'est-à-dire, je m'habituai. Sans craindre qu'on en veuille à mon argent : dont je gardais encore une bonne quantité, car Zé Bebelo m'avait toujours réglé de façon ponctuelle, et je n'avais pas où le dépenser. Je le recomptai. Et je voulus qu'ils sachent tout de suite comment je tirais. Même qu'ils aimaient ça, me regarder : « Tatarana, mets le dix dans le onze... » — ils me demandaient pour s'amuser. À une distance de deux cents brasses, je rentrais la balle dans le bec d'un chandelier. Toutes les balles, toutes, dans la même cible ! De cette façon, voyez-vous, j'arrêtai net ce qui me chatouillait les oreilles, les racontars. « Que quelqu'un parle mal de moi, ça m'est égal. Mais qu'on ne vienne pas me le rapporter. Celui qui s'avise de venir raconter et mettre au courant, c'est celui-là qui ne vaut pas cher : tout ce qu'il mérite c'est qu'on le traite de fils de la putain dont il vient !... » — j'ai prévenu. Vous connaissez : cette insulte : « et ta mère », et la suite, c'est-à-dire — ma gâchette. En même temps, pour que leur mémoire ne flanche pas et qu'ils n'oublient pas, je prenais mon rifle — j'ai eu une carabine, une winchester, qui tirait jusqu'à quatorze coups — et je donnais un intermède de gala. Ils m'encourageaient : « Coupe cette ligne Tatarana ! » Si je la coupais ? Je l'ai jamais loupée. Pour plus de précaution, je le refaisais avec mon revolver — « Que passe l'ombre d'un cheveu devant moi, je la chope. » Je le fis le doigt dans l'œil. Je ne me déplaçais jamais sans mes triples cartouchières, toujours bien garnies. De sorte qu'ils m'admiraient et me félicitaient, alors je pouvais rester tranquille. Là, brusquement, une envie a commencé de s'installer en moi — et c'était de démolir quelqu'un, la bonne personne. Vous pouvez rire : vous riez sensé. Je sais. Ce que je veux c'est que vous repensiez à mes folles paroles. Et, voyez : tout ce qui se passe est un avertissement. Tuer l'araignée dans la toile. Sinon, pourquoi est-ce que me venait déjà l'idée succulente que ce serait plaisant de loger une balle entre les deux yeux d'Hermógenes ?

De bronze. La haine se dépose en vous, envers certaines créatures. Sûr, à ma décharge, qu'Hermógenes était mauvais, mauvais. Je ne voulais pas avoir peur de lui. Je vous l'ai dit, tous ces gens étaient des jagunços : si je m'attendais à de la bonté de leur part ? Je démens. Je n'étais qu'un gamin, je n'ai jamais été crétin. Bien qu'étant marin d'un premier voyage, je compris l'état de jagunço. Un jour, ils arrêtèrent un homme, qui était venu en traître, nous espionner pour le compte des bebelos. Ils l'assassinèrent. Ce qui me fit voir triste, autour de moi, jusqu'au souffle de l'air. Observez-les bien : ils mangent les serpents tout crus. Ils en ont besoin. C'est seulement pour cette raison, pour éviter qu'ils mollissent ou perdent la main, que Sô Candelário, qui pourtant se targuait d'être bon, envoyait ses hommes, même en temps de paix, commettre des exactions, la pratique de la vie. Être méchant, à longueur de temps, est parfois laborieux, il y faut l'expérience d'exercices pervers. Mais, avec le temps, leur jugement à tous s'envenimait. J'avais peur qu'ils me trouvent le cœur trop tendre, qu'ils se rendent compte que je n'étais pas fait pour cette ambiance, que j'avais pitié de chaque créature de Jésus. « Et Dieu, Diadorim ? »

— je demandai un jour. Il me regarda, marqua un petit silence tout naturel, puis il dit, en guise de réponse : « Joca Ramiro a donné cinq gros billets au curé de l'église d'Espinosa... »

Mais Hermógenes était du fiel qui sommeille, un fléau et du gel. Il aimait tuer, pour son menu plaisir. Il ne racontait pas d'exploits, passait son temps à dire qu'il n'était pas un mauvais homme. Mais une fois entre autres, alors qu'ils venaient de prendre un ennemi : « Gardez-le-moi » — il ordonna. Je sais ce qui se passa. Ils emmenèrent cet homme, dans un brûlis, le malheureux fut laissé là, morveux, attaché à un pieu. Hermógenes n'était absolument pas pressé, il était assis, le dos bien calé. On pouvait deviner dans ses yeux la joie la plus noire. Après un temps, il allait voir l'autre tout seul, imperturbable. Il passait des heures à aiguiser son couteau. Je regardai longuement Hermógenes, la chose faite : il était content de lui, débordant de santé. Faisant des plaisanteries. Mais, même pour manger, ou lorsqu'il parlait ou riait, il restait la bouche grande ouverte, sans le vouloir, une bouche douloureuse. Je ne voulais pas le regarder, dévisager cette face de scorpion ; ça me perturbait. Alors je regardais son pied — un pied énorme, sans chaussure, plein d'enflures, de mauvaises cicatrices, comme ont les passeurs sur le fleuve, un pied-pourri. Je regardais ses mains. Je finissais par me dire que toute cette méchanceté ne pouvait se trouver que dans ces mains, je les regardais, encore et encore, le cœur soulevé. Cette main, il mangeait avec, il la tendait aux gens. Par moments, je comparais cet homme à Zé Bebelo. Et dans ces moments-là, j'éprouvais envers Zé Bebelo à peu près l'affection qu'un fils doit éprouver envers son père. Tant de choses me tournaient la tête : je passais les nuits blanches. Brusquement, je me rendais compte que je voulais que Zé Bebelo l'emporte, parce que c'était lui qui avait raison. Il fallait que Zé Bebelo arrive, qu'il vienne en force : liquider vraiment, à fond, ce banditisme d'enfer. J'étais là, je respectais mon engagement extérieurement, en toute rigueur, mais dans le tréfonds de mon cœur, je trahissais, je n'étais qu'un traître. Étranger, comme je me sentais, je m'appuyai le dos contre un arbre. Je ne voulais pas devenir fou, surtout pas. J'en parlai avec Diadorim. Pourquoi Joca Ramiro, qui était un si grand chef, aux manières si nobles, acceptait-il d'avoir comme lieutenant un individu tel que cet Hermógenes, marqué du sceau de la méchanceté ? Diadorim m'écouta négligemment, comme s'il doutait de mon bon sens : « Riobaldo, où as-tu la tête ? Hermógenes est rude, mais d'une loyauté à toute épreuve. Tu crois que la viande se coupe avec un bon vieux couteau, ou avec une cuiller de bois ? Tu voudrais des hommes bien convenables bien gentils, pour aller combattre Zé Bebelo et les chiens du

155

Gouvernement ? » Écartelé, pour ce jour-là je la fermai. Ainsi, et jusqu'à Diadorim, je cachai cette chose : que j'étais désormais englué profond dans le mensonge et dormais avec la trahison. Un nuage noir. J'avais perdu mon jugement sain. Et j'entrai dans les engrenages de la tristesse.

Et donc, j'étais différent de tous ces gens ? Je l'étais. Pour mon bien. Cette population de malfrats, jour et nuit à se tourner les pouces, à se quereller, à boire et manger sans arrêt : « Tu as mangé, loup ? » Et à dégoiser tant d'âneries, ils cogitaient même déjà à propos de Diadorim et moi. Un jour l'un d'eux persifla : « Hé, c'est que ça lui plaît bien d'être le petit ami à ce Reinaldo... Quand Léopoldo est mort, il en est presque mort lui aussi, de chagrin sans fin... » Je fis celui qui ne comprend pas, par un effort de ma volonté. Mais ça ne m'avança guère. De ce jour, obstinément, cette histoire me tarabusta, ce nom d'un certain Léopold. Je le prenais pour une offense, que Diadorim ait eu, même si longtemps auparavant, un compagnon ami. Jusqu'à ce que, bon, je mûrisse cette idée : que ce qui me manquait c'était une femme.

Alors, j'étais pareil à tous ces hommes ? Je l'étais. Comme ils n'avaient pas de femme sous la main, ils se montaient la tête stupidement — « La première quelle qu'elle soit — disait l'un — sur laquelle je tombe en sortant d'ici, sûr qu'elle ne m'échappe pas ! » Et ils racontaient des histoires de petites qu'ils avaient dégourdies les unes à la suite des autres pour leur usage, dans des heures de débauche. « Une femme est quelqu'un de si malheureux... », me dit Diadorim un jour, après avoir entendu leurs aventures. Ces hommes, quand ils étaient en manque, sentaient mauvais, ils empestaient. Ils s'arrangeaient, se masturbaient. Dieu me préserva de m'endurcir dans ces habitudes invétérées. La première avec laquelle j'allai, une jolie fille, j'étais seul avec elle. Elle criait beaucoup et me traitait de tout, me mordait salement, et elle avait des ongles. À la fin, quand je pus y arriver, la fille — les yeux fermés — ne bronchait plus ; il n'y aurait pas eu son cœur battant contre ma poitrine, je prenais peur. Mais je ne pouvais pas m'arrêter. Tels qu'on était, c'est venu d'un coup, elle eut un gentil petit frisson. Puis, elle ouvrit les yeux, et elle m'accepta, elle haletait de plaisir, un vrai miracle. Pour moi, c'était comme de connaître les plus grandes amours ! J'aurais pu, cette fille je l'emmenais, fidèle, avec moi. Mais, après, dans une ferme près de Serra-Nova, il y en eut une autre, une petite brune fluette, et celle-là se laissa faire, un glaçon, elle resta de pierre et de terre avec moi. Ah, je me sentais comme une abomination — et, vous ne le croirez pas ? — la fille pour me supporter récita sa prière tout le long. Je me sauvai de là sans demander mon reste, je lui laissai l'argent que j'avais, quant à moi je me maudis. Après quoi, jamais plus je n'abusai d'une femme. Vu les occasions que j'ai eues, et que j'ai laissées de côté, je me souhaite que Dieu n'oublie pas de me récompenser. Ce que je voulais c'était voir la satisfaction — qu'elles aient leur plaisir, grâce à moi. Comme avec Rose'uarda, toujours merveilleuse, la fille d'Assis Wababa, mes délices, à la turque ; et pour celle-là, je ne vous l'ai pas dit : le père, qui était un gros négociant, ne soupçonna jamais rien, rien de rien. Ou comme avec cette Norinha, fille d'Ana Duzuza. Je vous le dis. Mais excusez-moi de commenter ainsi à froid ces choses que la règle veut qu'on taise. Maintenant, tout ce que je raconte, c'est parce que je crois que c'est sérieux, nécessaire.

Réduit, au milieu de tous ces hommes, à leur condition, je fis amitié avec certains parmi ces jagunços, pareils à des anges gardiens. Presque uniquement des gens bien. Et c'était en particulier : *Capixŭm*, un paysan serein, qui avait voyagé, né dans les hautes-terres de Sâo Felipe ; *Fonfrêdo* — qui chantait toutes les prières du prêtre, ne mangeait d'aucune viande, et qui ne disait jamais d'où il était et était venu, et celui dont le nom rimait avec le sien : *Sesfrêdo*, dont je vous ai déjà parlé ; *Front-Haut*, un bahiannais déluré, qui picolait beaucoup ; *Paspe*, un vacher de la Jaïba, l'homme le plus capable et serviable que j'aie croisé dans ma vie ; *Dada-Sainte-Croix*, dit « le bon Samaritain », il voulait tout le temps qu'on donne des restes de nourriture aux pauvres gens qui avaient honte de venir demander ; *Char-à-Bœufs*, bègue, bègue, le pauvre malheureux ; *Catocho*, un mulâtre à la peau claire — protégé contre les balles par un sort ; *Lindorífico*, un paysan lui aussi, de la région de Minas-Novas, et qui avait la manie d'entasser l'argent. *Diôlo*, un noir à la bouche lippue ; *Le Jeunot, Adalgizo, Sang-de-l'Autre*. Hé, une tapée ; qu'est-ce qui m'a pris de vouloir me mettre à les décrire ? *Dagobert, Nuque-Noire, Éleutério, L'Ami José…*

Ami ? De tels hommes, quelqu'un se serait avisé de traiter l'un d'entre eux de suppôt du diable, étaient fort capables de rage, tenant que ce n'était pas vrai, d'aller jusqu'à tuer. Ce que j'ai vu, je m'en porte garant : le plus difficile n'est pas d'être bon et de procéder honnêtement ; le difficile, vraiment, c'est de savoir exactement ce qu'on veut, et d'avoir le courage de mettre ses dires à exécution. *Ezirino* régla son compte à un camarade, qui s'appelait *Petite-Patate*, un pauvre maigrichu de mulâtre foncé, sauf qu'il avait le maudit défaut de contredire, n'importe ce que vous disiez. Là-dessus Ezirino disparut dans la nature. Et commença à circuler le bruit qu'il avait déguerpi pour se joindre aux zé-bebelos, rétribué pour sa trahison, et que Petite-Patate était mort uniquement parce qu'il était au courant. Tout le monde était sur des charbons, ils tramaient mille intrigues, suspectaient mille traquenards. Nous levâmes le camp pour d'autres lieux, plus à couvert, et éloignés ; une affaire de sept lieues, en direction du ponant. Je vis très bien que ce n'était pas pour battre en retraite ; mais que Titan Passos, Hermógenes et João Goanhá avaient combiné ça entre eux, dans leurs conciliabules — une manœuvre pour combattre Zé Bebelo dans de meilleures conditions. Ah, et là, à la satisfaction générale, dix hommes sont arrivés, des hommes de Sô Candelário. Ils amenaient une caravane avec davantage de sel, du bon café et un baril de morue. Delfim était l'un d'eux, il menait les bêtes. Avec Luzié, un alagoanais de l'État d'Alagoas. Ce jour-là je partis en reconnaissance avec une escouade surveiller les chemins que pourraient emprunter les zé-bebelos, nous parcourûmes dans les trois lieues, revînmes au cœur de la nuit.

Le matin tôt, je sus : qu'ils avaient même dansé la veille au soir « Tu danses, Diadorim ? » — je m'enquis aussitôt. « S'il danse ? C'est un pilier de salon... » — ce fut Garanço qui répondit, celui aux yeux de cochon. De l'entendre, le cœur me remonta au bord des lèvres. Garanço était un pauvre diable chétif, avec un faciès bizarre, une brave personne au demeurant. Il avait de ces idées, on aurait cru parfois un petit enfant. Il baptisait ses armes : son couteau était *tortionnaire*, son revolver *rossignol*, son mousqueton le *bœuf-qui-meugle*. On riait avec lui, du matin au soir. Mais Garanço s'était mis en tête de rechercher notre compagnie, à Diadorim et moi ; on l'avait sans arrêt sur le poil. Parfois, comme ce jour-là, ça me mettait en rage, vraiment. Diadorim ne disait rien, il était allongé sur le dos, sur une peau de mouton, la tête sur une botte de foin. En général il dormait là, à cet endroit — il préférait ça au hamac. Garanço était de la région de São Francisco, un endroit appelé Morpará. L'embêtant c'était qu'il voulait qu'on l'écoute raconter de longs passages de sa vie. Il nous cassait les pieds. Et je voulais accompagner les stances : écouter les joueurs de guitare, qui interprétaient le sentiment général. Au bout d'un moment, Diadorim se leva, pour aller je ne sais où. Je le suivis des yeux un instant, la beauté qu'il avait, si élégant et bien mis — toujours campé dans la jaquette qu'il n'ôtait jamais et dans ses pantalons de bouvier, en peau de cerf tannée avec de l'écorce d'anacardier sauvage. Soudain, j'éprouvai le besoin de faire quelque chose. Et je le fis : j'allai, je m'allongeai sur cette peau de mouton, la couche que Diadorim avait marquée dans l'herbe, mon visage à l'endroit où avait reposé le sien. Je ne fis plus cas de Garanço, ne m'attachai qu'au joueur de guitare. Au son aigre de cette guitare. Je dus lutter pour ne pas faire uniquement que penser à Diadorim. Déjà, je n'étais plus là, n'entendais plus rien — possédé, je rêvais : à l'erre de l'air, mes confins. Si je pensais à São Gregório ? À bien dire, à São Gregório, non ; mais une nostalgie me submergea des petits oiseaux de là-bas, du réservoir sur la rivière, du battement jour et nuit du moulin à eau, de la grande cuisine avec le fourneau allumé, des chambres plongées dans la pénombre, des enclos devant la maison, de la véranda d'où contempler les nuages. Vous connaissez ? : je ne m'en sors pas pour raconter, parce que je remue là des choses lointaines d'il y a longtemps, ayant peu de consistance, tout en cherchant à réchauffer, m'ouvrir le cœur, en fait, à ces souvenirs. Ou je veux trouver le fil d'une idée, et la petite direction têtue des choses, le chemin de ce qui a eu lieu et de ce qui n'a pas eu lieu. Parfois ce n'est pas facile. Parole, ça ne l'est guère.

Voyez plutôt : il a dû se produire à l'occasion, pendant ces journées, des choses assez importantes, que je ne remarquai pas, ne surpris pas en moi. Même aujourd'hui je ne débrouille pas ce qu'elles furent. Mais je me rappelai au bon moment le matin resté attaché à ce nom ; de Siruiz. Je veux dire que j'interrogeai Garanço au sujet de ce Siruiz, qui chantait des choses dont l'ombre se trouvait déjà certainement dans mon cœur. Ce que je voulais savoir, c'était à propos non pas de Siruiz lui-même, mais de la jeune fille vierge, la jeune fille blanche, celle dont ils s'inquiétaient, et de ces rimes comme jamais je n'ai pu en former de semblables. Mais déjà Garanço avait répondu : « Hé, hé, oh... Il n'est plus de ce monde, Siruiz. Il a été tué dans cette fusillade entre Pipistrelle et Cariacu, une fois passé de ce côté-ci du Pacuí... » Le choc que me causa la confirmation de cette nouvelle me plongea dans le découragement. Tout comme s'il m'avait dit : — « Siruiz ? Mais c'est bien vous autres, non, qui l'avez tué ?... » Moi, non. Ce jour-là, j'étais resté en dehors, et loin, à Pierre-Blanche, je n'avais pas vu le combat. Comment est-ce que j'aurais pu ? Garanço prisait. C'était un individu aux préoccupations très limitées. Il me demanda si ce Siruiz était un ami à moi, un parent. « Possiblement... » — je répondis, faisant l'idiot. Je vis que Garanço, ça ne lui avait pas plu. Vivre près des gens, sous leur nez est toujours pénible. Et je ne voulus pas en demander plus, j'étais certain que Garanço si sûr de lui, ne savait rien qui ait quelque importance. Mais je conservais tristement par cœur la chanson tant de fois chantée. Et Siruiz était mort. Alors ils m'en apprirent une autre, qui était un air à chanter en voyage, que notre bande chantait tout le temps en partant au combat :

Ollé, ollé, bahiannaise...
J'y allais et je n'y vais plus :
Je fais,
Oh bahiannaise,
Comme si j'y allais,
Et je rebrousse chemin...

Vous retenez ? Je chante mal. Non que j'aie la bouche malfaite, comme on dit. Je ne suis pas mal fait, je suis un homme disposé à aimer les autres, quand ils ne me dérangent pas : je suis le genre tolérant. Je ne vis pas mon petit réservoir de colère ouvert. Je ne me querellais avec personne, dans ce camp, j'acceptais le système, dans le détail des normes. Et vogue la galère, mais là, ils se trompèrent sur mon compte. L'un d'eux, se trompa. Un jagunço chevronné, appelé Antenor, je crois qu'il était des cœurs-de-jésus, il se mit à lier conversation, il savait y faire, je le notai. C'était un homme proche d'Hermógenes — cette part-là était connue. Un mot par-ci, un mot par-là, il tournait autour du pot. Il voulait savoir en quelle estime je tenais Joca Ramiro, Titan Passos, tous les autres. Si je connaissais Sô Candelário, qui était à la veille d'arriver. Un carrousel de questions — il soupesait mes dires. Je le notai. Et, lentement, il essayait de m'embourber ; de me jeter dans le doute. Je me trompais ? Non, j'avais tout compris. Cet Antenor, qui ne cessait de chanter les louanges et se féliciter de Joca Ramiro, finit par me laisser entendre, rapidement, ce qui suit : que Joca Ramiro ne faisait peut-être pas bien de rester tout le temps aussi loin ; certains, de mauvaise composition, échafaudaient déjà qu'il était en train d'abandonner ses gens, au cœur de la guerre ; que Joca Ramiro était riche et possédait une jolie fortune en bonnes terres, et qu'il se la coulait douce dans les maisons de grands propriétaires et d'hommes politiques, dont il recevait solde et argent pour les munitions : M'sieur Sul de Oliveira, et les fazendeiros colonel Caetano Cordeiro et Monsieur Mirabô de Melo. Qu'est-ce que j'en pensais ?

J'écoutai. Si je répondis ? Ah, ah ! Pour me faire ma petite idée, je suis là. Je ne suis pas né de la dernière pluie, j'ai eu tôt fait dans ma vie l'expérience des hommes avec les hommes. Je me contentai de dire que Joca Ramiro était certainement en train de pourvoir au nécessaire en hommes et en matériel, pour venir en aide aux jagunços réguliers que nous étions, il faisait entre-temps confiance à Hermógenes, ainsi qu'à Titan Passos, et à João Goanhá — qui avaient fait la preuve de leur valeur et loyauté. Je vantai surtout Hermógenes ; je voyais venir. Antenor, sur ce point, tomba d'accord. À dire vrai, il approuva tout ce que je dis. Mais il vanta surtout la réputation d'Hermógenes, celle de Ricardo, également — chefs tous les deux des plus capables en temps de paix, mais au combat pareillement. Cet individu, Antenor savait chatouiller le cou d'un serpent et semer du sel dans des plantations. Un personnage dangereux dans ses actions — Garanço me mit en garde avec le bon sens qui lui venait de son instinct bonhomme. Quelles actions ? Ce que j'ai vu, dans ma vie, c'est que chaque action débute vraiment par une parole bien réfléchie. Une parole convaincante, donnée ou conservée et qui va frayant son chemin. Cet Antenor avait déjà déposé en moi l'ombre sombre d'une mauvaise idée : une idée sournoise, qui me courut aussitôt le long de l'échine, gentiment traîtresse, comme glisse une goutte de rosée. Quelle explication vous donner ? Croire, à ce que je vous ai dit qu'il avait dit, je n'en crus rien. Mais en moi, pour moi, tout cela c'était — oui, c'était comme un endroit qui sent mauvais dans la campagne, un arbre : l'endroit fétide, où un putois est resté terré, pour se défendre des aboiements des chiens. Et j'avais reçu, ce jour-là, un sérieux avertissement ; mais moins à cause de ce que j'avais entendu réellement, qu'en raison de ce qu'à ma façon j'avais deviné. À quoi ça m'a servi ? Un avertissement. Je crois que, chaque fois qu'il vous en arrive, ce n'est pas pour éviter le châtiment, mais seulement pour avoir une consolation légale, une fois terminé, une fois que le châtiment est tombé. Un avertissement ?

J'allai chercher Diadorim. Mais je commençais à avoir des angoisses. Je racontai malgré tout, le nouveau et l'ancien pêle-mêle ; mais je m'y pris de travers : fâché — et de façon précipitée — déraisonnable. Pour cette raison, je crois, Diadorim ne donna pas à mes dires l'importance qui convenait. Étranger, hé ! La seule chose qui, le temps d'un éclair, le mit hors de lui, fut d'entendre que quelqu'un puisse suspecter les agissements de Joca Ramiro : Joca Ramiro était un empereur, trois fois supérieur. Joca Ramiro savait se comporter, il gouvernait : même son nom, mieux valait ne pas l'encenser à la légère. Et les deux autres : Hermógenes, Ricardo ? Ceux-là, sans Joca Ramiro, dans la seconde ils se démontaient, on n'en entendait jamais plus parler — ils valaient ce qu'est un saut de puce. Hermógenes ? Certes, un bon jagunço, chef de bande ; mais sans envergure politique, sans distinction ni discernement. Quant à Ricardo, riche et propriétaire de plusieurs fazendas, il ne vivait qu'en pensant à faire du profit, à ramasser et amasser l'argent. Diadorim, c'est Ricardo qu'il aimait le moins — « C'est une brute mercantile... » — il dit, et il serra très fort les lèvres, comme s'il allait cracher.

Je dis alors, en conséquence : « C'est bel et bien, Diadorim. Mais, que ça soit ou ne soit pas, pourquoi ne pas aller porter cette délicate information à Joca Ramiro, pour y mettre bonne fin ? » Là, j'en dis et redis, au point que je noyai ma rage. Qui sait si Joca Ramiro, à courir monts et vaux, et négligeant de flairer le changement des temps, n'avait pas oublié de connaître ses hommes ? S'il venait, Joca Ramiro pourrait distinguer le sain du pourri, refaire le compte de ses braves sur les doigts de ses deux mains. Il pourrait, il devrait renvoyer ce monstre d'Hermógenes. Et cetera, et cetera, et, s'il le fallait, hé ! — ouais : on allait tuer !... Diadorim me regarda longuement, je vis avec quelle surprise réprobatrice, comme s'il ne me croyait pas capable de manigancer sans scrupule pareille vilenie. Je ne suis pas méchant. *Vipère ?* — il fit. Même la vipère n'est pas un serpent malfaisant. Il m'a fallu du temps pour naître. Ce que je suis c'est très prudent.

Réconcilié, plus proche de moi, Diadorim me remit les idées en place. Sûr que je n'avais pas encore eu le temps de comprendre les usages, que je me méfiais du verre et de l'eau et de ma propre bouche, et que je ne sais en quel monde de rêve j'engrangeais mes idées. Hermógenes avait ses défauts, mais il était acquis à Joca Ramiro, et fidèle — il luttait, combattait pour lui. Que j'attende seulement encore quelques jours, et j'allais voir la gloire du soleil levant. Je ne comprenais vraiment rien aux amitiés, selon le système des jagunços. Un ami c'était le bras, et l'acier !

Ami ? Est-ce que j'avais bien entendu ? Ah, non ; l'amitié, pour moi, c'est différent. Ce n'est pas un accommodement où l'un rend service à l'autre à charge de rechange, une façon de rouler sa bosse, en marchandant des aides, quitte, pour cela, à léser les autres. Un ami pour moi, c'est seulement ceci : c'est la personne avec laquelle on prend plaisir à converser, d'égal à égal, désarmé. Celle près de qui on a plaisir à se trouver. Cela seulement, quasiment ; et tous les sacrifices. Ou — ami — c'est ce que l'on peut être, mais sans avoir besoin de savoir le pourquoi de ce qui est. Mon ami, c'était Diadorim ; c'était Fafafa, Alaripe, Sesfrêdo. Il ne voulut pas m'écouter. Je lui tournai le dos, furieux.

Croyez-moi : je ne pensais même pas précisément à Diadorim. Ces jours-là, alors, je ne l'aimais pas ? En demi-teinte. Je l'aimais et je ne l'aimais pas. Je sais, je sais qu'au fond de moi je l'aimais, en permanence. Mais la nature des gens est beaucoup le genre lundi-et-samedi. Il y a le jour et il y a la nuit, réversibles, en amitié amoureuse.

D'abord ce qui me tarabustait, plus que tout — j'ai de cela un souvenir raisonnable — c'était que je ne voyais pas de sens à être là, dans cette ambiance où j'étais obligé de vivre, parmi des gens de cet acabit. Repensant aux paroles de Diadorim, j'apurais seulement ce reste : que tout était un vivre mensonger, déloyauté. Trahison ? Ma

162

trahison, de toute façon. Presque tout ce que nous faisons ou négligeons de faire, n'est-il pas, au bout du compte, trahison ? On n'y coupe pas : envers quelqu'un, envers quelque chose. Je ne fus pas long à savoir ce que je voulais : je ne pouvais pas rester là plus longtemps. Être venu d'où je venais me fourrer ici, et en raison de quoi, dites-moi, sans rien en retour, je pouvais me soumettre à ça ? J'allais m'en aller. Il fallait que je m'en aille. J'étais en train de risquer ma vie, de gâcher ma jeunesse. Sans but. À part Diadorim. Qu'est-ce qu'il était donc pour moi Diadorim ? Ce n'était pas à proprement parler qu'il me faille absolument être près de lui, et lui parler, le voir davantage. Mais c'était de ne pouvoir supporter d'exister : si tout à coup, je devais rester séparé de lui, pour la vie. J'étais tout autant exaspéré, en raison d'Hermógenes. Une haine de mauvais augure : qui se déclenche toujours sans attendre, et parfois tombe pile, pareille au coup de foudre. Cet Hermógenes — belzébuth. Complotant dans le même panier de crabes. Dans les ténèbres. Je le savais. Jamais, même après, jamais je ne le sus autant que ces jours-là. Hermógenes, un homme qui tirait son plaisir de la peur des autres, de la souffrance des autres. C'est là, gare, que j'ai cru pour de vrai que l'enfer est vraiment possible. N'est possible que ce qui se voit chez l'homme, que ce qui passe par l'homme. Il est loin, le Sans-Œil ! Et cet enfer était là tout proche, il m'arrivait dessus. Dans l'obscurité, je vis, je rêvai des choses très dures. Dans les illimités de notre sommeil.

Et c'est tout de suite que j'allais déguerpir, filer. Où était Diadorim ? Je n'imaginais une seconde pouvoir laisser Diadorim derrière moi. Il était mon compagnon, il fallait qu'il vienne avec moi. Ah, en cet instant, j'aimais l'âme de ses yeux je l'aimais — de toute la part en dehors de moi. Diadorim ne me comprit pas. Il se replia sur lui-même.

C'est largement de ma faute, également, je peux dire : car je n'eus pas le courage de parler franchement. Si j'avais parlé à cœur ouvert, Diadorim aussitôt m'arrêtait net, il m'empêchait, ne m'écoutait pas. À vif, l'air qui s'esquive : tel l'oiseau — ce pouvoir qu'il a. Et sûr qu'il me brandissait le nom de Joca Ramiro ! Joca Ramiro... Celui-là on n'arrivait même pas à le concevoir exact réel, c'était seulement un nom, son nom de baptême, sans aucune autorité perceptible, il se démenait au loin, si tant est qu'il se démenait. Pendant un instant, je vacillai sérieusement. Ce fut cette fois-là ? Ou je me trompe ? Une fois, en tout cas : je me souviens bien. Mon corps aimait Diadorim. Je tendis la main, à le toucher ; mais comme je le faisais, maladroit, il me regarda — ses yeux me paralysèrent. Diadorim, sérieux, le front haut. Je me glaçai. Seuls ses yeux disaient non. Je vis — lui-même ne s'aperçut de rien. Mais, moi non plus ; ou je m'en aperçus ? J'avais conscience de moi ? Mon corps aimait son corps, sur une scène de théâtre. Démesurément. Les tristesses autour de nous, comme lorsque le ciel se charge de toutes les pluies. Je pouvais mettre les bras sur mon front, rester ainsi, stupide, sans rien entreprendre. Qu'est-ce que je voulais ? Je ne voulus pas de ce qui était dans l'air ; je fis appel pour cela à une idée qui venait de beaucoup plus loin. Je dis : « Diadorim, tu n'as pas, tu n'aurais pas une sœur, Diadorim ? » — je demandai : ma voix, en rêve.

Est-ce que je sais s'il rit ? Ce qu'il dit, quelle réponse ? Je sais quand une amertume prend racine, ce qu'est le chien, la créature. Je sais la tristesse, les eaux tristes et le cœur sur la rive. Il n'avait ni sœur ni frère : « J'ai seulement Dieu, Joca Ramiro... et toi, Riobaldo... » — il déclara. Hé, le cœur, de peur, bat sans poids dans la poitrine ; mais, de joie il bat énorme et dur, jusqu'à faire mal, il cogne contre la paroi. « Alors, Diadorim, qui était ce garçon Léopold, ton ami qui est mort ? » — je demandai, sans prendre de temps, sans savoir pourquoi : je n'y pensais pas la seconde d'avant. Je croyais encore n'avoir rien demandé que déjà les mots étaient sortis de ma bouche : « Léopold ? Un ami, Riobaldo, une amitié en tout bien tout honneur... » — et Diadorim laissa échapper un soupir, l'air comme soulagé. « Ils t'ont même parlé de lui, Riobaldo ? Léopold était le frère cadet de Joca Ramiro... » Ça, je le savais de reste — que Joca Ramiro se dressait, dominant, le premier en toute chose. Mais je parvins à tenir ma langue. « Allons-nous-en, partons ensemble, Diadorim ? Allons-nous-en loin, pour le port de la de-Janeiro, dans le sertão d'en bas, pour Curralim, São Gregório, ou pour cet endroit, dans les terres-générales, appelé Os-Porcos, où habitait ton oncle... » Je m'arrachai cette phrase, dans un hoquet de soif. Après quoi je baissai progressivement les yeux — me rendant compte que Diadorim me tenaillait du regard, et il s'écoula un silence de fer. Je me glaçai, misérable, méprisable, jusqu'à douter de ma raison. Ce que j'avais dit c'était des âneries. Diadorim attendit. Il était mon verdict. Alors, je me sauvai de là, ne voulant plus qu'oublier au plus vite le présent. Mon visage prenait feu.

J'errai, vaguai, finis par me rappeler : Garanço. Bon, ce Garanço, celui-là allait venir avec moi, il me suivrait en tout, c'était un pauvre malheureux, n'attendant qu'une injonction amicale. Lui-même n'en savait rien, mais c'était la réalité : ce dont il avait besoin c'était d'une amitié. Il était là, courbé, avec son gros crâne de cigale, en train de faire cuire des pequis, ces fruits, dans une gamelle : « Hé, hé, nous autres... » — voilà comme il parlait. Je louvoyai. Il m'écoutait, acquiesçant, se donnant l'air de comprendre. Il n'y arrivait pas. Il n'arrivait qu'à démontrer les dimensions de sa tête. Que je glisse un mot de plus, et Garanço allait me suivre, me servir de compagnon dans ma fuite. La seule chose qui pouvait se produire c'était qu'il commence par demander : « Et Reinaldo ? » ; tant il était déjà habitué à nous voir deux, Diadorim et moi, et à vouloir faire le troisième. Alors, j'aurais répondu : « Un secret, hé, Garanço, un secret, et filons ! » — et ajouté que Diadorim nous rejoindrait plus tard. Garanço avait quelque chose de différent, par un certain côté de sa nature il se démarquait des façons des jagunços.

Mais je ne le dis pas, je ne dis rien, n'expliquai rien, je ne voulus pas. Qu'est-ce que j'allais devenir, à cavaler du nord au sud à travers les sertões de Jaïba avec ce benêt ? Il ne savait être, quoi que j'invente, qu'obéissance, gouverné par mes idées, ma volonté ; un compagnon pareil ne me fournirait aucune sécurité. Je cherche une ombre ? Je cherche un écho ? Je cherche un chien ? Non, inutile avec lui de songer à m'en sortir, mieux valait attendre ; j'allais rester — qu'advienne ce qu'il adviendrait — encore un moment. Un jour peut-être, Diadorim changerait d'idée. C'était à Diadorim que je pensais, c'était m'enfuir avec Diadorim que je voulais, comme un fleuve double ses eaux. Garanço se régalait avec ses pequis, il mastiquait lentement la pulpe jaune et nauséeuse entre ses dents. Je ne le supportai pas, ce fruit je n'en tâte pas ; distrait comme je suis, je me suis toujours méfié des épines, qui peuvent vous rentrer dans la langue. — « Hé, hé, nous autres... » — répétait Garanço, tout content. J'avais de l'amitié de reste pour lui, qui était une créature au cœur simple. Je vous dis : je lanternais ce jour-là, au milieu de ma traversée solitaire.

Ah, mais je parle faux. Vous le sentez ? Si je démens ? Je démens. Raconter est très, très laborieux. Non à cause des années, passées depuis beau temps. Mais à cause de l'habileté qu'ont certaines choses passées — à faire le balancier, à ne pas rester en place. Ce que j'ai dit était-il exact ? Ça l'était. Mais ce qui était exact a-t-il été dit ? Aujourd'hui je crois que non. Ce sont tant d'heures passées avec les gens, tant de choses arrivées en tant de temps, tout se recoupant par le menu. Si j'étais fils de plus d'action, et de moins d'idées, ça oui, j'aurais filé, sans rien dire, la nuit installée. Je couvrais dix lieues, le jour se levait, aux heures de grand soleil je m'abritais, je couvrais dix autres lieues, je traversais le São Felipe, les montagnes, les Vingt-et-Un-Étangs, j'arrivais sur le São Francisco, bien en face de la Januária, je traversais, me retrouvais en pays civilisé, tiré d'affaire. Ou s'ils m'arrêtaient en chemin, les bebelos ou les hermógenes, s'ils me tuaient ? Je mourrais sans lâcher plus qu'un bê de mouton et un aoû de chien ; mais ç'aurait du moins été un autre destin et un plus grand courage. Ça valait le coup ? Je ne l'ai pas fait. Qui sait si je pensais même sérieusement à Diadorim, ou, si j'y pensai peu ou prou, ce fut en guise d'excuse. Pour excuser ma propre règle de conduite. Pire et plus bas on est tombé, plus fortement on a besoin de se respecter. Venant de moi, j'accepte n'importe quel mensonge. Vous n'êtes pas comme ça ? Nous le sommes tous. Mais j'ai toujours été un fuyard. Au point que j'ai fui jusque de la nécessité de fuir.

Les raisons, dites-moi, d'être autrement ? À quoi est-ce que je pensai ? Aux terribles difficultés ; certainement, moyennement. Comment j'allais pouvoir m'éloigner de là, de ce désert jaïbannais, en longues marches et vastes détours, à l'aventure, à l'aventure ? Je crois que je n'avais pas une peur concise des dangers : ce qui me défrisait c'était la peur de me tromper — d'aller me fourrer droit dans la gueule du loup par ma faute. Aujourd'hui, je sais — une peur méditée — voilà ce que ce fut. La peur de me tromper. Je l'ai toujours eue. C'est cette peur de me tromper qui fait ma patience. Mon mal. Vous me faites confiance ? Qui peut arracher de soi la peur-de-se-tromper est sauvé. Vous me suivez ? Réfléchissez à ma comparaison. D'après ce que je vous raconte : est-ce que j'étais déjà contaminé par cette habitude des jagunços de vivre en bande ? Je l'étais, je sais. Que ça plaise ou ne plaise pas, c'est autre chose. Ce n'est pas le point. Le point, c'est que quelqu'un n'est pas quelqu'un : aussi longtemps qu'il fait encore partie avec les autres. Je ne le savais pas. Ainsi Paspe, qui avait des grandes aiguilles, du fil et des alènes : il répara mes espadrilles. Lindorífico me céda, en échange d'une gratification, une image sainte ayant de grandes vertus, dite du génie des bois et de la sainte-croix. Et Élisiano s'appliquait à couper et élaguer une branche bien droite de goyavier, il préparait la viande la plus savoureuse, les bords croustillants, le dedans chuintant bien juteux. Et Fonfrêdo vous chantait des laudate à n'y rien comprendre, Duvino faisait de tout motif de rire et de drôlerie ; dès que Delfim jouait un air de guitare, Léocadio faisait un tour de valse avec Diodôlfo ; et Geraldo Pedro et l'Éventail, quant à eux, ne cherchaient qu'à rester les orteils en l'air, et à dormir toute la sainte journée, même que l'Éventail ronflait — il possédait un hamac de mariage, dans un coton de bonne qualité, avec une pluie de franges brodées... Oui, et il y avait Jenolim et Acrísio, et João-le-Vacher, qui témoignaient pour moi d'une estime différente, pour la seule raison que nous avions voyagé ensemble, en venant de la rivière-des-Vieilles : ils me saluaient : — « Vivat, camarade mule-tier... » Et on se mettait à jouer au brelan, à la bête hombrée et à l'écarté, sur des peaux de bœufs. Là, c'était la détente autour des feux, le brouhaha des paroles et des parlotes quand la nuit prenait corps. Croyez-moi il y avait de la joie. De la joie, c'est le mot juste. Avec les histoires de fusillades et de batailles que tout le monde racontait, de tant de dangers surmontés, de sauve-qui-peut miraculeux, de courages éminents... Ça, c'était des gens. J'étais là au milieu d'eux, cette affaire. Je n'avais pas besoin de calculer l'avenir de ma vie, qui était cette vie-là. Si je m'en allais, tout me deviendrait, tissé serré, obligation ; du par-cœur jusqu'à la mort. L'homme a été fait pour être seul ? Il l'a été. Mais je ne le savais pas. Si je m'en allais, il n'y aurait plus de contresort. Avec eux, avec tous ces gens vivant leur sort, qui était d'accomplir les grandes lignes d'une règle, il devait bien à la fin résulter quelque gain ; était-ce possible qu'il n'y ait pas un grand dénouement ? Pourquoi est-ce qu'ils restaient tous là, que ce soit pour la paix ou pour la guerre, et pourquoi la bande ne se démantelait-elle pas, pourquoi ne voulaient-ils pas s'en aller ? Réfléchissez à cela, qui est ce que je finis ensuite par comprendre amplement.

Renoncer à Diadorim, c'est ce que j'ai dit ? Je le dis, je le nie. Il est même possible, vu ma façon négligée de raconter, que vous ayez pensé que, au bivouac dans ce cantonnement, Diadorim je le voyais peu, que notre amitié souffrait d'inattention ou d'inanition. L'erreur. Tout le contraire. Diadorim et moi, nous étions constamment à portée de vue, à portée de voix, constamment l'un non loin de l'autre. Du matin au soir, notre affection était d'une seule pièce, d'une même couleur. Diadorim, toujours attentif, smart, irréprochable dans ses comportements. Sûr de lui à ce point, il écartait toute forme de découragement. Pourquoi, alors, je n'en dis rien, et résume comme je ne devrais pas, dans cette conversation que j'abrège pour vous. Voyez, il y a tant, des milliers de choses : je divague. Si je vous racontais, en gros, seulement ce que Diadorim vécut moi présent, ce temps — que je le restitue tel que, trivial — ainsi, oui, je vous expliquerais la vraie situation de ma vie. Alors, pourquoi je laisse de côté ? Je crois que notre esprit est un cheval qui choisit sa route : quand il s'oriente vers la tristesse, la mort, il va sans voir ce qui est beau et bon. Ce sera ça ? Et, tenez, ce Garanço : ce que j'ai dit de lui, de sa bonté et amitié, ce ne fut pas non plus la stricte vérité. Je sais que, cette fois-là, je n'ai pas senti. Je n'ai senti, n'ai compris qu'en me remémorant, ce n'est que plus tard, après des années, que j'ai découvert. Pauvre Garanço, il me parlait, voulait raconter : « J'ai été muletier, dans le Serém. J'ai eu trois gosses... » Mais quelle sorte de recrue jagunço était-il — puéril ainsi, fruste et bon : « Pristi, et tu as déjà tué beaucoup d'hommes, Garanço ? ! » — je lui demandai. Son rire cherchait à se faire plus gros : « Hé, hé, nous autres... Je suis un couard par hasard ? Tu lui ordonnes ce que tu veux, vieux frère, au rifle que j'ai en main. Eh, je ne prends pas au dépourvu, je ne te fais pas rougir... » Garanço, je peux l'affirmer, je crois qu'il ne douta jamais de rien. Son cerveau attardé l'en empêchait. C'est tout. Le lot commun de bienveillance et de malveillance.

Vous aurez compris ? Moi je ne comprends pas. Cet Hermógenes me faisait des amabilités, le démon m'avait en sympathie. Il me saluait toujours avec considération, en m'adressant une plaisanterie amicale ou quelques bonnes paroles, il n'avait pas l'air d'être le plus haut placé. Par courtoisie et vu notre statut, j'étais bien obligé de répondre. Mais, de mauvais gré. J'enrageais. Il m'écœurait, je vous l'ai déjà dit. Le genre d'aversion qui remonte du fond des entrailles. Je ne le regardai jamais dans les yeux. Une répulsion, pour l'éternité — bonne raison pour rester à distance. Cet homme, pour moi, n'était pas achevé. Et, le comble, il ne se méfiait pas, ne s'apercevait de rien. Il cherchait à lier conversation, il m'appelait : il fallait que j'y aille — il était le chef. Je devins ombrageux. Diadorim le remarqua ; il me donna un conseil : « Modère un peu ce caractère que tu as, Riobaldo. Les gens ne sont pas de si méchants rustres. » — « De lui, je n'ai aucune peur ! » — je répondis. Je pouvais le rabrouer du regard. Là-dessus, Hermógenes me fit cadeau d'un pistolet, et d'une réserve de cartouches. Je faillis ne pas accepter. Je possédais déjà mon propre pistolet, qu'est-ce que j'avais à faire de celui-là, avec un seul canon aussi énorme ? Je ne le gardai, parole, que parce qu'il insista. Je crachai, après. Un cadeau pour lequel je n'allais jamais rien donner en échange ! C'était mon genre de vouloir vivre auprès des chefs ? Ce qu'il me faut c'est vivre à bonne distance des personnes qui comman-dent, et même loin de bien des gens que je connais. Je suis un poisson des grottes profondes. Quand j'aime, c'est sans raison évidente, quand je déteste, pareil. Ce n'est pas à coups de présents et de compliments, qu'on peut me transformer. Hermógenes était un tueur — de ceux qui font du mal aux créatures enfants-de-Dieu — un sinistre félon. Mes oreilles expulsaient ses propos. Ma main n'avait pas été faite pour toucher la sienne. Ah, cet Hermógenes — je souffrais qu'il soit présent dans ce monde... Lorsqu'il s'amenait bavarder avec moi, j'allais jusqu'à prier le démon, dans le silence de ma colère, de venir se mettre entre nous deux, pour me séparer de lui. J'aurais pu remplir de balles mon propre pistolet, et le lui décharger entre les deux yeux. Tolérez, excusez ce que me dicte ma fureur ; mais, je sais, c'était ce que je sentais, que je souffrais. J'étais ainsi fait. Je ne sais plus au jour d'aujourd'hui, si je le suis encore.

C'est-à-dire, haineux. Je crois que parfois, c'est presque avec l'aide de la haine que nous avons envers une personne, que l'amour voué à une autre croît plus fort. Le cœur augmente par tous les côtés. Le cœur veille, pareil au ruisseau qui musarde entre les vallons et les monts, les forêts et les prés. Le cœur mélange les amours. Tout y a place. Ainsi je vous ai raconté, quand Otacília, j'ai commencé à la connaître, là, à Buriti-le-Haut, la Fazenda Santa Catarina au fond d'une vallée, dans les monts des geraïs. Lorsque je devinai cet amour de petit visage, et le rire et la bouche, et les longs cheveux, dans un encadrement de fenêtre, à la lueur incertaine d'une bougie. Mais nous allâmes aussitôt nous installer, en contrebas du moulin-à-pilon, où passer la nuit. Moi, avec Diadorim, Alaripe, João-le-Vacher et Jesualdo et Fafafa. Vu que nous arrivions de ce rude voyage : tout ce qui était le corps était de la bonne fatigue. Mais je dormis entre deux anges-gardiens.

Ce dont je me souviens, je le tiens. Je m'en reviens de joies anciennes. La Fazenda Santa Catarina était près du ciel — un ciel bleu d'image, avec les nuages qui ne remuent pas. On était en mai. J'aime bien ces mois de mai, le soleil amène, le froid sain, les fleurs dans la campagne, les vents acides du mai joli. La façade de la fazenda, bâtie sur une déclive, se dressait respectueuse vers les cimes, vers le ciel. Entre le ciel et les enclos, il y avait seulement une prairie étale et la lisière d'un petit bois, d'où descendent des papillons blancs, ils passent entre les piquets des clôtures. Là, vous ne voyez plus la ronde des heures. Et, la tourterelle chantait sans arrêt, sans arrêt. Pour moi, aujourd'hui encore, le chant de la tourterelle a une odeur de feuilles de vernonia. Après tous ces combats, je voyais une vie valable à tout ce qui était le bon sens et le tout-venant, la traite du lait, le plaisantin qui transportait le seau pour laver la porcherie, les pintades grattant à toute allure sous les cassiers sauvages à petites fleurs jaunes, et les hibiscus mangés à ras par les porcs et le bétail. J'imagine que j'ai dû, en cette occasion, avoir une pensée de regret pour São Gregório, avec un vain désir d'être maître de la terre sous mes pieds, une terre qui m'appartienne, et gagnée par un travail assidu, un travail qui affermit l'âme et endurcit les mains. Je ruminais ces choses. Et j'étais là, de nouveau, dans les gerais. L'air des hautes-terres, vous connaissez... Nous buvions du lait à satiété. On nous apporta du café, dans des petites tasses. De sorte que nous restâmes là, à aller et venir, après avoir bavardé avec le vieux petit grand-père. Otacília je la revis, la matinée déjà bien avancée. Elle apparut.

Elle était rieuse et ravissante à décrire ; mais, vous le comprendrez sans peine, ce ne serait pas, aujourd'hui, très convenable, cela me

169

gênerait d'en dire plus. Mon Otacília, beauté réservée, dans l'éclat de la jeunesse, caresse de romarin, sa ferme présence. C'est moi le premier qui portai les yeux sur elle. La main dans du miel, je réglai ma langue. Et, je parlai des oiseaux, qui s'empressaient de voler avant les brumes de chaleur. Ce spectacle des oiseaux, cette occupation des dieux, c'est Diadorim qui me l'avait enseignée. Mais Diadorim se tenait maintenant à l'écart, boudeur, bardé dans son quant-à-soi. Ce que je voyais surtout, c'était les colombes. Des nuées de colombes, autour de l'abreuvoir. Et les ramiers, qui croisaient haut, au-dessus du bois. « Ah, il en est déjà passé plus de vingt... » — ces mots d'Otacília, qui les comptait, furent notre entrée en matière. À part quelques rires et beaucoup de silences. Toute jeune fille est délicate, est blanche et douce. Otacília l'était plus que toutes.

Mais, au pied de la véranda, il y avait une petite plate-bande de jardin, avec un choix de fleurs, peu nombreuses. Parmi celles que l'on remarquait, il y avait une fleur blanche — je crus que c'était un *caeté* et elle avait l'air d'un lys — altière et très parfumée. Et cette fleur, est-ce que vous le savez ?, est un symbole. Lorsque dans une demeure, il y a des jeunes filles, on en plante à la porte de la maison-de-maître. On en plante intentionnellement, pour la question et la réponse. Je ne le savais pas. Je demandai le nom de la fleur.

« *Épouse-moi...* », me répondit tout bas Otacília. Et, en le disant, elle détourna les yeux ; mais le petit chevrotement dans sa voix, je le cueillis et recueillis, parce qu'il était plein de sentiment. Ou il ne l'était pas ? C'est ce mince sillon de doutes qui mina ma prédilection. Et le nom de la fleur était ce que j'ai dit, elle s'appelait bien ainsi — mais à l'usage seulement des amoureux. Tandis que, les autres, les femmes libres, faciles, répondent : « *Couche-avec-moi...* » C'était ainsi qu'au-rait dû m'avoir répondu cette jolie Norinha, fille d'Ana Duzuza, aux confins des hautes-terres ; car je lui avais plu à elle également et elle m'avait plu. Ah, la fleur de l'amour a beaucoup de noms. Norinha prostituée, goût-de-poivre, bouche parfumée, l'haleine d'un petit enfant. Notre vie est bien confuse ; tout comme va ce fleuve, mon Urucuia, se jeter dans la mer.

Car, au milieu de tout cela je me retournai précipitamment, préoccupé quasiment, du côté où se trouvait Diadorim. Je l'appelai — et c'était un appel mêlé de remords — et Diadorim arriva, il s'approcha. Alors, pour dire quelque chose, je dis : que nous étions en train de parler de cette fleur. Ne l'étions-nous pas ? Et Diadorim la remarqua, et il demanda à son tour quelle fleur c'était, quelle est cette fleur ? — demanda-t-il innocemment. « Elle s'appelle *liroliro* », répondit Otacília. Donnée, cette information avec hauteur ; je vis que

170

Diadorim ne lui plaisait pas. Je peux vous dire que je fus ravi. Diadorim ne lui plaisait pas — lui, si joli garçon, si remarquable et si soigné. Voilà pour moi, qui tenait du miracle. Il ne lui plaisait pas. Ce que je vis dans ses yeux fut de l'aversion, de l'antipathie, tandis que leurs regards ne se rencontraient pas. Et Diadorim ? Il me fit peur. Il avait l'air plus ou moins en colère. Ce qu'est une dose de haine — qui annonce d'autres haines. Diadorim était capable de haine plus que d'amour ? Je me souviens, je me souviens de lui à cet instant, de lui ce jour-là, marqué d'une croix. Comment se fait-il que je n'aie pas eu un pressentiment ? Vous-même, vous pouvez imaginer de voir un corps vierge et clair de jeune fille mort de main humaine, lacéré de coups de couteau, tout maculé de son sang, les lèvres de sa bouche décolorées blanchies, les yeux disant le terme, mi-ouverts mi-fermés. Et cette jeune fille était un destin et une sourde espérance dans votre vie, cette jeune fille vous l'avez aimée ? ! Ah, Diadorim... Et tant d'années déjà se sont écoulées.

Dès ce premier jour, Diadorim conçut de l'humeur envers Otacília. Et je pouvais même voir que c'était un accès de jalousie. Attendez que je vous raconte. Il ne convient pas de dévoiler le scandale au commencement, c'est seulement peu à peu que l'obscur devient clair. Que Diadorim était jaloux de me voir avec n'importe quelle femme, je le savais, et même depuis beau temps. Presque depuis le commencement. Et que pendant tous ces mois, vécus ainsi à faire la paire, à travers hauts et bas, dangers et découragements, il ne parvenait pas, cette morsure, en dépit de ses efforts, à la dissimuler. Le temps passant, il m'imposa un traité : que, aussi longtemps que nous serions en campagne, aucun de nous deux ne toucherait aucune femme. En guise de garantie, il dit : « Promets, Riobaldo, que nous accomplirons cet engagement, tel le serment sur les Saints Évangiles. Le manque de pudeur, les mœurs débauchées servent uniquement à priver les gens de l'usage du courage... Tu te signes et tu jures ? ! » Je jurai. Si je n'ai pu tenir ma promesse en chaque circonstance, je l'impute aux poésies du corps, au dévergondage. Mais Diadorim prônait en exemple la règle de fer de Petit-Jean Bem-Bon — toujours sans femme, mais en toute occasion vaillant. Je promis. Je jeûnai un bout de temps sans approcher une seule femme. Vraiment. Je fis pénitence. Vous savez ce que c'est ? Je repoussai une petite mulâtresse, qui me fit de tendres avances. Puis une autre, des tas. Et une prostituée, une de ces filles de luxe, qui s'arrêta dans le coin, et servit à presque tous les camarades ; une prostituée qui se parfumait et commentait gentiment de sacrées immoralités, une beauté. Je ne crus ni dans le serment, ni dans ce qui se disait de Petit-Jean Bem-Bon ; mais Diadorim me surveillait. Il me payait de mes sacrifices par son estime, et un surplus d'amitié. Un jour, je n'y tins plus, il l'apprit, il faillit me voir : j'avais joui d'une heure d'amour avec une petite charmante et excitante, brune comme l'est la confiture de buriti. Diadorim sut ce qu'il sut, mais il ne pipa pas le plus petit mot. De la même façon, je passai plusieurs jours bouche cousue, dans une dureté dépourvue de tristesse. Et je continuai à me dévergonder, en donnant le change ; j'ai toujours été un chaud lapin. Diadorim ne me faisait pas de reproches, mais il souffrait. À quoi je m'habituai, je m'en fichai. Quel droit avait un ami de me vouloir dans une continence aussi rigoureuse ? Parfois, Diadorim me regardait avec mépris, comme si j'étais un cas perdu, une fripouille invétérée. Ça me mettait en rage. J'éclatai, je lui dis des choses terribles : « Je ne suis pas un zéro, je ne suis pas de glace... Je suis un homme, un vrai ! » Je criai, et je lui dis de tout, l'insultai même. Il s'écarta loin de moi ; je présume qu'un peu plus, il se mettait à pleurer. Et ça m'aurait fait de la peine ? Un homme ne pleure pas ! — je pensai, pour la forme. Alors, j'aurais dû laisser pour la bonne bouche d'autrui cette petite qui se régala de moi, et qui avait la couleur de la confiture de buriti et des seins si avantageux ? Ah, celle-là je ne l'avais plus maintenant, à ma disposition, nous avions parcouru bien du chemin depuis l'endroit où elle habitait. Mais nous entrâmes dans un village plus important, où il y avait la nouveauté d'un bordel, et je profitai amplement de son hospitalité, je sais vivre. Diadorim, triste raide, à l'écart de tous, dans ce village, je me souviens. Je sortis joyeux du bordel, exprès. Après, dans une épicerie, Fafafa demanda s'ils avaient du thé de maté commercialisé ; et un homme tira un instantané de nous deux. L'endroit s'appelait Saint-Jean-des-Crêtes. Une femme experte, avec une taille de guêpe, qui me fit du bien. Comprenez-moi et ne me blâmez pas. Ce flot de paroles remonte avec les souvenirs de jeunesse. Je raconte n'est-ce pas ? Donc ma vie avec Diadorim courut pendant un bon moment sur ce pied-là. Puis les choses s'améliorèrent. Il m'aimait, par une fatalité. Et moi — comment est-ce que je peux vous expliquer la puissance d'amour que je forgeai ? Ma vie le dit. Si ce fut d'amour ? C'était ce latifundium. Avec lui, j'allais jusqu'aux rives du Jourdain... Diadorim prit possession de moi.

Et nous nous attardâmes encore deux jours à la Fazenda Santa Catarina. Ce premier jour, je pus bavarder plusieurs fois avec Otacília, qui embellissait à mes yeux d'heure en heure. J'eus mon âme, et ma pensée, captivées. Je me rendis compte qu'Otacília était une jeune fille droite et ayant ses opinions, sensée mais très active. Elle n'avait ni sœur ni frère. M'sieur Amadeus administrait un immense domaine : de grands troupeaux sur des cinq cents et des cinq cents hectares à perte de lieues. Otacília n'était la fiancée de personne. Et elle allait m'aimer ? Je n'entendais pas grand-chose aux filles de bonne famille. Tout comme, Rose'uarda ? Je ne voulais pas Otacília de la même façon ; sauf, je tiens à le dire, que jamais je ne pensai à Rose'uarda avec mépris ; ne vous y trompez pas, je ne crache pas dans le plat dont je me suis régalé. Sept fois je tournai ma langue, sept fois ; j'échafaudai mille pensées.

Je ruminai mon discours. Je voulus parler d'un cœur fidèle et de choses senties. Poétiser. Mais c'était que je voulais être sincère — comme parlent les livres, vous savez : du bel-amour, qui est voir et faire de belles choses. Ce qu'une jeune fille, retirée tendre et délicate entre les murs de sa maison de maître, petite sainte souriant du haut de la véranda, gouverne, sans qu'il lui soit besoin d'armes et de chevauchées... Et elle voulait tout savoir à mon sujet, demandait encore et encore. « D'où est-ce que vous êtes, dites-moi, d'où ? » Elle souriait. Et je ne mesurai pas mes atouts ; je racontai que j'étais le fils de M'sieur Selorico Mendes, propriétaire de trois fazendas prospères, sises à São Gregório. Et que je n'avais sur la conscience aucun crime, aucune frasque, mais que c'était uniquement pour raison de sage politique que j'escortais ces jagunços chez Medeiro Vaz, la véritable et légale autorité de toutes ces Hautes-Terres. Ces jagunços ? Diadorim et les autres ? J'étais différent d'eux.

J'attendis qu'elle me donne sa réponse. Peut-être ne m'avait-elle pas cru un brin ? Mais le visage d'Otacília prit un air sérieux, elle ne voulait pas davantage m'interroger ainsi, vaguement, sur ma vie. Les très beaux yeux qu'elle avait me désignaient le ciel avec ses nuages. J'avais renié Diadorim, je reniai que j'avais honte. Déjà le crépuscule s'annonçait. Avançant sur le versant, il y avait la cour, et le bois, avec le jacassement bavard des grands perroquets posés sur un énorme palmier embaúba et sur les manguiers, que dorait le soleil. Du côté de la crête, on apercevait le ciel bleu, avec ces pans de nuages sans mouvement. Mais, du côté du ponant, un vent soulevait et emportait des branches d'amaryllis, comme pour aller tresser un nid immaculé, très loin, dans les solitudes des Hautes-Terres, en bordure des forêts obscures et de toutes les eaux de l'Urucuia, et dans ce ciel bleu-vert du sertão, qui allait d'ici peu commencer à se strier de larges rayures pareilles à du fer en fusion, à du sang. Je le dis, car aujourd'hui encore j'ai chaque détail de ce moment gravé en moi, ainsi que veille l'esprit derrière les yeux. Pourquoi, cher Monsieur ? Je vous l'apprends : parce que j'avais nié, renié Diadorim, et que c'est exactement la raison pour laquelle la seconde d'après, ce fut Diadorim que j'aimai le plus. L'étrangeté que j'en éprouvai. Le soleil bascula.

Puis, ce fut la nuit, les chats gris. Une autre nuit pour nous, dans la remise du moulin, allongés sur des nattes et des peaux — il n'y avait pas même l'espace où installer un hamac. Diadorim près de moi. Je n'avais pas envie de lui parler, les idées qui désormais m'agitaient étaient déjà plus importantes. Aussi j'écoutais le cricri des grillons. Le feu allumé devant la remise stridulait en s'éteignant. Alaripe s'en approcha de nouveau, il remua un tison, alluma une cigarette. Jesualdo, Fafafa et João-le-Vacher n'arrêtaient pas de parler, et Alaripe également, ils discutaient des avantages de Santa Catarina. À quoi je pensais ? À Otacília. J'étais échoué dans cette demi-incertitude, me demandant si elle si-oui. Sûr que nous pensions tous aux mêmes choses ; mais les rêves de chacun, qui les connaissait ?

« Voilà un bassin qui promet du poisson... », dit Jesualdo. Il devait parler d'elle. « Ne prononce pas, ami, le nom de cette jeune fille... » — je dis. Personne ne me répondit, ils voyaient que c'était sérieux fatal, ils devaient en être bouche bée en ce moment, dans le noir. Au loin, la chouette blanche poussa son cri : — *Floriano a fui, a fui, a fui...* qui gémit dans les âmes. C'était donc que la lune quelque part était en train de se lever, et, perchée sur une termitière, la chouette blanche reste la contempler, fascinée, hébétée. Couché presque contre moi, Diadorim était bardé dans un silence pesant. Puis, je l'entendis marmonner entre ses dents, je perçus qu'il haletait de rage. Tout à coup.

« Riobaldo, tu l'aimes cette jeune fille ? »

C'était Diadorim, moitié couché moitié relevé, le souffle de son visage me cherchait. Je pus voir qu'il était blanc d'émotion. Sa voix sortait entre ses dents.

« Non, Diadorim. Je ne l'aime pas... — je dis, je niai et reniai, mon âme obéissait.

— Tu connais ton destin, Riobaldo ? »

Je ne répondis pas. Je pus apercevoir le poignard dans sa main, à moitié dissimulé. Je n'eus pas peur de mourir. Je voulais seulement éviter que les autres se rendent compte de la folie coupable de tout cela. Je ne tremblai pas.

« Tu connais ton destin, Riobaldo ? — il a redemandé. Il était maintenant à genoux contre moi.

— Je ne sais rien, non je ne sais pas. Le démon sait... — je répondis. Demande-lui... »

Pourquoi, dites-moi : pourquoi, dans ce moment extrême, je ne dis pas le nom de Dieu ? Ah, je ne sais pas. Je ne me suis pas souvenu du pouvoir de la croix, je ne fis aucun geste de conjuration. Je fis comme cela se présenta. Comme obéit le diable — en cet instant, vivant.

Diadorim replia le bras, celui avec le poignard, il s'écarta de moi, se recoucha. Ses yeux semblaient danser, tant ils brillaient. Et il devait être en train de mordre sa courroie de cuir.

Prudent, je m'enroulai solidement dans ma couverture ; mais je ne pus m'endormir. J'avais de la peine pour Diadorim, je m'envolai en pensée vers Otacília. Je balançai ainsi, très avant dans la nuit, tantôt ravi, tantôt navré, avec toutes ces nouvelles idées et incertitudes, ce nouvel espoir, à la clarté d'une insomnie. Je finis par me lever. Je sortis. Je mesurai la distance des pléiades. Mais la lune montait étale, bénissant alentour le petit froid de mai. C'était depuis la lisière des champs que la chouette blanche gémissait son chant, depuis la silhouette des arbres de la forêt qui nous bordait. Quand la lune monterait davantage, les étoiles disparaîtraient dans cette masse, et les jabirus pourraient même s'étourdir à force de cris. Je restai là un bon moment, appuyé contre l'anacardier au bord de l'enclos. Je regardais uniquement la façade de la maison-de-maître, imaginant Otacília, ses prières faites, couchée telle une petite chatte blanche, au creux des draps lavés et souples, où elle devait rêver aussi. Et, brusquement, j'eus l'impression que quelqu'un s'était approché derrière moi, et me surveillait. Qui sait, Diadorim ? Je ne tournai pas la tête pour voir. Je n'eus pas peur. Je ne peux jamais avoir peur des personnes que j'aime. C'est clair. J'attendis encore, un bon moment. Puis, je revins sur mes pas. Mais il n'y avait personne, personne entre les ombres et la clarté. Une illusion, mes imaginations. Je bus de l'eau du ruisseau, qui coulait tiède dans le froid de la nuit. Me glissai de nouveau dans la remise. Diadorim était toujours là, écroulé de sommeil. De près, je sentis sa respiration, délicate et ralentie. Là, je l'aimais. Il n'aurait pas été quelqu'un comme moi, je dis à Dieu que j'embrassais, étreignais cet être dans mes bras. Et, insensiblement, je dois m'être endormi — parce que je me réveillai comme Diadorim se levait en remuant doucement et sortait sans bruit, en emportant sa sacoche ; il allait prendre son bain dans une cuvette formée par le torrent, entre les derniers pans de nuit et le petit jour. À peine il fut parti, très vite, je me rendormis.

Mais, tôt au lever du jour, M'sieur Amadeus était arrivé, et avec une nouvelle urgente : que le gros de la bande de Medeiro Vaz croisait de nouveau, à environ quinze lieues de là, entre La Vallée-d'en-Bas et Ratragage, et nous devions sans délai reprendre la route, dans cette direction. À ceci, que le Grand-Père Anselme eut pour moi un mot affectueux et différent — je compris que le petit vieillard se doutait de quelque chose, et que cela ne lui déplaisait pas que je puisse devenir son petit-fils. Nous déjeunâmes, enfourchâmes nos chevaux. Diadorim, Alaripe, Jesualdo et João-le-Vacher partirent en avant, et Fafafa. Mais je rassemblai tout mon courage, et je demandai mon sort à Otacília. Et elle, à ma grande joie, dit qu'elle ne pourrait aimer que moi, et qu'elle allait m'attendre le temps qu'il faudrait, jusqu'à ce que je puisse revenir pour l'arrangement légal de notre mariage. Je partis, des chants plein la tête, le printemps au cœur. Ce n'était guère pour longtemps — je me dis — que je prenais congé de cette fazenda Santa Catarina, de ses savoureuses libéralités. Non que je nourrisse en moi l'ambition de biens et d'avoirs ; ce que je voulais, mon désir d'amour c'était vraiment seulement Otacília. Mais, en gage de paix, d'amitié envers tous, et de bonnes règles tranquilles, je pensais : aux prières, aux vêtements de cérémonie, à la fête, à la grande table avec les mets et les entremets ; et qu'au milieu de la solennité, M'sieur Amadeus, son père, se déferait peut-être — en notre faveur — d'un bois de buritis en dot, conformément aux anciens usages.

Je rattrapai les autres. Diadorim ne me dit rien. La poussière des routes collait lourde de rosée. Le petit bem-te-vi et le chardonneret chantaient. La luzerne, haute et mûre, violâtre, de toutes ses fleurs violettes. Mais, le reste, et dont je me souviens, c'était les pensées qui m'assaillaient. Un sentiment prisonnier. Otacília. Pourquoi est-ce que je n'avais pu rester là, dès cette fois ? Pourquoi est-ce qu'il me fallait continuer, avec Diadorim et les camarades, à la poursuite, dans ces Hautes-Terres, de quel sort, de quelle mort ? Un destin prisonnier. Nous traçâmes, Diadorim et moi, je traçai ; à bride abattue. Mais de ce jour, une part de moi resta là-bas, avec Otacília. Le destin. Je pensais à elle. Parfois moins, parfois plus, comme est la vie. Parfois j'oubliais, parfois je me souvenais. Ces mois s'en furent, les années s'en furent. Mais Diadorim m'entraînait avec lui, où bon lui semblait. Je tiens que, lorsque je pensais à Otacília, Diadorim devinait, il le savait, souffrait.

Toutes ces choses se passèrent longtemps après. J'ai pris de l'avance dans mon histoire. Pardonnez ces licences maladroites dans ma narration. C'est l'ignorance. Je ne converse, ou presque, avec personne de l'extérieur. Je ne sais pas raconter selon les règles. J'ai un peu appris avec mon compère Quelemém ; mais il veut tout savoir différemment : ce qu'il veut ce n'est pas l'affaire en soi, en elle-même, mais le suc de la chose, l'autre-chose. En ce moment, en ce jour qui est nôtre — c'est avec vous vraiment, qui m'écoutez avec cette dévotion — que j'apprends petit à petit à raconter correctement. Et je reviens à ce que je disais. Tandis que j'étais, avec vous, dans le campement des hermógenes.

L'événement notable : Zé Bebelo était en route. Ils marchaient sur nous. Et nous apprîmes cette nouvelle : ils n'étaient plus en milieu de journée, un détachement à cheval, qu'à une lieue de distance. Une lieue non, ce n'était pas vrai — mais une affaire de six lieues, ça oui. Et ils étaient seulement, environ, une soixantaine. Je l'avais su dès le commencement, que c'était ce qui nous attendait, mais ça n'en fut pas moins une surprise. Je ne pouvais pas imaginer que j'allais ouvrir le feu sur les bebelos. En un sens, j'avais de l'estime pour Zé Bebelo en tant qu'ami. Je respectais sa finesse — Zé Bebelo : comprenant tout toujours. Et une chose me découragea à tort. Ce ne fut pas la peur, mais je perdis la volonté d'avoir du courage. Nous levâmes le camp pour approcher plus près, plus près. « C'est maintenant ! C'est aujourd'hui !... » Hermógenes rassemblait ses hommes au grand complet. Il fallait emporter la plus grande réserve possible de munitions. Où cela ? Diadorim d'un geste, m'interrompit, je n'avais pas à poser de questions. Aux armes ! Diadorim se préparait, comme pour une promenade d'agrément. Ah, j'ai oublié de vous préciser une chose. Et c'est qu'à cette époque, dans le campement d'Hermógenes, mon amitié avec Diadorim était devenue, pareille à de l'eau courant sur des pierres, sans poussières ni graviers pour la troubler. Avec les propos des hommes, le cliquetis des armes en cette méchante veille, on ne pouvait éviter d'être sensible à une atmosphère de dureté, de plus grand respect envers soi-même, et beaucoup de petites choses rapetissaient. « Zé Bebelo, est d'une prudence de sioux, Diadorim... Il joue sûr de son coup : il doit avoir placé quelque part, bien à couvert, une autre troupe sur le pied de guerre, pour nous prendre à revers. Je connais — c'est sa méthode... Il faut prévenir Hermógenes, João Goanhá, Titan Passos... » — je ne pus me retenir, je le dis. « Ils le savent, Riobaldo, toute guerre est ainsi... », me répondit Diadorim. Et je savais que l'avoir dit c'était déjà avoir trahi. Ça l'était ? Aujourd'hui je sais que non, que j'avais à prendre soin de la vie et des camarades. Mais trahir, oui, ça l'était aussi : ça l'était parce que je le pensais. Maintenant, avec tout ce qui s'est produit ensuite, ça l'a bien été, n'est-ce pas ?

J'ai arrimé mon havresac, avalé froide ma gamelle de bouillie. Tout était décidé, déterminé, même ce qu'ensuite nous aurions à faire. João Goanhá nous répartissait par petits groupes de quinze ou vingt hommes ; chacun de ces groupes, le combat terminé, devrait rejoindre les autres à l'endroit fixé. Nous allions devoir dès cet instant, nous battre par petites formations. Je voyais à la tête des hommes qu'ils étaient satisfaits, ce qui semblait beaucoup et peu. On but, contents, un petit coup. — « Prends ce scapulaire, Riobaldo. C'est ma nourrice qui l'a cousu pour moi. Comme j'en porte deux... » C'était Feijó, un solide octavon, il maniait une carabine à trois canons. Qu'est-ce qui me valait cette sympathie, je n'avais jamais fait attention à ce Feijó ? « Allons ! Aujourd'hui c'est le jour de faire ce qu'on ne fait pas d'ordinaire... », dit quelqu'un pour se donner du cœur au ventre. Qui voulait prier en avait le loisir : j'eus peur du châtiment de Dieu. D'autres encore mangeaient, ils s'empiffraient, s'essuyaient la bouche de leurs deux mains. « C'est pas la peur, les amis, c'est le corps, ses nécessités... », expliquaient certains, en courant pour se soulager. Et le restant éclatait de rire. Il manquait à peine une demi-heure pour que le soleil se couche. De cet endroit, vide d'habitations et de terres cultivées, on entendait le roucoulement du pigeon juriti, tel un dernier appel, en même temps que le loup guará, lançant déjà ses cris de pénitence. « Donne un coup de main, ici... » J'aidai. C'était un type de Montes-Claros — je crois bien l'avoir oublié, le nom de celui-là, qui voulait passer des bandes d'étoffe autour de ses semelles et de son cou-de-pied pour les renforcer. Une fois terminé, il esquissa un pas de danse, souple sur ses articulations, il sifflait. Il pensait à quelque chose, ce garçon ? « Riobaldo ? — c'était Diadorim — arrange-toi, le moment venu, pour changer d'endroit, chaque fois que tu pourras. Et fais attention : un homme peut ramper dans les fourrés, et dans un miroitement de son couteau, il te saute sur le dos. » Diadorim souriait, l'air grave. Un autre me heurta en passant. C'était Delfim, le violoneux. Sa guitare, où est-ce qu'il allait pouvoir la ranger ? Je serrai la main de Diadorim, et je voulais qu'on y aille, qu'on se remue, se mette en route.

Je raconte qu'Hermógenes arriva. La voix d'Hermógenes, lorsqu'il donnait les consignes de guerre — je vous l'ai déjà dit ? — devenait claire et correcte ; on pouvait le dire : elle le devenait quasiment. Au moins il savait où il allait nous emmener, et ce qu'il voulait. Il résuma la marche à suivre. Que tout le monde écoute, que tout le monde enregistre. Le gros du contingent des bebelos avait pris position à Angicos-le-Haut — un petit plateau, très plat. Ils pouvaient avoir dispersé des sentinelles très loin, jusqu'au bord du Dinho, ou tout autour, sur les contreforts. Mais ça, on le saurait, vu que nos éclaireurs étaient partis en patrouille. Ce qu'il fallait, c'était arriver l'obscurité déjà tombée, remonter en rampant le long des versants, posément, au cœur de la nuit. Nous n'ouvririons le feu, par surprise, qu'aux premières lueurs de l'aube. Que chacun, ayant choisi la meilleure position, se surpasse en astuce et ruse de chat, il fallait même retenir sa respiration. Si l'un de nous, par malheur, tombait avant l'heure sur des ennemis, qu'il se défile comme il pourrait, ou se débrouille au couteau : pas question de tirer avec une arme à feu. On le pourrait, mais seulement une fois qu'Hermógenes — qui était celui qui commandait — aurait tiré le premier coup. Chacun devait tirer avec sang-froid, tuer à coup sûr. Parce que notre échéance était d'en finir avec tous dans le plus bref délai : surtout avant que d'autres puissent s'amener en renfort. Et pour plus de sûreté, Titan Passos posté en embuscade avec une trentaine de camarades, sur un escarpement rocheux, allait surveiller le chemin d'accès. Heureusement qu'Hermógenes expliquait, lentement, et répétait tout, avec patience : le devoir absolu étant que le plus demeuré lui-même retienne, et le déroulement de sa tâche — depuis l'endroit où il devrait s'aplatir sur le sol et commencer à ramper pour arriver en haut — était défini. Mais, moi, je compris le sens de tout dès la première explication, et chaque fois qu'il répétait, je reproduisais dans ma tête les événements en train de se produire — j'étais déjà sur place, je rampais, me tenais prêt. Je commençai à sentir. Je fis corps avec mes armes.

Comment ? Grâce à ce qui est arrivé, à quoi je ne m'attendais pas. Hermógenes m'appela. Cette fois — avec les ceinturons et les cartouchières, son havresac, le hamac en bandoulière et une couverture sur le tout — il avait presque l'air d'un homme gros. « Riobaldo, Tatarana, viens là. Notre position va être la plus dangereuse. Il me faut trois hommes sûrs, à portée de mon chuchotement. » Pourquoi vous mentir ? Qu'il me distingue, me conférant ainsi de la valeur, me causa un certain plaisir. Notre nature s'abreuve aux eaux troubles, s'attache à ce qui poisse. Savoir ? Ça me plut. Malgré l'aversion, que j'ai dite, qui a existé, qui était forte, comme un scrupule. Les gens — c'est la vie — sont à faire honte...

Mais, là, je me dressai tout d'une pièce. Grâce à la ferme volonté que j'exprimai de ma substance vexée, je devins autre — je le sentis moi-même : moi Riobaldo, jagunço, homme prêt à tuer et mourir avec vaillance. Moi Riobaldo, homme sans père, sans mère, sans nulle appartenance, sans bien qui m'appartienne. Je m'ancrai ferme sur le sol, serrai les dents. J'étais sanglé, sanglé dans ma tête, sanglé dans ma peau. La personne de ce monstre d'Hermógenes ne pouvait pas compter sur mon amitié. Il était même, en la circonstance, sans existence. Il était un nom sans passion ni caractère, une simple autorité nécessaire. Et au-dessus de nous, lui et moi, il y avait Joca Ramiro. Je pensai à Joca Ramiro. J'étais tel un soldat, j'obéissais à une règle supérieure. Ce n'était pas à cet Hermógenes que j'obéissais. Je prononçai en moi-même : « Moi, Riobaldo, moi. » C'est Joca Ramiro — qui était l'autorité suprême, nécessaire. Mais Joca Ramiro était loin, comme peut l'être une loi, une loi déterminée. Je pensais à lui, très fort, à lui seulement. Me disant : « Joca Ramiro ! Joca Ramiro ! Joca Ramiro !... » Le dilemme qui gronda au fond de moi était une méprise, un coup de mer. Je n'avais plus besoin de craindre ou de haïr personne. Et l'envie de caresser mon revolver et de le lui décharger dans les tripes me déserta. Mais tout cela — que je vous précise — dans un battement de l'être. Pas plus. De ces bons emportements de l'existence.

Là, il voulut que je choisisse ceux qui viendraient avec nous. Moi ? Il me testait ? Je ne lanternai pas : « Garanço... — je dis — ... et celui-là, ici ! » — je complétai, en désignant le type de Montes-Claros. J'aurais bien voulu Feijó également ; mais il n'en fallait que deux, le compte y était. Et Diadorim ? — vous allez me demander. Ah, ce nom que je ne disais pas, sa pensée ne me quittait pas. D'emblée insistant, tout ce court moment. Et bizarrement : je ne voulais surtout pas de Diadorim à mes côtés, pour ces heures-là. Pourquoi ? Pourquoi, je n'en savais rien moi-même. La crainte, peut-être, que sa présence près de moi, si je devais voir des dangers lui arriver dessus, au milieu des combats, m'enlève de ma vaillance ; ou la crainte que me souvenir que Diadorim était avec moi soit insupportable, parce que cela me débiliterait, à l'heure où j'étais ainsi, dur comme fer, cœur de lion, face à Hermógenes ? Je le sais, ce que je sais ? Mais c'est ainsi que j'étais. Et je répondis ceci : qu'alors Garanço et le type de Montes-Claros allaient venir avec nous.

Donc nous sommes partis, nous nous sommes mis en route, répartis par deux ou par trois, ou tout seuls. Et déjà, la nuit était là. La nuit dans la Jaïba vient d'un coup d'aile. D'un seul coup. Et il faut : s'habituer les yeux dans l'obscurité. Je vous raconte tout. Notre marche se déroulait en silence, même le bruit des espadrilles, on ne l'entendait pas. Il y avait tellement de petits bois, d'arbustes, que le crissement des mille petites bestioles n'en faisait qu'un. Au-dessus volait la chouette géante, qui sait où elle va, le sait sans bruit. Et quand sa silhouette épaississait la pénombre devant nous, je fermais trois fois les yeux. Hermógenes avait pris la tête, il ne disait mot. Et Garanço de même, et le type de Montes-Claros. En mon for intérieur, je les en remerciai. Qui va mourir et tuer, peut-il vraiment faire la conversation ? Avec nous, uniquement ces oiseaux au plumage souple, engendrés par la nuit — tous ces engoulevents insensés : l'agami qui appelle sa femelle, à grands éclats de rire, réclamant du bon-tabac. Je vous dis à quoi je pensais : à rien. Je m'efforçais seulement de me tenir à une chose : qui était que je devais simplement me préoccuper des petites choses, et constamment être attentif à la nouveauté de chaque instant. Ma personne acquérait pour moi une valeur colossale. Cet engoulevent géant, posé au milieu du chemin, prenait son vol pour aller chaque fois s'abattre dix brasses plus loin et recommencer de la même façon, ainsi que font tous ces oiseaux. Sot qu'il était — il ne voyait pas que le danger vous retombe dessus, toujours ?

Je dis tout, j'ai dit : tuer-et-mourir ? Sottise. C'était bien à quoi je ne pensais pas. Ce n'était pas la peine. Les choses étaient celles-ci : je marchais, j'exécutais des ordres ; je devais arriver à un certain endroit, charger mes armes ; pour le reste, advienne ce qui viendrait ; tout n'est-il pas le sort ? Je voulais ne me souvenir de rien, d'aucun, d'aucune. Une demi-lieue de marche, le long d'un sentier. Pas question de se prendre dans les feuillages, de casser des branches. Marcher de nuit, dans un noir de suie, réclame un flair de limier : ce qui évalue le terrain ? — le pied qui devine. On imagine des trous informes. On guette des voix. Hé ! Peu de petites étoiles au ciel : la nuit plombait tout, brutale. Que je vous dise : la nuit tient de la mort ? Rien ne prend de sens, à certaines heures. Sachez ce à quoi j'ai pensé le plus. À la chose suivante : comment chante le *curiango* ? Ce que chante cet engoulevent est : *Curí-angú !*

À une affaire d'environ cent brasses en suivant le torrent, Hermógenes s'arrêta. Nous nous sommes abrités. Nous nous sommes palpés avec les mains. Désormais c'était au coude à coude. Hermógenes s'appliquait, il scrutait pour nous. Quels yeux que les siens, qui décortiquaient n'importe quoi dans l'obscurité, le même genre de regard que celui de la chouette. Chacun notre poignard en main, nous traversâmes le torrent, en sautant de pierre en pierre ; plus bas, nous le savions, il y avait un petit pont fait d'un tronc jeté en travers, mais nous avions peur que là, ils aient posté des sentinelles. Là c'était le pire endroit : un frisson me parcourut l'échine, je sentis ma nuque. Tout, dans le noir, est vraiment possible. Une fois de l'autre côté, Hermógenes susurra les consignes. Nous nous aplatîmes au sol. J'étais à l'abri d'un arbre, un anacardier. Un peu plus loin, derrière moi, le torrent roulait sur ses pierres. Nous allions devoir endurer cette attente des heures durant, laisser du temps au temps. Avec l'eau ainsi, toute proche, les moustiques rappliquent, ils se réveillent à l'odeur du visage des gens, ne laissent pas une seconde de paix. Allumer une cigarette et fumer, on ne pouvait pas. La nuit est une longue attente. Et les moustiques nous assaillaient sans répit. C'est probablement pour cette raison, je dirais, qu'Hermógenes avait choisi cet endroit : afin que personne ne s'endorme, vu que ces nuées de moustiques nous en empêchaient ? De toute façon, je n'étais pas la personne à pouvoir m'endormir sur les deux oreilles près de cet homme, agent de tant de cruautés. Ce que je voulais, c'était que tout suive son cours, que mal ou bien cette nuit prenne fin, définitivement. « Tiens, ici, prends... » — j'entendis soudain. C'était Hermógenes qui me tendait une prise de tabac qu'il venait d'imbiber d'une forte eau-de-vie de canne. C'était pour se frotter le visage et les mains. J'acceptai. Ç'aurait été quelque chose à manger, je n'acceptais pas. Je ne dis rien, ne remerciai pas. Nous étions en service commandé, c'était compris. Et je me frottai, avec application. Cela fait, les moustiques cessèrent de me torturer. Et alors, pour passer le temps, je me mis à mâchouiller de l'écorce de l'anarcadier, cette résine d'*icica*. Là, les pensées qui me traversèrent furent de celles qui ne valent pas la peine, et je ne suis pas capable d'en faire la narration : les traits de plusieurs personnes, le rappel de conversations décousues, de vagues choses des voyages que j'avais faits. La nuit s'éternisait.

Faut-il que je raconte tout ce qui s'est passé — comment nous nous sommes glissés en haut de la pente — jusqu'à l'endroit où attendre le moment de l'embuscade ? On s'y prend toujours pareil, de la même façon. Chacun s'ancre dans le sol, dans l'herbe, et il va, il va — devenu serpent — chat-en-chasse. Il importe de répartir le poids du corps en souplesse, comme si on nageait ; c'est le coude, le genou ensuite, qui vous halent. Tout cela d'un lent élan, qui finit par être insupportable, mais il le faut. S'élancer précipitamment ne vaut pas, vous devez vous étirer le plus possible, le plus que vous pourrez. Vos articulations craquent, vous les entendez. Vous vous grattez le mollet avec le talon — avoir des guêtres ne sert à rien. Il faut chaque fois se déplacer en déportant le corps d'un seul côté : et vous regardez, vous écoutez. N'importe quel bruit inconsidéré est source de danger. Un oiseau, qui posé sur un buisson s'envole d'effroi, avertit l'ennemi. Le pire ce sont ceux qui ont fait leur nid, ils se mettent alors parfois à voleter sur place en piaillant très fort — ils avertissent énormément. Ou lorsque c'est l'époque des vers luisants, qui sont des milliers et des milliers, partout par terre : à peine vous arrivez, ils s'éparpillent en s'allumant, et c'est un sillage de lumière tout autour de vous dans l'herbe, une flammèche verte qui parsème tout — c'est le pire avertissement. Ce que nous faisions là était à rendre fou, une chose qu'on ne peut vraiment vouloir qu'en cas de guerre. Le poignard entre les dents, vous savez ? : sans le vouloir vous bougonnez. Sur le qui-vive, car chaque fourré, chaque buisson, menace de remuer : avec l'ennemi qui va en sortir. Les arbres se dressent blanchâtres, traîtreusement. Vous écrasez sous votre ventre des épines et des graviers, et vous devez savoir quand mieux vaut vous planter droit sur un chardon de votre plein gré — ce qui est la meilleure façon d'empêcher qu'il vous rentre dedans. L'ennemi peut également de son côté être en train de ramper, de vous prendre à revers, on n'est jamais sûr. L'odeur de la terre n'augure rien de bon. Des herbes coupantes vous lacèrent le visage. Et des sauterelles sautent, vous entendez un petit craquement, tilic, j'imaginais que c'était, leur tilic-tilic, des étoiles filantes, qui me tombaient dans le dos. Le travail des ongles. L'herbe dégouttait du serein de la nuit, larmoyait. Ah, et les serpents ? Se dire que, d'une pichenette, vous pouvez mettre la main sur un crotale enroulé sur lui-même, mourir de mort certaine. Le pire est l'anaconda, qui se promène au loin, noctambule, monstrueux : celui-là c'est la rapidité la plus dératée qu'il y ait au monde. Je récitai l'oraison jaculatoire de saint Benoît. L'eau du serein, des herbes, des feuillages, me trempait — que je vous dise ; ça me dégoûtait. Tout à coup, les hautes herbes s'écartèrent, je rentrai la tête. C'était un tatou, qui se glissait dans son trou, il renifla et j'entendis le frottement de ses élasticités. Un priodonte et moi à ras de lui. Là, que faire ? Sur ma droite Hermógenes avançait en rampant, je sentais l'haleine d'une bouche, et cette silhouette couchée dans sa cuirasse, à me toucher ! Garanço et l'homme de Montes-Claros se détachaient, une fois devant moi, une fois derrière. Quand tout à coup, sans prévenir, Hermógenes s'arrêta. Et il murmura — un chuchotement, la main en creux sur mon oreille « C'est ici, c'est ici... », répéta-t-il. Où étaient — je me dis — les doux oiseaux de nuit et les premières étoiles ? J'avais fermé les yeux. L'odeur de myrte-blanc arrivait par bouffées. Je me tins coi.

Ce que je fis de mon temps, et combien il s'écoula d'heures avant que naisse le jour ? J'aurais pu le mesurer à la course des étoiles, qui tournaient, descendaient en direction de leur couchant. Mais, je vous le dis, je ne regardai pas le ciel. Je ne voulais pas. Je ne pouvais pas. Ainsi allongé de tout son long sur la dure, on souffre du froid de la nuit, le sol vous glace. Je pensai : et si je tombe malade ? Déjà qu'une dent qui me chatouille m'indisposait. Probable que je somnolai — dormir, je m'y refusai résolument. Hermógenes — un homme qui existe ainsi tout contre vous, dans un silence de pierre, ses pensées vous rendent nerveux — tout autant que des hurlements. Ces morts, qui étaient pour bientôt, elles étaient déjà dans la tête d'Hermógenes. Je n'avais proprement rien à voir avec ça, je ne faisais qu'obéir, non ? Rien qu'obéir, n'est-ce pas ? Joint au fait que c'était ma première embuscade. La fichue absence d'habitude de ce qui précède — ces choses, un tas, qui précèdent. Vous trouvez que c'est naturel ? Les horreurs qu'on doit se chasser de la tête : j'attendais là pour tuer les autres — et ce n'était pas un péché ? Ça ne l'était pas, ne l'était pas — des horreurs, je résumai. Je finis par somnoler, je crois ; par une défaillance de ma volonté. Il se peut même, que j'aie dormi? Je n'étais pas le chef. C'était cela que voulait Joca Ramiro? Et Hermógenes, son lieutenant auprès de nous, commandait. Certains disent : voir quelque chose dans le ciel comme une grimace noire? C'est une erreur. Hé là, rien, non. Rien. J'allais tuer des gens, des êtres humains. L'aube, d'ici peu, allait blanchir, j'allais voir apparaître le jour. Comment était Hermógenes? Comment vous le dire... ? Bon, pour vous donner une image : une mixture grossière — de cheval et de serpent... Ou un grand chien. Je devais lui obéir, quoi qu'il commande d'exécuter. Il commandait de tuer. Ma volonté, là, ne pouvait correspondre, en aucune façon. Ces ennemis, je n'en connaissais pas un, je ne leur en voulais pas, à aucun d'eux. La bande de Zé Bebelo, tous ces hommes regroupés sur la rive du Jequitaï, pour gagner leur fidèle petit argent, telle la paie du soldat. Combien n'allaient-ils pas en mourir, tués de ma propre main? Un petit vent se faufila, le cri-cri de grillons et de milliers de petits insectes éparpillés. La nuit, maintenant installée, avec des ombres rouges. L'exemplaire de la mort, de cette mort-là, c'est que c'est, si légère, vite fait bien fait, dans la seconde. Les choses auxquelles je ne voulais pas penser, mais auxquelles je pensais le plus, défilaient. La façon de parler de Geraldo Pedro, qui disait : « Celui-là? Aujourd'hui il n'est plus là, fantôme il a viré... Je l'ai tué... » Et Catôcho, à propos d'un autre : « Là, par là, y a des orphelins à moi... J'ai été obligé de tuer leur père... » Pourquoi est-ce qu'ils racontaient ces perversités... Pourquoi est-ce que je devais obéir à Hermógenes? Il était encore temps : si je voulais, il suffisait que je sorte mon revolver, je lui décochais, rapide, une bonne décharge, bien placée, et je détalais, en zigzaguant, jusqu'en bas de la pente, je m'arrangeais pour disparaître dans le vaste monde. Ah, pas de ça : car c'est là que se déclencherait, de partout, une sale fusillade, il mourrait de toute façon énormément de monde, et je mourrais le premier de tous. C'était vraiment sans remède. J'étais sous la coupe d'Hermógenes. Que je le veuille ou non, il était le plus fort! Je pensai à Diadorim. Ce que je devais souhaiter, c'est que nous réchappions tous les deux de là, de tous ces combats, la vie sauve, que la guerre se termine, nous larguerions la vie de jagunço, nous partirions, pour les Hautes-Terres tant de fois évoquées, vivre avec une grande persévérance. Maintenant, ces autres, nos contraires, n'avaient-ils pas eux aussi le pouvoir de me tuer? Cette ineptie. Et je me voyais, à cheval, par un petit matin, sur un chemin de sable blond, a Buriti-du-Á, devisant côte à côte, en bordure d'une vereda, avec un brave paysan, un compagnon quelconque, on riait, on bavardait de mille petites choses, sans chercher à mal, on fumait, je transportais en croupe un demi-sac de maïs, je me rendais dans une fazenda, marchander mon maïs au moulin contre de la farine... — les rêves que je déroulais. Au vrai : ces zé-bebelos n'avaient-ils pas également sillonné le Nord pour exterminer? Et alors?! On verrait bien. Ce n'était pas le fait d'Hermógenes, c'était un état de fait, ça ne dépendait pas de lui, j'exécutais, tout le monde exécutait. — « Je m'en vais! » — je me disais — « Je pars pour les Hautes-Terres! Je pars pour les Hautes-Terres! » — je me répétais. À ce moment-là, une crampe me tordit la jambe. Puis je me dérouillai les doigts. Je nous voyais à cheval, Diadorim et moi, la campagne embaumait, dix mètres de fleurs sur le sol. Pourquoi avoir pitié des autres? Quelqu'un avait pitié de moi...? C'est très fragile une tête d'homme, je me répétais. La seule chose c'était d'en finir au plus vite avec ces zé-bebelos. De penser à Diadorim m'apaisait, me calmait les idées. Ah, je vous le dis : cette nuit, je ne l'oublie pas. Je peux? Petit à petit, je me suis assoupi, ni méchant ni bon. Tuer, tuer, en quoi ça me regardait? Oublier cette nuit-là, je ne peux pas. Vers l'aurore, il bruina.

Comment il fait jour : c'est par à-coups, dans le ciel, l'obscurité repoussée par vagues. Nous tournions le dos aux barres de clarté. Ce dont je me souviens, je m'en souviens : Hermógenes s'ébranla, aplati sur le plat, son ventre rasant doucement le sol. Cet homme était un fichu tigre, il chuchotait dans l'oreille de Garanço, puis dans celle du type de Montes-Claros — il leur montrait les endroits qu'ils devraient bientôt... Gare, il revint vers moi, se déplaçant maintenant de l'autre côté. Il dit : « Attention, Riobaldo... » Je vis quand Garanço avança, il rampa, rampa, et prit position protégé par une grande termitière ; à une affaire, devant moi, légèrement sur ma gauche, d'environ cinq mètres. Je distinguai pas très loin, dans la même direction, le type de Montes-Claros. Je me déplaçai encore de la longueur de quelques pas : je profitai de l'écran formé par un arbre de bonne grosseur — un *araça-de-pomba* très touffu. L'œil à tout, Hermógenes ne me lâchait pas. Même cette petite lueur de l'aube, était pénible. Nos besoins pressaient. Pourquoi est-ce que nous n'avancions pas une fois pour toutes, sauvagement? Ah, on ne pouvait pas. Sauf que, dès la première mêlée avec les bebelos, nous allions y passer tous les quatre, cousus par leurs coutelas. Et des autres, les camarades, nous ne savions rien. Si ce n'est qu'à l'heure dite exacte, ils devraient avoir rapidement encerclé de toutes parts, à bonne distance, le campement des bebelos. Tout était patience. Il soufflait un petit vent, qui effeuillait. Tant d'hommes dissimulés dans les fourrés, tous à ne faire qu'épier : bien obligés — je réfléchis. Et je trouvai même cela beau, soudain. Les oiseaux déjà en train de commencer à voler, car ils se contentent de la moindre tentative de jour, pour juste se chercher de quoi manger. Triste, triste, un gobe-mouches chanta. Et tout joyeux pour moi, le martin-pêcheur. Je regardai devant moi, tout près, c'était là qu'ils étaient : un peu de jour éclairait entre les arbres courts, il y avait une silhouette, à contre-jour. L'homme allait allumer un feu. Et d'autres silhouettes apparurent, ceux qui se levaient. D'ici peu, certains allaient sans doute descendre chercher de l'eau, au ruisseau, s'ils en avaient besoin. Les bêtises qui me passèrent par la tête : cette eau, est-ce qu'ils en avaient utilisé beaucoup ? Est-ce qu'il n'y en avait pas qui dépérissaient, à force d'avoir peur ? Je ne courais pas après la mort. Je suis né rassuré, je suis ainsi fait. D'être là avec Hermógenes à côté de moi, à ce moment-là, je peux vous dire, ça me plut. « Riobaldo, Tatarana ! On y va... » — il m'ordonna, tout à coup. J'obtempérai. Je laissai aller ma main, fin prête : j'avais déjà la mire dans l'œil : une chose me consola, qui était que cet homme de grande taille ne pouvait pas être Zé Bebelo... Je ne tremblai pas. J'entendis mon coup de feu et celui d'Hermógenes : et l'homme s'affaissa mort sur le coup, de tout son haut, il roula dans la piètre poussière. Une colère me prit, contre eux, contre tous. Et, de partout, à notre suite, la fusillade avait commencé.

Un feu roulant. Les rifles et toutes les armes parlaient, fusil à répétition, mousqueton, comblain. La guerre en fête.

Je vous en dis plus ? Je tirai, ce qui me revenait. Puis, je repris mon souffle. Vous avez déjà vu une bataille ? Sans même y penser, on s'arrête et on attend : on attend ce qu'ils vont répondre. À chacun sa ration. Ce qui est en trop : beaucoup, et rien en réponse. La mort ? Il n'y a plus que le show et les balles. De toute façon, plus moyen de se tirer. Il ne restait maintenant, si on y tenait, qu'à hurler sa haine, et l'air s'est brouillé, balayé par le sifflement du métal. Là vous oubliez père et mère, vous ne voyez pas que la vie n'est que sauvagerie. Des branches d'arbres sectionnées, le normal c'est la poussière et la terre retournée. Je vous raconte, j'explique. Voilà comme c'était. Je chargeai mon rifle, je tirai, par rafales. En face, nos ennemis gaspillaient beaucoup de munitions, ils tiraient avec nervosité. Ils ne voulaient pas mourir sous notre tir, ils ne voulaient pas. Je me suis mis à rire, à rire, et Hermógenes m'appela, épouvanté. Comme s'il croyait que je débloquais. Mais c'était que tout à coup, je m'étais mis à penser à mon parrain Selorico Mendes.

« Maintenant vas-y, toi, vas-y, tu te décides ?! » — fut ce que j'eus envie de crier à Hermógenes. Chien qu'il était. Je ris davantage. Tout seul, sa carabine en main, Hermógenes était un homme comme moi, ni plus ni moins, il tirait même plus mal. Et ces bebelos s'étaient levés matin pour se faire tirer dessus. Je me sentis bien. « ... Si tous prennent leurs armes et se canardent à tour de rôle, alors ça va être la fin du monde... » — je pensai, je crois. C'était le genre de choses idiotes, qui me naviguaient par le crâne. Je me mis à vouloir compter les coups de feu. Du train où ça durait, une pause n'était pas pour tout de suite. Le jour s'était levé : je pouvais maintenant décrire entièrement le type de Montes-Claros, planqué derrière une souche et des fourrés d'*anduzinho*. Pourquoi je vous raconte ça ? J'en dis long. Si vous en avez déjà vu autant, vous savez : et si vous ne savez pas, comment allez-vous savoir ? Ce sont des choses dont on n'arrive pas à se faire une idée.

Pareil combat, combat de taille. À ceci près, qu'on ne rampait plus pour se déplacer, ce n'était pas le cas. Il ne faut le faire presque uniquement que lorsqu'on est en position de défense : pour faire croire qu'on est un plus grand nombre qu'on est en réalité. Comme ce n'était pas le cas, mieux valait s'assurer la meilleure position, et rester sur l'œil. Un tir en face appelle un tir ici, un feu croisé. Chaque fois que je me préparais à tirer, je guettais un mouvement quelconque, une distraction chez les autres, comme brigande un brigand. La ligne ennemie n'était pas à cent cinquante brasses, la portée de mon tir. La bonne distance jusque pour la charge d'un tromblon. J'en chopai plus d'un, et cetera, et cetera, pour ce que je sais, à ce qui me semble. Mais seulement ceux dont la mort était marquée pour ce jour-là. Je mens ? Ne vous leurrez pas. C'était ainsi.

Vint le moment, où les tirs s'envenimèrent, volontairement, plus haut d'un seul côté. Ils voulaient en finir. Et les heures n'en finissaient pas. Le soleil nous tapait sur la nuque. Un soleil à blanc, sous lequel je suais, transpirais des cheveux et à l'intérieur de mes vêtements, au point de sentir de violentes démangeaisons dans le creux des reins ; et ces fourmis dans les parties du corps engourdies. Alors, je tirais. Et on ne se lançait pas à l'assaut ? Non, nenni. Les autres criblaient serré, leur feu ne déméritait pas. Bande de chiens ! Les injurier vraiment, n'aurait servi qu'à mieux leur désigner la cible. De temps à autre, je me reposais les yeux sur le dos de Garanço, là, presque devant moi. Garanço avait rangé sa musette et sa couverture par terre, il avait enlevé sa veste, n'avait plus que sa chemise à carreaux. Je vis la sueur devenir une tache sur sa chemise, au milieu de son dos, une tache sombre qui gagnait, s'arrondissait, qui s'étendait. Garanço tirait, tout son corps secoué, il était mon ami, avec son courage minutieux. Un garçon comme on les aime, un homme d'une qualité loyale. Alors, je tirais moi aussi. « Balle et plomb... » — je m'étais mis à répéter. « Balle et plomb... Balle et plomb... » Un étau à l'endroit du cœur.

J'étais une chair dense et une chaleur féroce. « Qu'est-ce qu'il y a ? Qu'est-ce que c'est ? » me demanda Hermógenes. « Ce n'est rien, non ! » je répondis. « Balle et plomb... Plomb et balle... » Purée ! Voici que tout à coup : bien à l'écart sur notre gauche, un petit groupe des nôtres avait surgi, qui se ruaient en avant, en poussant des cris, ils attaquèrent — au corps à corps.

Et là, ils étaient deux... Trois... « Par le diable — gronda Hermógenes : Diantre ! la fureur les a pris ! » Rapides, ils investirent, ils y allaient à la crosse et au couteau... On cessa de tirer, le souffle suspendu. Et, bon, Hermógenes me retint, prudent : car le type de Montes-Claros — le malheureux ! — s'était lancé lui aussi, comme les autres, et, d'en face, ils le canardèrent. Il tomba, mordant la poussière. Le pauvre. Un coup de folie ? Pendant ce temps, les autres camarades, qui se défonçaient dans le guêpier des bebelos, grondaient dans leur poussière, et finissaient certainement en charpie tel un lapin sous les crocs de la meute. Je priai le ciel qu'ils aient tué chacun les siens ! Dès que le calme revint, nos hommes tirèrent un feu d'enfer — c'est vraiment là que ça donna. Hermógenes mit un frein à ma fougue : « Tatarana, calme-toi, ça ne va pas d'échauffer ton arme, ne gâche pas les munitions. Peu de coups, mais des bons. Et récolter la dîme. » Cet homme vous glaçait, tel un mollusque des profondeurs. Ce qui me donna soif, probablement, mais il ne me restait plus une goutte dans ma gourde. Je ravalai ma salive.

Le genre de combat qui n'a pas de fin, qu'on ne sait pas résoudre. Je tiens qu'ils durent bien nous tirer dessus dans les mille coups, tant ça sifflait autour de nous. Ils triplaient. Sous cette pluie de fer, il m'arriva quelque chose, une sorte de peur plus grande, ce qu'on n'avoue pas : comme tremble un jeune tronc, parole. Du moins, si je mourais, je me reposerais. Je me reposerais de tout découragement. Compte tenu que notre attaque ne donnait aucun résultat, et j'étais curieux de voir les autres, de savoir le compte du bilan, combien étaient morts, ou en mauvais état. Je voulais savoir, pour eux et pour nous. Un combat sans raison ! Rien que cet échange de coups de feu, répété, renouvelé. Une idée me traversa l'esprit : si Hermógenes devenait fou furieux, et si *Celui-là* descendait en lui, par hasard ? S'il commandait d'investir, à l'arme blanche, il faudrait y aller ? Alors, je n'étais donc ici qu'un esclave de la mort, dépouillé de ma volonté ? Homme damné, putain d'enfer ! Et je ne pouvais pas pivoter, un rien seulement, pointer mon arme contre Hermógenes, et tirer ? Non, je ne pouvais pas, je le sentis d'emblée. Il y a un seuil, à partir duquel on ne peut plus revenir en arrière. Tout m'avait entraîné dans une seule direction, mon courage bandé en avant, en avant uniquement ; et Hermógenes était allongé là, contre moi — c'était comme s'il était moi. Ah, et à chaque instant il fallait qu'il me le rappelle. À chaque instant. Qu'il me dise : « Tatarana, tiens, mange, fais-toi un peu de bien au corps... » Voilà que maintenant il m'offrait de son frichti de viande et de farine. Les coups de feu venaient de cesser de plusieurs côtés à la fois, presque complètement. Moi, j'avais mon manger, dans ma gamelle, au fond de mon havresac. Et ma réserve de munitions, les balles, dans ma musette à provisions. Qu'est-ce que j'avais besoin d'Hermógenes ? Mais alors, pourquoi j'acceptai, pourquoi je mastiquai de cette viande, je crois que je n'avais même pas une vraie faim, et que j'avalai de cette farine ? Et je lui demandai de l'eau : « Bois, vieux frère, que celle-là vaut la peine... » Il rit. Ce qu'il me tendait, dans sa petite gourde, c'était de l'eau avec de la cachaça. Je bus. Je me nettoyai les lèvres. Je calai le canon de mon rifle contre un buisson. Je regardais cette bonne sueur, dans le dos de Garanço. Il tirait. Je tirais. La vie c'était cela, le cœur au même rythme. Je sentais même une somnolence me titiller.

Et, à ce moment-là, ça éclata. Au loin, là-bas — du côté du petit promontoire rocheux où les nôtres avec Titan Passos s'étaient cachés pour l'embuscade — ce fut une forte fusillade, des salves successives. Ah, alors c'était qu'un autre contingent de zé-bebelos devait être en train d'arriver, un peloton, des cavaliers. Hermógenes allongea le cou, il tendit l'oreille. Tandis qu'ils tiraient, sans discontinuer, la fusillade changea de qualité. « Ça ne me plaît guère... », dit Hermógenes. Il ajouta : « Le diable s'est fichu dedans... » Homme roué, canaille. « Ils seront venus prévenus, hé, ils l'ont pressenti ! À ce que je vois, pour l'heure le travail est à l'eau... » Là, j'étais tout oreilles. Je regardai. Je regardais le dos de Garanço, la tache, elle, était en train de prendre une autre couleur... de la sueur rouge... C'était du sang ! Du sang qui trempait le dos de Garanço — et je ne compris que trop. Garanço tranquille immobile, le buste resté droit, comme s'il serrait la termitière dans ses bras. La mort est la foudre déjà tombée. Angoisses, comme si une boule me remontait dans la gorge, pressant, comme un étau, qui parfois se transforme en larmes dans les yeux. L'absurdité...

« Tatarana, Riobaldo : cette fois ça va barder ! » — c'était Hermógenes qui me prévenait. « Démon ! » — je répliquai. Mais il n'entendit pas mon franc-parler. Il souffla : « Fais gaffe... S'agit de se replier en bon ordre : ceux qui s'amènent, arrivent pour nous encercler, pour nous prendre à revers. » De fait. Comment est-ce que ce maudit savait tout, il devinait la suite vivante des choses, une ficelle cet Hermógenes ! Mais j'avais encore ma fierté : qui pouvait m'empêcher d'y aller ? — je rampai de côté, quelques mètres, le cœur serré, fallait que je voie ce qu'on pouvait faire pour Garanço. « Hé là, arrière, frère. Méfie-toi ! » — j'entendis la voix âpre d'Hermógenes — il ne voulait pas qu'il m'arrive malheur. Mais on ne laisse pas un chrétien ami inonder de son sang l'herbe des bois, telle une vieille guenille, ou la dépouille d'un pécari. Je le pris dans mes bras : trop tard — c'était un corps. Il avait trépassé, la bouche restée ouverte — un défunt refroidi. Je compris, le sang commençait à sentir le ranci. D'autant plus qu'arrivait un essaim de moustiques assoiffés, et la mouche verte qui s'enhardit, sans son bourdonnement, tsstss..., juste au-dessus. À cause des coups de feu. Et Garanço n'allait même pas avoir droit à un instant de cierge allumé. « Viens, tu viens, que nous allons dire amen ! » — Hermógenes hors de lui, me rappela. Je rampai à reculons. Le danger chasse toute espèce de tristesse. Il arrivait ceci : qu'Hermógenes gonfla le thorax, et il hennit un braiment de vieux baudet à l'orée d'un champ. Trois fois. Il donnait ordre de battre en retraite. De partout, au loin, les autres répétaient le même hennissement ronflé. « Hardi, feu, maintenant, feu toute ! », m'intima Hermógenes. Je tirai. Nous tirâmes, un feu soutenu. Tous les camarades tiraient maintenant. Les hennissements donnaient le signal de la retraite, mais l'ennemi n'en savait rien : il fallait leur faire croire qu'on allait lancer un dernier assaut. Ils le crurent ? Allez savoir. Ils ripostaient, une balle contre une balle. Mais nous, profitant de cet entre-temps, nous filions déjà entre les arbres, dévalions en zigzag jusqu'en bas, tout en bas, comme des lapins. Détaler de cette façon, abat pire que d'avancer. Bond après bond, je filai, sautai dans les trouées entre les arbres, je suivai Hermógenes. Et déjà je l'avais dépassé ; mais je me retournai et j'attendis. Parce que, dans le désordre mental de l'émotion, ce n'était plus qu'en Hermógenes, à ce moment-là, que je voyais le salut pour mon chien de corps. Qui dit que dans la vie tout se choisit ? Ce qui fait honte, on l'accomplit aussi. J'allai. Je distinguai encore au pied de la descente des hommes, mes égaux, qui couraient, parfois ils se hissaient sur un massif de bambous, comme une caille se garde des chiens. Nous filâmes, retraversâmes la petite rivière de Dinho, puis nous longeâmes un étang et pénétrâmes dans le bois : « Tu as tout, Tatarana ? Tes armes, les munitions ?... », me demanda Hermógenes. « Et comment que je les ai ! » — je répondis. Et lui : « Alors, c'est bon... » Il me parlait maintenant brutalement, sur un ton de chef et de commandement, c'était ainsi. Et nous courûmes cinq lieues, entre le nord et le couchant, jusqu'à Cansanção, l'endroit où une poignée des nôtres devaient se regrouper. Nous arrivâmes là, en effaçant nos traces, marchant un moment dans un ruisseau, choisissant ensuite des pierres où poser le pied, détruisant la marque de nos pas avec des branchages, et le reste du chemin s'accomplit avec bien des détours.

Je ne parle pas de tout. Je n'ai pas l'intention de vous raconter ma vie dans ses plis et replis ; ça servirait à quoi ? Ce que je veux c'est mettre au point un certain fait, pour ensuite vous demander un conseil. C'est pourquoi j'ai besoin que vous écoutiez bien ces passages : de la vie de Riobaldo, le jagunço. J'ai raconté par le menu, ce jour-là, et cette nuit, dont je ne pourrai jamais trouver l'oubli. Le jagunço Riobaldo. Je l'ai été ? Je l'ai été et je ne l'ai pas été. Je ne l'ai pas été ! — parce que je ne le suis pas, je ne veux pas l'être. Que Dieu soit !

Et je poursuis. Après cela, quand nous atteignîmes notre bonne cachette, dans une petite clairière, nous retrouvâmes plusieurs des camarades, avec leurs armes, et ils arrivaient séparément, tout à la satisfaction d'avoir la vie sauve. Parmi eux arriva Feijó. Est-ce qu'il n'avait pas par hasard aperçu Reinaldo hors de danger ? Je lui demandai indirectement. Pour la raison que c'est uniquement à Diadorim que je pensais. Dans la mêlée, Feijó avait remarqué : Diadorim, pendant la retraite, s'en était sorti ; après il était resté en arrière dans une grotte, à côté d'un puits. « Il avait du sang sur une jambe de son pantalon. Pour moi, ça n'a rien été, une simple égratignure... » Ce qui m'assombrit — alors Diadorim était blessé. Là, je m'arrêtai, nous étions près de la petite rivière de Jio, je voulus me laver les pieds, qui me faisaient très mal. Je crois que, de fatigue, j'avais également la tête prise par une migraine, je me passai de l'eau sur les tempes. Qui est en veine de tristesse, toute fatigue le rend triste. Si Diadorim avait été là, simplement, cela aurait suffi à mon bonheur, je n'avais nulle envie de commenter les tirs et les combats, je ne désirais que le silence de sa présence. De sorte que je ne distinguais pas très bien le malaise que je ressentais. De la peine. De la peine pour les hommes que j'avais tués probablement, ou pour celui, matinal et de haute taille — c'était peut-être, qui sait, leur cuisinier — tombé balayé dès la première heure ? Je tiens que non. La peine que j'avais c'était pour Garanço et le type de Montes-Claros. Presque comme un poids, parce que c'était de ma faute — c'est moi qui les avais choisis tous les deux, pour les emmener, et toute la suite. Pour eux deux — vous comprenez, vous me suivez. Du remords ? Je dis, quant à moi, que je nie. Voyez : à une lieue ou deux d'ici, la vallée en dessous, un jaguar a déchiqueté, réduit à rien, la jambe de Sizino Ló, un homme qui travaillait sur ce fleuve São Francisco, chauffeur sur le vapeur ; après il a hérité de quelques hectares de terre. On lui a alors acheté une bonne jambe de bois. Mais, maintenant qu'il a cette jambe, peut-être pour avoir eu les méninges un peu secouées, il ne veut plus jamais se sortir de chez lui, il ne quitte quasiment plus son lit, il passe le temps à dire et répéter : « Ça, qui en a deux en a une, qui en a une n'en a aucune... » Tout le monde rit. Du remords, vous croyez ? Cette calamité c'est sur commande que je l'exécutais, la bonne excuse de quelqu'un qui aurait perdu quelque chose. Parce que la douleur de l'amitié est une petite souffrance toute simple et la mienne ne l'était pas. Et j'arrivai à Cansanção-le-Vieux, dit également Jio, comme on l'appelle.

Là, en peu de temps, on se retrouva une douzaine. Certains, parmi ceux qui devaient se rassembler à cet endroit, manquaient encore, mais ils n'allaient sûrement pas tarder. Sur un point, je me félicitai : à la guerre, alors, on ne meurt presque pas ? Et même, c'est dans les pires heures que vous vient une bonne consolation : Braz était passé l'avant-veille à Jio, il avait apporté d'avance, à dos de deux mulets, une provision de haricots noirs et de riz, et du petit salé pour faire des lardons, plus des plats et la marmite, on prépara un dîner. Je mangeai tellement, que je dus aller me coucher. Je dormis le ventre bien rempli. Souhaitant que mes pensées ne soient pas, s'il m'en venait, pour me demander si je devais réparation pour Garanço et le type de Montes-Claros, et si Diadorim allait finir également oui ou non par nous rejoindre, au plus tard quand l'aube pointerait ? Je dormis. Mais très vite je me réveillai, la main sur mon rifle, comme si déjà c'était l'heure. Et il n'y avait rien, ni ombre ni bruit. Ils étaient là, lourds de sommeil, réchauffant, chacun dans son coin, leurs hamacs suspendus d'arbre en arbre.

Je n'en vis qu'un, Jõe-le-Grêlé, surnommé *l'Espadrille :* plusieurs de ses habitudes, ce qu'on disait et qu'on pouvait noter, faisaient de lui un homme bizarre. Jõe-le-Grêlé ne semblait pas avoir envie d'aller dormir, il était resté à côté du feu à remuer les braises ; on pouvait distinguer son visage dans la pénombre rougeoyante. Et il fumait. Je reposai doucement mon rifle, me retournai de l'autre côté. Me rendormir, j'y arrivai. Mais, au bout de quelques minutes, de nouveau ce mauvais réveil en sursaut. Cela se répéta à trois reprises, coup sur coup. Jõe-le-Grêlé remarqua mon intranquillité, il vint au pied de mon hamac, s'assit par terre. — « À pareilles heures, il y a déjà des coqs qui chantent, ailleurs qu'ici... » — il me dit. Je ne sais pas si je lui répondis. Je me sentais cette fois très anxieux.

C'était peut-être qu'un danger menaçait dans les parages, et j'en captai l'annonce ? Est-ce que n'arrive pas, avec bien des gens, une bonne dose de ces choses ? Je savais, j'en avais entendu parler : des jagunços qui chopent ce don, se mettent à deviner l'imminence de qui peut survenir, ce pourquoi, au bon moment, ils se tirent. Hermógenes, João Goanhá, plus que tous les autres, étaient enclins à ces intuitions subtiles comme l'air, que dicte le cœur. Moi aussi maintenant ? L'impression que des bebelos rôdaient dans le coin, qu'ils rampaient peut-être, déjà tout proches, Zé Bebelo à leur tête. Je pensais à chaque instant sans arrêt à Zé Bebelo, et à comment la vie est pleine de rétablissements. À Nhanva, je lui donnais des leçons, lui enseignais l'orthographe et la lecture, les comptes et les intérêts ; venaient ensuite les soirées, dans la grande salle, autour de la grande table, où nous mangions de la bouillie de maïs vert préparée avec du fromage, de la noix de coco de Bahia, des cacahuètes, du sucre, de la cannelle, et du beurre fait avec du lait de vache. « J'y vais mollo et j'attends mon heure, S'ieur Baldo : pour en finir une fois pour toutes avec cette racaille, ces canailles de jagunços ! » — il me disait, plein d'entrain et de gaieté dans la voix, en buvant son thé de maté, brûlant à vous arracher le palais. Et voilà que maintenant, j'en étais un moi aussi. — Zé Bebelo était parti en campagne à la tête d'escadrons armés, et ce qu'il s'était juré ce jour-là signifiait également en finir avec moi, avec ma vie. Mais je respectais Zé Bebelo, ma sympathie était entière, donnée définitive et sans réserve, j'ai toujours été ainsi. De sorte que s'il ne s'était pas agi de lui, qu'il ne se fût pas trouvé là au beau milieu, tout aurait eu une autre allure : j'aurais pu m'adonner à plein et sans frein, à mon désir de combattre. Mais croiser la mort, en me battant contre Zé Bebelo, je me rendis compte que c'était cela qui me répugnait. Je dégringolai de mon hamac, et je suggérai à Jõe-le-Grêlé d'ajouter du bois dans le feu. Mais : « Surtout pas — il dit. — Des occasions comme celle-ci, même une bougie de cire noire, ce serait pas le moment de l'allumer... » Je roulai une cigarette.

Je racontai à Jõe ce que je ressentais d'étrange ; c'était peut-être un mauvais présage ? Et il me rassura : un ange n'avise pas de cette façon, ce devait plutôt être le genre de certitudes qui s'infiltrent malignes, à l'intérieur de notre esprit, sans raison ni discussion. Ce que je purgeais c'était un ranci des nerfs, le trop-plein de l'échauffement éprouvé durant ces heures de mitraille. « Moi aussi, après chaque feu sévère, ça me le fait encore. Comme une démangeaison de l'esprit, si tu me passes la comparaison. Cela fait juste dans les six ans, que je mène la vie de jagunço, la peur de la guerre, je ne connais pas ; mais, après chaque combat, la nuit qui suit, et je n'arrive pas à m'en débarrasser, cette inquiétude me vient... »

C'était la raison pour laquelle, il m'expliqua, il ne parvenait pas à dormir un brin, de cette interminable nuit, il n'essayait même pas.

Jõe-le-Grêlé trouvait qu'il ne faisait plus le poids pour être jagunço ; sa santé depuis des mois, n'était pas bonne, il avait de l'asthme, un érésipèle. « J'ai tôt appris à être seul dans la vie. Je vais gagner Riachão, là je déboise un bon peu de forêt... » C'était le genre de projet, qu'il agitait de temps à autre. « Mettre les mains à la pâte... Un paysan peut toujours le faire, même au seuil de la vieillesse... » « Tu étais un ami de Garanço, Jõe ? » — je demandai avec précaution. « Comme ça, façon de parler, superficiellement. Qu'est-ce qui lui est arrivé ? Il y est vraiment resté ? en brave ? Je crois que celui-là a toujours eu plus ou moins la poisse... Et il le savait... » Il n'avait pas terminé, que je me rendis compte que je l'avais interrogé à propos de Garanço uniquement pour l'interroger ensuite à propos de Diadorim : Reinaldo, je veux dire. Mais il me manqua le surplus de courage. Je n'avais pas au nom de quoi. Et je changeai de conversation. « La poisse, ça se soigne, Jõe ? Tu connais les bonnes conjurations ? » — j'ai dû lui demander ou quelque chose comme ça ; un sujet que j'aurais mieux faire d'éviter. « À qui se fier, s'il n'y a pas de remède à la poisse ? Tout le monde l'a, à un moment ou à un autre... » — il m'a répliqué. « Mais ces magies, je n'ai pas voulu les apprendre. La mémoire que Dieu m'a donnée, ça n'est pas pour aller déblatérer contre lui des offenses toutes faites... »

Péchés, vacance de péchés. Mais Dieu, nous l'avions avec nous ? C'était possible pour un jagunço ? Un jagunço — c'est-à-dire une créature rétribuée pour des crimes, quelqu'un qui va semant la souffrance dans le paisible village d'autres personnes, qui spolie, massacre. C'était possible ? Je voulus sur ce point par pure sottise, avoir son opinion : quelle réponse sensée pouvait me garantir Jõe, rustre velu de la vallée de Jequitinhonha ? Quelle réponse ? À nous autres, jagunços, la foi nous assurait-elle licence d'espérer que Dieu nous dispense pardon et protection ? Je m'enquis, fiévreusement.

« Ouais ? Tant qu'on est en vie... » — fut la réponse qu'il me fit. Mais je ne l'acceptai pas. Ne m'en contentai pas. Je me mis à discuter avec lui, sceptique, récalcitrant. Car je n'avais ni sommeil, ni soif, ni faim, et ni la patience, ni la moindre envie de rendre des points à un bon camarade. Même l'or du corps je n'aurais pas voulu, l'heure ne s'y prêtait pas : la rose blancheur d'une jeune fille, après l'orée de la lune-de-miel. Je discutai serré. Quelqu'un, qui avait son hamac là, tout près, fut réveillé à coup sûr par mon chahut, il se fâcha, chut... Je mis une sourdine, mais je continuai à pointer les contradictions. Que c'est ce qui m'a toujours préoccupé, vous le savez : j'ai besoin que le bon soit bon, et le mauvais mauvais, que le noir soit d'un côté et le blanc de l'autre, que le laid soit bien séparé du beau, et la joie loin de la tristesse ! Je veux tous les prés délimités... Comment est-ce que je peux me débrouiller avec ce monde ? La vie est ingrate dans sa douceur ; mais elle charrie l'espoir jusque dans le fiel du désespoir. Au fond, ce monde est très mélangé...

Mais Jõe-le-Grêlé s'en fichait. Dur homme jagunço qu'il était jusqu'à la moelle des os, il ne voyait guère plus loin que le bout de son nez, il ne variait pas. Il disait : « Je suis né ici. Mon père m'a donné mon destin. Je vis, je fais le jagunço... » — Tout était simple et solide. Alors — je me dis — pourquoi est-ce que je ne pouvais pas moi aussi être ainsi, comme Jõe ? Parce que, voyez ce que je vis : pour Jõe-le-Grêlé, étant donné sa sensibilité naturelle, il ne régnait en ce monde aucune mixture — les choses étaient bien séparées, compartimentées. « Quant à Dieu ? Quant au démon ? — il finit par répondre — Dieu, on le respecte, le démon on s'en écarte et s'exorcise... Qui peut distinguer l'éclair de la foudre, le brouillard de la pluie, dans le gros des nuages là-haut ? » Et là, je me suis mis à rire, je ris plus calme, il était marrant. En ce temps-là, également, je n'étais pas tellement strict et pointilleux, sur ces sujets. Et Jõe racontait des histoires. Il raconta. Une affaire arrivée près de chez lui, Jõe, dans le village de Saint-Jean-du-Lion. Dans le sertão de Jequitinhonha. L'histoire de Maria Mutema et du curé Ponte.

Il y avait une femme, dans ce village, du nom de Maria Mutema, une personne comme les autres, sans aucune dissemblance. Une nuit, son mari mourut, il se retrouva mort au matin. Maria Mutema appela au secours, elle réunit tous les proches voisins. Le village était petit, ils vinrent tous constater. Ils ne remarquèrent rien de particulier, et comme le mari, les jours précédents, leur avait semblé en bonne santé, ils se dirent qu'il ne pouvait avoir voulu mourir que d'une attaque au cœur. Et l'après-midi même de ce matin-là, le mari fut enterré en bonne et due forme.

Maria Mutema était une femme qui avait vécu, une femme selon les prescriptions du sertão. Si elle s'en ressentit, ce fut dans son for intérieur, si elle souffrit beaucoup, elle n'en dit rien, elle rangea sa douleur sans démonstration. Mais cela c'est la règle là, entre gens qui se respectent, et apparemment cela n'attira l'attention de personne. Ce qui fut remarqué, c'est autre chose : ce fut la religion de la Mutema, qui se mit à aller à l'église tous les jours que Dieu fait, outre que tous les trois jours, elle se confessait. Elle est tombée en dévotion — disait-on — ne compte plus que le salut de son âme. Et la Mutema toujours en noir, conformément aux coutumes, une femme qui ne riait pas, ce bois sec. Et, une fois dans l'église, elle ne quittait pas le curé des yeux.

195

Le curé, le curé Ponte, était un brave homme de prêtre, d'âge moyen, de corpulence moyenne, de manières bon enfant, fort estimé de tous. Sauf votre respect, et uniquement pour celui dû à la vérité, il avait un défaut : il ne s'en faisait pas. Il avait engendré trois enfants, avec une femme, simplette et dégourdie, qui menait sa maison et cuisinait pour lui, et qui répondait également au nom de Marie, dite communément, son surnom, la *Marie du Curé*. Mais n'allez pas penser à mal et voir le pire scandale dans cette situation — autrefois, vu l'ignorance des temps, ces choses étaient possibles, tout le monde trouvait normal. Les enfants, mignons et bien élevés, étaient « les enfants de la Marie du Curé ». Et pour le reste le curé Ponte était un excellent ecclésiastique, charitable et consciencieux, prêchant ses sermons avec une grande componction, et sur la brèche à toutes les heures du jour et de la nuit pour porter à ses paysans de paroissiens le réconfort de la sainte hostie du Seigneur ou des saintes-huiles.

Mais ce qui se sut bientôt, et on en parla, comportait deux points : que Maria Mutema devait avoir bien des péchés pour avoir besoin tous les trois jours de pénitence du cœur et de la bouche ; et que le curé Ponte trouvait visiblement bien désagréable de lui prêter une oreille paternelle dans ce sacrement, qui se passe seulement entre deux personnes, et dont le secret doit être totalement verrouillé à double tour. On racontait même, que, les premières fois, les gens se rendaient compte que le curé tempêtait contre elle, terriblement, dans le confessionnal. Mais la Marie Mutema ne levait pas le genou de là, les yeux baissés, avec tant de sereine humilité, qu'on aurait dit une sainte au supplice. Puis, au bout de trois jours, elle revenait.

Et l'on vit bien, que le curé Ponte prenait chaque fois une expression de peur et douleur véritables, pour devoir aller, bien obligé, écouter la Mutema. Il y allait parce qu'une confession réclamée ne se refuse pas. Mais il y allait en sa qualité de prêtre, non en sa simple qualité d'homme, comme nous.

Puis, les jours passant, comme on dit : le temps suivant son cours, le curé Ponte tomba malade, de maladie mortelle, on le vit bien vite. Jour après jour, il maigrissait, l'humeur sombre ; il avait des douleurs ; et à la fin il devint tout cave, jaune de la couleur de la barbe de maïs vieux. Il faisait peine. Il mourut triste. Et à partir de ce jour, même lorsque Saint-Jean-du-Lion eut gagné un autre curé, Maria Mutema ne retourna plus jamais à l'église, ni pour prier, ni pour y mettre les pieds. Des choses qui arrivent. Et cette femme, veuve taciturne qu'elle était, qui ne se prêtait jamais à des conversations, personne ne réussit à savoir selon quelle règle elle procédait et elle pensait.

À la fin pourtant, passé nombre d'années, vint le temps de la mission, et les missionnaires arrivèrent au village. Ceux-là étaient deux prêtres étrangers, plutôt costauds et le visage haut en couleur, qui bramaient de rudes sermons, la voix forte et la foi rude. Du matin au soir, trois jours durant, ils ne quittèrent pas l'église, prêchant, confessant, conseillant et guidant les prières, à coups d'exemples enthousiastes qui enrégimentaient les fidèles sur le droit chemin. Leur religion était immaculée et énergique, aussi pleine de santé que de vertu ; et avec eux on ne plaisantait pas, car ils tenaient de Dieu certain pouvoir secret, conformément à ce que vous allez voir, avec ma continuation. Sauf que dans le village cette bonne fortune s'accrut.

La chose arriva le tout dernier jour, c'est-à-dire, la veille, car le lendemain, qui tombait un dimanche, allait avoir lieu la cérémonie de communion générale et le Te deum. Et elle arriva le soir, la bénédiction terminée, quand un des missionnaires monta en chaire, pour le prêche, alors qu'il venait de donner le signal de se mettre à genoux pour le salve-regina. Et c'est à ce moment-là que Maria Mutema entra. Cela faisait si longtemps qu'elle n'apparaissait plus à l'église ; pourquoi, alors, ça la prit de venir ?

Mais ce missionnaire gouvernait grâce à d'autres lumières. Maria Mutema pénétra dans l'église, et il s'arrêta. Tout le monde eut un choc : parce que le salve-regina est une oraison qu'on ne peut pas arrêter au milieu — une fois entamée à genoux, les paroles doivent s'ensuivre jusqu'à la toute fin. Mais le missionnaire reprit son sermon, avec cependant une voix changée, tout le monde le remarqua. Et à peine dit l'amen, il se leva, se dressa au bord de la chaire, rouge comme braise, et se penchant, il frappa un grand coup sur la balustrade, on aurait dit un taureau sauvage. Et il tonitrua :

« La personne qui est entrée la dernière, doit sortir ! Dehors, cette femme, dehors, immédiatement ! »

Tous, dans l'atterrement, cherchaient à voir Maria Mutema.

« Qu'elle sorte, avec ses méchants secrets, au nom de Jésus-Christ et de la Croix. Si elle est encore capable d'un repentir, alors elle peut tout de suite aller m'attendre, je l'entendrai en confession... Mais sa confession, où elle doit la faire, c'est à la porte du cimetière ! Qu'elle aille m'attendre là, à la porte du cimetière, où sont enterrés deux défunts !... »

Voilà ce qu'ordonna le missionnaire : et ceux qui étaient dans l'église sentirent la marche des armées de Dieu, qui œuvrent en excellence et éminence. Ce fut l'horreur. Des femmes poussèrent des cris, et les enfants. D'autres dégringolèrent par terre, personne ne resta sans s'agenouiller. Nombre, nombre de ces gens pleuraient.

Et Maria Mutema, toute seule debout, maigre tordue en noir,

poussa en larmes un gémissement et une exclamation, le hurlement d'un corps que le couteau lacère. Elle demanda pardon ! Un pardon claironné, un pardon fulminant, que la rude bonté du Seigneur descende sur elle, la châtie avec urgence, avant que sonne l'heure de mourir. Et là, sur place, elle se mit à parler au milieu de ses pleurs, afin que tout le village également lui pardonne, elle se confessait. Une confession officielle, en bonne et due forme, publique, un exemple à donner des frissons, à plonger dans le cauchemar qui l'entendait, à démanger au sang, parce que c'était comme renverser l'ordre des choses et bouleverser le cours habituel de la vie. C'était que, tigresse monstrueuse, elle avait tué son mari — et qu'elle était un serpent, une bête immonde, la déjection des déjections. Elle avait tué son mari, cette nuit-là, sans aucun prétexte, sans aucune raison, aucun méfait de sa part à lui ; — pourquoi, elle n'en savait rien. Elle le tua — pendant qu'il dormait — déversa dans le petit trou de son oreille, à travers un entonnoir, une terrible coulée de plomb fondu. Le mari passa, c'est ce qu'elle dit — des confins à la fin dernière — du sommeil à la mort, et la lésion dans le trou de son oreille personne n'y alla voir, personne ne remarqua. Et, après, pour écœurer le pauvre curé Ponte, et tout autant sans rime ni raison, elle mentit âprement dans le confessionnal : elle dit, affirma qu'elle avait tué son mari à cause de lui, le curé Ponte — parce qu'elle brûlait d'amour pour lui, et voulait devenir son amante concubine... Tout était mensonge, elle ne l'aimait ni ne le désirait. Mais, voyant le curé fâché avec juste raison, elle prit goût à la chose, et c'était un plaisir de chienne, qui augmentait chaque fois, vu qu'il n'avait aucun moyen de pouvoir se défendre, c'était un homme gentil, un pauvre malheureux, et prêtre. Elle se rendait tout le temps à l'église, confirmer le faux, en rajouter — édifier le mal. Et ainsi de suite, jusqu'à ce que le curé Ponte tombe malade de dégoût, et décède dans un désespoir muet... Un double crime, et elle l'avait commis ! Et maintenant elle implorait le pardon de Dieu, à grands cris, s'arrachant les cheveux et se tordant les mains, puis elle levait les mains au ciel.

Mais le missionnaire, dans la chaire, entonna bien haut le *Loué soit Dieu, Béni soit-il !* — et, en même temps qu'il chantait, il faisait des gestes pour que toutes les femmes sortent de l'église, et que ne restent à l'intérieur que les hommes, parce que le dernier sermon de chaque soir était seulement pour les oreilles masculines, comme c'est l'usage.

Et le lendemain, dimanche du Seigneur, tout le village décoré avec des arcs et des guirlandes de petits drapeaux, avec aussi un feu d'artifice et des pétards, la messe chantée, la procession... — mais tout le monde ne pensait qu'à ça. Maria Mutema, recluse provisoire, prisonnière dans le bâtiment de l'école, ne mangeait pas, ne se calmait

198

pas, continuant de clamer à genoux son remords, elle demandait pardon et punition, et que tous viennent lui cracher au visage, et lui donner des coups de bâton. Tout cela — hurlait-elle — elle le méritait. On avait entre-temps, désenterré, sorti de la tombe, les os du mari : on raconte que les gens secouaient le crâne, et la boule de plomb gigotait là à l'intérieur, tintinnabulait même. Du fait, tout cela, de Maria Mutema. Mais elle resta à Saint-Jean-du-Lion encore plus d'une semaine, les missionnaires partis. L'autorité arriva, un commissaire et des soldats, ils emmenèrent la Mutema pour l'accusation et le jugement dans la prison d'Araçuaí. Sauf que les jours où elle était encore là, le village pardonna, les gens vinrent lui apporter des paroles de consolation, et prier avec elle. Ils lui amenèrent l'autre Maria, la Marie du Curé et les enfants de la Marie du Curé, pour qu'ils pardonnent à leur tour, tous ces élans lui dispensaient bien-être et édification. Certains allaient même jusqu'à dire, devant ce début d'humble repentir et une souffrance si manifeste, que Maria Mutema était en train de devenir une sainte.

Voilà ce que me raconta Jõe-le-Grêlé, histoire sans doute de me distraire. Mais il eut bientôt fini de raconter, et nous entendîmes le sifflement convenu avec les nôtres et nous leurs répondîmes : c'était l'un d'eux — Paspe — qui arrivait — il sortit doucement de l'obscurité, sans bruit dans ses espadrilles et le rifle en bandoulière. Il avait fait partie de ceux postés en embuscade avec Titan Passos, il venait maintenant apporter des nouvelles de ceux qui avaient pu se rassembler au repaire du Capão ; et prendre les ordres. Un homme-fleuve, ce Paspe : qui ne craignait rien, ne se fatiguait jamais. Il raconta : que les stratagèmes prévus étaient partis en eau de boudin, soit que les zé-bebelos aient posté les espions, soit qu'ils aient flairé la chose. De sorte que l'ennemi, au lieu d'arriver directement, les avait contournés : et avant même la question ils avaient déchargé la réponse, un méchant feu — deux morts, deux titan-passos, deux braves camarades ; plus trois gravement blessés. La guerre réservait cela aussi.

« Ah, et Zé Bebelo lui-même était là, à leur tête ?, en personne ? » — je demandai.

« Sûr qu'il y était. Suppôt du diable ! », répondit Paspe ; et il demanda qui avait une petite rasade de cachaça.

Alors, je dois dire, je m'inquiétai de Diadorim. Je demandai pour demander, sans espoirs d'information. D'autant que je craignais d'avoir à entendre de mauvaises nouvelles. Cela me tira une belle épine du pied quand il me répondit :

« Je l'ai vu, il est passé près de moi, il m'a même confié un message, ouais ! et pour toi justement : — *Va, dis pour moi à Riobaldo Tatarana : que j'ai un petit quelque-chose à faire, là où je vais, pas bien longtemps, que je serai vite de retour...* — voilà ce qu'il a dit. Il est passé très vite, à cheval — où aura-t-il déniché ce cheval ? Il l'aura pris, c'est sûr, aux zé-bebelos, quelque animal oublié au milieu de la fusillad'... »

J'entendis et je n'en pus croire mes oreilles. Lui, Diadorim ? Où allait-il, sans moi donc, ça ne pouvait pas être lui, c'était trop hors des normes. Et je redemandai à Paspe, les renseignements exacts. Mais est-ce que ce n'était pas alors, que peut-être il était blessé, à une jambe ?

Ni oui ni non, à ce que j'ai pu voir — plutôt non que oui — compléta Paspe. Il n'avait pas remarqué, en si peu de temps. Il avait seulement vu que le harnais était une petite selle de dressage quasiment neuve, et l'animal un grand cheval bai, élancé, mais nerveux, et piaffant des quatre fers.

Là, là, ouille, cette douleur bizarre dans tous mes recoins, vous savez bien. Cette fois je n'y comprenais goutte. À quoi servait d'être fidèle ; où était l'ami ? Diadorim, au pire moment, avait déserté ma compagnie. Enfui en fuite, plus que probable, pour rejoindre Joca Ramiro. Ah, lui qui savait tout de tout, me larguait ainsi délibérément, sans un mot de sa bouche, sans un au revoir, sachant bien pourtant que je m'étais fait jagunço pour le compte uniquement de l'amitié ! Je crois que je me cabrai. De sorte qu'avec toutes les pensées qui me vinrent, je sentis, dans une virevolte, les extrémités de mon corps se glacer et un sommeil colossal me tomber dessus, un sommeil de maladie, de mésaventure. Et je dormis, je dormis un sommeil de mort, si bizarre, que le matin de bonne heure, pour me réveiller, ils durent me jeter de l'eau sur la tête et les pieds, pensant que je faisais une crise d'apoplexie. Ce fut ainsi.

Je raccourcis le récit : le vide que furent pour moi les autres jours, en attendant. Dès que je me levais de mon hamac, avec ce poids de nuit, ranci sous mes paupières. Mon temps de basses-eaux. Selon ma façon de voir : il y a la souffrance soufferte légalement, et la souffrance mordue et remordue ; de même qu'il y a le vol réussi et le vol manqué. Vous me comprenez ? Des jours marqués d'une croix : onze, ils furent. Certes, la guerre continuait. Nous leur infligeâmes une fusillade à demi avortée, une escarmouche et un demi-combat. Cela mérite d'être raconté ? Minutieusement par le menu, si vous y tenez, je vous fais la description. Mais je ne garantis aucune valeur. La vie, et la guerre, sont ce qu'elles sont : ces mouvements inconséquents, le contraire seulement de ce qui du coup, n'a pas pu être.

200

Mais, pour moi, ce qui vaut c'est ce qui est en dessous ou au-dessus, ce qui semble loin et qui est près, ou ce qui est près et semble loin. Je vous raconte ce que je sais et que vous ne savez pas ; mais je veux surtout raconter ce dont je ne sais si je le sais, et qu'il se peut que vous sachiez. Maintenant, si vous l'exigez, je vous sers ici même une narration étoffée — je fournis les dessous, et quels qu'ils soient — de trente combats. Je me souviens. Pendant la durée de chaque affrontement, on est capable de calculer jusqu'au nombre de balles tirées. Raconter ? Ce qui a été enduré, les coups de feu inconsidérés, et que nous tirions comme des dératés, au milieu des pauvres cultures d'autrui, des cannaies coupantes, des alignements d'un vert joyeux ou des éteules de maïs mort, que l'on foulait et brisait. Les moments où le rifle roucoulait tellement, et c'était des déflagrations dans un sens et dans l'autre, on se mettait la main en forme de coquillage sur l'oreille, sans savoir pourquoi, comme si on espérait réussir le miracle d'entendre un autre petit bruit différent, n'importe lequel dans cette tonitruance, mais pas celui-là. Et quand une cataracte de pluie se déversa en trombe, anéantissant la raison du combat, nous trempant tous jusqu'à l'os, noyant nos armes. Quand, alors que nous regardions sans méfiance la colline d'en face, brusquement, du sommet pelé, ils nous canardèrent. Ou quand, traversant à gué, on tombait dans des trous et qu'il fallait, bien qu'ayant de l'eau jusqu'à la poitrine, se retourner et tirer en direction de l'ennemi. Ou comment, dans l'espace d'une seule petite heure, je me vis devoir épauler et tirer, en mauvaise posture, sur la lisière entre un champ et une forêt, contourner un piton rocheux, descendre et remonter une série de petits sentiers en pente, m'abriter sous une auge derrière une clôture, grimper en haut d'un acacia et d'un pequizeiro, me plaquer dans le bleu sur une grande dalle de pierre, et rouler sur un lit de bagasses molles de canne à sucre, pour finalement faire irruption à l'intérieur d'une maison. Comment le camarade baignant dans son sang et dans la cochonnerie de ses tripes, de ses propres tripes, se cramponnait à nous, sous l'empire de la douleur, et comment il finit par mourir, en maudissant dûment père et mère. Comment, combattant par une chaleur moite, une chaleur d'enfer, la rage et la colère soudain nous rendirent tous égaux, hurlant les uns et les autres, opposés, opposants, les mêmes hurlements — au point d'aller jusqu'à combiner d'abandonner nos armes à feu, pour nous rapprocher et en venir aux mains, à la rude arme blanche, et en finir, en finir au couteau. Voilà comme c'est. La surabondance. Vous vouliez en savoir plus ? Non. Je savais que non. Assez de carnage. J'apprécie ceux faits comme vous êtes — homme sagace perspicace.

Revenons où nous en étions. Je fis aller ces journées, changeant en fausse colère le manque que me faisait Diadorim. Là, j'en passai d'amères. Car je me voyais telle la peau du fruit par terre, qui est l'image du mépris, plus tout ce qu'on ressent en ce genre de circonstances, ainsi que vous le savez et connaissez certainement. Mais le pire était ce que je ressentais le plus : comme si dans ce qui est le plus moi-même, on avait retiré la poutre-maîtresse et les fondations. Et, comme cela se passe toujours, lorsqu'on est ainsi d'une humeur de chien et de mauvaise volonté, je ruminai sec. Je me rappelai ce qu'avait soufflé cet intrigant d'Antenor, et je donnai raison à ses soupçons : qui sait si, réellement, Joca Ramiro n'avait pas le propos de nous laisser périr ici, dans une sale guerre, sur ce plateau du sertão ? Et Diadorim le savait probablement, il était dans le coup, et il devait être parti rejoindre Joca Ramiro — l'unique personne au monde qu'il estimât suffisamment. J'éprouvai au fond de moi une désillusion, je tombai dans une inertie. Mais je crachai par trois fois violemment à terre, je rayai Diadorim de mes pensées. Un homme comme moi n'est absolument pas capable de sauvegarder la part d'amour, dès qu'il est offensé par trop de dédain. Sauf qu'ensuite, ce qui se produit c'est que l'âme tombe plus ou moins malade. Je le dis, je me retrouvai inerte. La pensée me traversa de parler avec Antenor. Je ne le fis pas. Des doutes pareils, je n'allais pas les partager avec des personnes étrangères. Et je n'ai jamais aimé les intrigants, je ne lie pas conversation avec ces gens : je garde pour moi et me tiens coi. Au point que ce fut même Hermógenes, un jour, qui m'appela, il m'aborda en plaisantant : — « Hé, tu ne manques pas de courage, Tatarana ! Elle me plaît cette bizarrerie que tu as... »

« À v's' ordres, s'ieur... » — je dis seulement. Parce que je vis tout de suite à son air, qu'il était en veine de me faire une faveur spontanée quelconque, ou de me communiquer quelque bonne nouvelle. Tout un chacun, au détour de pareilles occasions, change aussitôt de façon : profite d'un rien pour vous parler de haut, le ton d'un patron bien gentil ou d'un père qui se laisse faire. Et je ne m'étais pas trompé. Ce qu'Hermógenes voulait me promettre c'était que bientôt ces risques et périls des combats allaient prendre fin, les zé-bebelos liquidés, et qu'alors nous serions libres pour mieux travailler, en attaquant les bons coins, au service de chefs politiques. Et qu'il avait l'intention, dès que se présenterait cette occasion, de me choisir pour commander une partie des siens, car j'en avais la ferme compétence — comme chef-de-bande.

Tout cet éloge flatteur qui ne me changea en rien, ne me fit chaud ni froid. Je laissai dire. J'en profitai seulement, histoire de le sonder, pour le relancer : « Joca Ramiro... » — je dis, avec un petit rire matois, qui pouvait entre nous prendre n'importe quel sens incertain. Et je me fis patient. Mais Hermógenes s'en tira en disant seulement, sérieux, confiant : que Joca Ramiro était un vaillant commandant, vraiment, réellement. Une entourloupe d'Hermógenes ? Non, monsieur. Je sais et je vis, c'était sincère. Pourquoi tous rendaient-ils ainsi tant d'honneurs à Joca Ramiro, ces louanges sans une ombre, en donation ? Cela me troublait un peu. Mais, dès lors, mes craintes à l'égard d'Hermógenes, et que j'avais besoin de changer en courroux, ne me laissèrent plus en repos. C'est bien pourquoi je me dis à part moi : « À cet homme-là, les lèvres sur le goulot, l'eau, je la lui refuse. » Cette forme de conjuration me rendit la paix. Et j'en avais besoin. Rendez-vous compte que je ne voulais pas avoir à penser à cet Hermógenes, et que sa pensée me poursuivait sans cesse, lui plastronnait, moi j'étais subjugué. C'est-à-dire, je pensais souvent à lui comme à un bourreau, seigneur, ainsi qu'on disait tant, de toutes les cruautés. Au début, cela me causait seulement des chauds-et-froids d'horreur, j'en perdais mes idées. Mais petit à petit l'envie se mit de temps à autre à me chatouiller de vouloir savoir comment tout cela pouvait se faire, j'imaginais. Je vous le dis : mettons que le démon existe, et que vous puissiez le voir, ah, il ne faudrait pas, celui-là il ne convient pas de l'épier, pas même le mi d'une minute — on ne peut pas, on ne doit pas ! À moins uniquement que les choses soient en train de virer au noir — et qu'on se tienne les yeux fermés.

À tant m'efforcer pour oublier Diadorim, cela me laissait un début de tristesse par rapport à tout, un état de fatigue. Mais je ne méditais pas sur le passé, ne m'y arrêtais guère. C'était une triste traversée, qui pourtant était nécessaire. L'eau du fleuve qui emporte. Pour durer, ces journées ont duré — presque des mois. Maintenant, je m'en fichais. Aujourd'hui, je pense, voyez-vous : je crois que nos sentiments vont et viennent, mais à leurs manières, en tournant sur eux-mêmes mais selon des règles. Le plaisir se transforme beaucoup en peur, la peur à son tour se transforme en haine, et la haine se transforme en ces désespoirs ? — c'est bien que le désespoir devienne la très grande tristesse, et donc surtout celui lié à un amour — une telle nostalgie... Car là, c'est déjà le temps d'un nouvel espoir... Mais, les petites braises de toute chose ne sont que le même unique charbon. Une invention à moi, que me vaut mon bon sens. Ah, ce que j'aurais apprécié d'avoir, c'est votre instruction, qui montre le chemin pour étudier ces matières...

Je cherchais désormais le moyen de me distraire, en me mêlant aux autres. En conversant avec Catôcho, avec Jõe-le-Grêlé, avec Vove, avec Feijó — le plus raisonnable — ou avec Umbelino — celui à tête de chat. On riait, en dehors du tracas des combats, on batifolait beaucoup. Je ne me sentais ni bien ni mal, dans cette ambiance. Un ordre arrivait, on se rassemblait alors au grand complet, puis on se répartissait de nouveau en petits groupes. La guerre était la même. Et là, on ne pouvait que sentir l'imparfait et le manque, comme il arrive pour tout le reste, de façon accentuée. Le São Francisco n'est-il pas toujours trouble ? Et ce dont on parlait le plus c'était des femmes. Une chose qui faisait grandement défaut. Chacun en avait envie, ne pensait qu'à ça. Les petites, faites pour qu'on en tête, ou une rue de joie toute joyeuse — cette bonne chose chaque fois meilleure, la meilleure. Umbelino, un ami à moi — celui-là disait que, comme sur place il n'y avait pas de femmes, il fallait beaucoup se souvenir. Il était de Sirubim, un endroit sur le fleuve, au-delà des chutes. C'était un bon camarade, habile aux armes. Bien que petit, il était adroit. Il piochait dans ses souvenirs : « J'en ai déjà eu une très aimable rien qu'à moi à Saint-Romain, Rue-du-Romarin, et une autre, en plus, Rue-du-Feu... » Ces conversations, dans la grande chaleur. Cette chaleur où le chien tire la langue, vous savez. Vous avez déjà pu voir, dans le coin ? À Januária comme à São Francisco, il y avait une saison, où il était impossible de conserver un œuf : en deux temps trois mouvements il se gâtait. Tous racontaient des histoires de filles qui s'étaient laissé faire : ces dévergondages. Mais, la nuit — qui le croirait ? — nous savions quels étaient ceux qui cherchaient une consolation minable et suffisante. Et ils étaient de redoutables et vaillants guerriers, qui jamais autrement... Ces choses. Pour chanter ils chantaient, pendant la journée, pas un ne savait un pied-de-vers convenablement, ou bien ils ne voulaient pas apprendre aux autres, ce n'était que ces improvisations, et ils chantaient du nez. Ou ils passaient le temps à plaisanter et à se mettre en boîte. Tout comme des enfants. Du fait de ce rien-à-faire, on mangeait encore plus, rien que pour la distraction. Certains allaient couper des palmites, cueillir du manioc dans des petits champs abandonnés, le propriétaire avait depuis beau temps fichu le camp. Je pris goût aux fèves sauvages et mangeai beaucoup de sapotilles, et de jacas et de muricis. Fonfrêdo avait un bilboquet, et on s'amusait à jouer. Tous ces jeux contre un peu d'argent. Il y en eut, des dégourdis, qui jouèrent, sauf votre respect, jusqu'à leurs scapulaires. Compte tenu, ce commerce des scapulaires, que certains allaient jusqu'à s'en procurer des faux. Dieu pardonne ? Vous pouvez vous le demander : Dieu, pour n'importe quel jagunço, étant un patron inconstant, qui parfois dispensait de l'aide, mais à d'autres moments, sans aucune raison, vous plantait là

— finie la protection, et — aussi sec, les coups pleuvaient ! Ils priaient. Jõe-le-Grêlé alla jusqu'à vouloir en entraîner plusieurs dans une neuvaine, une neuvaine mal priée, en l'honneur d'un saint de sa dévotion particulière, mais il n'eut même pas la constance d'aller jusqu'au bout du nombre de jours fixés.

Et — mais — Hermógenes ? Suivez de près ma description : il s'amenait, le fourbe, faisant semblant de rire et de se divertir au milieu des autres, sans la superbe, rusé comme l'est un renard. Ces jours-là, il allait les pieds nus, avec par-dessus le marché un pantalon serré aux mollets et raccourci, et pour ce qui est de la chemise une vraie guenille. Il avait presque l'air, avec sa grande barbe, d'un mendiant. Et il marchait à grandes enjambées, mais beaucoup sur les pointes, il rôdait avec un petit sourire benêt, furetait dans tous les coins. Je pouvais encore le voir comme un fier à bras ? Ce dont il avait l'air, c'était d'être tout le temps en train de manigancer quelque mauvais coup.

Je m'interrogeai. Sur ce que pouvait être l'être de cet homme, et tout ? Quelqu'un avait signalé qu'il était marié, avait une femme et des enfants. Comment se pouvait-il ? Pauvre de moi, attelé constamment à tenter de comprendre sa nature, tournée autrement que toutes les autres, l'innocence de cette méchanceté. Laquelle me faisait perdre la boule. Hermógenes, quelque part, dans une maison avec sa femme, il faisait fête à ses enfants en bas âge, leur enseignait des choses. Puis il s'en allait. Devenu loup-garou ? Courant devant qui, derrière quoi ? Faites votre signe de croix, monsieur ! Là je l'ai vraiment cru qu'il fallait qu'il y ait l'enfer, un enfer ; c'était nécessaire. Et le démon serait : le dément, absolu, le fou complet — ainsi irrémédiablement.

Ah, je perdis la boule ? Hermógenes, extravagant, différent. Je commençai à me surprendre moi-même, énormément, à vouloir lui tourner autour, à vouloir observer tout ce qu'il faisait, écouter ses raisons. Peu à peu, l'aiguillon de l'incertitude aidant, je n'eus plus autre chose en tête. Hermógenes — il faisait pitié, il faisait peur. Mais, à certaines heures, je pressentais : que du démon, on ne peut pas avoir pitié, aucune pitié, et il y a une raison. Le démon s'arrête gentiment, très gentiment, l'air plus bas que terre, si triste, que vous vous arrêtez à côté pour voir — alors, à ce moment-là, il s'élance, se met à faire des pirouettes et se contorsionner, à dire des obscénités, en cherchant à vous enlacer et en faisant d'horribles grimaces — la bouche comme un four. Parce qu'il est — il est fou incurable. Totalement dangereux. Et, ces jours-là, j'étais également très confus.

« Est-ce qu'Hermógenes aime aussi les femmes ? » — j'avais besoin de savoir, je demandai. « Hé, on ne peut pas dire qu'il les apprécie.

205

S'il les aime, je peux pas dire... », dit l'un. « Je crois que le plaisir qu'il aime le plus ça n'est que celui qu'il se donne, plus que tout, plus que tout... », intervint un autre. Alors, il était comme ça — j'en restai coi : — et tous les camarades le savaient ; et ils trouvaient qu'un acte pareil était possible naturel ? Comment est-ce qu'ils n'étaient pas choqués ? Même que, pour me mettre au fait, l'un d'eux ajouta : « À six lieues d'ici, il y a la vallée du Brejinho — là il y a un lieu-dit. Il y a des filles... » C'est Dute, je crois qui me dit cela ; ou un autre. Mais Catôcho le contredit : il y était allé, il n'avait pas vu l'ombre d'une femme de mauvaise vie, pas l'ombre, seulement une pauvre petite épicerie de campagne, et dans l'entrebâillement d'une porte une très vieille femme, qui fumait la pipe et tressait des tamis. Qu'ils veuillent des femmes principalement pour ça, c'était normal ; moi aussi. Toutes les faces de mon corps le voulaient, mais je voulais aussi la compréhension d'une tendresse et du meilleur-respect — à celles qui sont ce miel, ma reconnaissance n'a jamais mesuré les éloges. Je ne renie pas ce qui m'est d'usages tendres. J'ai toute ma vie eu de l'estime, grâce à Dieu, envers toutes les putains, des femmes qui sont tout à fait nos sœurs, et dont nous avons, ainsi que de leurs belles bontés, grand besoin. Mais Lindorífico rappelait une fête, dans un hameau, un peu plus bas : le rythme du batuque, le crescendo des accordéons, la cachaça qui coulait à flots, et les femmes dansaient la danse du ventre, elles enlevaient leurs vêtements, des messieurs entraînaient les dames dans les bois, dans la nuit noire ; d'autres se cherchaient querelle. Pourquoi ? Pourquoi ne pas jouir son content, mais avec éducation, sans ces désordres ? Apprendre tout cela me rendait triste. Il y a des choses qui en soi ne sont pas mauvaises, mais qui vous désespèrent, parce qu'elles sont perverties, devenues ce qu'elles ne sont pas. Tout comme du jus de canne qui aigrit. Vivre est très dangereux, je vous l'ai déjà dit. Le reste, je ne me rappelle pas bien, mais je sais que, toute cette période, j'ai été très négligé. À quoi, dites-moi, j'aurais pu trouver goût ? Le matin quand je me réveillais, je retrouvais ma rage. Un camarade dit que j'étais de plus en plus vert, un sale air de maladie — et que ça devait être le foie. C'est possible, que ça l'ait été. Paspe, qui faisait la cuisine, me prépara des tisanes — des tisanes d'anis, d'absinthe, de camomille. Misère. De douleur, réelle, je n'en avais aucune. Je languissais seulement.

Il se trouve qu'une fois, pour ma gouverne, je compris l'écorce d'une chose. Que, lorsque j'étais comme ça, en colère chaque matin contre quelqu'un, il me suffisait de changer et que je m'efforce de penser à une autre personne, pour me mettre à être en colère aussitôt, également contre cette autre, exactement de la même façon. Et toutes les personnes, à tour de rôle, sur lesquelles ma pensée s'arrêtait, je sentais monter en moi cette même haine contre elles, alors même que j'étais par ailleurs très ami avec elles et que je n'ai jamais à d'autres moments éprouvé à leur égard grief ou antipathie. Mais la lie de la pensée altérait les souvenirs, et je finissais toujours par trouver que ce qu'elles m'avaient dit un jour l'avait peut-être été dans l'intention de m'offenser, et je donnais à toutes les conversations et actions une signification coupable. Vous me croyez ? Et c'est alors que je mis le doigt sur la vérité vraie : que cette rage en moi était suscitée par moi, moi seul et personne d'autre, comme une chose aveugle et spontanée. Les gens n'étaient pas coupables de ce que mes pensées, en de pareils moments, se mettent à leur tourner autour. Aujourd'hui, où je médite à meilleur escient sur cet agencement secret de l'existence, je m'interroge : savoir si ce n'est pas la même chose avec l'enivrement de l'amour ? Folie. Une fois de plus pardonnez-moi. Mais je me ressouvins à cette occasion, d'un conseil qu'à Nhanva, Zé Bebelo un jour, m'avait donné. Et c'était qu'il est parfois bon de feindre qu'on est en colère, mais que, la vraie colère, on ne doit jamais tolérer de l'éprouver. Parce que, lorsqu'on est en colère contre quelqu'un, c'est la même chose que de permettre que cette personne pendant ce temps gouverne notre sentir et nos idées ; et cela c'était manquer de souveraineté et une fameuse sottise, le fait est. Zé Bebelo parlait toujours comme une machine de mise au point — l'intelligence pure. Je compris. Je suivis son conseil. C'est-à-dire : je résistai, je m'ancrai solidement, pour ne pas me laisser aller à mes humeurs noires. Je me souviens que ce matin-là également, la chaleur était moindre, et l'air était clément. Et moi en paix — avec l'envie d'être heureux — avec l'impression de recevoir comme un message. Je m'attardai bien aise, seul au bord de l'eau, j'écoutai les trilles d'un oiseau : un merle ou un coucou. Et soudain, je dus croire ce que voyaient mes yeux : Diadorim, c'était Diadorim qui arrivait, déjà il s'arrêtait à côté de moi.

Il me dit, avec un sourire sincère :

« Comment ça a été, Riobaldo ? Tu n'es pas content de me voir ? »

La bonne surprise, Diadorim revenu tel un miracle blanc. Je le sus au battement de mon cœur. Mais là, un reste de doute : ce doute profond, qui me minait réellement, nonobstant ma satisfaction. C'était moi le créditeur, c'était lui le débiteur. Aussi, je demeurai sur mon quant-à-moi, je ne démontrai rien. J'attendis ses premières paroles. Qu'il en dise plus : je fis durer, me grattai la gorge.

« Ç'a été. Où étais-tu passé, si je peux demander ? » — je dis enfin.

Cette amitié ponctuelle, choisie pour la vie, déclarée mienne dans ses grands yeux, tandis qu'il prononçait :

« Ta santé non plus n'est pas bonne, je vois, Riobaldo. Tu n'as pas été bien ces temps derniers ?

— Vivant mon sort entre luttes et guerres ! »

Là-dessus, Diadorim me tendit la main, que j'acceptai à contre-cœur. Et il se mit à raconter. À l'en croire, il avait recherché ces jours solitaires, retiré au fond des bois, pour se guérir d'une blessure, un coup de feu qu'il avait pris dans la jambe, près du genou, qui n'avait fait que l'effleurer. Je compris encore moins. La réalité c'est que j'étais blessé, pourquoi est-ce qu'il n'était pas revenu comme il aurait dû parmi nous, pour recevoir de l'aide et être mieux soigné ? Un malade ne se sauve pas dans un coin perdu, ou dans les bois, solitaire avec soi-même, comme font les bêtes ? Ça ne pouvait pas être vrai ? Je crois bien que là, j'échafaudai des soupçons : où Diadorim pouvait-il avoir couru, et dans quel mauvais dessein, pour inventer cette histoire ? Les soupçons qui m'assaillirent, qui ne m'assaillirent pas. Et lui, affectueux, parlait d'abondance, tellement sans se douter de rien ; et ses yeux, tels qu'ils regardaient et signifiaient, tels qu'ils aimaient, ne laissaient place à aucune feinte. Il était maigre, en débris, très pâli, il boitait même encore un peu. Quelle vie pénible n'était-il pas capable d'avoir menée, tous ces jours d'affilée, sans le secours de personne, soignant sa blessure avec des emplâtres de feuilles et de racines, mangeant quoi ? Il avait dû souffrir de la faim et de toutes sortes de dénuements. Et j'étais brusquement en train de l'aimer dans une démesure, de l'aimer encore plus qu'avant, le cœur dans les talons, bon à fouler aux pieds ; et pendant tout ce temps, je l'avais aimé. Aimé d'amour — dès lors je crus. Dites-moi, est-ce que ce n'est pas toujours ainsi ?

De plus c'était la saison d'un sentiment serein : une chose que la vie marchande plus que tout. La vie est avare de temps. Il nous fallut revenir pour, dès les jours suivants, recommencer la guerre, de violents affrontements. De sorte que je perdis le fil de tant de manœuvres et déplacements, et la raison exacte des consignes que nous exécutions. Mais je m'endurcis à toute allure, pour assurer ma part de jagunço, je me rodai bon train. J'avais maintenant Diadorim à portée d'affection, ce qui avait encore plus de prix au milieu de ces dangers effectifs. D'autant plus que la chance prévalait également de notre côté, là je vis : la mort est pour ceux qui meurent. Vraiment ?

Là-dessus, avec João Goanhá, à notre tête, nous partîmes, une cinquantaine, pour capturer une caravane de bêtes de somme des zé-bebelos, qui se rendait, de nuit, sans grande précaution, à La Pierre-

208

Benoît, un endroit sur un bras de marécage, avec des rizières. Les surprendre ne coûta guère, les sentinelles se laissèrent blouser, sans avoir même crié-aux-armes, on n'eut qu'à les mettre en fuite. Ce chargement était énorme, deux fois plus que prévu, une fortune — il y avait de tout, jusqu'à de la cachaça d'une marque contrôlée, des caisses de chacune quarante-huit bouteilles. Puis nous emmenâmes les convois de mulets pour les cacher à Capão-des-Os, où il y a des bois de chênes et des chemins de brousse, avec des lacs en voie d'assèchement : des bayous verdoyants. Ensuite, nous avons reçu l'ordre, à Poço-Triste, de remonter sur nos chevaux. Ça c'était un régal. Mon âme exultait : les chevaux au trot, la poussière qu'ils soulevaient, et comme ils hennissaient. Je bus exprès l'eau de l'intérieur d'une gravata * en fleur. De grandes araignées filaient d'arbre en arbre des années et des années de toile. Il semblait que la guerre soit désormais bien terminée. « Campo ! », dit quelqu'un. « S'agit maintenant de prendre du bon temps... » Mais. « Ah, et Zé Bebelo ? » — je demandai. Un certain Federico Xexéu, qui servait de messager, faisait l'oiseau de mauvais augure : « Hih ! Zé Bebélí ! Il est en route, avec des nuées de gens... » À des lieues de là, la bataille faisait rage. Les nouvelles nous arrivaient. Soudain — une mer de cavaliers, ils déboulaient farouches, ventre à terre et frappant des sabots. « Hé, les voilà ! » Ce n'était pas eux. C'était seulement Sô Candelário, à l'improviste. Il apparut, avec ce grand nombre d'hommes.

Sus, il arrêta son cheval si brusquement, que son corps raccourcit de moitié. Sô Candelário. Celui-là était grand, le teint basané, bleu-noir quasiment, avec des moustaches jaune ficelle. Un homme forcené. Un homme fougueux. Pour commander il commandait. À l'heure du feu, il s'élançait en tête devant tout le monde, il bramait comme un âne. Il prit le commandement général, Hermógenes sous ses ordres avait l'air d'un pauvre diable. Sô Candelário était l'homme qu'il fallait pour affronter Zé Bebelo. Sauveur de toutes les situations. Il mit pied à terre, demeura un bon bout de temps nous tournant le dos.

Je saluai Fafafa, qui était également un homme à lui : Alaripe et Fafafa avaient de nouveau réapparu en même temps que la bande de Sô Candelário. Fafafa : ce qu'il me dit un peu plus tard, à l'occasion d'une abomination... Ah, mais c'est que je ne l'ai pas encore racontée : l'histoire du prisonnier. Et d'abord, comment cela eut lieu, alors que nous étions planqués dans de bonnes caches, à Timba-Tunaka, dans la maison d'un paysan, une maison blanchie à la chaux, une maison-avec-des-tuiles. Une partie dans des grottes, une partie

* Voir glossaire.

dans les arbres, il y en avait jusque dans la soue, dans la boue des cochons. Là-dessus, les zé-bebelos arrivèrent — dans les trente ? Profitant de leur hésitation, nous ouvrîmes le feu, ceux que nous descendîmes, nous les descendîmes, les autres s'enfuirent sans demander leur reste. On fit un prisonnier. Il n'avait pas une seule blessure. « Qu'est-ce qu'ils vont faire de lui ? » — je demandai. Ils n'allaient pas le tuer ? « C'est vrai, je crois que si. Si tu imagines, l'ami, qu'on a les moyens de garder vivant un prisonnier ? On les décapite en leur passant le couteau de droite à gauche... » — voilà ce que me répond Fafafa. Et ce qu'il disait était logique. Mais, qui allait être chargé de donner le coup de grâce à ce pauvre garçon ? Hermógenes ? Ça ne pouvait être que lui. Je me frottai les yeux, je voulais savoir et ne voulais pas. Je ne connaissais même pas son nom, comment s'appelait le garçon qui allait mourir ainsi, obligatoirement — car si on le relâchait, il courrait retrouver les autres, faire ses rapports. Je descendis au bord du ruisseau. Je vis comment ils emmenaient le garçon, comment celui-ci, se dirigeait vers ce qui l'attendait sur ses deux pieds, marchant normalement. Une telle injustice ne pouvait pas avoir lieu ! Et ceux que je vis passer ensuite et qui allaient sûrement pour le tuer, c'en était d'autres : mais je ne vis pas Hermógenes. Un certain Adílcio, qui se vantait d'être capable de n'importe quelle méchanceté, un paon toujours en train de faire la roue. Et l'autre, Luis Pajeú. Je me dis, que le malheureux, ils allaient le tuer, tel quel, là sous les premiers arbres du petit bois. D'angoisse et de pitié, je palpai ma pomme d'Adam, je brûlai. Ce ne pouvait être qu'un rêve, un mauvais rêve ; ou si ça ne l'était pas, alors j'avais besoin d'une réalité bien réelle, sans déraison ! Je m'agenouillai au bord du ruisseau, je me penchai, je bus, la bouche dans l'eau, et tout le visage, comme un chien, comme un cheval. La soif ne passait pas, mon ventre devait être dilaté comme celui d'un crapaud, pareil à une immense sacoche. À une centaine de brasses en amont, à l'endroit où le ruisseau traversait le bois, ils étaient en train de poignarder le garçon, et je guettais dans l'eau, attendant de la voir couler mélangée de sang rouge — et je n'étais pas capable d'arrêter de boire cette eau. Je crois que j'avais pris une fièvre.

Ce cri terrible, à donner le frisson. Diadorim me tira en arrière. Sô Candelário, remonté en selle, donnait des ordres précipitamment : il voulait d'urgence une poignée d'hommes, c'était pour aller à E-Já, au-delà de Bró, sans délai. « Allons-y, Riobaldo, c'est pour attendre Joca Ramiro... » Ainsi, Diadorim m'entraîna. Je me mis en selle. Je glissai distraitement un pied dans l'étrier, l'autre, mon pied ne le trouvait pas. « Fais vite, Riobaldo ! » — Diadorim me houspillait. Et toute cette histoire me labourait le crâne — puis, ah, mais là, qui je vis ? Le garçon, celui-là, le prisonnier, vivant et entier. Et à cheval lui aussi. Et ils me racontèrent : on n'allait pas le tuer, il n'allait pas mourir. Sô Candelário avait décidé sa grâce, en raison de sa jeunesse. « Il est de Bahia, il retourne là-bas, nous allons l'emmener un bout de chemin, pour le relâcher, plus loin... » J'éprouvai une joie d'étoiles. Ainsi qu'ils me l'expliquèrent plus longuement, celui-là ne présentait plus le danger de revenir se joindre aux autres bebelos ni de venir une autre fois lever l'arme contre nous : car ils avaient pris la précaution de réciter sur lui une formule qui enlève le courage de la guerre, une action, un sort à vous rendre maboul. Il y a de la drôlerie partout. Mais, et Luis Pajeú et Adílcio, je les avais pourtant bien vus ? Certes, ceux-là étaient passés en effet, avec les grands coutelas, mais parce qu'ils allaient aider à débiter le cochon, la portion qu'on allait emmener de viande et de lard frais. Ah, et j'avais bu étourdiment ce clapotement d'eau à pleines gorgées. On prit le galop. Il me parut qu'à partir de là, tout n'allait plus être dorénavant que folie insensée. Sô Candelário galopait en tête. Il allait — tel le roi des vents.

L'endroit où nous nous arrêtâmes, à E-Já, se trouvait immédiatement après le pont de bois, lequel étant défoncé, nous traversâmes plus bas, un mauvais gué, dans le courant qui giclait et courait sur les pierres lisses tapissant le lit de la rivière. Une fois arrivés là, il n'y avait toujours personne ; au point que je fus déçu. Mais tout, alentour, n'était qu'herbe verte sur la rive fraîche bien arrosée, et de bonnes prairies. Je m'enhardis et dis : « Eh Joca Ramiro ? » — Mais Diadorim prit l'air important : « Ici, Riobaldo, désormais, c'est l'endroit : si l'ennemi arrive, nous mourrons : mais pas un bebelo n'a licence de pouvoir le franchir tranquille ! » Si faraud, Diadorim, que je persiflai : « Ah, j'en ai rien à faire ! On est venus, n'est-ce pas, pour voir Joca Ramiro ? Eh bien, je vois ! » — « Ne te fâche pas, Riobaldo. Joca Ramiro, à l'heure qu'il est, doit être en train de les attaquer, et de leur flanquer une belle veste... » — fut ce qu'il ajouta. À la suite de quoi, hors de moi : « Car tu le sais, hein, tu sais tout. Les grands secrets... » — je rétorquai. Mais toujours, dans de pareils moments, Diadorim me démontait. Comme il le prouva une fois de plus : « Je ne sais rien. Je sais ce que tout autant que moi, tu peux savoir, Riobaldo. Mais je connais Joca Ramiro, qui voit seul à tout. Je connais Sô Candelário — qui n'apparaît jamais que pour le dénouement d'une décision de taille... »

Et c'était ça. Les jours où nous dûmes monter la garde sur ces rochers et promontoires, j'appris les hauts faits de cet homme. Sô Candelário — comment je vais vous expliquer ? Il était unique. Je crois qu'il ne dormait pas, mangeait un rien, un rien, en toute hâte, il fumait à longueur de journée. Et il regardait les horizons, sans patience à leur égard, il paraissait n'attendre vraiment que : la guerre, la guerre, toujours la guerre. D'où était-il, d'où venait-il ? Ils me le dirent : de ces déserts de l'État de Bahia. Il passait, ne me regardait pas. Alors un jour, profitant d'une occasion, Diadorim me présenta : « Celui-là, chef, c'est mon ami Riobaldo... » Là, Sô Candelário me dévisagea, il me vit pour la vie. Rire, sourire il ne savait pas — mais quelque chose s'apaisait dans ses yeux, qui prenait un bon air sérieux, cessant pour un instant d'être ces yeux forcenés : et cela tenait lieu d'un sourire. Qu'il connaissait Diadorim, et l'estimait beaucoup, je le vis tout de suite : « Riobaldo, *Tatarana,* je sais... — fit-il : Tu tires bien, tu es habile aux armes... » Et il s'en alla ; je crois que je lui entendis dire encore : ... « l'amitié dans les fêtes... » ? Il n'arrivait pas à rester en place. Et, par un de ses traits ou un autre, que je ne distinguai pas bien, il avait quelque chose du style, un air de ressemblance avec justement Zé Bebelo.

Mais ce fut Alaripe qui me raconta une chose que tout le monde savait, et dont ils parlaient. Ce que traquait Sô Candelário c'était la mort. Et il buvait, presque constamment, de sa forte cachaça. Pourquoi ? Je vous raconte : il avait peur d'avoir le mal-de-Lazare. Son père était mort de ce mal, et ses frères également, l'un puis l'autre, ses aînés. La lèpre — on n'en dit pas plus : c'est là que l'homme lèche la malédiction du châtiment. Châtiment, en raison de quoi ? C'est à cause de cela certainement que s'ensuivait une haine chez Sô Candelário. Il vivait dans le feu de cette idée. La lèpre s'attarde des années, elle lanterne dans le corps, c'est inopinément qu'elle se manifeste ; elle pouvait apparaître à n'importe quelle heure, de n'importe quelle façon. Sô Candelário avait une manie : il n'arrêtait pas de retrousser ses manches de chemise, de surveiller ses bras, la pointe du coude, il se grattait la peau, à s'écorcher. Et il portait dans une de ses poches un petit miroir, sur lequel il n'arrêtait pas à chaque instant de jeter un œil. Furieux contre le monde entier. Nous savions qu'il prenait certains remèdes — il se réveillait avec l'annonce de l'aurore, le premier de tous, buvait un breuvage d'herbes, et partait se laver dans un bassin, il descendait au bord du ruisseau, nu, tout nu, telle une patte de marabout. À son bon gré. Ce que je pense aujourd'hui, c'est que de tous les gens, Sô Candelário est celui que je comprends le mieux. Il traquait sa propre mort de par le monde, en raison de la lèpre à venir ; et, en même temps, de la même façon, il faisait tout pour se guérir. Étant donné qu'il voulait mourir, ça donnait pour seul résultat qu'il commandait aux sorts, et tuait. Fou, direz-vous ? Qui ne l'est pas ? même moi tout comme vous. Mais cet homme, je l'estimais. Parce que au moins, lui savait ce qui le menait.

L'ennemi mettait tant de temps à se décider à venir, il faut dire, que nous devenions nerveux. Sauf certains. Comme ce Luzié, qui chantait sans souci, cigale d'entre-les-pluies. Je lui demandai plus d'une fois de chanter pour moi les vers, ceux que je n'ai jamais oubliés, croyez-moi, de la chanson de Siruiz. Des vers qui me transportaient. Et, quand je les entendais, j'avais envie de jouer avec eux. C'était ma mère qui aurait pu chanter ces vers pour moi. La douceur de jeter aux oubliettes quantité de choses — les choses stupides, dont, à force de les faire et d'y penser par nécessité, mais sans noblesse, nous vivons prisonniers. Diadorim, quand il s'arrangeait pour être seul, chantonnait, avec une jolie voix je crois. Mais, nous à côté, jamais il ne voulait. Je dois dire que je finis par comprendre que les autres ne voyaient nullement dans ces vers de Siruiz la beauté que je leur trouvais. Pas même Diadorim : « Tu regrettes le temps de ton enfance, Riobaldo ?... » — il me demanda, alors que j'étais en train de lui expliquer ce que je ressentais. Non, nenni. Je n'avais aucun regret. Ce que j'aurais voulu, c'était redevenir enfant, mais là, dans l'instant, si j'avais pu. J'en avais déjà plus qu'assez de leurs égarements à tous. C'est qu'à cette époque, je trouvais déjà que la vie des gens va à vau-l'eau, comme un récit sans queue ni tête, par manque de joie et de jugement. La vie devrait être comme dans une salle de théâtre, et que chacun joue son rôle avec un bel entrain du début à la fin, qu'il s'en acquitte. C'était ce que je trouve, c'est ce que je trouvais.

À propos des façons de Sô Candelário ? Cet homme changeait d'humeur. « Vindieu, quelle poisse, nous sommes sans nouvelles, je ne sais pas... Faut y aller, aux nouvelles, quitte à retourner le monde pour les trouver ! » — voilà ce que Sô Candelário éructait quasiment. Il dépêcha trois hommes à cheval, une lieue plus haut sur la route, recueillir ce qu'il y aurait, épier les espions. Il m'envoya également. Mais, pour dire vrai, ce fut moi qui voulus : au moment opportun, je m'avançai d'un pas, et je le regardai bien en face, avec insistance. « Va, toi, Tatarana... » Quand il disait *Tatarana*, je réalisais qu'il appréciait sérieusement mon mérite de tireur. Je sautai en selle, partis au petit trot. Diadorim et Caçanje avaient déjà pris une bonne avance, deux cents brasses bien comptées. Probable qu'ils s'aperçurent que je venais, ils se retournèrent sur leur selle. Diadorim leva le bras, il agita la main. Je voulais presser le pas, j'éperonnai, pour prendre le galop et vite les rattraper. Mais, là, mon cheval ph'losopha, il fit un écart et se cabra, en se déportant sur le bord de la route, du côté gauche, un peu plus il m'envoyait dans le décor. Et ce qu'il y avait, qui effrayait l'animal, c'était une feuille sèche, envolée et venue atterrir quasiment sur ses yeux et ses oreilles. À cause du vent. Du vent qui arrivait, en tournoyant. Un tourbillon : vous savez — la dispute des vents. Quand ils se heurtent, s'enroulent l'un dans l'autre, un spectacle hallucinant. La poussière se soulevait, au point de créer la nuit là-haut, un maelström, une spirale de feuilles, et de branches brisées — dans une explosion de piaulements et sifflements — qui s'emmêlaient, s'entortillaient en tournoyant comme une toupie. Je sentis mon cheval comme mon corps. Cela passa, le ron-ron, s'en alla. On rendait grâce à Dieu. Mais Diadorim et Caçanje étaient arrêtés là-bas devant, à attendre que j'arrive. « Le tourbillon ! », dit Caçanje, en se signant. « Le vent qui va par le travers, qui souffle en maître venant de la mer... », dit Diadorim. Mais Caçanje n'en voulait rien entendre : non, le *tourbillon* venait de Lui — du diable. Le démon se glissait là, dedans, il voyageait à l'intérieur. J'éclatai de rire. Le démon ! Je vous raconte. Si j'ai ri ou non, sur le moment ? Je réfléchis. Je réfléchis ceci : *le diable, dans la rue, au milieu du tourbillon...* Je crois le plus terrible de ma vie, énoncé par ces paroles, que vous ne devez jamais renouveler. Mais, écoutez-moi. Nous allons y venir. Et même Caçanje et Diadorim se mirent à rire eux aussi. Puis, nous repartîmes.

Jusqu'au confluent des deux rivières, là où il y a la cascade en escalier. Je ne pensai plus ni au tourbillon des vents, ni à son maître qui — à ce qu'on dit — habite, voyage à l'intérieur, le Dissimulateur : celui qui accepte nos mauvaises paroles et pensées, et qui de tout fait son œuvre ; celui que l'on peut voir sur la face noire d'un miroir : l'Ange des Ténèbres. Donc nous arrivâmes, comme j'ai dit, à la cascade, au confluent de ces deux rivières ; où nous restâmes jusqu'à ce que le soleil se couche. Comment est-ce qu'on allait pouvoir rapporter des nouvelles à Sô Candelário ? Une nouvelle, c'est quelque chose qu'on retire, à la demande, d'un coucher de soleil ? Il y avait un petit bois. Ou peut-être une forêt, très ancienne. Les coatis, leur sieste dans les arbres terminée, descendaient en éternuant, et les guit-guits s'envolaient se percher sur d'autres arbres, pour leur sommeil nocturne, en faisant un potin de poulailler. La tristesse est une nouvelle ? J'avais le cœur serré de découragement devant mon destin, l'envie d'habiter dans une grande ville. Mais, de ville vraiment grande, je n'en connaissais même pas, je dois dire. Aussi je me contentai de regarder du côté où se complaît encore un brin de lumière tardive. Je me souviens de l'espace, des pensées dans ma tête. La rivière, chienne qui lèche tout ce qui peut se présenter. Le cocotier replié sur lui-même. Si j'extravague maintenant, dans cette conversation — vous m'interrompez. Sinon, dites-moi : le noir est noir ? le blanc est blanc ? Ou : quand est-ce que, surgissant de l'intérieur de la jeunesse, commence la vieillesse ? À la nuit, nous retournâmes. J'étais capable, la première chouette qui ululerait, de la tirer au jugé.

Mais Sô Candelário n'était pas fou dans ses calculs. De nouvelles, il nous en arriva dès le lendemain. Et quelles nouvelles ! Dès lors, elles se succédèrent, en quantité et d'affilée. Un certain Sucivre, qui arriva, finaud, au galop. Il dit : « M'sieur Ricardo a attaqué, du côté de La-Rivière-au-Cerf. Titan Passos a fait prisonniers une bonne trentaine d'ennemis, dans un beau combat sur l'éperon de la montagne... » Les zé-bebelos détalaient épouvantés, sous ces mâles exploits et le zou-ou des balles. De pareilles nouvelles mettaient le cœur en fête. Sô Candelário monta sur une estrade de rondins — qu'il avait fait faire, c'était là qu'il dormait sans se reposer — et se mit de là-haut à épier à perte de temps, il scrutait les horizons immobiles, tel un aigle cherchant à prendre son vol. Cette fois, vraiment, c'était la guerre, les alléluias allaient fuser de part en part. Là-dessus, arriva Adalgizo : « S'ieu Hermógenes est passé, une affaire de six lieues, il va ouvrir le combat... » Notre heure de feu était proche. Ainsi les zé-bebelos dans leur retraite, seraient obligés de passer par ici, à E-Já, à ras de nous. Sô Candelário ne se tenait plus, il pleurait : il disait que jamais il n'avait commandé d'aussi vaillants guerriers que nous, ayant tant de capacités. Et il voulait tout de suite, tout de suite, voir arriver l'ennemi. Des embuscades d'heure en heure ; et la nuit on n'allait dormir que d'un œil, nos armes, on ne les quitterait pas. À l'angélus et à l'aube, on doublerait les sentinelles. Le combat se déclenche telle la foudre qui tombe. Tout mettait en alerte, en alarme : un coup de pied dans un tison, une poignée de terre jetée à l'improviste pour éteindre le feu, des coups de sifflets dans toutes les directions. Il y eut même des coups de feu, à un moment : mais ce n'était rien, seulement un bœuf luango, cette race du Congo, qui avait très faim et pas très sommeil, il errait tout seul en broutant et vint fourrer son long museau là, à une heure indue, dans l'herbe tendre. « Tout ce qui est bizarre se manifeste en temps de guerre... Pouah, sauve-toi », dit quelqu'un. Et il y en eut que cela fit rire jusqu'au matin. Tout cela me plut, et chaque jour me plaisait davantage. J'appris peu à peu à trouver plaisante l'intranquillité. J'appris à mesurer la nuit sur mes doigts. Je découvris que j'étais capable de courage à n'importe quelle heure. Ce courage qui vient, tout doux, au milieu d'un bon fou rire, de pleines gorgées de cachaça, et du sommeil qui vous prend appuyé sur la crosse de votre arme. Ce dont on a besoin c'est de la camaraderie de tous, simplement, comme des frères. Diadorim et moi, nos ombres n'en formaient qu'une. L'amitié, selon sa loi. Comme nous étions, nous étions bien, Sô Candelário était un chef selon mon goût, tel que j'avais imaginé. Ah, et Joca Ramiro ?

Ce fut d'abord une chose soudaine, qui survient : ce tumulte, la multitude des chevaux. Un monde d'hommes qui est sa propre annonce, et déplace l'espace, venant du Nord. « Joca Ramiro ! » — « Joca Ramiro ! » — criait tout le monde. Sô Candelário bondit en selle, comme il faisait toujours : un ressort d'acier. Il piqua un galop à leur rencontre. Nous autres, au commencement, nous restâmes abasourdis. Je vis un soleil d'une telle joie, dans les yeux de Diadorim, que j'en fus presque contrarié. J'étais jaloux ? « Riobaldo, tu vas voir comme il est ! », s'exclama Diadorim, en passant un bras autour de mes épaules. On aurait dit un petit enfant, plein d'une belle satisfaction contenue. Comment est-ce que je pouvais le prendre mal ? Et, cette foule immense de cavaliers débouchant en coup de vent, piqués droit sur leur selle, dans le ferraillement des sabots sur le sol caillouteux. Ils devaient être dans les deux cents, presque tous de vieux compagnons d'armes bahiannais, de nouveaux renforts. Ils nous lançaient des vivats, nous saluaient. Et Joca Ramiro. Sa stature. Dressé sur un cheval blanc — un cheval qui me regarde de tous ses hauts. Monté sur une selle brodée, de Jequié, ouvragée noir et blanc. Les rênes belles, fortes, je ne sais tressées avec quoi. Et c'était un homme large d'épaules, le visage fort, coloré, ces yeux. Comment est-ce que je peux vous le décrire ? Les cheveux noirs, bouclés ? Le chapeau de belle allure ? C'était un homme. Net. Beau. Il n'y avait rien d'autre à remarquer. Nous regardions, sans poser les yeux. Nous avions presque peur, avec toute cette âpreté du sertão, cette âpreté de la vie, de blesser cet homme supérieur, de le froisser, l'indisposer. Et quand il s'en allait, ce qui demeurait le plus en nous, d'agréable dans notre souvenir, c'était la voix. Une voix sans un doigt de doute, ni de tristesse. Une voix qui demeurait.

Au milieu de ce vacarme, j'en récoltai peu à voir et à entendre. Les chefs étaient descendus de cheval, et les hommes, tous, très affairés et organisés. Sô Candelário ne lâchait pas Joca Ramiro d'une semelle, il lui expliquait les différentes choses, avec de grands gestes, ne le laissait presque pas ouvrir la bouche. La halte serait brève. Car la bande au complet devait poursuivre à marches forcées — ils étaient en route pour engager le combat, à une heure et à un endroit déterminés — selon ce qu'on apprit. Le temps de boire un café. Mais Joca Ramiro s'avança, à larges pas lents, il voulait parcourir le camp, saluer l'un ou l'autre, ne serait-ce que d'un petit mot, d'une phrase de considération et d'approbation. Sa démarche — je vis très bien : altière et imposante, plus qu'aucune autre. Diadorim regardait ; et il avait aussi des larmes qui coulaient, bien venues. Se décidant, il fit un pas en avant, prit la main de Joca Ramiro, la baisa. Joca Ramiro le contempla fixement, un instant sans doute seulement, mais avec une douceur reconnaissable, avec une chaleur d'amitié différente. Comme il aimait Diadorim ! — il l'entoura de ses bras. Puis, il se tourna vers nous, qui étions là. Et je fis comme avait fait Diadorim — je ne sais pas du tout pourquoi : je pris la main de cet homme, je la baisai également. Tous, ceux qui étaient plus jeunes, la baisaient. Les plus vieux avaient honte de le faire. « Celui-ci là, c'est Riobaldo, vous savez ? Mon ami. Le surnom que certains lui donnent c'est *Tatarana...* » Diadorim dit tout cela. Se tournant vers moi, avec attention, Joca Ramiro prononça : « Tatarana : le poil farouche... Mon fils, tu portes les marques de la concision et du courage. *Riobaldo...* Riobaldo... » Il dit encore : « Attends. Je crois que j'ai un petit quelque chose pour toi... » Il ordonna qu'on le lui apporte, et un de ses hommes, dit João-Pince-sans-Rire alla chercher dans leur chargement et le rapporta. C'était un rifle de l'armée régulière, je le pris : un mousqueton de cavalerie. Par ce présent Joca Ramiro m'honorait ! Je vous le dis : ma satisfaction fut sans bornes. Ils pouvaient s'aiguiser l'envie sur mon dos, ils le pouvaient ! Diadorim me regardait, avec contentement. Il m'appela à l'écart. Je vis que, même étant ainsi chéri et choisi par Joca Ramiro, il procédait en restant à distance, pour que personne ne trouve à redire, qu'ils n'imaginent pas qu'il y avait là favoritisme. « N'est-ce pas qu'il est vraiment le chef ? N'est-ce pas qu'il est le commandant ? », me demandait Diadorim. Il l'était. Mais je ne perçus pas que le vif du temps passait. Ils étaient déjà sur le départ. Dressé sur son blanc cheval, Joca Ramiro fit un geste d'adieu. Je vis comme il chercha Diadorim des yeux. Sô Candelário cria : « Vive Jésus, bonne route, bonne guerre ! » Et tous, d'un bel élan, éperonnèrent et s'en allèrent bon train. La poussière soulevée, occupa le ciel. Cela ressemblait à une musique en train de jouer.

Depuis que sa haute figure s'était arrêtée au milieu de nous, nous ne parlions plus d'autre chose. Et nous fourbîmes nos armes dans une atmosphère de fête. Joca Ramiro entrait personnellement dans le combat, la guerre cette fois, allait vivement prendre fin. « Sô Candelário voulait y aller lui aussi, mais il a dû accepter l'ordre de rester... » m'expliqua Diadorim. À ce qu'il dit — Sô Candelário, avec sa hâte et habitude de foncer, et toujours foncer, pouvait à ce stade compromettre le bon ordre général. Il fallait qu'il reste attendre sur place, pour barrer le monde à ceux qui tenteraient ici de gagner le monde. Joca Ramiro avait en plus ordonné pour la même raison : que

217

notre groupe se fractionne en trois ou quatre détachements, pour bien surveiller comme il faut les passages et les gués. Diadorim et moi nous retrouvâmes dans l'un d'eux, un détachement d'environ une quinzaine de camarades, commandé par João Curiol — nous descendîmes sur Umbuzeiros, une dépression abominable, avec une végétation poussiéreuse et quelques élévations rocheuses. Partant de ce gué, on tombe sur un petit plateau — le plateau dit du Cariama-qui-Court. Comme fait exprès. Car c'est là, justement, que nous vîmes pointer la tête du gibier. Ce fut l'épouvante. Je vous raconte tout de suite, d'un trait.

L'épouvante, je dis, à cause de la vitesse avec laquelle ça se présenta. La surprise qu'on a, vous connaissez, même lorsqu'on s'y attend : on n'a rien vu, stupides, que déjà, c'est là. On n'y croit pas. Si brusquement. Un bon vent soufflait, du côté où ils arriveraient, de sorte que le galop, on l'entendit de loin. Nous épaulâmes. Ils devaient être une vingtaine. Ils passèrent la rivière à une telle vitesse, que l'eau gicla abondamment, un spectacle vraiment, dans le soleil. Nous ouvrîmes le feu.

Et suivit ce qui suivit. Je vis les hommes basculer, et les chevaux, patatras ! Ce fut le désordre. Seul le cheval pouvait s'enfuir, mais les hommes à terre : grattant, grattant le sol. Et là, on tirait ! Ça mourait, on tuait, on tuait ? Pas les chevaux. Mais il y en eut un, il fonça, devenu fou, il se cabrait déchaîné, le cavalier au bout des rênes ne pouvait plus ; ils déboulèrent quasiment sur nous, moururent tous les deux du même coup. Un gâchis, Monsieur : un gâchis que vous n'imaginez pas. Mais c'était des hommes ! Tant bien que mal dès qu'ils purent, ce qu'il en restait sauta à terre, ils rampèrent, en répondant à notre feu. Ah, ils réussirent à se mettre à couvert derrière d'autres escarpements de rochers, et là on n'eut plus prise sur eux. Ils devaient encore être une dizaine, huit peut-être. Ils criaient à s'époumoner, enfiévrés de haine, et nous injuriant de tous les noms. Nous de même. Aïe aïe aïe, notre feu rugissait dès que tremblotait le plus petit signe d'un humain. Les balles fendaient les pierres, ce n'était que des éclats. L'un d'eux se montra, qui tomba raide. Leurs munitions étaient comptées. S'enfuir, vraiment, ils ne pouvaient pas. On tirait. Ils devaient encore être six — qui est la demi-douzaine. « Dis donc, tu sais qui est là, qui commande ? », me dit Roque, notre éclaireur. « Tu sais qui ? » — Ah, si je savais ! Dès le début, dès le premier instant, j'avais su. C'était celui dont je ne voulais pas que ce soit lui. C'était Bebelo !

Ainsi j'étais condamné à tuer.

Ici je n'en sais pas plus que vous. « Feu ! Pas de quartier ! » — c'est ce que hurlait João Curiol. Ensuite, on allait y aller à l'éclair du couteau. « Rogaton ! je vais te servir, chien, face du diable ! Couille-molle ! » — Ça c'était la voix de Zé Bebelo, il criait. Je ne criais pas. Diadorim également tirait en silence. Leurs munitions — presque nulles. Ils ne devaient plus être que quatre, ou trois. Le canon de mon rifle chauffait trop. « Pour toi, couille-molle !... » Freitas, l'un des nôtres, poussa un cri, il s'affaissa horriblement blessé. La balle était de Zé Bebelo. Alors, nous avons canardé, salement. Eux ripostèrent. Ils ripostaient très peu. Il devait en rester... combien ? Je vous l'ai dit : j'aimais Zé Bebelo. Je le redis — et je tirais moins que je croyais. Est-ce que c'était possible, qu'ainsi, avec mon aide, meure Zé Bebelo ? Un homme de cette qualité, son corps, ses idées, tout ce que je savais de lui et connaissais. Je pensais à ces choses. Sans arrêt — avec Zé Bebelo — il fallait penser. Un homme, une chose fragile en soi, tendre même, ballottée entre la vie la mort, au milieu de ces méchantes pierres. Je sentis ma gorge se serrer. Cette faute j'avais à la porter ? Je criai pour les arrêter : — « Joca Ramiro veut cet homme vivant ! Joca Ramiro veut cet homme vivant ! Joca Ramiro y tient absolument !... » Une chose dont je ne sais même pas comment me vint l'impulsion de la dire — fausse, vraie, inventée...

Je criai résolument, le répétai.

Et les autres camarades consentaient, ils disaient après moi, même João Curiol : « Joca Ramiro veut cet homme vivant ! » — « C'est un ordre de Joca Ramiro ! » D'en face, ils ne tiraient plus. Seulement une balle ou une autre, rares. « On y va, chef, à mains nues ? », demanda Sang-de-l'Autre. João Curiol répondit que non. Ils devaient probablement réserver des balles pour le final. — Je dis encore une fois : « Ordre de Joca Ramiro : il faut prendre cet homme vivant... » Ainsi, Zé Bebelo j'allais le sauver. Tous approuvèrent. Je sais ce que je sais ? Ici, vous n'allez plus me comprendre. Le comment des choses. Tous m'approuvèrent — et, là, bizarrement, j'eus une illumination. Mais quoi ? Mais alors, je n'avais pas tout pensé, le réel ?! Ce que j'étais en train de faire, en train de vouloir — c'était qu'ils prennent Zé Bebelo vivant, en chair et en os, pour ensuite le maltraiter, le tuer de la pire façon, et facilement ? La rage me prit. Je me mordis, je m'en voulus, me dégoûtai moi-même. Tout finissait tellement toujours par être ma faute ! Du coup, je m'en remis totalement à mon rifle et à mes cartouchières. Je tirais, je tirais : je voulais, par tous les moyens, atteindre Zé Bebelo, pour l'achever sur-le-champ, lui éviter le martyre d'autres souffrances. — « Tu es fou, Riobaldo ? » — cria Diadorim en rampant jusqu'à moi et en m'attrapant le bras. — « Joca Ramiro veut cet homme vivant, c'est un ordre ! Ordre de Joca

Ramiro ! » — me criaient maintenant les autres. Tous, de ce fait, tous, contre moi. Est-ce que je pouvais démentir ? Et je ne vis pas tout de suite, ce qui arrivait. Ce que je vis ce fut Zé Bebelo dressé soudain, surgi sur ses ergots. Ce qu'il tenait, d'une main, c'était son poignard ; de l'autre un grand pistolet à feu central. Mais il déchargea son pistolet en tirant à terre, à ses pieds pratiquement. La poussière jaillit. Il réapparut derrière la poussière, il faisait penser ainsi — d'aplomb, les muscles bandés, vouloir chercher... Il fit miroiter son poignard et attendit. Il voulait vraiment mourir en brave, et vite. Je regardai, je regardai. Lui tirer dessus, comment j'aurais pu avoir le courage ! Ah, je ne l'avais pas ! Et l'un des nôtres, je ne sais plus qui, lança son lasso. Zé Bebelo frappa encore du pied, maladroitement, pour garder l'équilibre, et il tomba, traîné à terre, cria de toute sa voix : « Canaille ! Canaille ! » Mais tous se jetèrent sur lui, lui arrachèrent son poignard. Je restai coi, distant, me faisant étranger. Je ne voulais pas, ah, je ne voulais surtout pas qu'il me reconnaisse.

Et voici qu'arrivait un carrousel de cavaliers. Ceux-là : c'était Joca Ramiro, avec tous les siens. Des nuées et des nuées de poussière s'élevèrent, en quantité, de la poussière qui bouchait les narines et les yeux. Je me recroquevillai, assis là, au même endroit, derrière une arête de pierre. Ce que j'avais, j'avais honte. Le vacarme s'arma énorme. C'est qu'arrivaient également nos autres détachements, je reconnus les braillements de Sô Candelário. La ronde de tous ces cavaliers, sur le plateau, toujours plus importante. Quelqu'un souffla dans la trompe d'une corne de bœuf. Ils appelaient à regagner le cantonnement. Mais Diadorim me cherchait, ainsi que João Curiol, parce que nous avions aussi des morts et des blessés, et il devait avoir perdu également un objet quelconque lui appartenant. « Diable d'homme ! » — j'entendis dire quelqu'un. Mes yeux fixèrent le sol, je me rendais compte maintenant que je tremblais. « Fichtre ! Zé Bebelo, ô gens, a gagné une médaille. Le gâchis qu'il a fait ! » — « Ah, oui ? » — je dis, tandis que nous attendions. Du moins Diadorim rayonnait, tout-radieux, il dansait presque : « Nous avons vaincu, Riobaldo ! La guerre est finie. En plus, Joca Ramiro a bien apprécié qu'on ait pris l'homme vivant... » Ce n'était guère fait pour me rassurer. Car, ensuite ? « Pourquoi, Diadorim ? On va le tuer maintenant ? On va le tuer ? » Ça me passait à peine les lèvres. Mais João Curiol se retourna et dit : « Le tuer, non. On va le juger...

— Le juger ? » — je ne ris pas, ne compris pas.

— Je te parie. C'est même lui du reste qui l'a demandé. Drôle de bonhomme ! Il est allé se planter devant Joca Ramiro, et, tout prisonnier qu'il était, dans cet état pitoyable, il a crié farouche : —

Imposteur ! Ou vous me tuez ici même, immédiatement, ou alors j'exige un jugement correct, légal !... et il a tourné le dos. Là, Joca Ramiro a consenti, il a donné son accord, il a promis le jugement incontinent... » — voilà ce que dit João Curiol, pour m'expliquer la chose.

C'était peu, mais je m'en réjouis, cette lubie me déchargeait d'un poids. Nous repartîmes de nouveau avec João Concliz, pour sillonner les alentours, avertir ceux qui manquaient. Rassemblement général. Les hommes de Titan Passos et d'Hermógenes avaient fait prévenir qu'ils étaient en route. Ceux de Ricardo arrivaient déjà, nombreux. Je partis, avec ceux de João Concliz. J'allai. J'y tins absolument. Je ne voulais pas retourner déjà avec les autres, je préférais ne pas tomber sur Zé Bebelo. Nous reprîmes nos chevaux et nous filâmes à travers ces champs, cette route, ces *pequizeiros*. « Quel homme bizarre, mais quel fou ! commentait Diadorim. Tu sais ce qu'il a dit, comment ça s'est passé. » — Et il me donna les nouvelles.

Cela s'était passé de la façon suivante : Joca Ramiro était arrivé, royal, sur son grand cheval blanc, face à Zé Bebelo à pied, sale, les vêtements en lambeaux, sans chapeau, les mains liées dans le dos, et maintenu par deux hommes. Mais, même dans cet état, Zé Bebelo avait redressé le menton, et de toute sa personne, il avait toisé l'autre de haut en bas. Puis il dit :

« Saluez-moi, chef. Vous êtes devant moi, le grand cavalier. Mais je suis votre égal. Saluez-moi !

— Calmez-vous. Vous êtes prisonnier... », répondit Joca Ramiro, sans élever la voix.

Mais, à la surprise générale, Zé Bebelo lui aussi changea de ton, pour persifler, avec une drôle d'insolence :

« Prisonnier ? Ah, prisonnier... Je le suis, je sais que je le suis. Mais alors, ce que vous voyez n'est pas ce que vous voyez, camarade : c'est ce que vous allez voir...

— Je vois un homme de courage, prisonnier », dit alors Joca Ramiro, il le dit avec considération.

« Exact. C'est juste. Si je suis prisonnier... c'est autre chose...

— Quoi donc, vieux frère ?

— ... C'est, c'est le monde à l'envers. » Ç'avait été les derniers mots de Zé Bebelo. Et tous ceux qui l'avaient entendu, avaient éclaté de rire.

Comme je vous dis. Rien que des bêtises ? Non, deux fois non. Moi aussi ce que je n'imaginais pas possible, c'était Zé Bebelo prisonnier. Il n'était pas une créature que l'on capture ainsi, une personne tel un objet que l'on garde sous la main. Mais un vif-argent...

Et le jugement allait avoir lieu.

Nous sommes revenus à temps, le lendemain très tôt nous étions là, au camp, tous en rang. Mais comment, ce jugement ? Ce qu'il devait être, je vis bientôt que personne ne savait vraiment. Hermógenes m'entendit, ça lui plut : « Eh oui eh oui. Nous allons voir, nous allons voir, ce qui n'étant pas dans les usages... » — il émit. — « Hé ! voilà que maintenant, y a jugement ! » — raillaient nombre de camarades, qui ne voyaient là que matière à dissipation. Je cherchai à écouter les autres. « C'est juste, c'est régulier. Joca Ramiro sait ce qu'il fait... », dit Titan Passos. « C'est mieux même. Il faut en finir de façon définitive avec cette clique », dit Ricardo. Et Sô Candelário, qui désormais ne descendait plus de cheval, s'amenait en clamant : « Un jugement ! C'est ce qu'il faut ! Qu'on sache qui commande, qui le peut ! » À la cantonade.

Ils étaient maintenant tous rassemblés, tous les camarades, dans le camp d'É-Já, où autant de monde avait bien du mal à tenir, avec le matériel et les convois de mulets, les chevaux en train de paître, des jagunços de toute race et qualité, qui allaient et venaient, mangeaient, buvaient, discutaillaient. Sô Candelário avait dépêché deux hommes, loin, à São José, rien que pour acheter des pétards qu'on ferait éclater à la fin. Et où était Zé Bebelo ? À l'écart, soustrait à la vue de tous, sous une tente de toile — la seule qu'il y avait — parce que même Joca Ramiro avait perdu l'habitude de dormir ainsi à l'abri, à cause de la chaleur étouffante. On ne pouvait donc voir le prisonnier, qui restait là à l'intérieur, sous bonne garde. Le bruit courut qu'il acceptait de l'eau et à manger, et qu'il tuait le temps à réfléchir et fumer, étendu sur une peau de bête. Ça me plut. Tout ce que je voulais c'était qu'il ne mette pas l'œil sur moi. J'appréciais tant cet homme, et il ne fallait pas maintenant qu'il devienne mon cauchemar. « Où est-ce que nous allons ? Où le jugement va-t-il avoir lieu ? » — je demandai à Diadorim, quand je surpris le remue-ménage précédant les départs. « Je ne sais pas, ami... » — ; Diadorim n'était pas au courant. Plus tard seulement, la nouvelle se répandit. Que nous allions nous rendre à la Fazenda Toujours-Verte, au-delà de la Fazenda le Petit-Marais-du-Marais, celle appartenant à monsieur Mirabô de Melo.

Mais, quelle raison avaient-ils de faire une pareille promenade avec cet homme ? Il manquait quelqu'un ? Diadorim ne me répondit pas. Mais à partir de ce qu'il ne dit pas et dit, je me fis ma petite idée. Ainsi Joca Ramiro se donnait le mal de naviguer trois lieues de plus, en direction du Nord, avec tout ce cortège de jagunços, les lieutenants, les chefs, plus le prisonnier emmené perché sur un cheval noir, et les troupes au complet, avec les munitions, le butin, les provisions de nourriture — tout cela pour la gloire. Plus ce jugement. Il avait raison ? On s'ébranla, dans un grand tumulte. On pouvait voir là un résumé de chaque lignée de chevaux. Zé Bebelo chevauchait, entouré de gardes à cheval, des hommes de Titan Passos, presque en tête de la colonne. Il allait les mains liées, selon les usages ? Lui lier les mains n'y changeait rien. Je ne voulus pas voir. Cela me laissait un goût de fiel, me rendait sombre. Je m'arrangeai pour rester en arrière. Zé Bebelo emmené de cette façon, prisonnier, c'était trop. Ceci ajouté à cela — là mes idées se ratatinaient. Tant et si bien, que je fis tout le voyage en queue de cortège, à hauteur de la bande des gentils petits ânes aux grandes oreilles, qui fermaient la marche. Leur pauvreté naturelle me consolait — des petits ânons, pareils à des enfants. Mais je pensai encore : qu'il soit bon ou qu'il soit nocif, quel droit avaient-ils d'achever Zé Bebelo ? Qui avait licence de passer Zé Bebelo en jugement ? Alors, j'éprouvai un profond découragement. S'il n'y avait plus Zé Bebelo, alors, la dernière consolation qui me restait ne pouvait plus être vraiment que ces bourricots bahiannais, qui connaissent de naissance toutes les routes du monde.

Et donc nous traversâmes le Petit-Marais-du-Marais, et donc nous arrivâmes à la Toujours-Verte. Ainsi nous arrivions. Qu'est-ce qui me prit, tout à coup ? J'éperonnai et me lançai au galop, ragaillardi, m'ébrouant de toutes ces angoisses. Je galopai en tête de la colonne. Je voulais tout à coup être là tout près, et tout glaner de mes yeux, de ce qui arriverait d'important. Cela m'était égal que Zé Bebelo maintenant puisse me voir. Je remontai quasiment la colonne entière. Ils devaient penser que j'arrivais avec un message. « Qu'est-ce qu'il y a, Rioboldo, qu'est-ce qu'il y a ? », me cria Diadorim. Je ne lui donnai pas de réponse. Personne ici ne me comprenait. Le seul vraiment capable de me comprendre était Zé Bebelo.

La Fazenda Toujours-Verte était une demeure énorme, nous pénétrâmes, une fois quittée la route, dans les communs et les enclos pour le comptage du bétail. Ce monde de gens, comme un grand corps. On aurait dit un enterrement. Je passai en tête, le portail de bois grinça, et là nous envahîmes les enclos avec tous nos chevaux. La maison-de-maître était fermée. « Ce n'est pas la peine d'ouvrir... Il ne faut pas ouvrir... » — c'était un ordre que tous se passaient, de voix en voix. Fasse le ciel qu'ils n'enfoncent pas les portes, tout cela appartenait, même absents, à des amis, à monsieur Mirabô de Melo. Nous débouchâmes sur l'aire en terrasse, lisse, vaste, une grande surface. Ils avaient déjà descendu Zé Bebelo de cheval, il avait les mains liées, oui, mais par-devant, comme des menottes. « Attache-lui aussi les pieds ! », cria un excité. Un autre se précipita, avec une bonne sangle en cuir de pécari. Où ces gens avaient-ils la tête ? Qu'est-ce qu'ils voulaient ? Ils devenaient fous ? Et déjà, Joca Ramiro, Sô Candelário, Hermógenes, Ricardo, Titan Passos, João Goanhá étaient rassemblés sur l'aire, en conciliabule. Mais Zé Bebelo n'était pas abattu. Il se dressa, de toute sa hauteur — tel le dindon quand il s'enfle et s'ébroue — et il s'avança dans leur direction. Bien que de petite taille, il avait belle allure : un homme épatant. Il s'avança sans hésiter. « Ça alors ! » Sur l'aire, devant Joca Ramiro, on avait apporté un banc, oublié là : c'était un tabouret à trois pieds, avec le siège en cuir. Preste, Zé Bebelo s'y installa. « Ça alors ! », s'exclamait tout le monde. Les jagunços se rapprochant se rassemblèrent en cercle, comme lorsqu'on ramène le bétail — ils le fermèrent totalement, ne laissant libre que le centre, avec Zé Bebelo assis comme chez lui, et Joca Ramiro debout. Ricardo debout, Sô Candelário debout, et Hermógenes, João Goanhá, Titan Passos, tous les autres debout ! Ça, oui, c'était de la provocation ; en cas contraire, sinon, rien que pure folie. Lui seul assis, sur le banc, au milieu de tout le monde. Là-dessus, il croisa les jambes. Et :

« Installez-vous... installez-vous, messieurs. Ne vous faites pas prier... » — il dit encore, en s'inclinant de façon grotesque, avec force révérences et démonstrations, et ces gestes du coude, désignant le sol autour de lui, en propriétaire.

Des façons d'une extravagance, jamais vue. Ce que voyant, les autres fulminant, froncèrent les sourcils. Je me dis qu'ils allaient le tuer, ils ne pouvaient pas se laisser outrager ainsi, ils n'allaient pas supporter pareille moquerie. Le silence se fit, total. Puis l'ordre fut donné d'ouvrir davantage le cercle, afin que l'espace au centre devienne beaucoup plus grand. Ce qui fut fait.

Mais, soudain, Joca Ramiro, avisé comme à l'accoutumée, accepta l'offre insensée de prendre place : leste et amusé, il s'assit, par terre, face à Zé Bebelo. Les deux hommes se dévisagèrent. Tout cela avait été très rapide, et un murmure enthousiaste parcourut l'assemblée, en approbation. Ah, Joca Ramiro avait réponse à tout : Joca Ramiro était un lord, un homme reconnu pour sa valeur.

De sorte que — Zé Bebelo — vous savez alors ce qu'il fit ? Il se leva, il repoussa le tabouret d'un coup de pied, et s'assit également, non sans effort, devant Joca Ramiro. Ce fut ce brouhaha général, de contentement. Pareil genre de choses, téméraires, n'était-ce pas fait pour nous plaire ? Et les autres chefs à leur tour, tous, les uns après les autres, changèrent d'attitude : s'ils ne s'assirent pas eux aussi, ils se détendirent ou s'accroupirent, pour se mettre à niveau et ne pas détonner. Tandis que tout le peuple jagunço, impatient de voir et d'entendre ce qui pouvait se produire, se serrait autour d'eux, sans se défaire de ses armes. Cette populace — fleuve qui enfle, grossit, avec, par intervalles, de petits tressautements, réguliers, pareils aux clignotements d'yeux du papegaï. Je gardai Hermógenes à l'œil. Je savais : le pire ne pourrait venir que de lui. Cela fait, tout le monde immobile, les silences s'installèrent. Joca Ramiro allait d'un instant à l'autre prononcer les paroles de circonstance ?

« Vous avez réclamé un jugement... dit-il la voix pleine, et belle parce que sereine.

— À tout instant, je suis en jugement. »

Ainsi répondit Zé Bebelo. Cela faisait sens ? Mais il n'était ni imbécile ni infortuné, bon pour la potence. Le cochon d'eau lui-même lorsqu'il s'assoit, c'est pour penser — ce n'est pas pour se prendre en peine. Il tourna sa tête altière, inspectant les visages de tous les hommes. Il gonfla la poitrine et releva le menton, plein de sa personne. Ce genre de créature devine tout, dans un éclair, dans le petit coin de l'œil des gens. Je lui faisais confiance.

« Je vous préviens : vous pouvez être fusillé, sans autre civilité. Vous avez perdu la guerre, vous êtes notre prisonnier..., déclara Joca Ramiro.

— En effet ! S'il s'agit de cela, alors, pourquoi tout ce rififi ? » riposta, aussi sec, Zé Bebelo.

Je fis la part dans ce que j'entendis des risées et du sensé. Voyez-moi ça ! Il avait lui-même exigé ce jugement, et maintenant il retournait la chose : comme si personne ne risquait tout bonnement d'être fusillé à l'issue d'un jugement... Cinglé, il ne l'était guère. Mais il jouait là avec la mort, lui laissant à tout instant le champ libre. Il suffisait que Joca Ramiro perde un rien de patience, un rien. Sauf que, par chance, Joca Ramiro ne perdait jamais patience ; il se contenta d'ironiser un brin :

« Cela avance de vouloir savoir tant de choses ? Vous en saviez, là-haut — m'a-t-on dit. Mais, brusquement, vous êtes arrivé dans ce sertão, vous avez vu mille choses diverses différentes, que vous n'aviez jamais vues. Autant de science apprise n'a servi à rien... Ou cela a servi ?

— Cela sert, chef, toujours : j'ai perdu — je reconnais que j'ai perdu. Vous avez gagné. En êtes-vous sûrs ? Quel est le gain que vous en avez retiré ? »

Du pur délire. Et de l'arrogance, énormément. Autour, les jagunços n'entendaient rien à ce qu'ils entendaient ; les uns indiquaient avec des gestes que Zé Bebelo avait l'esprit givré, les autres pendant ce temps se tenaient dans un silence de mauvais augure. Jusqu'à ce que l'un opine : « Voilà qui est river le clou ! » Comme on

225

dit. Joca Ramiro ne répliqua pas sur-le-champ. Il fronça les sourcils. Alors, seulement :

« Vous êtes venu dans l'intention de fourvoyer les gens du sertão hors du chemin, de les détourner de leur vieille habitude de la loi...

— Est vieux ce qui, de soi, est déjà en mauvais chemin. Le vieux a valu tant qu'il a été nouveau...

— Vous n'êtes pas du sertão... vous n'êtes pas de la terre...

— Je suis de l'air ? Je suis du feu ? Est de la terre le lombric, que la poule mange et picore : débusque ! »

Si vous aviez vu les hommes : le tableau. Tous ces hommes au grand complet, ceux d'ici et ceux de là, fermant le cercle autour de ce vide, avec les crosses dans le sol, et tous ces visages, comme ils secouaient la tête, sous les chapeaux aux bords roulés. Joca Ramiro avait pouvoir sur eux. Joca Ramiro était celui qui dispose. Il suffisait d'un ordre bref et qu'il hausse la voix. Ou qu'il fasse ce bon sourire, sous ses moustaches, et parle, comme il parlait constamment, à sa manière affable, très efficace : « Mes petits... mes enfants... » Il se trouvait que, pour l'heure, ils se tenaient tranquilles. Ne vous fiez jamais, jamais, à cette tranquillité ! N'importe quoi, un rien, et ils pouvaient dans l'immédiat entrer de nouveau en ébullition, en bagarre, dans un bourdonnement : comme des guêpes. Ils écoutaient sans rien comprendre, ils suivaient la messe. Chacun, pris à part, ne savait rien ; mais leur amoncellement, compact, saurait tout. Qui j'observai, ce fut les chefs.

En cet instant, si vous vous étiez trouvé là, qu'est-ce que vous auriez noté ? Rien, probable. Vous connaissez mal cette population du sertão. En toute chose, ils apprécient un certain retard. Quant à moi, je vis : ainsi sereins, rassérénés, tous ces hommes de main n'avaient d'autre souci que l'envie d'une sacrée distraction. Mais les chefs de bande, eux, pas tellement : ils affichaient un certain air de s'ennuyer, ou je me trompe ? Chacun conspirait dans sa tête au sujet de ce qui suivrait, et leurs manigances en général ils les exécutaient, en assumaient la responsabilité. Certains, dans leur for intérieur, se désolidarisaient des autres. Ils réfléchissaient. À ce que je vis. Sô Candelário d'un côté de Joca Ramiro, avec Titan Passos et João Goanhá ; Ricardo de l'autre, avec Hermógenes. Sur ce, Zé Bebelo se mit à discourir à n'en plus finir, cette jactance bien de son goût — là, Ricardo esquissa un bâillement ; et Titan Passos déplia ses jambes, en portant une main à son épaule, qui devait avoir quelque contusion. Hermógenes fit la moue. João Goanhá : cet air sournois, presque imbécile, sur son gros visage. Hermógenes lançait un œil sombre, à la dérobée, sur les hauteurs. Sô Candelário, resté debout, secouait la torpeur de ses jambes.

Joca Ramiro devait avoir perçu cet infime changement. Parce qu'il se tourna vers Sô Candelário, pour lui demander :

« Qu'en pense mon compère ? »

Sô Candelário renifla et se mit aussitôt à effectuer de ces mouvements maladroits qu'il avait. Ce devait être de chercher à se désengourdir et ne pas pouvoir : que cet homme était grand, maigre et sec ! Oh ! les hideux yeux jaunes d'épervier, qu'il avait, hein. Il ne trouva pas les mots pour dire, il dit :

« C'est à voir ! C'est mon avis, compère, mon chef... »

Leste, Joca Ramiro acquiesça de la tête, comme si Sô Candelário venait d'affirmer des choses d'une indéniable importance. Zé Bebelo ouvrit grande la bouche, il émit un ronflement, exprès apparemment. Quelques hommes, derechef, éclatèrent de rire. Joca Ramiro non, qui attendit un instant :

« Nous pouvons passer à l'accusation. »

Tous approuvèrent, tout le monde. Jusque même Zé Bebelo. De sorte que Joca Ramiro reprit la parole, normalement, sûr de son fait, pour s'imposer davantage, une parole qu'il étirait exprès en longueur. Il proféra que là, soumis sous leurs yeux, il y avait seulement un ennemi vaincu en combats, et qui allait voir maintenant énoncer la suite de son destin. Être jugé, sur l'heure. Quant à lui, Joca Ramiro, il laisserait comme c'est de règle pour la fin de donner son opinion et rendre la sentence. Maintenant, qui le voulait pouvait d'ores et déjà porter accusation des crimes perpétrés, de toutes les actions de Zé Bebelo, et de ses raisons ; et proposer la condamnation.

Qui, pressé de commencer, allait se lancer ? Hermógenes se gratta la gorge. D'emblée, dès le début, j'avais su — cet Hermógenes avait besoin de sacrées vengeances.

Il était un individu issu de marécages, de pierres et de cascades, un homme fait de croisements. De gens de son espèce, tout ce qui sort d'eux se recolore en peur ou en haine. Je l'ai observé, je vous le dis. Il importe de ne jamais perdre la familiarité du visage de l'autre : les yeux. Prévoyant, je me dis : si je sortais mon revolver, que je fasse feu sur lui ? C'en serait fait d'un Hermógenes — il était là, sain et vain, et le temps d'une petite seconde il ne serait plus que bouillies et sang — il retournerait aux enfers ! Qu'est-ce qui m'arriverait ? Je recevrais le châtiment mortel de la main des camarades ? A leur guise. Je n'ai pas eu peur. Sauf que cette bonne idée me traversa avec trop peu de force : aussitôt sortie qu'entrée. Je m'en tins à mon désir d'entendre et voir ce qui allait suivre. Tout indiquait que de grands faits allaient se

227

produire. À ce moment-là, Diadorim, se frayant un chemin dans la foule, me rejoignit, il s'appuya contre moi : si proche, même sans parler, mais il respirait, et comme il avait la bouche parfumée. Enfin finalement ! — Hermógenes s'était levé, pour parler :

« Ce que je dénonce, de l'avis de tout le monde, c'est qu'on devrait attacher ce démon, comme un porc. Le saigner... Ou alors le jeter par terre en travers, et on lui passerait tous dessus à cheval — et voir à ce que, ce qui lui resterait de vie, il ne lui en reste pas !

— Quoi ? » railla Zé Bebelo, en allongeant le cou et en donnant des petits coups de tête en avant, plusieurs fois, comme un jacamar s'escrimant à son office contre un tronc d'arbre. Mais Hermógenes n'en tint pas compte ; il poursuivit :

« Chien qu'il est, bon pour le couteau. D'autant que personne l'a provoqué, il n'était pas notre ennemi, on n'est pas aller le chercher. Il est bien venu, de lui-même, pour tuer, pour massacrer, avec de la racaille en pagaille. Il est à lui ce Nord ? Il est venu au compte du Gouvernement. Pire chien même que les soldats... Il ne mérite pas d'avoir la vie. Voilà de quoi j'accuse, accusation de mort. Le démon, chien ! »

— Hi ! Gare ! » — fut ce que ponctua Zé Bebelo. Et sans cesser un instant de répliquer — il fit mine avec d'horribles grimaces, d'avoir peur d'Hermógenes.

« C'est ce que je pense ! C'est ce que je pense ! », se mit alors quasiment à crier Hermógenes, pour terminer : « Cet individu est une canaille !

— Je peux répondre, chef ? », demanda Zé Bebelo, sérieux, à Joca Ramiro. Joca Ramiro consentit.

« Mais, pour parler, j'ai besoin qu'on ne me laisse pas avec les mains liées... »

Il n'y avait là-dessus ni à hésiter ni à discuter. Et Joca Ramiro fit exécuter. João Pince-sans-Rire, qui ne le quittait pas d'une semelle, se précipita, il coupa et détacha la courroie à la jointure des poignets. Et qu'est-ce que c'était que Zé Bebelo allait pouvoir faire ? Ceci :

— P'r ici, p'r ici, plus près, plus près de ce coude... » — dit-il en frappant dans ses mains, d'un geste de provocation. Il rit, chuinta tel un sagouin, ce grimacier. Il voulait vraiment, au lieu de se méfier, faire enrager l'autre ?

Je vis que tout cela était cousu de fil blanc ; mais pouvait mal tourner. Hermógenes fit un pas en avant, il ébaucha le geste de brandir son couteau. S'il se maîtrisa, ce fut par forte habitude. Et Joca Ramiro de son côté, l'avait interrompu, d'une intervention : « Prudence et paix, vieux frère. Tu vois bien, compère, qu'il est encore très échauffé...

— Minute ! Avec votre respect, chef, je ne suis pas d'accord, pas du tout ! dit Zé Bebelo. Je retiens que j'ai le jugement froid, légal, les arguments. Si je réagis c'est pour protester. Je force les embargos ! Car l'accusation doit être faite avec des paroles sensées — ce n'est pas à coups d'offenses et d'insultes... » — Il dévisagea Hermógenes : « Homme : n'insulte pas l'homme. Ne hausse pas le ton !... »

Mais Hermógenes, hérissé, à croire qu'il était en proie à une méchante démangeaison dit, s'adressant à Joca Ramiro — et à nous tous qui étions là — dit d'une voix brisée en deux, la voix tordue de travers :

« Saleté ordure, cette canaille de misérable m'a offensé ! Il m'a offensé, tout vaincu qu'il est et notre prisonnier... Mon droit c'est de lui régler son compte, Chef ! »

Je vis la main du danger. Plusieurs parmi ceux rassemblés là autour, en dix ou vingt cercles, ces anneaux de jagunços, grommelèrent en signe d'approbation. À côté de nous, ceux de la bande d'Hermógenes allèrent jusqu'à parler lynchage, des mots importants. On discuta à ce propos ? Il y avait de l'émeute dans les voix. Même les chefs chuchotèrent entre eux. Mais Joca Ramiro savait contenir les excès. Joca Ramiro était vraiment le grand manitou, le major-général. Il se contenta de tempérer :

« Mais il n'a pas dit putain-de-ta-mère, l'ami... »

Et c'était vrai. Tous, à ce que je constatai, tombèrent d'accord. C'était uniquement pour le « putain-de-ta-mère » ou « voleur », qu'il n'y avait pas de remède, car c'était les pires offenses. Joca Ramiro ayant fait cette mise au point, il n'était pas un jagunço qui ne puisse accepter la sagesse de sa pondération, ce rappel. Hermógenes lui-même dans ce sac d'embrouilles s'adoucit, bien obligé là, de faire chorus. Il ne dit rien : mais il ouvrit une bouche comme un four, en faisant la grimace de quelqu'un qui vient de mettre la dent dans une pierre de sel. Et Zé Bebelo, lui aussi, en profita pour changer de façon — afficher une certaine circonspection. Cela se voyait que, derrière ses pirouettes, il réfléchissait au moyen de se tirer d'affaire, en si piètre situation. Un travail de l'esprit aux abois, pour le pain de sauver sa vie du pétrin.

Aussitôt, pour éviter toute interruption qui laisserait place à de nouveaux troubles, Joca Ramiro donna la parole à Sô Candelário : « Hé, et toi, compère, quelle accusation as-tu à faire ? »

Sur quoi, Sô Candelário se propulsa, en avant ouste ! et sautillant, son long corps, la capote de guingois. Son discours lui échappait :

« De fait ! de fait !... » — il dit. De fil en aiguille, sa voix se raffermit : « Je pose seulement une question : s'il est d'accord que l'affaire on la résolve nous deux au couteau. Je demande qu'on se batte en duel... C'est ce que je trouve ! Pas besoin de discuter davantage... Nous deux — Zé Bebelo et moi, au couteau !... »

Sô Candelário n'arrivait pas à en dire plus, il ne faisait que répéter son défi et s'agiter de plus belle, comme un scarabée ou comme s'il avait la danse de Saint-Guy. Sans la moindre colère — je notai ; mais également sans la moindre patience. Selon sa façon. Mais là, Joca Ramiro prit la chose en main, en disant, patiemment tenace, et il ne laissa pas voir ce qui le faisait rire :

« La sentence et la condamnation, laissons cela pour la fin, compère. Patiente, que tu vas bientôt voir. Pour l'heure, il s'agit de porter accusation des fautes commises. Quel crime notre compère dénonce-t-il chez cet homme ?

— Crime ?... De crime, j'en vois pas. C'est que ce que je trouve quant à moi, que je déclare : je ne me laisse pas influencer par l'opinion des autres. Quel crime ? Il est venu faire la guerre, tout comme nous. Il a perdu, c'est vu ! Nous sommes des jagunços, ou non ? En ce cas : jagunço contre jagunço — c'est poitrine contre poitrine, parole contre parole. C'est un crime ça ? Il a perdu, il s'est fracassé, pareil au palmier rongé par le bœuf à mi-hauteur... Mais il a combattu en brave, avec mérite... Crime, pour ce que je sais, c'est commettre une trahison, être voleur de chevaux ou de bétail... ne pas honorer sa parole...

— J'honore toujours la parole donnée ! », cria de sa place Zé Bebelo.

Sur le coup, du coup, Sô Candelário le dévisagea bien en face, comme si les instants auparavant, il ne s'était pas avisé que Zé Bebelo était là, à trois pas. Alors seulement il poursuivit de même :

« ... Bon, vu comme sont les choses, ce que je trouve c'est qu'on doit libérer cet homme, à la condition qu'il retourne rassembler de nouveau ses gens et revienne ici dans le Nord, pour que la guerre puisse continuer davantage, parfaite, diversifiée... »

Interloqués, les hommes, entendant ça, grognèrent ici et là une approbation : le courage plaisait toujours. Diadorim me serra le bras, et murmura : « Cette folie, c'est bien de lui, Riobaldo. Sô Candelário est fou à lier... » Ça se pouvait. Mais j'avais surpris d'un coup d'œil un filet de haine tandis qu'il regardait Hermógenes, pendant que celui-ci parlait ; et je compris : Sô Candelário n'aimait pas Hermógenes ! Il pouvait même n'en rien savoir, ne pas avoir une notion précise du fait

230

qu'il ne l'aimait pas : mais c'était la vérité vraie. En bref, rien que pour ça, j'appréciai énormément son éclat.

Sô Candelário s'arrêta de parler, la bouche sèche. Il était si essoufflé, en train de se calmer, que ce n'était pas mystère qu'il avait fait tout un grand effort. Il se perdait dans les hautes sphères :

« Si vous le voulez bien, compère Ricardo ? » — sollicita Joca Ramiro, passant le tour.

Celui-là mit tant de temps avant de commencer à parler, que je pensai qu'il n'allait jamais ouvrir la bouche. Il était le fameux Ricardo, l'homme des rives du Verde-le-Petit. Ami saint-sou de politiciens importants, et riche propriétaire. Un homme compénétré et corpulent, en comparaison. S'il n'était pas en réalité si gros que ça, c'est que dans le sertão on ne rencontre aucun homme gros. Mais on ne pouvait s'empêcher de s'émerveiller du poids de tant de corpulence, le genre du zébu *guzerate*. Les chairs compactes — il donnait l'impression de manger beaucoup plus que tout le monde — plus de haricots, de farine de maïs, plus de riz et de *farofa* * — le tout bien tassé, bien calé, des platées et des platées. Finalement, il parla : comme s'il était l'Amiral Balaan :

« Compère Joca Ramiro, vous êtes le chef. Ce que nous avons vu, vous le voyez, ce que nous savons, vous le savez. Ce n'était pas nécessaire que chacun donne son opinion, mais vous voulez prendre la peine de soupeser la parole de tous, et nous nous félicitons de cette preuve de considération... Nous vous en sommes reconnaissants, comme il se doit. Maintenant, je me range à l'opinion de mon compère Hermógenes : que cet homme Zé Bebelo est venu nous pourchasser dans notre sertão du Nord, mandaté par le Gouvernement et les politiciens, on dit même à leur solde... Pour avoir perdu, il a perdu, mais il a causé bien du tracas, des préjudices. De sacrés dangers, où nous nous sommes trouvés ; vous le savez comme moi, compère Chef. Je présente la note de nos camarades qu'il a tués, qu'ils ont tués. Cela peut se reporter ? Et tous ceux qui sont restés invalides blessés, tant et tant... Leur sang et leurs souffrances clament réparation. Maintenant que nous avons gagné, l'heure est venue de cette vengeance de revanche. Je demande à voir, s'il l'avait emporté, et non pas nous, où nous serions à pareille heure ? De tristes morts, tous, ou prisonniers, emmenés les fers aux pieds à la caserne de Diamantina, et dans bien d'autres prisons, jusques y compris celle de la capitale de l'État. Nous tous, et vous-même aussi bien, allez savoir. J'insiste, chef. Nous n'avons pas de prison, nous n'avons pas d'autre

* Voir glossaire.

231

expédient le concernant; si ce n'est celui-ci : la miséricorde d'une bonne balle, à bout portant, et l'affaire est close et bien close. Il ne le savait pas quand il s'est amené, que le final le plus facile c'est celui-là ? Avec les autres, ce n'est pas ce qui s'est produit ? La loi du jagunço, c'est l'heure présente, les moindres luxes. Je rappelle également ce qui est de notre responsabilité : à l'égard de Messieurs Sul de Oliveira et Mirabô de Melo, du vieux Nico Estácio, du camarade Nhô Lajes, et du colonel Caetano Cordeiro... Ceux-là endurent la persécution du Gouvernement, ils ont dû quitter leurs terres et leurs fazendas, ce qui a entraîné de grandes faillites, tout partout va à vau-l'eau... Et donc, en leur nom, je suis de la même opinion. Que la condamnation soit : sans plus tarder! Zé Bebelo, un vrai cinglé, sans aucune responsabilité, jeteur de sorts, dangereux. La sentence valable, légale, c'est un tir d'arme à feu. J'ai dit, chef — je vote!... »

Bouche bée devant ce qu'il venait d'entendre, le peuple jagunço s'agitait et applaudissait, il approuvait. Là, là et là, à voir lesquels se manifestaient le plus, je mesurai le grand nombre de ceux qui appartenaient en propre à Ricardo. Zé Bebelo était fichu — je me dis — n'importe quelle petite rumeur de salut en sa faveur allait se réduisant, plus de pommade à lui passer. Pensez un peu : et le pire de tout était que j'étais moi-même obligé de trouver correct le raisonnement de Ricardo, de reconnaître la vérité des paroles que j'ai rapportées. Je le pensai, m'en attristai quelque peu. Pourquoi ? Que tout cela était juste, c'était certain. Mais, par d'autres côtés — je ne sais trop lesquels — ça ne l'était pas. Ainsi, en faisant le tri de ma petite idée : certain, concernant ce qu'avait fait Zé Bebelo : mais erroné concernant ce qu'était et n'était pas Zé Bebelo. Qui le sait vraiment ce qu'est une personne ? Compte tenu avant tout : qu'un jugement est toujours défectueux, parce que ce qu'on juge c'est le passé. Eh, bê. Mais pour l'écriture de la vie, juger on ne peut s'en dispenser; il le faut ? C'est ce que font seuls certains poissons, qui nagent en remontant le courant, depuis l'embouchure vers les sources. La loi est la loi ? Mensonges! Qui juge, est déjà mort. Vivre est très dangereux, vraiment.

Entre-temps Joca Ramiro avait déjà passé le tour de parole à Titan Passos — celui-là était comme un fils de Joca Ramiro, il était avec lui dans les simples secrets de l'amitié. J'ouvris mes oreilles. Il me vint l'idée qu'allait peser lourd ce qu'il allait dire. Et ce fut :

« J'apprécie également, chef, la distinction qui m'est faite en la circonstance, de donner mon vote. Je ne suis ici contre l'opinion d'aucun camarade, ni pour contester. Mais je sais en toute conscience, ma responsabilité. Je sais que je suis pratiquement sous serment : je le sais parce que j'ai déjà servi de juré une fois, à Januária... Sans vouloir offenser personne — je vais certifiant. Ce que je pense c'est ce qui suit : cet homme n'a pas de crime imputable. Criminel, il peut l'être pour le Gouvernement, pour le commissaire, pour le juge du tribunal, pour le lieutenant de l'armée. Mais nous sommes du sertão, ou nous ne le sommes pas ? Il a voulu venir guerroyer, il est venu — il a trouvé des guerriers ! Ne sommes-nous pas des gens de guerre ? Maintenant, il a joué ses cartes et il a perdu, il est ici, sous procès. Évidemment, si, sur le moment, à chaud, on lui avait tenu le langage des balles et qu'on l'ait tué, alors parfait, c'était fait. Mais le vif de tout cela est désormais passé. Alors ceci ici, c'est un abattoir, c'est une boucherie ?... Ah, moi, non. Tuer à froid, non. Avec votre permission... »

Je recouvrai mon cœur à ces paroles de Titan Passos. Un homme en règle, il pouvait compter sur moi. Je cherchai le moyen de lui sourire, j'approuvai d'un signe de tête ; je ne sais pas s'il me vit. Et il n'y eut plus de protestation. Sauf que je notai ce qui risquait de mettre le feu à la situation — les hommes en train de changer. Ils devenaient maintenant plus impatients de savoir ce que les têtes allaient décider. Les hommes appartenant à Titan Passos formaient la bande la moins importante de toutes. Mais des gens très vaillants. Vaillants comme ce brave chef. « De quelle bande je suis ? » — je me demandai à part moi. D'aucune, je me rendis compte. Mais, dorénavant, je voulais m'en remettre directement aux ordres de Titan Passos. « Il est mon ami..., me dit Diadorim à l'oreille. ... C'est le petit-fils de Pedro Cardoso, l'arrière-petit-fils de Maria da Cruz ! » Mais je n'eus pas le réflexe de demander à Diadorim le résumé de ce qu'il pensait. Joca Ramiro voulait maintenant le vote de João Goanhá — le bon dernier à parler.

João Goanhá fit mine de se lever, mais resta finalement accroupi. Ce qui le retarda un peu pour dire ce qu'il dit, que je dis :

« Moi, ici, chê, j' suis pour ce que le chê, à la fin, résoudr'...

— Mais ce n'est pas bien le cas, compère João. Vous donnez votre vote, chacun le sien. Il faut le donner... », expliqua de nouveau Joca Ramiro.

Là, João Goanhá se leva, il se frotta le nez avec les doigts. Puis, il prit et tira le bas de chacune de ses manches. Il arrima son ceinturon, avec ses armes, d'un air de décision. J'entendis un t'lim : je clignai des yeux.

« En c' cas bem, en c' cas... — dit-il d'une grosse voix : — mon vote est avec mon compère Sô Candelário, et avec mon ami Titan Passos, chacun avec chacun... Y a pas de crime. Y a pas à tuer. Eh, dia !... »

Je témoigne qu'il parla ainsi, ce péquenaud poilu, ma joie resurgit. Je témoigne qu'il parla, sévère, comme en cas de grave affaire de guerre. J'épiai Hermógenes en catimini, noir de rage, il devint. Ricardo, sa grande face de crapaud, n'arrêtait pas de somnoler. Ricardo, pour être exact, était celui qui commandait Hermógenes. Il faisait semblant de somnoler, je le savais. Et maintenant? Qu'y avait-il à ajouter? Tout n'était-il pas bel et bien terminé?

Ah, que non, écoutez plutôt. Joca Ramiro était tout le contraire d'un homme pressé. Il s'éventait avec son chapeau. Et avec une souveraineté sans un soupçon de rigidité, il parcourut du regard le cercle des jagunços. Puis il dit, bien haut :

« Si l'un de mes fils veut prendre la parole pour la défense ou l'accusation, il peut déposer! »

Quelqu'un voulait? Non, personne. Tout le monde se regardait, déconcerté, chacun — comme qui dirait — la tête derrière sa selle. Ce n'était pas pour parler qu'ils se trouvaient là. Aucun d'eux ne s'était attendu à ça. Un de plus, parmi tant de faits extraordinaires.

Ce que voyant, Joca Ramiro répéta la question :

« Est-ce qu'ici, au milieu de mes vaillants guerriers, il se trouvera quelqu'un qui veuille parler pour l'accusation ou pour défendre Zé Bebelo, dire une parole quelconque en sa faveur? Il peut ouvrir la bouche sans embarras aucun... »

Je plaide la manière — c'est là que je vis. Quelqu'un voulait? J'en doutai, c'est ce qui se passa. Je vous le dis : il y avait là plus de quelque cinq cents hommes, si je ne mens pas. Leur silence à tous s'éleva. Ce silence, pire qu'une clameur. Mais, pourquoi ne lançaient-ils pas des hourras, ne parlaient-ils pas tous, tout le monde, à tour de rôle, pour que Zé Bebelo soit relâché et libre?... je sentis monter ma rage. Vas-y, je me dis, sur un sursaut de force en moi. C'est là, monsieur — ce court instant — que je caressai l'idée de combien cela devait être bon parfois d'avoir tout pouvoir de commander à tous, de faire que la masse du monde tourne selon nos bons désirs et les réalise. Oui, une goutte, une petite goutte. Je crois que de la sueur me perlait sur le front. Ou alors — je le souhaitai — ou, alors, que se déclenche là sur-le-champ, une méchante bagarre : la moitié de l'assemblée d'un côté, l'autre moitié de l'autre, les uns fustigeant au nom de la justice, les autres chevauchant la queue du démon! Mais qu'il y ait le feu et le couteau, et des bras d'hommes, jusqu'à la résolution en monceaux de morts et en pureté de paix... Le sel que je mangeai, amer.

Et voilà que, ah, Joca Ramiro, derechef, répéta sa question :

« Est-ce qu'il y a quelqu'un... » — et ci et ça, et tout le reste.

D'un élan je m'affermis. Pourquoi pas moi? Cette fois j'allais parler

— pourquoi est-ce que je ne parlais pas ? Je me redressai. Ah, mais je me laissai prendre de vitesse : un autre se lança. Un certain Gú, un « mange-courge », de ces gens de Natal, bouseux, court et noueux, mais avec une longue figure : celui-là discourut comme suit :

« Avec votre permission, chef, je livre ma petite opinion. Et c'est — que si vos ordres sont de relâcher ce Zé Bebelo, cela présente du bon... La faveur faite, une fois faite, vient à nous servir, plus tard, éventuellement, en cas de nécessité... Je ne le dis pas pour moi, je le signale pour les chefs, avec votre permission. Nous sommes des hommes d'armes, pour le risque de chaque jour et toutes les menues choses de l'air. Mais si, en quelque autre occasion, future, que Dieu nous l'évite !, l'un de nos chefs vient à tomber prisonnier entre les mains d'un lieutenant de ces argousins — alors ils seront à coup sûr traités avec la meilleure décence, sans souffrir offenses et méchancetés... La guerre devient de bonne éducation, de bonnes façons. »

C'était parler avec jugement. Et, voyez, c'était venu très facilement, Joca Ramiro avait même, à certains moments, encouragé Gú, de petits signes de tête. Je rassemblai mon plus simple courage. J'ouvris la bouche. Mais là, preste, un autre me passa devant. Un dénommé Dosno, ou Dosmo, un cul-terreux de la région de Cateriangongo, et il avait des yeux inquiets, et il louchait. Qu'est-ce que pouvait avoir à dire un pareil homme, cul-terreux à l'aune de tous les culs-terreux de mon Nord ? Je tendis l'oreille :

« Avec votre permission, M'sieurs les chefs. Je ne vois pas de mal à détortiller mon peu de jugeote. C'est que, c'est que... Je pense que ce serait mieux, avant de renvoyer ou d'achever cet homme, hé bem : de s'enquérir de le faire dire ou qu' c'est qu'est sa fortune, en monnaie sonnante... À ce qu'on dit — il posséderait du bon argent, en quantité, bien caché par ici... C'est tout, pour moi, c'est tout, avec votre pardon... Avec votre pardon. »

Ils éclatèrent de rire, un petit nombre, pourquoi riaient-ils ? — grand bien leur fasse. Je fis un pas en avant, levai la main et claquai dans mes doigts, comme un gamin à l'école. Je commençai à parler. Diadorim essaya encore de me retenir, effaré certainement : — « Attends, Riobaldo... » — je sentis le bon sens de sa voix dans mon oreille. Mais j'avais déjà commencé. Ce que je crois, que je dis, je m'en acquittai en le phrasant plus ou moins comme suit :

« Permettez, notre grand chef, Joca Ramiro, veuillez me permettre. C'est que j'ai une vérité forte à dire, et je ne peux pas rester silencieux. »

Je dois vous dire : je vis bien moi-même que je parlais trop fort, mais me modérer, je n'en avais ni le temps ni comment — j'étais déjà lancé. Le cœur, sous tout cela, battant la chamade. Je sentis un autre feu sur mon visage, l'assaut de tous ces yeux qui me fixaient. Alors, je me barricadai, ce que je voulais avant tout, c'était ne pas voir Hermógenes. Ne poser ni mes paupières ni ma pensée sur Hermógenes — qu'il n'y ait plus au monde un seul Hermógenes, ni de soi, ni pour moi ! Pour cela, j'accrochai mes regards sur un homme, au hasard, sans choisir, et parce qu'il était là, un mulâtre, juste en face de moi. Qui se voyant, le malheureux, la cible de tout ce regard, baissa la tête, gêné de ne pouvoir faire autre chose. Tandis que je disais :

« ... Je connais bien cet homme, Zé Bebelo. J'ai été de son bord, je n'ai jamais menti, dit que non, tous ici le savent. Puis je suis parti, me suis plus ou moins enfui. Je suis parti, parce que je l'ai voulu, et je suis venu faire la guerre ici, sous les ordres de ces fameux chefs, vous autres... C'est de ce bord-ci que j'ai combattu, et prêté une main loyale, avec ma mire et ma gâchette... Mais, maintenant, j'affirme : Zé Bebelo est un vaillant homme de bien, et intègre, qui honore la parole qu'il donne ! Et d'un. Et il est un chef jagunço de première, qui n'a cautionné aucune perversité : ni achevé les ennemis prisonniers, ni permis qu'on les maltraite... Je l'affirme ! j'ai vu. J'ai été témoin. Pour toutes ces choses, que je dis, il mérite un acquittement correct, il ne mérite nullement de mourir exécuté à l'aveuglette... Et je dis cela parce que je devais le dire, en devoir et conscience, et honorant l'autorisation que m'ont accordée notre grand chef Joca Ramiro, et mon chef direct, Titan Passos !... »

Je repris le souffle de mon souffle, pantelant. Je sais que je ne me reconnaissais plus. J'enchaînai :

« ... La guerre a été rude, elle a duré le temps qu'elle a duré, elle a embrasé tout ce sertão. Tout le monde va en parler, à travers le Nord des Nords, par tout le Minas et l'État de Bahia, et jusque dans d'autres contrées, au long de bien des années. Il sera fait de nombreuses chansons, relatant ces exploits... faut-il alors, ô gens, qu'on puisse dire qu'ici, dans la fazenda Toujours-Verte, vinrent se réunir tous les chefs de bande, avec leurs valeureux guerriers au grand complet, et sous le haut commandement de Joca Ramiro — à seule fin, à la fin, d'en finir avec un petit homme tout seul : de condamner à mort Zé Bebelo, tout comme s'il était un bœuf à l'abattoir ? Un pareil fait est un honneur ? Ou c'est la honte ?...

— Pour moi, c'est la honte... » — j'entendis tout heureux : et qui parla ainsi ce fut Titan Passos.

« La honte ! Une honte par tous les démons. La chienlit ! La pire honte, par tous les diables de la terre !... » — tel que — et qui, en plus, cria cela, ce fut Sô Candelário.

236

Tout à trac, tout à coup, j'étais encore en plein élan, quand, je ne sais pas, une idée me hérissa l'esprit : je venais de faire une belle folie, qui allait sûrement tout aggraver — et qui était d'avoir dit que Zé Bebelo ne tuait pas les prisonniers ; parce que, si de notre côté on les tuait, sûr alors qu'ils n'allaient pas aimer entendre ça de ma part, qui pouvait paraître une grave réprobation. Aux éclats clamés par Sô Candelário, je pris peur de perdre mon tour de tout dire. Là, je ne regardai pas Joca Ramiro — comme si j'imaginais, trop vite, que Joca Ramiro n'avait pas approuvé ma sortie. Et alors, parce que le temps pressait — parce que je sentis qu'il fallait, immédiatement, que je complète ma partie :

« ... De fait — je dis. Mais si nous votons la sentence d'acquittement : relâcher cet homme Zé Bebelo, les mains vides, seulement puni par la déroute qu'il a subie — alors, je crois, c'est une grande renommée. Une renommée glorieuse : que d'abord nous avons vaincu, et qu'ensuite nous avons relâché... » — sur quoi j'arrivai au bout de ma pensée : mes craintes étaient stupides : car, un jagunço, vu ce qu'il est, ne pense quasiment jamais droit : ils pouvaient trouver normal que de notre bord les ennemis prisonniers on les tue, mais apprécier autant que Zé Bebelo, au contraire, ait laissé en vie nos camarades faits prisonniers. Des écervelés...

« ... Que ça soit une renommée glorieuse ! C'est tout ce que je sais... Plaies du Christ !... » — Hé là, de nouveau Sô Candelário en train d'interrompre. Il ne se tint plus ! Un homme au caractère rude, il frappa du pied, comme un dératé : ceux qui étaient près de lui s'écartèrent rapidement, pour lui faire de la place. Hermógenes avait maintenant quelque chose à dire ? Hermógenes s'agaçait les dents sur ses lèvres. Ricardo faisait semblant de somnoler. Sô Candelário était à craindre où qu'on le prenne.

Sauf que, au lieu des énormités qu'on attendait, et que personne ne pouvait brider, lui, Sô Candelário, leva un œil au ciel, comme pâmé, et — inspiré, la voix pénétrée — récita avec un calme extraordinaire, en psalmodiant quasiment :

« C'est cela, une renommée glorieuse !... Tout le monde va en parler, pendant de longues années, notre honneur sera vanté, en nombre de lieux et contrées. On le mettra en vers dans les foires, une affaire à sortir jusque dans le journal de la ville... » — Il avait vraiment tout d'un mandarin.

Là je réfléchis, je découvris ? Non. Je dis. Je dis le vrai, l'urgent, qu'on ne pouvait remettre de dire : — « Et, où est le danger ? S'il donne sa parole de ne jamais revenir combattre contre nous, il la tiendra, c'est certain. Il ne doit pas lui-même avoir envie de revenir.

Ça se comprend. Le mieux c'est qu'il donne sa parole qu'il va quitter cet État et s'en aller très loin, du moment qu'il ne reste pas sur les terres d'ici ni sur celles de Bahia... » — je dis — je le dis sur un doux ton de mère, de mansuétude, de manœuvres de serpent.

« J'ai des parents à moi à Goïas... », émit Zé Bebelo, revenant brusquement se mettre au milieu, alors que personne n'en avait cure, et avec également si évidemment une envie de parler, que certains rirent un bon coup. Je ne ris pas. Je repris ma respiration, et je vis que j'en avais terminé. C'est-à-dire, que je commençai à trembler. Le temps d'un frisson, d'un éclair, la peur me revêtit. Je venais de voir Joca Ramiro — et peut-être en avait-il fait tout le long ? — en train de faire un geste, c'est donc qu'il voulait absolument que je la boucle ; je n'avais pas licence de discourir sur ce qui n'était pas mon rayon. Je voulus tout à coup redevenir le premier venu, personne, l'humble dernier des derniers.

Mais Titan Passos truqua, mon jeune Monsieur. Titan Passos relevait le front. Lui, qui d'ordinaire parlait si peu, pouvait avoir la patience d'autant de constance ?

Titan Passos dit : « ... En ce cas, s'il s'en va très loin, il est puni, banni. C'est ce que je vote en toute justice. Il est coupable de crime majeur ? J'ai beaucoup de peine pour nos camarades, qui sont morts, ou qui sont blessés et au plus mal... »

Sô Candelário dit : « ... Mais mourir en combat est notre lot trivial ; pourquoi est-ce qu'on est jagunço ?! Qui va à la chasse, perd ce qu'il ne trouve pas... »

Titan Passos dit : « ... Et toutes ces morts, ça n'est la faute d'aucun chef. Je dis. D'autant que ces grands qui ont notre amitié : monsieur Mirabô de Melo, le colonel Caetano et les autres — ne pourront qu'approuver la résolution que nous prendrons pourvu qu'elle soit bonne et de bon profit pour tous. C'est ce que je pense, Chef. À vos ordres... » — termina Titan Passos.

Tout le silence venait de Joca Ramiro.

Venait de Zé Bebelo et de Joca Ramiro.

Plus personne ne faisait attention à moi, ils ne me désignaient pas comme étant celui qui venait de parler net et solennel, de terrible façon ; et alors, maintenant, pour tous ces gens, je n'existais pas, n'avais jamais existé ? Il n'y avait que Diadorim, qui m'embrassait quasiment : « Tu as parlé d'or, Riobaldo. Tu es l'homme de tous les courages... » Mais, les autres, à côté de moi, pourquoi est-ce qu'ils ne me félicitaient pas, ne me disaient pas : — Ça m'a plu ! Tatarana ! C'est comme ça, c'est ce qu'il faut ! —? J'avais pourtant bien discouru, Diadorim me le dit encore : et que c'était moins pour toutes

238

les paroles que j'avais prononcées, que pour l'élan farouche avec lequel j'avais parlé, enflammé, exprimant une espèce d'autorité qui m'était venue. Et je n'avais pas regardé une fois Zé Bebelo. Qu'est-ce qu'il pouvait être en train de penser de moi en ce moment ? Et Joca Ramiro ? Ces deux se faisaient face : l'un l'autre, et dans ce face-à-face ils se mesuraient.

Sûr que le temps qui resta, ils échangèrent des propos, que je n'arrivai pas à entendre. Car en effet, Zé Bebelo reçut ordre de parler ; il devait l'avoir reçue. La permission. Il commença. Il se mit à discourir sans se hâter, de choses et d'autres, sans queue ni tête. Je vis ce que je vis : il se contentait de sonder le gué. Sacré malin. N'importe quel bourdonnement dans l'air, il comprendrait, le cueillerait au vol — il avait les oreilles faites pour, avec cette tête qui surnageait. Déjà un peu échevelée. Mais il se rasséréna, avec le temps.

« ... Je remercie de grand cœur, monsieur le chef Joca Ramiro, pour ce jugement sincère, cette pompe... Je remercie sans aucunement trembler de peur, ni me confondre en compliments ! Moi, José, Zé Bebelo, c'est mon nom : José Rebelo Adro Antunes ! Mon trisaïeul, Francisco Vizeú Antunes — a servi, capitaine dans la cavalerie... Je compte quarante et une années d'âge, suis fils légitime de José Ribamar Pacheco Antunes et de Maria Deolinda Rebelo ; et je suis né dans le brave village forestier Carme-de-la-Confusion... »

Mes aïeux ! Pourquoi toutes ces fadaises, ces philosophies ? Mais il les proférait avec dignité, sans les galéjades du début, sans les pirouettes ni les remontrances :

« ... Je remercie ceux qui ont parlé en ma faveur et pris ma défense à cœur... Je vais déposer. Je suis venu dans le Nord, certes je suis venu, porter la guerre et les dommages, à la tête de mes hommes, ma guerre... J'ai grandi homme de courage, j'ai voulu combattre contre des hommes de courage... C'est juste ? En exemple, leurs noms ont été ceux-ci : Joca Ramiro, Joãozinho Bem-Bon, Sô Candelário !... et bien d'autres chefs réputés, certains ici présents, d'autres absents... J'ai combattu très moyennement, n'ai commis ni injustices ni malveillances d'aucune sorte ; cela, jamais on ne me l'a reproché. Les couards et les coquins je m'en écarte ! Je n'ai rien à voir, ou fort peu, avec le Gouvernement, je n'ai pas hérité ce penchant pour l'armée... Ce que je voulais, c'était proclamer un autre gouvernement, mais avec l'aide, ensuite, de vous autres également. Je vois maintenant que nous nous sommes affrontés, principalement, sur un malentendu... Je ne suis pas aux ordres des chefs politiques. Si j'avais réussi, je serais entré dans la politique, mais je demandais alors au grand Joca Ramiro d'amener tous ses braves afin qu'ils votent pour moi, comme député... Ah, ce

Nord en rémanence : un vaste progrès, l'abondance pour tous, et le bonheur national ! Mais, véritablement, la passion de la politique, je l'aie eue et je ne l'ai plus... Nous devons nous sortir du sertão. Mais on ne sort du sertão qu'en le prenant en charge de l'intérieur. Maintenant j'ai perdu. Je suis prisonnier. J'ai changé pour aller de l'avant. J'ai perdu — c'est-à-dire : que l'heure n'avait pas sonné ? Je ne le crois pas. Les négligences sans fond d'autrui... D'avoir été gardé en vie prisonnier, et de comparaître en jugement, c'est ce dont je vous loue et me félicite. Preuve que vous, nos jaçunços du Nord, êtes gens civilisés et d'envergure : qui ne tuez pas d'une main distraite n'importe quel ennemi fait prisonnier. Nous ne sommes pas ici dans des écuries... Je suis à l'abri de désordres néfastes. J'ai apprécié. J'applaudis Joca Ramiro et ses autres chefs, commandants de leurs régiments. J'applaudis ses vaillants jagunços ! Mais, je suis un homme. Je suis de manières courtoises. Sauf que je n'ai pas peur ; jamais, dans l'embarras, je n'ai eu peur... »

Là-dessus, il fit un joli geste. Puis, il s'enflamma. Après quoi, définitivement, il devint grandiose.

« ... Ouais, je suis venu guerroyer, le cœur sincère, avec fracas. Je ne suis pas venu sous couleur de prétextes déguisés, de cachotteries et supercheries. J'ai perdu, faute de précautions. Non pour avoir mal commandé. Je n'aurais pas dû vouloir porter le combat contre Joca Ramiro, je n'aurais pas dû. Je n'avoue ni ne désavoue aucune faute, car ma règle est : tout ce que j'ai fait, a valu parce que bien fait. C'est ma manière. Mais, aujourd'hui, je sais : je n'aurais pas dû. C'est-à-dire : cela dépend de la sentence qui va m'être rendue dans ce noble jugement. Jugement, certes, que j'ai réclamé mes armes encore en main ; et que j'ai obtenu de ce grand Joca Ramiro, de sa haute noblesse... Un jugement, voilà ce que nous devons toujours réclamer ! Pourquoi ? Pour ne pas avoir peur ! C'est ce qui se passe pour moi. J'ai eu besoin de ce jugement, uniquement pour que vous voyiez que je n'ai pas peur... Si la condamnation est sévère, je m'aiderai de mon courage. Maintenant, si la sentence m'accorde la vie sauve, je vous remercierai avec mon courage. Le pardon, le demander, non je ne le demande pas : car je trouve que celui qui demande pour s'en tirer avec la vie, mérite une demi-vie et la mort en double. Mais je remercie, avec force. De même, je ne puis m'offrir pour servir sous le blason de Joca Ramiro — car autant ce serait un bonheur, autant ce serait malvenu. Mais ma parole une fois donnée, ma parole, mille et une fois je la tiens. Jamais Zé Bebelo n'a lésiné ni dévié. Et, sans autre à ajouter, j'attends votre sentence distinguée. Chef. Chefs. »

Je vous le dis, ce fut un moment mouvementé.

Zé Bebelo, ses propos terminés, se rassit tout petit, et resta là petit, tout petit, recroquevillé au maximum. Déjà un peu échevelé. C'était un tout petit bout de gens. Un homme s'était refermé. Je regardai, je regardai. On distinguait seulement plus ou moins vaguement le murmure de tous alentour — qu'il était favorable, je le sentis : « Fichtre ! Le type est malin ! » — « Vindieu ! il est fêlé — mais il en veut... Bien fichu de castrer un veau avec les ongles... » Diadorim ne dit rien — mais il était devenu fort pâle. Bon, et je vis les chefs. Ils parlaient entre eux, en petit comité, pressés. Hermógenes et Ricardo — et Joca Ramiro leur sourit, ses vieux compères. Hermógenes et Ricardo — ces deux-là étaient cul et chemise. Sô Candelário — prêt à foncer, à la façon de ses façons — Joca Ramiro lui sourit. João Goanhá comme à l'ordinaire — pataud. Seul Titan Passos observait, les yeux las, si réfléchi cet homme, si bon, si sérieux : les mains jointes sur le bas-ventre — il attendait seulement que le rien devienne une chose ou l'autre. Qu'advienne ce que. Joca Ramiro allait décider. Au tout dernier moment, comme Hermógenes allait encore se pencher pour lui glisser quelque chose à l'oreille, d'un geste Joca Ramiro coupa court. C'était le moment. Et c'est s'adressant directement à Zé Bebelo, qu'avec autorité il prit la parole :

« Ce jugement est mon fait, la sentence que je rends vaut pour tout ce Nord. Mon peuple m'honore. Je suis l'ami de mes amis politiques, mais je ne suis ni leur laquais, ni à leur solde. La sentence est valable. La décision. Vous le reconnaissez ?

— Je reconnais », approuva Zé Bebelo, la voix ferme, et déjà davantage échevelé. Il le répéta même à trois reprises : « Je reconnais. Je reconnais ! Je reconnais... » — le clic-clac de la gâchette sur le percuteur — comme on dit : ces détonations.

— Bien. Si je consens à ce que vous partiez pour Goïas, vous donnez votre parole, et vous partez ? »

Zé Bebelo fit attendre sa réponse. Mais ce fut seulement une toute petite minute. Et, alors :

« Ma parole et je pars, Chef. Je sollicite seulement que vous déterminiez mon voyage de façon correcte, comme il vous incombe.

— À savoir ?

— Que : s'il y a encore des hommes à moi vivants dans les parages, ainsi que prisonniers, vous donniez ordre de les libérer, ou permission qu'ils viennent avec moi, également... »

À quoi Joca Ramiro opina : « Tope là : Tope là. » — « ... Et que, s'il n'y en a point, je m'en aille d'ici sans aucune garde ni surveillance, mais vous me fournirez un animal de selle, harnaché, avec mes armes, ou d'autres tout aussi bonnes, et quelques munitions, plus le manger pour trois jours, légalement... »

À quoi, Joca Ramiro par trois fois, de nouveau opina : « Tope là. Tope là !

— ... En ce cas, je m'en vais honoré. Mais, maintenant, avec votre permission, je pose cette question : pendant combien de temps dois-je m'engager à ne pas revenir dans cet État ni dans l'État de Bahia ? Pour une, deux, trois années ?

— Aussi longtemps que je serai en vie, ou n'aurai point donné contrordre... », dit alors Joca Ramiro, en conclusion. Et il se leva, d'un bond. Ah, lorsqu'il se levait, il entraînait les choses avec lui, semblait-il — les gens, le sol, les arbres épars. Et tous en même temps, d'un même mouvement — comme un bœuf isolé, ou un troupeau rassemblé, ou le hennissement d'un cheval : levèrent le camp. Il régna un brouhaha de joie : tout le monde en avait déjà assez de participer au jugement, et nous avions une faim certaine.

Diadorim m'appela, et nous nous mîmes à aller et venir, au milieu des conciliabules. Je vis même Hermógenes : il digérait bouche close, l'air amer. « Diadorim — je dis — cet Hermógenes est vert de bile aux portes de l'envie... » Mais Diadorim, c'est sûr, ne me comprit pas bien, car il me dit seulement : « Dieu est servi... » Je ne me sentis pas tranquille. Les hommes se dépensaient dans tous les coins. Le gardien de la Toujours-Verte ouvrit la cuisine : ces grandes marmites et les chaudrons pour cuisiner ce qu'il y a de bon de la meilleure façon. Il y avait tout le temps quelqu'un en train de battre avec le pilon. Je dis, non point pour ne rien dire, mais pour l'exactitude : j'avais constamment dans l'œil le souvenir d'Hermógenes, au moment du jugement. Comment au début, l'air sombre, il ne s'était pas manifesté, se contentant d'écarter très largement les jambes, son grand coutelas à la main ; mais comment ensuite il se mit à mijoter, une tristesse noire au coin des yeux, comme un chien cuvant sa rage. Et Ricardo ? celui-là : une humeur rogue sur tout le visage, et quand il arrêta de somnoler ces gros yeux qui roulaient, comme infectés, ne présageaient rien de bon. Enfin tout était réglé, terminé, du passé. Terminé vraiment ? Là, je demandai à Diadorim de m'attendre au bord du ruisseau, je voulais m'occuper de mon cheval, le desseller et le brosser. Je tombai sur Hermógenes. Pour dire vrai, je me débrouillai pour trouver Hermógenes, je m'arrêtai à côté un instant. Je voulus rester là à tourner autour et écouter, je voulus quasiment. J'entendis ce mot : — « Forfaiture... » Qu'est-ce qu'il voulait dire ? Hermógenes n'était pas un imbécile, pas au point d'aller se mettre en travers de la décision de Joca Ramiro. « *Forfaiture* » ? Mais je n'entendis point, je me souviens que je ne sais pas bien. Zé Bebelo n'allait pas tarder à prendre congé. On le vit, monté sur un beau cheval pie, harnaché avec une bonne selle de Minas-Velhas. On lui rendit, qu'il puisse les emporter, sa carabine, ses autres armes, les cartouchières croisées. Là, il avait déjà dîné. Et la musette avec tout un barda. Il se hissa sur le cheval, se mit en selle. S'en alla. Il s'en alla au petit trot, sans regarder derrière lui, le soleil déclinait. Seul Triol devait l'accompagner, la distance d'une lieue, jusqu'à la limite du territoire sous notre protection. Cela me causa une certaine tristesse. Mais ma satisfaction était encore plus grande.

Nous étions déjà tous, à ce moment-là, en train de nous servir à manger, et c'était de tout en abondance. De la bouillie de farine de maïs et du chou, de la courge cuite, des lardons frits, et on faisait griller des pièces de viande sur tous les feux. Pour qui voulait de la soupe, il suffisait d'aller s'en chercher une portion à la porte de la cuisine. C'est le grand nombre d'assiettes qui manquait. Et l'on but également son content de cachaça, car Joca Ramiro ordonna de nous servir tous à volonté — une cachaça de première. Cela vous aurait plu de voir cette foule de gens, les choses qu'ils faisaient et disaient, la façon dont on pouvait rire, et faire la bringue, ayant tous bien mangé, bu à la régalade. Puis, la nuit arriva. Les hommes écroulés de fatigue, à même le sol, jusque sous le pissat des chevaux en train de paître. Moi, j'étais bourré, j'avais envie d'un bon sommeil. Alors, je me dirigeai avec Diadorim du côté du verger, le long du ruisseau. Avec l'arrivée de la nuit, le courant chantait, frisquet, grossi au milieu de son lit, et on humait l'odeur de moussu sur les arbres. Zé Bebelo était parti pour toujours, sur le cheval pie, il avait fait lever peu de poussière. Nous étions là, requinqués, dépliant nos hamacs. Je n'oublie pas ces choses ? Je n'oublie pas. Nous étions pleins de joie à la belle étoile, comme des gamins.

J'étais venu là, dans le sertão du Nord, ainsi que vient chacun un jour ou l'autre. J'étais venu sans quasiment m'en rendre compte — mais happé, la nécessité de mieux organiser la suite de mon existence. Maintenant, s'ils m'expulsaient ? De la même façon, c'est-à-dire, qu'ils avaient renvoyé Zé Bebelo ? Je me remémorai ce qu'il avait dit, ses paroles : que désormais c'était « *le monde à l'envers...* » Je le dis à Diadorim. Mais à cela Diadorim ne répondit pas. À la place, il me dit ceci : « Ça te plairait, Riobaldo, d'aller vivre dans la fazenda d'Os-Porcos, c'est beau là-bas à tout moment — avec les étoiles qui brillent tellement ?... » Je dis que oui. Imaginez si je pouvais avoir envie de répondre autrement : car cet endroit, Os-Porcos, est-ce que ce n'était pas le vrai pays de Diadorim, la terre où il avait grandi ? Mais je pensai

243

malgré tout tandis que je disais cela, que Diadorim aurait pu m'avoir répondu plus ou moins de cette façon : « Le monde à l'envers ? Mais, Riobaldo, c'est ainsi que le monde a toujours été... » Sottise, je sais, des bêtises, mes âneries d'âne bâté. Dès que je disais ou pensais quelque chose, Diadorim répliquait autre chose. « Zé Bebelo, Diadorim. Qu'est-ce que tu as pensé de cet homme ? » — je demandai encore. « Pour lui désormais, il n'y a plus ni jour ni nuit : il ira son destin, par les chemins... Il a eu de la chance ! Il a eu affaire à Joca Ramiro — et à sa grande bonté... » Voilà comme Diadorim me répondit. Et il resta, nous restâmes plongés dans nos pensées. Une fois arrivé jusqu'au bout de ma cigarette, je demandai encore : « Savoir, qui a sauvé Zé Bebelo de la mort ? » Diadorim, ce qu'il voulut me dire fut un tel secret, qu'il attrapa le bord de mon hamac, pour qu'on se parle quasiment visage contre visage : « Ah, qui a sauvé Zé Bebelo de la mort ? Eh bien, sans compter Joca Ramiro, il y a d'abord eu Zé Bebelo lui-même. Ensuite, sur un détail dans ce qu'a dit Zé Bebelo, Sô Candelário s'est manifesté — un homme excentrique et plein de lui, mais fidèle, et qui apporte plus de trois cents bras armés. Des braves, qui, sur un geste de lui, se lancent, et ne font pas de quartier... » J'aurais préféré qu'il m'explique la chose d'une autre façon, mais Diadorim poursuivait : « ... Tu as remarqué Hermógenes et Ricardo, c'est sûr, des gens rongés de rages rentrées... Maintenant, ces deux-là m'inquiètent, j'ai peur... Fasse le ciel... » Puis, il termina ainsi : « Aussi longtemps que Joca Ramiro peut avoir besoin de nous, tu me l'as bien promis, Riobaldo : nous restons dans le coin. » Je confirmai, promis de nouveau. De ce moment, dans le serein de la nuit, nous n'avons plus parlé, je ne me souviens pas.

Diadorim était triste, sa voix l'était. Je le devins moi aussi. Pourquoi ? — normal que vous vouliez savoir. Parce que Zé Bebelo était parti ; la raison c'était cela ? Passé le fleuve Paracatu, c'est le monde... Zé Bebelo parti, est-ce que je sais même pourquoi, cela m'enlevait le pouvoir de penser les idées en ordre, et je sentais mon ventre comme une outre, trop rempli de toutes ces boissons et nourritures. La seule chose qui me consolait était qu'il y ait eu ce jugement, avec la vie et la réputation de Zé Bebelo reconnues. Le jugement ? Je dis : ce fut pour moi une chose sérieuse et d'importance. C'est même pour cela que j'ai tenu à tout vous rapporter, en y mettant une telle dépense de temps et de minuties dans les mots. « Cela n'a nullement été un jugement légitime : rien d'autre qu'un tirage au sort loufoque, extravagant, une folie insensée survenue au milieu de ce sertão... » — vous allez me dire. Eh bien : pour cela justement. Zé Bebelo n'était pas en réalité un accusé. Ah, mais, au cœur du sertão, ce qui est folie peut parfois être la raison la plus sûre et de plus grand discernement ! Dès lors et pour la suite, je crus en Joca Ramiro. À cause de Zé Bebelo. Parce que, Zé Bebelo à ce moment-là, s'était révélé en la circonstance plus grand que tous. Je l'aimais à la façon dont j'aime aujourd'hui mon compère Quelemém ; je l'aimais parce qu'il comprenait au vol. C'est pourquoi, le jugement avait apporté la paix à mon esprit — pour mieux dire : à mon cœur. Je dormis, et adieu à toute l'affaire. Comment est-ce que j'aurais pu avoir le pressentiment des choses terribles qui arrivèrent ensuite, ainsi que vous allez voir, vu que déjà je vous raconte ?

En bref : dès la fazenda Toujours-Verte, passé une autre journée, nous nous séparâmes. Une bande très importante de jagunços, ce n'est pas une organisation judicieuse en temps normal. Ça ne sert qu'à rameuter les soldats et à causer du retard et de la dépense déraisonnable. Le bruit courait que João Goanhá allait filer droit sur Bahia, et qu'Antenor avec une poignée d'hermógenes prendrait par les berges de la Ramille. De nouveaux ordres, des ordres de toutes sortes. Alaripe allait partir avec Titan Passos. Titan Passos nous appela : Diadorim et moi. L'itinéraire à respecter, serait celui-ci : suivre au plus près le São Francisco, jusqu'au Jequitaï, et au-delà. Cela, pour quelle raison ? Nous ne partions pas en même temps que Joca Ramiro, pour le cas où nous pourrions lui être utile, et lui fournir au cas où, de la main à la main, une aide complémentaire ? Ah, mais notre tâche était de très secrète implication et importance : car nous devions faire halte à certains endroits, dans le but de recevoir du matériel ; et pour surveiller, le cas échéant, toute incursion de soldats, qui s'introduiraient dans le Nord. Nous avons sellé, enfourché nos chevaux, éperonné. À la même heure, Joca Ramiro prenait le départ, de retour sur São João du Paradis. Il s'en allait, derechef, sur son cheval blanc, demi-sang — flanqué de Sô Candelário et de Ricardo, ils galopaient, entre pairs. Tous les chefs s'en allaient — chaque colonne de jagunços serpentant ainsi, dans une clameur de voix. Et cette beauté miroitait. Diadorim regarda, et il fit, sincère, le signe de croix. « Ainsi, il m'a donné sa bénédiction... » — fut ce qu'il dit. Cela cause toujours quelques tristesses, la dispersion d'une population qui se disloque. Mais, ce même jour, sur nos très bons chevaux, nous abattîmes neuf lieues.

Ces neuf. Plus dix, jusqu'au lac Amer. Et sept pour atteindre une cascade à Indien-Blanc. Et dix, après avoir bivouaqué entre Quem-Quem et La Solitude ; et bien d'autres distances couvertes : le sertão toujours. Le sertão c'est ceci : vous le laissez derrière vous ; mais tout à coup, il revient vous entourer de tous côtés. Le sertão c'est quand on s'y attend le moins : voyez. Mais nous avons tracé, tracé. Puis ce fut la montée. Jusqu'à nous arrêter un beau jour sur des terres amènes, douces. De l'eau partout. Les verts commençaient déjà à jaunir. Et de nouveau je me rappelai ces oiseaux : le canard mandarin, le roitelet-des-marais, les poules d'eau, les mouettes. Le petit chevalier-des-sables ! Et Diadorim à mes côtés. Les aigrettes, toutes en ailes. Le fleuve insouciant, courant librement. Là nous fîmes halte, pour un temps, dans un champ solitaire, au milieu d'une petite vallée dégagée, de pâtures pour beaucoup de bétail.

Un endroit près de Guararavacã de Guaicuí : La Ruine, comme ça s'appelait. Là c'était bien ? C'était tranquille. Mais il y a des moments où je me demande : si ça ne serait pas mieux de ne jamais sortir du sertão. Là, monsieur, c'était bien joli. Il n'y avait pas de dangers en vue, on n'avait rien besoin de faire. Nous étions vingt-trois hommes. Titan Passos choisit sur le nombre une petite escouade — avec Alaripe en tête : pour aller de l'autre côté de la colline, la vallée de Guararavacã proprement dite, attendre que rien n'arrive. Nous restâmes sur place.

Là, le destin qui dans les premiers temps courut pour nous, ce fut : des journées agréables. Se réveiller sans se presser, vaguer, en écoutant le cri du loupiale tout excité — ils arrivaient en volant, ces noirs essaims, presque brillants, ils surgissaient d'une avancée de forêt, et sans aucune nécessité nous passaient au-dessus. Puis les troupeaux, des vaches, des bœufs, qui se relevaient de dessous les ombrages, une fois fini de dormir, leurs grands corps suspendus sans bruit aucun dans la demi-obscurité, fondant comme du sucre dans les champs. Quand il ne ventait pas, le soleil tapait très fort. Nous mangions chaque jour de bons poissons frais, une pêche facile : daurade ou curimatã; le cuisinier était Paspe — il préparait des quantités de coulis, et distribuait de bonnes rasades de cachaça. Nous chassions également le raisonnable. La garde se faisait à tour de rôle, entre frères, le temps ne manquait jamais pour rester à ne rien faire. Je dormis, des siestes entières, pour ma vie. L'épervier poussait ses cris jusqu'au moment où la journée devenait trop chaude. C'était l'heure où ces files de bétail s'ébranlaient vers les rives du fleuve, les bêtes remplissaient la plage, immobiles, ou elles entraient dans l'eau pour se rafraîchir. Elles arrivaient parfois à la nage jusque sur une île toute en longueur, où l'herbe verdoyait joliment. Ce qui est paisible, croît de soi : d'entendre les bœufs meugler à qui mieux mieux, il me venait l'idée que tout n'est que le passé dans le futur. J'imaginai ces rêves. Je me souvins du non-savoir. Et je n'avais de nouvelles de personne, d'aucune chose de ce monde — vous pouvez vous en faire une idée. Je désirais une femme, n'importe quelle femme. Il y a des périodes où la vie ramollit les gens, tellement, que même un retour de flamme d'un mauvais désir, dans un moment d'abattement, sert de bénéfice.

Un jour, sans dire quoi à quiconque, j'enfourchai mon cheval et m'en allai, sans but, une escapade. Au vrai, j'étais en quête d'autres gens, différents. Je parcourus deux lieues. Le monde était vide. Des bœufs et des bœufs. Des bœufs et des bœufs, les champs. J'allais en suivant des sentiers à vaches. Je traversai une petite rivière verte, où les umbuzeiros et les ingazeiros s'inclinaient — et là c'était un gué pour le bétail. « Plus je vais, cherchant des gens, plus ça m'a l'air que je vague solitaire... » — je pensai à ce moment-là. Et je me dévalorisai à penser de la sorte. J'étais coupable de tout dans ma vie, et je ne savais pas comment ne pas l'être. M'étreignit alors cette tristesse, de la pire espèce, qui est sans motif ni raison ; aussi, quand je me rendis compte que j'avais mal à la tête, et réalisai que ma tristesse venait certainement de là, ça me fut un réconfort. Et je ne savais même pas l'importance de ce que je voulais, ni jusqu'où je voulais aller. À tel point, que lorsqu'un petit ruisseau — un blanc et minuscule ruisseau baladeur — sur lequel je tombai me regarda, et qu'il me dit : — Non... — je dus lui obéir. C'était pour m'empêcher d'aller plus loin. Le petit ruisseau me demandait ma bénédiction. Je descendis de mon cheval. Le bon de la vie c'est pour votre cheval, qui voit l'herbe, et il mange. Alors, je m'allongeai, enfonçai mon chapeau sur mes yeux. J'étais hors d'haleine. Je m'endormis, allongé sur une peau de mouton. Quand on dort, on devient le monde : on devient pierre, on devient fleur. Ce que je pense et m'efforce de vous dire, en recomposant mes souvenirs, je n'y arrive pas ; c'est pourquoi je recours à ces fantaisies. Mais je dormais pour reconfirmer mon sort. Aujourd'hui, je sais. Et je sais qu'à chaque détour d'un champ, et sous l'ombre de chaque arbre, de jour comme de nuit, il y a un diable qui ne fait pas un mouvement, et veille à tout. L'un d'eux qui est le farfadet est un petit diable enfant, qui se met à courir devant les gens, en les éclairant avec une petite lanterne, au plus profond de leur sommeil. Je dormis, aux vents. Quand je me réveillai, je ne crus pas mes yeux : tout ce qui est beau est absurde — Dieu pérenne. Or et argent : Diadorim était là, à deux pas de moi, il me veillait.

Sérieux, tranquille, pareil à lui-même, égal à lui seul en cette vie. Il avait noté mon envie de filer, il avait suivi ma trace, m'avait trouvé. Il ne sourit pas, ne dit rien. Je ne parlai pas non plus. La chaleur du jour fléchissait. Dans ces yeux qui étaient tout Diadorim, le vert changeait sans arrêt, comme l'eau de tous les fleuves aux endroits ombragés. Ce vert, sableux, mais si jeune, était vieux, très vieux, comme s'il voulait me raconter des choses que l'esprit des gens n'est pas fait pour comprendre — et je crois que c'est pour cela que nous mourons. Que Diadorim soit venu, et se soit arrêté près de moi, attendant que je me réveille et me regardant dormir, c'était quelque chose d'amusant, c'était fait pour rire de plaisir. Je ne ris pas. Je ne le pus ne le voulus. Ce que je saisis fut le silence d'un sentiment, semblable à un décret : — Tu dois toute ta vie, Riobaldo, ta vie entière à venir, me rester attaché, toujours !... — c'était comme si Diadorim était en train de me le dire. Nous remontâmes sur nos chevaux, prîmes le chemin du retour. Et, je vous dis comment ce fut alors que d'aimer Diadorim : qui est que, pas un instant, pas une fois, jamais, je n'eus envie de rire de lui.

Guararavacã do Guaicuí : prenez note de ce nom. Mais il n'existe plus, vous ne le trouverez pas ; là, dernièrement, cela s'appelle Caixeirópolis ; et on dit qu'aujourd'hui on y attrape les fièvres. À l'époque, non. Je ne me souviens pas. Mais c'est en ce temps, en ce lieu, que mes destins furent scellés. Serait-ce qu'il existe un point précis, et qu'on ne peut plus dès lors revenir en arrière ? La traversée de ma vie. Guararavacã — voyez, et écrivez. Les grandes choses, avant qu'elles arrivent. Le monde désormais, veut rester sans sertão. Caixeirópolis, je l'ai entendu dire. Je crois bien que ces choses n'arrivent plus. Mais qu'un beau jour elles arrivent, le monde voit sa fin. Guararavacã. Écoutez bien, monsieur.

Cet endroit, l'air. D'abord, je me rendis compte que j'aimais Diadorim — d'un amour qui est l'amour même, mal déguisé en amitié. De moi à moi, ce fut brutalement que cela s'éclaira : je me parlai. Je ne pensai pas à mal, je ne me condamnai pas, je ne pris pas peur — sur l'heure. Je me souviens très bien. J'étais seul, dans une subdivision du cantonnement, une vieille cabane de muletier, j'étais allongé sur une natte de bambou. Auprès de moi, mes armes. Avec ces armes, dont le canon brillait tant je les soignais, j'avais pouvoir de mort sur autrui, à une distance de plusieurs brasses. Comment pouvait-on, de la même façon, avoir pouvoir sur l'amour ? Le cantonnement se trouvait en lisière de la forêt. L'après-midi, dont c'était le moment, la chaleur cédait un peu, sous l'effet d'un vent timide — celui qui vient des monts de l'Échine — un vent qui charrie toutes les âmes. Un frémissement tout proche, qui froissait les feuillages, et qui allait, là-bas loin devant moi, dans la cuvette du fleuve, balancer la barbe blanche effilochée des marantas. Là, sur les rives, chantait l'élainia, gris, qui aime l'eau. Il me donna la nostalgie d'un bois de buritis, sur le chemin d'une petite clairière, verte de l'herbe la plus verte à l'extrémité du plateau. Une nostalgie de celles qui répondent au vent : la nostalgie des Hautes-Terres. Ce remuement du vent, voyez, dans les palmes de tous les buritis, quand c'est menace d'orage. Qui peut oublier ça ? Le vent est vert. Puis, dans l'intervalle, vous prenez le silence, l'entourez de vos bras. Je suis de là où je suis né. Je suis d'une autre terre. Mais, là à Guararavaçã, j'étais bien. Le bétail, mon voisin, paissait encore, l'odeur de bétail met toujours en fête. La corneille blanche courait, chassait en couple, au milieu des bœufs, à la lisière des champs clairs. Mais, dans les arbres, le pic-vert cogne et crie. J'entendais, venant de l'intérieur des bois, le ramage d'un tinamou — toujours expert. C'était le mois où le tinamou erre encore solitaire — le mâle et la femelle chacun pour soi, désaccouplés. Et le tinamou s'amenait, se dandinant, soliloquant : il grattait le sol, pareil à une poule de basse-cour. Je ris — « Regarde celui-là, Diadorim ! » — je dis ; je croyais Diadorim à côté, à portée de voix. Il n'y était pas. Le tinamou me regarda, sa petite tête fière. Il était arrivé presque droit sur moi, un peu plus il entrait dans la cabane. Il me regarda, roula des yeux. Il cherchait quoi cet oiseau ? Il venait m'apporter la guigne ? Je pouvais le tirer sans mal. Mais je patientai. Je ne tirai pas. Je pris seulement un pied-d'alouette, le jetai de son côté. Il sursauta, ramena ses ailes en avant, comme s'il voulait se protéger la tête, et faillit faire la culbute. Là, il recula, d'abord de dos, puis se sauva, entra de nouveau dans le bois, se chercher un perchoir pour une bonne sieste.

Le nom de Diadorim, que j'avais prononcé, demeura en moi. Je m'y lovai. Le goût du miel vous vient lorsque vous le léchez — « Diadorim, mon amour... » Comment est-ce que je pouvais dire une chose pareille ? Je vous explique : comme fait exprès, pour que je n'aie pas trop honte, ce qui, pensant à lui, me traversa, me le représentait différent, un Diadorim ainsi assez singulier, plutôt un fantôme, totalement à part de l'existence commune, détaché de tous, de toutes les autres personnes — comme lorsqu'un rideau de pluie isole les champs. Un Diadorim rien que pour moi. Tout a ses mystères. Je ne savais pas. Mais, dans ma tête, c'est avec mon corps que j'étreignais ce Diadorim — qui n'était pas en vrai. Il ne l'était pas ? Probablement nous ne pouvons guère expliquer ces choses. Je devais avoir commencé à penser à lui à la façon dont, certainement, pense un serpent ; quand il fixe-fixement pour attraper un petit oiseau. Mais — du fond de moi : de mon être-serpent. Cela me transformait, me faisait grandir d'une manière, qui faisait mal et plaisir. J'aurais pu mourir à ce moment-là, peu m'importait.

Ce que je découvrais, avait toujours été : au long de tous ces mois, de discordes et de guerres, au milieu de tant de jagunços, et presque sans distraction ni répit, le sentiment avait toujours été en moi, mais amorti, voilé. J'avais aimé Diadorim dans un endormissement, sans m'en rendre compte, dans le douillet d'une habitude. Mais cela éclatait maintenant, à son heure, jaillissait au grand jour, irradiait. C'était et c'était. Je demeurai ainsi un moment, les yeux fermés, je savourais cela avec mes autres forces. Puis, je me levai.

Je me levai, par une nécessité de vérifier, de savoir si c'était sûr exact. Il n'y a que ce que nous pouvons penser sur nos deux pieds — il n'y a que cela qui vaille. J'allai les rejoindre, autour d'un feu, où se tenait Diadorim en compagnie de Drumont, de Paspe et de Jesualdo. Je le regardai, le contemplai, en chair et en os : j'avais besoin de regarder, jusqu'à consumer la fausse image de l'autre Diadorim, que j'avais inventée. « Hé, Riobaldo, hein ? Ouais, tu as besoin de quelque chose ? » — il me demanda, dès qu'il me vit, avec un certain étonnement. Je demandai un tison, allumai une cigarette. Puis, je m'en retournai à la cabane, lentement, comptant mes pas. « Si c'est que c'est — je me dis — je suis à moitié fichu... » Je mis de l'ordre dans mes idées : je ne pouvais pas, selon la loi établie, admettre ce qui ressortait de tout cela. J'allais, par prudence et pour la paix de mon honneur, m'en arracher le souvenir. Sinon, si je n'y arrivais pas, ah, mais alors je devrais me faire sauter — en finir avec moi ! — d'une balle dans la tempe, là, dans la seconde ; j'allais mettre le holà à tout. Ou bien j'allais m'enfuir, errer de par le monde, franchir les espaces, courir les chemins. Je ruminai cette idée — un réconfort qui me décida. Ah, c'est qu'alors j'étais à moitié sauvé ! J'armai mon revolver, j'eus besoin de tirer — dans le bois — un sacré coup de feu qui résonna — « Hé, qu'est-ce qui se passe ? » — ils se mirent à crier, un coup de feu tiré sans raison les faisait toujours rire. « Ça devait être un petit ouistiti, je crois bien que je l'ai raté... » — j'expliquai. En même temps, j'échafaudai que j'avais Diadorim devant moi, que je l'observais, durement, en silence, tout en me disant : « Je nie que je t'aime, de la mauvaise façon. Je t'aime, mais seulement en tant qu'ami !... » Je me le dis, me le redis. De ce jour, je pris l'habitude de me le répéter chaque fois, lorsque j'étais près de Diadorim. Et je le crus ! Ah, monsieur ! — comme si la manière d'obéir de l'amour n'était pas toujours à contre-courant... Voyez, loin dans les Hautes-Terres : en collant son oreille contre le sol à certains endroits, on entend des bruits d'eaux puissantes qui vont roulant sous la terre. Vous dormez au-dessus d'un fleuve ?

Comme je dis, le temps de notre halte à Guararavacá dura les deux mois. De bons espaces. De là, nous parcourûmes tous les voisinages, battîmes largement tous les alentours. Nous échangions chaque jour des messages avec les hommes d'Alaripe. De nouveautés, pas une. Il ne nous venait rien par ce canal, de ce qu'on pouvait s'attendre à voir venir. De l'autre côté du fleuve, les brûlis commencèrent : le vent, quand il refoulait, charriait de tristes fumées. La nuit, la colline s'illuminait, rouge, s'embrasait de flammes et de braise. Du côté où nous étions, à une affaire d'environ deux lieues, il y avait une petite ferme, appartenant à un type encore jeune, qui était notre ami. « Ah, s'il voulait bien nous louer sa femme, on lui paierait le bon prix... », disait Paspe, et il soupirait. Mais ceux qui venaient c'était ses enfants, montés sur un cheval efflanqué, ils apportaient les gerbes de canne, pour nous les vendre. Parfois, ils arrivaient sur deux chevaux, l'un aussi maigre que l'autre, et ils étaient cinq ou six petiots, entassés, agrippés les uns aux autres, à se demander comment certains tenaient là-haut, tant ils étaient minuscules. Ces petits gamins, tous, voulaient tout le temps voir nos armes, ils nous demandaient de tirer. Diadorim les aimait beaucoup, il les prenait, un à chaque main, il portait même les plus petits dans ses bras, il les emmenait pour leur montrer les oiseaux des îles dans le fleuve. « Regarde bien, tu vois, le petit chevalier-des-sables a déjà fait sa mue... » Un jour, que nous avions abattu un paca bien gras, Paspe saupoudra de sel tout un quartier, il l'enroula dans des feuilles, et le donna au plus grand des gamins : « Pour qu' tu l'apportes en cadeau, donne-le à ta mère, dis-lui que c'est moi qui l'envoie... » — il lui recommanda. On riait. Les enfants avaient peur des bœufs : il y avait là, au milieu du troupeau, des bêtes très sauvages, un jour une vache fonça sur l'un de nous pour lui rentrer dedans. Mais, après, la sécheresse venant, les bœufs, de maigreur et de faiblesse, s'embourbaient dans les marécages, il en mourut même quelques-uns. Quand le ciel se chargeait de poussière, les urubus prenaient le large. Ils allaient se poser sur les boqueteaux de *pindaibas* émergeant du marécage. João-le-Vacher nous appelait, il allait désembourber les bœufs qu'il pouvait. Certaines bêtes étaient douces, elles venaient jusqu'à nous pour une poignée de sel, elles léchaient le sol à nos pieds. João-le-Vacher savait tout. Il passait la main sur les mamelles d'une vache — une herbe si bonne, vous imaginez ? — certaines avaient encore un peu de lait. « Ce qui manque, ce serait de faire le coup de feu, une descente dans le coin, de se battre... » — on se disait avec raison. Car le jagunço ramollit, quand il ne pâtit pas.

À mi-chemin environ, entre le nord et le levant, soit quatre lieues de marche au ralenti, il y avait une petite échoppe de campagne, juste à l'entrée des maquis. Ils vendaient là de la liqueur de banane et de noix de caryer, très forte, de la gelée de pied de bœuf sucrée, du très bon tabac, de la pâte de fruits, du petit salé. C'était toujours un de nous, le même, qu'on envoyait, pour ne pas attirer l'attention. Jesualdo y allait. On lui débloquait l'argent, chacun commandait ce qu'il voulait. Diadorim fit acheter un grand kilo de savon de noix de coco, pour se laver. Le patron de l'échoppe avait deux filles, et chaque fois, il fallait que Jesualdo au retour nous explique, de jour comme de nuit, comment elles étaient, si joliment faites. « Ouais, quand le temps viendra, qu'on aura permission de guerre, ah, et si le père s'est mis contre nous, ah, je me pointe là, je prends une des deux, de fille je la fais tourner femme... » — dit Vove. « T'avise pas d'y toucher. Parce que ce que je veux c'est le convenable : je m'amène, je fais ma demande très honoré, je me fiance... », protesta Triol. Et Admeto et Liduvino chantaient des choses sentimentales, ils chantaient du nez. Alors je leur demandais : et cette chanson de Siruiz? Mais ils ne connaissaient pas. « Je connais pas, j'aime pas. Des chansons trop vieilles... » — ils n'en voulaient pas.

Et là, il y eut un coup de tonnerre indistinct. Bientôt il tonna, un autre coup. Les tanajuras s'envolèrent. La première trombe d'eau tomba. Nous taillâmes du bois et des palmes de cocotier pour agrandir le cantonnement. Et des vachers arrivèrent visiter le bétail de La Ruine, le renouveler, ils emmenèrent les génisses prêtes à mettre bas. Ceux-là étaient des hommes tellement naïfs, ils nous prirent pour des chercheurs d'or. Les jours de grosses pluies commencèrent à se succéder. Tout le temps pareil — parfois ça manque de charme. Mais on ne doit pas tenter le temps. Ce sont les hérons qui se régalaient, ils s'esclaffaient, leur rire d'échassier, et le pique-bœuf fait grincer les sonnailles, et l'aigrette pousse un glapissement sec. Là, au-delà des pindaïbas, tout n'était plus qu'un marécage à crapauds. Ils coassaient avec une tristesse si ridicule qu'ils nous faisaient rire, dans les intervalles frisquets entre les averses. Dès le premier étiage, Barnabé revint, sur son petit cheval brun : il venait apporter de la ricotte, que nous lui avions commandée, et qu'on lui payait une jolie petite somme. « Faut qu'un jour la vie s'améliore » — on disait. De la ricotte avec du café chaud, c'est ce qu'il y a de meilleur. Ce vacher Barnabé revint, à plusieurs reprises.

Ah, et, le temps passant, un jour sombre, là, à l'entrée du chemin qui sortait du bois, on le vit apparaître, à bride abattue, sur son petit cheval brun qui ne remuait même pas la tête. Nous avons vraiment cru que c'était lui. Mais non, on se trompait. C'était un des nôtres, un mulâtre foncé, Œil-d'épervier de son petit nom, qui arrivait de plus au nord. Il avait pris beaucoup de pluie, il n'était plus que boues, des anneaux du mors jusqu'en haut des bottes, les flancs de son cheval compris. Il stoppa net, sauta à terre affairé, on voyait qu'il venait important en plénipotentiaire. Qu'est-ce que c'était ? Œil-d'épervier écarta les mâchoires, mais la parole ne sortit pas d'emblée, il bégaya, s'étrangla — certainement parce que la nouvelle était urgente ou énorme — « Eh bien, quoi ?! » — voulut savoir Titan Passos. — « Ils t'ont jeté le mauvais œil ? » Œil-d'épervier leva un bras, réclamant patience. Parole, il cria presque :

« Ils ont tué Joca Ramiro !... »

Là, ce fut une explosion — j'entendis au milieu un hurlement dément de Diadorim — : tous les hommes avaient saisi leurs armes. Hé, oh, des fauves ! Et dans le ciel je vis tout si paisible, seulement un nuage effrangé. On criait — une assemblée d'aras. Les versants verts des herbages dévalaient comme des personnes humaines. Titan Passos brama ses ordres. Diadorim était presque tombé à terre, à moitié retenu à temps par João-le-Vacher.

Il tomba, pâle comme de la cire royale, il était pareil à un mort. Lui, trop serré dans ses cuirs et ses vêtements, je me précipitai, pour le secourir. Cette fois c'était un désespoir. Paspe prit de l'eau dans une calebasse, il aspergea avec les doigts les joues de mon ami. Mais aider, je n'eus pas le temps : à peine j'avançais la main pour desserrer son gilet, que Diadorim revint à lui, en alerte, et il me repoussa, férocement. Il ne voulut l'appui de personne, il s'assit, se releva seul. Il recouvra ses couleurs, et le visage beaucoup plus rouge, en fureur comme s'il avait pris une gifle. Plein de larmes se formaient dans ses beaux yeux. Titan Passos donnait des ordres, Œil-d'épervier racontait. Et tous les camarades dans la stupeur. Maintenant qu'il n'y avait plus ni amarre ni mât, le monde allait à la dérive.

« Répète, Épervier !

— C' que j' dis, chef, c' que j' dis : ils ont tué Joca Ramiro.

— Qui, ils ? Où ? Raconte ! »

Misère, je surpris de la chair de poule sur mes bras. Toute ma salive sécha entre mes mâchoires serrées. Et même une tranchée me poignarda le ventre. Mais surtout, le pauvre Diadorim. Étranger à tout autour de lui, il s'interrompait, entre un soupir et un sanglot, pour murmurer des menaces, et je lui vis d'autres yeux. Tout nous était tombé dessus, comme fait la foudre en fait.

« Celui qu'a tué, c'est Hermógenes...

— À bas, chien ! Charognard ! Misérable chien ! Suppôt du diable ! Trahison ! Il va me le payer !... » — il n'y en avait pas un qui ne criât. Notre haine, là, enflait en vérité, prête à éclater. Joca Ramiro pouvait donc mourir ? Comment avaient-ils pu le tuer ? Nous bramions comme un taureau noir, meuglant seul et sourd dans les solitudes de Guararavacã, au milieu des orages. Ainsi Joca Ramiro était mort. Et nous bramions notre rage, pour retarder le surgissement de la peur — de la tristesse à nu — dont nous ne savions pas bien le pourquoi, mais qui nous étreignait tous unis, malaventureux.

« ... Hermógenes... Les hommes de Ricardo... Antenor... Un tas...
— Mais, où, où ça !?

— Le malheur est arrivé dans un endroit, à Jérara, près de la rivière, les terres de Xanxerê — là où la Jérara descend de la colline du Vôo et se jette dans le torrent... Le torrent de Lapa. On dit que c'est arrivé à l'improviste, personne s'y attendait. Tout a été trahison. Beaucoup sont morts, ceux qui ont voulu rester fidèles. Les morts : João Pince-sans-Rire, Le Bigleux, Léonce Fino, Luis Pajeú, Cloche-Pied, Lait-de-Crapaud, Zé Inocêncio... dans les quinze. Il y a même eu une fusillade épouvantable ; mais les hommes d'Hermógenes et de Ricardo étaient bien trop nombreux... Des fidèles, ceux qui ont pu, se sont enfuis correctement. Silvino Silva a réussi à fuir, avec vingt et quelques camarades... »

Mais Titan Passos, brutalement, interrompit net la narration, il saisit Œil-d'épervier à bras-le-corps :

« Ouais ! Mais, diantre, qui est-ce qu'est prêt, armé, pour fendre en deux Ricardo et Hermógenes, et nous aider maintenant dans notre revanche, à relever l'affront ? S'il y en a, alors, où c'est qu'ils sont ?!

— Ah, si, chef. Y a tous les autres : João Goanhá, Sô Candelário, Clorindo Campêlo... João Goanhá tient en respect toute une bande dans les monts du Quati. Et c'est lui qui m'a envoyé porter ce message... Sô Candelário est encore dans le Nord, mais le plus gros de ses forces se trouve non loin du Lac-des-Bœufs, à Juramento... Un messager est déjà parti là-bas. Vu qu'on a aussi dépêché un porteur pour mettre au courant Medeiro Vaz, dans les Hautes-Terres, de l'autre côté du fleuve... Je sais que le sertão prend les armes, mais Dieu est grand !

— Loué soit-il ! Ah, alors, remercions Dieu ! Si c'est ça, alors, c'est bien... », conclut Titan Passos.

Et c'était ça. Une autre guerre. On se sentait soulagé. Cela nous remontait énormément.

« Faut qu'on y aille... Faut qu'on y aille... », déclara Titan Passos, et nous fîmes chorus, avec éclat. Nous devions rejoindre, sans délai, les monts du Quati, à un endroit dit Amoipira, qui est près de Grand-Mogol. C'est que, Œil-d'épervier continuait de raconter, avec force détails — à croire qu'il avait peur de s'arrêter de parler — qu'Hermó-genes et Ricardo devaient avoir manigancé ce crime entre eux depuis longtemps, ça se savait. Hermógenes avait écarté Joca Ramiro de Sô Candelário, sous de faux prétextes, il avait attiré Joca Ramiro pratiquement seul, au milieu de ses hommes, qu'avaient rejoint ceux de Ricardo. Là, ils avaient tiré sur Joca Ramiro, dans le dos, la charge de trois revolvers... Joca Ramiro était mort sans souffrir. « Et ils ont enterré le corps ? », demanda Diadorim, d'une voix de grande douleur, qui disait son angoisse. Œil-d'épervier répondit — qu'il ne savait pas : mais que certainement ils devaient l'avoir enterré, c'est sûr, comme un chrétien sur place, à Jerara. Diadorim devint tout blanc : il demanda de la cachaça. Il but. Nous bûmes tous. Titan Passos ne voulait pas avoir les larmes aux yeux. « Un homme d'une telle suprême bonté ne pouvait, tôt ou tard, vivant au milieu de gens aussi méchants, que courir un danger de mort... » — il me dit, le disant de telle façon qu'il avait l'air de ne pas être lui aussi un jagunço, comme il l'était. Mais désormais, tout commençait l'affaire terminée, il ne restait plus que la guerre. La main de l'homme et ses armes. Nous allions avec elles, comme avec la cuiller à pot dans le chaudron de vesou, recueillir la douceur de la vengeance. La mort de Joca Ramiro édicta une nouvelle loi.

Il fallait maintenant que quelqu'un aille de l'autre côté de la colline, prévenir les gens d'Alaripe. « Eh bien, allons-y, Riobaldo », se proposa Diadorim. Je vis qu'il bouillait, de rester coincé là, sans bouger. Nous sellâmes les chevaux. Nous chevauchâmes jusqu'au sommet de la montagne. Au galop, chacun ravalait ses paroles. Le ciel bouché, et le temps lourd, tout comme nous. Mais dans la descente, Diadorim me retint. Il me passa l'extrémité de sa longe pour que je la tienne. « Les gens oublient tout dans cette vie, Riobaldo. Tu crois alors qu'ils vont très vite enterrer sa mémoire ? » — il me demanda. Je dois dire, je tardai beaucoup à répondre, avec un air de ne pas comprendre. Parce que Diadorim compléta : « ... la sienne, la gloire du défunt. De celui qui n'est plus... » Et il disait cela avec un mélange de tendresse et de rage, de désespoir comme jamais je n'ai vu. Il descendit de son cheval, et il s'enfonça sans contrôler ses pas sous le couvert des arbres et des fourrés. Je restai surveiller les chevaux. J'imaginais qu'il s'était éclipsé pour ses besoins. Mais il mit tant de temps à revenir, que je me décidai à le suivre, pour voir ce qui se passait, j'éperonnai et avançai avec également son cheval à la longe. Et là ce que je vis fut Diadorim couché par terre, sur le ventre. Il sanglotait et mordait l'herbe des champs. De la folie. Je sentis l'amer sur le bout de ma langue. « Diadorim ! » j'appelai. Lui, sans se relever, tourna le visage, il ferma ses paupières sur ses larmes. Je parlai, je parlai, mes mots de consolation, et il écoutait, gémissant, me demandant que je le laisse seul, le laisse là jusqu'à mon retour. « Joca Ramiro était ton parent, Diadorim ? — je demandai, avec beaucoup de prudence. « Ah, il l'était, oui... » — il me répondit d'une voix presque sans corps. « Ton oncle, peut-être ? » Il acquiesça d'un geste. Je lui remis la longe de son cheval, et je poursuivis mon chemin. À une certaine distance, pour prévenir les alaripes, et éviter de perdre du temps, je m'arrêtai et je tirai, en l'air, plusieurs fois. J'arrivai là et, ma chance, ils étaient tous rassemblés. Il pleuvait, comme de juste avec ce temps lourd. « J'apporte la nouvelle d'une grande mort ! » — je déclarai, sans descendre de cheval. Tous ils tirèrent leur chapeau pour m'écouter. Alors, je criai : « Vive le renom de notre chef Joca Ramiro... » Et, à la tristesse que j'avais dans la voix, la plupart me comprirent. Vu que presque tous se mirent à pleurer. « Mais, maintenant, nous devons venger la mort du défunt ! » — je prononçai encore. Ils se préparèrent en un temps record, pour revenir avec moi. « Vieux frère Tatarana, sais-tu, pour être chef, tu as l'envergure... », me dit Alaripe en chemin. Je démentis. Être chef, vraiment, c'était ce dont j'avais le moins envie.

Mais dès que, le lendemain, les bancs de nuit se furent dissipés, nous levâmes le camp. Diadorim à mes côtés, très changé triste, blanc, les yeux meurtris, la bouche défaite. Nous laissâmes derrière nous cet endroit, pour moi, comme je vous ai dit, si mémorable — Guarara-vacã do Guaicuí, jamais plus revu depuis.

Les rênes courtes, nous nous mîmes en route, avec armes et bagages, à travers monts et plaines — nous allions investir le sertão, les mers de chaleur. Les rivières étaient sales. Au-delà, plus on allait, chaque fleuve grondait, ses eaux pleines, ses rives transformées en marécages, et toutes ces cordes de pluie refroidissaient les bosses de ces montagnes. La terrible nouvelle s'était largement répandue, partout la population se mettait en devoir de nous obliger, et parlait fort bien du défunt. Mais nous passions, telle la flèche, tel le couteau, tel le feu. Nous traversâmes ces districts de bétail. Faisant irruption en plein jour dans les villages et les bourgs, et occupant toutes les routes sur toute leur largeur, sans jamais nous cacher : nous voulions que tout le monde puisse voir la vengeance ! Les Hauts-de-Amoipira, lorsque nous arrivâmes, les chevaux demandaient grâce. João Goanhá, avec sa petite stature économe, vint nous voir arriver et nous ouvrit ses bons bras. Il avait là trois cents guerriers à lui. Et sans arrêt il en arrivait d'autres. « Mon frère Titan Passos... Mon frère Titan Passos... » — il dit, avec de plus en plus de voix. « Et vous tous, vaillants guerriers... C'est maintenant que va avoir lieu le grand combat ! » Il ajouta que, encore trois jours, et il serait prêt à partir en guerre. João Goanhá ne s'encombrait ni de si ni de mais : il allait selon ce qui se présentait. Et Sô Candelário, où est-ce qu'il était ? Sô Candelário, de plus en plus malade, devait se trouver pour l'heure du côté de Lençóis, où un messager était parti le rappeler d'urgence. Même ainsi, João Goanhá n'avait pas besoin de l'attendre, pour entamer le combat contre les deux Judas félons. Ce que nous trouvâmes de bon conseil. Et d'autres arrivaient, s'offrant à aider corps et âme, avec la plus grande obligeance. Il en vint même qu'on n'aurait pas imaginés : comme ce M'sieu Tourne-Casaque, avec ses trente-cinq hommes de main — celui dont le nom était célèbre tout le long du fleuve Verde-Grande. Et le vieux Ludujo Fidalguier, de Montes-Claros, avec vingt-deux tireurs. Et le colonel Digno de Abreu, le grand fazendeiro, qui dépêcha également les siens, trente et quelques hommes de main, commandés par Luis de Abreuzinho, qui était son fils naturel. Et le bétail sur pied dont on disposait, pour l'abattre et le manger, atteignait maintenant l'importance d'une manade. Plus les sacs de farine, les poches de sel, et de sucre roux et de café — et jusqu'à des provisions de farine de manioc, de riz et de haricot, livrées dans des chars à bœufs. Ce n'est que pour les munitions que la quantité n'était pas le luxe, et Titan Passos se mordit les doigts de n'avoir pu apporter les nôtres, si longtemps attendues en vain à Guararavacã. Mais la loi de l'homme, ce ne sont pas ses outils qui la dictent. Nous partîmes en guerre. Ahan, et du nord, de la région du Lac-au-Bœuf, arrivaient également, après échange de messages, un grand nombre de jeunes bahiannais, aux ordres d'Alípio Mota, beau-frère de Sô Candelário. Nous allions tout bonnement encercler les Judas, ils n'auraient pas d'issue. Et quand bien même ils réussiraient à percer par l'ouest, et à traverser le fleuve, ah, ils seraient salués au fer et au feu : là se trouvait Medeiro Vaz — le roi des Geraïs.

Nous nous mîmes en route, nous partîmes. Mais nous descendîmes, oui, que je vous dise, la pente du malheur. Un retour de bâton, l'heure du paiement et des pertes, et le reste, qu'on devait purger, comme on dit. Nous fîmes tout notre possible, et tout à la fin tournait mal. Dieu ne devrait-il pas aider qui va pour de saintes vengeances ? Il devrait. Et n'étions-nous pas forts d'un courage dûment fouetté ? Nous l'étions. Mais, alors ? Ah, alors : alors, il y a l'Autre — le saingouin, le béchard, le cornu, le cramulhon, le dolers, le pied-de-bouc, le basané, le malotru, celui-qui-n'existe-pas. Qui n'existe pas, non et non et non, c'est ce qu'épèle mon âme. Et je me protège contre son existence, baisant, à deux genoux sur des cailloux pointus, l'ourlet du manteau de Notre-Dame de l'Abbaye. Ah, elle seule me porte assistance ; mais elle assiste une mer sans fin... Le sertão. Si la Sainte pose ses yeux sur moi, comment est-ce qu'il peut me voir ?! Je vous dis ces choses, et je dis : paix. Mais, en ce temps-là, je ne savais pas. Comment est-ce que j'aurais pu savoir ? Et ce furent ces monstres, le susnommé. Il s'amène en grand et en petit, et il se nomme le grand-teigneux et le petit-chiot. Il n'existe pas, mais il fait semblant. Et celui-là travaille sans aucun scrupule, vu que son temps est compté. Quand il protège, il s'amène, il protège en personne. Monté, brinquebalant, sur les épaules d'Hermógenes, et indiquant chaque direction. De la taille d'un grain d'*aï-vim,* à l'intérieur de l'oreille d'Hermógenes, afin de tout entendre. Tout petit tout rond dans la prunelle d'Hermógenes pour guetter les prémices des choses. Hermógenes qui se damnera, âme sans lieu — parce que brave entre les braves — jusque par-delà la fin des temps et du jugement dernier. Nous marchions contre lui. On le pouvait contre le démon ? Qui aurait pu, qui ? Il se produit aussi de ces tristes miracles. Telle la façon dont ils réussirent à s'échapper de nos griffes — Ricardo et Hermógenes — les Judas. Car ils s'échappè-rent : ils passèrent tout près, à une lieue, un quart-de-lieue, avec tous les jagunços, et nous ne vîmes, n'entendîmes, n'en sûmes rien, il n'y eut aucun moyen de les encercler, de les empêcher. Ils se faufilèrent, silencieux, avancèrent à travers bois en direction du couchant, gagnèrent le São Francisco. Ils nous passèrent au travers, sans qu'on s'en aperçoive, comme la nuit traverse le jour, du matin au soir, sa noirceur, on présume, dissimulée dans la blancheur du jour. Lorsque nous l'apprîmes, leur avance n'était déjà plus rattrapable. Nous n'avions plus que l'air à attraper. Durement décourageant, hein ? Et attendez, que le pire est à venir : ce qui nous arriva par-dessus le marché ! : les soldats du Gouvernement. Les soldats, la soldatesque, des troupes et des troupes. Ils surgirent de partout, à l'improviste, et ils nous collaient aux fesses, dans leur fureur, pareils à une meute de chiens en chasse. Les soldats du Lieutenant Plinio : une compagnie d'active. Le Lieutenant Reis Leme, une autre. Et arriva ensuite, avec encore toute une armée, un certain capitaine Carvalhaïs, de haut renom, celui-là buvait le café dans une calebasse, et crachait du poivre avec de la poudre. Ils nous en firent voir, et pour rouler de droite et de gauche, on roula. La vie est le tour d'injustices semblables, quand le démon lève l'étendard. Car — cette soldatesque, si elle était arrivée dans le Nord, c'était pour venger Zé Bebelo, et Zé Bebelo caracolait, proscrit, déjà bien loin : sur quoi, ils s'étaient retournés contre nous, qui étions à Joca Ramiro, lequel avait sauvé la vie de Zé Bebelo des couteaux d'Hermógenes et de Ricardo : et tout ce que par leurs actions, ils réussissaient désormais à faire, c'était d'aider indirecte-ment ces pillards. Mais qui pouvait leur expliquer tout cela, alors qu'ils arrivaient forts de leur machine de guerre, accomplir l'essentiel et l'éventuel, ayant les griffes pour notre gorge, mais la comprenette de la tête au loin, démontable uniquement dans la capitale de l'État ?

De raconter tout ce qui se passa, je m'abstiens, vous êtes las d'écouter ma narration, et ces choses de la guerre sont du pareil au même, la même chose toujours. Nous combattîmes autant qu'il était possible — voilà tout. Dès que ça commença, près de la colline du Cocuruto, à L'Enclos-de-la-Vache, où ils nous surprirent au repos. Nous réussîmes à nous enfuir, après une forte fusillade. De là, nous attaquâmes à Cutica, sur le plateau Simon Guedes : mais ils nous encerclèrent, comme des chefs. Les monts de la Saüdade : nous pûmes nous disperser, nous enfuir, facile. Ah, et : entre les torrents Les-Petites-Étoiles et La-Grande-Manade, et la rivière Traçadal — ce ne fut qu'horreur. Je récite devant vous : et c'est une liste de noms ? Pour moi ils sont demeurés le registre de souffrances et de saisissements répétés. Je ne me plaignis jamais. La souffrance passée est une gloire, du sel sur la cendre. Diadorim vivait cela avec moi d'une telle manière, comme se referment les mirabilis. Je m'ensemençais de sa présence, ce que la vie a de bon je le comprenais à travers lui. Les soldats, nous volant notre temps, retournaient ce monde sens dessus dessous. Le maïs croissait dans les champs, le merle couva, le cerisier sauvage laissa tomber la pluie de ses petits fruits, la noix mûrit sur le caryer, la saison chaude arriva, avec le pitanga et le cajou dans les champs. Je signale que les orages réapparurent, mais adossés à ces nuits semées d'étoiles. Puis, ensuite, le vent commença à tourner, plus fort — parce que le temps des pluies arrivait sur sa fin. Le lieutenant Reis Leme nous talonnait : il voulait nous combattre à la baïonnette Nous réglâmes leur sort à une montagne de braves soldats. Nous étions sur les terres qui voisinent l'État de Bahia, nous entrâmes dans Bahia et en ressortîmes, cinq fois, sans rendre les armes. Ce que je dis, je connais par cœur : livrer bataille sur les épineux de ce désert, la caatinga où croasse le corbeau bleu. Le sol calciné, blanc ! Et ces cristaux, la pierre de cristal comme du sang... Nous atteignîmes le bout du monde.

À rappeler ces choses, je me signe. C'était à croire que nous allions devoir passer le reste de notre vie à guerroyer contre les soldats ? Mais notre affaire était autre, l'urgence du sang — cette lutte à mort contre les Judas, et qui était notre combat particulier. Sans avoir de recours compétent. Ah, Diadorim ruminait. Quand la haine et l'amour vous torturent, demain n'est d'aucun réconfort. Je faisais comme lui. Mais, un beau jour, on reçut certaines nouvelles : que ceux d'Hermógenes bivouaquaient en maîtres des lieux sur l'autre rive du Chico : sur les versants à main droite du Carinhanha, le Plateau d'Antônio Pereira. On s'interrogea. On réfléchit, on discuta de tout ce qu'il fallait faire et ne pas faire. Le résultat fut celui-ci : que le principal c'était d'envoyer du renfort à Medeiro Vaz, entre cinquante à une centaine d'hommes, répartis par petits groupes, qui chercheraient le moyen de se dégager en évitant les passages périlleux. Pendant ce temps, João Goanhá, Alípio Mota et Titan Passos, chacun de son côté, devaient se préoccuper d'effacer les pistes dans la caatinga, et ensuite se cacher, pour un temps, dans des fazendas amies, jusqu'à ce que la soldatesque se disperse. C'était le bon et c'était le juste. C'était le sûr. Dieu en armes nous protégeait.

Quant à moi, je partis, avec Diadorim, Alaripe, Jesualdo, João-le-Vacher, et Fafafa. Nous allions de l'autre côté, c'est-à-dire vers mes Geraïs, et je chevauchais joyeux content. Nous suivîmes cet itinéraire : partant d'Imbiruçu et passant successivement par la montagne des Arcs, le Mingu, le lac des Bouvillons-Sauvages, le Dominus-Vobiscum, la Croisée-des-Embaúbas, le Marais-des-Martyrs, la Chute-des-Eaux-Violettes, la Fazenda Sous-la-Rivière, la Sainte-Pologne, le lac Jabuticaba. Et de là, par des raccourcis : la rivière Triste-Humeur, le Sassapo, le Puits-de-l'Ange, et les marais salés de Muquém. Chemin faisant, je pris ma revanche : je m'offris la belle vie. Je me dévergondai. Je couchai avec la meilleure des femmes. À la Grande-Manade, j'achetai des habits. Le gué du monde, c'est la joie ! Mais Diadorim, toujours sérieux, n'allait jamais avec aucune femme, sauf peut-être en rêve. Je l'aimais encore plus. C'est alors que nous sommes tombés face au lac Clara. C'était déjà les eaux du Chico — leur puissance — larges, allant leur destin. Le port du bac, probable, n'était pas loin. La traversée, à cet endroit, pouvait être dangereuse, avec tous ces soldats dans le coin. Il fallait se séparer ? Oh, mais, c'est qu'il suffisait d'appeler le passeur : « Ohé, batelier ! Ohé batelier !... » et il allait venir. Ainsi, selon une invention dont on eut l'idée : que le passeur, ne voyant que João-le-Vacher et Fafafa — eux deux passeraient alors sans difficulté, avec les cinq chevaux, ils diraient qu'ils les ramenaient à des chasseurs. Une fois sur l'autre rive, João-le-Vacher et Fafafa conduiraient les chevaux jusqu'à un endroit, au-dessus de la barre, sur l'Urucuia, appelé la Fontaine-aux-Femmes. Là, nous nous retrouverions.

Nous restâmes avec seulement un petit cheval, Alaripe et moi, Diadorim et Jesualdo, et nous suivîmes la rive, en flânant. Nous attendions ce qui se présenterait... Là, un peu plus loin, il y avait un port pour le transport du bois. « Tu as peur, Riobaldo ? », me demanda Diadorim. Moi ? Avec lui, j'embarquais n'importe où,

jusque sur la plate de Pirapora ! « Le gué du monde, c'est le courage »
— je dis. Et nous fîmes signe, en agitant nos rifles, à une grande
barque — celle-là, son mascaron de bois à la proue était une tête de
taureau, nous porterait chance. Le batelier poussa un long mugisse-
ment dans sa corne, ils accostèrent. Nous quatre, avec le petit cheval,
ça ne pesait rien — quelques petites arobes. Et nous embarquâmes,
après que le patron nous eut salués, au nom de Notre-Seigneur Jésus-
Christ, et dit : « Moi, ici, je suis l'ami de tout le monde, vu ma
condition... » Et Alaripe accepta une gorgée de sa cachaça, nous de
même. Jesualdo dit, en repartie : « Tous ? En descendant le fleuve,
dans la barque, celui qui fait la loi, c'est le rameur. » À dire vrai, le
fleuve, nous le remontions, mais avec de très bons rameurs costauds.
Et à la voile, avec le vent en poupe, constamment — même que celui
qui ramait n'avait pas besoin de montrer son talent. Ils demandèrent
des nouvelles du sertão. Ces gens étaient tellement perdus, que je ne
réussis pas à deviner s'ils étaient honnêtes. Le sertão ne donne jamais
de nouvelles. Ils nous servirent une riche purée de manioc. « Par où
êtes-vous passés ? », demanda le patron. — « Nous sommes venus par
la Serra du Point-du-Jour... » — nous répondîmes. Mensonges d'eau.
Nous aurions pu tout aussi bien dire que nous étions arrivés par celle
de São Felipe. Le batelier n'en crut rien, il eut un petit haussement
d'épaules. Mais il nous fit faire une traversée facile, en passant devant
la barre de l'Urucuia. Ah, mon Urucuia, ses eaux sont claires sûres. Et
nous l'avons pris, nous l'avons remonté sur encore une lieue et demie,
en payant pour cela un bon pourboire. Les beaux fleuves sont ceux qui
courent vers le Nord, et ceux qui viennent du ponant — en route pour
rencontrer le soleil. Et nous accostâmes sur un ponton, un endroit
sans plage, avec ces grands arbres — le bégonia-à-fleur-mauve, si
particulier aux rives de l'Urucuia. Et les olacales noires, le *pau-de-
sangue;* le *pau-paraïba,* ombreux. L'Urucuia, ses marges. Et je vis
mes Geraïs !
   Là, ce n'était pas seulement des bois, c'était de vraies forêts. Nous
montâmes droit en direction de la Fontaine-aux-Femmes, et nous
tombâmes sur la première vereda — séparant les plateaux — : le *fou-
ou-ou* du vent accroché dans les buritis, pris en écharpe dans la claire-
voie des plus hautes palmes ; et les frondaisons de sassafras — avec un
parfum comme celui de la lavande, qui rafraîchit ; et des eaux qui les
baignent sans cesse. Un vent qui souffle de toute part. Cet air qui me
fouettait le corps me parla avec des cris de liberté. Mais la liberté — je
parie — n'est encore que la joie d'un pauvre petit chemin, frayant
entre les grilles d'énormes prisons. Il y a une vérité qu'il faudrait
apprendre, gardée secrète, et que jamais personne n'enseigne : la

venelle pour que la liberté advienne. Je suis un homme ignorant. Mais, dites-moi : la vie n'est-ce pas une chose terrible ? Billevesées. Nous traçâmes, nous traçâmes.

Donc ce fut ainsi, comme je dis, que nous progressâmes à marches forcées, péniblement dans la coulée entre les plateaux, foulant le chiendent ou des sables de couleur agglutinés comme du ciment, et croisant seulement du bétail transhumant, un bœuf fou, un autre cheminant solitaire. Et chaque clairière de buritis, lorsque nous la bordions par son resfriado, nous dispensait une quiétude légère sans nouvelles — toute sylvestre, bruissante de palmes : ramages et marges d'eaux. Et, suivant, avec toute notre fatigue, sans que je le sache, l'itinéraire de Dieu à travers les serras des Hautes-Terres, nous débouchâmes tout à coup sur les terres de la Fazenda Santa Catarina, à Buriti-le-Haut, un fond de clairière bien arrosée, plantée de buritis. Que de papillons ! C'était en mai et nous fîmes halte là deux jours, tout était fleur, de même que tout fut suave et subtil, dans ma rencontre avec Otacília. Vous m'avez entendu. Comment l'un à l'autre, Otacília et moi nous sommes plus, comment nous avons parlé, avons décidé les fiançailles, et comment je pris congé le surlendemain, elle avec sa petite frimousse de chatte, blanche en haut de la véranda, me léguant la lumière de ses yeux ; tandis que je m'en allai, avec Diadorim et les autres. Et comment nous poursuivîmes, en quête du gros de la bande de Medeiro Vaz, qui patrouillait à une quinzaine de lieues de là, entre Ratragage et la Vallée-Profonde, et finîmes, économisant un bon bout de chemin, par faire notre jonction avec eux dans un endroit appelé Bom-Buriti. Je me souviens, tant c'est mien. Si beau à voir : le ciel au soleil couchant, de cette couleur, vers le soir, qui rosit. Et là c'est sur les hauteurs : le bouvreuil aime ces froidures. Ce qu'ils peuvent chanter ! À Santa Catarina. Je revois. Ces fleurs que le vent effeuille. Quand je prie, je pense à tout cela. Au nom de la Très Sainte Trinité.

Ce qui suivit fut ceci : notre rencontre avec Medeiro Vaz, à Bom-Buriti, dans une vaste clairière, ainsi que j'ai déjà dit, lui au milieu de ses hommes, solides, exacts, dans cette vallée encaissée. Medeiro Vaz, une figure, barbu, avec un grand chapeau rabattu sur le front, cette personne circonspecte, sage de toutes les vieillesses, sans être vieux. À son propos, je me dis : « Cet homme est bon... » Et il baisa le front de Diadorim, et Diadorim lui baisa la main. À quelqu'un comme lui, on pouvait demander sa bénédiction, en être fiers. Medeiro Vaz prisait. Medeiro Vaz, qui donnait les consignes à transmettre. Et il avait un quartier-maître. Nous repartîmes de là, l'espoir au beau, à travers monts et vallons. Le sertão sauvage : les aras. La seule chose que nous imposa Medeiro Vaz fut celle-ci : « Alléluia ! » Diadorim avait acheté un grand mouchoir noir : qui servait pour avoir son deuil à portée, un mouchoir funèbre conservé sur son cœur. Un sacré plateau. Ensuite, nous traversâmes une rivière avec des bancs de sable — une rivière aux rives basses avec seulement des buritis, des buritis silencieux. Et la fleur de bégonia urucuia — mauve azuré, un mauve qui monte au ciel. Sur ce trajet — je m'en souviens aussi — Diadorim se tourna vers moi, avec un air quasiment de petit enfant, sur ses traits délicats. « Riobaldo, je suis heureux... » — il me dit. Je lui rendis un oui entier. Et ce fut de la sorte que nous entamâmes la bien triste histoire de tant de marches et de vagues combats, de souffrances, que je vous ai déjà rapportée, jusqu'au moment, si je ne me trompe, où Zé Bebelo réapparut, avec cinq hommes, après avoir descendu le Paracatu sur un radeau en palmes de buriti, et où il hérita d'un glorieux commandement ; et ce que nous fîmes ensuite, sonnant victoires, sous les ordres de Zé Bebelo, je crois bien vous l'avoir raconté jusqu'à cette bataille que nous livrâmes, bien livrée et bien gagnée, dans la Fazenda São Serafim. Mais, cela, vous le savez déjà.

Comment, c'est tout ? Ah, monsieur, mais ce que je crois c'est que vous savez vraiment déjà tout — que je vous ai tout confié. Pour avoir le final, pour connaître le reste qui manque, ce qu'il vous suffit, plus ou moins, c'est d'être attentif à ce que j'ai raconté, de trifouiller dans le vif de tout ce que j'ai dit. Parce que je n'ai rien raconté au hasard : l'accent mis seulement sur le principal, je crois bien. Je ne gaspille pas les mots. Mon singe va vêtu. Réfléchissez, vous trouverez. Vous situerez l'intrigue. Pendant ce temps, un autre café arrive, nous fumons une bonne cigarette. C'est de cette façon que je tresse mes journées : à pourpenser. Installé dans cette bonne grande dodine, qui vient de Carinhanha. J'ai un petit sac de reliques. Je suis un homme ignorant. Ça me va. Est-ce que ce n'est pas seulement dans l'obscurité que nous percevons la petite lumière isolée ? Je veux voir ces eaux, voir la lueur de la lune...

Urubu ? Un endroit, un village bahiannais, avec ses rues et ses églises, très très ancien — pour que des gens y habitent en famille. Il sert mes pensées. Il sert pour ce que je dis : je voudrais avoir du remords ; là-dessus, je n'en ai pas. Mais le démon n'existe pas réellement. C'est Dieu qui laisse l'instrument s'affiner à volonté, jusqu'à ce qu'arrive l'heure de valser. Une traversée. Dieu à mi-route. Quand suis-je devenu coupable ? Ici c'est le Minas : là, c'est déjà Bahia ? Je suis allé dans ces bourgades, ces très vieux villages perchés... Le sertão est le solitaire. Mon compère Quelemém dit : que je suis beaucoup du sertão. Le sertão : il est dans les gens. Vous m'accusez ? J'ai défini le marché passé par Hermógenes, j'ai fait état de ma reddition. Mais ma patronne c'est la Vierge, qui m'est une rosée. A-t-elle eu, ma vie, son milieu-du-chemin ? Les chauves-souris n'ont pas choisi d'être aussi froides si effroyables — il a suffi qu'elles choisissent de voleter dans la pénombre et d'aimer sucer le sang. Dieu ne se dédit jamais. Le diable est sans répit. Je suis parti, j'ai quitté mes Geraïs : je suis retourné avec Diadorim. Je ne suis pas retourné ? Traversées...

Diadorim, les vertes rivières. La lune, le clair de lune : je vois ces bouviers qui mènent les troupeaux vers l'aube, la lune encore au ciel, tous les jours que Dieu fait. Je demande des choses au buriti ; et ce qu'il me répond c'est : mon courage. Le buriti veut que tout soit bleu, et il ne se sépare pas de son eau — il a besoin de miroirs. Un maître n'est pas celui qui sans cesse enseigne, mais celui qui soudain apprend. Pourquoi est-ce que tous ne se réunissent pour souffrir et l'emporter ensemble, une fois pour toutes ? Je voudrais édifier une cité consacrée. Là, aux confins du Plateau, aux sources de l'Urucuia. Mon Urucuïa naît, clair, dans les pénombres. Il vient se jeter dans le São Francisco, fleuve capital. Le São Francisco a scindé ma vie en deux. Bigri, ma mère, fit un vœu ; mon parrain Selorico Mendes aurait-il dû aller acheter du riz, ici plutôt que là, à cause de la mort de ma mère ? Medeiro Vaz régna, après avoir brûlé la maison de maître de sa fazenda. Medeiro Vaz est mort des pierres, tel le taureau solitaire meuglant vilainement, auquel je l'ai déjà comparé une fois : un taureau noir rugissant sous l'orage. Zé Bebelo m'éclaira. Zé Bebelo allait et venait, comme un vivant tout de feu et de vent, le zzz... de l'éclair, rapide comme une pensée — mais la terre et l'eau ne voulaient rien savoir de lui. Quelemém mon compère en est un autre tout autant sans aucun parent, originaire d'une terre lointaine — des Monts Urubu d'Indaia. Joca Ramiro quant à lui, était si différent et souverain, que même lorsqu'il se maintenait encore en vie, c'était comme s'il comptait déjà pour mort. Sô Candelário ? Sô Candelário se désespéra pour la forme. C'est mon cœur qui comprend, il aide mon esprit à requérir et à décrire. Et désormais Joca Ramiro repose défait, enterré là au milieu des palmiers carnaúba, dans une terre de sable et de sel. Sô Candelário n'était-il pas en quelque sorte, savez-vous, parent de mon compère Quelemém ? Diadorim m'est venu de mon non-savoir et vouloir. Diadorim — je le devinais. Je rêvais mal ? Et j'ai toujours beaucoup pensé à Otacília ; au point que je voyais les lunes d'eau s'alanguir dans le fleuve lisse comme verre — la rose de Jéricho, tous les lys, les nénuphars — les larmes-de-jeune-fille, les amaryllis dites fleurs-de-l'impératrice, les palmes-de-saint-Joseph.

Mais Otacília c'était pour moi comme si elle se fut tenue dans le Saint Tabernacle. Norinha — à Aroeirinhas — fille d'Ana Duzuza. Ah, elle n'était pas à négliger... Elle voulut me sauver ? Dans les eaux les plus pures, gîte un crapaud ronchonneur ? Que nenni ! En plus, avec cette grandeur, la candeur : Norinha si belle et prostituée. Elle brillait pour moi, comme brille la pierre d'*itamotinga*. Des talismans. La petite Myosotis ? Non. Rose'uarda. Je me la remémorai souvent ; je voulais tous mes souvenirs avec moi. Les jours qui sont passés s'en vont vers le sertão en file indienne. Ils reviennent, comme les chevaux : les cavaliers dans le petit jour — l'heure à laquelle les chevaux reçoivent leur ration. Vous vous souvenez de la chanson de Siruiz ? Et ces bancs de sable et les îles du fleuve, qu'on entrevoit et va ensuite gardant sur soi. Diadorim vivait seulement un sentiment à la fois. Le mystère que la vie m'a offert : j'eus le vertige de ces hauteurs. D'abord, je perçus la beauté de ces oiseaux, ceux de la Rivière-des-Vieilles — je la perçus pour toujours. Le petit-chevalier-des-sables. Ces choses, je peux les vendre ? Si je vends mon âme, je vends les autres en même temps. Les chevaux hennissent sans raison ; les hommes, que savent-ils de la guerre ? Le jagunço est le sertão. Vous me demandez : qui fut ce que fut, qu'a été le jagunço Riobaldo ? Mais ce gamin, le petit Valtêi, tandis que le père et la mère le maltraitaient forts de leur droit, lui suppliait les étrangers de lui porter secours. Jazevedon lui-même, s'il s'était trouvé là, serait venu, probable, toute brute qu'il était, lui porter aide. Tous sont fous, en ce monde ? C'est que les gens n'ont qu'une seule tête, et les choses qui se passent et toutes celles à venir sont de trop, et de beaucoup trop importantes, différentes, et les gens sont bien obligés d'augmenter leur tête, pour le total. Tous les événements qui adviennent, le ressentir des gens — ce qui produit les vents. Vous ne pouvez vivre auprès de quelqu'un, et connaître une autre personne, sans péril de haine, que si vous aimez. L'amour est déjà un peu de santé, un répit dans la folie. C'est Dieu qui me sait. Reinaldo était Diadorim — mais Diadorim était un sentiment que j'avais. Diadorim et Otacília. Otacília étant forte comme la paix, telles ces vastes eaux-dormantes de l'Urucuia, mais qui est un fleuve farouche. Il est toujours loin. Et seul. Entendant jouer une guitare, son souvenir vous revient. Une si petite musique, qu'on ne pourrait qu'à peine la danser — un petit air égrené, très pur, une ritournelle...
— Dieu est en tout — selon la foi ? Mais tout va se démenant, vivant trop. Dieu, on pourrait vraiment l'entrevoir, on le pourrait, si tout s'arrêtait une bonne fois. Comment pouvoir penser à chaque instant aux plus neuves nouveautés, quand on est sans arrêt occupé à ces affaires générales ? Tout ce qui, déjà, a été, est le commencement de

ce qui est à venir, nous sommes à chaque instant à une croisée de chemins. C'est ce que je pense, par analogie. *Le démon dans la rue...* Vivre est très dangereux ; en même temps ne l'est pas. Je ne sais pas expliquer ces choses. Sentir est une chose pour celui qui subit, mais c'en est une autre pour celui qui fait subir. Ce que je veux, je l'ai dans la paume de ma main. Tout comme cette pierre que je rapportai de Jequitinhonha. Ah, il n'y a pas eu de pacte. Quel pacte ? Imaginez que je sois prêtre, et que je doive un jour entendre les horreurs d'Hermógenes en confession. Le pacte que l'un meure à la place de l'autre — et celui alors, que l'un vive à la place de l'autre ? Loin de moi. Et s'il me prend de vouloir faire un autre pacte, avec Dieu lui-même — je peux ? — est-ce que cela n'arrache pas alors jusqu'à la racine, tout ce qui s'est passé avant ? Je vous le dis : du remords ? Comme pour l'homme dont la jambe a été mangée par la onça. Quelle faute a la onça ? et quelle faute a l'homme ? Parfois même, l'explication de mon compère Quelemém lui-même, je ne l'accepte pas ; car je trouve qu'il manque quelque chose. Mais peur, j'ai : moyennement. La peur que j'ai c'est pour les autres. Il est indispensable pour les gens que Dieu existe, tout-à-fait ; et que le diable distraie les gens par son entière non-existence. Ce qu'il y a c'est une certaine chose — une seule, différente pour chacun, et dont Dieu attend que chacun s'acquitte. Il y a en ce monde des méchants et des bons — tous les degrés de gens. Mais, alors, tous sont mauvais. Mais tous alors, à plus forte raison, seraient bons ? Ah, c'est pour le plaisir et pour être heureux qu'il faut tout savoir, pour former l'âme, dans la conscience : pour pâtir, ce n'est pas la peine : l'animal a mal, il souffre, sans pour autant savoir pourquoi. Je vous le dis : tout est pacte. Tous nos chemins sont glissants. Mais, en même temps, tomber ne nuit pas trop — on se relève, on remonte, on revient ! Dieu dérape ? Écoutez voir. Si j'ai peur ? Non. Je livre bataille. Il importe de nier que le « Fume-Bouche » existe. Que dit le friselis des feuilles ! Ces hautes-terres, immenses, toutes de vent, enfer d'éclairs, et furia, le fourbissage de l'orage, et les onças atroces. Le sertão a peur de tout. Mais au jour d'aujourd'hui, je crois que Dieu est courage et joie — qu'Il est bonté à venir, je veux dire. Vous entendez le bois de buritis. Et mon cœur m'accompagne. Maintenant, en quoi j'ai erré et fauté, vous allez m'entendre.

Reprenons. Buriti-Moucheté, la rivière L'Ensommeillée, la Fazenda São Serafim ; et d'autres, plus ou moins oubliés, j'en passe. Au pied des plateaux, dans l'intervalle entre les crues de tous ces fleuves, ou gravissant et dévalant des sentiers embourbés impraticables, trempés comme des soupes sous des trombes et des trombes d'eau, on bouillait — sous ces extravagances de Zé Bebelo — on se délectait de la guerre. *Zé Bebelo Vaz Ramiro* vive ce nom ! Nous les suivions à la trace, les hermógenes — pour tuer, en finir avec eux, les persécuter. Hermógenes cavalait dans la tornade, hors d'atteinte, toujours. Avec quel art ils fuyaient ! Mais tout cela, j'en avais déjà pris mon parti. C'était mauvais et c'était bon.

Puis, lorsque de grands vents ouvrirent le ciel, le temps s'améliora ; nous étions dans l'herbe haute, presque en lisière des hautes-terres. Nous allions, entre vingt à trente jagunços, avec Zé Bebelo, un vrai boutefeu. Je veux dire par là, volant sur le plateau. Le plateau est seul — la vastitude. Le soleil. Le ciel à ne plus vouloir le voir. Le vert alterné des brandes. Les sables durs. Mes petits arbres rabougris. Il passait de temps à autre des nuées d'aras — des bandes d'aras — bavardes. Les perruches s'annonçaient, jacassantes. Là, il pleuvait ? Il pleut — mais sans laisser de mares, sans emporter les torrents, sans produire de la boue : la pluie entière se résorbe profond dans la terre en une minute, comme s'infiltre une petite tache d'huile. Le sol durcissait vite, cette raréfaction d'eau. Passé février. Le plateau, le plateau, le plateau.

Le jour, c'est une horreur de chaleur, mais vers le soir le temps fraîchit, et à l'aube on est transi de froid, vous connaissez. Nous brûlions des feuilles d'arapavaca pour chasser les guêpes. Ce qui est très joli, lorsque le tison allumé crépite sans fin en étincelles — en langues et languettes-guettes de feu. Diadorim était ma joie. Nous soufflions le feu, ensemble, agenouillés en face l'un de l'autre. La fumée s'élevait, nous faisait tousser et pleurer. On riait. Même que février est le mois le plus minuscule : mais c'est le moment où toutes les noix de coco mûrissent sur les buritis, et quand le ciel se vide de pluie, on découvre réunies toutes les étoiles de toute l'année. Je riais chaque fois. Un homme dormait la tête en arrière, deux doigts sur le menton. C'était Pitolô. Ce Pitolô, est-ce que je sais, un homme de main redoutable, avec à son actif des crimes commis dans les plantations de latex, au-dessus de Januária ; mais il était né dans la plaine. Près du Carinhanha, un fleuve presque noir, très imposant, long et populeux. De plus, il racontait des histoires où il y avait toujours beaucoup d'amour. Diadorim, ça lui plaisait parfois. Mais Diadorim, ce qu'il connaissait c'était la guerre. Moi, l'idée que j'avais du plaisir, c'était que l'amour vire au dévergondage. Cela me troubla, énormément. « L'hirondelle qui tourne et vire, ce qu'elle veut c'est venir se poser juste sur les deux tours de l'église de Carinhanha... », racontait Pitolô. Il me venait alors de mes autres envies intempestives, comme de passer lentement la main sur la peau blanche du corps de

Diadorim, qui était une chose cachée. Et à Otacília, je n'y pensais pas ? Rarement, cela m'arriva. Je pensais à elle comme à ma future femme, ces usufruits. Je retournerais un jour à Santa Catarina, je me promènerais avec elle dans le verger aux orangers. Otacília, miel de romarin. Si elle priait pour moi ? Elle priait. Aujourd'hui, je sais. Et c'était dans ces bons moments que je me retournais sur le côté droit, pour dormir mon sommeil sensé au-dessus d'états ignorés.

Mais j'allais mon sort. Le monde, où nous étions, n'était guère pour des gens : c'était un espace pour ceux ayant une demi-raison. Pour entendre l'épervier glapir, les jacanas glottorer, les grands nandous et les cerfs courir et même entrer parfois et ressortir de vieux enclos où l'on regroupe le bétail, dans de pauvres hameaux abandonnés. Cela, quand le désert s'améliore d'être trop un désert. Le plateau c'est pour ces couples de tapirs qui brûlent des pistes sans fin, à travers garrigues et maquis, et soufflent leur force brute sans se soucier de personne. Par endroits, des toucans seigneuriaux, qui peuplent les arbres, à portée d'une décharge de mon pistolet — tout cela, je le résume mal. Ou la femelle tinamou, qui appelle ses poussins, pour gratter la terre et déterrer avec eux les petites bêtes comestibles. Enfin, le gobe-mouches et le troglodyte, leurs criaillements. Ah, et le merle noir chante joliment. Les veredas. Rien d'autre, pas âme qui meure. Le néant des jours entiers, tout le néant — ni gibier, ni oiseau, ni caille. Vous savez de reste ce que c'est, de se naviguer le sertão au jugé interminablement, et se réveillant chaque matin à une étape diffé-rente, sans impression de racine. Il n'y a pas où s'habituer les yeux, toute solidité se dissout. C'est ainsi. Dès le point du jour le sertão hallucine. Les vastitudes. Leur âme. Mais Zé Bebelo, l'errant, gaspillait notre consistance. Et qu'Hermógenes ne fasse plus à vie que fuir, cela il ne le comprenait pas — « Va, que tu creuses ton trou, va, que tu vas voir ! » — il se mit à bougonner, à bout de patience. Encore que, ces jours-là, il ne parlât plus tellement ; ou, quand il parlait, je ne voulais pas entendre. Je dis que, dans le civil, le tout-venant, Zé Bebelo m'indisposait, il m'écœurait un peu. Je préférais une conversa-tion, toute simple, avec Alaripe, ou avec Fafafa qui appréciait fraternellement les chevaux, comprenait tout à leur sujet, un maître pour les dresser et les élever. Zé Bebelo trouvait grâce à mes yeux, uniquement à la veille des événements — lors des décisions de grande nécessité et de retournement de situation — les moments d'action. Le coup de main. Sinon, cet esprit faiseur m'agaçait déjà.

À courir les monts, et attendre de voir venir, je me rafraîchis les idées. Je pensais à l'amour. Amoureusement. En termes clairs, Otacília était ma fiancée ? Mais ce dont j'avais besoin c'était d'une femme pour la santé, de la vache et du lait. Il me fallait envers Diadorim, conserver une certaine répugnance. Envers moi, plutôt qu'envers lui ? Ces prisons qui sont installées ferme au fond de nous, dans le vague. Mes pensées prenaient bientôt un tour plus doux, tels ces réveils en rêve : et je voyais, ce qui m'avait frappé — comment son rire commençait, chaleureux, dans les yeux, avant qu'il offre le rire de cette bouche ; comment il prononçait mon nom avec un plaisir sincère ; comment il tenait les rênes et son rifle, dans ces mains tellement fines, et blancheur. Ces Hautes-Terres de sommets plats, belles parce que partout si vastes, qui rendent les gens tout petits. Comme si j'allais chaussé d'une paire de pantoufles très souples ; et je voulais un cataplasme : des bottes d'uniforme réglementaires, dures, pas encore faites aux pieds.

Maintenant — et les autres ? — vous me direz. Ah, monsieur, les hommes de guerre également ont leurs heures de loisir, l'homme seul sans partenaire pourvoit également à ses besoins. J'en surpris un, Conceiçon, qui gisait allongé à paresser, et se cachant derrière des buissons aveugles ; un moment que l'on voit rarement, comme lorsqu'une bête sauvage est en train de chier. « C'est la nature des gens... » — il a fait ; je n'avais pas demandé d'explication. Ce que je voulais c'était une distraction qui me soulage. Là, parmi nous, aucun ne chantait, personne n'avait de guitare ni aucun instrument. Avec le triste poids de mon corps, je me voyais perdre peu à peu le doux frémissement de ces vers de Siruiz ? Alors je fis des efforts pour me changer, ne plus être celui que j'étais dans le non-advenu des choses passées. Vous me comprenez ?

Je ne m'éloignais jamais de Diadorim. Je mourais d'envie de boire et de manger ses restes. Je voulais poser la main sur ce que sa main avait touché. Et cela, pourquoi ? Je me taisais, me tenais tranquille. Je tremblais sans un tremblement. Car je me méfiais vraiment de moi, et je ne voulais pas vivre dans une tension coupable. Je ne disais rien, je n'avais pas le courage. J'avais une sorte d'espoir ? Je m'arrêtais par instants tout à la pensée d'une femme rencontrée : Norinha, mon amie Rose'uarda, la petite Myosotis. Mais le monde parlait, et l'ivresse rêvée se dissipait en moi, ainsi qu'une brume humide et fraîche dans le froid d'août s'effiloche à mesure que monte le soleil.

Cette nuit, au cours de laquelle, j'avoue, allongé, je ne dormais pas ; je refrénai d'une main rude mes élans, ma force dilapidée, je m'effondrai totalement. Et là je fus pris d'angoisse. J'avais maintenant envie de me laver de la tête aux pieds dans les eaux blanches d'une cascade et de revêtir un costume propre, de m'arracher à tout ce que j'étais, pour entrer dans un destin meilleur. Du coup je me levai, je m'en allai marcher à pied autour du cantonnement, avant que pointent les premières heures de l'aube. Je m'en allai dans la rosée ruisselante. Les oiseaux seulement, l'oiseau qu'on entend sans le voir. Là le jour naît avec le ciel vert d'eau. Zé Bebelo pouvait aligner des explications pour tout : comment nous allions rattraper les hermógenes et leur infliger une grave déroute ; il pouvait raconter tout et le reste, comment bien conduire une guerre et mener une bonne politique, avec les bénéfices à venir. Qu'est-ce que j'en avais à faire ? Il me lassait. Et je me dirigeai du côté du bois de buritis, au bord de l'eau. J'arrivai dans le froid, j'attendis que l'obscurité s'éloigne. Mais, quand il fit grand jour, j'étais devant les futaies de buritis. Un buriti — suprême beauté. C'est là que j'inventai d'autres vers pour ajouter aux anciens, parce que cet homme que je n'ai pas connu — ce Siruiz — je pensais à lui. Des vers qui furent ceux-ci, tels que je les garde encore dans ma mémoire, mécontent qu'ils soient sans valeur raisonnable :

> *J'ai apporté ce bon argent*
> *Ce qu'il en faut dans ma besace,*
> *Pour acheter la fin du monde*
> *Au milieu du lointain Sertão.*

> *L'Urucuia — fleuve sauvage*
> *Chante pour ma satisfaction :*
> *C'est le dire de ses eaux claires*
> *Qui entête à perdition.*

> *La vie est un sort menacé*
> *Traversé dans l'obligation*
> *Chaque nuit est un fleuve à sec*
> *Chaque jour est obscurité...*

Mais ces vers je ne les chantai pour aucune oreille, ils ne valaient pas la peine. Ils ne m'apportèrent même aucun soulagement. Peut-être parce que je les avais moi-même tout entiers inventés. La vertu qu'ils pouvaient avoir reflua en moi, à la façon dont le bétail à peine lâché, se rue rebelle et effrayé dans l'enclos, se bouscule et se blesse dans l'étroitesse du portillon. Un sentiment que je peux chasser ; car je ne lis pas clairement moi-même dans ce refrain — ce que je voulais, ne voulais pas, une histoire sans final. Le cours de la vie embrouille tout — la vie est ainsi : elle réchauffe et refroidit, elle contraint puis libère, rassérène et ensuite inquiète. Ce qu'elle réclame de nous c'est le courage. Ce que Dieu veut c'est voir les gens apprendre à être capables au milieu de la joie d'être encore plus heureux, et plus encore, bien plus heureux au milieu de la tristesse ! Et uniquement de cette façon, d'emblée, à l'instant même où, délibérément, on le décide — grâce au courage. Vous croyez ? C'était ce que parfois, je croyais. À l'arrivée du jour.

Et là vous auriez vu les camarades un par un, se régaler autour du café. C'était pour ça, également, que nous supportions, à cause de la bonne camaraderie, et de l'animation continuelle. Avec tous, presque tous, je m'entendais bien, je n'eus pas de problèmes. Des gens sûrs. Et parmi eux, en priorité il y avait, écoutez-moi bien : *Zé Bebelo,* notre chef, toujours en tête, et qui ne s'accordait ni répit ni repos ; *Reinaldo* — qui était Diadorim : le connaissant, vous connaissez ma vie ; *Alaripe,* qui était de fer et d'or autant que de chair et d'os, et qui avait ma plus grande estime ; *Marcelino Pampa,* notre chef en second, premier exécutant et homme fort respectable ; *João Concliz,* qui se disputait avec *Sesfrêdo* et qui imitait toutes les sortes d'oiseaux, celui-là n'oubliait jamais rien ; *Goal,* un individu rapide, au point de pouvoir couvrir quinze lieues dans une journée, tant pis pour les chevaux ; *Joaquim Beiju,* éclaireur, fin connaisseur de tous les sertões des Hautes-Terres ; *Tipote* qui, telle la minuscule pousse de buriti ou le bétail de ces plateaux désertiques, savait découvrir les points d'eau ; *Suzarte,* un autre éclaireur, pareil à un clebs, chien dressé, une bonne personne ; *Quoiquoi,* qui vivait dans le regret de sa petite culture d'autrefois, il n'avait d'autre désir que de se trouver un petit bout de terrain à planter ; *le Frelon,* qui jouait du couteau, dangereux, la tête près du bonnet quand il buvait un coup de trop ; *Acaouã,* un noir bizarre, rien qu'à le regarder vous pouviez voir se profiler les noirceurs de la guerre ; *l'Enclou,* le genre matraqueur, ne lâchait jamais le bon gourdin qui devenait dans ses mains la pire des armes ; *Freitas-le-Mâle,* de Grand-Mogol, celui-là vous débitait n'importe quel mensonge lui convenant, et le décrivait de telle façon, que vous finissiez par croire que c'était vrai ; *Conceiçon* gardait dans une sacoche tous les portraits de femme qu'il trouvait, jusqu'à ceux découpés dans les almanachs et les journaux ; *José Gervásio,* très bon chasseur ; *José Fleur-de-Patate,* originaire d'un hameau appelé la Chapelle-Plombée, celui-là n'arrêtait pas de brandir ma ressemblance avec un de ses oncles, un certain Timothée ; le noir *Mangaba,* de la Cascade-aux-Pleurs, le bruit courait qu'il s'y connaissait en toutes sortes de magies ; *João-le-Vacher,* mon ami de longue date, vous le savez déjà ; *le Cloporte,* qui avait longtemps mené des chars à bœufs avec brio, mais il faut dire qu'il était gaucher ; *Crocodile,* notre chef cuisinier ; *Cavalcânti,* un individu compétent, sauf que très prétentieux — n'importe quelle plaisanterie ou jeu de mots on faisait, il se vexait ; *Feliciano,* qui louchait ; *le Taurillon,* un homme d'une force hors du commun : capable de maintenir les deux jambes d'un poulain ; *Guima,* qui gagnait à tous les jeux de cartes, et qui était du sertão d'Abaeté ; *Jiribibe,* presque un gamin, fils des préoccupations paternelles de chacun ; *Mozambicon* — un colosse de couleur, dont le père et la mère avaient été esclaves dans les plantations ; *Jesualdo,* un garçon sensé — je suis resté à lui devoir, sans me souvenir de rembourser une somme de dix-huit mille réis : *la Règle-c'est-la-Règle,* ancien chef muletier, ne s'exprimait que par des proverbes ; *Nelson,* qui me demandait de lui écrire des lettres, pour envoyer à sa mère, je ne sais même pas où elle habitait ; *Dimas-le-Fou,* qui n'était pas fou du tout, casse-cou seulement et prompt à s'emporter ; *Sidurino,* n'importe ce qu'il disait nous faisait rire ; *Pacamã-les-Crocs,* qui n'avait d'autre souhait que de pouvoir un jour accomplir le vœu qu'il avait fait d'aller allumer un cierge et s'agenouiller devant la statue du Bon Jésus de Lapa ; *Fends-le-Ventre,* qui louchait lui aussi et qui était d'une maladresse peu commune, il disait que de père ou de mère, il ne s'en était jamais connus ; *Fafafa,* qui sentait la sueur de cheval à longueur de temps, il s'allongeait par terre et le cheval venait lui flairer le visage ; *Jõe-le-Grêlé,* surnommé « l'Espadrille », je vous en ai déjà parlé, vous le connaissez ; un *José Quitério :* celui-là mangeait de tout, lézards, serpents, sauterelles ; un malheureux *Treciziano ;* le frère d'un autre, *José Félix ; Liberato ; Osmon.* Et les urucuianais que Zé Bebelo avait amenés : ce *Pantaleon,* un *Saluste João,* et les trois autres. Ah, j'allais oublier : *Raimundo Lé,* guérisseur, expert dans le traitement de n'importe quelle maladie, et *Quim Queiroz,* qui s'occupait des munitions, *Justin* enfin, vétérinaire et maréchal-ferrant. Plus tous les autres, que je compte sur mes doigts : *Pitolô, José-l'Ortie, Zé-le-Tigre, Zé-Glandeur, le Tavelé, Pedro Alfonso, Zé Vital, João-le-Bougre, Pereiron, Julep, Zé-le-Lippu, Nestor, Diodolfo, Deux-fois-Cent, João-des-Étangs, Felisberto, Forte-Tête, le Rameur, Jósio, Dimanche, Léocadio, Tue-Serpent, Siméon, Zé-des-Geraïs, Feu-au-Cul, Noix-de-Cajou, Ñho-l'Étincelle, Araruta, Durval-la-Chauffe, Votre Chico, Acrísio* et le petit *Toucan Caramel.* Je vous fais la liste, pour que vous voyiez que je me souviens. Sans compter ceux que j'ai oubliés — c'est-à-dire : pas mal. Tous réunis, cela garantissait la tranquillité. La liberté, c'est ça, l'animation. Et beaucoup sont morts, à la fin. Ce sertão, ce pays.

La vérité c'est que j'étais beaucoup avec Diadorim, il y avait nous deux, il y avait les autres. Zé Bebelo par là-dessus, commandait : « Fonçons, mon garçon, fonçons, professeur : acculer cette racaille contre la levée du fleuve et contraindre Hermógenes à livrer combat... » Zé Bebelo lançait des étincelles, il paradait avec son gros crâne. Comme je ne l'approuvai pas sur-le-champ, il imagina que je ne le croyais pas : « Maintenant, secoue un peu ta méfiance, que je suis maître de mes projets. J'ai déjà tout pensé et pourpensé, j'ai là bien gardé le résumé tout tracé ! » — et il pointait son doigt sur son front. Croire, je croyais, je ne doutais pas. Ce que je ne pouvais pas savoir c'est si j'étais moi, en veine de bonne fortune.

C'est, que je vous dise pourquoi — que dans une courbe de la rivière du Rameau-de-la-Vie, nous étions tombés sur un groupe d'ennemis, revenus dans le coin pour espionner. L'échauffourée fut de courte durée, mais je pris une balle, qui m'érafla, dans le gras du bras, et je perdis beaucoup de sang. Raimundo Lé me fit une compresse d'écorce de robinier, qui me soulagea aussitôt. Diadorim la fixa solidement, avec un morceau de toile de chemise déchirée. J'appréciai sa délicatesse. De fait, ils me donnèrent tous des preuves d'attention amicales, ce qui me fut même un réconfort. Sauf que, deux jours plus tard, j'avais tout le bras enflé et douloureux, je sais que l'inflammation me fatiguait beaucoup, je voulais tout le temps m'arrêter pour boire. « S'il faut que je tire, comment est-ce que je vais faire ? Je ne peux pas... » — c'était mon autre crainte. J'étais stupéfait, parce que José Félix également avait été blessé à la cuisse et à la jambe, mais sa constitution était saine, la plaie séchait d'elle-même, il n'y paraissait plus. Ainsi la première fois qu'il m'arrivait un ennui, cela tournait d'une façon qui me préoccupait. J'avais mal jusqu'à hauteur de la poitrine et dans les doigts, ce qui m'interdisait tout mouvement. J'eus très peur pour mon corps. « Ah, mon Otacília, je gémis à part moi. Tu ne vas peut-être plus jamais me voir, et tu ne seras alors même pas ma veuve... » Les uns recommandaient de l'arnica-des-champs, d'autres conseillaient un emplâtre de baume-du-pérou, avec lequel on guérissait instantanément. Là-dessus Raimundo Lé garantit la guérison avec du millepertuis. Mais où aller dénicher du millepertuis ?

Nous arrivâmes à la Fazenda des Toucans, où nous fîmes halte — c'est sur les bords du lac du Renard, passé la petite vallée d'Enxu. Nous visitâmes les lieux, une immensité vide, il n'y avait pas âme qui vive à voir. Et on n'était pas loin du Fleuve-du-Chico. Pourquoi, en ce cas, ne poursuivions-nous pas tout de suite, à marches forcées, pour attaquer ? « Je sais ce que je sais, je sais... » — fut tout ce que dit Zé Bebelo, sans autre explication. Je m'en désintéressai. Je me cherchai un lit de sangles, un lit de camp dans une chambre presque sans jour, et ne me préoccupai plus de rien. — « Ménage tes forces, Riobaldo. Je vais chercher ce remède dans les bois... », dit Diadorim. Nous devions

273

relâcher deux jours aux Toucans, on resta là à manger des palmites, et faire sécher au soleil la viande de deux têtes de bétail.

Le premier jour, sur la fin de l'après-midi, apparut un bouvier, qui voyageait avec ses collègues. Ils arrivaient droit de Bois-le-Rond, en route pour les Petits-Mornes. Pourquoi avaient-ils décrit tout ce détour ? « Vous nous assurez la paix, chef ? », demanda le bouvier. « La paix, je vous promets, amis... », répondit Zé Bebelo. Tranquillisé, le bouvier estima alors qu'il devait relater les nouveautés. Nous étions on ne peut plus cernés de dangers. Que oui. Les soldats ! « Quels soldats ceux-là, vieux frère ? » Une soldatesque sur le pied de guerre, du Gouvernement, plus d'une cinquantaine. Mais où étaient-ils donc ? « Ceux-là sont à São Francisco et à Ville-Joyeuse, et d'autres sont en route, chef ; c'est ce que j'ai entendu dire... » Zé Bebelo écoutait, tout oreilles. Mais il voulut en savoir plus. Si ceci, si cela. Si le bouvier savait le nom du Promoteur de Ville-Joyeuse, ainsi que ceux du Juge du Tribunal, du Commissaire, du Percepteur, du Curé. Celui de l'Officier commandant la troupe, le bouvier mélangeait les noms. Ce bouvier était un homme sérieux, de parole recevable et soucieux d'être en bons termes avec tous. Il avait une bouteille d'élixir dépuratif dans ses bagages, il m'en offrit une gorgée, ce qui me fit du bien. Il dormit là, le lendemain, aux aurores, ils repartirent.

Dans la journée, je sentis mon bras en meilleur état, et je me vis plus dispos. Je pus aller et venir, je découvris cette fazenda. Elle était énorme — un corridor long de plusieurs grandes enjambées. Il y avait les anciennes cases d'esclaves le long de la cour intérieure, et tout autour, donnant sur la cour extérieure, le moulin, les hangars, plusieurs habitations de journaliers, et les entrepôts ; cette cour extérieure était très vaste, pavée, avec une croix plantée bien au milieu. Mais l'herbe poussait régulière, ornement de cet abandon. Non pas complet, cependant. Car un chat était resté là, oublié, qui accourut près de Crocodile, le cuisinier, implorer à manger. Et vaguaient même sur l'aire, paisibles, quelques vaches et des bœufs, un bétail familier. João-le-Vacher à ce moment-là, vit une bonne corne d'appel, pendue au mur de la grande salle ; il la décrocha, s'avança sur la véranda, et sonna : les bêtes comprenaient, certaines répondirent, et elles entrèrent dans l'enclos, en direction des mangeoires, dans l'espoir d'une ration de sel. « Il n'y a pas un mois, les gens d'ici étaient encore là... », déclara João-le-Vacher. Et c'était vrai, en effet, car nous découvrîmes dans la dépense nombre de choses encore utilisables. Les Toucans valaient la peine. Les deux jours devinrent trois, qui passèrent très vite.

À l'aube, le jour où nous allions partir, je me réveillai au chant du coq, le monde alentour encore dans l'obscurité. Je me réveillai de la sorte, à cause d'un bruit, Siméon probablement, qui dormait dans la même chambre et qui se levait en tâtonnant. Mais il m'appela : « On va chercher les chevaux ? Tu viens ? » — il me dit. Ça ne me tenta guère. « Je suis malade. Tu penses si j'y vais ?! Qui va râper mon manioc ? » — je répondis, acerbe. Je me retournai de l'autre côté ; et j'appréciai rudement ce lit de sangles. Siméon allait sûrement y aller, ainsi que Fafafa et Doristino, toujours partant ces deux-là pour la rosée des prés. Diadorim, qui dormait sur un matelas, contre la cloison d'en face, s'était déjà levé et avait disparu de la chambre. Je persistai derechef dans un demi-sommeil. Cette demeure était un toit si accueillant — ainsi sans les propriétaires — rien que pour nous. Ce monde de fazenda, immergé dans les susurrements, le confort des coffres de vêtements, les meubles imposants, le crépi sur les vieux murs, le moisi. Ce qui surprenait c'était la paix. Peut-être parce que ici, je réfléchis, tout m'était tellement étranger : cette vieille crasse respectable, et les toiles d'araignées au plafond. Je pensai mille sottises. Jusqu'au moment où j'entendis un sifflement et des cris, cette trépidation de cavalerie : « Ah, les chevaux dans le matin, les chevaux !... » — je me rappelai tout à coup, la scène d'autrefois, il fallait que je la revoie. Je me précipitai, très animé, à une fenêtre — c'était l'arrivée du jour, les barres de nuit se dissolvaient sur l'horizon. Les hommes déboulaient avec les chevaux. Les chevaux se pressaient, contents, dans le grand enclos. Le meilleur c'était de respirer, de humer toutes les odeurs. De respirer l'âme de ces champs, de ces lieux. Et un coup de feu retentit.

Un coup de feu retentit, un coup de fusil, au loin. Je le sus. Je sais toujours lorsqu'un coup de feu est un coup de feu — c'est-à-dire — quand d'autres vont suivre. Ils en tirèrent beaucoup. Je rajustai mon ceinturon, et que je vous dise la suite : je ne sais pas comment cela s'est fait. Avant de rien savoir, j'étais armé de pied en cap. Ce que j'avais c'était faim. Ce que j'avais c'était faim, et j'étais déjà équipé, fin prêt.

Alors là, vous auriez vu : une confusion sans confusion. Je m'écartai de la fenêtre, un homme me heurta en courant, d'autres se mirent à crier. D'autres ? Seulement Zé Bebelo — qui bramait ses ordres, à pleine voix. Qu'est-ce qu'il y a, où ça ? Ils étaient tous plus rapides que moi ? Mais j'entendis : « ... Ils ont tué Siméon... » Siméon ? Je demandai : « Et Doristino ? » — « Hein ? Ah, j'en sais rien, homme... », me répondit quelqu'un. — « ... Ils ont tué Siméon et Aduvaldo... » Je les coupai : « Basta ! » Mais, aussitôt, je me retournai : — « Ah, et Fafafa ? » Et j'entendis : — « Fafafa, non.

Fafafa c'est tuer qu'il fait ! » Ainsi ça y était, vrai, réel, nous tombait dessus, brusquement comme une averse : la violence de la guerre ; des ennemis redoutables qui donnaient l'assaut. « Ce sont eux, Riobaldo, les hermógenes ! », dit Diadorim, surgi soudain, en face de moi. Ils tirèrent, une horreur, un tir groupé, des coups de feu et des coups de feu. Ils nous canardaient, tiraient sur les bâtiments de la fazenda. Diadorim riait, le sacripant, une seule épaule rentrée. Je le regardai, et tant, et tant, jusqu'à ce qu'il s'enténèbre dans mes yeux. Je n'étais pas moi. Je respirai péniblement. « Cette fois, cette fois nous sommes perdus sans rémission... » — j'inventai dans ma tête. Et je réfléchis à la rapidité de ce qui arrivait : « Être pris ainsi, en embuscade, ne ressemble à rien, et c'est dément... » En même temps, j'enregistrais dans le creux de mon oreille, les petits détails reconnaissables : les pas des camarades dans le couloir, le sifflement et le fracas des balles — pareil au bruit d'un sac d'épis de maïs qui se vide ? Comme s'ils crachaient — le paf et paf ! Je sentis comme si c'était en moi que les balles venaient mettre à mal cette demeure de fazenda qui ne m'appartenait pas. Je n'ai pas eu peur, je n'eus pas le temps — ce fut une autre impression, différente. Ce qui me sauva ce fut une pensée qui me traversa : Diadorim, le front sévère, allait m'ordonner d'avoir du courage. Il ne dit rien. Mais je me redressai, preste rapide, d'un seul déclic : « Hé, bon, allons-y ! C'est l'heure ! » — je lançai, je mis la main sur son épaule. Je respirais trop vite. Cette espèce d'hébétement — croyez-moi — ne doit même pas avoir duré une toute petite minute. En un éclair, je retrouvai mes esprits, un plus grand sang-froid, ces tranquillités habituelles. Et, quelque part, je savais parfaitement ce qu'il en était : nous étions déjà bel et bien encerclés.

Je trouvai intéressante la façon dont João Concliz s'amena, l'air anxieux, précautionneux. La façon dont certains se comportent — en pareilles occasions — seulement au pied du mur. « Toi tu restes ici, toi aussi, et toi... Toi de ce côté... Toi là, vous autres là-bas... » — il nous mettait en position. « Riobaldo, Tatarana : tu t'occupes de cette fenêtre. Fais gaffe, tu ne démarres de là sous aucun prétexte... » Là en bas, à l'écart, j'aperçus Marcelino Pampa : il se dirigeait vers les anciennes cases d'esclaves avec cinq ou six camarades. Freitas-le-Mâle courait avec un autre groupe vers les greniers à céréales ; et d'autres, avec João-le-Grêlé, dit « l'Espadrille » allaient prendre position dans le moulin. J'avais le cœur, isolé au milieu de cette effervescence, qui battait la chamade. J'empoignai mon rifle, rutilant, mon arme, bien-aimée. Je reconnus encore Dimas-le-Fou et Acaouã, couchés derrière la croix dans la cour. Un des urucuianais apparut, puis un second, ils amenaient un grand panier avec du coton brut. D'autres suivirent, avec des sacs d'épis de maïs égrenés ; ils allèrent encore chercher d'autres sacs, et ils avaient également un cageot. Ils transportaient tout cela pour dresser une barricade le long de la cour extérieure : des planches, des tabourets, des bastes, des harnais, un établi de menuiserie. Des préparatifs de guerre — ceux-là sont toujours édifiés avec un entrain différent, qui n'a rien de l'aspect des travaux en temps de paix — je le constatai ; voyez plutôt : des hommes et des hommes s'évertuent d'un même effort tous ensemble, pleins de bonne volonté, comme si un gentil démon leur soufflait dessus, ou peut-être même des esprits ! Je soupirai, bêtement. Heureusement quelqu'un renifla et me toucha légèrement, c'était le noir Mangaba, envoyé là en renfort, avec moi. Mangaba me tendait une tartine de pâte-de-buriti, il partageait, amicalement. Du coup, je me rappelai que j'avais très faim. Mais Quim Queiroz aidé de quelques hommes, arrivait avec un complément de munitions. Il traînait un sac de cuir, le sac était bourré de munitions, ils le traînaient sur le plancher du couloir. Je jetai un regard par la fenêtre de l'autre côté, je contemplai les lointains, le dédain du monde. Leurs balles pleuvaient de nouveau sur nous, sur tout le corps de la maison. Cochonnerie d'ennemi qui ne se montrait pas. Je voulais au moins savoir si je pouvais manœuvrer, comment je sentais mon bras. Je levai la main pour me gratter la tête, là je me décidai : et, avec tout le respect, je fis le signe de la croix. Je sais que le chrétien ne se met pas en règle pour la mauvaise vie qu'il a menée, mais bien en deux temps trois mouvements pour sa bonne mort — vu que la mort c'est Dieu qui survient, à foison.

Je tirai. Ils tirèrent.

Ceci n'est pas cela ?

Que nenni.

La brise. Diadorim, où était Diadorim ? Je sus qu'il se trouvait à un autre endroit, à son poste de combat. Il tenait bon, entre Fafafa, le Taurillon, Guima et Cavalcânti, derrière la balustrade de la véranda, mitraillant ce qu'ils avaient en face. Chaque endroit n'en est-il pas un ? On ne peut absolument pas s'arrêter dans ce déferlement, ces rouages de la guerre. J'appris tout le déroulement. Ainsi, en ce moment, João Concliz réapparaissait, affairé, avec Alaripe, José Quitério et Fends-le-Ventre. « Attends ! » — il me cria. C'est que Pitolô et Mozambicon arrivaient en traînant des peaux de bœufs. Ces peaux entières c'était pour les clouer là-haut, aux linteaux, et les laisser pendre comme un rideau souple dans l'embrasure des fenêtres. Après quoi, Pacama-les-Crocs aidé de Conceiçon creusa dans le mur avec des outils, des sortes de meurtrières — par où pouvoir tirer. Cette guerre allait durer la vie entière ? Mon tir, je l'entendais moins. Mais celui des autres : des sifflements terribles, des crépitements, de ferraille cette fois — une lapidation de balles. Moi et moi. Jusqu'à la déflagration des miennes, à chaque fois, droit dans le cœur. Prendre la mire et décocher une graine de mort bien visée dans ces rares volutes de fumées. C'est ainsi, ainsi que cela se passe.

Ah! Et là, Zé Bebelo arriva tout à coup, une apparition, il s'accota à moi quasiment. « Riobaldo, Tatarana, viens par là... » — il me dit, plus bas, familier — avec une voix qui était une voix de conciliabule, ce n'était pas la voix de l'autorité. Il fallait voir, qu'est-ce qu'il me voulait? M'envoyer sur une position plus avancée, un endroit où tuer et mourir de mort plus sûre, sans échappatoire? Je me remuai, lui emboîtai le pas, sachant que tout avec Zé Bebelo devait être vite fait. Effectivement, il m'entraîna. Mais où il m'entraîna ce fut dans une autre chambre. Une pièce plus petite, où il n'y avait pas de lit, tout ce qu'on voyait, c'était une table. Une table en bois rouge, imposante, odorante. Je ne compris plus. Comment se pouvait-il que la guerre n'entre pas dans cette chambre? Mais la pensée de Zé Bebelo — sans arrêt sur le qui-vive, je le savais — était une chose qui pétillait, forte et inventive.

« Mais d'abord, laisse ton rifle. Pose-le... » Poser mon rifle? Bon, je le déposai en travers sur un coin de la table, je le déposai avec le plus grand soin. Il y avait là du papier et un crayon. « Assieds-toi, frère... » — ses manières, hein, ses manières. Il m'avança une chaise, une chaise haute, en cuir, avec un dossier. Apparemment il s'agissait de s'asseoir, je m'assis, au bord de la table. Zé Bebelo à côté, son revolver chargé à la main, mais pas dirigé contre moi — le revolver c'était l'autorité, les remuements et revirements constants de la guerre. Il ne me regarda même pas, et me dit :

« Écris... »

Je faillis tomber raide. Écrire, à une heure pareille? Ce qu'il m'ordonna tout expliqué, je le fis, je m'inclinai : car obéir est plus facile que comprendre. Est-ce sûr? Je ne suis pas un chien, je ne suis pas une chose. D'abord ceci, que pour vous faire prendre la vie en grippe, rien de mieux, je sais : que de vous forcer à être le petit enfant de quelqu'un qui ne vous est rien... « Ah, ce que je ne comprends pas, c'est ça qui peut me tuer... » — je me rappelai cette phrase. Mais cette phrase, qui l'avait prononcée, dans une autre circonstance, c'était Zé Bebelo, justement.

« Écris... »

Le zonzon de la guerre autour de nous était ce qui m'empêchait de penser droit. Et Zé Bebelo n'était-il pas là pour ça, pour penser pour nous tous? De toute façon, le papier, pour ce qu'il fallait faire, ne suffisait pas. Il fallait en trouver d'autre, n'importe lequel, il devait bien en traîner quelque part. En attendant, j'allais déjà m'acquitter d'écrire, contraint par la main de la nécessité.

Et nous entendîmes un juron de douleur.

« Qu'est-ce que c'est ? » Des gémissements entrecoupés, de plaintes. « Un camarade blessé. Léocadio... » — nous entendîmes. Me plantant là, Zé Bebelo se précipita pour aller voir. Avant même d'avoir rien décidé, j'accourus moi aussi derrière lui. L'homme, le premier blessé, s'était affaissé assis, ses jambes devant lui, le dos contre le mur. Il soutenait sa tête avec sa main gauche, mais il avait toujours son arme dans la main droite, son rifle imbécile, il ne l'avait pas lâché. Des camarades arrivaient de la cuisine, rapportant de l'eau dans des boîtes, sur les consignes de Raimundo Lé. Raimundo Lé lavait le visage de l'homme, le visage en sang de Léocadio. Celui-ci avait le menton qui fichait le camp, une mauvaise balle lui avait fracassé l'os, le rouge jaillissait et dégoulinait. « Tu pourras endurer de te battre, mon garçon ? » — voulut savoir Zé Bebelo. Léocadio, en faisant une grimace, garantit que oui : « Sûr que je peux. Au nom du Seigneur et de mon saint Sébastien guerrier, sûr que je peux ! » Toujours avec la même grimace sans fioritures ; car c'était parler qui lui faisait mal et lui coûtait. « Et au nom de la Loi... De la Loi, également... Ah, alors, courage, venge-toi, petit, venge-toi ! » — s'agita Zé Bebelo. Comme si ne comptait pour lui que le résultat des événements. Zé Bebelo avait le diable au corps.

Il me prit le bras, impatient de me ramener à la table, pour que j'écrive. À sa façon de discourir, revolver en main, je m'imaginais, avec mes idées, qu'il me menaçait. « Bon, voyons voir. Il me faut un escadron de l'armée : ce sont ceux-là qui vont me servir d'arrière-garde ! » — il commença. Que je me dépêche d'écrire. Les billets — une missive pour l'officier commandant en chef des forces militaires, une autre pour Son Excellence, juge du Tribunal de São Francisco, une autre pour le président de la chambre de Ville-Joyeuse, une dernière pour le promoteur. « Dépêche-toi. De leur écrire à tous donne aussi plus de valeur... » — il décida. Je compris. J'écrivis. La teneur était celle-ci, simplement : que si les soldats arrivaient sur-le-champ, à bride abattue, ils cueilleraient ici, rassemblé, dans la Fazenda des Toucans, un fameux gibier — du loup, du chat sauvage, de la onça —, la plus grande clique de jagunços sévissant d'un bout à l'autre de ces sertões des hautes-terres. En termes clairs, rapides terminer par la formule consacrée : Ordre et Progrès, vive la Paix et la Constitution ! Signé : *José Rebelo Andro Antunes, citoyen et candidat.*

Le temps d'un éclair, je perdis et récupérai le fil de mes idées, et je m'arrêtai. Se dressait là, devant moi, l'explication, maintenant lumineuse, de ma méfiance. Pas moins. D'où que je pensai à mal : n'était-ce point là trahison ? Platement, je dus regarder Zé Bebelo dans le blanc des yeux. Et là, clairement dans un éclair, je pensai — les préliminaires. Cet homme-là était de mèche, payé par le Gouvernement, les soldats du Gouvernement et lui allaient maintenant faire leur jonction. Et nous, tous les autres ? Diadorim et moi, les tristes et joyeuses souffrances que nous avions passées, la mort illustre de Medeiro Vaz, la vengeance au nom de Joca Ramiro ? Je ne savais même pas, en plus, après tant de mois écoulés, le contenu exact de la vie de Zé Bebelo, ce qu'il avait fait réellement, si même il avait accompli le voyage convenu jusqu'à Goïas. Et quand je l'aurais su, le pire, avec lui, c'était que par métier ou par nature, il ne pouvait pas s'arrêter de penser, ne pouvait un instant arrêter d'inventer pour l'avenir, sans repos, et toujours autre chose. Nous dépendions de lui — et sans jamais également, jamais, conséquemment, le temps de souffler. Il avait entraîné la bande de ce côté, près du São Francisco, il avait tenu à relâcher trois jours dans cette fazenda prêtant le flanc à toutes les attaques. Qui sait, en ce cas, si le message pour que les soldats viennent, il ne l'avait pas déjà adressé lui-même, depuis beau temps ? C'était ça, mon idée. Et gare à la surprise — ah, comme lorsque le jaguar fait un bond de côté, que la barque chavire, que le serpent fouette. Et si c'était ça ? Les enfers au bout du chemin — comme échéance ! Là, j'eus besoin de récupérer mon calme. La fusillade redoublait déjà. J'entendis la guerre.

Certainement j'exagérais. Zé Bebelo avait plutôt tout du chef vraiment indiqué pour la circonstance. Il ne s'embarrassait pas : « Hé, gens ! Vous avez le compte de munitions ?... » — il plaisanta lorsque les salves se succédèrent plus fournies — le sifflement et les crépitements. Ah, les balles que prenaient les murs et ce qu'elles brisaient de tuiles. Des débris pleuvaient, de là-haut. « Fais vite, Tatarana, qu'il faut aussi, nous deux, que nous tirions ! » Joyeusement dit. Ici aussi, dans la fenêtre, ils avaient suspendu une des peaux : la balle frappait, zac-zac, en repoussant la peau, et du coup perdait de sa force et allait se ficher, balle perdue, dans le sol. A chaque balle, la peau s'écartait, doucement, sous le choc, elle oscillait, puis se remettait en place, avec seulement une zébrure, sans se déchirer. Elle amortissait de la sorte toutes les balles, c'est à cela que servaient ces cuirs. « Trahison ? » — je ne voulais pas penser. J'avais déjà rempli trois lettres. Ce n'est pas le vrombissement ni le tac-tac-tac des balles, ce que me souvenant de ce jour-là, je n'oublie pas : mais le claquement du cuir noir, tour à tour dur et mou, se répétant dans l'air, tel un battement d'ailes.

Quelqu'un sur les entrefaites m'apporta un supplément de papier, trouvé quelque part dans les chambres, en farfouillant dans les tiroirs. Rien que des feuilles déjà écrites, à l'encre bien visible ; mais l'espace en bas, et l'autre côté, le verso, comme on dit, pouvaient encore servir. Qu'est-ce qui était écrit sur ces si vieux papiers ? Une lettre de remerciements, des temps en allés, datée d'un 11 février courant, quand il y avait encore l'Empereur, mentionnait son nom avec respect. Et elle signalait la remise en mains propres d'un envoi d'outils et de remèdes, et de coton cardé passé à la teinture. La facture d'un transfert d'esclaves, l'achat, les reçus, établis au nom de Nicolaú Serapião da Rocha. D'autres lettres... — « Écris, fils, écris, dépêche... » Alors, la trahison ? J'entendais très fort les cris des camarades, leurs jurons, ce déballage, qui se produit lorsqu'on se bat, dans la fournaise. Ici même, à deux pas de nous, coincés dans la fenêtre, Deux-fois-Cent et Fends-le-Ventre épaulaient et tiraient à tour de rôle. Une fois de plus, n'en pouvant mais, je m'arrêtai — et je dévisageai longuement Zé Bebelo.

« Qu'est-ce que c'est ? Qu'est-ce qu'il y a ?! » — il me demanda. Il devait m'avoir percé, avoir déduit de mon regard, plus peut-être que ce que moi-même je savais de moi.

« Eh bien... Pourquoi est-ce que vous ne signez pas en bas : *Zé Bebelo Vaz Ramiro...* comme vous avez proclamé autrefois ?... » — je questionnai à mon tour, cherchant à le contrer.

Visiblement, je le pris de court, à voir son air, celui qu'il avait d'ordinaire, lorsqu'il était interloqué. Je le reconnus. Parfois, également, quelqu'un trahit, sans qu'il sache même ce qu'il fait là — ah, les faussetés ! Mais il n'avait pas saisi le fond de ma question, ni où je voulais en venir. De fait, content de lui, il rétorqua, en me jobant :

« Ah, ouais... J'y ai pensé aussi. J'y ai même pensé de près ; mais, ce n'est pas possible... Ma dévotion est entière et sincère, mais ce qu'impose le respect de l'étiquette c'est autre chose : ce qui s'impose c'est la rigueur légale... »

Là, je me remis à écrire. Je m'y remis, simplement parce que je m'y remis ; ah, parce que la vie est misérable. Mon écriture sortait tremblée, au ralenti. Mon autre bras recommençait aussi à me faire mal plus ou moins. « Trahison »... — sans le vouloir, je jetai le mot sur le papier ; mais je le raturai. Une balle claqua comme un coup de poing sur le cuir, une seconde suivit, elle pénétra sous la peau soulevée, alla frapper le mur de l'autre côté, ricocha et vint tomber, brûlante, près de nous. Là, sur le mur, il y avait une corne de bœuf pour pendre des vêtements ; dans cette maison, même les pitons pour accrocher les hamacs étaient des cornes de bœuf. J'attendis, je désirais suprêmement le psipssiu d'une autre balle. Je savais pourquoi ? La façon de penser sans dire mot de Zé Bebelo me perturbait.

Mais — « Qu'est-ce que c'est ? » — il me dit, en se penchant. « Tu as fait une erreur ? » Il ne vit pas, parce que j'avais déjà raturé. Mais, alors, il se mit à parler. À expliquer. Ce soir, quand ce serait nuit noire, il allait envoyer deux hommes, parmi les plus experts pour ce genre d'équipée, afin qu'ils se faufilent, percent le barrage ennemi, porteur chacun d'un double de ces lettres. Ainsi, si avec l'aide bienvenue de Dieu tous les deux, ou si l'un d'eux au moins réussissait, alors c'était le résultat assuré : la soldatesque allait se mettre en demeure de venir. Ils débouleraient, leur tomberaient dessus au moment propice, ils régleraient leur compte aux hermógenes.

« Et nous autres ? — je demandai.

— Hein ? Nous autres ? Ma parole, tu ne m'as pas compris. Nous chercherons le moyen dans le branle-bas et la confusion, de nous échapper... »

Voilà, pour commencer, qui ne serait guère facile, je fis remarquer.

« Très difficile, c'est sûr, mon fils. Mais je risque, c'est notre seul recours. Autrement, sinon, quel est le solde qui nous reste ? » — et Zé Bebelo, de se réjouir, roué, de sa repartie.

Alors, avec respect, je dis que nous pouvions tenter de faire la même chose tout de suite : percer une sortie, à travers les hermógenes, en combattant et tuant. Voilà ce que je dis. Mais j'avais oublié que j'avais affaire dans la discussion à Zé Bebelo. Et qui pouvait contre les cogitations de cet homme ? qui faisait le poids ? Voici en effet, comme il me répondit :

« Tu crois ça, Tatarana ? Écoute : regarde, pense un peu — ces hermógenes ne sont pas plus courageux que nous, ils ne sont pas plus nombreux ; mais le fait est qu'ils sont arrivés en catimini et nous ont encerclés, ils se sont emparés de ce qu'il y a de mieux, en fait de positions. Ils ont fait de la belle ouvrage. Maintenant, au point où en sont les choses, se tailler une sortie, ça se peut qu'on ait le sort pour nous — mais même ainsi on subira beaucoup de morts, et sans les moyens de leur rendre la pareille, sans la possibilité de supprimer un bon petit peu de cette racaille. Tu comprends ? Mais, si les soldats s'amènent, ils vont devoir ouvrir un feu nourri contre les hermógenes, ils leur causeront beaucoup de dégâts. Là, on file, sans autre souci que notre salut... Au moins, on y gagne quelque chose... Ah, tu vois ce que je veux ? Ah, c'est ce que tu veux aussi, ou ça ne te va pas ?!... »

Non dans ses façons de faire, mais dans celle d'articuler son discours

282

— il était raisonnable. Il rit, pareil à lui. Il rit ? J'aurais été de l'eau, il me buvait ; de l'herbe, il me foulait ; et m'aurait soufflé dessus, si j'avais été de la cendre. Ah, non ! Alors, j'étais là, plus bas que terre, acculé cul nu, aux abois ? Une ruée de mon sang m'enflamma le visage, le tour des oreilles, une cataracte, je l'entendis cogner. Je calai mon pied dans mon espadrille, m'arc-boutait au plancher. J'oubliai l'avant et l'après — une décision ferme me soulevait. Et je vis, je compris tout : on pouvait me brûler sur le bûcher, je donnerais plein de belles flammes. Ah, si j'en donnerais ! Vous pensez que je pense au rabais ? Je dis plus. Je fis plus. Voyez plutôt, comme je pensai : que la suite allait être, et je le décrétai dur comme pierre, tout réfléchi : que dès l'instant où les soldats s'amèneraient, je ne quitterais plus Zé Bebelo d'une semelle ; et que s'il faisait mine de trahir, je lui collerais le canon de mon rifle. J'exécuterais. Je tuerais, sans sommation. Et ensuite... Ensuite, je prendrais le commandement, je le prendrais — moi-même — avec compétence ; je tiendrais la barre, je contraindrais les camarades à l'impossible sortie. Je le ferais, par amour de la rigueur légale, j'en étais capable : au nom de la rectitude que la vie doit être. Bien que n'aimant pas être chef, bien que redoutant l'ennui des responsabilités. Mais je le ferais. « Là, je prends mon poignard et mon coutelas... » — je recommençai à échafauder. En attendant le moment, je n'allais en parler à personne, même pas à Diadorim. Mais j'étais décidé, j'exécuterais. Et je sentis que c'était la décision juste, forte, à la joie qui m'envahit : — j'étais Riobaldo ; Riobaldo, Riobaldo ! Je faillis presque clamer ce nom, tant mon cœur le clama. Alors, gare ! tandis que j'éprouvai le tranchant de mes dents, une fois terminé d'écrire le dernier billet, je me sentis totalement moi-même et tranquillisé, et si irraisonnablement résolu, que je crois même que ce fut là, dans ma vie, le point, et le point, et le point. Je remis les écrits à Zé Bebelo — et ma main n'émit aucun tremblement. Ce qui fit la loi en moi fut un courage démuni, de pouvoir dire avec mépris ; ce que je dis :

« Vous, chef, vous êtes l'ami des soldats du Gouvernement... »

Et je ris, ah, un rire de moquerie, bien envoyé ; je ris afin, de bien montrer ainsi, que d'aucun homme ou chef quelconque je n'avais peur. Et il sursauta, fit une mine stupéfaite.

Il dit : « Je n'ai aucun ami, et un soldat n'a pas d'ami... »

Je dis : « Je vous écoute. »

Il dit : « Ce que j'ai c'est la Loi. Et ce qu'a le soldat c'est la loi... »

Je dis : « Alors, vous allez de pair. »

Il dit : « Mais aujourd'hui ma loi et leur loi à eux sont à l'opposé : l'une contre l'autre... »

Je dis : « Eh bien nous, nous autres, pauvres jagunços, nous n'avons rien de cela, rien du tout... »

Il dit : « Ma loi, tu sais laquelle c'est, Tatarana ? Elle est le sort des hommes courageux que j'ai sous mon commandement... »

Je dis : « Certes. Mais si vous vous remettez en bons termes avec les soldats, le Gouvernement vous agrée et vous gratifie. Vous êtes de la politique. Car vous en êtes, non ? Fichtre — député... »

Ah, et je ris, un rire mauvais ; parce que je me savais résolu. Et je me dis qu'il allait sur-le-champ, vouloir qu'on se tue. Je taquinais la chance, ce jour-là. Mais les choses ne tournèrent pas mal. Zé Bebelo se contenta de froncer le visage, accablé. Il ferma le bec, réfléchit.

Il dit : « Écoute, Riobaldo, Tatarana : je te tiens pour un ami, et je t'apprécie, parce que j'ai pressenti de quel bois tu es. Maintenant, que me vienne la preuve, certaine, de ce que je présume, que tu disconviens, par pure malignité, de ma loyauté, ou que tu cherches à me conseiller quelque crapulerie sournoise, en aparté, pour mon avantage et le tien... Que je l'apprenne, de façon certaine, écoute... »

Je dis : « Chef, l'homme ne meurt qu'une fois. »

Je toussai.

Il toussa.

Diodôlfo qui arrivait en courant, dit : « Jósio est mourant, il a reçu une balle, là, dans le cou... »

Alaripe entra et dit : « Ils sont en train de chercher à mettre la main et le pied dans les porcheries et les greniers. Ils sont enragés ! »

Je dis : « Donnez vos ordres, chef ! »

Je le dis volontiers ; je ne le dis pas contrefait.

Je sais que Zé Bebelo sourit, soulagé.

Zé Bebelo mit la main sur mon épaule ; c'était le côté où le bras me faisait mal. « Allons, allons-y, avec armes et bagages ! Par ici, par la salle à manger, mon fils... » — il m'entraîna. A la fenêtre. Je m'accroupis, empoignai mon rifle, arme capitale. Il s'agissait maintenant de s'activer. Et ces gens étaient pris de folie ?

Une tête se détacha, toute ronde, pareille à une noix de coco, au-dessus du toit de palmes de buritis qui protégeait la maisonnette d'un vacher. Je tirai : et je vis l'écorce de la noix partir en morceaux. La douleur dans le bras, du coup, se réveilla, je me mordis les lèvres. Mais je continuai. Un second s'affaissa aussi sec, je lui défonçai la poitrine, d'une balle sûre, deux balles. Salut, quels inconscients ! Plus je gémissais, plus je tirais. Eux tombaient, un à un, ils se rendaient au pouvoir de mort que j'avais entre les mains. Je fis le compte : six, je sais, six jusqu'à l'heure du déjeuner — la demi-douzaine. Ces choses, je n'aime guère les raconter, ce ne sont pas des choses dont je doive me souvenir; je ne dois pas, non. A vous, à vous seulement, aujourd'hui, si : c'est une déclaration, et c'est pour éponger jusqu'à l'amer des rêves... Car là, je fis vinaigre. Je reconnais lorsqu'un homme fait seulement semblant, qu'il s'affaisse rien que blessé, ou lorsque, au contraire, il retombe vraiment démoli. Morts différentes : morts semblables. Si j'avais de la peine pour eux? On a de la peine pour le jaguar, on doit des politesses au scorpion? De la peine d'en rater un, ça j'aurais pu ; ah, mais je ne les ratais pas. Suffisait qu'ils laissent apparaître rien que deux doigts du corps à découvert, en se déboîtant — et ma balle faisait son travail. Mon bras pendant ce temps me faisait un mal de chien, une de ces douleurs, qui m'élançait, on aurait dit qu'un feu déracinait tout, à l'intérieur, répercutait jusque dans mon ventre. À chaque fois que je tirais, ma grimace s'accentuait, je grinchais. Je riais après. « Amarre-moi cette partie de mon corps, avec un licol, avec un linge, camarade ! » — je suppliai. Serviable, Alaripe déchira un couvre-lit, il me passa plusieurs épaisseurs de tissu, comme un garrot. En même temps, ça pouvait bien me faire tout le mal du monde, que m'importait ? — autour de moi c'était un massacre. En plus des premiers, j'en abattis encore un, plus proche. Plus quelques autres. L'un d'eux, l'urubu le becquetait déjà. Un autre gagnait à cloche-pied un angle de l'enclos, celui-là fit un bond en l'air, celui-là lâcha un cri isolé. Ce n'était pas tellement, croyez bien, que je cherchais, comme cibles, des personnes humaines, comme si j'avais une prime à gagner, par tête, en contos de réis. Je sauvai plutôt la vie, au contraire, à un grand nombre : vu la peur que je leur faisais, ils ne s'avançaient plus — à cause de la mitraille. Nous tirâmes encore, une dernière fusillade qui fit place nette. Là, ils renoncèrent et se replièrent, ils battaient en retraite. Ainsi, ils s'arrêtèrent, le balancier de la guerre s'arrêta au bon moment, juste pour le déjeuner. Et que je vous raconte de quoi j'ai ri, qui nous fit tous bien rire : un beau papillon entré un moment auparavant dans la pièce, en même temps que les balles qui soulevaient la peau de bœuf, arriva en voletant ; il avait repris sa balade, son vol de courbettes, comme s'il ne trouvait pas ce qu'il pouvait trouver — et c'était un papillon de cette couleur bleu-vert, en dehors des points, avec les ailes en baldaquin : « Or çà, viva, maria porte-bonheur ! » — cria Juribibe. Comme s'il pouvait l'entendre là-haut. Il était presque la paix.

Le manger pour moi, on me l'apporta là même, sur place, tous appréciaient la valeur de mon tir. Vous ne pouvez pas vous faire une idée du goût que je trouvai à cette nourriture, tant j'avais la dent, et c'était : des haricots, de la viande séchée, du riz, de la salade de pourpier, de la purée de manioc. Je bus de l'eau, énormément, je bus de la cachaça. Le café, je le sifflai. Et Zé Bebelo, réapparu, me félicita : « Tu es le maximum, Riobaldo, Tatarana ! Un serpent volant... » Surtout, Zé Bebelo m'offrit davantage de cachaça, et il but un coup lui aussi, à la santé. Qui sait si ce n'était pour le décompte d'une pointe de remords, parce que dans ses consciences, il me craignait ? Ce que, d'un homme, vous savez le mieux, c'est ce qu'il cache. « Ah : le *Crotale Blanc,* c'est comme ça que tu devrais t'appeler... Et nous sommes amis... Attends, qu'un de ces jours nous allons entrer, ensemble, triomphants, dans la rude ville de Januária... » — il dit, comme à la veille de le faire. Je me gardai de répondre. Ami ? Certes, ici, j'étais du côté de Zé Bebelo ; mais Zé Bebelo n'était du côté de personne. Zé Bebelo — pionnier qui fraye la voie — Son ami ? Je l'étais, oui monsieur. Cet homme me perçait, il comprenait mes sentiments. C'est-à-dire : il comprenait mes sentiments, mais seulement jusqu'à un certain point — il ne savait pas l'après-la-fin, l'aboutissement. Tout comme lui, je réfléchis. Je réfléchis : je vis que si d'aventure il trahissait, il mourrait. Il mourrait de la main d'un ami. Je le jurai, bouche close. Et, dès lors, dès cette heure, ma pensée se tourna vers la grande ville, là-bas, de Januária, où je voulais apparaître, mais sans les palmes d'aucune guerre, sans tralalas. Je me souvenais que dans les hôtels et les maisons de famille, à Januária, les gens utilisent des petites serviettes pour s'essuyer les pieds ; et ils font la conversation. J'eus envie de rencontrer des personnes sensées, de me trouver au milieu des gens qui vivent là, occupés, les uns à des travaux rétribués, les autres à des loisirs de bon aloi. La promenade des jolies jeunes filles brunes, ce rituel, l'une d'entre elles avec d'éclatants cheveux noirs, parfumés à l'essence de térébinthe, une fleur volage égayant l'esprit de ces cheveux sages. Je me voyais à Januária en compagnie de Diadorim, assister à l'arrivée du vapeur avec son sifflement et toute la foule qui attend sur le port. Là, à l'époque, la jeunesse suait à grosses gouttes en surveillant les alambics, ainsi qu'on doit le bien faire. Ces fameuses cachaças — la vingt-six parfumée — qui gagnent leur arôme et leur teinte brûlée dans les grands fûts en bois d'umburana.

Pour l'heure, je me relevai de mon poste, et j'allai voir sur la galerie où en était Diadorim ; et je stipulai mon droit d'aller et venir comme bon me plaisait, car c'est le tir bien placé de mon rifle qui avait empêché que les étables et les greniers, et donc la maison également, soient envahis pendant l'assaut. Diadorim combattait à son poste, sans se laisser déranger, sans relâche. Il était dit que Dieu, qui m'avait gardé sauf, sauvegardait également mon ami du plus simple danger. Les balles arrivaient, rageuses, sur cette galerie, elles pleuvaient, une folie, je vis. Des tirs traçants, très hauts : c'étaient des essaims de balles. Cette affaire : un homme allongé par terre, en travers, je me dis qu'il se reposait un peu. « Nous allons le porter dans la chapelle... », ordonna Zé Bebelo. L'affaire c'était Acrísio, mort là au beau milieu ; tout tordu. Il devait avoir passé sans tribulations. Ils allaient quand même maintenant, chercher un cierge, pour le lui allumer ? « Qui a un chapelet ? » Mais, déboulant à l'improviste, Cavalcânti clama :

« Ils sont en train de tuer les chevaux !... »

Par Dieu ! c'était vrai. Dans le grand enclos bondé, avec toutes nos bonnes bêtes, nos pauvres malheureux chevaux enfermés là, si sains tous, et qui n'étaient coupables de rien : et eux, ces chiens, sans crainte de Dieu et sans justice de cœur, s'acharnaient à brutaliser et massacrer la part dilacérable de notre âme — tirant, n'importe comment, à bout portant, dans le vif des chevaux ! Les affres de voir ça. Les chevaux sens dessus dessous — comprenant sans trop savoir, que c'était l'irruption du démon — s'étaient mis, désespérés, à tournoyer, lancés dans un galop frénétique, certains bondissaient, cabrés de toute leur hauteur, leurs sabots battant l'air, ils retombaient couchés les uns sur les autres, s'emmêlant pris dans un rouleau, qui s'agita en l'air, spirale de têtes, de garrots et de crinières agitées, étirées, épineuses : ils n'étaient plus que courbes enchevêtrées ! Avec pendant ce temps, le très bref, aigu, hennissement de rage qui taraudait — et le hennissement de peur, bref également, mais rauque et grave, tel le feulement de la onça, soufflé par les naseaux complètement dilatés. Ils tournoyaient dans l'enclos, s'écrasant contre les clôtures, ruant sans frein dans tous les sens — nous vîmes dans tout cela leur manque d'ailes folles. De chaque pierre, ils tiraient la poussière ! Ils tombaient, s'aplatissaient sur le sol, jambes ouvertes, ne surnageaient, agités de tremblement, que leur menton et leur toupet. Tous quasiment, tous, tombaient ; ceux qui tardaient à mourir hennissaient maintenant de douleur — et c'était un haut hennissement vrombi, celui des uns presque comme s'ils étaient en train de parler, celui des autres sifflé serré entre leurs dents, ou exhalé à grand-peine, ce hennissement ne respirait pas, l'animal se vidant de ses forces et n'était plus qu'oppressions, que suffocations.

« Les pires maudits ! Les misérables ! »

Fafafa pleurait. João-le-Vacher pleurait. Nous avions tous les larmes aux yeux. Nous n'avions pas pouvoir sur pareille méchanceté, il n'y avait pas de remède. Acculés, les hermógenes, tuaient, ils tuaient tout leur soûl, le carnage, pour le goût de la destruction. Ils tiraient jusque sur le bétail, celui d'autrui, les vaches et les bœufs, doux au point que, dès le début, ils avaient cherché à venir se protéger plus près de la maison. Où que nous regardions, les bêtes s'amoncelaient, moribondes, nos chevaux ! Et nous avions maintenant commencé à trembler. Le moment venu de regarder et d'entendre la chose la plus triste, et terrible, jamais inventée — car elle ne pouvait tenir dans l'étroitesse du temps. La clôture était très haute, ils ne purent s'échapper. Sauf un, un cheval clair, qui appartenait à l'Enclou et s'appelait Safirento. Il se dressa, d'aplomb sur ses pattes de derrière, et il resta suspendu, à croire qu'il somnolait incliné sur la palissade — tel que si on le pesait sur une balance — il nous montrait sa large croupe, ses chairs lourdes ; puis il bascula à l'extérieur, plongea de l'autre côté, on ne pouvait même pas voir comment il finissait. De la méchanceté pure. Nous jurions vengeance. Et, à ce point, on ne distinguait plus un seul cheval en train de courir, ils avaient tous été abattus l'un après l'autre !

Pareille chose réclamait vraiment que Dieu vienne, en chair et les yeux bien formés, qu'il montre de quoi il n'est pas fait. Nous implorions malédiction. Ah, mais la foi ne voit pas le désordre ambiant. Je crois que Dieu ne veut rien rafistoler, sauf à réviser le contrat au complet : Dieu est une plantation. Nous autres — des grains de sable. Ce qu'on se mit à endurer d'entendre : ce furent ces hennissements sinistres, de souffrance colossale, ce hennissement terrorisé des chevaux à demi à la mort, qui était le glaive de l'affliction : il fallait que quelqu'un aille là-bas, pour, d'une mire charitable, sur chacun et chacun, mettre fin à leur drame, éteindre le cœur de cette douleur. Mais nous ne pouvions pas ! Écoutez, apprenez — les chevaux en sang, l'écume rouge, qui se cognaient, s'aheurtaient, pour mourir et ne pas mourir, et leur hennissement était un long pleur déployé, leur propre voix, qui soulevait leurs flancs, une voix ayant même quelque chose des nôtres : les chevaux souffraient avec urgence, et leur souffrance non plus ils ne la comprenaient pas. Ils imploraient surtout pitié.

« Arrière, j'y vais ! je vais là-bas, délivrer de la vie ces pauvres petits !... », se mit à hurler Fafafa. Mais on ne le laissa pas, car ç'aurait été pure folie. Il ne faisait pas deux pas sur l'aire, qu'aussitôt il mourrait, transpercé de balles, proprement fusillé, ah ! Nous retînmes ferme Fafafa. Nous devions rester, retranchés à l'intérieur de la maison, et combattre tout notre possible, cependant que se déroulait l'atroce énorme vilenie. Ce que vous ne savez pas : le hennissement du cheval lorsqu'il souffre de cette façon, enfle tout à coup et accuse des abîmes profonds, et ils émettent parfois un grognement, pareil quasiment à celui d'un porc, ou qui déraille, écorche, vient déposer en vous la damnation, leurs douleurs, et vous pensez qu'ils sont devenus une autre qualité d'animal, anathématisés. Vous ouvrez la bouche, le poil sur votre corps se hérisse de trop d'effroi, le froid-de-glace. Et quand vous entendez autant de malheureux animaux, se trouver ainsi, en si grand martyre, la notion qui vous vient à l'esprit, c'est que le monde peut prendre fin. Ah, qu'est-ce donc qu'a fait la bête, que paie la bête ? Nous restâmes dans ces solitudes. Penser que si jolis, si bons, ces chevaux étaient encore il y a peu, nos braves petits chevaux du sertão, et que, massacrés de cette façon, ils n'avaient pas maintenant notre secours. Nous ne pouvions pas ! Et qu'est-ce qu'ils voulaient ces hermógenes ? Ils avaient sûrement l'intention de laisser ces hennissements de malheur nous rôder autour, jour-et-nuit, nuit-et-jour, jour-et-nuit, pour qu'au bout d'un certain temps, de ne plus pouvoir supporter, nous entrions en enfer ? Alors vous auriez vu Zé Bebelo : il pensait terriblement à tout — tels le char et les bœufs travaillant à se désembourber. Il commandait vraiment magistralement : « Améliorons le tir... plus bas... » — ; feu, nous tirions là, ici, pris d'une colère de compassion. Ça ne servait à rien. Nous pouvions gâcher toutes les réserves de munitions qu'il nous plairait, avec l'enclos à cette distance, ce n'était guère possible d'atteindre les bêtes de façon valable. Tirer des salves, sur l'ennemi dissimulé, n'avançait pas davantage. Où on se trouvait, on se trouvait : dans l'impouvoir. La rude de rude journée. Et alors, soudain, je m'élevai hors du réel : je priai. Et vous savez comment je priai ? Comme ceci : car Dieu était extrêmement juste — mais seulement pour la seconde partie des événements ; et j'espérais alors, j'espérais, j'espérais, ainsi que les pierres elles-mêmes espèrent. « Ce n'est rien, ce n'est rien, non les hennissements n'existent pas, ce ne sont pas les chevaux qui sont tous ainsi en train de hennir ; celui qui hennit c'est Hermógenes, le réprouvé, dans ses peaux du dedans, dans la ténèbre de son corps, dans ses organes lacérés, ainsi qu'un jour, lorsque viendra mon heure, cela sera... Ainsi, de ce jour et dorénavant, nous devons toujours être : lui, Hermógenes, mien, sous mon pouvoir de mort — lui guerrier, moi justicier... » Ainsi : le hennissement trois fois brisé, hoquetant, ces chevaux suaient leur ultime dernière douleur.

Nous retenions Fafafa solidement, je vous l'ai dit. Mais brusquement, le Taurillon s'écria : « Regardez, ça va aller : regardez ce qui arrive... » Il arrivait. Que — qui l'aurait cru ? — que c'était eux maintenant qui tiraient par miséricorde sur les chevaux tellement blessés, pour leur dispenser la paix. Voilà ce qu'ils étaient en train de faire. « Dieu soit loué... », s'exclama Zé Bebelo s'illuminant, avec le soulagement de la bonté. « Ah ! formidable ! », cria également

Alaripe. Mais Fafafa, lui, ne put rien dire, il n'y arrivait pas : tout ce qu'il put, il s'assit par terre, le visage dans ses mains, et il pleura abondamment, comme un enfant — il pleurait maintenant, avec son courage, avec tout notre respect.

Alors, là, nous attendîmes. Le temps d'un certain temps, nous laissâmes nos armes au repos, il n'y eut plus le moindre coup de feu. L'intervalle pour leur laisser le délai de tuer définitivement nos pauvres chevaux. Même après que le filet du dernier hennissement se fut dissous dans l'air une fois pour toutes, nous demeurâmes terrifiés, pétrifiés, longtemps. Un autre long intervalle — jusqu'à ce que le son et le silence, et le souvenir de tant de choses souffertes, puissent s'en aller épars, vers quelque lointain. Après quoi, de nouveau, tout recommença, en plus sauvage. Et dans ces choses, que je vous raconte, on voit le sertão du monde. Et que Dieu existe, oui, lent bien lentement, et vite. Il existe — mais presque uniquement par l'intermédiaire de l'action des gens : bons et méchants. L'immensité des choses du monde. Le grand-sertão est l'arme maîtresse. Dieu est une gâchette ?

Mais je raconte moins qu'il en advint : à moitié, pour ne pas le raconter en double. Qu'ainsi vous vous fassiez une idée. Nos très hautes misères. Même moi — qui, vous avez pu voir, retourne le retenu avec un miroir éclairé au centuple, et, le menu et le gros, garde tout — même moi je ne m'en sors pas pour décrire ce qui se passa, ce que nous passâmes, guerriers guerroyant, à l'intérieur de la Demeure des Toucans, sous le feu des sbires d'Hermógenes. Vade retro ! — je ne me souviens plus ni les jours ni les nuits. Si je dis six, je crois que je mens ; si je penche pour cinq ou quatre, je ne mens plus ? Ce ne fut qu'un temps. Sauf qu'il se prolongea sur une durée d'années — je l'ai pensé parfois ; ou parfois également, à cause d'une impression différente, je pense que tout a couru le zou... d'une minute mythique : une dispute d'oiseaux-mouches. Aujourd'hui, où je me vois plus vieux, et que ces événements se tiennent combien plus reculés, la souvenance change de valeur — elle se transforme, s'organise, en une espèce de révolu bel et beau. Je suis parvenu à penser droit : je pense ainsi que va un fleuve : et les arbres sur les rives, c'est à peine si je les vois... Qui m'entend ? Je voudrais tant. Les événements passés nous obéissent ; ceux à venir également. C'est seulement le pouvoir du présent qui serait endêvable ? Non. Il obéit pareil — et il est ce qu'il est. Cela, je l'ai de longtemps appris. Stupide ? Eh bien, que je vous dise ce que c'est pour moi : c'est laver de l'or. Alors, où est-ce qu'elle est la véritable lampe de Dieu, la vérité lisse et réelle ?

C'est dire que ces nuits et ces journées se sont engorgées agglutinées en bouchon, ne servant plus, uniquement, que pour la chose terrible. Ce fut un temps dans le temps. Nous peuplions une cible cachée, confinée. Vous savez ce que c'est que devoir se tenir constamment cantonné de cette façon ? Je ne sais combien de milliers de coups de feu furent tirés : cela enfla dans mes oreilles — ce qui sans discontinuer abasourdissait et vrombissait, crépitait, exprès, pétaradait. Le crépi et les palissades, les travées et les tuiles de la lourde vieille demeure étrangère, étaient la défense que nous opposions. Un autre raconterait — je le dis pour que vous me croyiez — que la maison-de-maître entière sentait, qu'elle gémissait des plaintes, et s'échauffait dans les profondeurs de ses grandeurs obscures. Il y eut un moment, en ce qui me concerne, où je pensai qu'ils allaient finir par tout démolir, de cette fazenda surannée. Cela n'arriva pas. Cela n'arriva pas, comme vous allez bientôt voir. Parce que, ce que vous allez c'est — entendre l'histoire racontée en entier.

Berósio mourut aussi. Cajou mourut. Mozambicon et Quim-Quémandeur apportaient, pour qu'on s'en tire, des quantités de balles. Zé Bebelo était partout et proche à la fois, ordonnant de tirer à coup sûr et à l'économie. Il blaguait : « Ah, ô hé, mes fils : pas de gâchis. Tuez seulement les vivants ! » Ou bien : « Courage, et put' qu' put' ! que le mort mort et tué n'aille pas vous sauter dessus... » Chacun lançait aux autres des hourras de courage, pour empêcher que la peur s'installe. Et nous fulminions contre les Judas. Pour ne pas avoir peur ? Ah, c'est pour ne pas avoir peur, qu'on marche à la colère. Fumiers ! Avec la chaleur de l'enflure, la douleur dans mon bras ne faisait qu'empirer. Alaripe, plein de bonté me céda, une flasque d'eau fraîche qu'il m'apporta ; entre les coups de feu, j'humectais correctement un linge, je le tordais, égouttais au-dessus de mon bras la fraîcheur de ce soulagement. Un camarade se proposait chaque fois pour m'aider, je le remerciai. Un urucuianais, un des cinq arrivés avec Zé Bebelo. Cela, soudain, me parut bizarre. Je remarquai, tout à coup : cet homme, cela faisait un moment que, toujours à me suivre, il ne décollait pas de moi.

Je fus pris d'un doute. La silhouette de cet homme constamment présente ; ce n'était que des hasards ? L'un, donc, des urucuianais, Saluste, il s'appelait. Celui qui avait des petits yeux minuscules dans une figure ronde, la bouche molle et sept longs fils de barbe au menton. Agacé, je lui fis : « Quoi, qu'est-ce qu'il y a ? Tu veux te mettre en ménage ? À ton trou — tatou... » Il rit à demi sérieux. Un comparse d'urucuianais aux yeux verts, un homme très laid. Il ne dit point un traître mot, et se gratta le ventre avec le dos de la main — un geste d'urucuianais. Je frappai de la main droite sur ma main gauche, qui tenait le fusil, la laissai là posée — un geste de jagunço. Je le serrai de plus près : « Tu me veux quoi, dis ? » Il me fit cette réponse : « Regarder comme vous faites, votre bizarrerie... Vous êtes un sacré tireur ! C'est auprès de qui s'y connaît, qu'on apprend le mieux... » Vrai de vrai, il me complimentait. Il rit, très sincère. Je ne détestai pas sa compagnie, en raison de suffisants silences. Et je dis ceci : quand, d'en face, la fusillade crépitait, puis tout à coup se taisait — cela causait un poids, vous agressait. Je pensai sourdement : ces hermógenes étaient des gens comme nous en fait, des camarades, embarqués avec nous — des frères, comme on dit — il n'y a pas si longtemps ; et maintenant ils nous lâchaient, poussés par l'envie de l'emporter. Mais, pourquoi ? Alors, le monde c'était beaucoup de folie et peu de raison ? De près, la folie ne sautait pas aux yeux. Car j'observai davantage ce Saluste João d'Urucuia. Là, les genoux à terre, il visait et tirait. Il tirait et fermait les yeux. Il espérait voir quand il les rouvrait, quelqu'un de vivant ?

Je m'accoisai. Vrai, je ne devais pas penser toutes ces idées. De penser ainsi ne produisait rien de bon — c'était déjà ouvrir la porte à l'appréhension. Qu'est-ce que j'avais, alors, à rester en marge, à me déliter ainsi, tout seul ? Il fallait immédiatement, pour ma dignité, que je me fasse pareil aux autres, la force unie de tous s'alimentait au débordement de la colère. La haine, presque sans direction, sans portillon. Haine d'Hermógenes et de Ricardo ? Je ne pensais même pas à eux. Ce à quoi je pensai de nouveau, ce fut aux manigances de l'urucuianais. Pour l'heure, il se mettait en position, plié en deux, un genou très en arrière, l'autre très en avant. Cet homme — je me dis — Zé Bebelo l'avait envoyé là pour surveiller mes actes.

Et la preuve c'était : que Zé Bebelo fomentait une trahison. Toute cette écume qu'il faisait m'agaçait. Ce Saluste était peut-être là pour, dès ma première négligence, me neutraliser ? Autant, non ; je pariai. Zé Bebelo me voulait surveillé de près, pour que je ne raconte pas aux autres la vérité. Plusieurs camarades, à coup sûr, m'avaient aperçu en train d'écrire les billets — cette chose étrange, alors que la bataille commençait ; mais ils pensaient certainement que c'était pour nos amis fazendeiros, ayant des hommes à eux ; pour les prier d'arriver en arrière-garde et en renfort. Zé Bebelo avait peur maintenant que je manigance quelque chose. C'est pourquoi il avait envoyé l'urucuianais, pour qu'il soit mon ombre. Mais Zé Bebelo avait besoin de moi, aussi longtemps que durerait ce cercle de feu. Et, tout traître qu'il soit, est-ce que je n'avais pas moi aussi besoin de lui — de la tête qui pensait droit ? Car, à l'époque, je ne savais pas penser avec maîtrise. J'étais en train d'apprendre ? Je ne savais pas penser avec maîtrise —

c'est pourquoi je tuais. Moi ici — et ceux d'en face en face, de l'autre côté. Des forces malignes nous déversaient dessus cet enfer de balles, des balles qui faisaient voler en éclats les toits, les portes. Ah, la calamité que c'était sans une main pour la diriger, une offense — presque une pluie-de-pierre, la foudre, les éclairs, l'orage tonnant sur nous — sans qu'apparaisse jamais un offenseur? Je pouvais éprouver de la colère contre des hommes que je ne voyais pas? Je pouvais? Je pouvais et je l'éprouvais entière contre ceux que je tuais bien tués. Mais ce n'était pas exactement de la colère; c'était seulement une confirmation.

Ce fut de cette façon que le soir tomba, le soleil clignota; nous avions perdu la certitude des heures. Le halètement de l'intranquillité, voilà ce que c'était. La fatigue nous tombait dessus. Dès la nuit installée, le danger risquait de s'intensifier. Est-ce que, profitant de l'obscurité, les hermógenes n'allaient pas attaquer, pour conclure ici à l'intérieur, à la crosse et au couteau? Gombo également mourut. D'autres, cela se voyait, étaient blessés. Comme on avait besoin de la chapelle, les défunts furent transportés dans une petite chambre sans fenêtre, donnant en haut d'un petit escalier sur le couloir. Alaripe apparut avec une bougie, il l'alluma, enfilée dans une bouteille. Une bougie toute seule, pour eux tous. Les veilleuses et les lanternes qu'il y avait là ne suffisaient pas? Zé Bebelo, dans la pâle lueur d'un chandelier, me faisait signe. Sûr que je compris immédiatement. Il avait fait venir Goal et Joaquim Beiju, pour une affaire secrète.

Il s'agissait maintenant que ces deux se fraient un passage, en rampant, à Dieu vat; et chacun emportait sa poignée de billets, adressés. L'un d'un côté, l'autre de l'autre; ce que Dieu approuverait, se ferait. Ainsi ils acceptèrent la mission, et ne demandèrent pas les raisons. Tout cela en secret. Alors — si Zé Bebelo avait vraiment un dessein honnête — pourquoi est-ce que, dit et fait, il ne mettait pas tout le monde au courant du stratagème? J'attendis encore. Mais — vous me direz — pourquoi est-ce que de mon côté je ne dénonçais pas tout, les effets et les projets, que je ne racontais pas au moins à Diadorim et Alaripe? J'avoue que je ne sais pas. Les dangers, les dangers. Je ne savais fermement qu'une chose... Que je n'allais pas cesser de surveiller Zé Bebelo de près. Qu'il trahisse, vivant, je ne le laisserais pas. Zé Bebelo avait sa nature particulière — qui servait ou qui trahissait? Ah, je verrais bien. Je verrais bien, à l'heure de la confusion, s'il allait se démonter ou non.

Goal et Joaquim Beiju prirent encore le temps d'aller à la cuisine se couper un en-cas, récolter quelques victuailles. Cette fois-là, Crocodile également faisait le coup de feu, dans les moments où il ne cuisinait pas, il venait tirer, du rebord d'une fenêtre avec Pisse-Feu. Le soir fonçait de plus en plus ; la nuit noire allait s'installer avant les dix heures environ, où pourrait ensuite monter un tesson de lune. Il se fit petit à petit un silence très respectable, on ne tirait plus ni d'un côté ni de l'autre, nous étions même très attentifs à ne faire aucun bruit, à ne pas nous parler sans nécessité. De nuit, la lueur de la poudre dénonce l'endroit où se trouve le tireur. — « La nuit est pour les surprises que réservent les traquenards, la nuit est à l'usage des bêtes... », dit tout bas Alaripe. Ce brave Alaripe : il demeurait le même en toute circonstance, on ne pouvait guère avec lui se créer du remords, se battre devenait une obligation naturelle, le simple devoir d'un vivant. Pour des gens comme lui, je faisais justice. Pour des gens, comme lui, je devais être absolument loyal, être moi. Mais, alors, il fallait que j'accule Zé Bebelo, que je l'oblige à parler franc. Et qu'il connaisse ma loi : qu'il ne se malaventure pas sans un avertissement. Ne serait-ce que pour nous — parce que Zé Bebelo était la perdition, mais lui seul également pouvait être notre salut. Aussi, j'allais aller lui parler, un défi tranquille. Ça servirait ? Possible que cela ne serve pas. En ce cas, je devrais m'armer d'un pouvoir, je devrais m'imposer au-dessus de cet homme. Je devrais remplir de peur les poches de Zé Bebelo. C'était la seule chose qui vaille.

Contre tout cela, il cogitait ferme, pensant à tout, ne négligeant aucune règle. Il répartit les hommes, ceux qui dormiraient, ceux qui feraient le guet, à tour de rôle. Auprès de chaque dormeur, un second éveillé. D'autres feraient la ronde. Zé Bebelo, quant à lui, n'allait pas dormir ? Cela c'était son secret. Il donnait l'air de vouloir savoir le monde et l'univers, il administrait. Ou tout comme, quasiment. L'eau pour l'usage de la maison arrivait par une rigole, qui longeait la cuisine latéralement et descendait et passait encore dans une canalisation : on pouvait sans danger remplir les récipients. « Ce qu'ils ne vont pas manquer de faire, c'est de détourner la rigole, là en haut, nous mettre à sec, facile... »

Zé Bebelo réfléchit. Il ordonna de faire de pleines réserves : de remplir tous les brocs qu'on trouverait et dénicherait. Nous le fîmes. Mais, de dévier le lit du ruisseau, cela ne se produisit pas une fois. Jusqu'à l'ultime fin, l'eau courut tout le temps, fraîche, suffisante, elle gazouillait. Et s'ils s'étaient avisés d'empoisonner notre boisson ? Idiot ! Où auraient-ils trouvé l'assortiment de poison, pour corrompre des eaux courantes ?

Dieu écrit seulement les livres-saints. La nuit Zé Bebelo sortit, il se faufila en rampant là où la ténèbre était la plus noire, et revêtu de vêtements très sombres, qu'il emprunta à l'un et à l'autre. Il dut même aller assez loin, ainsi que le rat rôde autour de la grange — que mange la chouette. Ce qu'il voulait c'était fureter au fond du fond de ses propres yeux. Il revint, et là donna ordre d'autre chose : que tous profitent de l'absence de lune pour aller faire leurs grosses commissions, à l'abri. On y alla, dans une fosse, creusée du côté des anciennes habitations d'esclaves. Voilà ce que conseilla Zé Bebelo, et il se tourna vers moi : « L'ennemi fait le même nombre que nous, ou peut-être un peu moins. C'est pour cela qu'ils ne trouvent pas le courage d'attaquer, sans compter qu'ils ne connaissent pas l'intérieur de cette bonne demeure... » Il m'en dit un bon bout. Pourquoi est-ce qu'il me choisissait pour susurrer ses secrets ? Il me pensait complice ? « ... Les béotiens, sans une idée... Ils ne font pas le poids contre moi ! » — et il fit une moue, presque désappointé. Il se trouve que moi, ma confiance en Zé Bebelo, je l'avais presque perdue. Son amitié je la rangeais déjà loin de moi — d'autant qu'il pouvait encore lui arriver que dans l'incertitude, je doive le tuer de ma propre main. J'étais exposé, j'avais rempli les lettres et les billets, les languettes de papier, en tant que secrétaire, je partageais les fautes. Ses élucubrations d'ambitieux. « Riobaldo, Tatarana, tu viens avec moi, parce que tu es un bon tireur, je te garde dans mon état-major... » — il me dit, avec emphase. Je me concentrai. Là, c'était le moment.

Là, c'était la perche tendue pour que je fasse et dise ce que j'ai déjà dit, cette raison que j'avais en tête. Je pensais seulement : « A moi de faire vite... » Et je répliquai :

« Oui. Je viens, je vais avec vous, et l'urucuianais Saluste vient avec moi. Je vais avec vous, et ce Saluste vient avec moi, mais au moment des événements... Quand ce sera l'heure, bien l'heure, je serai à vos côtés, pour voir. Pour voir comment c'est, comment ça va être... Ce que ça va être ou ne va pas être... » — je m'étendis, parlant de travers, et bégayant. Vous savez pourquoi ? Pour la seule raison qu'il me dévisagea, l'œil, gare-la-vitesse, encore plus perçant, et je restai à moitié atterré — déçu, déconcerté. Décontenancé ? Je n'en sais même rien. Je n'ai pas eu peur. Sauf que mes courages déclinèrent, sauf, oui, comme un feu s'assoupit. Je redevins de nouveau trop normal ; ce que je ne voulais pas. Je n'ai pas eu peur. Du découragement, du désenchantement, oui. Je ne trouvai pas le cœur d'en dire plus.

Zé Bebelo lança des étincelles, il me jeta en rafale :

« Silence, Riobaldo Tatarana ! Hé, je suis le chef ! ?... »

Sachez que là, dans un vertige — comme on dit — je perçus mes dangers. Je les perçus, tandis que je fermais les yeux, sans les apercevoir. Tandis que mes jambes flageolaient prêtes à se dérober.

Je ne parvenais donc pas à être quelqu'un face à l'autorité de Zé Bebelo ?

Le moment, donc. Mais je n'avais plus maintenant d'autre solution. Ah ? Mais, là, je ne sais pourquoi, je n'en étais plus à accepter que les yeux de Zé Bebelo me regardent. « Il n'y a sur terre en ce monde, aucun Zé Bebelo. Il a existé, mais il n'existe plus... Il n'a même jamais existé... Ce chef n'existe pas... Il n'y a ni visage, ni créature au monde ayant cette apparence présente et portant ce nom... » — je décidai, les idées plus calmes. Ses yeux, je les niai, j'accrochai mon regard sur un petit endroit, un seul petit endroit minuscule, sur cette poitrine, un petit endroit de rien — là où pouvait venir se ficher une balle sûre, dans la grosse veine du cœur... Cette imagination, très brève. Rien d'autre, rien de plus. Je n'ai pas eu peur. Seulement ce petit endroit mortel. Je regardai tendu, très doucement. J'étais assis au sommet d'une petite colline des plus calmes. J'étais étant. Jusqu'au moment où j'entendis ma toux ; ensuite j'entendis ma voix, qui articulait la réponse recevable :

« C'est juste, chef. Et je ne suis rien, je ne suis rien, mais rien... Je ne suis vraiment rien, un petit rien de rien, de rien du tout. Je ne suis même pas la plus petite chose, savez-vous ? Même pas la plus petite chose des plus petites choses, le dernier des derniers. Vous savez ? Un rien. De rien... De rien... »

Tel que je dis, je parlai ; pourquoi ? Mais Zé Bebelo m'écouta, jusqu'au bout. Interloqué. Il prit un air méfiant, mal assuré. Il fit une moue. Hocha trois fois la tête. S'il avait peur ? Je le sais, dans l'instant, je sus. Ainsi, j'avais fait mouche. Zé Bebelo éclata alors de rire, un rire bien ouvert. Ça l'avançait ? Il dit encore : « Ah, toi, Tatarana. Tu es le summum. Tu es mon homme !... » — de plus en plus démonstratif. Je murmurai le fastidieux des choses, ce qui n'était même pas des mots. « Bon, allons animer ces garçons... » — amen, dit-il sur un ton de théâtre. Là-dessus, nous nous séparâmes, je me dirigeai vers la cuisine, lui vers la galerie. Qu'est-ce que j'avais fait ? Non pas parce que je savais — mais seulement parce que je voulais — j'avais marqué le point. Il allait désormais penser à moi, et réfléchir à deux fois. Il me sembla. Il n'allait plus pouvoir trahir, mais devoir raisonner son affaire, donner des rênes pour faire marche arrière — sur le chemin de la trahison. Ça ne manquait pas de sel, de le voir interloqué. J'avais le bon jeu.

Cette nuit-là, je dormis mon quignon ; dès le chant du coq, la fusillade reprenait, renouvelée. Mais seulement des tirs espacés — pour ne pas gaspiller, et que les coups portent — car ils procédaient maintenant comme nous, pareil immédiatement. La guerre subtile, polie, brodée sur le métier. J'allai voir la naissance du jour : une blancheur. Vous connaissez : vers l'est, le ciel s'éclaira avec le soleil posé sur l'horizon. Mais le grand enclos était déjà noir d'urubus accourus, à leur habitude, de partout — l'urubu, oiseau des fléaux. Et, lorsque le vent tournait, l'enclos empuantait. Mais — Dieu me pardonne — où cela puait le plus, c'était à l'intérieur, dans la maison, et même énormément : les camarades décédés. Il fallut barricader la chambre, boucher les embrasures de la porte avec du coton brut et de la serpillière. La puanteur revenait resurgie sans arrêt, elle traversait. À un moment, nous entendîmes miauler — « Sapristi ! Le chat est là... » — cria quelqu'un. Ah, mais oui, c'était le chat. On le libéra, il sortit en catimini, alla se glisser sous un sommier dans une autre pièce. Il fallait lui offrir de quoi manger, car un chat bien traité porte chance. Sans attendre, dans la salle ouverte sur l'aire, je repris mon office, je tirai. Avec succès, suivant les coups, j'en descendis plus d'un, l'homme roulait, condamné, je sais qu'il y restait. Apparemment, les urubus ne se préoccupaient déjà plus d'éviter les tirs, ils descendaient suffisamment bas, à ras du corral, becquetaient leur content, puis allaient se poser en rangs sur la clôture, installés aux aguets. Quand ils agitaient leurs ailes, ils éventaient cette puanteur. A mesure que le jour avança, la pestilence dans l'air augmenta. Là je ne voulais plus rien avaler de salé, je mâchonnai un peu de farine, avec une poignée de cassonade. Et pas moyen, dans toute la maison, de dénicher un litre de chaux, un bidon de créosote, en guise de vil remède. Quim Quémandeur mourut, on mit son corps sur un banc de la grande salle, provisoirement : personne ne trouvait plus le courage d'aller ouvrir en vitesse la chambre des défunts. Le jour vieillissait. Je me glissai furtivement à côté de Diadorim, rien que pour l'observer, quasiment sans lui parler. De voir Diadorim, avec plaisir, mon cran commençait à fléchir. Je concevais de nouvelles craintes. Le temps que nous allions devoir là, tolérer ainsi le poids de la guerre. Nous serions peut-être obligés, à bout de résistance, de ne plus nous nourrir que de cuirs rôtis — comme c'était arrivé à Dutra Cunha, ce démon, qui, dans sa fazenda La Machette, résista ainsi au siège de Cosme de Andrade et Olivino Oliviano. Ce Dutra Cunha était un homme qui n'avait qu'un œil. Son histoire, Zé Bebelo la connaissait bien. Je pouvais rire, maintenant, de Zé Bebelo. Bien d'autres choses pouvaient encore se succéder, après celles arrivées dès l'aube, en attendant la petite brise du soir ? Mais personne ne parlait de Joaquim Beiju ni de Goal. A cette heure, ou l'ennemi les avait déjà descendus, ou alors, ils continuaient de se hâter par les chemins, vers des villes. Ainsi — tandis que le soir tombait, que la nuit venait — ils galopaient peut-être sur quelque cheval trouvé ici ou là dans les champs, et ils prolongeaient notre attente. Et les soldats, est-ce qu'ils viendraient ? Ce second jour, la Cerise mourut lui aussi. Partout, l'odeur de vieille mort. « Cette puanteur va finir par nous infecter... », disait sans arrêt l'un ou l'autre. Cette pestilence, même l'eau qu'on buvait s'en imprégnait dans la bouche, devenait âcre. La Demeure des Toucans supportait les batailles, cette si vaste maison si grande, avec dix fenêtres par côté, et les fondations renforcées jusqu'avec des pierres de taille. La maison je crois qu'elle parlait son parler — elle répondait au sifflement — et lorsque le tir claquait deux fois, deux réponses. Les balles pénétraient à la queue-leu-leu, happant derrière elles un filet d'air. Hé, elles en faisaient de la casse ! Mais les camarades, ça les faisait rire à tort et à travers, ils n'ajoutaient pas de contraintes à leurs difficultés. Et même, lorsqu'un rire se prolongeait, les plus éloignés réclamaient de savoir pourquoi, ou ils criaient à tue-tête dans la fièvre de la bataille pour demander la raison. Quant au reste, un certain Zé Vital eut une attaque : laquelle était un accès d'une laideur bien connue, qui se déclenchait dès qu'il se plaignait d'avoir le nez échauffé, il savait lui-même le moment à l'avance — et là il poussait un cri de porc qu'on égorge et tombait terrassé sur le sol, dur comme le canon d'un fusil ; mais il nous gênait en agitant les bras et les jambes, cherchant à la torture une chose une créature, à laquelle se cramponner, tandis qu'il roulait des yeux, et sa bouche écumait, baveuse. Quelqu'un dit : « C'est une vieille maladie qu'il a, ce n'est pas dû à la guerre... » L'accès était suivi d'un état d'à moitié demie — mort, d'hébétement — aussi ils allongèrent Zé Vital dans une grande manne en cuir. Cela vers le soir, à la nuit. Désormais, tout naviguait. La Maison se remplissait de mouches, de ces mouches d'enterrement, qui se reproduisent. Des grappes, des essaims noirs de mouches, qui détectaient la saleté l'une à la suite de l'autre. On ne parvient jamais pour ces pires choses à fermer les portes. Je dédaignai Diadorim. De regarder Diadorim, qui, dans sa fièvre à vouloir bien viser et tuer, ne prenait guère de précautions, seulement attelé à faire justice — de merveilleuses vengeances. Diadorim, oui, le visage très blanc, et d'une âme à ne pas le reconnaître, les yeux striés de rouge, enfoncés. Cela c'était de croire à la guerre. Pour quelle cause ? Parce que la mort de Joca Ramiro assassiné était notifiée ? Aucune raison normale d'aucune chose n'est la vraie, ne nous mène. Je réprouvais ce qui tient de la force — et que nous ne connaissons pas — spectres qui hantent la nuit. Mon pays était loin de là, dans le reste du monde. Le sertão est sans lieu. La Bigri, cette femme ma mère, ne m'avait pas maudit. Le matin levé — tout se répéta identique : le chant de la fusillade, la montée de la puanteur infecte des morts et des chevaux, et les essaims de mouches, qui se répandaient. En dépit de toute mon envie de paix et de repos, je me retrouvais entraîné là au milieu, au cœur même de cette diversité, des excès, avec la mort à ma main droite et à ma main gauche, avec la mort fraîche devant moi, et dépossédé de toute certitude. Sans Otacília, ma fiancée, promise à être la maîtresse de tant de territoires arables, sans compter les pâtures, sur tant de collines et tant de veredas, et la beauté des bois de buritis. Qu'est-ce que c'était cela, que le désordre de la vie puisse toujours plus que nous ? Sûr qu'en même temps, plongé dans cet enfer, je ne voulais pas me conformer. J'avais besoin, mon grand moment, que tout s'arrête, pour qu'il y ait un recommencement. Voilà ce que c'était. Pour la dernière, pour les dernières fois. Je voulais ma vie à moi, gouvernée par mon propre vouloir. J'étais triste pour Diadorim : car sa haine fatalement, dictée par une vengeance, prenait jusqu'à l'aspect d'une haine de vieilles gens — sans la peau sur l'œil. Diadorim avait, pour cela, besoin du sang d'Hermógenes et de Ricardo. C'était deux fleuves différents — que nous traversions tous les deux ? Je restai à côté de Diadorim un bon moment, impatient de me servir de mon escopette. On ne voyait jamais l'ennemi, et à peine le malmal, dans la petite fumée expulsée, à chaque décharge. Manœuvre, machination : ils approchaient certainement maintenant, camouflés en *mbaïa* — vous connaissez — c'est-à-dire, revêtus de branches et de feuillages. De sorte qu'ainsi camouflés, ils échappaient à notre œil et à notre mire. Ah, mais, leurs tirs continuaient, le crépitement des balles, le boucan de nos tuiles qui dégringolaient. La mort maîtresse. Qui était marqué, celui-là mourait ? « Ô gens ! C'est-y qu'ils m'ont eu, je m'en vais, je deviens aveugle », cria Evariste Caitité, lorsque négligeant de se protéger par côté, il prit toute une charge. Déjà son corps n'avait plus de jeu, déjà le froid paralysait ses jambes. Il s'éteignit presque en riant ; il demeura tout yeux — « Qu'est-ce qu'il voit ? Il voit la victoire !... » dit Zé Bebelo avec superbe. La victoire ! et les urubus qui goinfraient, et le petit-manuel-des-sables, mon petit cheval pommelé, que je n'allais plus jamais pouvoir monter. Ce qui impressionnait c'était l'excitation des camarades, ils ne voulaient plus entendre d'aller dormir, ils étaient possédés bouleversés. Au point qu'il fallait les contenir, calmer leur nervosité, car ils voulaient se précipiter dehors, se lancer à l'aveuglette. La folie de ces élans habituels, qui compromettent l'action commune. « De la fermeté, mes fils. Le souffle et la patience, on l'a toujours — s'agit seulement de vouloir et de pousser d'un doigt sur l'autre doigt replié... » — Zé Bebelo soupesait les façons d'être efficace. Notre seul remède, telles que tournaient les choses, et notre espoir, extraordinaire. La manière de nous sortir de là, tirés d'affaire ? Zé Bebelo était pour cela notre seule chance, c'est à quoi il pensait et repensait, œuvrait sans arrêt. Je le crus. Zé Bebelo, qui préférait toujours tout laisser d'abord bien empirer, se compliquer. Une gorgée de cachaça me fut de bon conseil. Sans la venue des soldats — s'ils venaient — n'étions-nous pas perdus ? Et c'était bien Zé Bebelo qui les avait appelés ? Ah, mais, désormais, Zé Bebelo n'allait plus trahir, il ne le ferait pas — et cela seulement à cause de moi. Zé Bebelo avait besoin des rênes d'un autre pouvoir différent et d'un flair éprouvé, qui l'avertisse, lui donne la direction. J'étais là pour ça. Je savais. Même lorsqu'il me lançait des coups d'œil en coin, Zé Bebelo faisait mine de ne rien savoir de ma surveillance, il faisait semblant. Mais il se rapetissait à la portée de mes antennes, consciemment. Il était maintenant obligé de spéculer, d'agiter ses méninges, de travailler pour imaginer quelque chose de plus, pour trouver quelque chose d'autre à inventer — afin d'assurer avec succès notre victoire finale — sans trahison, ni rodomontade. À tout cela, je crus, bien cru. Je savais que Zé Bebelo était très capable. Sauf que je n'ai pas ri. « Je veux voir si je compense d'en descendre encore au moins un de plus, des hermógenes, avant que tombe le serein du crépuscule... » — je réfléchis. Je n'eus pas le temps. Ce qu'il y eut, ce qui suivit, fut que Zé Bebelo me prit par l'épaule. Il changea de place, vint se mettre le visage en pleine lumière. « Ça y est, tu entends, Tatarana Riobaldo, tu entends ? » — il me dit, avec un sourire radieux illuminé, qui n'était ni de méchanceté ni de bonté. Ceci eut lieu un jour, il devait être autour d'environ trois heures de l'après-midi, à la marche du soleil. J'entendis !

Mais alors la soldatesque était venue, prévenue, ils arrivaient ? C'était eux. C'était eux ! Provoquant parmi nous un grand remue-ménage, vu que les autres ne connaissaient pas la raison, qu'ils ne savaient rien de ce dessein. Les soldats ? Leur mitraille, surprise brutale, qui prenait les hermógenes à l'improviste sur leurs arrières. Leurs tirs, qui étaient : ... *la balle, balle, balle... balle, balle, balle... la balle : ban !* — ils tiraient à la mitrailleuse. Cela crépipétaradait, pareil à un ouragan. Ils allaient finir par faire des dégâts sur la maison ? « Hardi, petits, ça ne fait rien. L'avantage du courage, c'est le silence du bruit... », dissertait Zé Bebelo. Zé Bebelo chevauchait des sommets. Il ne doutait de rien. Il l'emportait. A qui l'emporte, il est difficile de ne pas rester avec le faciès du démon.

D'auprès de lui, je ne décollai pas, il recommandait ordre et vigilance. Le canon de mon rifle était son tuteur ? Je ne pouvais, avant mon heure, fonder mes soupçons ni sur sa riposte, ni sur sa parole, quelles qu'elles soient. Mais ce qui était à venir rongeait mes forces, depuis le début. Sans l'avoir voulu, mais pour en savoir plus que les autres — je me retrouvais maintenant son second. Que Zé Bebelo vienne à mourir ou quoi qu'il manigance, je devrais prendre assumer le commandement, exiger imposer ? Qu'un autre le fasse — moi, non ; jamais, au grand jamais ! Pour commencer, les hommes ne m'obéiraient pas ; et ils étaient incapables de me comprendre. Capable de me comprendre, le cas échéant, personne vraiment, personne d'autre que Zé Bebelo ! Je réfléchis — en toute justice — que Zé Bebelo était le seul capable d'être mon second. Étrange, cela, et je ne savais pas moi-même exactement pourquoi, mais il le fallait. Il le fallait : sans que je sache la raison. Et feindre que je savais serait pire. Une personne, qu'est-ce qu'elle est véritablement, derrière le trou des oreilles et des yeux ? Mais les jambes n'y étaient pas. Ah, je fus pris d'angoisses. La peur se maintient d'elle-même, sous mille et une formes. La seule chose qui me restait, pour me galvaniser — c'était d'être au mieux de ce que je pouvais être, en ces heures-là. Ma main, mon fusil. Les choses qu'il fallait que j'enseigne à mon intelligence.

Maintenant, qu'est-ce qu'on attendait ? Seul Zé Bebelo évidemment pouvait répondre, mais il ne donnait pas le moindre signe de changement. Tout normal. Déjà, aux couleurs du soleil, on voyait le jour presque sur sa fin. Quelques guaxes volaient. Du côté des soldats et des Judas, on n'entendait quasiment plus le crépitement des armes, à part quelques tirs espacés, par-ci par-là, comme si le cœur n'y était plus. Et nous sur le qui-vive, prenant leçon de la onça, environnés de traîtres. Leurs manœuvres, ils devaient être en train de les mettre au point en cachette, derrière nous et sur notre flanc, pour s'emparer de la meilleure façon des emplacements à couvert, afin de rouler les autres, de porter l'assaut final. « Le soldat, ce qu'il demande, c'est la protection et la double-solde... » — je crois que dit quelqu'un. Cette occasion était la plus risquée. Alors que le jagunço c'est ceci — notez-le sur vos tablettes. La protection de son arme, et le fourniment dans sa musette — cela lui suffisait. Aucun parmi les camarades n'était inquiet, n'était la proie d'appréhensions. Aucun ne discutait le coup pour savoir comment se sortir de là vivant, de la Fazenda des Toucans. Avec l'arrivée des soldats, ce qui tenait du pilonnage, pour eux était une fête. Au point que certains se mirent à crier, comme des aras mâles. Imaginez ! Comme des gamins. Ce qui me fit penser : que j'étais vraiment, vraiment très différent d'eux tous. Alors, je n'étais pas un jagunço complet, j'étais là au milieu en train de faire une erreur. J'eus très peur. Ils ne pensaient pas. Zé Bebelo, lui, pensait tout le temps, mais à régler des choses pratiques. Et moi ? Je vis la mort avec plusieurs visages. Je me sentis seul — vous connaissez. Mais, là-dessus, je m'en tiens exactement aux faits, il se produisit une chose très inattendue. Du côté du bois, tout à coup, au-dessus des fourrés de lobélias, quelqu'un brandit un chiffon blanc, à la pointe d'une gaule.

Nous n'avions pas loisir d'ouvrir le feu sur cette cible de chiffon. Ça valait le coup de consentir à négocier avec ces Judas ? Pour moi, ceux-là étaient marqués à jamais, et tout ce qu'ils pouvaient nous apporter, c'était la malédiction. Mais Zé Bebelo, preste et habile, avait déjà attaché un grand mouchoir blanc à la pointe d'un fusil, et il ordonna à l'Enclou de le brandir et de l'agiter en l'air. « La règle est la règle ! dit Zé Bebelo. La dignité d'ambassadeur, il faut toujours la respecter, même s'il s'agit d'un hérétique, même s'il s'agit d'un manant... » Les autres approuvaient, ils lui donnèrent raison. Je me dis qu'ils voulaient avant tout savoir quelles étaient les nouvelles, l'avenir à venir. Ce qui me surprit le plus : le message de ces chiffons blancs, entre ici et là, dura un bon moment. Comme quoi, tout dans la vie a besoin de se mettre en place.

Ensuite, un individu apparut, sortant des herbes, et s'avança, il devait s'être glissé par une brèche faite dans la clôture. Il était sur l'aire, à bonne distance, et l'un des nôtres, le reconnaissant, dit : « Tiens, c'est Rodrigue-le-Poilu, un fidèle de Ricardo... » Qu'en effet, c'était lui — les autres camarades confirmèrent. Et derrière celui-là, moitié rampant également, surgit un second : « C'est Scorpion ! » Et Rodrigue-le-Poilu se retournait, disait quelque chose à l'autre, il avait l'air de lui donner ordre de s'en aller. Mais ce Scorpion s'obstinait, il continuait d'avancer à la suite du premier. « Hé, vous autres, d'où il sort ce Scorpion ? Ça fait un bout de temps qu'on ne savait plus rien de lui... » Celui-là était de Bolor, dans les hautes-terres de Jequitinhonha, un individu d'une valeur certaine. Un métis à peau claire. Même que naguère, alors qu'on le passait en jugement, il avait poignardé un procureur dans le prétoire. De voir ces deux, là, tout près, des personnes ainsi plantées devant nous, en haut des marches, dans ces conditions déterminées, je trouvai ça très bizarre. Rodrigue-le-Poilu leva les yeux, comme si on siégeait au ciel, et salua normalement. Puis il dit :

« Sieur Chef...

— Homme, retourne-toi ! », décida Zé Bebelo.

Aussitôt, sans plus, ils obéirent, l'un comme l'autre. Mais ils étaient sacrément armés. Les moments qui suivirent, je saluai le courage tranquille de ces deux, car de n'importe quel recoin au loin, un soldat était peut-être en condition de les descendre pour son bon plaisir.

Parce que les soldats n'avaient rien à voir avec cette cérémonie. Je décris ce que je pensai.

Et Zé Bebelo demanda, exigeant qu'on lui réponde : de quel mandat ils étaient chargés ? Diodôlfo à côté de moi, s'agaçait les dents dans sa bouche, ce tic qu'il avait, et José Gervásio murmura : « Traquenard... » Mais Zé Bebelo, la main sur son revolver, régentait tout. Un homme contraint de dire son message, le dos tourné, au milieu des adversaires, sous la bouche de toutes ces armes — vous avez déjà assisté à pareilles circonstances ? Rodrigue-le-Poilu rendit compte de cette façon, sans une fêlure tremblée dans la voix.

« Avec votre permission accordée, et selon les usages, j'apporte ces paroles, Sieur Chef, que j'ai été mandaté pour vous répéter : — Que, compte tenu de ces soldats, et du reste qui nous est contraire à tous, est-ce que ça ne serait pas plus profitable, pour un camp et pour l'autre, de passer un traité de paix, pour un temps... Et c'est pour cette offre que je viens, en service commandé. Que — si la proposition convient ou a quelque valeur — je pose la question ; et selon que vous serez d'accord ou non, m'ayant donné la réponse qu'il vous plaira de donner, je la rapporte à mes chefs.

— Quels chefs ? » demanda Zé Bebelo, d'un ton sans aucune malice.

Rodrigue-le-Poilu resta en suspens, faisant mine de tourner la tête, ce qu'à temps il se retint de faire. Et il riposta :

« M'sieur Ricardo. Et S'ieur Hermógenes.

— Et c'est donc qu'ils veulent la paix ?

— C'est qu'ils proposent un accord correct... »

A bonne distance, depuis les bois en contrebas, crépita un coup de feu, qui était un coup de fusil. Et plusieurs autres suivirent, fracassants. Cela me fit l'effet d'un manque de respect. Des tirs qui n'arrivaient pas de notre côté. Mais, néanmoins, Zé Bebelo dit :

« Hommes, vous pouvez vous baisser. »

Rodrigue-le-Poilu, toujours de dos, s'accroupit. Il posa son rifle par terre ; Scorpion resta à moitié à genoux. Ils étaient désormais entre les tranchées.

De notre côté, désormais, nombre des camarades s'étaient regroupés, farouches, avec leur haleine de bonne cachaça : le Taurillon qui montra du doigt le scapulaire sur sa poitrine, du côté du cœur ; le noir Mangaba qui me heurta en changeant de position — je le sais et m'en souviens, parce que mon bras me fit mal ; et Diodôlfo cracha loin devant lui — un hoquet de ses estomacs. Et Fafafa, qui regimbait : « La paix, et qui va rendre la vie, qui, à nos chevaux ?! » Là, Mozambicon derrière moi, me souffla dessus, tel un bœuf reconnaissant mon dos. Mais ma main, de son propre mouvement, prit celle de Diadorim, je ne tournai même pas la tête, seule cette main méritait toute la compréhension. Ma main ainsi, séparée de tout, avec une façon d'être douce qui m'appartenait, une chaleur, une chose simplement affectueuse. Les mots existent ? Mais là, je jetai un regard à Diadorim, et il se réveilla de ce qu'il avait oublié, laissé faire, il retira sa main de la mienne, presque avec un sursaut de répugnance. Et il était sombre, les yeux striés, sombre du dépôt de vieilles colères, les cheveux en bataille dans le vent. Je mesurai, dans ma tête : la haine, c'est se souvenir de ce qu'on ne doit pas ; l'amour c'est vouloir trouver ce qui est bien à nous. « Leurs belles paroles, à ceux-là ! » siffla Diadorim entre ses dents. Diadorim voulait le sang hors des veines. Et je n'étais d'accord avec aucune tristesse. Je ravalai seulement mon étonnement, une consolation vite prête ; parce que la guerre était ce remuement constant du sertão, et comme lorsque avec le vent de la sécheresse les arbres se tordent le plus. Mais penser à la personne qu'on aime, c'est comme vouloir rester au bord de l'eau attendre que le ruisseau apaisé veuille bien, un jour, s'arrêter de couler. Alaripe farfouilla dans son havresac, il était en train de remplir de nouveau ses cartouchières. Mais tout ce que je vous raconte là, se répartit dans l'espace de quelques petites minutes. Avec une façon de se dérouler sans séparations. Car Zé Bebelo, les mains à la ceinture, s'interposait, glacé sensé, tel le serpent venimeux. Tout ce qu'il dit, fut :

« Et quoi de plus, homme ?

— J'ai déjà tout dit, Chef, sieur. A quoi je demande votre réponse, pour la ramener. Et en cas d'un accord quelconque, qui est de mutuel respect, j'ai les ordres, pour conclure le traité sous mon serment... »
— fut la réponse que donna Rodrigue-le-Poilu, avec la voix claire de quelqu'un qui est davantage en train d'exécuter que de vouloir. Au point que je l'enviai : parce que, pour vivre à suffisance, ce n'est vraiment que lors de pareilles circonstances.

« Bon, mais d'abord, commenta Zé Bebelo, qui est-ce qui tourne autour et houspille les autres, qui attaque ?

— Habituellement... — c'est nous... C'est-à-dire... dit Rodrigue-le-Poilu, dosant ses aveux.

— Ah. C'était ça. Ah, et alors ?

— Je suis venu régler les propositions. Pour le salut et le profit d'aucune partie plus que l'autre. Des deux. Au cas où Vot' Seigneurie concorde... »

Sans le moindre aplomb, ni hausser le ton. Mais, en dépit de tout, ce qui en même temps me frappa, concernant ce Rodrigue-le-Poilu, fut le maintien de loyautés existantes. Que, notre ennemi, il continuait de se conduire en ennemi uniquement, en vaillant preux ; mais sec et à égalité, antagoniste sans le moins du monde s'incliner. Et qu'il pouvait avoir en tête son propre jugement, différent. De même qu'alors, ceux d'en face, — les Judas — pouvaient ne pas être uniquement des chiens devenus fous furieux ; mais, des personnes, tout autant que nous : des jaguços en situation. Ce malheur — qu'en raison du rachat de la mort de Joca Ramiro, aussi terrible qu'elle soit, il allait falloir maintenant perdre à jamais le temps, en guerres et en guerres, à mourir et se tuer, les cinq, les six, les dix, les plus vaillants hommes du sertão ? La poussière de ce doute me saupoudra l'esprit — comme le sable le plus fin qui soit : celui que le fleuve Urucuia roule dans ses vastes eaux, lors des déluges de l'hiver. Là, parmi mes camarades, tant de morts déjà. Des camarades, dus au hasard ; et ce qui maintenant se déposait d'eux était la matière de souvenirs futurs, et cette puanteur vieillie pétrie, qui filtrait par moments. Compte tenu qu'ils la dégageaient, bien qu'entassés dans la chambre funèbre, les fentes de la porte colmatées avec des chiffons, et bien que de ce côté nous fassions brûler des peaux avec des feuilles pulvérisées. Sûr que, moyennant les stocks de cette puanteur, Rodrigue-le-Poilu et ce Scorpion allaient faire le compte de nos tués, sans compter les blessés graves et légers. Mais Zé Bebelo avait d'abord pris soin de rameuter Marcelino Pampa, João Concliz et plusieurs autres, et notre nombre et allure, épaules contre épaules, dispensait l'heureux effet d'une bande importante, significative. C'est avec les vivants qu'on dissimule les morts. Ces morts — la Cerise, aussitôt raidi ratatiné, avec des filets de sang séché lui sortant des oreilles et du nez ; Acrísio, allongé avec une application d'un calme qu'on ne lui avait pas connu en vie ; Quim Quémandeur, d'une honnêteté tatillonne, qui n'avait jamais vu, jamais, un train de chemin de fer, et demandait tout le temps comment c'était ; Evariste Caitité, aux grands yeux décidés, qui avait toujours été de joyeuse compagnie au milieu des autres. Tout cela par la faute de qui ? Des mauvais traitements du sertão. Où personne n'avait donc de mère ? Je vous le redis : à l'orage, aux ravages, les sertões répondent par ces hurlements. La faute, par exemple, de ce Rodrigue-le-Poilu ? Je la niai. La haine de Diadorim forgeait les formes du faux. La haine pour se remuer, afin d'exister de façon juste et sûre, c'était la mienne ; mais en la circonstance, je ne savais de tout cela que l'ignorance. Et c'est distraitement, quasiment, que j'évoquais Hermógenes. Je repensais à Hermógenes ainsi — uniquement par besoin de quelqu'un à qui me comparer. Et parce que, me comparer à Zé Bebelo, je ne pouvais plus. Désormais, Zé Bebelo c'était moi — moi-même — qui le passais en jugement. Il le savait ? Ah, ce que dans ce grand crâne pensait Zé

305

Bebelo c'était l'utile, l'urgent, le succinct. D'un trait, consentant à conclure, il dit :

« Je tranche. Si la garantie est sérieuse, j'accepte un suspens des armes, pour un délai limité à trois jours. Je dis : à trois jours ! Maintenant, homme, tu peux aller — rapporte ça à ton chef, quel qu'il soit.

— Je vais... s'engagea Rodrigue-le-Poilu.

— Si la garantie est sérieuse, alors que de là où vous êtes, quelqu'un tire trois coups, pour sceller le traité. À partir donc de cette nuit : de l'instant où affleurera la première étoile.

— Je vais... »

Rodrigue-le-Poilu remettait son rifle en bandoulière et saluait en s'en allant. Je constatai à la rumeur des voix, que ne sachant pas si la décision de Zé Bebelo était juste et opportune, personne ne dit un mot d'approbation ou de discussion. C'était encore là, dans l'œil du silence, la seule chose qui pouvait m'aller. Rodrigue-le-Poilu cala son rifle sous son aisselle, déjà en train de s'accroupir pour descendre l'escalier. La volonté d'un seul, conscient de soi, commandait. Zé Bebelo commandait, il avait le regard noir de qui pense à tout. Nous obtempérions. Sauf moi ; c'est-à-dire — je réservais mon peut-être.

Mais là, brusquement, ce Scorpion, qui s'était tenu tranquille tout du long, comme en train d'écouter la messe à deux pas du maître-autel, se manifesta soudain, et faisant demi-tour, il jeta tout à trac :

« Moi, je reste, ici au milieu de vous, mon Chef ! — vu que je suis venu pour ça. Je suis l'homme que j'ai toujours été : de la nation de Joca Ramiro — homme fidèle à ses couleurs... Aujourd'hui, j'offre mon bras, Chef. Pour tout et tout le temps, si vous vous disposez à m'accepter... »

L'ahurissement causé par cette déclaration, forte, exclamatoire. Une sortie à vous clouer de surprise, on en resta pantois, stupides, et sans voix. Ayant dit, Scorpion se redressa de toute sa taille. Et là, il laissa le silence se parfaire dans le sillage de sa question — l'adjuration, l'exhortation. Ah, ce n'était pas rien, je vous le dis : voyez bien, voyez bien. Du cœur au cœur ! D'autant que, apparemment, ce Scorpion n'agissait pas ainsi sans mûre conscience, dans son amour plus déclaré, pour s'enfiler en sécurité dans une tranchée ; au contraire, encerclés de toute part comme nous étions, il avait quand même voulu venir s'associer. Quelqu'un s'en étonna ? Zé Bebelo, non.

« Voilà qui me plaît, je t'accepte, mon garçon ! » opina Zé Bebelo.

La guerre réserve de ces choses, c'est les raconter qui n'est pas plausible. Mais, qui dit toute la vérité ment à peine. Sur ce, Rodrigue-le-Poilu marqua un temps d'arrêt, mais en raidissant la nuque pour ne pas se retourner et dévisager Scorpion. Et Scorpion alors, désignant vaguement son rifle, prononça : « Je suis en règle, oncle mon frère, je suis en règle en tant que maître de mes actions, n'importe contre qui j'aie à faire. Quant à la carabine : elle m'a toujours appartenu, une arme que je n'ai reçue d'aucun patron. Je suis entier... » Personne ne répondit ouf. Vu que Rodrigue-le-Poilu renonça à contrevenir, et préférant là-dessus s'en aller, se propulsant le corps en avant, il s'en fut.

Nous attendîmes, en cercle, immobiles, jusqu'à ce que, d'en face, du haut d'un petit chemin en pente, ils tirent les trois coups, scellant l'approbation. À quoi nous répondîmes, en déchargeant également, par trois fois. Et là Zé Bebelo se tournant vers nous, dit : « Est-ce que je suis fou ? Ils n'ont même pas, ces gens, la constance de bien observer, ils ne méritent pas la parole donnée. Ce que j'ai fait, c'est donner le coup d'envoi à ce que nous allons mettre en œuvre. Et j'ai pris acte de notre victoire ! »

Qu'ils aient compris ou non ce dont il s'agissait, les camarades approuvèrent. Diadorim aussi. Ou peut-être Zé Bebelo avait-il levé la grande idée, les mots qui plaisent, une idée qui va loin. Le théâtre du monde : l'un sur le trône, les autres silencieux endoctrinés. Quoi qu'il en soit, Zé Bebelo ne cessait pas en tout cas de me regarder en coulisse, entre crainte et respect. Moi seul ici, en dehors de lui, amalgamais les éléments. Moi seul gardais mon exacte espérance, ce qui me donnait de l'importance. Qu'avait l'intention de faire Zé Bebelo en ces heures vespérales... au cas où ? Allait-il pouvoir se dégager de ce qu'il avait engagé et cogité — tramé pour trahir — et trouver désormais, dans cette conjoncture, un autre salut ? Mais je ne nie pas que, ne serait-ce que pour l'estimer, je souhaitais qu'il choisisse à bon escient la bonne conduite, et remérite. Pour la raison, que je l'aimais bien, l'admirais en même temps ; et par nécessité. Je trouvais incroyable et épouvantable que je puisse avoir à tuer Zé Bebelo sans rémission. Comment est-ce que... ? Mais il donnait trop de prise et de trop près, dans un rôle, à mon avis, qui n'était pas fait pour lui. Raison pour laquelle j'avais besoin de me libérer, de ce mouvement sans fin qui ne me laissait pas souffler un instant. Vous me suivez ? Sachez-le : ces choses, c'est à peine si j'y pensais, dans un moment de répit.

« Mes amis, maintenant je vous félicite et fais à tous, chacun meilleur que l'autre, mes compliments. Et alors remettons ça : allons leur cracher un peu de feu, en paiement, en attendant que la nuit se fasse belle ! » décida Zé Bebelo, toujours pratique. Ajoutant que, puisqu'on avait assez de munitions, on se fasse l'honneur de tirer, pour créer terreurs et dévastations, premièrement sur ce qu'on pourrait atteindre du petit bois, des prés et de la plaine, ainsi que sur les petits mornes, entrecoupés de garrigues et de vallons. Pendant ce temps, suite aux ordres reçus, Marcelino Pampa allait retourner vers les habitations d'esclaves, et Freitas-le-Mâle et Jõe-le-Grêlé allaient prendre position le premier près des greniers à grains, le second, surnommé « l'Espadrille », près du moulin. Mais Zé Bebelo me réserva pour que je reste avec lui, ainsi qu'Alaripe, pour soumettre Scorpion à une conversation en aparté.

Où il apparut que ce que Scorpion, avait à raconter était peu, bien peu. Il nous renseigna sur tout ce qu'on demanda. Disant que l'ennemi comptait bien la centaine, mais pour une bonne part des jagunços guère très déterminés, de peu de poids; ils attendaient encore d'autres hommes, des renforts, qui n'arriveraient certainement pas à temps, empêchés par les soldats. Dans tout cela, il ne savait rien dire des hommes, ni des motifs profonds d'Hermógenes et Ricardo, et, concernant la mort de Joca Ramiro, il n'ajoutait rien de spécial aux passages déjà connus compris de tous. Puis, quand Zé Bebelo et Alaripe s'éloignèrent dans le couloir, ce Scorpion soulagé, le visage goguenard, dit : « Quel homme sélect ce Zébebéô, notre chef! Son pareil pour vous insuffler la panique et l'agir à propos, j'ai jamais vu... » Les sagacités. Le tour de la sinistre vérité.

On s'en alla. Chacun de son bord. Moi, dans une embrasure de fenêtre. Pour faire feu. Est-ce que ce n'était pas l'ordre? Le genre de desseins de Zé Bebelo. Succinctement, chaque fois que j'appuyais sur la gâchette, je me remémorais la phrase de Scorpion : sur ce qu'était Zé Bebelo. C'est-à-dire une créature, dont la seule présence soutire de l'autre le lait de la peur. Diadorim lui-même, qui était le plus courageux, savait tout cela? Ce qu'est la peur : une production à l'intérieur des gens, un dépôt; et qui à certaines heures s'agite, bouillonne, on croit que c'est parce qu'il y a des raisons : pour ci ou ça, des choses qui ne font guère plus que tendre un miroir. La vie c'est pour dissoudre ce dépôt de peur; un jagunço sait. D'autres le racontent d'autre façon.

Crocodile, le cuisinier, vint prévenir, ordre d'aller dîner. Je mangeai ma farine pure. Me resservis — « Les soldats? » — c'était ce qu'on se demandait le plus. Ils avaient arrêté de tirer, on n'entendait plus leur fusillade. La journée, chaque tranche à son heure, s'était consumée; le moment de la décision était imminent. Je réfléchis. « Diadorim, ce soir, quand arrivera le moment, tu viens, tu restes avec moi, près de moi, tu ne me lâches pas. » Mais Diadorim refusa de vouloir savoir quoi que ce soit de mes façons, toutes ces bizarreries. Je pensai alors à Alaripe. Je me tournai vers lui. « À charge de rechange, l'ami. Écoute un peu... » Alaripe me trouva drôle. Lequel d'entre eux, maintenant, j'allais mettre à contribution ? Acauã ou l'Enclou, ou Diodôlfo ? Tous allaient leur train-train coutumier ; ils n'arrivaient pas à s'orienter dans la nouveauté. Pauvre, pauvre de moi. J'étais donc un jean-qui-pleure au milieu d'eux ? Je n'avais, pour diriger, aucune notion sûre ; je n'avais ni le doigté supérieur, ni la confiance d'autrui, ni le capital d'un pouvoir — les pouvoirs normaux pour avoir prise sur les hommes. Même le bras de ma blessure, qui s'était déjà, tout seul, bien amélioré, se remit injustement, au milieu de tout ça, à me faire mal. Comme fait exprès, dans un retour de vent, je discernai le relent de nos chevaux, la puanteur des os, seulement la désolation. Est-ce qu'il m'incombait vraiment de heurter les gens ? Ah, le temps était trop court pour que je leur explique des choses si étranges, et qui pouvaient même se révéler n'avoir aucun fondement. Parce que — je vous le dis — moi-même, je n'étais sûr de rien. Tout contraint que je sois de surveiller de près Zé Bebelo, de me mettre, le cas échéant, au travers de son projet, comment est-ce que j'allais affronter un tel homme ? Ah, le verdict de la Fazenda Toujours-Verte avait été beaucoup trop flou, trop mou — pour avoir du prix. Zé Bebelo, de lui-même tout seul, sans renfort de l'armée, avait l'étoffe pour gouverner les commotions du sertão ? « Je m'en fiche... Je m'en fiche !... » — je décidai, avec d'autres mots du même acabit. Ici, je n'étais personne. Qui, ici, allait me donner du Monsieur-mon-grand-roi ? Ici, je n'étais rien, si ce n'est la quiétude. Je raconte les extrêmes ? Je m'en remis à Zé Bebelo — à ce qu'il allait inventer de faire, plein de lui-même, de ses prouesses et mésaventures.

Il me tomba dessus. « Riobaldo, Tatarana... » Il me fixait, je ne vous dis que ça, clignant de ses yeux sagaces. Celui-là, me compre-nait ; il me craignait ? « Riobaldo, Tatarana, viens voir, je voudrais avoir ton opinion, sans rien qui t'engage... » Il m'entraîna à une fenêtre de la cuisine, d'où on avait vue à grande distance, sur la colline avec ses bois. Zé Bebelo prit le gobelet, le remplit à la jarre d'eau. Je bus moi aussi. En même temps j'écoutai : il me parlait, sur le ton de l'amitié.

« Jeune homme, tu es de ceux qui acceptent de tuer ou de mourir, avec la même simplicité, je sais ; mieux, tu es sans illusion sur le courage — qui est le fruit de la vaillance... »

Je lui montrai seulement mes épaules.

« Tout ça c'est très bien : qu'est-ce qu'ils vont faire maintenant, ceux de la bande ennemie ? — il me demanda alors.

309

— Eh bien... Ce que je ne sais pas et que je veux savoir, c'est — nous autres — qu'est-ce que nous allons faire maintenant ? » — je lui retournai. Et j'enchaînai : « Je suis dans le blanc. Et je suis dans le doute. Tout mon temps y passe... » — dit comme je dis.

Sauf que Zé Bebelo ne voulait pas entendre, question de sécurité : « Mets-toi à leur place, hein ? Ce qu'ils font, en ce moment, c'est se sortir du pétrin, par cette colline, qui est l'endroit où les soldats relâchent leur pression. De là, ils descendent à toute allure vers le sud, par des voies détournées ; et je te fiche mon billet qu'au petit matin, ils refont surface là-bas, déjà du côté de Buriti-Alegre. Maintenant, hein, le principal ? — et les soldats ? Ils protègent le coin, c'est-à-dire tous les environs, excepté au pied de la colline, et les à-côtés — le petit vallon — parce que, ça tombe sous le sens, postés là, notre feu c'était pour eux. Oh, c'est clair ! »

À part neuf fait la preuve, rien à ajouter.

« Bon. Alors et nous ? » demanda de nouveau Zé Bebelo.

La réponse, je ne la donnai pas. Je mettais tout cela de côté.

« Ah, ordre de départ. C'est nous, nous autres, qui allons filer à ras de ce vallon, Riobaldo, mon fils. Sans perdre de temps — parce que d'ici à déjà, la lune va se montrer, de façon déclarée... »

De fait, c'était déjà le moment. La nuit venait. Une étoile affleurait, dans les hauteurs où le noir s'amoncelait, je le vis nettement. La petite étoile, une lueur, une lueur. Ainsi — qui de nous deux avait pu le plus ? Zé Bebelo ou moi ? Y en avait-il un, qui ait vaincu ?

Quitte avec ça, pour l'accomplissement, je laissai faire les destins.

Le frottement des pieds. Bientôt, les hommes commencèrent à se rassembler dans le corps de ce corridor — leurs files s'étiraient dans une bousculade depuis la salle ouverte sur la terrasse jusqu'à la cuisine, au milieu de silences de conspiration, de mouvements pleins d'énergie. Prolixe comme à l'ordinaire, Zé Bebelo exposait ses recommandations. Une petite lampe s'allumait constamment ici ou là, éclairant des visages blêmes. Nous allions cette fois partir à pied, sans autre recours, ce qui désolait c'était la quantité de munitions qu'on était obligé d'abandonner là, pour se mettre à l'abri. Une bonne partie, du moins, tout ce qu'on put, de caisses et de balles, on en remplit : les havresacs et les bissacs, les gibecières et les cartouchières. Mais ça ne suffisait pas. C'est alors que quelqu'un eut l'idée d'une taie d'oreiller : qui, serrée par une corde ou une courroie, pour être portée à l'épaule, pouvait contenir une bonne dose de coups de feu ; et beaucoup en profitèrent, il ne resta bientôt plus une seule taie disponible. Il fallait également chacun, prendre en prévision une musette de vivres. Cela fait, au coude à coude, on sortait par une porte. La nuit se déployait bonne et dense, João Concliz, Suzarte et Mozambicon furent envoyés les premiers en éclaireurs, pour reconnaître si le chemin, en direction de notre retraite, était libre, et praticable. C'est que les quelques blessés, qu'on avait, se plaignaient de la situation, même Nicolas, qui s'appuyait sur son rifle et par instants prenait du retard. Ne restaient dans la Maison que les morts, qui n'avaient guère besoin de nos prières d'adieu — aux soldats demain, s'ils débarquaient, de les enterrer. Nous avions reconstitué plusieurs groupes, cinq je crois. Diadorim et moi entrâmes dans le dernier, sous le commandement de Zé Bebelo lui-même ; et avec Fafafa, Alaripe, Acauã et Sesfrêdo, qui m'accompagnaient partout. Ceux de tête s'ébranlèrent, ils marchaient l'un devant l'autre — comme un fleuve va son cours, comme un chien flaire un chien. Cela prenait du temps. Cette grande cuisine, en queue de l'expédition, débordait de gens ; et je fis le compte des camarades, des respirations. Ils partirent, les uns et les autres. Des premiers, on ne percevait pas un bruit. Je m'attendais à chaque instant à un coup de feu, un cri de halte là ! Mais ce n'était que le frémissement de cette paix en proportion. J'admirais Zé Bebelo. Notre tour arrivé, il fallut s'habituer les yeux à un autre changement. Nous descendîmes et partîmes également. Chacun allant son train.

Délivrés ! A couvert, et tout nous étant plus avant favorable, nous forçâmes le passage. Il nous fallut marcher longtemps, dans un silence forcé, soufflant pour nous refroidir le sang ; jusqu'à tenir pour vrai que de danger, il n'y en avait pas, avec la joie de rescapés d'une attaque ou embuscade quelconque. On s'arrêta, pour respirer, un répit de quelques instants. « C'est-y pas que le chat est resté là-bas... » dit quelqu'un en riant. « Ah, sûr. Y a la Maison, là-bas... » avança un autre. Cette grande-fazenda des Toucans à-la-mort. Du coup, la bonne odeur lourde, de feuilles et de feuillages et d'herbe des champs, réveilla dans ma mémoire la mauvaise-odeur des défunts, que je n'avais plus maintenant dans les narines. Zé Bebelo, se penchant à mon oreille, observa tout en regardant derrière lui, et me serrant la main : « Riobaldo, écoute, j'ai envoyé promener la dernière occasion de m'engraisser aux frais du Gouvernement, et de gagner honneur et récompense dans la politique... » C'était vrai, et je tirai un trait sur ce qui restait en compte : il me touchait au point sensible de mon caractère. Autour de nous, cela s'éclairait — la lune bientôt pleine — l'onctuosité de la lune. Nous repartîmes. Sachez monsieur, sachez-le : au milieu de ce clair de lune, eh bien, je me souvins de Notre-Dame.

Puis, toujours avec précaution, nous prîmes sur la gauche, en direction du nord. Droit, dès lors, vers le couchant. Entre hors et aurores, nous étions de nouveau dans la campagne étale. Avant le matin, nous traversions de nouveau la Vereda-Grande au Gué-des-Singes. Puis, comme le grand jour faisait irruption, on arriva à la ferme d'un certain Dodó Ferreira, où chacun but du lait, et mes yeux sautaient d'arbre en arbre. Ainsi, vraiment, dans une plénitude — comme un bœuf qu'on libère du joug et qui s'ébroue pour se faire du bien. Et ce fut de cette façon, dans cette fulgurance instantanée, que recommença ma passion pour Diadorim, avec cette joie de l'amour retrouvé. L'affranchissement, c'est ça. Aller par les chemins des Hautes-Terres, même avec tout mon équipement sur le dos, et à pied, ne semblait guère trop me fatiguer. Diadorim — le nom perpétuel. Mais les chemins sont ce qui gît partout sur la terre, et toujours les uns contre les autres ; il me revient que les formes les plus fausses du démon se reproduisent. Plus vous allez m'entendre, plus vous allez me comprendre.

Là, dans la ferme de ce Dodó Ferreira, Nicolas et Leocádio allaient rester hébergés, jusqu'à ce qu'ils puissent tout à fait guérir. Nous, non. De là, le fusil sur l'épaule, nous filâmes bon train vers les Enclos-du-Curé, pour nous refaire ; car nous avions là en réserve une bonne cavalerie. Les jambes flageolantes et les pieds enflés à force, par ce qui ne fut même pas un voyage : mais une marche au pas de charge, un rappel d'esclavage, à rendre fou de rage. Un désastre de route, tous les cailloux du monde, mes lieues de repentance. A quoi sert que je le raconte par le menu — à vous qui, bienheureux, ne l'avez pas souffert avec moi ? Pour que vous appreniez l'alternance des plantes fourragères ? Eh bien, ce furent : la luzerne, le pâturin, l'orge, le sorgho. La marche c'est ainsi, c'est-à-dire : une grosse dépense, l'émoi. C'est bien contre mon gré, que plus ou moins je me souviens, de ces sentiers escarpés des chapadas. Qui, pires que les sentes de la caatinga, remontent les plateaux toujours si pénibles à leur extrémité, vers des terrains plus amènes. Des champs à n'en plus finir, où les bottes malheureusement convenaient maintenant moins que des espadrilles. Le vent forcit. L'épervier fraie là, il recueille le glapissement de toutes ses lignées — le cui-cui des petits tiercelets. Et c'était là que vous pouviez observer le bon sens des bandes de perroquets. Chaque fois qu'on descendait dans une petite vallée arrosée, on saluait les boqueteaux de buritis et on s'arrêtait pour boire. Lorsque les provisions eurent la mauvaise idée de se terminer, par chance, on ne souffrit pas de la faim : on captura un bœuf. De plus, il y avait là des anones sauvages déjà mûres. Mais, descendre ainsi une tête de bétail débandée, il y fallait de la chance et de la diligence, car il s'agit de bêtes ensauvagées, effarouchées. Le tabac à priser épuisé tout à coup dans les sacoches des uns et des autres, c'était la générosité des camarades qui tirait d'affaire. Et ce vent messager se leva : il apportait la pluie. On se mit à l'abri, le temps de la tempête, séparément, sous des caryers. Quant à dormir, on dormit, trempés, dans le froid de la boue. Après quoi, ce qu'au réveil on découvrait, c'était la patte de la onça, l'empreinte de ses pas autour de nous. Et on remettait ça, dans le découragement, à travers ces découverts. Un territoire qui n'a pas été fait pour ça ; l'espoir, dans ces parages, n'accompagne pas. Je savais, je sais. Le malheureux, seul, sans le cheval, est réduit à lui-même, il reste tel une île ou un banc de sable, sur son bord de vereda. Un homme à pied, ces Hautes-Terres le mangent.

Diadorim venait constamment me retrouver. Et il venait peiné, chagrin ? Non, ce n'était pas ce que je croyais, et que me trompant, je crus presque deux jours durant. Après, seulement, je compris que le vrai rancunier c'était moi. La nostalgie de l'amitié. Diadorim marchait correctement, de ce pas court, qui était le sien, et que dans son amour-propre il bataillait pour accélérer. Je compris qu'il était fatigué, éprouvé également. Même ainsi, le sourire rare, il ne me niait ni l'estime, ni le prix de ses yeux. Comme par une intuition : j'avais par instants la pénible impression que quelque chose, rien qu'à poser le pied par terre, lui faisait mal. Mais cette idée, qui me traversait, venait de mon affection. Au point qu'une envie me prenait : si j'avais pu, toute cette longue trotte, je portais librement sans m'en faire, Diadorim sur mes épaules. C'était même, une rêverie qui me rendait heureux, comme si, je ne sais de quelle façon, il percevait mes attentions, et dans sa délicatesse me remerciait. Ce qui abondait en moi, et surabondait : ces débordements du cœur. Continûment, comme une bonne chose, subtile, et qui ne me troublait nullement, dans la mesure où son propre souci de chérir l'autre, chacun le garde pour soi, esquivant toute pensée, dont la conscience pourrait s'aviser et s'effrayer ; et pour la raison également que j'abandonnais même de décortiquer et de reconnaître la figure véritable de cette affection, avec son pouvoir et ses secrets ; c'est du moins ce que je pense aujourd'hui. Mais, là, à un moment donné, je dis :

« Diadorim, j'ai une gentillesse, qui t'est destinée, et dont je n'ai jamais parlé... » — laquelle était la pierre de topaze, que j'emportais avec moi depuis Araçuaí et que je conservais avec grand soin en prévision d'une occasion raisonnable, enroulée dans un peu de coton, à l'intérieur d'un petit sachet de la taille d'un scapulaire, cousu dans la doublure de la plus petite poche de mon havresac.

Je n'avais pas plus tôt parlé, que Diadorim voulut à toute force savoir quel cadeau c'était, me pressant de questions que j'éludai, sans m'embarrasser, jusqu'au soir, à l'étape. Une halte qui eut lieu — d'après le vif souvenir qui me reste — dans un petit vallon sans nom ni renom, une minuscule rivière beaucoup trop endormie, d'une eau très claire. Là, quand il n'y eut plus personne pour voir, j'attrapai mon havresac, je défis les coutures à la pointe du couteau, et je lui remis le petit cadeau, avec en guise de paroles l'élégance du silence.

Diadorim ébaucha le mouvement de recul d'une bonne surprise, et sans le vouloir s'immobilisa la bouche ouverte, tandis que ses yeux tout yeux contemplaient longuement la pierre-de-topaze dans le creux de sa main. Puis, comme on serre les rênes, il se recomposa sérieux, referma les lèvres ; et sans rime ni raison apparente, il me rendit la pierre, en disant seulement :

« De tout ce cœur, je te remercie, Riobaldo, mais je ne me sens pas d'accepter un tel présent actuellement. Garde-le pour une autre fois, dans quelque temps. Pour le moment où avoir vengé Joca Ramiro sera chose faite. Ce jour-là, alors, j'accepte... »

Cela, je le pris à la lettre ; et même avant, lorsque se fraya sur son visage sous la rougeur qui lui monta, une espèce de pâleur. Et je me retrouvai comme devant, avec de nouveau la pierre-de-saphir, ce donné-rendu, dans la main. Alors je déclarai :

« Écoute, Diadorim : partons, laissons cette vie de jacunços, que c'est déjà demain-la-veille, et parce que les vivants aussi doivent vivre pour eux seuls, et la vengeance n'est ni une promesse faite à Dieu, ni une formule de sacrement. Les nôtres qui sont morts et les Judas que nous avons tués ne suffisent pas, pour attester la fin de Joca Ramiro ?! »

Ah, la façon dont il m'écouta et se rétracta, la dureté que je reconnus, comme de l'os. Le hérissement de quelqu'un qui garde l'affront en travers de la gorge — et les yeux disaient ce qu'ils me lançaient. Cela ne dura qu'une seconde, le temps qu'il se reprenne en main, concis comme un soupir ; mais il me répliqua tout de même, narquois :

« Tu as peur, Riobaldo ? »

Je le pris sans m'offenser. Mais ma décision, que j'avais déjà mise au point là, dans la Fazenda des Toucans, était prise et bien prise, j'attendais seulement pour l'exécuter dans les règles, qu'on soit arrivé aux Enclos-du-Curé, conformément à mon système de conduite.

« Peur ? C'est la meilleure ! Toi, fais comme ça te chante. Moi, je vous tire ma révérence... »

Tel que : un mal pour un mal. J'avais la raison pour moi. Je fourrai la petite pierre dans ma poche, la rangeai mieux ensuite dans la bourse, à ma ceinture ; je comptai mes points, les recomptai. Diadorim respirait très fort. Ce fut lui qui relança :

« Riobaldo, tu penses juste : tu as juré vengeance, tu es loyal. Jamais je n'aurais imaginé un pareil dénouement, à notre amitié... — il se fit plus pressant. — Riobaldo, fais attention à ce que je te demande : tu restes ! Et il y a ce que je ne t'ai pas encore dit, mais qui est ce que, ces derniers temps, je pressens : que tu peux — mais tu ne laisses pas voir : que, le jour où tu décides toi-même de mettre ferme le pied à l'étrier, la guerre va changer de figure. »

Je reculai : « Tu prêches pour ton saint, Diadorim. Avec moi, ça ne marche pas... »

De cette manière, à me passer de la pommade avec sa prose, pour me faire fléchir, il me tentait. Et j'allais le croire ? Alors il ne me connaissait pas ? Avec la réserve que j'avais, de naissance, démuni de toute capacité d'enjôler ou de posséder les autres — j'étais tout le contraire d'un autoritaire. Cette histoire, maintenant, de m'imaginer levant les armes en grand courroux contre Hermógenes et Ricardo, comme un meneur ? Remanier le sertão, en patron ? Mais le sertão était tel que, petit à petit, on finisse par lui obéir ; non pas qu'à force, on l'accommode. Tous ceux qui chevauchent mal parviennent dans le sertão à tenir les rênes seulement sur quelques distances ; car le sertão sournois se change en tigre sous la selle. Je le savais, je voyais. Je dis : Non, définitivement non ! Je me rebellai. Tout le talent que j'avais c'était la conclusion d'une bonne mire parfaite, avec n'importe quelle arme. A peine ils m'entendaient qu'aussitôt ils me prenaient pour un imposteur ou un cinglé, ou un jean-de-la-lune. Je n'étais même pas capable de parler à bon escient. La conversation sur les sujets pour moi les plus importants assommait les autres, leur cassait les pieds. Je n'étais jamais sûr de rien.

Diadorim dit : « Hé, penses-y ! Le courage crée le courage... »

Je dis encore : « Je suis le Commandant-en-Chef ?!... »

Il tirait sur toutes les ficelles, pour m'emberlificoter et que je ne m'en aille pas, que je demeure pieds et poings liés par l'urgence de cette guerre, sans queue ni tête, sans pile ni face, et qui me bassinait. Je haussai les épaules. Sa main, la douceur de ce don, légère dans la mienne. J'eus très peur de flancher. Et je ripostai durement, avec un nouveau haussement d'épaules :

« Je m'en vais et je m'en vais. Je vous accompagne seulement jusqu'aux Enclos-du-Curé. Là je me procure un bon cheval. Et je cavale, je prends le large... »

Mon vrai propos, comme j'ai dit, c'était cela. Je ne balançai pas. Je suis ainsi, à l'amour comme à l'amour, et l'ingratitude non. Et c'est bien pour ça que Diadorim arrêta là ses protestations de gentillesse ; mais à la fin, pour me mettre en boîte, il y alla d'une petite plaisanterie :

« Puisque tu y tiens, alors, va. Je sais où tu vas, Riobaldo : cela te reprend de revoir la jeune fille au teint clair et aux joues pleines, fille du maître de cette grande fazenda, dans le haut-pays, là-bas, à Santa Catarina... Tu te maries avec elle. Vous f'rez la paire, vous deux, que vous allez bien ensemble... »

Non nenni je ne dis rien. Je ne pensai même pas à Otacília. Ni ne maudis Diadorim, de ne pas vouloir se taire. Par-dessus le marché, il railla :

« Va-t'en, prends ce bijou en présent, emporte-le, donne-le-lui, en cadeau de fiançailles... »

Sans me presser, je me roulai une cigarette. Nous étions au bord des petits bois clairsemés, la partie surélevée d'où partait le resfriado à flanc de côteau ; on s'arrêtait sous un « pare-à-tout » — comme disent les gens de Goïas, qui est en fait le caraíba — le pendant, cet arbre, de ses frères nostalgiques, grandis au loin, sur les bonnes rives de l'Urucuia. Là-bas, c'était la vereda. Avec le temps plus frais, et les soupirs de l'air, le buriti retourne très haut ses palmes. On entendait, non loin, le tintamarre des camarades. Vrai, j'avais de la peine, ces longues journées de marche, sincèrement mal pour Diadorim. Le soir maintenant, tombait vraiment. Et dans le ciel déjà, volait le dernier ara.

« ... Ou qui sait, tu préfères peut-être l'envoyer en souvenir à cette petite femme spéciale, celle du Rameau-d'Or, fille de la sorcière... Parole, mieux vaut celle-là, Riobaldo, elle donne du plaisir à la terre entière, et partage le sel et le sucre avec tous les passants... »

Ce n'était pas au Rameau-d'Or, c'était à Aroeirinha, le petit village aux anacardiers. Mais pourquoi est-ce qu'il évoquait le nom de Norinha, avec une souvenance si marquée ? À croire qu'il savait mieux que moi ce que j'éprouvais dans le cœur, l'occulté et l'oublié ? Norinha — petite fleur jaune discrète, qui dit — *je suis jolie*. Et tout en ce monde pouvait être beauté, mais Diadorim ce qu'il choisissait c'était la haine. C'est pour cette raison que je l'aimais ainsi en paix ? Que non : je l'aimais par destin, de ce très enfoui dans l'être peut-être, d'où remonte la somme des souffrances et plaisirs. J'aimais pareillement Norinha — la sans bassesse, pour tous enchanteresse, en jupe couleur-d'été, prostituée. Sauf que Norinha, fille d'Ana Duzuza, je ne savais pas encore que je l'aimais. Remarquez : le buriti est du bord des eaux : il laisse tomber ses noix dans la vereda — les eaux les emportent sur la rive — la petite noix, les eaux elles-mêmes la replantent ; d'où la palmeraie, alignée d'un côté et de l'autre, en file indienne, et ce n'est pas par calcul.

« ... Tu te maries, Riobaldo, avec la jeune fille de Santa Catarina. Vous allez vous marier, je le sais en moi, je sais ; elle est jolie, je reconnais, une jeune fille distinguée, délicate, je prie Dieu qu'elle t'ait toujours en grand amour... Je vous vois ensemble tous les deux, tellement ensemble, elle avec un bouton de jasmin pris dans les cheveux. Ah, tout ce que portent les femmes : la chemise de lin blanc avec beaucoup de dentelles... La fiancée, avec son voile de tulle blanc... »

Diadorim mettait une vraie tendresse dans cette déclaration. Il l'oignait d'un miel de fleur. Et m'en imprégnait — ce qui était m'enseigner à aimer mon Otacília. Vraiment ? Il parlait maintenant très lentement, un ronron, comme s'il imaginait, se racontait à lui-même une histoire. Une haute spirale de papillons. Comme si je n'étais pas là près de lui. Il parlait d'Otacília. D'Otacília vivant le raisonnable des jours, dans le quotidien. Otacília en train de coiffer ses longs cheveux, de les parfumer à l'huile des sept-amours, pour que mes mains l'aiment davantage. Otacília occupée aux soins de la maison, à celui des enfants que certainement, nous aurions. Otacília prête déjà dans la chambre, en fine chemise de crêpe, et faisant ses prières à genoux, devant les saintes images. Otacília à mon bras, m'accompagnant aux fêtes données en ville, fière de son bonheur et de tout, dans sa robe neuve mousseuse. Un discours à la grâce-donnée-de-dieu, à n'en plus finir. J'avais perdu le sens de ce qui avait fait le début de notre discussion, je n'étais plus maintenant qu'un auditeur, je glissais dans une rêverie. Avec le cœur qui battait rapide comme le cœur d'un petit pigeon. Mais je me souviens qu'au désarroi soudain de Diadorim succédait une attitude étrange — comme motivée par quelque chose qu'il redoutait et que je n'arrivais pas à comprendre. Une tristesse affable, très définitive. Je ne vis pas clair, à l'époque, dans tout cela. Ce fut comme ce fut. Jusqu'à ce que nous rejoignent des camarades, avec João Concliz, Sidurino et João-le-Vacher, qui rassemblèrent du bois et allumèrent un feu juste en dessous du pare-à-tout. Dans le jet des flammes, avivant les couleurs là-haut des branches et des feuilles, celles-ci échangeaient mille et mille reflets, le doré, les rouges, l'orangé des braises, ces splendeurs, avec plus d'éclat que les pierres d'Araçuaí, de Jequitinhonha et Diamantina réunies. C'était le jour anniversaire de cet arbre ? Lorsque ce fut nuit, ce fut ainsi. Nous savons bien uniquement ce que nous ne comprenons pas.

Voyez : de Diadorim, moi, au jour d'aujourd'hui, je voudrais me souvenir d'un tas de choses ; quoi qu'elles valent, bizarres ou banales ;

mais je ne peux pas. Des choses qui se sont déposées, que j'ai oubliées maintenant qu'elles ne servent plus. Et les ranimer, de nouveau les posséder, quoi que je tente, je n'y arrive pas. Je crois que c'est parce qu'il était toujours si près de moi, et je l'aimais trop.

Dans le matin revenu, nous repartîmes, pour la dernière étape de notre marche. À un moment donné, Zé Bebelo m'appela. Bien qu'allant en tête, Zé Bebelo devait en éprouver des vertes et des pas mûres ; je crois qu'il payait cher la victoire qu'il avait inventée. La pensée de nos ennemis en train de s'emparer de ses munitions, de ses montures et de leurs charges, bénéficiant de tout ce dont ils avaient besoin. « Cet Hermógenes veut mettre la main sur le sertão de ces Hautes-Terres... » — je pris la liberté de dire. Je lui en glissai même d'autres, plus indirectes ; et de parler me soulagea, un peu seulement, car ce n'était que des pointes. Auxquelles, de manière directe, Zé Bebelo ne me répondit point ; il pensait à mille et une choses. Plongé dans ses méditations, il chuchotait pendant ce temps à toute vitesse entre ses lèvres, et balançait de droite et de gauche les bords gonflés de son chapeau ; et par intervalles il soufflait sans que ce soit la fatigue de la marche. C'était le résultat de ses calculs qu'il exprimait : « Pour l'heure, je ne comprends pas... Pour l'heure, je ne comprends pas... Jusqu'à maintenant, je reconnais, il a eu de la chance... Crapaud-sans-cou, roi-de-carnaval... Mais, laissons-le courir, qu'il va payer treize pour la douzaine... » Il parlait d'Hermógenes — de la facture d'Hermógenes. Et d'entendre que, c'est vrai, Hermógenes avait de la chance, et beaucoup, me désola, tellement c'était pour moi une confirmation. Là, je mis une sourdine. Je n'avais plus envie de chercher noise à Zé Bebelo. Mais, pour moi, il faisait fausse route : trop de pas et de mouvements, parce qu'il aimait la pratique de la guerre, dont il retirait un plaisir violent ; et c'est pourquoi ce n'est pas le résultat final qui le motivait. Voilà comme je pensais, en observant le ciel là-haut, que se partagent les nuages et les urubus. Je l'avoue : à quoi tout cela m'avançait-il ? Et les pluies par là-dessus, à verse. Puis, patience, nous arrivâmes au lieu-dit Les Enclos-du-Curé.

Un endroit où il n'y avait ni corral ni curé : seulement un bois de buritis, avec un habitant. Mais alentour, sur de grands prés, c'était la meilleure luzerne miraculeuse — le seul fourrage qui, vu la saison, n'était pas abondant c'était le meloso gorgé d'huile, à part quelques tiges de sainte-lucie bleue, dans les creux, et plus haut, dans le sol pierreux, le jasmin-des-montagnes. Nos chevaux, c'est-à-dire, ceux qui avaient appartenu à Medeiro Vaz, et dont nous héritions désormais, sortaient de là engraissés, renés. Je me régalai. J'en choisis un, un cheval bai, une bête magnifique, le sourcil blanc et fourni, qui me fit bonne impression ; et je me trompai, parce qu'il était déjà à moitié une vieille carne et rétif. D'où il récolta le nom de « Parrain Selorico ». Mais le propriétaire de la ferme, qui ne savait ni lire ni écrire, possédait cependant un livre, relié en cuir, qui s'appelait *Sinclair des Îles,* et que je lui demandai pour le lire dans mes moments de repos. Ce fut le premier de ce genre, de roman, que je rencontrai, parce que je n'avais auparavant jamais vu que des livres d'étude. Je trouvai dans celui-là d'autres vérités, très extraordinaires.

À part ça, tout ce que j'avais à résoudre de mon existence, je le remis à plus tard. Un jour avec menace de pluie, qui se leva tard : les bœufs dans le gris ! Et les oiseaux de passage étaient obligés de crier très fort entre eux. Diadorim espaçait les occasions de me parler et de me voir, rétracté dans une sorte de malaise, appréhensif ; je trouvai. Je vous l'ai dit ? — jour après jour il rayonnait, de beauté. Et la pluie, qui s'en venait, drue, obligeait les urubus à rentrer au bercail. Les chevaux paissaient avec plus de hâte. Jamais, au long de tout mon temps de vie, je n'ai vu hiver durer aussi longtemps. Il fallait attendre. Zé Bebelo n'en donna pas moins ordre de départ. Vu que nous montions à cru, il fallait se dépêcher d'arriver à Curral-Caetano, où il y avait en réserve une grande quantité de harnais. Et de là, ensuite, gagner Vierge-Mère, pour prendre des munitions. On ne perdait pas de temps. Cahin-caha, par des chemins ravinés, tels des pains de sucre brun trempés, en train de fondre. Nous traçâmes crottés dans cette boue, comme des créatures en perdition, à faire rire, à faire pleurer. Et — mais savez-vous ce que c'est ? — ces chevaux que nous montions n'avaient pas de fers.

Au-delà, pour où ? Ah, au-delà pour ces bonnes hauteurs : l'immense Chapada d'Urucuia, où meuglent tant de bœufs. Mais nous n'arrivâmes jamais à Vierge-Mère. Je crois bien que je m'en doutai dès le début, que nous étions mal engagés. Des itinéraires dont je savais à peine s'ils étaient praticables. De même, la montagne qui s'avança à notre rencontre, tandis que j'allais vers elle, pendant tant de jours : loin là-bas, les yeux perçoivent soudain un filet incertain : ce qu'on voit c'est un petit trait noir, qui, à mesure des lieues parcourues, vire au gris, vire au bleu — puis, soudain, devient la paroi de la montagne. Ce fut en la contournant, que nous empruntâmes le premier défilé trouvé, pour passer. Nous descendîmes un bon moment. Les rivières étaient sales, écumeuses. N'ayant plus l'aide de Joaquim Beiju, on sentait cruellement combien elle nous manquait. Zé Bebelo était déconcerté, même que ses doigts n'arrêtaient pas d'aller et venir, de dérouler le chapelet le long des rênes. Nous suivions, sans nous en rendre compte, un chemin erroné. On le sut, plus tard — celui qui nous guidait avait confondu les noms : il avait cru, au lieu de Vierge-Mère, qu'il fallait nous emmener à la Vierge-de-la-Dalle, un tout autre endroit, une vallée très éloignée beaucoup plus au sud, une petite ferme avec un moulin-à-pilon. Mais il était déjà tard.

Il tonna sec, le vent se levait. Et la quantité de pluies que dut lécher ma langue. Sur elles, je ne m'étends pas. Mais quand le temps, une fois pour toutes, se mit au beau, je me demande si ce fut préférable : parce que s'abattit alors de bout en bout des Hautes-Terres une chaleur épouvantable. Qui l'a vécue et n'en mourut point, s'en souvient encore. Ces mois où l'air fut tel qu'eux-mêmes ne s'y retrouvaient plus. Maladies sur maladies ! Nos hommes, en très grand nombre, commencèrent à se couvrir de plaies. Mais tout cela, plus tard je vous en reparle. Puisque vous m'avez écouté jusqu'ici, vous allez continuer. Car le moment approche où j' vais devoir raconter des choses fort étranges.

Nous poursuivîmes ainsi tant bien que mal, à travers ces lieux, dont on ne savait pas les noms. Interminablement. Le chemin de ce qui n'en finit plus. Le sertão — dit-on — mettez-vous en tête de le chercher, vous ne le trouverez jamais. C'est de lui-même tout à coup, quand on ne s'y attend pas, que le sertão s'amène. Mais, là où nous étions, c'était le sertão immonde, le vrai, le sertão profond. Qui ne cesse de nous faire des peurs, de parfaire votre interrogation. Nous descendîmes par des gorges, entre des escarpements coupe-vent et leurs arbres millénaires. Des cluses enserrant un torrent, une rivière encaissée. Ce n'était pas l'Abaeté ; encore que ça ait à voir : le fleuve Abaeté, large brèche entre ses rives jaunes. Cette rivière décrivait une grande courbe là-bas, plus dégagée, où l'on voyait quelques cocotiers. Un bel endroit au loin, qui semblait me faire signe. Mais on ne se dirigea pas de ce côté, vu que l'itinéraire fixé était autre, on cavala en faisant un grand détour. Et c'était des terres encore plus sauvages. Tomber sur un vivant était la rareté même. Un petit bonhomme dans le lointain, en train de bêcher, de couper du bois, une toute petite femme assise à filer sa quenouille ou à tisser sur son métier en bois, à la porte d'une cabane toute en palmes de buritis. Un autre homme voulut me vendre un ara apprivoisé, qui disait tous les mots en A. Une autre vieille en train de fumer une pipe d'argile — mais elle s'enveloppa la figure dans son châle, on ne put guère se faire une idée de ses yeux. Et le bétail lui-même se faisait rare : une vache seulement ou un bœuf, isolés, et encore par hasard, une bête vagabondant sans maître. Des cerfs, oui, j'en vis beaucoup : il y avait des fois où ils bondissaient, comme des chimères, coupant à travers champs, et si nombreux — par deux, par trois, par vingt, par bandes — ces grands cerfs des bois et ceux des prairies. Ce qui manquait dans autant de silence, c'était la tranquillité, il manquait un rappel de parole humaine. Cela désorientait, me rendait sombre. Très vite ensuite, après trois jours de marche, on n'aperçut plus personne. Cela dura jusqu'à l'endroit où la montagne céda. Nous étions au fin fond des fins fonds.

C'est-à-dire, entre les contreforts. Il y avait une route, et là, en haut, il y avait des choses. Des branches d'arbres disposées — des ramées, des branchages — en guise de signal : pour qu'on ne passe pas. Mais cet avis devait être particulier, à l'usage d'autres gens, pas pour notre gouverne. On ne le respecta pas, pas le moins du monde. Nous poursuivîmes. À l'entrée d'une petite vallée, la rencontre de ces branches vertes, auxquelles nous n'avons pas obéi, se répéta. Je marchais en tête, avec Acauā et Nelson, pour ouvrir le chemin. Nous serrions déjà les rênes pour entamer un autre raidillon : mais là nous entendîmes des aboiements de chien. Et nous aperçûmes un homme — en haut de la courbe — un groupe d'hommes. Ceux-là portaient des fusils.

Tous ces hommes, d'un aspect étrange nous faisaient signe de retourner d'où nous venions. Ils ne savaient certainement pas qui nous étions ; et ils pensaient que trois cavaliers ne valent pas lourd. Mais, comprenant que nous n'allions pas démordre de notre chemin, ils commencèrent à perdre la tramontane. Je vis l'un d'eux donner des ordres, un rustre de pacant, traînant des pantalons et des éperons. Mais les autres, une petite équipe, n'étaient que des pauvres hères, c'est à peine s'ils avaient sur le dos la décence d'un vêtement. L'un n'était que haillons : tout juste la dégaine d'un pagne en lambeaux, et, au lieu d'une chemise, une sorte apparemment de gilet, en peau de loutre. Ils étaient environ dix ou quinze. Je ne saisis pas le sens de leurs menaces, et je vis qu'ils avaient déjà le doigt sur la gâchette. Ils voulaient percevoir un droit de passage ? Ou ils préparaient quelque méchante bagarre ? Ce n'était guère indiqué d'avancer sur eux, sans attendre, mais rebrousser chemin pouvait également nous déconsidérer. Nous nous arrêtâmes, pratiquement à leur hauteur. Nous allions attendre le reste des nôtres. Et eux, là en face, n'expliquaient, ne donnaient aucune raison. Seul l'un d'eux dit :

« On ne peut pas... On ne peut pas... »

Et il faisait non de la tête, ce pauvre diable, tout en parlant, avec une voix d'un timbre différent, habituelle dans ce coin de terre ; et les autres hochaient la tête également — « Ah, on ne peut pas... On ne peut pas... » — une clameur sinistre.

Ça devait avoir été comme ça, dans les temps anciens.

Des gens d'une telle bizarrerie, comme jamais de ma vie je n'en avais vu ou n'avais entendu parler. Celui aux éperons alla réenfourcher une mule — le seul animal de selle qu'ils avaient avec eux. Ce qu'il fit, je crois bien, pour se donner une contenance plus respectable ; il tapait du plat de la main sur la croupe de la mule et s'avança, pour se présenter le premier. Tous, je les dévisageai. L'un avait une barbe très noire, et de ces yeux qui vous transpercent. Un autre, même par une journée avec des heures d'une telle chaleur, était affublé d'une longue soutane, rouge, faute, je suppose, d'un autre vêtement convenable. L'air, tout à fait l'air d'un curé ! « Hi, ces gens-là ont des poux et des morpions... » dit Nelson, à mi-voix. Ils avaient chacun une protection : et c'était des lazarines, des arquebuses et des mousquets, des espingoles et des tromblons, des escopettes et des pistolets — toutes armes d'un autre âge. Presque tous étaient noirs de traits, très tannés, mais d'un noir raviné crasseux, et le teint jaune de tant manger uniquement de la pulpe de buriti, et je suis sûr qu'ils étaient ivres à force de boire de la *saêta*, l'eau-de-vie faite aussi avec cette pulpe. L'un d'eux, un métis court et râblé, avait seulement un casse-tête, mais il devait avoir le bras redoutable, quand il maniait cette matraque. Et laid, à faire peine, étant donné la forme épatée de son nez, et sa bouche délabrée, énorme, trois fois trop. Un autre, nanti d'une faux avec un très long manche, et d'une gourde pendue par une liane en bandoulière, susurrait au reste de la bande un discours très sérieux — une sorte de conjuration. Et par instants il glapissait, tel le démon jérémiant. Celui-là, répondait au nom de Constantin. Tous cependant ne paraissaient nullement, avec leurs petits sacs de plombs et leurs bissacs de cuir, leurs poires à poudre en corne, et leur armement si misérable, avoir une peur suffisante de nos rifles. À notre avis, ils étaient fous. Comment des gens aussi démunis pouvaient-ils choisir l'office de bandit de grand chemin ? Ah, ils ne l'étaient pas. Ce qui se passait c'est que c'était des hommes perdus sans recours ni ressources dans ces lointains du bout du monde, de pauvres paysans d'un sertão, les pacants de ces brandes. Acauã était au courant, Acauã nous expliqua. Qu'ils vivaient ainsi, à l'insu de Dieu, dans des grottes. Ils ne sortaient même pas de leurs réduits, je me dis, pareils aux bêtes qui mettent bas dans leurs tanières. Mais ils devaient avoir par là leurs maisons et leurs femmes, leurs petits gamins. Des antres dans des replis à flanc de montagne, ou dans des fonds de vallées, près des marais ; et qui formaient même parfois un pauvre hameau. Ils défrichaient un lopin de terre, bien souvent ils n'avaient même pas de sel, pas de graisse. Ils me firent tant de peine, une peine immense. Comment pouvaient-ils avoir l'air d'hommes d'un vrai courage ? Ils préparaient eux-mêmes la poudre qu'ils utilisaient, raclant le salpêtre dans leurs grottes, le travaillant dans des faitouts. Ce qui donnait une poudre noire, nauséabonde, qui détonait en faisant un vacarme du diable, et en dégageant des tonnes de fumée. Et parfois cette poudre rudimentaire faisait exploser les armes, et elle brûlait et tuait le tireur. Comment parvenaient-ils à se battre ? Comment arrivaient-ils à vivre ?

Et finalement les camarades se pointèrent en train de gravir le premier raidillon, cette multitude de gens de guerre, en si grand nombre. Et je faillis presque éclater de rire, en pensant à la surprise de ces culs-terreux. Mais ça n'eut pas lieu, car ils ne bougèrent pas d'un pouce de l'endroit où ils étaient, sauf qu'ils regardaient par terre, en silence, leur façon je pense de signaler leur stupeur. L'homme, Téophraste, monté sur la mule, qui était celui qui commandait, intima quelque chose à celui, le parleur avec la faux, qui s'appelait Aux-Anges : et ce fut lui qui s'avança, pour saluer Zé Bebelo et fournir une explication :

« M'sieur otroye, maître, on est venu nous autres, à travers champs... Vot' m'sieur otroye... »

Des os et des mâchoires ; et cette voix que l'homme conservait au creux de la poitrine avait ce ton comme lorsqu'on répond aux litanies des saints et aux prières d'enterrement, le ton des répons.

« M'sieur otroye, maître... C'est pas nos habitudes... C'est pas nos habitudes qu'on soit à garder les routes... Pour qu' personne n'aille de ce côté : les habitants de Sucruiú, c'est qu'ils ont attrapé la maladie, et qu'elle attaque tout le monde. M'sieur est le grand chef, qui donne son quiescement ? M'sieur est Monseigneur ? La variole de la peste noire... Mais not' village c'est Pubo — qu'est de l'autre côté des marais, m'sieur et les siens sont passés non loin, la distance d'une demi-lieue. Les femmes sont restées à prendre soin, s'occuper. Nous autres on est venu, à travers champs. Trois jours ça fait... Boucler les chemins. Les gens de Sucruiú — à ce qu'on dit — ils n'enterrent même plus leurs défunts... Il peut venir quelqu'un, avec un message, et c'est ça la raison... Y en a un qu'est venu, pour d'mander les secours, rapporter des boniments, des âneries, des niaiseries... Mais il a dû repartir, de fait il est retourné, d'passer on l'a pas laissé. La malédiction est sur eux, enfer et damnation. La punition du Dieu Jésus ! Les habitants de Sucruiú, des gens durs et méchants... Vot' m'sieur otroye, maître, convient de vous dérouter, de n' pas passer par Sucruiú, complaisamment... Une sale variole !... »

Et cet homme, Aux-Anges, avait laissé tomber sa faux, il mit le pied

323

dessus ; et il ouvrait les bras, puis il joignit les mains, je crois qu'il était en train de jeter un sort, avec ses yeux fermés serrés. Il était maigre, maigre, c'est à peine si on le voyait. Les autres s'étaient rapprochés eux aussi, petit à petit. Zé Bebelo, sûrement pour éviter d'éclater de rire et de manquer à la charité, se composa un visage revêche, un air sérieux ; et cela les rendit méfiants. Car l'un d'eux, un petit vieux avec un chapeau de paille aux bords tout mangés, s'avança avec une pièce dans la paume de la main, pour l'offrir à Zé Bebelo, comme un tribut en échange de pardon. Et c'était un doublon d'argent, du temps de l'Empereur, de ceux frappés à neuf cent soixante reis, mais à Januária on vous en donne deux mille reis, avec la bonification d'en valoir jusqu'à dix mille dans la capitale. Mais Zé Bebelo, plein de courtoisie, refusa l'argent offert, et le pauvre petit vieux ne dut pas bien comprendre, car il demeura un moment avec la pièce donnée dans la main. Tandis que les autres ne se disaient plus rien entre eux et ne faisaient, les yeux rivés écarquillés, qu'épier Zé Bebelo et l'argent, comme s'ils se rendaient compte de leurs grandes convoitises. Une façon de trembler les prenait tous parfois, de la tête aux pieds ; mais c'était une chose de la nature habituelle du corps, et non de la terreur — car lorsqu'ils prenaient peur, ils devenaient plus sombres et leur respiration faisait un bruit de forge, sans qu'ils bougent, là, devant nous. Tels ces hommes, je me dis, des fauves domptés, c'est-à-dire qu'ils avaient communément peur de tout en ce monde.

Si vous aviez vu rire ces pacants ! Celui à la faux reprit sa faux, celui monté sur la mule gardait son chapeau à la main en signe de respect, et le vieux un peu fêlé fit disparaître la pièce au fond d'une poche. Puis les autres se mirent à rire, de toutes leurs grandes bouches, et ils n'avaient presque plus aucune dent. Ils riaient maintenant sans raison précise, seulement pour nous être agréables ? Circonspect, celui à la faux s'arma de courage, jusqu'à s'enquérir :

« Je demande pas en mauvaise part : mais d'où sera qu' vot' m'sieur a voulu venir, avec tant de biens et de gens à lui ?

— Eh, du Brésil, l'ami ! roucoula Zé Bebelo avec prestance. Je suis venu séparer le forum et le prétoire : une autre loi — dans chaque coin perdu et selon toutes les aunes de ce sertão... »

Le vieux se signa. Il allait répliquer quelque chose, mais Zé Bebelo, en ayant vu et entendu son content, fit non de la main et ouvrit la marche. Nous nous ébranlâmes. Je pus voir alors les tout derniers visages de ces culs-terreux, qui se montraient si béants d'admiration à notre égard, et pleins de l'envie de poser cent et mille questions, que par crainte de paraître insolents ils ne posaient pas. Sauf à propos des rifles : « *Crédieu, ça c'est une lazarine moderne ?...* » Après quoi, l'un d'eux, celui monté sur la mule, cria encore un conseil : que nous fassions demi-tour en commençant par prendre, à main droite, par la palmeraie de buritis, au bord d'un petit lac — afin d'éviter de traverser Sucruiú — : une fois arrivés à la route, en coupant à gauche, par un gué près d'une forêt vierge, il suffirait de pousser sept lieues et nous arriverions sur les terres d'un certain S'ieur Abraham qui était fort hospitalier... L'homme fit cette recommandation, je le compris sans peine à son ton et à sa façon, non pas pour rendre service, mais pour que ses autres camarades voient bien que lui aussi possédait le courage d'élever la voix en notre présence, devant tous ces grands jagunços possédant pareille recharge d'armes à feu. Mais Zé Bebelo, peu soucieux de croire et craindre, ce qu'ils annonçaient au sujet du village où la variole se répandait en force, donna ordre de poursuivre, droit en face directement.

Pour rire, on riait. D'avoir besoin dans ces inconforts et pénuries de s'en remettre à une bande d'individus, qui ne survivaient que de leur patience à imiter des choses qu'ils ne connaissaient même pas. Les créatures.

Mais je ne ris pas. Et, de cette heure, jamais plus de ma vie, je ne ris d'un rire honnête. Car je réfléchis : que d'avoir rencontré ces pacants et de leur avoir parlé, de leur avoir désobéi — cela ne pouvait, je le pressentais, que marquer le début de bien des tourments. La race de ces gens était distante différente, mal-apprise, pour ce qui est des us et des coutumes. Ces hommes, même pour le courant, étaient capables d'une haine si épaisse et de grande portée, qui ne leur coûtait quasiment aucun effort ; sans compter tous les pouvoirs d'une pauvreté extrême et isolée ; de sorte qu'ils étaient moins éloignés des animaux que nous l'étions : car ils ne divulguaient aucun des mauvais tours du démon dominateur. Ne serait-ce que le triste fait d'être tombé sur eux causait un pressentiment funeste. Vous collait une sorte de maléfice. Mais surtout, de n'avoir pu nous en remontrer, ils devaient nous avoir jeté quelque mauvais sort. Rien que d'y penser, je tremblais ; ce qui tremblait en moi : le terrestre du corps, où l'âme a sa racine. Ces hommes étaient oreillards, la lune les avait sous sa coupe et ils dormaient flairant les vents. Et pour les œuvres et les maléfices, ils savaient y faire. Je l'ai appris des anciens. La capacité de souffler une haine de feu sur les feuilles et de griller l'arbre ; ou de grommeler une formule quelconque dans un petit trou qu'ils ouvrent dans le sol, et referment aussitôt : pour que le chemin attende le passage de quelqu'un, et lui fasse mal ; ou de garder, trois jours et trois nuits durant dans la main une poignée de terre, sans la laisser échapper, sans ouvrir la main ; et lorsque ensuite ils jetaient cette terre dans un endroit, trois mois de délai, et il s'ouvrait là une sépulture... Gardez-vous de l'homme qui n'a possédé aucun argent, aucun pouvoir ! Et je dis plus : il convient de ne jamais aller se mélanger à des personnes très différentes de soi. Même si elles n'ont pas de méchanceté personnelle, elles mènent une vie enclose dans leurs propres habitudes, et vous êtes d'ailleurs, subtilement, en butte à des dangers. Il y a beaucoup de replis de peau chez les gens. Je l'ai appris des anciens. L'attitude juste, c'est pour chacun de se tenir loin de ce qui ne lui appartient pas bien. Tenir le bon loin du mauvais, le bien-portant loin du malade, le vivant loin du mort, le froid loin du chaud, le riche loin du pauvre. Prenez soin de ne pas négliger cette règle, et tenez les rênes de vos deux mains. Dans l'une d'elles mettez de l'or, dans l'autre de l'argent ; ensuite, afin que personne ne puisse voir, fermez-les bien. Et voilà à quoi je pensai. Ces culs-terreux appelant sur nous les foudres, comment est-ce que je pouvais cesser de penser à eux ? Sûr que, s'ils m'avaient trouvé seul, à pied et en difficulté, ils me tuaient sans hésiter, pour voler mes armes, mes vêtements, mes affaires. Ils me liquidaient tristement, sans scrupules, vous pouvez me croire, vu que j'étais un inconnu, un étranger. Est-ce qu'il s'en serait trouvé un, aussi malade, ou blessé perdant mon sang que je sois, capable de me céder une gorgée d'eau ? Je me méfiais d'eux radicalement. Je me méfiais des latrines du monde. Et pourquoi faut-il qu'il y ait au monde toutes ces qualités de personnes — les unes délicates immédiatement dans leurs façons de sentir et d'agir, installées dans la vie, si près d'autres, qui ne savent rien de ce qu'elles veulent, ni de la raison grossière de ce qu'elles sont amenées à faire et à défaire ? Pourquoi ? Par effroi, pour sans relâche avoir l'œil, pour châtier ? Et ces hommes pouvaient tout à coup devenir une multitude, des multitudes, surgir par millions, par cent et mille millions, du fond des bois, sortir de leurs tanières et se réunir, envahir tous les chemins, tenir en main les villes. Comment, même s'ils le voulaient, allaient-ils savoir trouver la capacité d'être bons, selon les règles et les usances ? Cette faculté, ils ne pouvaient la découvrir. Ils ne seraient capables que de vouloir jouir au plus vite de toutes les bonnes choses qu'ils verraient, seulement capables de hurler et de perdre la boule. Ah, et ils boiraient, sûr qu'ils boiraient les bonnes cachaças de Januária. Et ils prendraient les femmes, les traîneraient dans la rue, et il n'y aurait bientôt plus ni rues, ni petits vêtements d'enfants, ni maisons. Il faudrait très vite faire sonner le tocsin des églises, pour implorer d'urgence le secours de Dieu. Et ça avancerait ? Où les gens trouveraient-ils des grottes et des lieux écartés, pour se cacher — que Dieu me le dise ? Ne me dites pas le contraire — c'est là que je pensai à l'affreux enfer de ce monde :

qu'on ne peut ici-bas voir la force porter la justice sur son dos, non plus que le pouvoir suprême n'exister qu'entre les bras de la très grande bonté. Voilà à quoi je pensai, dans la touffeur de la chaleur régnante. Et cela me dura quasiment une heure, monté sur mon mauvais cheval baptisé Parrain-Selorico, au pas le long de mauvais chemins, jusqu'à arriver aux abords du village Sucruiú, où sévissait l'horrible maladie, au-dessus de la pire misère. Je divaguais ? Parce que mes camarades, allant chacun leur train commun, aucun d'eux ne se préoccupait de pareilles idées. Alors, j'étais le seul ? Je l'étais. Le seul, en proie à une mauvaise impression de ces culs-terreux du sertão. Du tréfonds du sertão. Le sertão : vous connaissez.

Mais à ce moment-là, je me raccrochai à la pensée de Zé Bebelo — j'empruntai à Zé Bebelo un espoir, le réconfort d'une lumière. Je vis plus clair. Zé Bebelo, en tête, nous menait, chef accompli, ainsi qu'il avait dit. L'empreinte d'un homme de cette trempe, était toujours de bon augure. J'avais pour lui de plus en plus d'admiration, et c'était de l'estime et un loyalisme, c'était du respect. Ce n'était, je m'en rendais compte, qu'en sa personne, en son grand cerveau, que pouvait reposer notre garantie d'entière protection et soutien. Car Zé Bebelo avait prévu de venir, de s'enfoncer dans le sombre sertão, et ce qu'il pensait, voulait, imposait, il l'avait prévu : ainsi la guerre, par la confrontation ; et pour que le sertão recule, il le repoussait quasiment, le faisait se replier ! Et c'était ce que nous allions effectuer. Pour moi, il était comme le patron dans la barque, manœuvrant, la rame bien en main, pout traverser la rébellion d'un fleuve en crue. — « Il faut avoir beaucoup de courage... » — je me remémorai : « Il faut avoir beaucoup de courage... » Je l'avais ce courage. Diadorim était venu près de moi, le jeune homme au teint rose d'autrefois, éprouvé mais ferme, dressé aux intempéries et autres éventualités. Je l'aimais, ne l'aimais pas, ah, si je le savais ! Les autres, les autres camarades, avaient l'air au mieux de malheureux enfants abandonnés — qu'il faut prendre en charge. J'avais Zé Bebelo à ma droite, Diadorim à ma gauche : mais, moi, j'étais qui, moi ? Pour encore je n'étais pas encore. On allait, on allait. Le cheval blanc de Zé Bebelo était le cheval le plus remarquable, le plus grand de tous. Un cheval sellé, monté, avec devant lui bien des terres. Voyager ! — mais d'autres manières — charriant le oui d'autres horizons !

Déjà cependant, au nombre de lieues comptées par les sabots de chevaux, nous pénétrions dans le voisinage de Sucruiú, il fallait voir ce qu'allait dicter Zé Bebelo, ou tout droit ou par un chemin de traverse. Ah, eh bien, tout droit, ce fut. Mais aucun de nous ne s'en effraya. Ce qui était, était. Ce malheureux village devait se trouver sur le terre-plein surélevé là-bas, dans sa pérennité. À une affaire d'un tir de carabines. Et ils devaient être en train de faire la cuisine sur des tas de fourneaux, car il montait un monceau de fumées vers un morceau de ciel, comme si des gens étaient occupés, hors saison, à rénover des pâtures. Il faisait une chaleur d'antre. Mais, dans le petit ruisseau, entre les pentes, agité comme une queue follette entre ses berges de terre noire, que nous traversâmes, seuls les chevaux burent tout leur soûl : car nous, même l'eau courante, nous la redoutions. La peste, d'où se propage-t-elle ? Regarder l'air suffit. La poussière, la misère. L'azur éteint délavé, sans reliefs. Le soleil attelé avant l'heure à vieillir la végétation — ces premiers jours de juin donnaient déjà l'impression de la toute fin du mois d'août. Cette année témoignait qu'il n'allait pas faire froid, de façon légitime. À quoi avaient servi toutes les pluies ? Ici, le monde du sertão s'était perdu — je me dis. Tandis que nous nous préparions à traverser Sucruiú ; déjà nous arrivions. L'endroit c'était des cahutes dans des écrans de fumée. Ces masures. Les gens ? On n'en voyait pas trace. Et il n'était certainement pas de peur plus grande. Chacun tenait à entrevoir de près, en passant, de quoi il retournait vraiment. Sauf que tous faisaient confiance à leurs scapulaires. Et brusquement l'information courut que Jõe-le-Grêlé et Pacama-les-Crocs connaissaient quelle prière adresser à saint Sébastien et à saint Camille de Lélis, qui protègent de toutes les épidémies. Comment l'avoir cette prière, comment l'apprendre également ? Le temps manquait. Mais — ce qui fut transmis de l'un à l'autre, en se retournant sur nos chevaux : ce n'était pas la peine. Les deux camarades allaient réciter la prière résumée : et chacun de nous pendant ce temps, répéterait pour lui-même de forts notre-père et je-vous-salue-marie, ça suffirait. Ce que nous fîmes. Je priai bon premier.

Il faudra un jour, cette journée finie, que j'oublie. Le hameau était assez important, mais on distinguait mal les maisons. Priant tout mon possible, la réalité sous les yeux — je vis. Des maisons — le genre humain. En face de chaque maison, ce qu'il y avait c'était des piles de bouse de vache séchée en train de brûler. Et ce qui montait et gagnait, partout, lentement, une fumée verdâtre, grisâtre. Et la poussière que nous soulevâmes fit corps avec ces volutes de fumée, au point de tout boucher, lugubrement. Là, je toussai, je crachai, au milieu de mes prières. On n'entendit ni voix ni pleur, ni aucun autre bruit, comme si un arrêt de mort avait décimé tout le monde, et jusqu'aux chiens, chaque habitant. Mais il restait des gens : derrière la poussière, au-delà des fumées blêmes, on distinguait les silhouettes, et leurs visages sinistres, qui blanchissaient comme autant de masques. Ces hommes et ces femmes, à l'écart et si étranges, dans le silence, devaient être ceux qui jetaient sans arrêt des rondelles de bouse de vache sur les bûchers — tout ce qu'ils avaient probablement en fait de remède. Ils ne manifestaient pas s'être aperçus de notre arrivée, ils ne bougeaient pas de leur place, ne saluaient pas. Quelle était la clause de la menace maudite, qu'était la grande maladie, ils le savaient largement. Ils enduraient l'espoir de ne pas mourir. Savoir où se trouvaient les malades qui gémissaient. Et où les morts ? Les morts devenaient les méchants, et ils condamnaient. Je me remis à prier, avec ferveur. Cette traversée dura juste un petit instant colossal. Même nos chevaux avançaient lentement, comme cela se passe, lorsque chacun prie recueilli sur sa selle, au rythme lent d'une procession. Et pas un mot ne perturba. Voilà d'où nous finîmes par émerger — de l'énorme poussière et de la fumée du fumier, de la lueur de cendres sans flamme, de la moiteur. Que Dieu se souvienne de prendre soin d'eux, de Sucruiú, de cette population bouleversée.

Je regardai la splendeur du ciel. D'avoir réussi à se soustraire à de possibles horreurs donnait gracieusement le sentiment d'une quasi-liberté. Je les revis tous. Diadorim surtout, qui était un délice de courtoisie. Je ne m'attardai pas à regarder derrière moi, pour ne pas garder la vision des dernières maisons, dans le gris-bleu nébuleux, qui s'exhalait. Et ce pour quoi je priai c'était des choses très importantes, l'urgence du salut. Je voulais m'en aller de là au plus vite, pour des terres, je ne sais lesquelles, où il n'y ait pas l'oppression de l'incertitude, des terres qui ne soient pas cette campagne désolée. Et j'emmenerais Diadorim... Mais, au début, je ne vis même pas, je ne sentis pas que je voulais pouvoir emmener également Otacília, et cette petite Norinha, fille d'Ana Duzuza, et même la vieille Ana Duzuza, et Zé Bebelo, Alaripe, tous les camarades. Puis toutes les autres personnes, ensuite, de ma connaissance, et celles que j'avais à peine vues, sans compter la beauté reconnaissante de la savoureuse Rose'uarda, sans compter la petite Mysosotis, mon maître Lucas et Dona Didinha, le négociant Assis Wababa, Vupes — votre Vusps... Tous, même mon parrain Selorico Mendes. Tous, et j'avais besoin d'un grand nombre d'heures pour les faire défiler dans ma mémoire. Ah, et j'emmenais également les habitants de Sucruiú, et aussi ceux de Pubo — les sombres culs-terreux. Et pour cet autre endroit, j'emmenais encore les chevaux restants, les bœufs, les chiens, les oiseaux, les lieux : j'achevai en emmenant même cette campagne, les champs si tristes, où pour l'heure nous nous trouvions... Tous, je les emmenais ? Non, il y en avait un, un seul que je n'emmenais pas, je ne pouvais pas : et ce quelqu'un c'était Hermógenes !

329

Et là, brusquement je me souvins de lui : et à quel point je le haïssais, cet Hermógenes ! Juste le rappel d'une rancœur — mais comme une loi enracinée en moi, une tranquille habitude définitive, dans les profondeurs de ce qui gît à demeure en nous. C'était comme une nausée, installée. Et je n'avais nul besoin, pour rendre compte de cette aversion, d'agencer dans ma tête quelque raison ou explication, c'était ainsi, j'étais ainsi. Qu'est-ce que cette haine qui ne se soucie d'aucune justification ? Pour vous répondre, voici ce que je pense : l'offense passée, on peut l'effacer ; mais comment pardonner l'inimitié ou l'outrage qui est encore à venir et qu'on ne connaît même pas ? Et que je pressentais. Je jure que c'est vrai. Ah, moi.

Si j'avais peur ? J'avais peur de la confusion des choses, de ces remuements futurs, car tout est désordre. Et aussi longtemps qu'il y aura au monde un vivant dans l'épouvante, l'enfance d'un tremblement, aussi longtemps tous périront — par contagion. Mais personne n'a le droit — que jamais personne ne l'ait ! — de faire peur aux autres. Mon droit, le premier de mes droits — que je revendique et rerevendique : c'est que nul n'a le droit de susciter la peur en moi.

Ce ne sont que des moments, je sais. J'éprouvais une fatigue. Nous avancions rapidement, une fois passé le gué de la forêt-vierge, et scrutions l'éventuel. Le soleil basculait. Je vis le ciel dans les violets, dans les rouges. Nous pénétrâmes dans une basse plaine, mêlés aux grappes de graminées. Quelques lopins de terre cultivés. De là, on arrivait à la retraite de cet Abraham, l'endroit où la campagne s'élargit. C'était une bonne maison. Mais, de l'intérieur, des hommes se précipitèrent tout à coup en courant, qui se sauvaient par les portes, tels des rats désertant une hotte de petit salé.

Ce que voyant, Zé Bebelo qui chevauchait toujours en tête, recommanda de ne pas se lancer à leur poursuite, ni de leur tirer dessus pour le plaisir. Qu'ils étaient bel et bien en train de voler, on le sut ; et qu'ils avaient même des sacs pour transporter ces choses. Dans un éclair, j'imaginai qui ils pouvaient être. Et je tombai juste. Car l'un d'eux, se trompant au moment de filer, perdit du temps et ses chances ; il arriva alors de notre côté, tout désorienté, sous nos chevaux quasiment. C'était un petit noir.

Un négrillon, d'un noir d'ébène, à peine développé ; pour tout dire, un gamin. Nu de la taille au menton. Ses pantalons, troués de partout, tombaient plus qu'ils ne tenaient ; il serra les jambes l'une contre l'autre. Il chuintait haletant, comme quelqu'un qui vient d'avaler, trop pressé, une gorgée de café trop chaud. Le petit veau atteint de la maladie du charbon, fait parfois ce bruit. Soucieux de ne pas perdre complètement le reste de pantalon qui était tout son vêtement, il s'agenouilla — plat sur le plat, couché plutôt qu'agenouillé. Puis : « Vot' bénédiction ! » — il nous dit. Et sa cervelle ne lambina guère, car lorsqu'on s'en avisa, il avait déjà jeté ce qui gonflait son sac : et c'était une espadrille pour homme, un petit chandelier, de ceux qui viennent de Bahia, une écumoire de cuisine et un objet en cuir noir vernissé, une sorte de baudrier — il envoya tout cela promener, le plus loin possible. Après quoi, il nous montra le sac vide, tout en disant, haletant :

« J'ai rien pris, non... Je n'ai rien... Je n'ai rien... »

Tout cela rapide comme l'éclair, à peine le temps d'un pipi de crapaud ; et de façon si innocente, que le voir c'était rire. Et une chose aussi folle, affirmée avec un tel aplomb, on y croit presque, tant cette absurdité vous époustoufle.

« Vous êtes d'où, vous venez d'où ? le réprimanda Zé Bebelo.

— On veut retourner chez nous... D'où on est, oui, c'est de Sucruiú, oui s'ieur... »

Et il se débrouilla pour mieux attacher le bout de liane qui ceinturait les haillons lui servant de pantalon. Et il se faisait tout petit, tout tremblant ; et il riait. Quel nom pouvait-il avoir ?

« Le-Jaco... C'est mon nom... Je suis le fils de Zé Cancio, votre domestique, s'ieur oui... »

Si maigrichon, tristounet, si laissé à lui-même, ce gamin devait avoir déjà vécu bien des souffrances. Il avait les yeux à fleur de tête, la pupille au milieu d'un blanc énorme couleur du manioc épluché. Il tremblait de toute sa peau noire, sans arrêt, et tremblait pour des riens, comme s'il avait peur de ce qui en lui ne pouvait pas être bon. Et lorsqu'il nous regardait, c'était de toutes ses lèvres, montrant sa grosse langue, collée au fond de la bouche, mais comme si elle était une langue trop démesurée, pour pouvoir tenir là à l'intérieur : on voit ça parfois chez un veau atteint de la peste. Un gamin très spécial. Un jagunço distrait, tombant, de cette façon, sur quelqu'un comme lui, aurait très bien pu de but en blanc, lui tirer dessus par pure bonté, imaginant qu'il souffrait les affres et ne demandait que la libération de ce coup de pouce.

« Le-Jaco, qu'est-ce que vous êtes venus chercher ici ? Parle !

— Oui, ce qu'on est venus chercher, m'sieur ? Ils sont venus les autres, je suis venu aussi... Chercher à manger...

— Hi, qu'est-ce que tu chantes, petit ! Qui te voit manger le bric-à-brac que tu as fourré bien caché dans ce sac... »

Le négrillon aplati sur le sol, secouait la tête, que non, que non, ça avait l'air de lui plaire de pouvoir nier obstinément. « Mais on l'a tout fini ce qu'y avait à manger... » Il était dit qu'il allait nier, et ne pas arrêter de nier : jusqu'au fait qu'il avait une mère et qu'il en était né, et que l'affreuse maladie était en train de décimer tous ses parents, les gens de Sucruiú. On aurait voulu que ce vaurien de gamin soit triste, qu'il ait de la peine, qu'il pleure une larme, une toute petite larme, sur tous ses malheurs, ne serait-ce qu'un tout petit instant. Ah, il l'aurait fait, qu'on se consolait sur-le-champ, légitimés dans notre tristesse, on se tranquillisait. Macache, le négrillon niait. Ce que par la ferme insolence de son comportement il affirmait, c'était qu'il n'était personne, qu'il faisait fi de toutes les règles régentant ce monde, que même il n'était pas là, sous les sabots quasiment de nos chevaux. Ah, il voulait sauver sa peau, il voulait échapper. Il s'accrochait à la poussière. Du reste, il ne voulait rien savoir — Qu'il le pouvait, qu'il se dépêche de déguerpir au plus vite — Zé Bebelo consentit, en donna l'ordre. Et il lui jeta en plus un morceau de cassonade, que le gamin bloqua au vol entre ses lèvres, comme un chien. « Pour adoucir ton petit ventre noir ! » lui lança Zé Bebelo. Et le gamin, sans demander son reste, sans regarder derrière lui, bondit, leste et léger, s'évanouit du côté où il devait aller ; je ne l'avais pas imaginé aussi minuscule que, de fait, il était.

« Pauvre gosse, ses dents luisaient à force de blancheur... dit Diadorim.

— Hein ? Hein ? déclara Zé Bebelo. Ce que j'impose c'est d'éduquer et de secourir les enfances de ce sertão ! »

J'allais faire le signe de la croix, mais ma main ne suivit pas, parce que cela me parut, pensant au petit négrillon, un manque de charité.

Et, suivant notre méthode habituelle, de répartir les sentinelles à tous les quatre coins, plus l'animation pour chercher un pré convenable et clôturé, nous fîmes comme chez nous et entrâmes dans la maison, pour voir ce qu'il y avait à voir et faire du feu pour préparer notre dîner sur le fourneau de la grande cuisine. Sainte Vierge ! — que je vous dise : à l'intérieur, cela faisait peine, jamais je n'ai vu quelque chose d'aussi raflé, retourné sens dessus dessous. Tout ce qui, dans les coffres et les ballots, pouvait se transporter, et ce que normalement on trouve dans une maison un peu aisée, manquait. On ne découvrit aucune pièce de vêtement, pas un chandelier, pas un de ces calendriers à feuilles volantes, ni un crochet pour les hamacs ou un licol pendu au mur, ni même un grattoir, pas une natte, pas un seul récipient, pas la moindre chose transportable. Il ne restait que les tables, les châlits, les bancs. Ils avaient nettoyé cette carcasse de toute sa viande. Le propriétaire, où pouvait-il être ? Mais on apprit alors que son nom en réalité n'était pas *Abraham*, mais Habaham, c'est ainsi qu'il s'appelait. Conformément à la feuille de route avec le cachet, que par terre, dans un coin, je dénichai, libellée avec cérémonie et certifiant que cet Habaham était Capitaine de la Garde-Nationale. Et l'endroit s'appelait Valade. Nous leur laissions quelques petites journées de plus, ces gens de Sucruiú étaient capables de démonter jusqu'à la bâtisse elle-même pour emporter les poutres et les chevrons. Sans parler du bétail, des poules et des cochons, et des chiens et du reste, dont on ne distinguait pas trace. Il ne restait que les oiseaux, en liberté, comme c'est toujours partout, qui pépièrent un moment vers la fin de l'après-midi, tout joyeux dans ce dévasté.

Et, bon, dans une chambre très retirée, au fond de la maison, dans l'obscurité déjà tombée, nous découvrîmes un oratoire dans une petite armoire encastrée dans le mur ; il était là avec quelques statuettes, et une bougie pour qu'on l'allume, un petit cierge bénit. Ils n'avaient pas eu le manque de respect d'y toucher. Et nous alors, l'un après l'autre, nous nous succédâmes dans la chambre-de-l'oratoire pour baiser la Très-Sainte, qui se tenait dans son manteau telle une poupée parfaite, et c'était Notre-Dame Mère-de-tous-les-Saints. On mangea, on alla dormir.

On se réveilla, bien, croyez-moi. Chaque jour est un autre jour. Et le temps s'était rétabli. Ce n'est pas gai la vie de jagunço — vous me direz. Ah, laissez-moi rire. Ne dites rien. « Vie », c'est une notion dont les gens veulent faire une chose suivie, mais uniquement en raison d'une idée fausse. Chaque jour est un autre jour. Ainsi les ordres à exécuter avant l'arrivée de l'aurore, Zé Bebelo les avait déjà donnés. Et l'on sut : que Suzarte et Tipote, et d'autres, avec João-le-Vacher, exploraient de fond en comble les alentours, remesurant le monde au flair et à l'œil. Ils découvraient tout, enregistraient tout ; et nous le transmettaient, en un rien de temps. Le sol, à certains endroits, gardait moulée l'empreinte des sabots de très nombreux bestiaux, orientée dans une seule direction — un chemin suivi. Et — la quantité et combien il avait plu — ils le lisaient, dans l'herbe et les ornières, et à la hauteur des eaux en crue déjà redescendues, le lit primitif, entre les berges du torrent. Au fourrage, également, consommé dans les pâtures par le bétail, on récoltait beaucoup d'indications. Aux empreintes des cavaliers et des chiens. Les gens de la maison étaient partis en direction de l'ouest. Mais le bétail, choisissant de lui-même sans être mené, mais une fois lâché, selon son instinct, avait pris un train plus espacé dans le tournant là-haut, où il devait y avoir de bonnes terres à sel. Et ils déchiffraient ainsi bien d'autres choses, voyant épiant ce que d'ordinaire, en général, on ne voit guère. Capables de dévoiler jusqu'aux us et coutumes des personnes absentes, ainsi, Monsieur, de vous dire si cet Habaham

333

était maigre ou gros, grippe-sou ou le cœur sur la main, une fieffée canaille ou un homme-de-bien. Parce que, de ces cent et mille observations incontestables qui ont l'air de tours de passe-passe, rien qu'avec des éclaireurs comme Suzarte et Tipote, vous aviez de quoi remplir un livre. Sans compter, qu'avant même midi au zénith, ils dénichèrent encore deux grosses génisses, aux chairs bien grasses pour notre réfection. Un bon éclaireur, dans une bande, est très nécessaire.

Et cet endroit, Valade, je m'y fis — écoutez-moi bien : rester là, quelque temps, ça m'allait. Je le sentis : mon destin. La nuit parfois, tandis que vous êtes endormi, un linge mouillé sur les yeux et sous la nuque une lame de couteau, votre destin parle, il murmure, explique, il arrive même qu'il vous demande de ne pas compliquer l'inévitable, mais d'aider. Superstition ? Mais le cœur n'est-il pas à moitié le destin ? Me poser là au moins un moment, je le désirai. Mais Zé Bebelo hésita à rester. Il décida, comme malgré lui, qu'on se remette en route. Il se faisait du mouron. Je vis bien. Il avait peur.

Zé Bebelo se mit à avoir peur ! Pourquoi ? Un jour arrive, ça vous prend. Sa peur c'était la peur de la variole, le risque de maladie et de mort : il redoutait que les gens de Sucruiú aient répandu le mauvais air et s'inquiétait parce que Sucruiú se trouvait tout juste encore trop près. Je ris un bon coup. Mais je ris sous cape, et me comportai sérieux comme un morceau de bois. Même comme ça, je me trompai : et je ne savais pas. Mais le capital est un tout, fait du vivre entremêlé de tous, qui se détaille mal, et les choses vont leur norme. Quelqu'un à côté de vous, par exemple, si la peur le prend, cette peur ne met guère de temps à vouloir se glisser en vous ; mais si vous tenez le coup de ne pas avoir peur, pas peur du tout, votre courage redouble et triple, que ça étonne. Or Zé Bebelo, qui avait toujours été sûr de lui, prenant tout comme allant de soi, chancelait maintenant. Je commençai au fond de moi à vaciller.

Nous marchâmes dans les cinq lieues. De la même façon, plus ou moins, ce s'ieur Habaham à l'évidence, avait filé également. Il le fallait ? Bénéficier immédiatement d'au moins une semaine de tranquillité, voilà ce qui convenait : car plus personne n'avait sa bonne santé. Ces gens de Sucruiú, avec le voisinage, de l'autre côté, des culs-terreux, eux oui, eux seuls, pouvaient se trouver leur espace dans ces parages. Nous, non. Je sais que pour quelqu'un se remuer comme pousse le vent est toujours facile ; et le découragement se cache sous des airs de fatigue. Mais, ce que je voulais, vraiment, c'était le temps d'une convalescence après une maladie prolongée, en avalant à petites gorgées mon potage à base de maïs, et par un sévère hiver de pluie froide frigorifiante, me réchauffer aux braises d'un bon feu, tandis que dans quelque basse-cour s'élève le premier chant du coq. Il le fallait qu'on reprenne la route ? Nous sommes repartis. Ce n'était pas pour me plaire. Nous descendîmes par le Val-du-Hérisson, qui n'avait pas auparavant de nom à lui, et que nous avons appelé ainsi, parce que passa par là une de ces bestioles. Des chapadas sans trop de pentes. Une déclivité ensuite, avec des garrigues, au bout de laquelle, nous allâmes choir dans un endroit qui avait ses avantages, mais laid, laid comme on n'en voit pas. — C'est toujours les hautes-terres... — je me dis, pour me consoler. Un homme, une petite hachette à la main et sa gourde en bandoulière s'employait à retirer le miel d'une ruche dans un tronc d'arbre, il nous donna tous les renseignements et mentionna l'endroit où nous nous trouvions. La Chevêche, des communs retirés, désaffectés.

Et là, redisant ce que fut mon premier pressentiment, j'établis : que c'était l'endroit fixé pour mon destin, le début de pâtir affreusement de terribles grands péchés. Là, je n'aurais jamais dû me rendre ; là, je n'aurais pas dû rester. C'est ce que je me dis rapidement, en découvrant ces alentours, et la vétusté de la maison. Qui de fait, était vraiment chevêche — mais comme celles qui ont des oreilles, gigantesques, et le rire triste ; tandis que la chouette blanche est si jolie, tout chez elle, par-dessus ses blanches rayures de soie, est d'une couleur qui n'a pas sa pareille. Et cet endroit ne démentait aucune tristesse. Une petite eau larmoyait dans l'étang de cette clairière. Les buritis eux-mêmes étaient à l'étroit. Qu'est-ce que dit le buriti ? Il dit : — *Je sais et je ne sais pas...* — Ce que dit le bœuf, lui, est : *Ce que je savais, apprends-le-moi...* — Guère bien malins. Ne retenez qu'une chose, celle-ci : un autre cours d'eau dans une autre vereda, à une demi-lieue de là, il ne court pas, et ses eaux sont sans couleur parce que le fond est une glaise noire. Cette clairière en fait était double, avec deux étangs l'un près de l'autre, qui s'évasaient très vite, formant un immense marécage désolé, à tel point bouché par des fourrés de toutes les sortes de plantes, et putréfié, qu'il en était opaque : des palus qui refusaient le salut. Ils portaient un nom conjoint — qui était Veredas-Mortes, les Étangs-Morts. Retenez-le bien. Au milieu des brandes, ah, au milieu des brandes, pour choisir de les rejoindre, soit l'un, soit l'autre, on voyait un carrefour de chemins en croix. Un présage ? Je crois à l'effroi de certains endroits. Certains, lorsque vous posez la paume-de-main par terre, votre main tremble en reculant, ou c'est la terre qui tremble en se dérobant. Vous jetez une poignée de cette terre dans votre dos — et elle chauffe : une terre qui vous mangerait volontiers ; et elle sent les temps passés... Une croisée de chemins, oui ! — retenez-le bien... Ici, faites attention : les *Veredas-Mortes*... J'ai atteint là ma vraie limite.

Les jours sombres, la punition de tout ce temps d'arrêt où nous relâchâmes à la Chevêche, je le raconte malaisément. Toute narration de ce genre témoigne à faux, parce que l'étendue de tout ce qui a été enduré s'éclipse de la mémoire. Et vous n'avez pas été là. Vous n'avez pas entendu chaque jour, au crépuscule, la lamentation du chant de la chouette ouroutaoua. Vous ne pouvez pas vous faire une idée de ma dose de tristesse. Même les oiseaux, suivant les lieux, deviennent différents. Ou seraient-ce les temps, la traversée à vivre ?

Là-dessus, le froid s'emballa hors-de-propos, définitivement. Et désormais presque tous les camarades étaient malades.

Non pas, je vous signale, de la variole. Mais d'autres maladies. Les fièvres. A un moment quelconque probablement, faute d'avoir été prévenus, nous avions bivouaqué dans un endroit infesté par la malaria. La majorité des camarades tremblait désormais par intermittence, avec la fièvre-quarte. De remède qui vaille, on manquait totalement. Cette maladie affaiblissait, jour après jour ; les hommes perdaient le tempérament. Plus une épidémie de rhume, qui eut également raison de moi. Je ne fus pas très atteint ; mais moi, pour moi, je sais. Tous, avant cela, me tenaient pour normal, ce que j'étais, et voici que, brusquement, je me mettais de jour en jour à changer. En colère, à propos de tout, une nervosité diffuse. « C'est le foie... » — ils me disaient. Je dormais peu, non sans mal. Pendant ces heures de nuit, où je restais éveillé, plein d'idées me trottaient par la tête. Je pensais, je pensais à comment la corneille blanche farfouille dans la bouse de vache. Tout ce qui me venait, ne faisait qu'alimenter un plan. Dont, telle la copie transposée d'un rêve, je préparais les diverses parties, et qu'au début je pris pour une fantaisie ; mais qui, au fur et à mesure des jours, prenait corps et m'occupait de plus en plus l'esprit ; ce projet voulait l'action et l'existence. Et, ce que c'était, je ne le dis pas déjà, je retarde encore de le rapporter. Une chose ancrée. J'y pensais, dans la fièvre ou dans le calme, ainsi que l'eau fait semblant contre les berges du fleuve de revenir en arrière, ainsi que la bave du bœuf s'écoule en sept filets bien comptés.

Ah, mais cette chose, aussi terrible qu'elle soit, je devais la mener à bien, je le devais absolument. Je savais déjà de bout en bout, comment il fallait que je procède, le système je l'avais appris, des astuces très sérieuses. Comment ça ? Petit à petit, par petits peu, en conversant et demandant à certains, en écoutant les autres, en me remémorant des histoires entendues jadis. M'y prenant quasiment sans trop savoir ce que je faisais, ce que je voulais. Depuis déjà un bon moment. Ça ne pouvait être pire, bien au contraire. Et n'exigeait pas moins qu'une chaude fureur froide, des dents solides, et un bel élan de grand courage. Vu que c'était pour tant de noirceur et de pesanteur, la plus effroyable responsabilité possible — un acte qu'un homme ne trouve que rarement, mais très rarement, par tous ces sertões, la volonté qu'il faut pour l'exécuter.

Puis, bref, un jour, je me décidai. Jusque-là, je n'avais fait que remettre, remettre à plus tard. Je me décidai, sans trop y penser, sans même me soucier de mettre au clair mes raisons et mes pas. Vu que dans ma nonchalance, je restais vigilant. Je dis! je commençai. Il y avait un précepte. À savoir que — premièrement, on ne mange pas, on ne boit pas; ce qu'on boit : de la cachaça... Une gorgée qui était du feu lâché dans la gorge et les intérieurs. Je ne rompais pas le jeûne du démon. Là je me crus prêt pour aller de l'avant : dans ce qui était les œuvres de la terre et des ténèbres. En quoi je me trompai. En attendant l'heure fatidique, je devais veiller à ne pas laisser la plus petite de mes idées battre de l'aile. Et je laissai. Ce ne fut qu'un instant : Diadorim était à côté de moi, sa personne vivante, avec cette ferme douceur qu'il dégageait. Diadorim me parla, j'acceptai sa compagnie. Je relâchai bientôt mon début de prise en main, j'évacuai ces résolutions. Je cherchai de quoi manger. Je mangeai énormément, je bâfrai, et mon corps s'en trouvait bien. Diadorim, avec ses longs cils, la jeunesse de ses yeux. Je ne voulus plus dès lors penser à ces autres choses, et je ris, je bavardai, je dormis. La vie était normale, ce qu'il y a de plus normal, et elle avait tout à fait raison.

La grande erreur. Passé trois jours, je repris tout, ces décisions, avec une sorte de remords. Je rêvai des choses très rudes. C'est que c'était pire, maintenant, car j'éprouvais une sombre honte d'avoir commencé et de n'avoir pas eu assez de cran pour aller jusqu'au bout. Et l'héritage de mes doléances passées. Ainsi, je pensais : tant de choses vécues déjà; et moi, qu'est-ce que j'étais? Un simple bon fusil de jagunço, s'encanaillant dans ce sertão. Le mieux que je pouvais être et faire, un bon combattant, je n'y arrivais même pas réellement. Vagabonder, fainéanter, traficoter le vide, voilà tout ce que j'avais fait. Mais, pourquoi? — je me demandais. Ah, et là, je me rendis compte : à cause de mes façons de faire, et à cause des autres. Les autres, les camarades, qui vivaient à la va-comme-je-te-pousse, désarçonnés; et je vivais trop près d'eux, qui, à chaque instant, détournaient l'attention, le sens qu'on a de soi, l'assurance sans peur ni reproche, et notre haut destin éventuel. A quoi, sinon, avançait le statut de jagunço? Ah, c'était ça. C'était ça la raison de ce grand mépris que j'avais à mon égard, de ma méfiance envers tout le monde

— pourquoi je me tenais à l'écart — et envers Zé Bebelo, plus qu'envers n'importe qui.

Zé Bebelo n'était pas malade. Malade, lui ? Quelqu'un comme lui ne pouvait pas se le permettre ; sauf à avoir perdu tout bon sens. Ou alors à cause de cette épidémie. Car, oui, il avait la guigne. Je le vis très vite. C'est à cela que tenait notre perdition sans grandeur, ce retard général. Pour moi, Zé Bebelo avait dilapidé ses avantages. Zé Bebelo se flétrissait, il perdait ses couleurs, n'avait plus la verdeur de ses coups de tête, rien de ce qu'il disait ne sonnait réel, ces jolis excès et ses fameuses trouvailles. Il ne savait plus que répéter qu'il fallait ne pas bouger, attendre là, jusqu'à ce que les malades guérissent. Ainsi, cerné d'impossibilités. Tout ce qui arrivait, c'était le mauvais sort. Je ne le dis pas que pour un Zé Vital, en proie à de nouvelles attaques, de celles où, la bouche tordue écumante, il gigotait des quatre membres, ses bras-et-jambes durs comme du bois. Mais un crotale *jararaca* mordit Gregorian ; un de ceux qui rampent sous l'herbe, les feuilles tombées, et ne mesurent même pas quatre empans — mais qui ont pouvoir de tuer — et le malheureux Gregorian en quelques pauvres petites heures, mourut. Et je vous raconte également ce qui se passa pour un certain Felisberto. En assez bonne santé apparemment, mais qui avait reçu une balle dans la tête, il y avait de ça déjà quelques années ; une balle de pistolet — en cuivre, à ce qu'on disait — fichée depuis dans la vie de ses chairs et de ses articulations, à une profondeur où aucun instrument de docteur ne parvenait à aller fouiner. De sorte qu'à des intervalles de parfois plusieurs mois, et brusquement, sans aucune raison compréhensible, Felisberto devenait tout vert, jusqu'aux dents, vert-de-gris, et se trouvait mal. Ses yeux gonflaient, voilés de vert, une seule tache, et très grande. Son nez se bouchait, tout enflé. Il toussait. Et c'était abominable à voir, ce verdâtre comme du métal. Puis, telle une fleur de maranta sauvage dans le grand soleil, le temps d'aller de midi à la fin de l'après-midi, de vert il virait au bleu. C'était pour pouvoir guérir ? Mais quand ? Une toux de jeune veau tuberculeux. Il disait que dans ces moments-là il perdait la vue, ne distinguait plus goutte. Son plus grand bonheur c'était de ne pas savoir qui lui avait décoché cette balle, de ne pas avoir besoin d'imaginer où pouvait se trouver cette personne, ni devoir vivre dans la haine de repenser à elle.

Mais dans quel dérèglement vivions-nous pour rester ainsi à La Chevêche, faire du surplace à veiller les jours, comme s'il ne s'agissait guère d'autre chose que de profiter de la viande fraîche et de-soleil qu'on se procurait à courir la campagne, les grands troupeaux de ces sertões ? Zé Bebelo ne renonçait toujours pas à dégoiser la pauvreté

338

de ses projets, ses songes-creux. Telle la meule du moulin, qui, même s'il ne lui tombe plus quelque chose à moudre, continue malgré tout, d'elle-même, et moud, et moud. Les maladies se soignent ? J'ai mes doutes. Là, qui n'avait pas attrapé la fièvre-quarte souffrait d'autres façons — tumeur, bronchite, mille petits maux ; il y eut jusqu'à une attaque d'apoplexie. Avec le temps, je me délitai. Des démangeaisons, comme si j'avais goûté de l'échine de cochon d'eau en période de rut. Le foie, ça devait être, qui me travaillait ; mais je ne cherchai pas à en avoir le cœur net : me palper un endroit du corps, pour raison de maladie, me laissait encore plus mal fichu. Raimundo Lé me fit infuser un thé de cubèbe.

C'était une panacée pour soulager mes malaises et c'était préparé avec bonté. Ce fut ce que je dis, reconnaissant, à Raimundo Lé : « C'est une panacée pour soulager mes malaises, et je vois que c'est préparé avec bonté... » Alaripe se mit à vanter les vertus médicamenteuses de nombreuses autres feuilles et racines. « Même celles-ci, probable, suivant le dosage, doivent pouvoir servir de remède en cas de n'importe quelle nécessité, sauf qu'on ne sait pas... » — il me dit, en me montrant un massif de *frère-georges* effilés en de nombreux épis, et le romarin poussé tout à côté. Je constatai là, à cette occasion, combien il était normal, en groupe, d'apprécier les camarades. Diadorim — qui se portait au mieux, grâce-à-Dieu — m'entourait, attentionné, de tous les soins. Et Sidurino dit : « Ce qu'il nous faudrait en ce moment, c'est une bonne fusillade, pour ne pas perdre la main... Dans l'un de ces hameaux du sertão, et ensuite, de s'envoyer en l'air, sans s'en faire... » Ils applaudirent, tous d'accord sur le système. J'approuvai, également. Mais à peine j'eus parlé, qu'un frisson de stupeur me hérissa, un soupçon : comme une morsure de vipère. Ces camarades, en effet étaient des amis prévenants, qui s'épaulaient les uns les autres avec sincérité dans leurs égards et gages d'amitié souvent risqués, n'hésitant pas même à se sacrifier pour porter secours. Mais, en fait, étant donné un certain ordre politique, de tirer sur un village sans recours, sur d'autres gens, des gens comme nous, ayant mères et marraines — ils trouvaient l'affaire naturelle et pouvaient aller l'accomplir au grand jour, en raison d'une obéissance salubre et de l'obligation de se dégourdir bras et jambes. L'horreur que cela me causa — vous me comprenez ? J'avais peur de l'homme humain.

La vérité de cette constatation m'apparut dans la seconde, avec ses conséquences : la quantité de folies semblables que nos habitudes de vie devaient entraîner, je n'étais pas capable de m'y faire, une fois pour toutes ! Je finissais — et je ne me dérobe pas à vous le déclarer tout net — par avoir l'impression d'être le seul responsable et sérieux en ce monde ; je n'avais plus confiance, en personne. Ah, ce dont je remerciai Dieu c'était de m'avoir accordé ces avantages, d'être un bon fusil, grâce à cela ils me respectaient. Mais, j'imaginais : si j'étais né avec un autre destin, n'étant rien qu'un pauvre habitant, de l'un quelconque de ces hameaux, livré aux faits et gestes de ces bandes de jagunços ? Alors, en ce cas, ceux-là, qui étaient pour l'heure, cette petite heure, mes camarades, pourraient s'amener, redoutables, se jeter sur moi, commettre des horreurs. Alors ? Mais si une telle chose était possible, comment pouvaient-ils être en ce moment mes amis ? Pardonnez-moi d'en dire tant, mais ce fut ce que je pensai, que je pensai rapidement. Ah, tout ce que j'aurais voulu c'est être né, comme vous, monsieur, dans des villes, pour pouvoir être instruit et intelligent ! Et je raconte tout, qui se passa comme je dis. J'aime ne rien oublier de rien. Oublier pour moi, c'est à peu près comme perdre de l'argent.

Ces pensées en tête, sans le vouloir je dis tout haut : « ... Seul le démon... » Et : « Ouais ?... » me demanda l'un d'eux, surpris. Là, j'insistai et je complétai : « Seul Celui-qui-ne-dit-mot, Celui-qui-ne-rit-pas, le Très-Sérieux — le chien suprême ! » Ils trouvèrent drôle. L'un d'eux se signa. Moi aussi. Mais Diadorim, qui, lorsque quelque chose le hantait ne démordait pas, jeta : « L'ennemi c'est Hermógenes. »

Il dit, me regarda. C'était peut-être, qui sait, pour m'apaiser l'esprit. Le fait est que, doucement, ce que je ne pensais pas, je le répétai, la voix ferme :

« Très juste, oui. L'ennemi c'est Hermógenes... »

J'observai Diadorim ; il releva le visage. Je vis combien, comment peuvent les yeux. Diadorim avait une lumière. Je resitue : nous étions déjà au soir, la nuit venait ; cette obscurité invitait les autres à s'en aller. Ce que Diadorim irradiait, je me souviens d'avoir à m'en souvenir, aussi longtemps que Dieu sera Dieu. Mais, ce qu'entre nous, sans que personne le sache, même pas nous de façon précise, nous venions tous les deux de faire, en allant à l'extrême fond, c'est, à mort et définitivement, de condamner Hermógenes.

Hermógenes Saranhó Rodrigue Felipes — comme il s'appelait : aujourd'hui, dans ce sertão, tout le monde est au courant, son nom est même déjà sorti écrit dans le journal. Mais qui, en la circonstance, me mit au courant, ce fut ce Scorpion, celui qui avait réussi aux Toucans, en prenant de gros risques, comme j'ai raconté, à se joindre à nous. Je me mis à lui demander, à ce sinistre sujet, une foule de choses... Il me répondait, rudement content. Est-ce que c'était vrai, ce qu'on racontait ? Eh bien oui, ça l'était — me confirma Scorpion : Hermógenes avait fait pacte positivement avec le diable. Cela se savait, depuis toujours. Son pays, nul n'avait idée quel il était ; mais je le redis, il possédait terres et troupeaux, par-delà les Hauts-de-Carinhanha, et le long des fleuves Bora et des-Femelles, dans les hautes-terres de l'État de Bahia. Et, voyez, à quoi se reconnaissaient les œuvres du Maudit en sa faveur, cette protection gigantesque ? Ah, c'est qu'il ne souffrait ni ne se fatiguait jamais, et jamais ne perdait et ne tombait malade ; et ce qu'il voulait, tout, il se le procurait ; étant donné que, quelle que soit la difficulté, survenait toujours, en dernier ressort, quelque retournement de situation, pour tout arranger. Et quelle était la raison de ce secret ? « Ah, ces choses sont pour un temps... Il a engagé son âme en paiement. Maintenant, qu'est-ce que ça vaut ? Pour ce qu'on fait d'une âme... » Et Scorpion, je le sentais rien qu'à son ton, ça le faisait rire. Il me disait que la nature d'Hermógenes changeait, ne laissait plus qu'il ait souci des gens, ou respect de la moralité en ce monde — « ... Pour tuer, il a toujours été ponctuel... À ce qu'on dit. C'est parce que Le-Dit lui a rebaptisé le crâne avec le sang qu'il faut : le sang d'un homme sain et bon, saigné sans raison... » Mais le bienfait que cela lui valait était d'une énormité déraisonnable, effroyablement plus important qu'une messe noire, beaucoup plus approprié qu'une magie pour rendre le corps invulnérable. Il avait fait pacte, et désormais supplantait tous les autres. « Toi, Scorpion, qui n'accordes aucune valeur à l'âme, tu serais capable de conclure un tel pacte ? » — je demandai. « Ah, non, frère, naviguer à la remorque de ces choses, jamais !... Mon courage je l'emploie à me mesurer contre des brigands de mon acabit, ce n'est pas pour aller à minuit, faire le pied de grue à ces croisées de chemins et affronter le Malin... » Je réfléchis en silence à part moi. Ce Scorpion extrayait le sensé de l'insensé. Il me fournit d'autres renseignements. Vous n'êtes pas comme moi ? Je crus, sans y croire.

Des bobards, des boniments. C'était la peur que tout le monde finissait par avoir d'Hermógenes qui engendrait ces histoires, lui faisait tant de renommée. Les faits engendrent les faits. Mais alors, c'était tout comme dire que parmi cette population du sertão, d'homme plus homme, il n'en existait pas ? Parmi les autres, le reste, ces créatures ? Hermógenes seul : renégat, impavide, une figure. Mauvais, mais entier, légitime, sûr de lui, la méchanceté pure. Qui n'avait hésité à rien, pas même à tuer Joca Ramiro, le moment venu. Je discernai ces choses, subtilement, avec beaucoup d'étude. Je ne mettais à ces précautions ni acharnement ni antipathie. Je reconnus grosso modo : qu'Hermógenes était d'une stature tout à fait à part, tel le pic des monts Itambé, visible lorsqu'on arrive du côté de Mère-des-Hommes — et qui surgit grandiose dans les nuages, à l'horizon. Il aurait même pu être un ami : il y avait là un homme. Mais c'est Diadorim qui avait raison : l'événement, ce qu'il nous fallait c'était la fin de cet homme. Diadorim, Reinaldo, je me le remémorai enfant, dans ses petits vêtements et son chapeau de cuir neufs, stimulant mon courage pour accomplir la traversée du Rio du Chico, dans la barque si peu fiable. C'est cet enfant et moi, qui étions destinés à anéantir le Fils du Démon, le Signataire ! Ce droit, nous l'avions. Ce que je pensai, prit ce tour-là.

Mais avec tout cela, ces changements et péripéties, dans mon application à vous les rapporter, ainsi que je les dis — je ne mentionne pas le nom d'Otacília ? Je voulais penser à elle, par moments ; mais chaque fois, cela me paraissait plus difficile. À croire, que la substance du souvenir s'embrumait, la beauté oubliée. Ainsi notre conversation d'amour, là à Santa Catarina, n'avait plus d'autre épaisseur que celle d'une histoire étrangère, qu'on entend rapporter par une autre personne. Je sais que je recherchais une nostalgie. J'invoquai pour cela, toutes mes Notre-Dame du sertão. Mais je rejetai ces prières dans l'eau des sources et l'air des vents. Elles ne m'apportaient, comme si mon application était feinte, aucun bénéfice. Rien que la honte, de ma naissance, de ma personne : la certitude que jamais son père n'allait permettre le mariage, ni tolérer mon sceau de jagunço embourbé dans la perdition, sans l'honorabilité coutumière. Le pactole exigé en paiement ! Ce que je vous dis là, vous l'avez compris, est un résumé ; car, les choses vont dans la vie requises avec beaucoup d'astuce : un jour tout est à l'espoir, et tout le lendemain au chagrin. Mais là, je découvrais la possibilité qui s'offrait, la raison. La raison majeure, il y en avait une. Vous ne voulez pas, vous ne voulez vraiment pas savoir ?

Cette chose, que je n'avais pas encore été capable d'exécuter. Cette chose, celle-là et pas une autre, afin de pouvoir me regarder en face. « Ah, un de ces prochains jours, une de ces heures prochaines... » — c'est ainsi que je me programmai. Un de ces jours, une de ces nuits. De ces mi-nuits. Uniquement pour me conforter dans ma décision, je veux dire, pour résoudre cette faiblesse. Vu que, y avait-il plus que fumée sans feu dans tout cela ? La réalité vraie du Renégat, la fameuse apparition, je n'y croyais pas. Pas un brin. Et maintenant, avec ce que je viens de dire, n'êtes-vous pas déjà au courant ? Cette chose, le reste... La chose — c'était que j'aille à minuit, à la croisée des chemins, attendre le Malin — sceller le contrat, conclure le pacte.

Je vois que vous n'avez pas ri, bien qu'en ayant très envie. Comme je l'ai eue moi aussi. Ah, aujourd'hui, ah — pourvu que je l'aie! A rire, avant l'heure, on s'étouffe. Et je me préparai à des choses sérieuses. Je ne démordais pas d'une nécessité : celle, de soupeser le suivi de mes forces, comme on évalue la largeur du fossé à sauter, comme on sort son couteau pour qu'il jette tous ses feux.

Et vint un autre matin, sans rien de particulier, où je décidai à part moi — c'est aujourd'hui. Mais cette fois encore, je changeai d'avis. Sans plus de raison pour le oui que pour le non. En vérité, je remis à plus tard. Ce n'est pas, non ce ne fut pas la peur. Je ne croyais même pas qu'il puisse, lorsque j'irais là, se produire une vision. Je n'avais, quant à moi — qu'à m'inventer un courage. Un petit quelque chose pour commencer. Ce qu'avaient fait x ou y, pourquoi est-ce que moi, je n'y arriverais pas? Quant au reste — des sornettes! Que le Cornu vienne négocier son affaire à la croisée des chemins dans les ténèbres, aux mortes heures, sous la forme d'un animal quelconque au poil sombre, au milieu de larmoiements et de mines austères, qu'il se dresse là debout en face de vous, réel, lippu, fourchu, claudiquant sur ses pieds de bouc, balançant son chapeau rouge à plumes, effrayant ainsi que l'exigeait le document signé avec du sang vivant, puis tire ensuite sa révérence dans moults fracas et vapeurs de soufre : que nenni! Même lorsque je tremblais, je n'y croyais pas. Fichtre non!

Le temps pendant ce temps stagnait encore plus. Il y avait plus d'un mois, il faut dire, que nous étions dans ces communs abandonnés au nom de chouette, en raison d'une de ces impossibilités de Zé Bebelo. Et qu'arriva-t-il d'autre là? Bon, il passe une bande de perroquets, et vous avez l'impression qu'ils ont apporté un peu de diversion. Mais déjà les perroquets se sont envolés au loin; et leur vacarme, selon le vent, semble revenir vers vous. Diadorim, quant à lui, n'eut pas un instant de découragement. Je l'aimais toujours énormément. Sauf que je ne parlais pas; de toute cette période, je n'ouvris quasiment pas la bouche pour la conversation.

Et voici, alors qu'on ne s'y attendait pas, qu'arrivèrent deux hommes, dont nous vîmes bien que l'un d'eux était le patron, et l'autre quelque vacher à son service. Je compris tout de suite : qu'il s'agissait du propriétaire des lieux, de ces communs retirés de Valade, en particulier; et, cet homme, comme j'ai déjà dit, s'appelait sieur Habaham. Quand je remarquai sa présence, il avait déjà mis pied à terre; il était courbé vers le sol, mais il avait toujours les rênes de son cheval dans la main gauche. C'était un homme d'un âge certain, engoncé dans un vêtement en coutil bleu foncé, et chaussé de bottes noires qui lui montaient aux genoux. Quand, de nouveau, il leva les yeux, je vis qu'il avait bonne apparence. Mais le cheval! — celui-là

343

m'enthousiasma : c'était un alezan, grand et imposant, l'allure fière, et la queue fournie ; vous verrez plus loin quel animal c'était ; un cheval levant haut le museau, les lèvres douces, un cheval qui se penche avec souplesse, et qui buvait dans les bassins en baignant son front. Il savait regarder alentour, dévisager avec sympathie ou avec mépris, et absorbait à l'intérieur de ses poumons toute la quantité d'air qu'il désirait par les naseaux qu'il avait très larges. Bon, plus tard je vous en reparle.

Sieur Habaham était en conversation avec Zé Bebelo. J'admirai son attitude : qui était un calme très sensé concerté, joint à un comportement minutieux. Et il examinait le simple aspect des choses autour de lui, ne perdant pas l'occasion d'enregistrer chaque chose et l'état de ce qui était encore sur pied. L'œil du maître — vous voyez. Et c'est ainsi qu'il déclara à Zé Bebelo que les circonstances le prenaient de court, il ne portait pas sur lui la somme d'argent conséquente. Mais que, si nous lui faisions le plaisir de pousser jusqu'à la vraie maison-de-maître qu'il possédait sur le versant du Resplendissant, à une vingtaine de lieues de distance, il entendait nous fournir une aide supplémentaire, pour agrémenter notre ordinaire. Et il dit cela avec une telle sincérité mesurée — qu'on put se rendre compte de l'importance que devait avoir pour lui la valeur de l'argent. Je vis à cela, que c'était un homme sagace et prévoyant. Parce que : le nandou, sur le plateau, est le premier à entendre, à se secouer et accourir — et la plupart du temps il a raison.

Mais, ne voulant pas laisser l'autre stipuler, Zé Bebelo, à sa manière guerrière, eut un geste, chevaleresque :

« Ah, cela non, compatriote, mon ami, hé, non, absolument pas. Nous ne sommes pas des gens de désordre... Et nous vous sommes déjà redevables de faveurs en surnombre — pour la halte sur vos terres et pour les têtes de bétail vous appartenant, que nous avons dû abattre, par nécessité de subsister. »

L'homme s'empressa de dire que cela lui faisait plaisir, que sa manade entière était à notre disposition ; mais il n'en demanda pas moins, pour la bonne règle, combien de têtes, plus ou moins, nous avions consommées. Ainsi, il faisait le bilan, s'enquérait, et observait tout en administrateur, comme si jusque du ciel et du vent du sud, il lui incombait de s'occuper commercialement. Je pensai : que nous pouvions avoir la certitude qu'aussi longtemps cet homme vivrait, aussi longtemps le monde n'irait pas à l'eau. Et il était du sertão ? À ma surprise, il l'était. Montagnes qui s'éloignent pour offrir à la vue d'autres montagnes. Il y a de toutes sortes de choses. À vivre, on apprend ; mais ce qu'on apprend, surtout, c'est seulement à poser d'autres grandes questions.

Je restai observer. Comment Zé Bebelo progressivement y allait de sa prose, saisissant l'occasion de faire montre de la valeur déclarée qu'il avait, célèbre chef jagunço qu'il était ; et là, on discernait chez lui, imperceptible, un certain désir d'être agréable à l'autre. Vu que l'autre était différent, rodé à une autre sorte sérieuse de préoccupations. Et sieur Habaham qui écoutait avec respect, se mettait petit à petit à poser des questions, l'esprit occupé aux travaux des champs, aux récoltes perdues cette année-là, en raison des dégradations causées par les pluies d'orage et le soleil implacable, et vu les maladies qui s'étaient succédé. Ce qui me laissait avec une certaine inquiétude, celle de me rendre compte : ah, je mesurai que le grand-fazendeiro est un homme de la terre définitif, mais que le jagunço n'est jamais rien d'autre qu'un individu très provisoire.

Et Zé Bebelo lui-même finissait par être fatigué de se mettre en avant. Parce que sieur Habaham, sans gloire aucune, mansuétudinaire, était un morceau de bois, qui ne ploie guère, toujours arrimé à ses propres affaires. Il ne s'entendait qu'en matières triviales, mais il s'y employait avec une force lente, vraie, de bœuf qui rue. Et, pour le reste, en dépit de toute sa courtoisie pleine de respect, il n'écoutait même pas lorsqu'on lui parlait de Joca Ramiro, d'Hermógenes et de Ricardo, ou qu'on lui racontait les affrontements avec les soldats et la fameuse prise, par cinq cents cavaliers, de la belle ville de São Francisco — qui est ce que le Fleuve contemple avec son meilleur amour. D'où ce résultat que, sans même s'en apercevoir, Zé Bebelo lui-même se voyait contraint de commencer à s'entretenir avec lui de toutes les pestes du bétail, et de ces bonnes terres grasses au bord du fleuve, de la récolte de haricot noir, du repiquage du riz dans les champs au-dessus desquels tournoie le fléau des oiseaux de Dieu. De fait, je ne sais trop ce que pendant les intervalles de cette conversation partagée pouvait éprouver et penser Zé Bebelo. Quant à moi, tenez — je me dis : que ce sieur Habaham, un homme comme lui, mieux valait le souhaiter loin de soi, ou alors, le contraindre et le bannir très vite. Sinon, ce ne serait pas possible de traiter avec lui de façon sincère : car il était d'une race si opiniâtre dans sa différence d'avec la nôtre, que sa seule présence, là, en face, soupesait et comparait, réprouvait déjà.

Mais poussé, est-ce que je sais, peut-être seulement par un désir malade de voir ce qu'il en était, le vrai c'est que je n'eus de cesse jusqu'à me trouver en face de lui, le plus près possible, et avoir inventé un biais pour lui parler. Et ça ne me fut guère difficile, car il passa là plusieurs heures avec nous, la journée entière quasiment. Je me débrouillai, l'air de rien, et j'engageai la conversation. Sieur Habaham me regarda d'une façon tellement inhabituelle, que je sentis quel faux-jeton je faisais. Et j'oubliai les premiers mots de la déclaration que j'avais préparée :

« Capitaine Habaham » — je commençai ; et, le temps d'un éclair, je saisis que j'étais à mon tour en train de n' parler qu' pour lui plaire.

Ainsi, ce que je dégoisai fut que je le savais qu'il jouissait du titre de capitaine, pour avoir relu la feuille de route dans la maison de Valade, que de vols en larcins, la population de Sucruiú avait saccagée. Et je lui racontai que le document en question je ne l'avais pas laissé traîner par terre, mais l'avais ramassé par précaution et rangé derrière les statuettes saintes dans l'oratoire.

Il ne prêta à ce détail aucun intérêt, ne me remercia pas ; ne me demanda rien. Il dit :

« L'épidémie de Sucruiú est terminée maintenant. Je sais combien sont morts : seulement dix-huit personnes... »

Et ce dont il s'inquiéta fut si je pouvais lui dire s'ils avaient fait beaucoup de dégâts dans les champs de canne — « ... Ce qu'ils ont laissé sur pied, et que le loup ou le main-poilue n'ont pas rongé, donnera toujours de quoi remplir quelques charretées, si le moulin fonctionne... » Il continuait de regarder de son regard sans regard, vaguement, dans le vague, l'esprit à ces chapitres. Il dit qu'il allait utiliser les gens de Sucruiú pour la coupe dans les cannaies, et pour la fabrication de la cassonade. Vu que la raison de cette cassonade c'était pour la vendre à ces mêmes gens de Sucruiú, qui la lui payaient ensuite par un redoublement de travail. De l'entendre ajouter ça sur le même ton, sans aucune chaleur, eut pour résultat, tout à coup, de me porter sur les nerfs. Comme si ces malheureux de Sucruiú étaient des bœufs sous le joug, des créatures démunies de toute protection. Mais je n'étais pas furieux contre ce sieur Habaham, je vous jure, car il n'était pas antipathique. Ce que j'avais c'était le début d'un certain écœurement, qui prêtait à méditer. « L'année qui vient, je vais mettre en culture si Dieu le veut, à Valade et ici, de grands lopins de terre... Du haricot, du maïs, beaucoup de riz... » Il dit et redit que ce qu'on pouvait gagner là, en labours, était colossal. Et je le sentis qui me guettait, de ses yeux délavés — là, je compris ce qu'il avait en tête : que nous autres, Zé Bebelo, moi, Diadorim, tous les camarades, on puisse lui donner un coup de main pour sarcler, bêcher, planter, et moissonner, comme ses journaliers. Ce qui m'écœura quasiment. Les jagunços aventureux, risquant leur vie, que nous étions et ce sieur Habaham à nous regarder, pareil au crocodile au milieu des joncs :

nous convoitant pour qu'on devienne ses esclaves ! Est-ce qu'il savait même ce qu'il voulait, j'en sais trop rien. Je crois que sa cervelle n'arrangeait pas l'affaire de façon aussi claire. Mais c'est sa nature qui réclamait, il lui fallait tout le monde comme esclaves. Une fois de plus je vous avoue sans ambages : je ne me mis pas en colère contre ce sieur Habaham. Parce qu'il était un homme à de trop grandes distances de moi. On ne se met pas en colère contre le boa. Le boa étranglavale, mais il n'a pas de venin. Et il accomplissait son destin, de tout réduire à un contenu. Il l'aurait pu, il économisait jusque sur le soleil, jusque sur la pluie. Il était en train de rouler du tabac dans le creux de sa main, et je vous garantis qu'il ne perdait pas un seul atome de ces fragments. Sa joie tenait dans compter et recompter, avec condescendance : vingt, trente charretées de maïs, ah, les milles alquières de riz... À l'ouïe de pareils projets, Zé Bebelo était bien capable aussi sec de se laisser fort influencer : de s'exclamer qu'en effet c'est ainsi qu'on allait transformer le sertão entier, l'arrière-pays, avec des améliorations, pour un bon Gouvernement, pour cet ô-Brésil ! Pour des prunes, car un sieur Habaham, quelqu'un comme lui, l'enthousiasme, il ne connaissait pas. Il ne voyait pas plus loin que chars-à-bœufs charriant de la canne... Et il donnait des ordres. L'ordre qu'il donnait devait être sourd et machinal, bien différent de ceux entre jagunços. Chaque personne, chaque animal, chaque objet obéissait. Nous étions en passe d'être changés en paysans. Nous ? Jamais ! À ce compte, je préférais cent fois voir débouler Hermógenes et les siens, dans les galops, les cris, leurs rifles crachant le feu, avec pour qui pourrait entendre les gémissements, pour qui pourrait voir le sang... C'est là qu'on allait mesurer ce que c'est qu'un pillard ! Et, en manière de revanche, je serrai d'un cran mon ceinturon avec mes armes : et je déclarai :

« Vous connaissez sans doute mon père, sieur Habaham, le fazendeiro, Monsieur le Colonel Selorico Mendes, de São Gregório ?! »

Je pensai qu'il n'allait pas me croire. Mais, je vous jure : il me regarda avec de bien autres yeux. Les choses prenant un meilleur tour, ce regard, je le supportai. Sieur Habaham secouait son gros crâne, ah oui, surpris, mais faisant bonne figure : « J'ai entendu parler... J'ai entendu parler... » — il dit presque à regret. Je ne sais pas s'il savait combien mon parrain Selorico Mendez était, comme il l'était, couvert de renom et pourvu de biens, ainsi que cela se colportait dans ces sertões des hautes-terres. Je me réjouis, en prenant tout mon temps ; avec néanmoins un arrière-goût. À cause de ce que je compris : que, s'il advenait que quelqu'un de la race de ce sieur Habaham, lui enlève

347

tout à coup, lui prenne, tout ce dont il était maître et propriétaire — il ne pourrait que pleurnicher, pareil à un enfant sans mère, et tâtonner la vie entière, pareil à un pauvre aveugle cherchant son bâton par terre comme on se réchauffe les mains au-dessus de la fumée d'un feu. Je faillis avoir pitié de lui. La nature des gens ne se rentre dans aucune certitude. De voir l'homme, debout devant moi, tour à tour — cela d'après mon jugement — se hausser puis se remettre à diminuer, je ne sais quels liens j'oubliai, quels autres je me remémorai. Et, peu après, comme le soleil déclinait, il se remit en selle sur son bel alezan, et il s'en fut, piquant des deux, sur le chemin tordu de Valade.

Pendant ce temps, une agitation fiévreuse courait parmi les nôtres, un fait que j'ai remis de vous rapporter : vu que raconter toutes les péripéties à la fois, même un conteur habile ne s'en sort pas. Donc ce fut que ce vacher, qui accompagnait sieur Habaham, bavardant à bâtons rompus avec l'un ou l'autre, mentionna en passant qu'une bande d'une dizaine d'hommes, des jagunços également, à ce qu'on voyait et disait, sillonnaient le coin, comme en quête d'un destin, entre l'énorme Fazenda Felício — celle qui borde la grand-route, en prenant plein ouest — et l'ancien Port de Rame-Toute, sur le Paracatu — là où tout le monde, un jour ou l'autre, finit toujours par arriver. Ils se dépêchèrent alors de rapporter l'affaire à Zé Bebelo, qui reconnut, à la description : « Plaies du Christ ! Hé, ce sont eux. Aux abois !... Ça ne peut être qu'eux, João Goanhá et quelques-uns des siens... » Et il expédia aussitôt deux des nôtres là-bas, qu'ils fassent vite, sans s'encombrer de rien, et reviennent en ramenant nos comparses d'amis. Cela fut écouté avec un certain contentement, parce que c'était de la nouveauté qui arrivait.

Je restai en dehors. Je tenais ce qu'il me fallait. La résolution finale, que je pris en conscience. Cette chose. Ah, mais — cette fois j'allais y aller ! Quelqu'un devait être de mon côté : le Père du Mal, le Corrupteur, le Charbon d'Impureté. Celui qui n'existe pas, l'Ange Déchu. Lui... Pourquoi maintenant ? Une occasion peut différer d'une autre ? Je vous le déclare : l'heure avait sonné. J'allais y aller. Car je savais — que si ce n'était pas cette nuit, jamais je ne retrouverais le courage de la décision. Je sentis cette injonction. En raison de certaines petites idées qui commençaient à m'énerver, et à cause de nombreux autres événements qui n'allaient pas tarder à se succéder, un jour ou l'autre. Je pensais à l'arrivée de João Goanhá, et qu'on allait devoir se remettre en campagne, à travers terres et guerres. Je pensais à ce sieur Habaham, comme à un contretemps ? Je ne sais plus. Et ces choses se heurtaient en moi, sous forme d'une nécessité : celle de ne pas m'éloigner de là étourdiment — des Veredas-Mortes.

Ombre sur ombre, le jour sombra : il faisait nuit. Et là, j'étais sans peur, superbe ? Quant à la main velue, j'étais ferme. Cela faisait longtemps que je ne m'étais senti autant de témérité. Je jure : jamais autant que ce jour-là, qu'à cette heure-là. C'est seulement dans la joie que nous exécutons comme il convient — jusqu'à de tristes entreprises. Je me gardai de tous. De Zé Bebelo surtout : il était homme à se méfier, à dire que c'était là des désordres qu'une tête humaine ne cogite pas. J'évitai Diadorim. Ah, que la petite eau des grottes glougloute seule en paix ! Et dans le particulier de mon cœur, je témoigne : j'aimais tellement Diadorim que j'avais un scrupule — je voulais le tenir loin de tous ces dangers et perturbations. Ce tendre souvenir de mes actions, que ma Notre-Dame veuille bien encore le porter à mon crédit. Dieu m'ait en sa miséricorde !

À la brune, l'heure où le cochon d'eau se réveille et sort de sa cachette pour aller brouter — alors, à travers champs, je me mis en route. Dieu est très contradictoire. Dieu me laissa y aller, à pied, comme je voulais, comme j'allai.

Je marchai en direction des Veredas-Mortes. Je traversai la garrigue ; après, il y avait des brûlis. Un chemin tracé. Après, c'était des bois très denses ; d'où j'émergeai. Là voletaient des touffes d'étoupe, qui étaient des petites chouettes. J'allais l'œil à tout. Mon endroit devait être la croisée des chemins. La nuit venait environnante. Et un petit froid, frisquet. Puis, choisir où rester. Le mieux ça devait être sous un *pau-cardoso* — cette fougère géante qui est d'un noir et vert profond dans la campagne avec des branches très aériennes, comme vous savez, et comme n'est aucun autre arbre répertorié. Mieux encore, ce serait la cape-rose — parce que c'est là, sous elle, que danse le Cornu, et que pour cette raison il reste sur le sol un petit cercle de terre bien propre, où ne pousse pas le moindre filet d'herbe ; et c'est pour cela qu'elle prend le nom de cape-rose-de-judée. Il n'y en avait pas. Le croisement était pauvre en bienfaits de ce genre. J'arrivai là, l'obscurité tomba. Les bontés de la lune cachée. Peur ? Le bananier tremble de toutes ses feuilles. Mais du tréfonds de ma peur j'extirpai les paroles terrifiantes. Comme si j'étais un homme tout neuf. Je ne voulais pas écouter mes dents. J'éructai d'autres demandes. Ma conviction n'était-elle pas dure comme fer ? Je pouvais couper une liane, me pendre par le cou, mourir suspendu à ces branches : qui m'en empêchait ? Je n'allais pas avoir peur. La peur que j'avais était la peur qu'il avait lui de moi. Qui donc était-il le Démon, le Toujours-Sérieux, le Père-du-Mensonge ? Il n'avait pas de chairs faites des nourritures de la terre, il ne possédait pas de sang qui se répande. S'il venait, s'il venait, il viendrait pour m'obéir. Un traité ? Mais un traité d'égal à égal. Pour commencer, c'était moi qui allais donner l'ordre. Et lui venait pour soutirer l'azyme de l'esprit des gens ? De quel droit ? Moi j'étais moi — mille fois moi — et je me tenais là, de mon propre vouloir, pour affronter une vision trop outrée. Et mes yeux donnèrent sur un monde de néant.

Attendre, c'était là mon pouvoir ; sur ce que je venais chercher. Et je ne distinguais rien. C'est-à-dire, que même avec l'obscurité et avec les choses de l'obscurité, tout devait venir se dresser là, en son état et aspect. Le crisselis des insectes. Gare, s'il copiait le cri de la chouette, son rire. Qui fait se hérisser tous les poils du corps.

Et je n'éprouvai ni abattement, ni épuisement.

Il devait venir, s'il existait. Et à cette heure, il existait. Il ne pouvait que venir, en retard ou en toute hâte. Mais, sous quelles formes ? À la croisée des chemins, le terrain est sa propriété, une courette où les bêtes se vautrent dans la poussière. Il pouvait brusquement, dans un tohu-bohu annonciateur, ou le silence momentané de ses tours de passe-passe, se dresser devant moi. Tel le Bouc-Noir ? La Chauve-Souris géante ? Le Chax ? Et quelque part déjà — d'un endroit proche et à l'écart, des réserves de l'Enfer — il devait m'épier, chien en train de me flairer. Comment peut-on demeurer, totalement désarmé, livré à ce que l'autre voudra bien faire, lorsque émergeant sans retenue d'antres bouchés, il vient prendre corps ? Tout était fait pour atterrer, transir de peur panique ; ah, mais c'est là le point. Et c'est pourquoi je n'avais pas licence de manquer à moi-même, de souffler un instant. Je faiblis dans mon projet. Je n'avais pas en tête d'autres pensées. Je ne voulais me souvenir d'aucune dépendance et appartenance, et même de n'importe quoi d'autre, j'étais déjà provisoirement sans mémoire ; la première raison, qui m'avait conduit à comparaître là, oubliée. Oublié ce que je voulais ? Ah, je crois que je ne voulais réellement plus rien, tant je voulais tout. Une chose, la chose, cette chose : tout ce que je voulais n'était plus que : ne pas cesser d'être !

Et ce fut de la sorte que les heures tournèrent — la mi-nuit va passer — j'eus envie de dire. Le froid m'étreignait par en dessous comme un étau. Même que je toussai. Je parlai tout seul. « *Je suis enroué ?* » — « *Un peu...* » Être fort c'est se tenir tranquille : persister. J'évaluai l'heure — en observant ce firmament au-dessus de moi : plus de Pléiades, parties les Trois-Maries — elles s'étaient déjà abîmées ; mais la Croix-du-Sud brillait encore à deux empans, elle commençait même à descendre. Vague silhouette, dans mon dos quasiment, un arbre mal vêtu ; le murmure des ramures. Et ce quelque chose qui ne venait pas. Nulle chose étrange à voir n'était visible.

Ce qui ne venait pas — le vent en rafale d'une grande tempête, avec Lui siégeant, bien assis au centre sur son trône. Ce que désormais je voulais ! Ah, ce qui, je crois, était mien, mais qui était l'inconnu, improbable. Je voulais être plus que moi-même. Ah, je le voulais, je le pouvais. Il le fallait. « Dieu ou le démon ? » — j'endurai un vieux dilemme : mais je le voulais comment, sous quelle forme ? Tel le souffle d'air que je respirais, telle une chose comme n'importe quelle autre chose : en ce cas, je ne pouvais que préférer mourir, en finir une bonne fois, si cela ne se configurait pas pour moi. Et céder en gage en échange tout ce qui m'appartenait, tout le reste : l'âme et la paume, et l'âme malade... Dieu et le Démon ! « En finir avec Hermógenes. Réduire cet homme !... » — ; et cela je l'évoquai par besoin de me trouver une bonne raison quelconque. D'Hermógenes lui-même, de son existence je me rappelai sans plus — comme s'il n'était pour moi qu'un petit garçon pissous et mollasson, qui fait des siennes ; la petite fourmi, le temps qu'elle passe entre votre pied et votre piétinement. Je faisais claquer ma langue. Je me contenais, serrais les dents. Mais Lui — le Dé, le Damné — qu'attendait-il : pour se présenter devant moi — moi, plus fort que Lui ; plus fort que ma peur de Lui — et pour lécher le sol, acquiescer à mes ordres ? Je rassemblai mes idées. Le cobra avant de mordre a de la haine ? Il n'a pas le temps. Le cobra assène ce qu'il décoche, il boute, il a bouté. J'étais là, c'est dire que je voulais, que je pouvais, que je persistais. Tout comme *Lui*. Nous deux, et la spirale d'une rafale de vent — le ronflement de tornade d'un bout à l'autre du monde, giration de ces tourbillons qui se dévident, et l'entonnoir final : *le diable dans la rue, au milieu du tourbillon...* Ah, je ris ; Lui, non. Ah — moi, moi, moi ! « Dieu ou le Démon — pour le jagunço Riobaldo ! » Le pied ferme. J'attendais, hé ! De ce résumé et du vaste monde, j'exprimai les sommets, cette fermeté me revêtit : souffle du souffle du souffle — de la super-force, d'une super-vaillance. Celle qui vient, extraite sur commande, de soixante-dix fois soixante-dix longueurs au tréfonds même de chacun de nous. Comment cela eut-il lieu ? Je n'étais pas au courant, à l'époque, de plus grands événements ; de sorte qu'ainsi j'effarouchais n'importe quel oiseau.

Je frappai du pied, m'étonnant maintenant que ne se produise pas la plus petite goutte de rien, et que l'heure passe en vain. Alors, il ne voulait pas exister ? Qu'il existe, qu'il vienne ! Qu'il s'amène, pour le dénouement de cette affaire. J'étais véritablement, je vais vous dire :

enivré de moi. Ah, cette vie, à coups de ses non-fois est terriblement belle, horriblement, cette vie est grande. Je mordis l'air de nouveau :
« Lucifer ! Lucifer... » — je bramai, éructant.

Non. Rien. Ce que la nuit contient c'est la clameur d'un seul-être — qui commence pareille à des criquètements, des craquements, avec le crapaud-buffle, son grognement. Et qui se termine sur une plainte gargouillante chevrotante, d'oisillon au nid mal réveillé d'un petit sommeil de plomb.

« Lucifer ! Satanas !... »

Rien, qu'un autre silence. Vous savez le silence ce qu'il est ? Il est nous-même, outrancièrement.

« Hé, Satanas ! Lucifer de mes enfers ! »

Ma voix s'enrayait, en moi tout était hordes et cordes. Et voilà tout. Voilà. Il n'existe pas, et il ne se montra pas, ne répondit pas — il n'est que fausseté imaginée. Mais à ce qu'il m'ait entendu, je pourvus. Il m'entendit, conformément à la science de la nuit et à la course des espaces, qu'il mesure. Et comme s'il avait enregistré toutes mes paroles, il tint l'affaire pour close. Je recueillis alors en retour un battement d'ailes, le plaisir d'une pression et — d'un coup — la tranquillité. J'évoquai une rivière qui envahirait la maison de mon père. Je vis des ailes, ce court instant, je bandai mes forces. Je pouvais encore, je pouvais être plus ? La chimère, que vouloir payer : ces choses ne sont pas dicibles. Nous ne pouvons même ni les prendre ni les comprendre. Où elles tiennent c'est dans la clarté de la nuit. La brise du sacré. Étoiles absolues !

Et je me relaissai encore, figé là, dans cet imbécile d'endroit. Mais comme si je me retrouvais le dedans dehors, vidé de mes intérieurs. « Et la nuit qui ne décline pas !... » Ainsi je restai là, par manque, en fait, du plus pauvre courage pour m'éloigner : je ne parvenais à m'appliquer à rien. Combien d'heures ? Et ce froid, qui me réduisait. Car il fallait que la nuit se fasse pour moi un corps de mère — qui, prêt à mettre au monde, ne parle plus, ou serait-ce, lorsqu'il parle, que nous n'entendons pas ce qu'il dit ? Je perdis le sens. Cela dura un abîme de temps.

Plus loin, et bien dans la descente, blanchoyaient ces bancs d'air, qui bruinaient, qui pleuvinaient. Au-dessus des marais, des Veredas-Mortes. Le crachin du matin. Et, pour tout dire, je m'en allai, m'en retournai par le chemin des écoliers. J'étais vraiment frigorifié, mais je brûlais en même temps d'une soif intense. Je descendis, de retour, le long des buritis, là où il y a une nappe d'eau. La petite clarté des étoiles signalait sa surface lisse. Là venaient s'abreuver les cerfs et les onças. Je me penchai, je bus, je bus. Et l'eau n'était même pas comme par temps de grand froid : je ne palpai pas la tiédeur qu'elle aurait dû avoir, si réellement le temps avait été au froid. C'était mon corps qui de lui-même dégageait ce froid, un froid de glace dedans, dehors, qui me rigidifiait. Jamais dans ma vie je n'avais éprouvé la solitude d'un froid pareil. Comme si ce gel tout d'une pièce ne devait plus me lâcher.

La rosée se forma. L'isolement de l'endroit devenait peu à peu visible, avec une ébauche de ciel, tandis que s'éteignait l'étoile du matin. Les barres de nuit cédaient. J'appuyai ma bouche contre le sol, j'avais mis à mal les forces normales de mon corps. Et près d'une eau, ce délaissement de froid empirait. Je m'enlaçai à un arbre, un pied de *breu-blanc*. Tout autour, le tapir avait cassé des branches, et déféqué. « Je peux me cacher de moi ?... » Je restai là, somnolent. Je ne sais combien de temps. Je n'entendis pas les chants que pépient les petits oiseaux au lever du jour. Je m'abandonnai, gisant mol sur le sol, dans le feuillu, comme si l'énorme chauve-souris de ces lieux m'avait vampirisé. Je ne me relevai enfin que poussé par la faim. Je m'en souviens, j'avisai encore une ruche naturelle d'abeille-blanche, à la partie inférieure d'un tronc, le miel juteux gouttait sur le sol, telle une source, parmi les feuilles vertes et sèches. Et il allait se perdre, gaspillé. Monsieur, monsieur — ne demandez pas le ciel avant l'heure. Je le dis, ne le dis pas ?

Je retrouvai les autres, au moment où Crocodile finissait de passer le café. « Tu trembles de froid. T'as chopé les fièvres ? » me demanda quelqu'un. « Occupe-toi de tes oignons ! » — je lui rétorquai. Et bien qu'un bon soleil se soit levé, j'allai me chercher une couverture et un hamac. — Parole — au bout du compte, rien ne m'était arrivé, et je voulais, au plus vite, me délivrer du souvenir, de la folie de cette nuit. Je l'avais passée blanche et j'étais transi. Et là, tout à trac, cette pensée me traversa : que la fonction du jagunço n'a pas plus de quoi que de pourquoi. Plus on vit, plus parfois on réfléchit. Rêver, seulement, non. Le Démon est celui des Confins, l'Austère, le Super-Sévère. Ah, suffit !

Sachant que, dorénavant, jamais plus je ne rêverais, que je ne pourrais plus, je perdis comptant ce jeu facile, qui d'ordinaire anticipait mes jours et mes nuits. C'était un avertissement ? C'est que les échéances s'annonçaient... Et, ce que je faisais, c'était de penser sans le vouloir, de penser à des nouveautés. Tout maintenant luisait avec clarté, m'occupant l'esprit, et j'inventais le souvenir de mille choses variées et passées, d'événements oubliés depuis beau temps, auxquels je découvrais une autre raison : sans que même il y aille de

353

ma volonté. Je ne faisais pour cela aucun effort, et je pensais ces choses, tel que, sans pratiquement m'appesantir, à longueur de temps.

Dans les débuts, sûr que je trouvai bizarre. Mais, à mesure, je m'habituai, j'acceptai ce régime comme une chose normale, légitime. Et je m'aperçus que je pénétrais petit à petit dans une joie stricte, content de l'existence, mais dans une impatience. Je dois dire, je ne m'empressai pas de croire tout net à cette joie, comme si je craignais que revienne la tristesse normale. Ah, elle ne revint pas ; pour l'heure, elle ne revenait pas.

« Ouais, si beau parleur, Tatarana ? Qui te voit... » — ils me demandèrent ; Alaripe me demanda. Peut-être se moquaient-ils de moi.

Je m'étais mis, en effet, à relater avec certaines fioritures quelques passages de mon existence, et à décrire ensuite, par amusement, les bénéfices que les grosses légumes du Gouvernement pouvaient réaliser, en remédiant à l'abandon du sertão. Et, dans cette tirade, je reprenais les propos habituels de Zé Bebelo dans tous ses discours. Mais, ce que je m'efforçais de faire, c'était d'imiter pour rire, en les singeant, les tics de Zé Bebelo. Et eux, les camarades, ne m'avaient pas compris. À preuve, à peine ils eurent compris, qu'aussitôt ils éclatèrent de rire. Ils riaient cette fois, tout leur soûl.

« C'est parler d'or, l'ami, c'est sûr... dit Alaripe.

— Y a pas à dire, c'est sûr, vieux-frère... » — un autre, Fends-le-Ventre, renchérit.

Je ne pus le tolérer. Ce bigleux de Fends-le-Ventre, avec sa tête de traviole, et qui gâchait trop d'air à respirer trois fois trop fort, en plissant le nez et en reniflant. Je le toisai, lui cherchai noise :

« Sûr de quoi dans cette vie ? Le sûr c'est que je me garde de traiter quiconque de fils de celle-ci ou de celle-là, de peur que ce soit pure vérité... »

Voici ce que je leur dis. Et les voyant rire de cette façon, et se régaler à m'écouter, je leur racontai l'aventure d'un garçon, du hameau des Aïe-aïes, pas très loin de Vereda-Villageoise, devenu fou petit à petit : lequel ne voulait pas s'endormir, à cause d'une peur qui lui tomba dessus, qu'il puisse une nuit ou une autre ne plus savoir se réveiller de nouveau, et reste emprisonné au creux de son sommeil.

Il m'en venait bien d'autres de ces fantaisies. Ce fut comme une révélation tout à coup, et je dis ce dont nous avions besoin.

« Il faut sur-le-champ envoyer un porteur, au poste de pharmacie le plus proche, demander et acheter le bon remède, qui existe, pour en terminer avec la malaria, de façon définitive ! »

354

Je dis, et tous approuvèrent. Zé Bebelo lui aussi tomba d'accord, immédiatement. Un porteur partit.

J'en avais ma claque de toute cette inertie. J'allai trouver Zé Bebelo :

« Chef, voilà ce qu'il faut faire : envoyez un camarade dégourdi, qu'il se débrouille pour entrer dans la bande des Judas observer de près comment les choses se passent, et qu'il nous communique les nouvelles et laisse des indications aux bons endroits. Ou que même il s'arrange pour liquider Hermógenes de ses mains — en lui refilant du poison, par exemple...

— La belle folie, Tatarana, que tu agites là !... me battit froid Zé Bebelo.

— Folies — c'est ce qui ne marche pas. Mais ça n'est folie qu'une fois qu'on le sait, que ça n'a pas marché ! » — je l'interrompis net ; parce que je trouvais cette fois Zé Bebelo en dessous de tout ; et parce que, que quelqu'un conteste ce que je venais de dire, me rendait furieux.

Zé Bebelo mit un temps à me répliquer. Pour dire, finalement :

« Un homme, pour un exploit de ce genre, je ne vois vraiment...

— Ce que cherche le soleil, c'est la pointe de l'acier... » — je l'interrompis, sans peu ni prou mesurer ma repartie. Tandis que Zé Bebelo terminait :

« ... Que moi... ou bien toi, Tatarana. Mais nous sommes marqués, tel le bétail. »

Mais, là-dessus, montrant qu'il me comprenait, il conclut :

« Riobaldo tu es un homme d'une étrange valeur... »

Une concession sincère ; je le sentis. Car désormais, tous avaient vraiment intérêt en ma présence à être sincères. C'est seulement dans les yeux des gens que je cherchais leur douceur intérieure ; seulement dans le fond des yeux.

José Vereda fumait sa pipe, assis près de son barda. Passe-Pommade était près de lui. Ce dernier avait des manières grossières, un homme de très maussade humeur. Ils étaient bons amis ces derniers temps, parce qu'ils venaient tous les deux du même pays — originaires des plaines. Une méchante envie me prit de leur dire, et je dis : « Vous n'avez donc rien à agiter ? Qui naît tordu, naît foutu... Magnez-vous, que si l'un de vous deux a une femme jeune et belle à la maison, gare au retour... » De quoi provoquer la discorde. Je cherchais la bagarre ? Je tiens à ce que vous le sachiez : ça n'était pas, n'avait jamais été, dans mes habitudes. C'était que désormais, je prenais un plaisir de chien à ces insolences et inconvenances. Et, quand certains, parce que c'était dimanche, voulaient y aller d'une prière, rien ne pouvait m'empêcher de ricaner : « Prier c'est commencer le carême... » Ceux que cela fit rire, rirent. Et ils laissèrent tomber leurs dévotions de pacotille. Tout bien pesé, qu'est-ce ça pouvait me faire ? Partout où je fourrais le nez, je trouvais à redire.

Il s'ensuivit que Diadorim lui-même s'étonna de mes façons. Il me le fit comprendre, et je me rebiffai, ne mesurai pas mes mots : comme si j'allais tolérer qu'on me contredise ou me donne des conseils. Je poussai le blanc au noir. Mais Diadorim insista avec ses grands yeux larges ouverts sans réserve, moi-même pris un instant à cet enchantement — dans un va-et-vient d'amour. L'amour c'est ça — la souris qui sort d'un petit trou : et c'est un énorme rat, c'est un lion sanguinaire.

Je confère que je n'eus aucune honte. Ne pas avoir honte en tant qu'homme, c'est facile : le bon et difficile c'était de pouvoir ne pas avoir honte à la manière des bêtes, des animaux. Ce que je ne dis pas, vous le verrez : comment Diadorim pouvait-il être ainsi dans ma vie le plus grand des secrets ? Le matin même, ce jour-là, comme nous bavardions, il m'avait dit :

« Riobaldo, j'aurais aimé que tu sois né mon parent... »

C'était là source de joie, c'était source de tristesse. Son parent ? Une chose qui signifiait espérer le certain de l'incertain. Un parent on ne le choisit pas — c'est ce qui est écrit. Mais c'est parce que prisonnier de son petit destin de racines, que l'arbre ouvre tant de bras. Diadorim appartenait à un destin différent. J'étais allé, je m'étais choisi comme amour l'amour d'Otacília. Otacília — lorsque je pensais à elle, c'était exactement comme si j'étais en train d'écrire une lettre. Diadorim, lui, vous savez comment court un fleuve sauvage ? C'est, de loin en loin sans relâche, rouler ces brasses d'eau, d'un côté, de l'autre, en cavale, à travers le sertão. Il m'avait dit lui-même une fois : « Nous, toi et moi, Riobaldo, nous deux... pourquoi faut-il que la séparation soit si forte ?... » Cela pesait du plomb. Mais Diadorim pensait à l'amour, mais Diadorim réchauffait de la haine. Un nom rôdait : Joca Ramiro — José Otávio Ramiro Bettancourt Martins, le Chef, son père ? Une mission de haine. Pour ce que je savais. Je ne réprimai pas ces flèches amères, en rappelant :

« Celui-là, à l'heure qu'il est, doit se balader quelque part entre l'Urucuia et le Gris... L'Hermógenes... »

Son visage devint de cendre. Il frissonna, avec ces petits points, bien au centre de ses yeux. Je revis le Reinaldo, qui guerroyait délicat et redoutable, au plus fort des batailles. Diadorim, l'air efféminé, mais toujours tel le diable en personne, ainsi que j'étais content de le voir en ce moment. Comme c'était qu'il était : le seul homme dont le courage ne clignotait jamais ; et qui, pour cette raison, fut le seul dont j'enviai parfois ce courage tout d'une pièce. Qui était de fer et de plomb.

Et déjà, dans un nouvel élan, le besoin me prenait de représenter aux camarades toutes les erreurs qu'ils étaient en train de payer, à cause de dernièrement, ainsi qu'avec ma petite cervelle je m'en rendais compte maintenant. J'en parlai également, en prenant des gants, à Zé Bebelo en personne, qui m'entendit lui dire :

« ... Sans intention d'offense ou de discrédit, Chef, mais je doute qu'on fasse bien de rester tous ici, à acheter la guérison de ces maladies. Est-ce que ça ne serait pas plus sensé d'avoir envoyé une demi-douzaine d'hommes, des bien-portants, qu'ils soient allés chercher les munitions là où elles sont, à Vierge-Mère, pour les rapporter ? Les munitions seraient déjà là, et on serait mieux garantis... »

Zé Bebelo plutôt amer — secoua son menton avec des petits mouvements de tête. Ensuite, bien vite, il m'expliqua la raison majeure, à voix basse. Parce qu'il savait déjà tout : et c'est alors qu'il me dit qu'on s'était fourvoyés dans les grandes largeurs ; nous étions venus par une mauvaise route, celle en direction non pas de Vierge-Mère, mais de la Vierge-de-la-Dalle. J'écoutai. Une pareille nouvelle, en d'autres circonstances, aurait pu me bouleverser. Mais je trouvais plutôt ça drôle, cette équipée. Que je vous explique : dorénavant, tout ce qui venait à se présenter était du neuf et de la distraction, servait à mettre du mouvement. J'allais ma vie le pied léger.

C'est alors qu'ils rabattirent tous les animaux pour les regrouper ; ils rassemblaient les chevaux. Le matin montait régulier, le soleil sur son étrave, et les chevaux tournaient joliment — une grande parade, qui faisait de la poussière, étant donné le tohu-bohu d'autant de sabots. Je provoquai une confusion ? Je confesse ce qui se passa : c'était à cause de moi qu'ils étaient épouvantés. À peine ils me virent approcher, tous les chevaux se débandèrent. Le cheval, qu'est-ce qu'il sait ? Certains d'entre eux hennissaient de terreur : le cheval hennit toujours avec exagération. Cette note aigrelette comme un petit rire, et comme ils ne pouvaient se sauver bien loin, plusieurs déjà ruisselaient de sueur, ils écumaient, tremblaient de tous leurs membres, chauvissaient des oreilles. Ils continuèrent de même, mais un ton au-dessous et obéissant, lorsque pris d'une rage subite, je sautai au milieu d'eux : « Belzébuth ! Du calme ! Bande de fripouilles ! » — je criai. Ils m'évaluèrent. Je passai même la main sur l'échine de l'un d'eux, qui maigrit à vue d'œil, rentrant et baissant la tête, et il hérissait sa crinière, n'en finissant plus de rauquer un souffle rauque.

Je notai que les camarades se rendaient compte de l'étrangeté de tout cela, de mes façons et de celles des chevaux. Sauf qu'ils riaient, à

la manière des jagunços, qui est de ne pas s'en faire. « Belzébuth ! »
— ô gens, comme si j'en étais sûr — celui des-Ténèbres ! Et je me
tenais ferme, à leur hauteur, au milieu d'eux, qui maintenant, tous ces
chevaux, acceptaient ma présence.

« Te voilà devenu péon dompteur et dresseur de chevaux ? » me
railla Ragásio. Mais je me retournai, car on entendait déjà une autre
cavalcade : c'était ce sieur Habaham, qui revenait. Il arrivait, au trot,
avec trois hommes — des petites gens travailleuses. Et son animal, le
bel alezan, il se passa qu'il vint stopper net devant moi. Le temps que
Sieur Habaham saute à terre, et il se cabra : les jarrets pliés et la
queue balayant le sol ; la longe, libre dans la main du maître, cingla
haut en l'air. « Belzébuth ! » — je pestai. Et le grand beau cheval,
beau, beau, porta les jambes en avant et le corps en arrière, tel le
jaguar femelle en chaleur. Il m'obéissait. Cela, je vous le jure : est un
fait véridique.

Le sieur Habaham, là, devant moi, détourna les yeux. Il devint
cramoisi. Mais des hommes entièrement vendus à l'argent et au gain,
ce sont ceux-là parfois qui perçoivent les premiers le vrai brandon des
choses, avec une subtilité plus vive. Il ne bredouilla pas. Il me dit au
contraire :

« Si l'animal vous plaît... Si celui-là vous plaît... je vous le donne,
amicalement, avec grand plaisir : tel qu'il est là, jeune homme, il est à
vous... »

Si je le crus ? Je vous le confirme : mon cœur ne battit pas de doute.
Je remerciai, avec ma dignité ; je pris l'extrémité de la longe. De cette
heure, désormais, il était mon fier cheval, avec ses taches et ses
rayures. — Ah, comme il foulait ferme le sol, et comme il occupait un
grand espace ! Je lui flattai même le chanfrein et le plat du cou d'une
caresse. Il était mon animal, ma propriété, tout harnaché, comme il
l'était : et c'était une bonne selle légère, de gaucho, avec des étriers
fermés sur le cou-de-pied. Mais, ce premier instant passé, presque
aussitôt je m'interrogeai : quelle raison avait ce sieur Habaham de me
faire brusquement la gentillesse d'un présent de cette importance,
alors que je n'étais ni un parent à lui ni un ami, alors qu'il n'avait
envers moi aucune obligation, qu'il ne me connaissait quasiment pas ?
Quels projets échafaudait-il dans sa tête, quels pouvoirs devinait-il
chez moi ? Bah, à sa guise. Cet homme me craignait ? L'admiration de
tous les camarades, je m'en rendis compte aux messes basses autour
de moi. Sûr, qu'ils devaient m'envier. À leur guise ! Et leur mère !...
La première chose qu'une personne lorsqu'elle s'élève dans la vie, doit
apprendre, c'est de rester ferme face à l'envie des autres que cela
dérange... Je me gouvernai, je m'endurcis. Rien qu'à cause de ce

cheval, quasiment, je me grandis, grandis, je faisais front. Ils ne purent rire de moi.

« Faut dire... Un animal d'une richesse : bien développé, bien nourri, bien tenu...

— C'est ça la chance. Avoir ce qu'on mérite...

— Encore heureux qu'il soit bien tombé... »

Ils ne disaient pas autre chose. Je dissimulai mon contentement. Ce que je dis très vite ce furent les grandes idées de rêve que j'avais nourries — combien d'un harnais comme celui-là j'avais toujours eu envie, et de cette selle, de gaucho, avec un poitrail d'argent en demi-lune, et les pièces des étriers étaient garnies de belles plaques de métal.

« Alors, à ce que j'ai entendu, Tatarana : c'est vraiment du nom de *Belzébuth* qu'il va s'appeler ? se mêla l'un d'eux de plaisanter.

— Hé ! non, vilain compère ! Mêle-toi de tes affaires. Le nom désormais, que je lui donne, entériné, est celui-ci — qui tient à savoir, qu'il entende ! — c'est : *le cheval Siruiz...* » — voici comme je répondis, sans le temps d'avoir pensé. Je me mis en selle.

Ah, les choses influentes de la vie se produisent ainsi sournoisement, insidieuses. C'est que Zé Bebelo arrivait, et là je pigeai, dans un éclair, une chose qui ne m'était pas passée par la tête. Ceci : qu'offrir et recevoir un tel présent, dans ces conditions, c'était tout comme une grave offense envers Zé Bebelo. Un don de cette excellence devait être pour le Chef. Là, je réalisai. Mais je ne mis pas pied à terre. Je restai en selle. Ce qui montre bien qu'à cette hauteur, je devais déjà, selon moi, considérer Zé Bebelo avec un certain mépris. Qu'il arrive ce qui arriverait, je m'en balançais. Tout chef de jagunços devait avoir le ressort de résoudre ce coup du sort. J'attendis. Et si le genre d'intention, la raison qui animait sieur Habaham c'était d'attiser le désordre parmi nous ? — je m'avisai dans un intérim. Et je pensai belliqueux à mes armes.

Mais Zé Bebelo, qui venait d'apprendre l'événement, se contenta de me regarder, avec un petit rire :

« Tu as belle allure, professeur, monté sur cette figure. Nous ne souhaitons que te voir avec cette prestance, livrer les belles batailles... À la bonne heure !... » — voici ce qu'il me dit, même si à mon avis il ne fut pas ravi. Et ce me fut pain bénit. Ah, vraiment, l'intelligence, seulement l'intelligence, voilà ce qu'était cet homme. Je mis pied à terre.

Comme d'instinct, une trouvaille, je passai les rênes à Fafafa. « Desselle-le, et tu le bouchonnes, tu lui donnes une ration de maïs, occupe-t'en... » — je dis, et je le fis parce que Fafafa, qui aimait tant

359

les chevaux, était toujours de bonne composition pour s'occuper d'un animal, même s'il n'était pas à lui. Mais j'avais donné un ordre. Ainsi, je me recomposai. Et ce sieur Habaham avait également apporté une bonne quantité de remèdes à prendre contre la malaria, des pastilles de la pire amertume. Tout le monde en recevait.

Je m'éloignai, de quelques pas. Je tournais le dos à Zé Bebelo. Il pouvait, subitement, m'agresser à mort, me tirer dessus par-derrière... — je calculai. J'arrêtai de marcher, et je restai ainsi sans bouger, sans bouger d'un pouce. Et sans la moindre peur : j'étais glorieux, sans maître, sûr de moi : qui allait trouver l'audace de me tirer dessus ? Leur audace à tous ne pouvait que se déliter, se défaire, la force dans leurs bras amortie ; je pouvais leur tourner le dos à tous. Ce que le Drac — le démon — m'avait dit, il l'avait dit : c'était tout ? Je levai les yeux : des mains d'azur avaient emporté les nuages du ciel. Cette puissance tranquille ; je demeurai ainsi, encore un temps, transporté. Léger, léger à pouvoir courir entier le tour du monde. Je vous raconte, simplement, comment ce fut, un jour très naturel. Et j'aurais pu, des choses aussi fatales, les oublier ? Ce jour était la veille d'un autre jour.

Après quoi sieur Habaham soupa avec nous. Raimundo Lé répartit les pastilles de remèdes entre ceux qui en avaient besoin. Diadorim était mon ami. Zé Bebelo me prit à part, pour m'exposer en détail différentes choses qu'il prétendait remanier. Alaripe bavarda un moment avec moi. Et je tiens à vous rapporter cette dernière conversation. Car, voulant savoir, je poussai à la roue, et il fut beaucoup question de ces prières pour récupérer les gens d'une balle mortelle, et des magies qui font le corps invulnérable. Alaripe me raconta alors une histoire, un incident qui s'était produit, cela faisait un temps, à un détour du sertão. Et c'était ce qui suit.

Un jour, un certain José Misuso, en train d'enseigner à un jeunot, Etelvino, en échange de quarante mille reis, la formule magique pour qu'un ennemi rate à coup sûr le tir qui vous est destiné, lui donna ce précepte : « La seule chose indispensable c'est le sang-froid de la foi — pour, au moment crucial, regarder l'autre en face, et penser ce cri, simplement : *Tu rates ce tir, tu rates, tu rates, la balle sort et dévie, elle ne m'atteint pas, tu rates, tu rates, fils de chienne !... »* Voilà ce que ce Misuso enseignait au petit Etelvino. Mais là, le jeunot s'indigna : « Hé là, hé, si c'est seulement ça, seulement ce rien du tout, alors je le savais déjà, tout seul, sans que personne me l'enseigne — je l'ai déjà fait, exécuté comme ça, un tas de fois... » — « Et tu l'as fait tout pareil, conformément à ce que j'ai défini ? » demanda José Misuso, incrédule. « Tout pareil exactement. Sauf qu'à la fin, l'insulte que je pensais c'était : ... *fils de pute!...* » répondit Etelvino. « Ah, bon, coupa court alors José Misuso, en ce cas, ça suffit que tu me paies seulement vingt mille reis... »

Nous rîmes tous un bon coup. L'heure étant celle de manger son content, la joie débordait. On se plaisanta, on but, quelqu'un chanta la chanson de saint Sébastien. Douces, maternelles, les ondes de la nuit arrivèrent. Je dormis le visage à la lune.

Je me réveillai. L'aube avec un reste de lune, je me souviens, je me réveillai à cause du bruit de cavaliers qui arrivaient à l'amble et venaient brusquement de s'arrêter, avec ce tressaillement sec des chevaux : *br'r'r'eou, br'r'r'eou.* Je calculai : une dizaine. Ce qu'ils étaient. Je m'ébrouai, sautai de mon hamac, qui pouvaient-ils être ? Tous les camarades la main au fusil, et je n'avais pas entendu le « qui va là ? » des sentinelles. La bonne clarté de l'aube. Le clair de lune que seul le sertão connaît. Je viens de lui.

« Ça c'est notre João Goanhá, avec ses hommes... » dit Diadorim, dont le hamac était dressé à trois pas du mien. Eh oui, c'était eux, João Goanhá, Paspe, Drumond, le camarade Cyril, Gribouille, Isidore... Retrouver des compagnons de cette trempe, c'est là que du sens se met dans la vie, et se déploie, se rétrécit. João Goanhá, gros, fort, barbu. Sa barbe était très dense, très noire. Il arrivait avec le clair de lune, c'était bon signe. Tout le monde parlait, on s'embrassait. On alluma bientôt le feu, pour le café, un déjeuner improvisé. Pendant ce temps, Zé Bebelo, levé, le plus suffisant possible, réclamait les nouvelles en posant mille questions.

En premier, les vraies, celles, les choses habituelles, ainsi qu'elles s'étaient passées. Ce que je sais d'autre ? Je ne m'étais pas encore mis une idée dans le crâne, venant juste de sortir de mon sommeil. Diadorim était celui qui manifestait le plus de joie : comme seulement lorsqu'il avait bu. Diadorim, de mes amours — pose ton pied dans de la cire blanche, et je suivrai la fleur de tes pas. Je me souviens que je vérifiai les balles dans mon revolver. Je voulais beaucoup de mouvement, des heures neuves. Tout comme les fleuves qui ne dorment jamais. Le fleuve ne cherche à aller nulle part, ce qu'il veut c'est parvenir à être plus puissant, plus profond. L'Urucuia est un fleuve, le fleuve des montagnes. Vert sur vert, il reboit le trop-plein d'eau des marécages, des veredas, des marigots, l'ombre séparée des palmeraies de buritis. Il recueille et dissémine les sables. J'ai vécu captif, pour devenir libre ? Une petite mare d'eau étanche ma soif, un palmier suffit à me faire une maison. La maisonnette que je fis, si petite — ô gens ! — pour que le serein la baigne. L'Urucuia, alentour, le haut-plateau. Ces arbres-ci, ces arbres-là. Parle, Zé Bebelo : parle avec les canes qui couvent au milieu des lianes et des joncs. Même à l'heure où je serai à quia, je sais, l'Urucuia est à jamais, il court. Ce que je fus, ce que je fus. Et ces vieilles chapadas — les siennes, la Chapada d'Antônio Pereira, la Chapada des Rebours, celles du Repaire, du Renégat. Un homme est couleur de nuit dans le clair de lune — noire esquille. En moi couve un sommeil, mais hors de moi je vois un rêve — j'ai eu un rêve. La fin de faims. Hé, n'importe quelle eau sert pour ma soif. J'ai marché droit devant moi. Et là, ô gens, j'ai franchi un pas de plus : tout désormais était possible.

Ce n'était pas voulu, n'allez pas croire. Et ils ne furent pas surpris. Je ne clamai pas, je ne déclamai pas ; je dis seulement :

« Ah, maintenant, qui est le Chef ici ? »

Je demandai seulement. Je sais pourquoi ? Pour savoir simplement, et peut-être, qui sait, par une exagération de ma dernière manie, de me distinguer par de folles extravagances, de faire de l'esbroufe. Je n'avais en aucune façon l'intention d'affronter qui que ce soit. J'avais même une certaine paresse. Le fait est, cependant, que quelqu'un devait être le chef. Zé Bebelo ou João Goanhá. Ils se dévisagèrent.

« Qui, maintenant, est le Chef ? »

J'étais le seul à ne pas faire cas de leur surprise ? Zé Bebelo — la tête pensante, superbe, sûr de son fait. João Goanhá — rude homme tout simple, venu depuis l'autre rive du fleuve, au milieu de distances et de difficultés sans nom, pour suivre la loi de notre compagnie, comme une habitude pour lui indispensable, sans laquelle il ne parvenait pas à bien s'appartenir. Je gardai la situation à l'œil.

« Qui est le Chef ? » — je répétai.

Ils me regardèrent. Savoir, ils ne savaient plus, ils ne trouvaient pas comment répondre : parce que aucun des deux ne l'était. Zé Bebelo l'était encore ? Zé Bebelo fit grise mine. Et, João Goahná, je vis ce maître débonnaire s'agiter, rougir pâlir, sous mes yeux — il n'avait plus les os : tout en lui perdit de sa taille — le geste, la parole, le regard, la présence. Aucun des deux. Et moi — ah — je le savais encore moins qu'eux — puisque déjà le chef c'était moi. Le Chef c'était moi ! Ils me regardèrent.

« Qui est-ce qu'... »

Et... La bande entière maintenant, tous les camarades, convoqués, formaient le cercle. J'étais le félon. Ils ne me comprenaient pas ? Là, quelques hommes se mirent à maugréer. Et le premier d'entre eux fut ce Fends-le-Ventre, bon premier parce qu'il était, visiblement, mon ennemi caché — il porta la main à ses armes... Houleuse, rageuse, la lame étincela, brandie... Mon revolver parla, la balle n'erra pas. Fends-le-Ventre s'écroula comme une masse, aussitôt sans un mouvement, sans plus d'âme en lui. Et là son frère, José Félix : celui-là chancela, tout sur le côté ; le souffle s'échappa de sa personne ; j'avais également tiré un autre coup...

« ... qui est le Chef ? !... »

Tous sages, immobiles, interdits devant la simplicité du double choc. Ah mais, mon nom n'était-il pas *Tatarana !* Et Diadorim, tel le jaguar, en garde plus que n'importe quel autre, tout ailes, tout aises, pour provoquer la peur majeure. Il surgit maréchal. Ils virent, ils sentirent, pour sûr ils comprirent : à notre superbe à tous les deux ; et parce que déjà Alaripe, Acauã, Fafafa, Nelson, Sidurino, Compère Cyril, Pacama-les-Crocs — et d'autres, et d'autres — se regroupaient de notre côté. Je dois prendre le commandement ! — je me disais, je voulais. Je l'exigeais. Absolument. João Goanhá me sourit. Zé Bebelo haussa les épaules.

Cette fois, c'était l'heure. Et je me dirigeai droit face à Zé Bebelo, barbe à barbe avec lui. Zé Bebelo ne connaissait pas la peur. Et donc, ç'allait être un sang ou plusieurs sangs, l'etcetera quel qu'il soit. Je n'étais pas en veine de beaucoup de parlementeries.

« Qui est le Chef ? » — j'insistai.

Si j'insistai, ce fut avec beaucoup de sérénité. Zé Bebelo prit son temps. Moi, civil, protégé. Je me rendis compte qu'il tardait et réfléchissait pour voir que faire plus tranquillement.

« Qui est-ce ? » — je le pressai doucement.

J'entendais leurs respirations. Que ça dure un moment de plus, et j'allais laisser tomber, de fatigue, et parce que je commençais à m'ennuyer ferme. Une envie gamine de minimiser : — *S'ieur Zé Bebelo, vieux, tu m'excuses...* — je me tus. Zé Bebelo se tassa un rien, sans plus. Puis sans un tremblement, dans le concis des yeux :

« Ça va, Riobaldo ! Chef tu es : Chef tu restes !... C'est ce qui vaut... » — il dit, ce peu de mots, très haut, et même sur un ton de fête, en y mettant de la ferveur. Mais j'eus peur qu'il pleure. Je veux dire, jamais sur un visage d'homme et de jagunço, je n'avais discerné tant de tristesse.

« Quant à vous, camarades... » — je dis à la ronde.

Tous ces hommes, cette multitude, avec leurs rifles, et ils m'acceptaient. Ils approuvèrent. Le Chef Riobaldo. Tous approuvaient à grands cris. À nouveau, donc, ils s'engageaient. Sanctionnaient ces résultats. Et c'était fait avec solennité, sincérité. Concédé en paix. À part ces deux frères maudits, frappés à mort, sans discussion. Et, les enterrer aurait été me manquer de respect. Amen. Tout m'était donné. Remarquez bien, monsieur, monsieur : la vérité instantanée d'un événement, vous la racontez en détail, et personne ne croit. Les gens pensent que vous racontez faux. Maintenant, moi, je sais comme tout se passe : les choses qui se produisent, c'est parce qu'elles étaient déjà prêtes, dans un autre espace, comme à la racine de l'ongle ; et lorsqu'en effet elles se produisent, dans un moment banal, tout est gratis. C'est ainsi. Et c'est ainsi que je suis devenu chef. Ainsi, exactement, je vous le jure, que cela se passa. Ce sont les autres qui le racontent d'autre façon.

À la fin, lorsque João Goanhá m'eut approuvé, je revis les choses du point de vue de Zé Bebelo. Je voulus me mettre en règle avec lui.

« Vous, maintenant... — je commençai.

— Non, Riobaldo... — il m'interrompit. Je dois aller mon chemin, et m'en aller. Je ne sais pas être le troisième, pas plus que le second. Ma réputation de jagunço a vu sa fin... »

Là-dessus, il rit, et dit, courtois par-dessus le marché :

« Mais tu es l'autre homme, tu vas mettre le sertão sens dessus dessous. Tu es terrible, un vrai crotale blanc... »

L'appellation qu'il me donnait, était un nom, un nouveau nom de baptême, mon nom. Tous l'entendirent, ils éclatèrent de rire. En même temps qu'ils lançaient, enthousiastes :

« Le *Crotale-Blanc* ! Hé, le *Crotale-Blanc* !... »

Ainsi, dans leur rudesse, ils avaient beaucoup de compréhension. Vu que ce n'était plus possible désormais qu'ils viennent me trouver et disent seulement *Riobaldo,* ou ce sobriquet, ce surnom de *Tatarana.* Il me sembla. Il me semblait.

Bon, et moi qui avais imaginé, un court instant, que pour une plus grande tranquillité, dans le futur de mon gouvernement, j'allais devoir enlever la vie à Zé Bebelo, j'étais presque triste maintenant, j'avais de la peine de le voir s'en aller. L'amusant ç'aurait été, ça oui, d'emmener Zé Bebelo avec moi, comme sous-lieutenant, à travers ces à-travers. Ah, un homme comme celui-là, on ne le tuait pas. Un homme comme celui-là, n'était pas fait pour obéir. J'ordonnai de lui fournir un cheval supplémentaire, et un mulet de charge — avec les vivres, le nécessaire, les meilleures munitions. Dans l'heure, sans attendre, il prit la route. Vers le sud. Je vis lorsqu'il prit congé et partit — avec le bon respect de tous —; et je remémorai cette autre fois, lorsqu'il était parti tout seul pour Goias, expulsé, par décision du tribunal, de ce sertão. Tout se répétait ? Mais la sentence, cette fois, était son fait, c'était Zé Bebelo lui-même qui l'avait donnée et publiée. En conséquence, il s'en allait. Dorénavant, le temps de toutes les folies était un animal libre d'entamer son œuvre.

Après quoi, je m'attardai sans rien faire, le temps de reprendre haleine. Voyant comme mes gens m'obéissaient déjà, s'affairant même avant l'heure. Comment ils couraient et se remuaient, pour préparer le départ, secouaient à l'air les couvertures de selle, sellaient les chevaux. Tous au grand complet, et je connaissais le nom et le plus gros défaut de chacun de ces hommes, et tous leurs bras, tous leurs rifles et leurs courages. Désormais je commandais. Désormais j'étais libre, lavé de mes tristes passés. Désormais j'allais conclure. C'était comme le signal que toutes ces terres des Geraïs m'étaient remises, devenaient mon bien. Les dangers que demain je pourrais rencontrer, ajoutaient à l'excellence de mes joies. Au vrai, lorsque je commanderais une chose, ah, il faudrait alors, d'une façon ou d'une autre, qu'elle s'accomplisse. — « J'ai résolu que ! » — et je sautai en selle, avec une décision pleine de confiance. Nous devions, en bonne règle, lever le camp sans attendre. Je m'engageai sur la route. Je ne regardai pas derrière moi. Les autres me suivaient ? L'alouette chantait. Un ara criailla vilainement ; il faillit prendre une balle. Dans mon dos, les hommes lancèrent leurs vivats. Ils s'en venaient, ils venaient. Je comptais, ravi, le martèlement des sabots.

Je pris le galop. Vu que nous revenions sur nos pas, nous arrivâmes de nouveau à Valade. Au galop, comme j'ai dit. Les gens, des petites gens, nous entourèrent, des paysans à leur besogne. Ce sieur Habaham inclus, très atterré. Nous fîmes halte. Ce dont j'avais besoin c'était de quelques instants bien à moi, pour me mettre le pied à l'étrier. C'était la première sortie, de la nouvelle expédition ; et j'étais obligé de faire les choses extraordinaires que tous puissent voir et admirer. Je vis un tertre de pierre bien lisse ; je montai m'y installer. J'ordonnai à mes gens de rester en bas, les autres attendaient. Que mon empressement contagieux, la joie de l'action, n'aient pas à subir les entraves d'une foule de gens. Je regardai, dédaigneux : ils n'avaient pas besoin d'avoir un nom — ils ne valaient que pour vivre et pour mourir, selon mon désir. Ils avaient déposé entre mes mains ce jouet : le monde.

Je restai là, en haut, un moment. Lorsque je descendis, j'avais résolu certaines choses. Où nous irions : courser Hermógenes ? Ah, non. En direction d'abord, pour commencer, du Haut-Plateau d'Uru-cuia, où meuglent tant de bœufs. Et que tous me suivent. Ah, mais, de cette façon, non. Ce fut ce que je pensai, mais sans le dire : — De cette façon, non...

Précédant tous les autres, sieur Habaham vint le premier se présenter : tout affairé, amène, en train déjà de me prendre à part. Sacré bonhomme ! Il voulait m'offrir de l'argent, me faciliter les choses grâce à ses moyens. Surtout pas ! C'est de moi qu'il devait recevoir, qu'il devait prendre. J'empoignai le cordon que j'avais au cou, je l'arrachai, avec toutes ces reliques. Les médailles, certaines que j'avais depuis que j'étais enfant. Je fis ce geste : je les lui remis. Vous vous seriez régalé de voir la mine de ce sieur Habaham, forcé d'accepter en paiement ce qui n'était pas des pièces sorties des caisses royales, mais ces offrandes dont on fait l'hommage aux saints. Il était dans tous ses états — comme ces gens qui n'ont pas honte de laisser voir leur peur, dans la mesure où ils peuvent demander pardon avec beaucoup de sérieux. Que je vous dise : il me baisa la main. Il devait être en train de se dire que j'avais perdu le jugement. Il me remercia vivement, néanmoins, et rangea les médailles dans sa poche avec beaucoup d'égards : ne serait-ce que parce qu'il ne pouvait faire autrement. Tuer cet homme n'avançait à rien. Pour commencer de rafistoler ce monde, à quoi ça aurait servi ? Il aurait fallu réquisitionner tout ce qui lui appartenait ; et le quidam, le larguer très loin de là, sur des terres étrangères, où il soit bon an mal an totalement inconnu de tous : condamné dès lors à demander l'aumône... J'y pensai, je dois dire, sur le moment. Puis, non ! Ça ne changerait rien à rien : même mendiant, triste et fauché, il ne pourrait encore que suivre sa loi de seulement entasser, entasser, jusqu'à l'heure de mourir, bricole sur babiole.

Les médailles et les reliques, qu'il les vende ou se les garde avaricieux, pour les enfers. Il ne me resta que le scapulaire. Dans ce scapulaire étaient conservés des pétales de fleur, cousus dans un petit morceau de linge d'autel, relique d'une demande de bénédiction à ma Notre-Dame de l'Abbaye. Et plus tard, je le pendis de nouveau à mon cou, par un lien huilé et tressé. Celui-là, je ne pouvais m'en défaire, ah, je ne pouvais pas maintenant l'abandonner ; quand bien même il ne cesse, heure après heure, de me reprocher tous mes méfaits, quand bien même, pire encore, il ne cesse de me brûler et rebrûler les chairs sous la peau, et que ma poitrine sous lui, se torde comme un tronçon de méchant serpent.

Et déjà, en un tournemain, j'étais en train de penser : à ce que j'allais pouvoir faire, pouvoir lui offrir à ce sieur Habaham, quelle gratification en guise de récompense ? Il le méritait, et je le lui devais. Car, le premier de tous il avait reconnu mon pouvoir ; et j'avais même reçu de sa part un présent de baron, qui était ce beau cheval, mon Siruiz, sur lequel j'étais monté.

Et là, j'eus une idée, l'idée d'une chose, et c'était exactement la mission faite pour lui, qu'il avait qualité pour exécuter. Je me souvins de la pierre : de la pierre précieuse, si jolie, que j'avais rapportée d'Araçuaí, il y avait si longtemps. Je tirai le petit paquet de la bourse de ma ceinture. Je le lui tendis, je dis :

« Sieur Habaham, écoutez-moi, et faites ceci : ce bijou, prenez-en soin comme de la prunelle de vos yeux... Et tout de suite, immédiatement, mettez-vous en route, sur un bon cheval, en direction de Buriti-le-Haut, une embouchure de vereda, où se trouve la Fazenda Santa Catarina... »

Et j'expliquai : que c'était pour remettre ce bijou de ma part, à la jeune fille de la maison, qui s'appelait Otacília, laquelle était ma fiancée de toujours. Sans prendre le soin cependant, de désigner ma personne par ses titres honorifiques, et sans mentionner que je commandais les jagunços... Mais de déclarer seulement avec respect que j'étais Riobaldo, et qu'avec mes hommes je répandais gloire et justice sur le territoire des Hautes-Terres où coulent ces grands fleuves qui vont du couchant au levant. Depuis que le monde est monde, et ainsi feront aussi longtemps que Dieu sera Dieu.

Ah, non : de Dieu, je ne devais pas parler. Sieur Habaham écouta avec attention : perturbé mais circonspect, il réfléchissait. Ce qu'il disait, il fallait qu'il le reprenne, le dévide comme des pièces de monnaie du bout de ses doigts, avec application. Être riche est un désagrément différent ? Qu'on puisse à ce point s'entourer de précautions, me portait sur les nerfs. Il se prenait pour qui ? Ce que je remarquai pour la première fois : les oreilles immenses, mais si énormes, qu'il avait ; du coup, sans le vouloir, je levai la main pour prendre la taille des miennes. Peut-être valait-il mieux emmener ce sire avec moi, le garder le plus près possible, pour pouvoir le surveiller, par tous les bords ? Non, le mieux c'était de démanteler sa présence à des distances définitives. — Je ne vais pas te manger la poitrine, ni le nez, ni tes durs yeux mous — je pensai. Mais il avait lui aussi une espèce d'autorité. Je lui tournai le dos, je fis trois pas, je tombai sur Diadorim. « Ce que je ne parviens pas à tolérer et à comprendre chez cet homme : c'est pourquoi on ne peut pas plus se mettre en colère que le plaindre... » — je dis. Mais je vis une ombre noire sur mon ami, en proie à une tristesse qui refuse de céder aux larmes. Tout cela, à cause de la pierre de topaze ? — je m'avisai. Je n'avais pas eu souci de Diadorim. « Laisse tomber, y a le temps, Diadorim, y a le temps... » — je pensai, vaguement. J'avais une entière confiance dans l'amitié de Diadorim. Et je ne me tourmentai pas davantage. Vous vous arrêtez le matin, au réveil, pour vous dire que la nuit est déjà en chemin ? L'amour, que quelqu'un a pour vous, très fort, vous étonne et surprend, comme quelque chose chaque fois d'inattendu. Et j'étais dans ces impatiences. Tant et si bien qu'à propos même d'Otacília je ne me souciai plus de rien éprouver, ou d'avoir des regrets. Otacília était une incertitude — une affaire

367

commencée de longtemps. Qu'advienne ce qui adviendrait. Sieur Habaham partait, il emportait la pierre de topaze, la vie du monde allait vivant, le cœur provoque tant de changements ; je payais ma dîme. L'oiseau qui se sépare de l'autre, va son vol et son adieu en même temps. Ah, non — moi, non — roulez fleuves et rivières ! — je n'allais pas me démoraliser. Cette tristesse de Diadorim, je ne l'acceptai pas, je n'en retirai pas un centime. À plus tard, l'ingratitude !

Mais sieur Habaham ne voulait pas en rester là : l'affaire exigeait encore une mise au point. Je permis. Il demanda, retors : ... s'il ne me plairait pas de profiter pour envoyer en même temps par son canal quelque message à mon père, Selorico Mendes, propriétaire de São Gregório, et d'autres bonnes et riches fazendas ?... Je trouvai l'idée amusante, je fis signe que oui : je dis qu'il aille, transmettre mes salutations... Et c'est alors que sieur Habaham releva le nez, tranquillisé — avec même un sourire. De sorte que, pour secouer d'un peu de bon sens cette tranquillité, je décidai : « Partez, partez tout de suite, à bride abattue... Et ne me rapportez pas de réponse, que je n'en veux pas... » — tout en riant de voir comment sans montrer de caractère, il s'empressait de m'obéir...

À peine je me vis délivré de lui, que je rameutai les autres, pour le service. J'donnai des ordres : « Vous balayez le coin, vous me ramenez tous les hommes... »

Quels hommes ? Tous, quels qu'ils soient, quoi qu'ils aient. « Qui aura un instrument — sur-le-champ ! Qui aime danser, encore mieux ! P'r les préparatifs, ramenez les femmes également... Et avec les musiques, tra-la-la, la-lère... » Tout devait avoir l'air d'une fête. Or donc, qui décidait et se régalait, qui commandait ? Moi, monsieur, moi : de par mon renom, le Crotale-Blanc... Une fête ? Ah, non. Déjà je décidais le contraire. De rassembler cette multitude, d'en faire des guerriers. Et que tous marchent avec nous. Ce que ça valait ? Les autres ne dirent rien, mais sûr qu'ils pensèrent blanc ou noir. Sans compter qu'eux, les miens, se remuer uniquement pour me faire plaisir, c'était tout ce qu'ils désiraient ; et cette loi que j'introduisais était amusante. Ils se dispersèrent, en chasse, dans un beau vacarme.

Mais ils ne revinrent pas bredouilles. Ils me ramenèrent, immense troupeau, tous ceux qu'ils purent. De Sucruiú, un petit nombre — certains avec de vilaines marques, comme de la pisse dans du sable, sur leur visage où séchaient les cloques de la variole ; d'autres, ici et là, la figure lisse fraîche, indemnes ceux-là d'avoir attrapé la maladie. Ceux qui faisaient semblant de ne pas avoir peur de moi, trouvaient préférable de faire comme s'ils étaient venus de leur propre initiative :

ils riaient d'un rire jaune. J'ordonnai qu'on leur serve aussitôt à tous une gorgée de cachaça. Ces gens donnaient l'impression d'endurer toutes les pauvretés et adversités. Il fallait une douce violence pour qu'ils se joignent à nous. Perversité de ma part ? Jamais de la vie — ce que je prétendais c'était les extraire, les déficeler tous de leurs misères. Et j'y arrivai. Ah, mais, écoutez plutôt : le groupe le plus important étaient ces culs-terreux — ceux de Pubo. Vous ne pouvez pas imaginer dans quelle étrange gêne muette ils se tenaient, je crois que de se voir ainsi convoqués et rassemblés, était pour eux l'annonce qu'ils sortaient d'une grande peur. Vu qu'ensuite, lorsque je lançai un cri, ils voulurent aussi sec s'aligner, prestes, comme s'ils se prenaient pour des soldats. Allaient-ils savoir de la même façon, en cas de difficulté, combattre, se mettre en formation ? Tout le monde se marrait, mes jagunços voulaient faire la foire. Ah, les culs-terreux allaient venir, nous servir de renfort. Ils allaient venir, telles des onças dévoreuses ! Ils ne comprenaient rien, totalement affolés, ils écoutaient effarés mes décisions. « Fils de pute ! » — je déclarai. J'eus confiance soudain dans ces malheureux, avec leurs pauvres armes d'un autre âge, leurs calebasses en bandoulière, leurs poires de poudre noire et ces puanteurs de fumée aveuglante. Je soupesai leur méchanceté : je sus qu'ils me respectaient, distinguaient en moi une vision de gloire. Ils ne voulaient pas être envieux. Des hommes sales, la peau sale, de leurs travaux sales. Ils feraient le poids en criminels ? « Le monde, mes fils, est loin d'ici ! » — je définis. — Ils voulaient venir aussi ? — je m'informai. Ce fut un brouhaha : une déclaration décousue, tous à la fois, où on avait peine à distinguer un traître mot. Ah, ceux-là se faisaient mieux comprendre lorsqu'ils restaient muets. Je poussai un coup de gueule. En interrogeai un. Il dut aller chercher loin son courage pour me répondre. Un jeunot celui-là, celui avec un chapeau aux bords en forme d'entonnoir. Il répondit qu'il s'appelait Sinfrônio ; et il m'en indiqua un autre — qui était son père. Cet autre, le père, était un homme qui n'avait pas de cou. Il me répondit qu'il s'appelait Ascension. Et il m'en indiqua un autre. Je ne les laissai pas poursuivre. Je les laissai faire, que, de doigt en doigt, ils m'amenaient jusqu'à celui qui avait les jambes nues, et qui était Osirino, des jambes tapissées de boue séchée ; ou à celui qui se grattait le dos contre un tronc d'arbre, tel un porc ou un veau. J'entrevis la malice sournoise de leurs façons. Sans compter l'homme à la mule — juché de profil sur cette mule, la mule basanée — qui avait pour nom, cet homme, Téophraste ; et il ne descendait pas de sa mule uniquement en raison de l'ordre, que j'avais donné quelques jours plus tôt. Il me dit — « Louange à vous, Chef. Nous sommes à vos ordres... » — il dit ; et de là-bas, le petit museau blanc de la mule s'agita. L'homme Téophraste se gratta la gorge, mais avec respect. « Si cela vous agrée, chef. Nous demandons votre bénédiction... » — Et je la donnai — car ce Téophraste, celui juché sur la mule, était un peu leur chef ; et, sa mule, il l'avait amenée. Mais là il y eut un mais. Car l'un d'eux, le sans-cou, rabattit l'enthousiasme, il observa désobligeamment : « ... Qui va prendre soin de la famille qu'on a, dans ce monde d'absences ? Qui va s'occuper de nos champs et travailler pour le soutien des personnes de notre obligation ?... » Celui qui parla, avait parlé pour tous. « ... veiller aux brûlis ?... aux semailles ?... » Et même un second, les mains jointes comme pour faire sa prière, pleurnicha : « Je donne à manger à ma... a... femm' et à trois...ois p'tiots, là, dans ma cabane... » — et c'était un homme très long, déjeté, avec plein de rapiéçages à toutes ses hardes. « Vous vous appelez ? » — je demandai. Il s'appelait Pedro-Longues-Quilles. Mais, là, j'avais déjà réfléchi. « Allons ! les familles sarclent et récoltent, le tout, pendant que vous serez en campagne, guerroyant glorieux, pour imposer la paix complète dans ce sertão et pour œuvrer à venger la mort par trahison de Joca Ramiro !... » — je réglai. « Hi, Bonne Vierge, c'est à voir, nous, chrétiens, à faire le jagunço... » — j'entendis d'un autre... Alors, j'ajoutai : « Nous allons courir ce monde, à prendre l'argent de ceux qui en ont, et leurs biens et avantages de grande valeur... Et nous ne nous tiendrons tranquilles que lorsque chacun sera comblé, et qu'il aura touché deux ou trois femmes, de sacrées filles, pour le r'nouvellement de son lit ou de son hamac !... » Alors, vous auriez vu, alors, ô gens : l'ensemble, tous, mais presque tous, radieux et approuvant. Même mes hommes. Je fis un geste, de contentement. Je voulais juste ce qui me manqua — entendre braire la mule de cet homme. J'allais modifier le cours de ces privilèges. Je les appelai tous aux armes. « Et Borromée ? Et Borromée ? » — ils demandaient encore. Qui était ce Borromée ? J'ordonnai qu'on me l'amène. Un aveugle ; il était tout jaune et terreux, grivelé. « Toi vieux, réponds : qu'est-ce que tu fais, Borromée ? » — « Je suis ici, dans mon coin, monsieur... À me familiariser avec le petit instant de ma mort... » — Aveugle qu'il était, il avait le droit de ne pas trembler. « Tu es dévot ? » — « Le pire pécheur. Pécheur sans rémission, demandez au nègre, demandez au prêtre... » Il pointa le doigt. Je regardai. Je ne vis rien. C'est ainsi, au hasard, que font les aveugles. Cette direction était la bonne, vers le nord. « Ah, monsieur, ce que je sais, c'est demander beaucoup d'aumônes... » — Eh bien, en ce cas, que vienne également ce Borromée, qu'il vienne. J'ordonnai qu'on l'installe sur un gentil cheval, qui devrait toujours marcher à ma hauteur, à main droite. Quelques-uns se mirent à rire. Mais sûr, s'ils riaient, qu'ils ne savaient pas — qu'un homme comme celui-là, voyageant de paire avec vous, devine la venue des fléaux que les autres vous souhaitent, et que ses pareils ont pouvoir d'écarter les mauvaises influences ; conformément à ce que j'ai retenu d'anciens. Et, allez savoir pourquoi, je me rappelai aussi, brusquement, du petit gamin noir, que nous avions surpris dans la maison de Valade, en train de chaparder dans un sac tout ce qui lui semblait commode à transporter. Ils durent battre la campagne pour retrouver le gamin. Il était resté tout ce temps caché, bouche contre terre, au milieu du champ de manioc. Quand on l'attrapa, il nous traita de tous les noms, il mordait, lançait des coups de pied. Le-Jaco, il s'appelait. On ne lui voyait que les yeux, pleins de ruse. « Le-Jaco tu viens nu, ou vêtu ? » Et comment s'il venait ! On prépara un cheval pour lui tout seul, qui devait également marcher, à main gauche, à la hauteur du mien. Faut y aller, mes gens ! Tous, nous nous ébranlâmes. Des chevaux, harnachés, en nombre suffisant, on n'en avait pas : mais, en route, on tomberait ici ou là sur des animaux, on s'en emparerait, au lasso et à main nue. Beaucoup allaient à pied, de tous ces pacants qu'on avait encore plus ou moins à l'œil. Vu ce qui suit. Je voulais ces champs. On s'arrêta de nuit, après dix lieues de marche dans cet équipage. Arriver à dormir, avec mes enthousiasmes et la quantité de projets que j'agitais au sommet de mon crâne, je n'y arrivai pas, malgré ma fatigue, et ne fermai pas l'œil de la nuit. Mais je bavardai incontinent avec ceux qui se tenaient disséminés, en sentinelle, et je fis allumer des petits feux pour griller du manioc, et des feux de joie pour éclairer. Ah, nous allions emplir plus avant les horizons du monde.

Où, me direz-vous, allait le jagunço ? Au vent, au vent. Il y avait ma volonté d'être partout. Mais, ce qui convenait en premier lieu, c'était de remonter vers le nord : en direction du Haut-Plateau d'Urucuia, là où meuglent tant de bœufs. Le souvenir que je voulais revoir c'était mon fleuve — et sur ses bords boire de son eau à pleines mains... Ah, et les routes avec ce sol blanc, qui donnent plus de train à la lumière des étoiles. J'y pensai, je me décidai. Et Hermógenes, les Judas ? Voyez, l'ennemi, vous faites un pas, dans n'importe quelle direction, là devant vous, vous rencontrez le mal... Je n'avais pas tout mon temps ? La moisson à point, et moi comme un lord. Même couché, je me sentais aller, au grand galop. À peine l'aube eut-elle agité l'aile, que j'étais déjà en train de fixer mes éperons. De nouveau, je le dis : une botte neuve peut être souple, et un vieux chausson coriace. La journée — à voir les marges du ciel — allait être un régal de légèreté.

On se garnit l'estomac ; et on reprit la route, glissant avec le matin, avec la petite bruine que faisait la rosée. Ce que je voyais : la cime de la forêt et au-delà ! Toutes les choses que je pensais, et rien aucune qui m'assombrisse. Aucune peur qui me refroidisse ne palpitait derrière mes yeux ; et c'est pourquoi, jusque dans un silence étrange, j'étais leur chef à tous. Nous arrivâmes, allant bon train, à la Fazenda Barbaranha, sise au Pied-de-la-Pierre. Au bout d'environ sept lieues. Et ce qui là se passa, je vous le raconte.

Entre-temps, je trouvai drôle qu'Alaripe, João Goanhá, Marcelino Pampa, João Concliz, et même Diadorim, et d'autres, les plus anciens, n'aient pas jugé bon de tenir conseil. Ma règle était de contrarier toutes les consignes de tous les chefs qui m'avaient précédé ; pour moi, ce qui servait vraiment c'était de lâcher la bride à la loi de l'adaptation. Aussi, qu'on ne vienne pas me dire que nous n'avions que trois jours de farine et de viande séchée. Sottise. Tout bétail broute, aussi longtemps qu'il est vivant. Raison et provisions, chaque jour que Dieu fait, se renouvellent. Et le courage ne doit pas manquer : pour avaler de la pulpe de buriti et de la viande de bête sauvage. Je couvrirais des lieues et des lieues : eux me suivraient. « Tu vois la taille du monde, Le-Jaco ? Qu'est-ce que tu trouves le plus joli ? » — je demandai à ce petit merle à deux jambes, du même noir scintillant de la tête aux pieds, hors ses énormes yeux blancs, constamment en train, trônant bien calé sur son cheval, de venir sur mon flanc gauche, reprendre ma mesure. Et lui, avec son toupet : « De tout, la plus jolie chose, c'est le petit poignard de métal, que vous avez en travers du ceinturon... » Ainsi, il reluquait mon poignard rentrable, à manche d'argent, le freluquet. « Eh bien, le premier combat qu'on donnera, si tu n'ouvres pas la bouche et ne te mets pas, oin, oin, à pleurnicher, des foies, de peur, tu gagneras ledit poignard, en cadeau » — je promis. Le manque de vivres allait me faire serrer les rênes, ralentir le pas ? Quelle sottise ! L'autre recette, que j'éliminai, fut de répartir les hommes en plusieurs escouades. Précautions ?... Que non. À prendre des précautions, j'aurais pris peur, ne serait-ce qu'au départ. Le courage est la matière d'autres pratiques. Il suffit de croire aux impossibles. « S'ieu Borromée, elles vous plaisent ces Hautes-Terres, hein, s'ieu Borromée ? » — je demandai sur mon autre flanc à l'aveugle, par plaisanterie. « Ah, chef, le jour se lève tous les matins, et ici on vous refuse rien — un vent toujours le même... Mais un vent qui souffle de terres amènes... » — il me répondit. « Ce que je ne vois pas, je ne dois pas ; je consomme pas... » — il poursuivit. Il aimait bavarder, mais il savait également respecter le silence. Il allait ballotté sur la selle, dans une quiétude d'un autre genre. Il pouvait donner des conseils ? « Le métier de jagunço, mon chef ? C'est un bel office, pour un vivant ! » Des sentences de cet acabit, je les acceptai seulement pour leur drôlerie. Mais, séparer mon monde, pour l'heure je répugnais à le faire. Parce que ce qui me plaisait le plus c'était de contempler l'ample volume de leur déplacement, de l'escadron.

D'un côté à l'autre. Ils passèrent, nous passâmes tous, en grand tumulte, le piétinement constant des sabots. Les chevaux, la cavalerie. Un cortège qui déroulait ses méandres, par ces lieux solitaires, ces déserts, ces hauteurs, le spectacle d'un mélange de gens à cheval, une longue continuation, où se détachait le bel aplomb des hommes, leurs chapeaux presque tous soigneusement enduits de graisse de bœuf et de crème de lait, la pointe de leurs fusils de guerre, portés en bandoulière. Vers quelle suite ? Tout ce qu'on espérait, c'était la halte pour dîner ; la promenade à l'étoile-du-soir. Mais, dès que quelqu'un parlait, à peine un autre l'entendait, qu'il éclatait de rire ; et de ceux qui riaient, d'autres à leur tour parlaient. Cette jactance. Cela me plaisait. Comme me plaisait le crissement du cuir des harnais, ce grésillement de viande dans de la braise. La poussière rougissait, elle blanchissait : des poussières qui rendent le vent plus âpre. Les hommes à cheval et en armes. Qui les voyait détalait, prenait la fuite : ils devaient avoir peur, à nous épier de leurs yeux dissimulés dans les fourrés au bord des routes. Même les bêtes, dans les maquis, qui entendent le commencement de toute chose, distante ou proche d'elles, et savent dans l'instant attendre, cachées dans le raréfié : même les bêtes on n'en voyait pas une, aucune, on n'en rencontrait pas ; les oiseaux comme toujours s'étaient déjà envolés. Ah, non, heureusement que j'étais né pour l'état de jagunço. Cette chose, qui m'arriva : — et qui est encore vivace aujourd'hui, comme une promesse d'avenir. Je me sentis tous les courages. Je m'étais réveillé dans ces dispositions. J'avais mangé du lion ? Ce queje voulais, c'était que nous entrions, caracolant dans cet équipage, dans quelque vraie grande ville.

De temps en temps seulement, soudain pris de crainte, je cherchai encore en vain — les présences de Zé Bebelo me poursuivaient. Savoir pourquoi. Si j'y pense, à cause du grincement sec d'un mors. Mais donnant des rênes sans repos, je me fis choir cette habitude des épaules. C'était clos, Zé Bebelo. Il n'y avait que mes hommes. J'écoutais, je regardais — c'était bien eux — qui allaient certainement semer encore bien des désordres, et tuer bien de méchantes gens. Par dix et par dizaines, je dis, j'affirme que je me souviens de tous. Ils passent et repassent dans mon souvenir, je peux en faire le compte. Et ce n'est pas pour me vanter de ma souvenance compétente, nom après nom, mais pour éclairer la suite de ce qui me reste, dans cette conversation, à raconter de ce que je vous relate. Vous me suivez ? La ressemblance — à contempler leur chevauchée — de ces durs jagunços, dans l'allure, le balancement de hanches des animaux, ce train habituel, sans panache, sans faire accroire de leur maigreur à des rondeurs. Tous enfants de régions différentes, mais couverts désormais par mon estime entière, devoir d'un cœur énergique. Même les capants et les paysans imitaient leur comportement, certains à cheval, le restant se hâtant bien qu'à pied, et prenant le même rythme. Jusqu'à ce Téophraste, sur sa monture, qui, en mule de bonne volonté, maintenait bien son train, dès qu'elle était en compagnie d'autres animaux. Et jusqu'à Borromée et Le Jaco, que je guidais tous les deux, à portée, l'un et l'autre, d'une de mes mains. Ainsi, toujours, comme toujours. Mais, surtout, il y avait Diadorim — monté, fier cavalier, à la bahiannaise, les étriers courts et les rênes très souples, sur son isabelle bien tenu en bride, hop, hop ! : le cheval frémissant, le cheval, les yeux noirs autant que la nuit — Diadorim qui était le Garçon, qui était Reinaldo. Et moi. Moi ? Avec des étriers en fer, le mors en fer, une selle forte, une selle maîtresse — et la paire de fontes ! Alors, ils entonnèrent, en chœur :

> Ollé, Ollé, bahiannaise,
> j'y allais et je n'y vais plus...
> Je fais,
> Oh bahiannaise
> comme si j'y allais,
> et je rebrousse chemin...

J'écoutai malgré moi, le sourire sombre.

Vint le moment où, suivant le lit du fleuve, notre colonne sinua entre les deux plateaux ; et on arriva à la fazenda clôturée, dite la Barbaranha, qui se trouve là, dans un endroit simple et circulaire, au Pied-de-la-Pierre. Je vous ai déjà parlé, à son sujet. Mais j'ajoute que le propriétaire, à l'époque, était un certain sieur Ornelas — Joseph Jumiro Ornelas, de son nom entier.

« Il y a trois jours, c'était la Saint-Jean, alors demain c'est la Saint-Pierre... » dit quelqu'un, à voix haute.

On savait que cet Ornelas était un homme de bonne naissance, qui avait reçu de nombreuses parcelles de terre en friche à cultiver. Autrefois, il avait eu son importance, à cause d'un passé tumultueux, pour raison politique, et il l'avait encore, compère qu'il était du Colonel Rotílio Manduca dans sa Fazenda du Bastion.

« C'est-à-dire qu'il a, mais qu'il a vraiment, beaucoup de courage ?! » — je fis à part moi.

« On parle de soixante-dix à quatre-vingts tués, qu'on aurait comptés... affirma Marcelino Pampa... et il n'a pas encore perdu ses courages. »

Nous arrivâmes, l'allure assurée, et le ciel au-dessus était très serein. Ils avaient dressé un mât dans la fazenda, à l'entrée de la cour ; je vis une grande effervescence. Les femmes s'activaient avec des gerbes de fougères et de vassourinha devant la bouche fumante du fourneau et transportaient des moules à biscuits de couleur sombre. Déjà, rien que ces bonnes odeurs de nourritures et de four chaud balayé, me réconfortaient l'estomac. J'attachai la longe de mon cheval au mât, qu'on avait dressé en l'honneur du saint.

Mais je ne causai aucun désordre et je n'exigeai rien, je me gardai de toute malséance. Je ne me sentais aucune envie de déranger quiconque. Et le fazendeiro, maître des lieux, sortit de la maison, il vint saluer, offrir l'hospitalité, il me fit le meilleur accueil. J'appréciai son autorité, ses cheveux blancs, ses manières posées. Un homme bon, sensible. Pour lui, par civilité, je tirai mon chapeau et conversai avec pondération.

« Ami en paix ? Entrez, mon chef, à votre aise : la maison est vôtre, vous êtes chez vous... » — il déclara.

Je dis que oui. Mais, pour éviter par la suite tout embarras ou malentendu, je dis également : « Tous mes respects, monsieur. Mais nous allons avoir besoin de quelques chevaux... » Je le dis ainsi d'emblée, avant que la cordialité de la conversation entraîne un relâchement de la situation et entrave la bonne marche de nos affaires.

L'homme ne broncha pas. Sans sourire ni se rembrunir, il me répondit :

« Monsieur, mon chef, demande et mérite, et je consens avec plaisir... Je crois que j'ai ce qu'il vous faut, des animaux, cinq ou sept, en parfaite condition. »

Et non sans appeler à haute voix la protection de Jésus Notre-Seigneur sur elle, j'entrai avec lui dans la maison de la fazenda, où je bénéficiai des attentions d'usage, avec les privilèges d'une bonne chère autour d'une table. Car nous dînâmes, assis là dans la salle, de poulet et de viandes de porc accompagnées de farofas, et de mets succulents. Diadorim, moi, João Goanhá, Marcelino Pampa, João Concliz, Alaripe, plus quelques autres, ainsi que le petit gamin noir,

Le-Jaco, et l'aveugle Borromée — dont les présences distrayaient et amusaient tout le monde.

La maîtresse de maison était une femme d'un âge désormais passé pour la galanterie ; mais ils avaient trois ou quatre filles, et d'autres parentes, filles ou mariées, fraîches comme la rosée. J'apaisai leurs craintes, et je ne me permis ni admis aucune faute de considération, pour la première raison que j'avais plaisir à voir des dames et des demoiselles naviguer ainsi parmi nous, en tout bien tout honneur, et avec toute la courtoisie sociale. Au début du dîner, j'abordai seulement des sujets sérieux, qui étaient la politique et la marche de l'exploitation et l'élevage. Il ne manquait plus qu'une bonne bière et quelqu'un le journal à la main, pour faire la lecture à haute voix et discuter à propos de tout cela.

Sieur Ornelas me fit asseoir en haut de la table, à la place d'honneur « C'est là que s'asseyait Medeiro Vaz, lorsqu'il passait... » — ces paroles. Medeiro Vaz avait fait la loi sur ces terres. C'était vrai ? Ce vieux fazendeiro possédait tout. Vu qu'il avait été jagunço à mi-emploi, et tout autant hôte et ami, à l'aise sur ses propriétés. D'être né d'une famille de bonne souche, il jouissait de manières pondérées, civiles, et présentait bien ; et, ces choses, bien que m'y efforçant sans cesse, il était tard pour les bien apprendre. Vraiment. Et assis là, à écouter ce qu'il disait, j'éprouvai des incertitudes. Une sorte de peur ? Alors, c'était que la peur est un sens subtil et sournois, qui s'empresse d'emprunter mille et autres chemins. Ces choses, peu à peu, m'ôtaient l'envie de manger à satiété.

« Le sertão est bon. Tout ici se perd ; tout ici se retrouve... disait le sieur Ornelas. Le sertão c'est la confusion dans un grand calme démesuré. »

Cette conversation finalement n'était pas pour me déplaire. Mais je tournai le dos. Pour me donner plus de prestance, je faisais par instants semblant de ne pas écouter. Ou bien alors, je passais à d'autres sujets différents. Et je jetai les petits os de poulet aux chiens qui attendaient aux aguets, près de la table. Chaque chien tendait le museau, agitait la tête, jusqu'à faire claquer ses oreilles, et attrapait son os au vol, droit dans la gueule. Et tous ces gens, aux petits soins pour moi et pleins de sympathie, me passaient leurs os à tour de rôle, pour que je les donne aux chiens. Ce qui me faisait rire, et faisait rire de bonne grâce toute la tablée. Le-Jaco, le négrillon, avait trop mangé, il somnolait, tassé sur son siège, de temps à autre réveillé par les éclats de rire. Ce gamin n'avait pas attendu pour demander qu'on lui fasse coudre un jour un vêtement et qu'on lui trouve un chapeau de cuir à la taille de sa tête, qui n'était pas si petite, ainsi que des cartouchières appropriées. « Tu sais vivre, Le-Jaco... Tu marches aux profits et préceptes... » — je le blaguais. Et je blaguai davantage : « Parole, il suffit de lui mettre dans la main un sac bien vaste, et qu'il y ait une fenêtre pour sauter à l'intérieur ou ressortir : il est capable de subtiliser tout le contenu et les biens d'une maison-de-maître de fazenda, comme celle-ci, et sauve qui peut... » Sûr que j'étais déjà en train de me prendre d'affection pour ce freluquet. Et de leur côté, les dames et les demoiselles bavardaient et plaisantaient avec Le-Jaco, comme si, avec lui seulement, parce que c'était un enfant, elles perdaient leur timidité à parler. Mais ce sieur Ornelas restait sur la réserve, je tiens qu'il affectait volontairement de ne pas faire attention au gamin. A tout prendre, c'était comme s'il blâmait ma décision d'avoir imposé à table de pareilles compagnies. Le gamin et l'aveugle Borromée — ces yeux interloqués. « Les récoltes... » reprenait sieur Ornelas. Un homme systématique, coupeur de cheveux en quatre. Compassé dans sa manière d'être, rigide dans la façon de dresser les chiens, il faisait tout selon un style vieillot d'autres coins de terre perdus — je sais ce que je sais. Et il ne mangeait quasiment pas. Se contentant seulement, de se fourrer de temps à autre, une poignée de farine de manioc dans la bouche.

« Grâce au ciel, vous allez, vous venez... Le sertão en a besoin... C'est-à-dire, un homme fort, itinérant, on en a grand besoin. Revenez, quand vous voudrez, Dieu vous ramène à cette maison... »

Je cramai de honte, de ne pas connaître la réponse convenant dans des cas de ce genre — réponse dont je pensais qu'il ne devait y en avoir qu'une, et la bonne, comme dans un théâtre un cirque une pantomime bien enlevée. Ce qui revient quasiment à un motus. Entre nous, voici comment je me sentais : tel qu'empêtré dans une ignorance — mais ce n'était pas manque d'étude ou d'intelligence, plutôt mon manque de connaissance de certaines situations. Qui sont des futilités : je me grattai la gorge, changeai de figure. « Mon ami Medeiro Vaz, engagea le combat, au lieu-dit Compte-tes-Bœufs, à deux lieues d'ici. Contre ceux d'un certain Ptolémée Guilherme. Mon défunt ami Medeiro Vaz, que Dieu ait son âme... Il commandait toujours en tête, pour l'exemple... Nous avons enterré les morts les plus valeureux... » décrivait l'homme. — « Je sais ! » — je dis, bien qu'ayant l'intention de me taire. Pensez : et il me prenait pour qui, ce vieux sourd ? Ah, il exhibait ses cheveux blancs, mais il lui manquait une barbe à caresser. « Sachez, Monsieur, que Medeiro Vaz en personne m'a choisi entre tous, à l'orée de la mort, et qu'il m'a désigné pour prendre la barre et gouverner. Ptolémée Guilherme, que je connais, c'en est un qui doit présentement charger sur les bateaux,

377

dans le port de Pirapora... Mais je suis, quant à moi, le Crotale-Blanc, Riobaldo déjà connu sous le nom de Tatarana ; vous aurez entendu parler ? Ce que le sertão doit se préparer à voir, c'est quelqu'un qui ouvre et trouve davantage ! » — je dis, tel que, un peu furieux. « Alors tout l'honneur est pour moi, mon Chef : car, ne se sont jamais assis à la place d'honneur, autour de la pauvreté de cette table, que des hommes de grande valeur et vaillance de caractère... » — il commenta, guère plus étonné que troublé. Je me penchai, le dos tourné, claquai des doigts à l'adresse des chiens. Manière de lui faire sentir le danger de mon déplaisir ; de lui faire craindre, de ma part, ceci, comme on dit : ... quand la mule vous présente sa croupe !...

Là, dans le cillement d'un instant, j'aperçus les yeux de Diadorim qui attirait mon regard sur une des jeunes filles, parmi celles qui servaient, la plus remarquable de toutes. Une jeune fille avec une jupe noire et une blouse blanche, un fichu rouge sur la tête — ce qui est pour moi la façon pour une femme la plus seyante de s'habiller. Elle se tenait immobile, debout, au milieu des autres, quasiment le dos contre le mur. Le regard de Diadorim me la désignait : pour que mon admiration aille à cette jeune fille. Convaincu, je lui fis signe : « Ma jeune demoiselle, venez ici plus près, faites-moi la faveur de votre bonté... » Et elle rougit de toutes ses joues : mais elle vint : je notai qu'elle avait de très jolies mains, parfaites, des mains pour tisser mon hamac. Je lui demandai son nom.

« C'est ma petite-fille... » s'empressa de dire le sieur Ornelas. Et c'est à peine si j'entendis le nom qu'elle me donna en réponse. Balbutiante, et j'adorai voir comment elle s'agitait pour se tenir tranquille — pudique, comme des caillebottes dans l'assiette.

Mais, dans le ton du vieil Ornelas, j'avais surpris un émoi d'effroi, un recul, l'infime tremblement de la peur. Et cela me combla. Cet homme, vicomte et le port fier en toute circonstance, ah, s'agissant des petites femmes de sa maisonnée il ne laissait pas, hé là, la marchandise, les gens de sa famille, sous le boisseau. Et je mesurai de même chez Diadorim, comme il montra — d'autres yeux — écarquillés par la jalousie. Ici je dis : qu'on tremble par amour ; mais que c'est par amour, également, qu'on se fait courage.

Un silence se fit. L'attente s'étira ainsi : ainsi que le tamanoir avance la langue, ainsi que quelqu'un se présente à la communion. La petite jeune fille m'attirait, avec son calme d'eau vive ; sa joliesse pénétra mes chairs. Le danger la frôla. Le danger s'écarta : dans l'instant, une idée, que j'avais écartée s'imposa dans mon esprit, une raison supérieure — qui est le code subtil de l'homme preux. Cette beauté, cette gentille délicatesse pouvaient même se tenir là, en toute sécurité, autant, par exemple, que si elle eût été ma fille. Cette petite jeune fille, je voulais soudain, j'avais envie de lui donner la plus grande protection. Diadorim était à cent lieues d'imaginer cela. Les yeux de Diadorim ne me blâmaient pas — les yeux de Diadorim m'appelaient très fort au secours. Sieur Ornelas d'une pâleur de pierre. Moi, sûr que, comme ricochette l'éclair — amen! — cet Ornelas tombait raide mort, avant même de s'être avisé que je venais de penser, en rage, à faire parler les armes. Diadorim, si nécessaire je le désarmais ; et mes hommes seraient tous là, sur pied, fermant toutes les issues. La jeune fille-enfant, que je saisirais dans mes bras, serait une combien charmante petite-chose qui se débat... Mais je ne voulus pas ! Ah, combien et comment je ne voulus pas, je peux vous le dire : et Dieu fait même oui de la tête : ah, j'étais un homme sacrément différent, j'étais — le jagunço Riobaldo... Je voulus alors lui offrir une garantie, pour la vie. Je luttai, maîtrisai mes bois, au sommet de ma tête. Ainsi retenu, je me calmai — mieux même. Comme si, passé ce bouillonnement d'huile, dans tout le sang en feu de mon corps, j'aspirais maintenant la vapeur fraîche, entêtante, des avantages de la bonté.

« Petite, tu auras sûrement, quand ce sera l'heure, un fiancé correct, bien de sa personne et travailleur, ainsi que tu le mérites et que je le proclame, que j'en fais le vœu... Je ne serai pas ici, ce jour-là, pour prendre part à la fête. Mais, en cas de besoin, souvenez-vous tous, quel que soit le moment, de faire appel à ma protection, elle est promise — autant que si j'étais le parrain de noces légitime ! »

Je me tins fier, après avoir parlé. Elle s'effraya de nouveau, désemparée, encore plus rougissante. Et je récoltai également la reconnaissance — d'une joie véritable dans les yeux retenus dans les miens de Diadorim. N'avais-je pas probablement accompli et résolu cela pour contenter profondément Diadorim ? Ou par ailleurs pour ce vieil homme en personne, sieur Ornelas, qui, profitant d'un moment d'intervalle était en train de dire :

« Remercie, ma fille, pour toutes les paroles de ce grand Chef, désormais notre ami sacré déclaré, face à toutes les voltes que donne et donnera le monde. »

Réellement, je me tournai alors vers lui. Et ce fut sans crainte que je souhaitai tout de bon avoir avec lui d'autres conversations, et j'appréciai l'amitié de cet homme des sertões pacifiés. Je posai nombre de questions. J'acceptai, dans un grand bol décoré avec soin, le thé à l'orange, qui m'a toujours réussi. Mes hommes à mes côtés écoutaient.

« Vous avez idée de qui est Zé Bebelo ? — je demandai, au bout d'un moment, afin qu'il situe qui j'étais.

— Zé Bebelo ? C'est possible, je ne dis pas... Mais je crois que ce nom, je ne me souviens pas, non monsieur, l'avoir jamais entendu... » — fut ce qu'il me répondit.

C'est-à-dire — était-ce possible ? Il ne savait pas. Il ne savait rien, ni de Zé Bebelo, ni de Ricardo, ni d'Hermógenes, rien de rien, pas même l'entrée en matière. Mais, alors, tout dans cette partie des Hautes-Terres, n'était qu'avoir des illusions et n'en rien savoir ? Le monde ici devait être à recommencer. « J'ai peu à voir avec la politique, j'ai cessé d'en être... » — il reconnut. Qui avait été son propre chef, il ne le cita pas, comme si j'ignorais qui il était. Célèbre, lui aussi — et que vous avez peut-être connu également, car c'était quelqu'un qui se rendait souvent jusqu'à Rio de Janeiro, bien qu'entretenant notoirement une armée d'hommes de main et trempant dans la politique des jagunços. Un petit homme sec, celui-là, dressé sur ses ergots, vêtu comme à la ville, avec des petits pieds, de toutes petites mains — et avec constamment l'air sur le qui-vive. C'est de lui, de lui seul, ce qu'on raconte : les quelque deux cents tués ! Vous voyez qui je dis ? Sur la levée du São Francisco — le Colonel Rotílio Manduca — dans sa Fazenda du Bastion ! Maintenant, paix.

Mais là je m'informai au sujet de ce sieur Habaham, plutôt uniquement pour changer de conversation, varier le propos. Et j'obtins cette réponse :

« Il se trouve même, celui-là, qu'il est un parent de ma femme, un lointain parent à moi en quelque sorte... Mais cela fait plus d'une dizaine d'années que nous avons rompu toute connaissance. »

Et comme je coupai court, en bonnes règles le plus souhaitable, car l'évocation d'un ennemi laisse n'importe qui fort contrarié, ce sieur Ornelas nous relata divers incidents. Et ce que j'ai gardé en tête, parce que bien étrange dans sa simplicité, ce fut l'affaire suivante, telle que je m'en vais vous la rapporter.

Cela se passa à Januária, à la sortie, de l'autre côté de la ville.

Sieur Ornelas, à l'époque, était en bonnes relations avec le commissaire, Doctore Hilarion, un garçon sociable instruit, d'une grande civilité, mais d' savoir d'une inventivité imprévisible, et capable de telles conversations à cœur ouvert, que c'était fort sympathique d'avoir affaire à lui. « Il m'a appris un millier de choses... Son courage était plein de gentillesses et flegmatique... C'était toujours uniquement une fois les choses terminées, qu'on se rendait compte quel homme il s'était montré pendant leur déroulement... »

Un après-midi, donc — selon ses dires — sieur Ornelas était en conversation aux portes de la ville, en compagnie de ce Doctore Hilarion et de son soldat d'ordonnance, habillé en civil, ainsi que de deux ou trois autres personnes de leur connaissance. Ils virent soudain venir un homme, un voyageur. Un paysan à pied, sans rien de particulier, et qui avait un long bâton sur l'épaule : avec un sac à moitié vide pendu au bout du bâton. « L'homme avait tout l'air, à le voir, de venir de Sambaïba, ou de Queimada. On ne distinguait en lui aucune aura criminelle ni volonté de hauts-faits. Sa petite misère au contraire était parfaitement normale, sous un air comme il faut... » Sieur Ornelas ne se perdait pas en descriptions. « Et donc, apparut ce bonhomme, avec, sur son épaule, son sac à moitié-plein fixé au bout du bâton, il s'approcha, de notre cercle, et suppliant qu'on l'informe, ânonna : « *Quel est celui, ici, s'il vous plaît, avec vot' respect, qu'est monsieur le Commissaire ?* » Mais, avant qu'un autre ait eu le temps de répondre, ce Doctore Hilarion désigna un certain Aduarte Antonin, qui se trouvait là — un mauvais sujet, âpre au gain et que l'on disait traître comme pas un. « C'est lui le commissaire, l'ami... » travestit, pour rire, Doctore Hilarion. Haste, peste ! — car l'homme, là-dessus, à une vitesse insensée, dégagea le bâton du sac, et abattit sans attendre ledit bâton sur la tête d'Aduarte Antonin — avant que celui-ci ait pu se mêler de frapper ou de tuer... Confusion générale : le petit homme maîtrisé et fait prisonnier sur-le-champ, et Antonin Aduarte secouru, avec le sang poissant de son crâne défoncé, mais sans trop de gravité. Devant quoi, ce Doctore Hilarion, tirant la leçon des événements, me dit seulement : « *On vit peu mais on en voit !...* » Comme je lui redemandai le sens de la sentence : « *Un autre peut être vous ; mais vous ne pouvez pas être un autre, ça ne convient pas...* » compléta Doctore Hilarion. Je crois que ce fut un des épisodes les plus instructifs et intéressants dont j'aie été témoin jusqu'à ce jour...

Telles furent, celle-là et d'autres, les histoires que raconta sieur Ornelas, maître d'une prose sans cesse renouvelée. Vu que pendant toute la veillée, je lui laissai la main ; non sans par instants m'interroger ; s'il convenait, étant un chef, que je tolère qu'un autre file et tisse, mène ainsi la conversation. Puis, comme il se faisait tard, vint également le moment de quitter la table, et je déclinai obstiné-ment l'offre d'un lit dans une chambre ou dans la salle, mais je sortis, pour me retrouver au milieu de mes gens ; à telle enseigne que j'installai mon hamac près des corrals entre un anacardier et un *jenipapeiro*, et, pour mon second sommeil, je changeai et le réinstal-lai, entre deux féviers, là à l'intérieur d'un enclos. Mais, à table, ce gamin Le-Jaco, avec le sans-gêne innocent de sa petite génération, s'était totalement endormi de façon anticipée, et j'acceptai que les femmes emportent le pauvre diablotin, lourd comme un qui serait majeur, et le transportent, pour le coucher je ne sais où, entre un matelas et un drap. La vie en invente ! On commence les choses, à l'obscur de savoir pourquoi, et dès lors le pouvoir de les continuer, on le perd — parce que la vie est le boulot de tous, triturée, assaisonnée par tous. Ainsi, j'avais emmené ce petit noir Le-Jaco, de Sucruiú, et voilà que, porté dans les bras de jeunes demoiselles, il s'en allait dormir dans le propre et le doux. Sauf qu'il n'en savait rien, enfoui dans son sommeil, et ne profitait même pas de ce qui était en train de lui arriver dans son existence. « Or donc, faites une bonne nuit, Chef, avec un agréable réveil... » me souhaita sieur Ornelas. Ce que, content et satisfait, je lui retournai, presque dans les mêmes termes.

Les péripéties, qui eurent lieu ou n'eurent pas lieu, là, à Barbaranha, je les inflige, non par habitude d'y aller par quatre chemins et de vous prendre à m'écouter encore plus de votre temps. Mais uniquement parce que mon compère Quelemém a déduit que les événements de cette époque ont été d'une signification de première importance dans ma vie véritable, et pour commencer, le cas rapporté par sieur Ornelas, dont la formation devait tant à l'habile leçon de Doctore Hilarion. Donc, je raconte. Vous me pardonnerez et supputerez.

Le lendemain, je me réveillai la bouche douce-amère, et adverse à donner quelque ordre que ce soit : ce jour n'avait rien à voir avec cette soirée. Nous réquisitionnâmes les chevaux, ce qu'on put — cela en fit dix, les ânes et les mulets compris. Sieur Ornelas honorait ses dires. Sans compter qu'il insista pour qu'avec mes gens, je remette notre départ, à cause de la fête ; mais je trouvai plus élégant de nous en aller vraiment, ponctuels. Je semai derrière moi cette bonne occasion, pour qu'il puisse m'arriver par la suite d'en cueillir d'autres tout aussi bonnes et meilleures. Nous remerciâmes la parole sincère, nous remîmes tous en selle et nous ébranlâmes en bon ordre — dans le matin, encore de clartés incertaines. Sieur Ornelas salua notre départ par le crépitement d'un lancer de fusées, une bonne demi-douzaine, dont il se souvint de donner le signal. Les hommes lancèrent des vivats à l'adresse du mât avec sa bannière en l'honneur du saint. Après quoi, prenant la tête, j'éperonnai mon cheval : des rênes, des jambes, de la voix. Résolument.

Nous couvrîmes environ deux lieues, par des routes très sablonneuses. Mais déjà j'étais contrarié. Ce qui dans cette vie change, avec la pire rapidité : les coups de vent de noroît ; la piste du tapir en septembre et octobre ; et les affaires de sentiment des gens. Ainsi, tout à coup, je m'avisai : que la conversation avec ce sieur Ornelas m'avait rabaissé. Que j'avais peu à peu sous son toit, le hasard m'ayant fait son obligé, perdu le contrôle de mes attributions. L'opinion des autres personnes suinte d'elles, subreptice, et, sans qu'on y pense, sans même qu'on s'en doute, finit par se mélanger à notre façon de voir les choses ! Si c'est sérieux, il faut serrer les dents, faire la sourde oreille, toiser du regard. Et cracher devant soi. Certaine sollicitation, venant d'autres personnes, pouvait ainsi avec le temps vous choper, tout comme une maladie. Rester à l'écart — telle était la règle que j'appliquais — qu'il s'agisse de circonstances délicates ou banales. Ma plus grande erreur étant mon habitude des curiosités du cœur. Ceci, d'accorder mon estime aux gens, sur-le-champ, un défaut qui m'engourdissait. D'autant plus qu'ensuite ces personnes alors, me décevaient : toutes tout à coup me paraissaient folles... Cette humiliation, plus j'y pensais, plus j'en sentais l'amertume jusque dans la gorge : la salive, salée comme le suintement des jougs, ne me tenait pas dans la bouche. À ce moment-là, je me souviens, voyant comme je le vis, Alaripe non loin de moi — et comment, mesuré en toute chose comme toujours, il conservait sur le coussinet de la selle, ce balancement ondoyant de bouvier menant du bétail — je le hélai pour qu'il vienne.

« Ah, le vieux a livré les chevaux, hein, Alaripe ? Son cœur a pris l'eau... — je crânai. Il l'a fait pour sceller la paix. Dis, Alaripe, elle ne te laisse pas un arrière-goût cette paix ? » — « Ah, c'est vrai... Pour certains, c'est ce qui arrive... » — « Mais la paix c'est une bonne chose, non ? Alors, comment se fait-il, qu'en même temps elle laisse cet arrière-goût ? » — « La nature des gens, mal achevée... » — « Tu vois tout, Alaripe : je crois que cet arrière-goût de la paix est peut-être également comme une autre sorte de peur de la guerre... » — « Ça se peut bien... » — « Et c'est pourtant uniquement la peur de la guerre qui fait la vaillance... » — « Je comprends pas trop bien, mon chef, mais ça doit être ça... » — « N'est-ce pas ? C'est seulement lorsque le fleuve est profond, ou que son lit se creuse et forme un trou, qu'au-dessus on jette un pont... »

Plusieurs de ces choses, je les inventais en parlant, pour ne pas perdre mes essieux, mes aciers. Le museau du bœuf cherche le sel — le sel de la glaise rouge. Je réclamais certaines bizarreries. Ma force tenait à ça : il fallait que je porte tout au rouge. Et nous allions, cette longue cavalcade. On passa un petit cours d'eau, ras, étroit — même pas six brasses. Le genre de cours d'eau que ceux qui sont à la mort appellent des fleuves-Jourdain. Ainsi celui-là, tout le monde le traversa devant moi, arrêté debout, c'est-à-dire à cheval, sur la rive.

Nous cinglâmes, rapides comme l'air : sans nous reposer un seul jour en chemin. Désormais c'était les marais qui bordent le Paracatu. Mais j'avais réussi à faire le plein de motifs de taille. Disposer de l'ensemble, je n'y parvenais pas, bien que m'y efforçant, à grand-peine, et c'était me porter au rouge. Je voulus seulement, sans pouvoir dire aux autres ce que je voulais ; et c'est alors seulement, que je fis quelques vers, mes vers, qui coulèrent de source, les suivants :

J'ai appelé aux armes, j'ai fait pacte
à Veredas-Mortes avec le Chien.
Et l'amour, pour un non pour un oui
dans ses destins je l'ai suivi.

Quand vient le temps de brivade
Tout bétail devient infernal :
La folie se met dans la manade
Le roi du Sertão entre en cavale...

La traversée des Hautes-Terres
Toujours mes armes à la main...
Le Sertão est mon ombre
Son roi le Capitaine !...

Voilà comme je chantais, et la cachaça circulait. Ensuite les autres entonnèrent en chœur — même sans comprendre, rien que pour la blague — mais ils demandaient le sens des paroles et reprenaient mon envolée ; ils chantaient de mieux en mieux à force de chanter. Tous, je vis, moins Diadorim : il était le Diadorim des silences. Car il était triste ; et comment pouvoir lever, emporter cette tristesse — j'essayai, un moment — comme entraîne le courant ? Puis, non, je laissai tomber, soudain je renonçai. Depuis que j'étais le chef, je voyais ainsi Diadorim s'écarter de moi. Tranquille ; c'est très tranquilles que nous appelons l'amour : comme c'est de même, tranquillement, que les choses nous appellent. Et j'étais déjà en face du Paracatu — qui lui aussi charrie l'infime, le rare. Je ne m'arrêtai pas, je n'examinai pas l'autre rive. Je lançai mon cheval dans l'eau. Les autres me suivirent. Ainsi avons-nous traversé.

Et bon, nous continuâmes d'aller, d'aller. Ces journées comme des vagues. Je sais seulement les versants que je gravis, à pic. Le Haut-Plateau : le ciel de fer. Et c'était la nouvelle-lune. Ces pierres blanches qui la nuit refroidissent tant. Les *caraibas* étaient en fleur. Par tous les points de mon corps, je mesurai la houle des vents lointains. On rencontra là, bardé de cuir, un bouvier isolé. « Ami l'ami, ici c'est ici ? » Sur quoi, il confirma : « Ici, vous êtes monsieur, ces messieurs sont sur les terrasses du fleuve Urucuia... » Les champs. Où je me trouvais, je m'établis. L'étoile, c'est au-dessus du Haut-Plateau qu'elle aime briller. Je fis pareille folie ? À terme. Là, la vue va droit loin, loin, elle ne s'arrête jamais. De même j'entrai dans ma liberté. Hé, crie ara, araraúna, pour t'éclaircir la voix. Le Haut-Plateau est un séjour, où séjourner. Je ne savais plus que respirer. Je bus à ma sève, dont je ne m'enivrais pas. Je n'habitai plus que mes propres jours. Et aujourd'hui encore, l'advenir de ce cœur mien répercute l'écho de ce temps ; et n'importe lequel vous arrachez de mes cheveux blancs, proclame que ces choses, toutes ces choses, furent réelles — sans modèle... Moi, là, devant des portes grandes ouvertes, pour aller libre, aux infinis de la clarté... Je crois que ce fut ainsi.

Ainsi. Mais quelqu'un se mit en travers. Ou fallait-il vraiment que les choses prennent ce tour ? Des urubus nous passèrent au-dessus, et ils allaient en direction du ponant. Diadorim m'appela, il me prit par le bras. Diadorim mesura ces différences : il prit peur ; il prit peur pour mon salut, ma perdition. Ou est-ce que ma Notre-Dame de l'Abbaye décida que les choses devaient prendre ce tour ? Mais Diadorim retira tout aiguillon à mon action, il me retint, me tira exprès en arrière. Sur ces crêtes, je compris le sens d'une chose, que je vous raconte après. Ah, ce n'est que dans le bleu nuit du crépuscule que le Haut-Plateau prend fin.

Ce fut le long d'un de ces versants, tandis que nous côtoyions un précipice. Diadorim me dit : « Je suis là, je te vois bien, Riobaldo ! »

Je dis : « Ah, ça va ! Ah, paix ! »

Il dit : « J'ai une chose à te dire, Riobaldo... »

Je dis : « Eh bien, parle. »

Diadorim dit — sa voix mollissait : « C'est parce que je te veux du bien que je parle, Riobaldo... » — tel un susurrement de palmes dans ces futaies, main légère échevelant les buritis, à la tombée du jour.

Je dis : « Parle, vas-y ! » — le dis, pour la seconde fois.

Sur son front perlait, comme de grosses gouttes — il avait peur de moi vraiment ? — cette sueur devait se glacer. C'était là un avertissement, qu'il voulait me fournir ?

Cette fois, je ne voulais plus rien entendre de rien, brusquement je ne voulais plus, je ne voulus plus. Je feignis l'indignation. Ne me devaient-ils pas, à moi, à ce qui était moi, une approbation sans réserve ? Et tous, autour de moi, obéissance ? Qui commande sait commander. Il est vrai que, pour nos opérations de jagunços, les Hautes-Terres n'aidaient guère. La rude pauvreté de ces terres, la pauvreté sans fin, le triste pauvre sort de ce peu de gens. Une population clairsemée, parce que l'eau manquait sur ces chapadas ; et la sauvagerie du bétail qui errait tristement à sa recherche. Le désir de mes gens était qu'on traverse le do-Chico — et qu'on se mette en quête de quelque hameau ou gros village, où se dénicher une paye, et s'allouer de bons divertissements. Selon ce qui pourrait servir dans ce qui se renouvelle : aller là où il y aurait de la politique et des élections. Je le savais. Je n'étais pas idiot. Ce qu'un chef a besoin de savoir c'est ce qu'il ne demande pas. Et j'ai toujours eu moi-même différents vagues à l'âme.

Quant à moi, j'aurais aimé retourner un jour du côté de la rivière des Vieilles, avec ses pâtures pour le bétail, sa palmeraie de macaúbas à flanc de colline, au milieu des bois, le grand envol bas de ses flamants, et le petit chevalier-des-sables — l'oiseau plein de finesse qui enseigne les tendresses. Diadorim, je l'aimais ? L'amour a bien des époques. L'amour, à votre portée, d'ajournement en ajournement, s'assagit parfois — pour l'homme à barbe blanche. « Il est temps de livrer bataille ! » — je dis, à Alaripe, ainsi qu'à Pacama-les-Crocs, Acaouã et Fafafa : mes contre-capitaines. Ne pouvais-je, où il me plairait, arborer bien planté, mon pavillon-de-guerre ? Nous croisions alors, dans les sables mauves, pour prendre la tendance de l'air. Mais, vous allez me dire : et Hermógenes ? Elle était bien, cette guerre, contre Hermógenes, contre les Judas ? Oui, oui, je sais. Mais eux allaient devoir, bien obligés, courir mon parcours. Je le savais à notre sueur sur le coussinet de la selle. Tandis que nous allions, par le plat ou par les monts faisant jaillir des sables des étincelles. Le monde ne se rasérénait qu'à peine, sur le tard, à la nuit, lorsque chantaient les maganas. Ou dans le silence si entier, ouvert à tout vent, qu'on pouvait guetter le guiling-guiling d'une clochette à ses extrémités. Diadorim ne me comprenait donc pas ? Ou il me comprenait ?

Ainsi, je sentais monter ma haine. Il fallait que Diadorim me comprenne. Mais j'étais un homme advenu. Par exemple, un grand troupeau venait à notre rencontre, et il passa, ce bon balancement. Les vachers, avec les lassos enroulés autour de leurs besaces et qui rameutaient les bêtes à pleine voix, pour le plaisir. J'appréciai de voir comment ils surent tous déguiser la peur que je devais leur faire. Une manade en route apparemment, à moins qu'ils changent d'itinéraire, vers la barre du Paracatu. Mais nous allions du côté opposé. Je fis abattre deux têtes de leur bétail. On grilla la viande à la mode des gens des Hautes-Terres : enfilée sur des jeunes branches vertes, ce qui demande un tel temps pour roussir et rôtir que la pièce de viande se torréfie comme du tabac, et que la saveur de ce parfum se dégage très forte ; cela vous met l'eau à la bouche. Et je fis donner un bon peu de cachaça au petit Le-Jaco et à l'aveugle Borromée : afin de leur entendre dire des choses différentes de celles tenues pour certaines, déroutantes par elles-mêmes totalement inhabituelles. Ils me donnaient des conseils ? Semblables vraiment uniquement à ceux que pourraient donner l'anacardier-nain et l'anone qui — ainsi que vous le noterez dans vos écritures — pullulent dans ces campagnes. Mais mon destin se faisait rayonnant — en tout, croyez-moi. Ainsi que les faits le montrèrent.

Telle cette femme — pour laquelle on m'appela : elle n'arrivait pas à mettre son enfant au monde. C'était une nuit de lune, la femme habitait une pauvre cabane. Même pas une cabane, un abri de palmes mal fichu. J'y allai. J'ouvris, entrouvris la porte — qui était simplement appuyée, car il y avait une porte ; sauf que je ne me souviens plus si c'était une peau de bœuf, ou un treillage de buritis. Je pénétrai à l'intérieur, la lune m'attendit dehors. Une femme si démunie : pauvre à n'avoir pas de quoi pour une boîte d'allumettes. Et là c'était un village de mafflus et de m'as-tu-vu. La femme me vit, ses yeux, de la natte sur laquelle elle gisait sur le sol étroit, s'illuminèrent de terreur. Je tirai de ma poche une coupure d'argent, et je dis : « Prends, bonne dame, fille du Christ : achète de quoi emmailloter ce petit qui va naître sain et protégé, et que tu appelleras Riobaldo... » Je vous le dis : l'enfant naquit. La femme me baisa la main encore et encore, les larmes aux yeux... Je dis bien haut, en prenant congé : « Ma Bonne Dame : un enfant est né — le monde recommence !... » et je sortis à la lune.

Cette sorte d'œuvres, alors, Diadorim ne les voyait pas ? Ah, le conseil d'un ami ne vaut que s'il est très léger, pareil au friselis de la brise du soir à la surface de l'eau. L'amour tourne le dos à toutes les réprobations. Et c'était ce que Diadorim désormais défaisait en moi, de façon amère.

« Je blâme : que tu sois différent de tous les gens, Riobaldo... Tu cherches le désordre et la dissipation... »

Je fis rouler ma salive dans ma bouche.

« ... C'est pour ton bien que je parle, Riobaldo, ne te fâche pas davantage... Ce qui est en train de changer, en toi, c'est l'émulation de l'âme — ce n'est pas ce qui fait l'autorité du commandement. »

Diadorim dit et sa voix m'enveloppa de ses échos : les sincérités avérées. L'amitié de l'amour surprend certains signes dans l'âme des gens, laquelle est un camp retranché derrière sept montagnes ? Là, je pris mon temps. J'allais accepter cette réprimande ? Ah, jamais. Et, l'air de rien, je trouvai un autre prétexte, pour le contrer : la conversation sommaire, que Diadorim avait eue, en aparté, avec le chef muletier d'une caravane. Je demandai, agressif :

« Le secret, ce que vous vous êtes dit, Diadorim, avec le vieux muletier — c'était à propos de moi ? »

Cette caravane, qui nous avait croisés, quelques jours auparavant, se dirigeait vers les lacs Abaete, avec un chargement de tabac, de pièces de caoutchouc, de peaux de onça et de loutre, et de cire de palme, peu de chose. Ils passeraient sans doute le fleuve à partir d'un port ; puis ils traverseraient des terres que je connaissais bien, des sertões moins immenses... Maintenant, je voulais savoir.

« Cet homme a emporté un message de ma part. Je lui ai donné des instructions pour qu'il emporte un message...

— Un message, sur moi ? Et quoi donc, hein ? J'ai malfait ? !...

— Un message. Mais ne me demande rien, Riobaldo : ce que j'ai fait, je l'ai fait. »

Ayant dit, Diadorim s'éloigna, décidément silencieux. Il ne vit pas que ce n'était pas la peine : j'avais rangé mes oreilles. Je ne voulais rien entendre en ce temps-là, un découragement de l'être, de la voie droite. Diadorim avait fait allusion à l'âme. Quoi qu'il sache ou ne sache pas, il n'était pas au courant, il ne savait pas comment j'étais allé traiter avec l'Occulte à Veredas-Mortes, à cette croisée de chemins déserte. N'était-ce pas mon secret ? Sans compter, qu'à l'aube de ladite nuit, rien, absolument rien, ne s'était produit. Aucun pacte — aucune affaire conclue. La preuve que j'avais faite, était que de Démon, le Démon lui-même sait qu'il n'y en a pas, il le sait et sait que, seul à seul, il manque d'existence. Et j'étais libre, lavé de tout contrat coupable, je pouvais porter des reliques ; réciter les grâces ! Passé cette nuit, bien d'autres événements s'étaient succédé, mais normalement, ainsi que tourne la roue du monde, et nul ne pouvait soutenir le contraire. Je posai pierre sur pierre, je ne garde aucun souvenir. J'étais le chef. C'était mon tour d'assurer le commandement et d'être le plus haut en grade. Zé Bebelo avait complètement disparu. Maintenant, ce qui pressait, c'était de prendre davantage de munitions. Tous devaient m'obéir sans discussion. La seule chose, je ne voulais pas abuser. Pourquoi je ne voulais pas ? Ah, disons, j'étais perplexe. C'est même pour cela qu'il m'arrivait de trembler sans qu'il y paraisse, en entendant certains rappels. Comme si j'avais affaire à une chose qui me menaçait de loin, tel le va-et-vient de nuages de pluie. Le démon pouvait donc, même ainsi, me marquer ? Car comment se faisait-il sinon, que Diadorim soit venu me dire ce qu'il m'avait dit ? Je crois que je n'étais pas capable d'être une seule chose à longueur de temps.

Ce qui interloquait Diadorim, qu'il ne comprenait pas, était ce qui suit : la façon dont je m'étais comporté envers un certain monsieur, un individu qui déclara s'appeler Constâncio Alves, et sur lequel nous tombâmes au hameau du Chapeau-du-Bœuf. Ainsi qu'envers ce malheureux petit-homme-sur-sa-mule, suivi de son chien, rencontré trois lieues après le premier. Les choses vaines, dissipables.

Qu'il y ait en ce monde, un pareil Constâncio Alves, qu'est-ce que j'avais à voir là-dedans ? Mais lui s'empressa de raconter : qu'il était né au pied du mont des Alegres, natif donc, également, de mon premier pays. On le traita fort bien. Mais il échafauda qu'il m'avait probablement connu, lorsque j'étais petit. C'est ce qu'inventa de me dire ce Constâncio Alves. Il cherchait un passe-droit quelconque ? Au début, je ne répugnai pas à bavarder avec un ancien comme lui, bien vêtu, bienvenu, compatriote. Il prit le café, avec nous. Tant et si bien, que l'homme commença à prendre ses aises, à prolonger ses réponses ; j'aidais moi-même à ce qu'il prenne courage.

Jusqu'à ce que, à un moment donné, le petit noir s'approche en catimini, et me glisse à l'oreille : « Hi, chef... » — le genre de harangue de ce gamin, qui parfois déménageait un peu. Le maudit — il parla du maudit ? Ou est-ce moi qui, à seulement le regarder, à l'écouter, pensai au maudit ? Mais qu'il s'agissait du maudit, je l'entendis. Et voilà que sur-le-champ, mon plus mauvais côté se mit à faire la loi en moi. Cet homme portait une jolie somme sur lui : qu'il avait une triste conscience et de l'argent en caisse — voilà ce que je conclus. Je le devinai, un pressentiment, cet homme méritait la mort en châtiment. Grâce à quel pouvoir : la lumière de Lucifer ? Tout ce que je sais, en tout cas, c'est qu'il la méritait. Car bouillonna aussitôt en moi la folle impatience de tuer cet homme, de le tuer vite et bien. Un désir qui n'avait rien à voir, en soi, avec cet argent : il suffisait que j'exige qu'il me le remette, et, poliment, il s'exécutait. Mais tuer, assassiner pour tuer, selon la loi du mal. C'était bien cela ? Là, je me frottai copieusement les mains, j'allais palper mes armes. Là j'eus envie de rire : Constâncio Alves ne se doutait guère que sa vie n'était plus que de la toute petite taille inférieure à une minute...

Ah, mais, à ce moment-là, du tréfonds de mes pensées — et dont je ne sais même pas si elle était à moi, cette voix, bien à moi — une petite voix beaucoup trop forte, pour être si faible, me glissa un chuchotis. Comme je vous dis. Dans le court délai dont elle disposa, cette petite voix me donna un avertissement. Ah, il y a un recoin, des petits endroits protégés, où le démon ne trouve plus l'espace pour s'infiltrer dans mes grands palais. Dans le cœur des gens, c'est ce qu'il me semble. Mon sertão, ma réjouissance. Ce que disait cette petite voix était ceci : « Attention, prudence, fais attention, Riobaldo : car le diable entend dur comme fer gouverner ta décision... » J'entendis cette mise en garde, je l'entendis criblé de flèches ; et je m'ancrai dans mes énergies. Mais comment ? Il y a donc un frein possible ? Il y en a, il y en eut un. Je résistai à mon premier mouvement. Je supputais seulement. L'instant qui est, est — vous vous y cramponnez. C'est tout ce que je sais.

Mais cela, de vouloir-le-mal, avait besoin d'être partagé — et il ne l'était pas ; alors, le démon c'était moi ? Là, quasiment, je perdis le fil de mes idées. Je ne tuais qu'un chouia, pas plus ? Et je ne tuais pas en mon nom propre ? Je fis seulement tous mes efforts pour que surnage dans mon esprit l'injonction de la petite voix. Bref, hé, je mâchonnai mes lèvres, j'explosai. Je vis qu'au bout du compte il fallait que je tue, et que c'était finalement ce que je voulais. Comme si s'étaient disséminés, épaule contre épaule, par tous les espaces libres du Haut-Plateau, mille et un petits diablotins, jouant joliment de leurs violes — pour empêcher que je discute avec moi-même, m'entête à vouloir me comprendre pour de bon, me gendarme contre ce que le démon-en-chef avait décidé... Car dans les derniers moments, sachez-le, je résistai à grand-peine. Ah, mais ! Et là il faut que vous vous rendiez compte : de qui était et qui fut ce jagunço Riobaldo ! Vu qu'instantanément, j'éprouvai la bonté de Dieu : et j'invoquai la Vierge... Je me cramponnai dans les ténèbres — mais confiant en ma Notre-Dame. Le parfum du nom de la Vierge perdure longtemps : il donne parfois du boni, pour toute une vie.

Il se fit que tout à coup — eh oui, eh oui — je trouvai un moyen, et me tirai de là par une brèche, ce qui sauva en même temps que moi ce malheureux Constâncio Alves. Voici comment : je me dis ceci : que j'allais lui poser une question. Qu'il réponde de travers, il mourrait ; mais, dans le cas contraire, il serait pardonné. La question fut la suivante :

« Puisque vous êtes de mon pays, eh bien : vous avez connu un homme qui s'appelait Gramacêdo ? Est-ce que, par hasard, vous seriez son parent ? »

Et j'attendis. Qu'il dise seulement que l'autre, il l'avait connu, sûr, il mourrait, car je ne pouvais pas ne pas tuer ; pour l'heure son salut rapetissait, telle la mèche d'une chandelle. Par une décision que je me devais de prendre, je l'avais arrêté ainsi définitivement.

Mais il était dit qu'à ce jeu de dés, Constâncio Alves sortirait gagnant, étant donné la réponse qu'il donna :

« Gramacêdo ? J'ai le regret de dire, mais celui-là jamais je ne l'ai vu, ni n'en ai entendu parler. Je n'ai personne de ce nom parmi mes parents... »

Ma main s'était déjà avancée, doucement, vers le revolver. Constâncio perçut ce triste-amen. A voir comment il perdit, confus, un peu de sa taille : il devait être en train d'écarter les genoux, tant ses jambes tremblaient de peur. C'était donc que lui aussi estimait qu'il lui fallait mourir mille morts ? — je me dis dans un éclair, traîtreusement. La peur manifeste provoque la colère qui châtie ; c'est bien tout ce à quoi elle sert. Ah, mais — ah, non ! — ; j'avais décidé. Moi ? J'avais décidé ou non ? Ainsi, de nouveau le temps d'un éclair : je tranchai que toute créature devait bénéficier du labeur de vivre, que cet homme devait bénéficier de vivre en raison d'une grande beauté, tout à coup, dans le monde. Un ange était passé ? Une troisième fois, j'avais résisté. Constâncio Alves était désormais délivré de tout danger. Je criai cependant :

« Vous avez votre argent ? »

Preste, rénové, l'homme fouilla de ses deux mains dans une petite sacoche, il l'ouvrit : elle était pleine de coupures, bien enroulées et empaquetées dans une étoffe : et voici qu'il me les donnait, il m'en faisait cadeau. Je contemplai son pauvre cou. Ce que je lui vis avaler à sec : qui aurait pu être tous les grains d'un chapelet.

Je pris l'argent. Lui, Constâncio Alves, je le laissai filer. Je ne surveillai même pas — pour ne pas voir son dos. Mais, pour me mettre en paix et m'assurer les bonnes grâces de l'Autre, je dus déclarer bien haut :

« Celui-ci, je lui ai pardonné ; mais le premier qui s'amène sur l'une de ces routes, celui-là paye ! »

Je dis. J'allais le faire ?

Peu après, un peu plus loin, ce premier surgit : avant même, pratiquement, d'avoir couvert trois lieues. Voici les faits, comment la chose se déroula. Ce fut dans un creux de vallée, avec quelques jeunes bœufs qui paissaient là, paisibles. Nous tombâmes sur un individu, qui avait tout l'air d'un voyageur. Il arrivait monté sur une jument. La jument était d'une belle couleur châtaigne, et de bonne taille. C'était les harnais, en triste état, qui détonnaient. Une des rênes était en cuir, mais l'autre en crins de cheval. Et la jument clopinait par-dessus le marché. L'homme avait le semblant en forme de museau, les os de la mâchoire qui pointaient : il n'avait pas de menton. Un disgracié d'individu, à ce qu'à son aspect on pouvait imaginer de sa vie. Il ne méritait pas, c'est ce que je me dis, qu'on le prenne en pitié. Mais, derrière lui, lui faisant compagnie, arrivait du même train, un petit chien.

Ils s'arrêtèrent. Le petit chien se mit à aboyer, ainsi que s'en font le devoir presque tous les chiens, parce que supposés être pleins de bravoure. L'homme ballotta, en haut de la jument, il vacillait de peur. À voir comment, dans la seconde, il changea trois fois de tête. Et je me tournai vers le petit Le-Jaco, pour demander :

« Celui-ci, là, je le tue vraiment ?

— Le tuer ? Vous allez le tuer ? » — les yeux du gamin lui sortaient de la tête.

J'entendais maintenant claquer le menton et les dents de l'homme. Ledit individu ne sortait pas un son de voix, ne tentait pas de me fléchir. Tout ce qu'il ne savait pas, il le devinait. Comme s'il pressentait qu'il allait mourir uniquement pour indemniser du pardon accordé à un autre, uniquement pour prendre la place qui aurait dû être celle de ce Constâncio Alves ?

Ah, non ? Cette fois, la volonté de tuer s'était épuisée. Je sais et je sus : sûr que le démon maintenant, se doutant que je n'allais plus vouloir m'exécuter, dissimulait ses intentions. Avec lui, monsieur, c'est ainsi : ses styles, sans cesse il les choisit. En outre, il savait cette fois, que ce n'était pas la peine de me harceler. Il savait que j'en avais jusqu'à la nausée de l'état de cet homme sur sa jument, que tout ce que je voulais c'était l'autoriser à s'en aller, exempt de tout châtiment. Mais il savait également que j'étais dans la stricte obligation de tuer — car je ne pouvais pas revenir sur la promesse dûment prononcée, que mes hommes avaient entendue et commentée. Ah, le démon me connaissait bien ! Il ne devait pas être loin, bien malin, à se moquer de moi : attendant de voir, en bon intendant, l'exécution bonne et belle de mon devoir criminel. Et l'homme à la jument observait le néant de tout, s'efforçant de se faire le plus petit possible, et gémissant dans un esprit de silence. Où donc était passé son ange gardien ? Il devait mourir. Il fallait qu'il meure, car le diable me tenait serré par de nouvelles boucles dans le nœud du compromis ; et parce qu'il n'y avait guère, fût-ce minuscule, d'autre remède. Le petit chien de son côté avait compris, et il se mit à aboyer, il jappait, glapissait ; plus conséquent que son maître, il savait pousser des gémissements. Mais là, je pensai à deux fois.

Ce malheureux, sans le sou manifestement, comment est-ce que j'allais pouvoir le tuer, et le tuer à la place d'un autre, riche, à la panse saine et pleine ? La justice là-dedans ? Allez savoir, il ne connaissait même pas ce Constâncio Alves, ne savait rien de lui. C'était juste ? C'était possible ? Je réfléchis. Zé Bebelo, dans une pareille urgence, mis au pied du mur, quelle solution aurait-il inventée ? Je n'avais pas le cœur de formuler ces questions.

Les autres, en arrêt autour de nous, attendaient, pour apprécier. Personne n'avait pitié de l'homme à la jument, j'observai et je vis. Ils entendaient surveiller ma façon de procéder. Le souci de devoir bien vite proférer et entendre mes propres paroles m'accabla. Et c'est alors que pour gagner du temps, je m'adressai à l'aveugle Borromée :

« Eh là, vieux camarade ? Eh là, hein, quoi donc ?... »

D'une voix étouffée. Ne serait-ce que, parce que à demander ainsi des conseils à un aveugle, en place publique, avait de quoi m'humilier.

« Si c'est que c'est, Chef ? Ah-hein ? Si c'est ce que vot' grâce a décidé, hein-hein ? Vous voulez que ça soit qu'on tue un tel ? » — sans plus de rime me répondit l'aveugle, que de raison. Sûr que je l'avais emmené avec moi en pure perte. « Mais c'est vous-même qui allez le tuer ? » opina le petit Le-Jaco ; me souffla le diable comme une flûte. « Accagne-toi, démon, avec ta-bouche-qui-fume ! Au diable ! Hors d'ici !... » — je le tançai. Et les autres s'esclaffèrent.

Mais l'homme en sursis pleurait maintenant, toujours perché, sensé sérieux, sur la jument, il pleurait sur lui : d'avoir dû, c'est sûr, sortir de sa lointaine enfance. Je ne lui demandai pas son nom, ni d'où il était. Quelqu'un dans sa situation n'avait nul besoin ni exigence de rien. Son visage, d'autant de mésaventure, perdait formes et couleur, se dissolvait — il était un être à la figure décomposée. Acauã, menaçant, l'avait mis en joue sur un geste de ma part ; car il peut toujours arriver que quelqu'un, même au plus fort de la terreur, se prenne de folie, et dégaine, donne l'estocade. Agrippé de toutes ses forces, juché recroquevillé, sur la jument — le malheureux.

« Passe ton chemin !... » — je me remis à rabrouer l'affreux diablotin.

De toute façon, il fallait que je décide. Et sans lanterner, pour ne pas perdre la face devant mes hommes. Ou le démon. Le démon ? Il n'allait pas m'en remontrer. Celui-là en ce moment s'endêvait par là, quelque part, invisible mais prévisible ; et il devait être en train, tout proche, de se moquer de moi.

Ah, non ! Si j'eus pitié de lui en fin de compte ? La petite chienne gémissait. Mais comment pouvoir tirer sur un aussi piètre individu, qui semblait rentrer les épaules à chaque coup de vent ? La petite chienne agaçait les chevaux. J'étais paralysé par ma parole donnée, le devoir à accomplir. Ou est-ce alors que j'eus peur, peur du Briffaut, du Chax, peur du Dit, dont j'avais fait moi-même mon surveillant ? Quoi qu'il en soit : aujourd'hui je prie davantage. L'homme prostré sur le dos de la jument, qui protestait maintenant, très inquiète. Vu, c'est connu, qu'un animal de selle se voit contraint, lorsqu'il perçoit cette peur humaine, de démontrer un grand mépris envers le cavalier. D'autant

393

plus, que là-dessus, ils se mirent tous, brusquement, à rire encore plus. « Ouh, et le voilà déjà qui s'oublie ! » remarqua l'un d'eux. Ça se voyait ? Que même avec la selle pour absorber, l'homme, s'il avait fait, était en train de se souiller ? Ils se bousculaient pour voir, les quolibets pleuvaient. Le chien, à ce moment-là, se jeta sur les cavaliers pour protéger son maître — de le voir aboyer et montrer les dents, plusieurs parmi les chevaux piaffaient et s'énervaient, ils se cabraient. L'homme, quant à lui, se ratatinait, sans rien dire, tout penaud. Ah, et Zé Bebelo ! — je me rappelais soudain, ces fois d'autrefois. Les chevaux caracolant de cette façon, les cavaliers qui braillaient : des souvenirs de Zé Bebelo. Seul Zé Bebelo avait la manière pour démêler un imbroglio de cette sorte, se sortir d'embarras. Où était-il ? Ah, ah, et c'est là — c'est là alors, que dans une explosion, je trouvai : de fortes idées. Sapristi, je fis mon cheval se cambrer et se cabrer sur ses jambes — et je dis. Je dis, je clamai — dans un enthousiasme semblable à ceux de Zé Bebelo — ma voix identique à celle de Zé Bebelo, dans la mêlée glorieuse des animaux, l'envolée des crinières, dans le tumulte et l'exaltation. Je prononçai :

« *Putain de bordel* ! J'ai pas à le tuer ce disgracié, parce que ma parole donnée, ça n'a pas été pour lui : qui j'ai vu en premier, qui j'ai distingué, c'est ce petit chien !... »

Rien qu'un silence estomaqué. Puis, ils poussèrent des vivats. Tous comprirent, ils m'admirèrent. Pour ce que je sais. Maintenant, moi, je vous dis : qui — à cet instant — qui, du démon, riait maintenant son content, c'était moi.

« Hé ! vous autres, attrapez-moi ce chien !... » — je commandai. Le temps de faire ouf, et ils avaient attrapé la petite chienne, qui se démenait comme un beau diable. Vu qu'un lasso, un abot ou un licol ne pouvaient pas convenir, Pacama-les-Crocs et Jiribibe fabriquèrent une laisse avec une cordelette, et on attacha la petite bête à un pied de *assa-leitão*. — « Ne la le laissez pas hurler... Ne la le laissez pas hurler... » dit alors l'aveugle Borromée, tant les hurlements de chien lui faisaient peur. « Parfait, le chien on le pend... » eut le toupet de professer le petit Le-Jaco. Je le fis emmener plus loin, pour échapper aux influences. Ils donnèrent une bonne tape sur les flancs de son cheval, et João-le-Vacher le tira, pour les exiler Le-Jaco et lui à une bonne distance appropriée.

« Un chien, quand on le pend, pleure de vraies larmes — ses yeux fonctionnent comme nos yeux à nous... » dit alors Alaripe, d'une voix égale. Je réfléchis, à tout, à tout. Aller maintenant tuer cette petite chienne ? La dernière chose sûrement, à moins qu'on m'ensorcelle, que je me sentais capable de faire. D'autant que la petite chienne se comportait tout ce qu'il y a de plus correct, aboyant raisonnablement. Ah non ! Non ! ah, je n'allais pas tuer. Mais, à ce stade, j'en avais appris moi aussi — des subtilités. Je dis de nouveau bien haut :

« Mais quoi !... Ce n'est même pas cette chienne. C'est cette jument — qui m'est tombée la première sous les yeux ! »

Tel que, changeant le propos — afin que tout soit clair. Je suis certain qu'ils m'approuvèrent. Amusés tous, tant qu'ils étaient ; qui allait me contredire ? J'étais le maître là, comme ailleurs ; je parlais, la chose existait. Quant au démon lui-même, je ne pensai plus à lui. J'avais bien autre chose à faire. « Cet homme, faites-le descendre, et renvoyez-le, qu'il s'en aille ! » — j'ordonnai d'exécuter... Ne serait-ce que pour ne plus le voir bouché, à ne rien comprendre, à ne pas bouger. Je frémis tout à coup d'horreur : si cet homme mourait, roqué, humilié de cette façon — alors, là, oui, le destin de l'endroit se refermerait sur moi : je me retrouverais seul au fin fond de l'Enfer... Avec adresse, et maladresse, ils firent mettre pied à terre au malheureux qui arrivait à peine à tenir sur ses jambes. « Tu fiches le camp d'ici, tu décanilles ! » — je dis, je dus crier. Là, il comprit, il s'éloigna. Je pensai un moment qu'il allait courir. Mais il s'arrêta, sans regarder derrière lui. C'était maintenant qu'il trouvait ses pleurs, le bienfait des larmes : il pleurait à gros sanglots comme un petit enfant. Ça n'avait aucun sens et ça me tapa sur le système, une manœuvre pour ébranler mes résistances. Agacés, mes gens le houspillèrent, et il se remit à courir, au rythme des cris. Il s'arrêta encore, une autre fois ; à voir les soubresauts de ses épaules, il devait toujours être en train de pleurer. Je me contins. Ce fut comme un coup de mer : une étrange lame de pleurs se souleva au fond de moi — et moi au bord des flots. Je ne voulus ni ne pus. L'angoisse, parce que mes yeux à l'intérieur, ne donnaient que sur du noir. Cette chose étrange — vous savez — : on ne pleure pas dans le noir parce qu'on ne se voit pas, on ne fume pas non plus... Là, je me dégoûtai. Ah, en fin de compte, celui qui riait le rire principal c'était lui, le démon. Le Roussi ! Ainsi, à cause de l'impatience avec laquelle, pour avoir en effet voulu lui sauver la vie, je m'étais conduit envers cet homme, en m'attardant ainsi. Il aurait mieux valu que je tue tout de suite. Comment pouvait-on à ce point prendre tout à la légère et manquer de respect envers une personne disgraciée déguenillée ? Mais comment ? Et l'homme ne s'était pas retourné pour tenter de voir derrière lui, et savoir pour sa petite chienne. La chienne était là, solidement attachée dans sa petite dignité. Et tout le monde l'avait oubliée, tant elle n'aboyait plus. Là, je me sentis envahi par un grand découragement. À savoir, qui sait si je n'allais pas avoir, pour les abus commis à l'endroit de cet homme, à payer plus tard, par de lourdes peines?

Un certain temps avait couru, ils avaient déjà retiré le harnais de la jument, et ils suspendirent la selle et la matelassure à une branche d'arbre au bord de la route. La pauvre bête était là, retenue seulement au bout de sa longe par Fafafa; et ils attendaient que je lui règle moi-même son sort, ou que je le fasse faire par un autre, suivant la décision que je prendrais. Quant à la petite chienne, je me dis que j'allais la donner à Diadorim, lequel était resté en retrait tout le long, et muet tout le temps. Et, bon, tant pis pour les contrariétés, le moment était venu de ma mise au point. C'est-à-dire, puisque j'avais commencé cette affaire désastreuse, il s'imposait qu'elle ait une fin raisonnable. Ça suffirait de dégainer et de viser au front la jument qui s'écroulerait les jambes ouvertes, à l'agonie? Autant, donc, suffirait?

C'est là que Fafafa, de ne plus pouvoir se contraindre au silence, se tourna vers moi, et dit : « Avec votre permission, Chef, je demande : acceptez que je paie en argent le prix de cette innocente bestiole, qu'elle soit épargnée... La jument n'est pas méchante pour un sou... »

L'entendant dire, les autres appuyèrent : que je renonce. Ma première réaction fut plutôt de colère : voilà que Fafafa venait se mettre en travers. Les autres apparemment, réprouvaient ma décision, de tuer la jument. Mes gens en rébellion? Ah, non : car, l'instant d'après, ça me plut à moi aussi. Ça me plaisait d'entendre mes hommes marquer ainsi, à froid et par froide raison, leur désaccord pour la jument. C'était contre le démon qu'ils en avaient! De braves garçons, avisés. Sauf que là, comme c'était eux qui le décidaient, il ne m'incombait plus de résoudre. Vendre, je n'avais pas à vendre la vie de la jument à Fafafa. Ah, non. Là, je ficelai, alerté, une solution. Voici ce que je déclarai :

« Je délibère du mieux à faire : ce que j'ai vu en premier, ç'a été cette jument. C'était donc elle qui devait mourir... Ah, mais une jument n'est pas quelqu'un, ce n'est pas une personne qui existe. Et alors? Ah, alors, tuer la jument ne cadre pas, puisque ma décision proclamée était de tuer un homme! Je n'exécute pas. Le bien-fondé de ma parole s'est dissipé de lui-même et s'est perdu — c'est bien comme je dis? J'estime et je publie que l'affaire est close. »

Véritablement, c'est avec joie que tous m'approuvèrent. C'est-à-dire qu'ils m'admiraient réellement, pour l'ingéniosité de chaque solution que j'inventais; et dire qu'ils ne savaient pas que ces trouvailles étaient gagnées sur la roublardise du Tentateur. Content, donc, et mécontent de moi, voilà comme je me sentais. Parce que ces choses, d'une certaine façon, me retiraient tout pouvoir terrestre.

Mais je me frottai les mains, que j'avais très sèches, l'une contre l'autre.

« Que quelqu'un se dépêche de me rattraper cet homme... — je dis. Qu'on le ramène, pour lui donner de l'argent, lui servir un café et à manger, lui remettre de retour ce qui est à lui... »

Ce que je disais là, c'était pour lui rendre la jument. Et Suzarte, José Gervásio et Jiribibe éperonnèrent et partirent à sa recherche. La jument, qu'on avait détachée, cherchait des touffes de fourrage, elle avait faim. Vu qu'on avait déjà commencé à se reposer en attendant, et qu'il y avait de la bonne eau dans la clairière voisine, Crocodile installa le trépied et prépara le café. Je m'assis, à l'ombre d'un sapotier, et je restai écouter les louanges que ceux qui étaient autour de moi me faisaient, des arrhes pour de plus hauts faits à venir.

« À chaque coup, le Chef trouve de ces astuces, plus fines encore que celles de Zé Bebelo... dit l'un d'eux.

— Parole, il décide avec la même justice que Medeiro Vaz... » ajouta un autre, plus flatteur.

Ces bons compliments apaisaient mon trouble. Je me félicitai à ce moment-là de mes hommes, qu'ils soient vivants, qu'ils parlent. Mais, pour bien marquer et faire respecter que j'étais indépendant dans mon commandement, je leur ordonnai de s'accoiser, parce que j'allais profiter pour faire un petit somme en guise de sieste. J'aimais écouter la brise légère sur le plateau immense, avec le doux ramage qu'elle souffle et fait dans les feuilles. La petite chienne, toujours attachée, s'habituait à ne pas aboyer : quelqu'un devait être en train, j'imagine, de lui donner des morceaux de viande séchée. Je me souviens que je pouvais encore tenir dans ce petit dimanche de paix. Le mieux — je me dis, ah, le mieux de tout — c'était que l'Autre, l'Agnon, ne se montre pas, ne vienne pas se fourrer au milieu ; et que le plus sûr, puisqu'il n'avait aucune existence, c'était vraiment qu'il ne se mêle pas de se mettre sur les rangs.

Je tirai mon petit somme, guère bien longtemps. Suzarte, Jiribibe et José Gervásio revenaient déjà, bredouilles, sans aucun résultat. « Le type s'est perdu dans la nature en emportant sa trace, il s'est tapé une peur épouvantable... On n'a trouvé de lui que du vide... » — ils expliquèrent. Comment pouvoir rattraper la chose ? Reprendre notre marche, sans autre retard. La jument, on allait la laisser là à tout hasard, pour le cas où l'homme un jour, repasserait dans le coin, ou que la nouvelle lui parvienne par la bouche d'autres personnes. On se remit en selle. Et la petite chienne ? « Reinaldo, tu la veux ? » — je demandai à Diadorim. Devant quoi, il fit la bonne réponse : « La seule chose à faire c'est de lâcher la pauvre petite, sûr qu'elle va retrouver son maître où qu'il soit... » Et il la détacha lui-même. Ça aurait valu le coup que vous puissiez voir l'élan d'amour qui anima la mignonne petite bestiole : elle se mit à aboyer sa joie et à courir toute follette, sans attendre son reste, comme si elle savait déjà où courir, des ailes au derrière ! Elle disparut au loin, et nous partîmes, dans la direction opposée. La jument resta là, à paître bien tranquille, avec le harnais de l'homme et la couverture pendus à cette branche d'arbre, comme un épouvantail, en attendant que les mouches des champs viennent bientôt s'y agglutiner.

Je me sentis libre, délivré de tout ce qui s'était passé. Je pris le trot, droit devant moi. J'allais, les rênes souples, je ne pensais pas, ne m'obligeais à rien. Serait-ce — si je peux vous demander — que je sillonnai ce sertão avec l'Autre comme associé ? Vade retro ! Mais je n'ai aucun moyen de comprendre pourquoi Diadorim s'inquiéta des têtes que je faisais. Et c'est pour cette raison que nous avions eu notre conversation — en raison de ce que je viens de vous raconter par le menu.

De ce que je discutai avec Diadorim, de ce qu'il finit par me dire, il me resta un relent. Son initiative m'humiliait. Que devenir ? Je voulais et ne voulais pas entendre — je voulais et ne le voulais pas. Tout complément de réponse, s'il en venait, ne pouvait être qu'une accusation. Et je voulus. Il me prit ce qui me prit, et je me lançai, avec effort je demandai ; peiné, je demandai :

« Le message envoyé, Diadorim, dis-moi. Ce sont tes mots exacts, la loyauté que tu me dois, que j'exige absolument — ce qui me regarde !...

— Je suis ton ami. Ce message, Riobaldo, j'ai demandé au muletier de le remettre à une femme...

— Ah, alors c'est pour le remettre à une jeune fille, à la fille du fazendeiro de Santa Catarina, c'est-à-dire à Otacília, c'est-à-dire à ma fiancée, c'est cela ?

— Eh bien oui, Riobaldo. Qu'est-ce que tu y vois de mal ? »

Je dus me contraindre, pour ne pas maudire, je serrai la bride. Au point que mon cheval campolino sursauta. Car je surpris le monde élémentaire déséquilibré : ce qui m'appartenait et ce qui ne m'appartenait pas. Si la vie à ses heures arrange ainsi les choses, comment peut-on alors être sûr de soi ? Diadorim me regardait. Diadorim attendit, toujours aussi serein. Son amour pour moi était du meilleur aloi : il ne bafouillait plus de peur ni de jalousie. Il dit ceci :

« J'ai fait demander qu'elle prie pour toi, Riobaldo... Qu'au nom de l'espoir plein de nostalgie qui est le sien, elle ne cesse pas un instant de prier, selon la coutume d'autrefois... » À l'amertume, à l'étrange découragement de mon esprit, je me rendis compte, que même avant qu'il parle, je le savais déjà que c'était ça — ce qu'il n'évitait pas de me dire. Et je redemandai encore malgré tout, avec rudesse :

« Ah, non ! Alors tu trouves que j'ai besoin de ses oraisons, pour m'aider, Diadorim ?

— Je crois, je le crois du matin au soir, Riobaldo... Énormément. J'en arrive à me demander si quelqu'un ne t'a pas jeté le mauvais sort... Ta mère elle-même, si elle était vivante, se le dirait... »

Violent, violent, là, mon sang ne fit qu'un tour, il afflua sur toute la chair de mon visage jusque près des oreilles, et tout de suite mes lèvres me firent un mal de chien, car j'étais en train de les mordre pour ne pas insulter Diadorim de noms qui seraient la plus grande offense. D'une tape sur les rênes, j'écartai de lui la tête de mon cheval.

« Occupe-toi de ta propre vie, jeune homme ! Ce dont j'ai besoin, ça oui, c'est de moins d'amitié... » — je grondai en m'éloignant. Tandis que je ruminai : — Et quoi encore ! Contre qui, ces prières ? Tu tires le tapir avec du petit plomb... — et je ris méchamment. Qu'est-ce qui me bouleversait, du milieu à la fin, dans toute cette sortie ?

Du coup, lorsque peu après, nous arrivâmes au terme de l'étape de la journée, je me fis un devoir de n'accepter ni conversation ni présences de qui que ce soit, afin qu'ils voient combien j'étais soucieux et furieux. Triste. Nous arrivions à l'extrémité du Haut-Plateau, les confins vers l'ouest, étant donné ce que sur mon commandement nous avions marché. J'examinai à part moi nombre de choses sérieuses, tandis que je goûtais la fraîcheur de la soirée.

Pour être bref : je mens si je ne raconte pas que j'étais perplexe. Et vous savez ce que j'étais en train d'imaginer, et qui ? Il existe ? Il peut ? Aujourd'hui encore, je vis des tourments à vouloir le savoir ; aujourd'hui encore où les ans m'assagissent, comme jadis. Et le démon existe ? Si oui, ce qui existe c'est seulement son style, sans lien, ni être propre — telles des taches dans l'eau. Notre santé pénètre dans ce danger, pareil à du froid, à du chaud. Moi, là-dedans ? Moi qui, à la minuit, me suis rendu à cette croisée de chemins, de Veredas-Mortes. Ce sont mes fantasmes que j'ai traversés ? Ainsi, à force d'y penser à ce système, à force, j'y pensai moins. Ce qui aurait dû avoir lieu, si ça avait eu lieu, mais qui n'a pas eu lieu : ce marché. Eh bien, si le Fourchu ne m'est pas apparu, alors que je l'attendais, que je l'appelais ? — je l'ai vendue, mon âme, à quelqu'un ? J'ai vendu mon âme à qui n'existe pas ? Mais ça, ça serait le pire ?... Ah, non : je proclame que non. J'ai dévié de la route, mais je me suis récupéré. C'est sûr, vous êtes bien d'accord ? J'ai trébuché, et le sol n'a pas voulu de ma chute. Au jour d'aujourd'hui, je pense, j'expie. J'ai eu de la peine pour ma vieille tenue de jagunço. Et je prie. Dieu tourne le dos à ma prière, mais il tend la moitié de l'oreille. Je prie. Je voudrais vivre le temps de voir une grande église, ses blanches tours régnant de toutes leurs cloches sur la contrée du Haut-Plateau. Comment se fait-il que ne vienne pas, de ces rives là-bas de mon Urucuia, un saint quelconque ! Et de diable il n'y en a pas. Il n'y en a aucun. C'est ce que je dis et redis. Je n'ai pas vendu mon âme. Je n'ai pas signé contresigné. Diadorim ne savait rien. Diadorim se méfiait seulement des airs que j'avais. J'entends son rire, le rire clair qui lui venait rarement ; je veux dire : je me souviens. Mon compère Quelemém me donne des conseils, de tranquillité. Ce qu'il me répète c'est : « ... dans le présent et les futurs... » Je sais.

J'ai toujours su, en réalité. Sauf que ce que j'ai cherché, tout le temps, ce pour quoi j'ai bataillé afin de le trouver, était une chose — une seule, entière — dont je vois que la prescience, la signification, je l'ai toujours eue. Et c'était : qu'il existe une norme, la recette d'un chemin sûr, étroit, que chaque personne doit vivre — et ce mémento, chacun a le sien — mais tel qu'on est, dans la vie courante, on ne sait pas le trouver ; et comment une personne pourrait-elle, toute seule, d'elle-même, arriver à trouver, à savoir ? Mais, ce nord existe. Il faut qu'il existe. Sinon, la vie de chacun ne pourrait que rester à jamais la confusion de cette folie qu'elle est. Vu que : chaque jour, à chaque heure, parmi toutes nos actions éventuelles, il n'y en a qu'une qui réussisse à être la bonne. Le secret en est bien dissimulé ; mais, en dehors de cette conséquence, quoi que je fasse, quoi que vous fassiez, quoi que fassent Pierre ou Paul, quoi que tout le monde fasse, ou se garde de faire, tout devient faux, et c'est la méprise. Car elle est autre la loi — cachée et visible, mais introuvable — du vivre véritable : pour chaque personne, nos lendemains ont déjà été projetés, comme ce qui au théâtre, pour chaque exécutant — son rôle déjà tout inventé — est écrit sur un papier...

Maintenant, voyez. Je rattrape l'avorté par le péché ? Je m'en défends bien ! Mon compère Quelemém est d'accord, je crois, avec mes chimères. Et chercher à trouver ce chemin sûr, je l'ai voulu, j'ai ramé ; sauf que j'en ai trop fait, et que j'ai cherché erronément. Entre mes mains, la misère. Mais mon âme doit être à l'image de Dieu : comment, sinon, pourrait-elle être mon âme ? Priez avec moi. N'importe quelle oraison. Écoutez : tout ce qui n'est pas oraison est déraison... Alors, je le sais ou non si j'ai vendu ? Je vous le dis : ma peur, c'est ça. Tous la vendent, non ? Je vous le dis : de diable il n'y en a pas, le diable n'existe pas, et l'âme je la lui ai vendue... Ma peur, c'est ça. À qui je l'ai vendue ? C'est ça, monsieur, ma peur : l'âme, on la vend, c'est tout, sans qu'il y ait acheteur...

Je divulgue mon histoire. Ces choses ainsi que je les ai pensées ; mais j'ai pensé en abrégé. Et c'était comme d'avoir soutiré un petit congé au cœur de mes confusions, pour l'amour de me faire un peu les idées claires — l'espace de trois credos. Et déjà la suite accourait. Comme vous allez voir.

Plus loin néanmoins.

Dans les monts du Tatou, le froid est tel, qu'aux aurores on a besoin de trois couvertures. Sur la Serra des Confins, là, vers la mi-juillet, fouettent déjà les rafales débridées du vent d'août ; il vente ainsi : les arbres fauchés. Où que j'aille, tous le trouvaient naturel. Un Chef est un chef. Ils ne se rendaient donc pas compte que je ne savais pas où j'allais ? C'est-à-dire — disons — c'est-à-dire, ils ne savaient ni les commencements ni les finals. J'allais, d'une certaine façon, allant et sachant. Demandez-vous comment la chouette a trouvé moyen de pouvoir voler sans entendre le froufrou de son vol ? Cela me turlupinait. Au moins je ne gardais pas de rancune à Diadorim, ni de ressentiments. L'inconvenance qu'il avait dite et faite, notre piteuse conversation, ne laissa pas un nuage : mieux, elle s'évapora, totalement, de ma mémoire.

Ce que j'avais en tête, au départ, c'était de gagner la Chaîne du Milieu — en traversant aux Chutes-de-l'Urucuia. Puis je renonçai. J'obliquai soudain droit vers le nord ; la traversée, ce fut au Lac-d'Amour. Mais j'omets de dire : que d'abord, au Hameau-du-Taureau, on se munit du nécessaire en munitions. Car il était arrivé ceci de nouveau, que, plusieurs jours auparavant, on avait reçu une bonne surprise. Le Goal !

Goal en personne, qui revenait, après tant de mois. Depuis le jour où il avait accompli la mission, là où nous combattions, encerclés dans la Fazenda des Toucans — vous vous souvenez ? — de se faufiler pour chercher du renfort. Il revenait joyeux et résolu. Et de voir un camarade resurgir ainsi de ses absences, on regagnait de la jeunesse.

Fringant, ce Goal, fourré dans de bons vêtements, monté sur un bon cheval, et fumant des cigarettes de fabrique en paquet ; riche comme un nabab. Car il menait un âne et une ânesse à la longe, et il avait acheté plein de choses : jusqu'à un trépied et des casseroles, du sucre de première et du chocolat en poudre. Très content vraiment, épatant.

« Mazette, comme te voilà fait ? et d'où ce que t'as eu vent de nous ? — je demandai émoustillé.

— Eh bien, Tatarana : faute de nouvelles, j'ai toupillé dans le

401

coin... Je suis déjà passé par Ingazeiras, de là au Confluent-de-la-Vache, puis à Salut-Mère, aux Petits-Mornes... L'Urucuia n'est-y pas le milieu du monde ? » — il dit, se modérant.

Ce qui n'était point la toute vérité. Il ne faisait qu'arriver. Et il m'avait traité de *Tatarana*... Comme s'il n'avait fait tous ces temps que chasser l'urubu, de telle forme qu'il débarquait dans l'ignorance de ce que j'étais désormais le chef. Il s'inquiéta de Zé Bebelo ; et donc même pour Zé Bebelo il n'était pas au courant. De même qu'il ne savait rien du repaire d'Hermógenes. Il n'avait également aucune nouvelle de Joaquim Beiju, de même ne fit mention d'aucune autre nouveauté de ce monde. La seule chose, il se vanta, pour terminer, d'avoir reçu deux offres : pour s'engager au service de Dona Adélaïde, à Bois-le-Rond, et de Rotílio Manduca — dans sa Fazenda du Bastion — comme jagunço.

« Ah, profitant de ne plus être sur le chemin de la guerre, je me suis pointé jusque dans São Francisco et Januária... » — Ça devait être vrai. Car, pour ne rien vous cacher, l'âne et l'ânesse, et tout son attirail, ou l'argent pour acquérir le tout, il ne pouvait se l'être adjugé volé que sur une terre de richesses. De fait, il dit : « Tout ce matériel, je l'ai acheté dans l'échoppe de José le Revendeur... » Un vrai panier percé, ce Goal.

J'écoutai tout cela, très déconfit. Là où je sillonnais le monde, en commando, on ne respectait pas encore mon nom. Moi — le Crotale-Blanc ! Être chef de jagunços c'était ça. Être ce qui ne donnait pas de renom — ce que n'importe quel premier venu de fazenderio aisé, trempant dans la politique, pouvait obtenir. Le sertão engloutit tout ? Ma personne n'était rien, la gloire de Zé Bebelo n'était rien. Ce qui fait le renom, fait le dédain. Je n'en faisais pas un plat. Ce qui me tardait c'était de livrer les premières batailles. Brandir haut mon courage, devant mes hommes. Ou peut-être étaient-ils déjà en train de se complaire dans cette doulaise. — « Je suis un bohémien ? » — je me demandai, la rage au cœur. Notre sort, c'était le Nord. Je donnai ordre de marche. Nous forçâmes l'allure, dans une poussière démente. Droit devant nous, à bride abattue, nous arrivâmes au bord de la Rivière des Sables. Ce que j'avais l'intention de faire ? Attendez voir.

Je raconte que je ne gardai pas de rancœurs du coup de Diadorim, je veux dire — du message envoyé. Mais un jour, une inquiétude, à propos de son initiative tellement absurde et si bien faite pour me laisser perplexe, me fit vaciller. Ces dérèglements de la vie des gens : tout ce qui explose délicatement et encorne gentiment, et n'a d'explication raisonnable que pour celui qui se tient vraiment à distance des raisons. Au cœur du cœur de tout cela, j'étais assuré d'une chose : que Diadorim n'allait pas me mentir. L'amour ne ment que pour dire une autre vérité plus grande. Diadorim me modérait ; par force. Mais, s'il adressait ainsi cette ambassade à mon Otacília, c'était parce qu'il savait, dans le zèle de son cœur, qu'Otacília m'aimait d'amour. Et donc il savait de même pour moi également ? Ces jours-là, oui. Mon cœur s'apaisa au souvenir d'Otacília, qui m'attendait sincère, dans sa maison, dans son tendre exister. J'allais maintenant mon chemin au rebours de là-bas, de Santa Çatarina, mais, comme migrent les oiseaux, mes pensées de regrets s'envolaient de retour. Tout, dans cette vie, est très célébrable.

Puis vint cet infime moment où je me hérissai derrière mon front. Une éventualité que par une vaine imagination, j'échafaudai à demi confusément : qu'Otacília puisse parce qu'elle m'aimait — au-delà de mon mérite, et croyant que j'affrontais des risques sévères — accomplir la délicate imprudence de s'enfuir de chez elle et de s'aventurer à ma recherche, étape après étape, à travers ce sertão... Ah, elle arrivait, montée sur un bon coursier, elle apparaissait tout à coup et prononçant mon nom, me demandait. Je proclamais sa grandeur, elle chevauchait à mon flanc, noble dame en tête de la troupe imposante de mes hommes. Ainsi ma vie, d'une autre manière que d'ordinaire, gagnait de fortes et nouvelles significations. Cela me traversa l'esprit, une brève supposition inattendue, qui, à bien y regarder, ne fut même pas une pensée. Et qui ne pouvait guère être non plus, un simulacre rêvé. Alors, reprenant de nouveau sérieusement mes réflexions, j'eus une appréhension : la crainte que cela puisse être une manière de prophétie, l'avertissement de ce qui allait venir.

Otacília — je me remémorai la petite lumière à demi de miel, dans la lendore de ses yeux. Ses mains dont personne ne m'avait dit qu'elles pouvaient être ainsi, faites pour le plaisir, pour le sentiment. Le corps — selon la loi de la taille et des seins — si beau, que le voir c'était aussitôt s'en souvenir, exactement, par cœur. Et la suavité de la voix : ensuite, aussi loin que vous voyagiez, voyagiez, alors la fraîcheur de l'eau à travers lieues et chapadas ne pouvait vous manquer... Tout cela, alors, ce n'était pas de l'amour ? Bien sûr que oui ça l'était. Et ce oui m'alarma. Peut-être Diadorim avait-il parlé faux, et le message en vérité, était autre — un message pour qu'elle vienne, courageusement, parce que j'avais grand besoin d'elle ? Je rapporte la désuétude de ces choses, ces extravagances. Mais, monsieur, si vous croyez parfaitement impossibles certaines choses humaines, alors c'est que vous ne pourrez jamais être chef de jagunços, ne serait-ce que seulement la plus petite moitié de la plus minuscule journée, ne serait-ce même seulement que dans de vastes terres imaginaires. Allons donc! — je dis. Si Otacília était venue, était apparue là au milieu de nous — quel cours auraient suivi les choses?

Sottise, pure folie. Otacília était gardée protégée, entre son père et sa mère, parmi les siens, dans la haute maison de la Fazenda Santa Catarina, en ce lieu là-bas, pour moi le meilleur en ce monde, le plus lointain. Et moi, sans motif ni raison, je menais jour après jour mes gens par des contrées contraires, de plus en plus écartées de l'endroit où elle habitait. Chaque jour, à toujours plus de distance, voyez-vous; chaque jour, toujours Diadorim près de moi. Sachez-le — Diadorim, il suffisait qu'il me regarde de ses yeux verts tout de rêves, et malgré ma honte, à l'insu de moi-même je me délectais, de son odeur, de son existence, de la tiédeur que sa main transmettait à la mienne. Vous allez voir. J'étais deux, différents? Ce qu'aujourd'hui je ne comprends pas, en ce temps-là je ne le savais pas.

Le maximum dont je me souvienne c'est de la lune au décroît, et qu'on se trouvait dans une immense clairière, où clapotaient les sources d'une petite rivière, un endroit de pâturages illimités, où les chevaux bénéficièrent d'un bon repos. Nous tombâmes sur cette vereda, et là fîmes halte, pendant quelques jours. Je me souviens, je voulus écrire une lettre.

Cette lettre, je pouvais détacher un homme, parmi les plus rapides, il la portait en main propre à ma fiancée, rapportait la réponse. Ce que je cogitai d'écrire était très simple : des nouvelles de ma santé, demander comment était la sienne et si ses parents allaient bien, des salutations pleines d'évocations. Je me félicite d'avoir trouvé naturel de ne rien dire, à ce moment-là, de ma gloire de commandement. Pourquoi? Comme ça. Et j'eus envie de tracer également quelques vers : mais que la brise n'aidait pas à faire venir. C'était une sincérité très laborieuse. J'écrivis la moitié.

C'est-à-dire : comment je pouvais savoir que c'était la moitié, si je ne l'avais pas encore toute écrite, pour mesurer? Ah, vous voyez?! Bon, je dis ça pour rire, en plaisanterie; mais aussi pour vous signaler un fait important : que la lettre, celle-là, je terminai seulement de l'écrire, et la remis, presque un an jour pour jour, longtemps après... Je dis pourquoi? Simplement parce que je n'y arrivai pas. Retenez-le : je n'y arrivai pas du tout. Mais, retenez, par ailleurs : le jour se lève après la nuit — et c'est cela le mobile des petits oiseaux...

Je parle par paroles tordues. Je raconte ma vie, que je n'ai pas comprise. Vous êtes un homme très futé, d'un bon sens instruit. Mais ne vous vexez pas, je n'appelle pas la pluie en plein mois d'août. Je vais vous raconter, j'y arrive — au sujet de ce que vous attendez que je dise. Écoutez bien.

Le Malin existait ?

Parfois, je pense. Une poupée de foin, habillée avec un vieux paletot et un chapeau râpé, et des bras en bois ouverts en croix, dans un champ de riz, c'est une marionnette qui se prend pour un épouvantail, n'est-ce pas ? Le troupiale voit et ne vient pas ; les oiseaux pépient, se préviennent de loin. L'homme, est. Vous-même, au démon, vous n'y pensez jamais vraiment. Les forêts sauvages appartiennent au cochon sauvage... Le sertão accepte tous les noms : là c'est les Terres-Générales, ici le Haut-Plateau, là-bas au loin la blanche caatinga. Qui comprend la nature du démon ? Ce n'est pas trouer qu'il fait : il empale. Il pouvait s'attarder avec moi. Et, ce qui n'existe pas de façon qu'on le voie, a bien trop de force intacte, en certaines occasions. Comment est-ce que j'aurais pu dire, au vide qu'il était : « Va-t'en de ma conversation ! »...? Donc, à propos de la lettre, ce que j'allais y mettre était presque un rappel ordonné, la répétition en tout point semblable de ce qu'avait mandé Diadorim : — qu'Otacília prie, qu'elle dise ses prières pour moi... Oui. Ah, mais, là, il arriva que. Que ma main mollit avant mon cœur ; je n'y arrivai pas. Je n'y arrivai pas, diaboliquement, déraisonnablement — contraint par d'autres forces... — et alors j'eus honte tout à coup, je me dégoûtai d'être en train de vouloir écrire cette lettre. Je désistai, je rangeai cette moitié dans mon havresac. Un homme est un homme, à l'aune de ce qu'il voit et de ce qu'il consomme. Ah, non ! Otacília, je ne la méritais pas. Diadorim était un impossible. Je désistai de tout.

Le démon, je lui en voulus ? Je pensai à lui ? Par moments. Ce que j'avais en moi de vaillance, ne pensait pas ; et ce qui pensait me causait des doutes qui m'emberlificotaient. Je méditais dans le refroid du soir. À l'heure où le soleil s'en va, et le jour suit bientôt, pour son remords. Ou alors, mieux encore, à l'aube, dès l'instant où je m'éveillais, avant même d'avoir ouvert les yeux ; cela durait seulement quelques minutes, et là pendant ce temps, dans mon hamac, je voyais tout s'illuminer, clair et expliqué. Ainsi : — « *Garde-toi, Riobaldo, ne laisse pas le diable te mettre la corde au cou...* » — voilà comme je me prévenais. Là, je tentais de mettre un plan sur pied : par quel moyen lui échapper, au Brudemort, que j'avais malencontreusement appelé ? Il me rôdait autour pour me gouverner ? Mais alors, s'il pouvait me gouverner, je n'étais plus le Crotale-Blanc, est-ce que je ne devenais pas chef d'un néant, un moins-que-rien ? Ah, il me fallait trouver un truc quelconque, un expédient intelligent, pour manœuvrer avec

405

l'Affreux sur ses propres plates-bandes, et me mettre ainsi à l'abri d'une issue fatale. De quelle façon ?

Mais il se trouve que cet instant entre le sommeil et le réveil était assez court, il ne faisait que passer, ne prenait pas pied. Je ne pouvais me tenir à rien, la clarté cessait aussitôt. Le mouvement montant du monde m'emportait loin de ces propos et avertissements, me laissait comme à sec. Et le reste du temps, j'en avais contre moi. J'en avais ou non ? Tout le monde, chaque jour, m'obéissait davantage, et chaque jour, me prônait davantage. Aussi, je pris l'habitude, peu à peu, de sauter dans la seconde de mon hamac ; comme pour éviter la bienfaisante petite intelligence, qui semblait me parler du fond même de mon cœur. D'une chiquenaude, je dissipais cela — étincelle de répit, présence d'oiseau-mouche, qui s'annonce et aussitôt s'éteint — et aussitôt je me retrouvais totalement réintégré dans le courant du monde, ces demi-joies : la demi-bonté mélangée à une moitié de méchanceté. À ce moment-là je me levais, j'allais chercher et harnachais mon Siruiz, un cheval pour l'aube des jours. Je partais seul.

Chevaucher dans l'obscurité, vous savez ce que c'est : les branches d'arbres qui vous cognent la tête. J'allais toujours assez loin ; quand je revenais, je trouvais mes gens en train de se préparer, le café déjà passé, la cavalerie en rang pour le départ. Un jour, j'allai encore plus loin que d'ordinaire. Et je tombai sur le lépreux.

Il se tenait comme en embuscade, au haut d'un arbre pour se cacher, pareil à un cobra ararambóia. Il faillit me coller la frousse. C'était un homme couvert de plaies nauséabondes, un lépreux vraiment ; un condamné. Pour ne pas voir ce genre de chose, je jette mes yeux dehors ! Je sortis mon revolver. L'autre du coup se ramassa, pris de tremblements ; il trembla de façon si soudaine, que les branches de l'arbre agitèrent un bruit de grand vent. Il ne cria pas, il ne dit rien. Est-ce qu'il lui restait même quelque voix ? Il fallait que j'écrase cette chose inhumaine.

À ce moment-là, je me rappelai, un fait : ce qu'on m'avait raconté de Medeiro Vaz, un jour qu'il avait aperçu un malade comme celui-là, dans un fourré de goyaviers. L'homme était en train, à pleine langue, de lécher à même la plante à tour de rôle, les goyaves mûres, avec l'intention de transmettre le mal aux autres personnes qui se trouveraient les manger après. Il y en a qui font ça. Medeiro Vaz, qui était serviable et intraitable, mit le point final à la vie de cet homme. A peine racontée, l'histoire m'était restée dans le creux de l'oreille. La nausée, la fureur noire que j'éprouvai : le lépreux devait être une puanteur ; où qu'il soit, où qu'il aille, il barbouillait pire qu'une grosse limace, et tout empestait sa maudite maladie. Toutes les goyaves du goyavier étaient changées en fruits vénéneux — et le temps de tirer sur la gâchette : une loi loyale, la loi de Medeiro Vaz...

« Hé, *galeux!* » — je le rabrouai. Et je l'injuriai. Je l'injuriai, je crois bien, pour retarder d'une certaine façon d'accomplir mon devoir. Il ne répondit pas. Ainsi personne, là sous mes yeux, ne répondait ? Mais il me fusillait de son regard : ah, car il avait deux yeux parmi les feuilles dans le feuillage. Ce n'était qu'un pauvre débris — vous serez d'accord. Mais, c'est là que je vis et vomis ce qu'est la haine du lépreux ! Je pointai mon tir sur le crâne au-dessus de ces yeux.

Et j'entendis venir un cavalier. J'attendis. Qu'on n'aille pas dire que j'avais descendu en traître un homme atteint du mal de Lazare, clandestinement sans avoir de témoins. Qui venait là ? Dans l'aube matinale, le jour déjà clair, je reconnus : Diadorim ! Sans raison, je rentrai mon arme. Diadorim me poursuivait ? — « Diadorim : pour celui-là tu fais justice ? » — j'allais lui demander, en désignant la cachette du lépreux. Et : — « Je suis là, je te vois, et c'est bien toi, Riobaldo... Fais attention, Riobaldo !... » — il allait me répondre. Tel le crépitement d'une braise que l'on jette dans un seau d'eau, ce fut dans ma tête comme si j'entendais cette conversation. Et je frissonnai, de tout mon être. M'attendant d'un instant à l'autre à ce qu'il profère l'accusation que me soufflait mon imagination dérangée : « *Tu apportes le Renégat !...* » Moi et lui — le Dém' ? ! Alors, ça se pouvait vraiment qu'il veuille, en douce, s'emparer de moi ? — Ça jamais, non jamais ! — je ricanai. Je me secouai sur ma selle, comme si je me réveillais d'un sommeil de loup. Diadorim arrivait au trot enlevé. Mais je tournai bride et j'éperonnai, emballai d'un cri mon animal qui obéit : nous partîmes à un galop d'enfer...

« Hé, dian-anh, dia, dia !... Hé, dia-a, hé, dianh... »

Nous fonçâmes droit, déboulant comme des fous, sur un quart de lieue quasiment. Nous trois ? C'est ce que je pensai. Et du coup, je m'arrêtai net ; mon cheval frémit de toute son encolure. Je regardai attentivement autour de moi, je tâtai même avec la main. Pas la moindre trace du démon... Mon esprit était une énorme démangeaison. Comment j'allais me débrouiller contre ces vapeurs néfastes, qui semblaient m'avoir pénétré les os, qui me pesaient sur l'estomac, enserraient ma capacité de respirer dans un étau ? Cette fois il fallait que je lui refuse le gîte. Le lui refuse. Je décidai. Je décidai ?

Quand je regardai, Diadorim était arrêté là-bas, loin, près de l'arbre où l'homme était caché. Il avait aperçu pour sûr cette chose vivante, et il ne devait rien comprendre à mes coups de tête, ni pourquoi ce galop. De la distance à laquelle je me trouvais, je contemplai Diadorim. Toujours en selle, tendu, réfléchissant, il paraissait plus grand, et ne bougeait pas, sous mon regard. Et le lépreux ? Ah, celui-là ; qu'il se secoue, qu'il se sauve, pour ne pas mourir... À quoi cela avançait-il, en un pareil moment, que les oiseaux, qui finissaient de réveiller le sertão, les champs, se soient mis à chanter ? Aussi longtemps qu'un tel lépreux continuerait de survivre, même très loin à l'écart, en ce monde, tout demeurerait malade et menacé, car c'est de l'humain que l'homme a la nausée.

Ce déchet humain était condamné par toutes les lois de la terre, parce que maudit : contremarqué : son corps, sa faute ! Sinon, pourquoi il n'en finissait pas avec son mal, ou ne laissait pas ce mal en finir avec lui ? L'homme en lui était déjà mort. Diadorim pouvait toujours dire ce qui lui plaisait. Que cet homme atteint de lèpre était mon frère, une créature, tout comme moi ? Je démentais. Comment, sachant l'existence d'un semblable lépreux, pouvoir encore goûter mon amour pour Diadorim, pour Otacília ? ! N'étais-je pas le Crotale-Blanc ? Un chef n'est pas là pour s'annexer les avantages, mais pour corriger les défectuosités. Faisant demi-tour, j'éperonnai. « Je n'appartiens pas au Démon et je n'appartiens pas à Dieu ! » — je pensai brutalement, comme si je le clamais ; mais une exclamation qu'il fallait proférer sur deux tons de voix, bien différents l'un de l'autre. J'étais prêt. J'empoignai de nouveau mon revolver. Mais je complétai moi-même ce que Diadorim certainement allait me répondre : « Tu tues ce malheureux, Riobaldo, mais au moins, par déférence, tue-le de ta main, tue au couteau — tu verras que, derrière le pourri, le sang de ce cœur est un sang chaud et sain. » Presser contre lui la pointe de mon couteau à manche d'argent, cadeau de mon parrain Selorico Mendes ? — « Ah, toi ! À terre... » Et tout en galopant, je jetai mon revolver par terre. Je le jetai — ou c'est une branche d'arbre qui, m'effleurant, arracha l'arme de mon poignet ? J'arrivai. Je m'arrêtai. Mon cheval, tout fringant, battait de sa jambe de devant, raclait le sol ; il souffla comme souffle un mulet. Je vis Diadorim. Mais le lépreux avait profité pour s'en aller, sa descente, grâce à Dieu, je n'en vis rien : descendu certainement à toute vitesse, il avait filé à quatre pattes au milieu des fourrés de haricots sauvages. Je sentis me tomber dessus une fatigue immense : qui devait être de ne pas savoir, au cas où il aurait encore été là, si je tuais ou ne tuais pas. Le lépreux.

Mais Diadorim, tel qu'il se tenait devant moi, avait le visage illuminé, et d'une beauté encore accrue, hors du commun. Les yeux — l'impression que j'ai eue — qui grandissaient, grandissaient, d'un vert comme jamais aucun autre vert, un vert comme jamais aucun pré. Et le centre s'obscurcissait, mais seulement de bonne douceur. Et je vous en donne ma parole : Diadorim, en sa personne je vis sur les ailes de l'instant, la si belle image de ma Notre-Dame de l'Abbaye ! La sainte !... J'insiste sur ce que je dis : c'était les beautés et l'amour, avec un respect entier, et l'éclat en plus de quelque chose que de lui-même notre entendement n'atteint pas.

Mais je repoussai cela. Cette vision vertigineuse. Comme si j'étais séparé de lui par un grand feu, une haute clôture de billots, séparé par un val profond, la largeur immense d'un fleuve grossi par les crues. Comment est-ce que je pouvais aimer un homme, de même nature que moi, mâle par les armes, les vêtements, de rude réputation pour ses actions ? Je me tassai. C'était de sa faute ? C'était de ma faute ? J'étais le chef. Le sertão n'a ni portes ni fenêtres. La règle est celle-ci : ou béni, vous gouvernez le sertão, ou maudit, le sertão vous gouverne... Tout cela, je le repoussai ?

Avant même que Diadorim ouvre la bouche pour me sourire, me parler, il fallait que je fasse une chose. En partie par hantise, en partie par astuce ; en partie aussi de rage. Comment je sus saisir le vif d'une telle idée ? ce geste, comment je réussis à m'en souvenir ? Monsieur, je n'en sais rien. Mais je glissai ma main : entre mes armes et les cartouchières, et les courroies de mon havresac, et j'écartai largement mon gilet et ma chemise. Là, je pris le lacet, le cordon du scapulaire de la Vierge — que je finis par couper n'arrivant pas à l'arracher — et je lançai le scapulaire à Diadorim, qui le reçut au vol. Il allait me poser une question, mais je ne laissai pas, sa voix m'en aurait dit trop. C'est-à-dire : c'est moi le premier qui parlai, en conclusion. « Je dois retourner — car les hommes sont en train de m'attendre ! » — je dis enfin : j'avais le souffle encore beaucoup trop rapide.

Ainsi je le faisais, je commandais, comme il convenait. Je n'étais pas en veine d'amabilités. Une palme, pour moi, à ce moment-là, aurait pu mesurer trois brasses. Je piquai du talon. Mais mon cheval n'en avait pas besoin ; une pression du pied, et déjà il filait comme le vent. En paix ! Mais Diadorim, au lieu de me suivre aussitôt, s'éloigna dans l'autre sens. Je retins mon Siruiz, pour voir, par curiosité. Diadorim s'en allait du côté opposé, afin de chercher et de récupérer le revolver qui avait glissé de ma main. Dans un petit recoin de mon cœur, je remerciai en silence son amitié pour cette délicatesse. Puis, j'allai. Toujours en tête, étant donné que mon superbe Siruiz ne laissait guère qu'on le rattrape et chevauche à son flanc. Puis, je me mis à chanter. Plutôt mal, mais je chantai — parce que je voyais que c'était à mesure de silences aussi grands, que Diadorim gagnait subrepticement plus de pouvoir dans mon affection que ce n'était possible. Là-dessus, nous arrivâmes au cantonnement. Mais j'arrivai, pour devoir m'occuper d'une nouveauté de taille. Avec les urucuia-nais.

Vous vous souvenez certainement : ces cinq hommes, taciturnes, des paysans également, originaires des Hautes-Terres, des braves du Haut-Urucuia. Les premiers qu'on avait vus s'amener avec Zé Bebelo, et qui avaient descendu le Paracatu avec lui sur un radeau en troncs de buritis ? Ceux-là, des gens calmes et sûrs, des individus de peu de paroles, n'avaient jamais fait grand bruit parmi nous. Voilà que tout à coup, ils voulaient s'entendre avec moi. Un certain Dieudonné, qui était le cabot de l'équipe. Il s'avança d'un pas devant les autres, prit la parole.

Ils voulaient, me dit-il, une conversation avec moi seul, en aparté. J'appréciais ces hommes. Leur courage s'entourait de beaucoup de sérieux. Les urucuianais — à ce qu'on dit — bavardent avec le poisson pour le faire venir à l'hameçon. Des racontars. De même qu'on raconte des gens du sertão de Goïas, que leur manger, ils le salent avec de la sueur de cheval... Sait-on jamais ! Un endroit n'en connaît un autre qu'à travers des calomnies et des faux bruits ; et les gens, dans cette vie, la même chose. Mais ces cinq me plaisaient bien. Je fus surpris de voir qu'ils étaient tous à pied, mais avec leurs bissacs et leurs musettes sur le dos, comme équipés pour un voyage pédestre. Ce qui leur donnait l'air encore plus sérieux. Alors je tendis l'oreille pour écouter Dieudonné, leur cabot-chef.

« Avec votre respect, Chef, on a décidé... On va s'en aller. Si vous voulez bien, ordres... » me dit l'homme, bourru, avec sérénité. Je dus le regarder attentivement, une pareille physionomie s'examinait par petits peu.

J'entendis, mais je redemandai. L'homme ne se gratta pas la tête. Les yeux de statue, d'un saint en bois. Le nez fort, un nez qui n'en remontrait pas. Il avait la même barbichette qu'un cheval au menton.

L'homme ne se gratta pas la tête. Il parla imperturbable. Ils voulaient s'en aller, définitivement ; ils étaient obligés. Ah, ils connaissaient bien la règle : qu'un jagunço quitte la bande quand il veut — à condition de déclarer son départ et de restituer ce qui leur appartient, au chef et au patron. Les armes, ils n'avaient pas à les rendre, parce qu'elles étaient à eux ; mais comme ils étaient arrivés à pied au début, ils laissaient volontiers les chevaux. Ce qu'ils allaient prendre c'était juste une provision de bouche — le nécessaire de farine et de viande séchée, et de la cassonade, pour deux trois jours, à peine. Même comme ça, je trouvai, c'était une folie. Une folie de prétendre errer droit depuis là où nous nous trouvions, ces landes distantes, en

410

pleine brousse. Pourquoi s'en aller ainsi, sans même attendre que je gagne ma première victoire ?

« C'est déjà comme fait, Chef... On est obligés, comme j'ai dit, avec votre respect, oui, monsieur... » répondit l'homme à demi-mot, apparemment sincère. Je remarquai le chapeau sur sa tête, un chapeau en cuir de cerf *suaçupucu,* avec des bords souples et d'une forme très convenable. Ses traits lui composaient un air estimable, circonspect, en dépit de petites taches semblables, sur son visage grêlé par suite de quelque ancienne maladie, à des poussières sur du jus de cajou. « Votre nom entier, c'est Dieudonné de quoi ? » — je demandai. — « Dieudonné du Nez, de mon surnom » — il dit ; et c'était dit avec candeur. Je me rendis compte combien je n'avais jamais donné le nécessaire d'attention à ces hommes, à leur valeur. Qu'ils étaient par exemple, de par leur nom de baptême : Pantaléon, Saluste João, João Tatou, et Lévèque. C'était la première fois que je prêtais attention. Je n'ai plus jamais eu de leurs nouvelles. Aujourd'hui, j'y repense. Sur le moment, je cherchais seulement le moyen de les garder en notre compagnie. J'y allai de mes questions. D'où étaient-ils ?

« De là-bas, des rivières... » De Buriti-le-Long, Tambourin, Cambaúba, de Tue-le-Chien... de Cobras... Au-dessus d'Arinos et de la Barre-de-La Vache... Le vrai sertão. Ces noms, qui sont des lieux. Et ça m'avançait à quoi de savoir qu'ils avaient leurs carbets par là ? Ce qui m'était passé par la tête d'apprendre, c'était où ils se trouvaient lorsque Zé Bebelo, arrivant de Goïas, les avait rencontrés. « Ah, oui monsieur, au bord du fleuve... Les plantations qui bordent le São Marcos, oui monsieur, à Esparramado... la fazenda d'une dame, Dona Mogiana... » Des hommes de cette Dona Mogiana ? Tout juste. Ils avaient servi chez elle. Mais employés dans la plantation. Quelle sorte de crimes avaient-ils commis pour commencer, des crimes de bon aloi ? Et pourquoi avaient-ils décidé de suivre Zé Bebelo ? Je voulus le leur demander. Et ce que brusquement je demandai :

« Qu'est-ce qui fait que vous vous êtes découragés de poursuivre avec nous ? » Je parlai, et je m'en voulus d'avoir parlé ; car prétention et question ne sont pas une façon de négocier. Mais ce Dieudonné, comme décontenancé par une pareille question de ma part, s'arrêta net, prenant son temps ; il reniflait même, l'air embarrassé. Il n'avait pas de contrat avec moi, mais il ne voulait pas m'offenser sans raison. Il finit par regarder ses compagnons, qui hochaient la tête lentement, mais d'une manière gentiment matoise, sans autre manifestation, à ne pouvoir comprendre si c'était là un tic ou un oui — ce qui est bien dans la manière dont ces gens ont coutume.

« Faut dire, monsieur, oui… — il finit par répondre : que l'enthousiasme s'est amorti… Ce qui était convenu s'est perdu… » — et il était presque à demi honteux.

Je dis : « Et alors ?

— C'est clair, Chef, avec votre respect : les choses ont changé… Vu qu'on était venus avec s'ieu Zé Bebelo… Ce qui était convenu s'est perdu… — il dit.

— Ce que Zé Bebelo avait dit, lorsqu'il vous a engagés ?

— C'est ça. Quand il nous a engagés, oui monsieur…

— Il a promis des avantages ?

— Il n'a pas dit… Il nous a engagés. Il a parlé très embrouillé… On est venus.

— Et qu'est-ce qu'il a dit ?

— Maintenant, on ne sait plus… Des choses très raisonnables… Très raisonnables… Maintenant, avec votre pardon, le convenu, on a oublié, on ne sait plus… Mais il a dit des choses très raisonnables… »

D'agacement, d'impatience, je me mis à discuter :

« Bon, mais alors, pourquoi vous n'êtes pas partis tout de suite avec Zé Bebelo, quand Zé Bebelo est parti ?

— On a laissé passer le temps… On ne s'est pas mêlés… On ne s'est pas mêlés… »

Je réfléchis et je vis : ce qui me chatouillait depuis un moment. Cet homme en train, à de menus indices, de prendre ses distances, se méfiait de moi. Ces hommes différents, du sertão profond, des grands bois, avec leur nez épaté du bas, chacun-d'eux tel un chien — qu'est-ce qu'ils pensaient de ma personne ? Je réfléchis encore : ah ! Ah, alors, pour en avoir le cœur net, savoir s'ils se méfiaient, j'eus une idée. Finaud, je lançai bien haut, comme à l'improviste :

« *Loué soit Notre-Seigneur Jésus-Christ !* »

Si vous aviez vu, comme il sursauta de surprise, et comme il me regardait les yeux écarquillés et n'en croyant pas ses oreilles, au point qu'il mit un temps avant de répondre, tout bas, le : … *Dans les siècles des siècles…*

Ah. Cette fois je les congédiais, ils pouvaient aller. Ah.

Ah, non. C'était idiot. Si de fait, il avait sursauté, ça n'avait été qu'à cause de ma voix. À cause du ton de ma voix parce que, dans ma précipitation à vouloir prononcer avec trop de sincérité le nom divin, j'avais moi-même trébuché en parlant — ces nervosités…

Ils s'en allèrent finalement, car je renonçai à retenir ces hommes plus longtemps. Du train qu'avaient pris les choses, à quoi ils m'auraient servi ? Le contrat de courage entre hommes de guerre ne se fait pas à coups de baguette d'huissier, ce n'est pas du donnant

412

donnant. Et tout cela pourtant, m'avait énervé. Ces hommes ne m'appartenaient pas, ils appartenaient à Zé Bebelo. Et Zé Bebelo faisait ainsi salon, instruit et intelligent, dans les fazendas ? Je laissai tomber, point final. Je ne parle pas à tort et à travers. Et après ? C'était comme quelqu'un en train de dire : « Il va y avoir la sécheresse, là-haut dans le nord, l'homme et la femme vont se mettre sur les routes... » La vie est une errance variée. Vous écrivez dans votre cahier : sept pages... Et ces urucuianais ne s'en allaient pas en quête de Zé Bebelo, ainsi que je l'appris sans que même ça me fasse plaisir. Ils retournaient dans leurs coins perdus. Un carré de manioc se plante n'importe où : vous déboisez deux trois arpents, vous préparez un bon terrain, une terre en friche également s'ensemence... Ils s'en allèrent, je les laissai emmener les chevaux. Je répartis entre eux une petite somme ; et ils ouvrirent de grands yeux, tout heureux... L'argent est toujours bienvenu... Ce que je dis est idiot, mais il y a du vrai — moi loin d'eux, et débarrassé, ils restaient de la sorte en bons termes avec moi ; mais que j'aie absolument tenu à leur apport, c'est alors qu'ils ne m'auraient plus servi qu'avec hypocrisie... Vous me comprenez ? Et je dis que c'était des hommes si différents de moi, si persévérants dans leurs affaires que... pour vous dire ce que je pensai : j'aurais dû leur demander de se souvenir de beaucoup prier pour ma destinée... Mais alors, qu'ils m'aient déserté, c'était peut-être un mauvais présage ? Je ne sais pas. Qu'est-ce que je sais ? Je n'ai eu confiance qu'en moi. Ce que je jure, et que je sais, c'est que le toucan a un jabot !

Je pensais. Plus loin, à plusieurs jours de route, je pensai à vouloir et ne pas vouloir, à des moments divers : qu'ils prient pour moi, à ma demande et contre paiement. Une bonne prière, toute simple, qui puisse me profiter : ces petits ave-maria, des neuvaines. De la même façon que Diadorim avait envoyé le message pour mon Otacília, par l'intermédiaire du chef muletier d'une caravane. Je bataillai pour me tenir à cette idée, que je chassai moi-même ensuite. Les meilleures prières, parfois, devaient être celles qui viennent de plus loin, sans que nous le sachions. Je me souvins de quelqu'un, dans mon enfance. Un homme, sur l'autre rive du fleuve. Cet individu gardait cachée une oraison si embrouillée, si enchevêtrée, que je doute si même un prêtre y aurait compris quelque chose, s'il l'aurait permise. Eh bien, là, elle me servait. Ou la femme, qui avait mis son petit mignon au monde à même le sol de la cabane, dans ce village de m'as-tu-vu : elle me devait bien un remerciement, elle ne pouvait pas alors, adresser pour moi au Seigneur, ne serait-ce qu'un loué-soit-Dieu-amen ? « Est-ce seulement sûr que ce muletier va passer par Santa Catarina ? » — je

413

demandai à Diadorim. Je demandai pour me faire mon opinion. Je voulais penser à cela, le soir, y repenser. Posément. Mais très vite cette tranquillité paisible — son petit nuage — me faussait compagnie. L'épaisseur de l'air, un vacher peut la prendre au lasso ? Accumulant tours et détours, je m'acharnais contre mon recours ? Aujourd'hui, je sais ; car je sais pourquoi. Mais je ne parlais pas au vent. J'avais mon jugement sain, je suppose. Sauf que j'avançais à tâtons, dans un labyrinthe. C'est fort tard que j'ai compris plus que mes yeux n'avaient vu, après les horribles péripéties, que je vais vous faire entendre. Après seulement, quand tout s'est précipité. Je décidai de mettre le holà à ces extravagances.

Diadorim répondit, à ce que je ne proférai pas ? — « *Beaucoup de courage, Riobaldo... Il faut avoir beaucoup de courage...* » Ah, si je le savais ! Du courage, moi ? Qui, dans cette tâche, pouvait me surpasser, je demande un peu, qui pouvait se mesurer à ma présence, pareille au mont-padraste ? J'avais les mains et de l'entrain à suffisance pour laver mon propre linge. Mais ce que me dit Diadorim ne m'impressionna guère. Je donne un exemple. Ce qui arriva et se passa un jour à Carujo, un triste village, dans les temps anciens. La population de ce village s'enfuit en raison d'une guerre ou d'une urgence quelconque, ils fermèrent leur petite église en abandonnant un mort entre ses bougies, là, à l'intérieur... J'aimais Diadorim de façon correcte ; j'aimais d'un amour croissant, à l'écart de mes débordements. La phrase, susmentionnée, il l'avait dite sans raison ni intention, ça n'était qu'une évocation, une formule courante, un dicton de la vie. Qui ne nous était pas plus destiné à l'un qu'à l'autre, mais servait pour tout le monde. Ou dit peut-être à mon adresse, mais au début, dans de tout autres passés. Là à Carujo, dans ce village, lorsqu'on rouvrit l'église après des mois, le défunt avait séché tout seul... Quant à nous, Diadorim et moi, nous allions, nous deux, conjointement, comme j'ai déjà dit. Un homme main dans la main avec un homme : uniquement si leur vaillance est colossale. Il semblait que nous chevauchions déjà côte à côte tous les deux entre pairs, à va-la-vie-entière. Car : le courage — c'est le cœur qui bat. Sinon, il bat faux. La traversée — du sertão — la traversée, entière.

Seulement ce soleil, la clarté étale — et le monde lavé telle une eau qui tremble. Le sertão n'a été fait que pour être toujours ainsi : joie et joie ! Et nous allions. Des terres très déshéritées, non dotées de propriétaire, des champs rutilants. Nous découvrîmes une nouvelle piste. Une piste pour le bétail.

De même je découvris mon plan.

Je dis seulement comment : du plaisir même découle le vertige, on en perd le bon sens. Parce que, vivre est très dangereux... Diadorim, son visage était frais, sa bouche d'amour ; mais son orgueil rendait des points à la tristesse. Cela ne cadrait pas avec moi ; est-ce cet élément qui m'attrista ? Pas du tout. J'étais déjà un chef glorieux. Diadorim ne se méprenait pas sur mon itinéraire : lequel était d'avancer à la rencontre d'Hermógenes. Ainsi nous descendions à flanc de versants. Des pentes sablonneuses avec des pierres, avec des abîmes de chaque côté ; et si à pic, que les sangles des harnais risquaient de céder dans la pente ; pour descendre, les chevaux s'accroupissaient quasiment à terre, leurs cous étirés comme s'ils s'allongeaient ; et les pierres roulaient, des tas, dans le vide. Même que je ris. Diadorim croyait plus que jamais en mon ardeur à poursuivre Hermógenes. C'était ces abrupts qui me retardaient. Sortant de là, j'allais être terriblement pressé.

Maintenant, apprenez quel était mon projet : je voulais traverser le Plan du Suçuarão !

Vous me croyez, sans plus attendre ? Comme je vous le dis. Je n'en reviens toujours pas moi-même aujourd'hui, quand j'y pense. Qu'est-ce qui me poussait au derrière ? Aujourd'hui, avec l'âge, je vois : quand je pense, que je me remémore, je me rends compte qu'en ce temps-là, je roulais trop insouciant et suffisant. Dieu laissa faire. Dieu se dépêche en prenant son temps. Le sertão lui appartient. Hé ! — ce que vous voulez demander, je sais. Parce que vous pensez large, et beaucoup. Hé. Et le démon ? S'il est comme le chat-huant, qui vole de silence en silence en chassant le surmulot qu'il emporte dans sa main crochue... Non, je ne pensais à rien de tout cela... Comment j'aurais pu ? Mon invention était une, telle chacune des minutes sur le cadran d'une montre, que je n'avais pas. Traverser le Plan du Suçuarão. Je le fis. Le faisant, je devins mémorable.

Vu que nous contournâmes différemment, en évitant Vesper et le Bambual-du-Bœuf, aucun de mes hommes n'eut le soupçon de ce projet. Ils allaient avoir un choc. Déjà certains s'inquiétaient de se retrouver où nous étions. À distance d'environ cinq petites lieues : de l'immense, énorme *plan* — par-delà les mornes. Et nous arrivions à main gauche du Gouffre-du-Vide et du Gouffre-du-Diable : ces précipices vertigineux : des dépressions où tiendrait la mer, et avec tous ces étages imposants de forêts ; le fleuve passe là bien au milieu, dissimulé tout au fond, sous seulement le fouillis des arbres, noirs à force d'âge, qui forment des bois bel et bien boisés. Ça c'est un *gouffre*. Et dans un gouffre de cette sorte, vous vous gardez de descendre et d'aller voir, encore que ne manquent pas les bonnes sentes pour descendre, dans ces ravines déchiquetées couvertes de halliers, entre les fourrés de fougères géantes. Sûr qu'en bas, il y a des onças — elles vont mettre bas et allaiter leurs petits dans des tanières ; et le vieux tapir vit là, sans souci de l'arme du chasseur. Mais si j'en parle, c'est à cause de la malaria, de la pire sorte : la fièvre, là dans les fonds, c'est quelque chose, c'est même très sérieux. La fièvre tierce, maligne, qui vous prend ; la tierce sauvage, qui peut parfaitement vous tuer, dans un délai de moins d'une semaine.

Ce à quoi, occupé à mon destin, je ne pensai pas, ce fut Diadorim qui, à l'ombre de l'amour, le demanda :

« Riobaldo, tu crois qu'une chose mal commencée peut avoir un jour une bonne fin heureuse ? »

Je réagis, très en colère :

« Frère, mon frère, je ne te reconnais pas ? ! Je ne m'appelle pas le Crotale-Blanc ? Ça, c'est comme fait, parfait ! »

Diadorim demeura muet, il resta sur son quant-à-soi. Il se referma ; et je ne pus rien savoir. Je ne savais pas que nous étions tous les deux, pour ma punition, en mésintelligence. Aujourd'hui, je sais ; c'est-à-dire, j'ai pâti. Ce qui était une plainte irréfléchie, je le pris pour de la crainte. Ainsi, il accourait pour me mettre en garde à propos de tout, et moi, à me conduire la tête chaude, je ne fis pas attention. Ce que je sais, homme ? La vie est très désaccordée. Il y a le lot de chacun. Et chacun a plus ou moins de pot. Il y a les brumes de Siruiz. Il y a tous les semblants du chien, et les versants du vivre.

Ce que j'imaginai à ce moment-là, fut que Diadorim cherchait à me rappeler que Medeiro Vaz n'avait pas réussi à couvrir la traversée du *plan*. Mais Diadorim ne devina pas non plus ce que j'avais en tête. Or, c'était bien pour ça, justement, que je voulais le faire. Étant donné que j'étais un homme, de parole, inventif affranchi, tenant ces dangers pour nuls, capable de réussir. De remporter la victoire, là où aucun autre avant moi ne l'avait obtenue ! Je lançais constamment de ces étincelles. Moi, non ; la part en moi d'orgueil, d'impossible.

Le brouillard nocturne descendait et montait. Nous fîmes halte. C'était dans une petite vereda, avec des marécages, une petite palmeraie de buritis. Je fis allumer les feux. Je ne dormis pas bien, bardé dans mon secret. Dans mon premier sommeil, si. Le reste, ce fut par vagues. Le plaisir cru de cette obsession — je brûlais, et débordais de satisfaction, comme à la veille de réjouissances.

Au matin, les forces me trouvèrent sur pied.

Devant nous, le bois de manguabeiras ! Ensuite, *le plan*. Le Plan du Suçuarão — dans les cinquante et presque trente lieues de profondeur et de largeur, si ce n'est plus. Personne ne me ferait revenir de là bredouille. À ce moment-là, je ne me perdis pas de vue uniquement parce que je m'enivrai à mes propres sources — ces mers. Il faut dire que je ne m'aventurai pas de la sorte gratuitement, mais fort d'une bonne raison. A cause d'Hermógenes ? Nos deux bandes croisaient en guerre et contre-guerre, battant les chemins, chiens en chasse, à travers ces Hautes-Terres. Sauf que le sertão c'est trop d'immensité où ne rien trouver. Aussi j'allais traverser le Plan de part en part, et attaquer sa Fazenda, où se trouvait sa famille. L'œuf, sa coquille on l'émiette. Facile. Pour bien vaincre, inutile de regarder, de fixer l'ennemi, occupez-vous de vos obligations. Je tournais le dos au serpent, mais je trouvais son nid, pour mieux frapper. N'avait-elle pas cette audace, été celle de Medeiro Vaz ?

Le jour s'étalait superbe, suant de soleil, le vent lui-même en suspens. Je vis le sol changer, prendre une couleur de vieux, et les lézards se glisser sans bruit, sous des touffes de sceaux-de-salomon. Mes hommes n'allaient-ils pas avoir de l'inquiétude ? Je vis une chouette — mais de ces petites chouettes qui entortillent ; et la chouette n'augure qu'au cœur même de la nuit, lorsqu'elle est en veine de rires. Et je crachai dans le lait blanc d'une *maria-brava,* qui fleurissait parfumée pleine de santé. C'était l'heure. Je serrai les rênes, m'arrêtai tout à fait. Je hélai mes hommes.

« Ici, mes gens. »

Ces guerriers en ma présence ! Tous se précipitèrent dans une certaine bousculade, pour savoir quelle était la nouveauté. Je les mis au courant. Ils me comprirent ? En rang — tous leurs visages devenus semblables. Ils me suivraient ? Ah, aucun n'avait eu vent de ce qui allait venir, et que je projetais depuis tant de jours. Pas plus João Goanhá que Marcelino Pampa, João Concliz, ou Alaripe. Ou même Diadorim. Diadorim me regarda, les yeux pétillants : de courage, d'adhésion. Lui, oui. Mais les autres ? Ils mesuraient peut-être mon aplomb. J'étais comme pris d'une longue folie.

Car, ce dont je donnai l'ordre, Medeiro Vaz lui-même n'aurait pu le croire : je voulais tout, sans rien avoir. Sonder ce désert pervers — le sol recuit, les solitudes, une terre fantôme — mais sans aucun préparatif, ni bêtes de somme convoyant la suffisance de vivres, ni bœufs menés pour l'abattage, ni outres de cuir brut pleines à ras bord, ni la troupe de mulets pour transporter l'eau. Quel besoin j'avais de pareils embarras ? Les anciens eux-mêmes le savaient bien qu'un jour va venir où chacun pourra rester couché dans son hamac ou dans son lit, et les bêches sortiront toutes seules pour labourer les champs, ainsi que les faux pour moissonner toutes seules, et la charrette pour aller de son propre décret charger la cueillette, et tout à l'avenant : car ce qui n'est pas l'homme est à lui, est de son obéissance ? Cela, je n'y pensai pas — mais mon cœur pensait. Je n'étais pas l'homme des choses sûres : j'étais l'homme des choses du destin ! Et je ne dépêchai aucune patrouille en éclaireur — pas plus Suzarte, que Nelson ou Goal, pour frayer le chemin ; ou que Tipote pour battre le terrain et écouter, voir s'il percevait les secours : quelque improbable point d'eau.

Celui qui se sentait, celui-là qu'il me suive. « Maintenant nous allons nous engager, pour passer la nuit là, à l'intérieur... » — je décidai. Il suffisait de faire vite. Mais à peine le petit Le-Jaco m'entendit, qu'il dit :

« Nous ? Nous autres. »

Celui-là était un enfant, est-ce que je ne devais pas charger quelqu'un de ramener Le-Jaco, pour le laisser en lieu sûr ? Au flair, je décidai que non. Sinon, pourquoi alors était-il venu jusque-là ? Les autres, s'ils ne s'inclinaient pas, j'allais devoir rebrousser chemin. Renoncer à mon dessein ? Jamais, au grand jamais. Au besoin j'irais seul. J'irais plutôt seul, avec mes os blanchis. Moment d'angoisse, le temps où j'attendis leur réponse. Je leur donnai la parole ! Mes hommes. Ah, le jagunço ne tient pas en mépris qui donne des ordres endiablés.

« Si demain doit être ma journée, après-demain je ne me verrai point. »

« L'enfant avant qu'il naisse, l'heure de sa mort est déjà marquée ! »

« La date tombant de ton destin, tu ne passeras pas minuit vivant... »

Ceux qui parlaient ainsi c'était eux ; eux tous, secondant les chefs. Vaillants qu'ils étaient, et ils s'incitèrent à la vaillance. Ils m'obéissaient, les meilleurs autour de moi. Nous avançâmes normalement jusqu'à ce que l'herbe cesse. Là, on y était, on s'arrêta, face à face avec le Plan. Les rênes bien en main. On s'ébranla.

Le soleil dans sa gloire. Je pensai à Otacília : je pensai à elle comme si je lui envoyais un baiser. Donnant des rênes, je m'engageai dans ces horizons. Où je m'engageai, dans les sables gris, tous m'accompagnèrent. Et les chevaux, le train lent : ils voyageaient comme dans une mer.

Vous voyez, vous me suivez ? Quelqu'un me hala, quelqu'un, me garda sauf pour la suite. Aucune eau ne dissolvait ma motte de sel. Ah, et pas une incertitude ne me traversa l'esprit. Nous avançâmes ainsi. Moi en tête, ouvrant la marche.

Soutenu par de puissants bras d'anges. Je le dis ? Les autres, un pas après l'autre, profitaient d'un bon quignon de mon courage en lambeaux. Nous fendîmes le sertão. La réalité nue. Cela se passa comme cela se passa. Et je ne rapporte pas si ah ! ce fut difficile ; cette fois ça ne pouvait pas l'être ! Des sortilèges ! Tout nous aida, le chemin lui-même se faisait économe. Les étoiles avaient l'air très chaudes. Nous traversâmes, nos neuf jours durant. Tous ; et tous bien, sauf un. Je raconte.

Ce qui veut dire — que le *plan*, n'était pas si terrible ? Ou ce fut pure faveur de trouver le nécessaire, nonobstant notre avancée selon d'incertaines directions, sans nous en être même préoccupés ? Du meilleur au bon, sans grandes souffrances notables, sans manquer le but ? Ce qu'était, dans ses intérieurs, le Plan du Suçurão ? — c'était un monde affreux en soi, une exagération. Le sol nu, et presque sans ses touffes d'herbe sèche qui le ponctuent ici et là, et on allait et allait, jusqu'à ce non-lieu où la vue ne s'y retrouvait plus et se perdait. Au milieu de tout, car il y avait de tout. Les tronçons plats de roche dure : les sabots font jaillir des étincelles — le cheval foule une pierre bleue. Ensuite, le mou, l'épaisseur d'une paume de sable cendreux par-dessus les pierres. Et jusqu'à des fondrières et des petits tertres. On allait le soleil dans le dos. Mais comme la chance nous avait sous son aile, le ciel s'ennuagea, ce qui donna immédiatement une brume humide, et rafraîchit. Tout d'un bon secours, à foison. Avec des endroits étranges. Il y avait des tiques... Qu'est-ce qu'elles suçaient, pour leur minuscule survie ? Eh, nous rencontrâmes du bétail sauvage — des bœufs enfuis en cavale, qui s'étaient habitués dans ces parages ou ne savaient plus comment en sortir ; un bétail qui hante ces coins perdus, et qu'on tuait comme des cerfs. Mais on tira également deux cerfs — et ils avaient trouvé moyen d'être gras... Là, alors, il y avait de tout ? Je pense que oui. J'entendis sans arrêt un bourdonnement d'abeille. La présence d'araignées, de fourmis, d'abeilles sauvages qui annonçaient des fleurs.

Tant et si bien, qu'on ne souffrit pas trop de la soif. Parce que, par un mystère de l'air, on se débrouilla pour, subitement, arriver dans certains parages. Tels que ni vous ni personne ne croirez : de ces parages, avec des plantes.

En toute justice, je dois dire également : qu'une règle fut respectée, sans que l'on sache quel fut l'auteur de cette disposition. Et ce fut de se répartir par petits groupes chevauchant à la plus grande distance possible, mais sans se perdre de vue. De sorte que si quelqu'un apercevait quelque chose d'inattendu, il pouvait le signaler, appeler les autres pour communiquer la bonne nouveauté.

Croyez-moi. Et ce n'était pas seulement une herbe rude, ou une plante pelucheuse comme une sarigue morte : des opuntias violacés, des crânes-de-moines, une énorme cactée mandacaru. Ou le *xiquexi-que* épineux, dont les branches serpentent comme d'énormes chenil-les, celui qui en période de pluie, pleure des fleurs blanches. Ou le cactus noir, le cactus bleu, en forme de hérisson. Ah, non. Les chevaux avançaient en foulant des chardons argentés, rabougris, effilochés à ras du sol, les feuillages commençaient — et c'était des urticales et des vernonias, et après l'indigotier aux fleurs belazur, qui est le cissus grimpant, et jusqu'à la *sertaneja* et des belles-de-nuit, jaunes, perlées de rosée, et la petite-maîtresse, une fleur très maniérée, qui retient également beaucoup de rosée, la rosée est si lourde : on croit que les feuilles vont faner. Et des euphorbes... Et le sapotillier, qui donnait des sapotilles.

J'ajoute — on trouvait de l'eau. Et pas seulement l'eau des bromélias, conservée dans la tige. Mais, à l'endroit d'un cours d'eau mort, une poche d'eau, potable, pour les chevaux. Alors, quelle joie ! Et il y avait même des marigots, où ne manquait que le buriti, palmier ailé — pour faire une vereda. Et des puits à fleur de sol, de l'eau qui faisait plaisir à voir. Car autour — vous croirez ? — on voyait le courage des arbres, des arbres des forêts, encore que de petite taille : le simaruba, l'anis, le cannelier-des-marais, l'amarante, le quassia ; et le gamelier. Ce ficus à fleurs blanches. Comme dans la chanson d'autrefois :

> *L'ombre seulement*
> *du gamelier*
> *au bord du torrent...*

Tout cela rencontré, et le reste, sans suffisance, ni répugnance, je palpai l'abondance. Le respect que dans leur brave compréhension me portaient mes hommes, allait croissant. Mes jagunços, les riobaldos, de la race du Crotale-Blanc. De l'avant ! Mais, là, une pensée — qui m'était déjà venue de loin en loin, fugitivement, cette pensée alors — s'installa. Vous savez. Combien cela me mortifie, de tant parler de lui, vous le savez. Le démon ! A tant m'aider, qu'est-ce qu'il n'allait pas exiger en échange ? « Laisse courir, à la fin je m'arrange... » — je me dis à part moi. Triste erreur. De ne pas me rappeler ou de ne pas savoir, que sa façon est celle-ci : vous laisser aller petit à petit, croissant et oubliant d'autant...

Et c'est là, qu'à un certain moment Diadorim s'approcha, pour faire la paix. Pour ma douleur, je me rappelle fort bien. Diadorim, beau de la tête aux pieds.

« Riobaldo, écoute : nous allons affronter un passage difficile... » il me dit ; et il ne tremblait pas de peur, car c'était de l'amour — aujourd'hui, je sais.

« Riobaldo, le temps d'accomplir notre vengeance est proche... Alors, quand tout sera refait, et repayé, je te raconterai une chose, un secret... »

Il dit, avec de l'amour dans les paroles prononcées. J'entendis. J'entendis mais de travers. J'étais loin de lui, loin de moi. De ce que Diadorim me dit encore, je ne compris pas la moitié.

Je sais seulement que ce fut, dans le soleil au zénith, comme si nous nous tenions dans une nuit trop éclairée. C'est ce qu'il me semble. Je contemplais une scène dans un grand soleil : qui était une petite jument, une jeune mule déjà ensauvagée par la caatinga, en train de chercher quelque chose à ronger dans la campagne nue, parmi les chardons.

Est-ce que je n'aurais pas dû me préoccuper de choses beaucoup plus graves ? Écoutez voir. Le pic-vert vole sans faire confiance à l'air. Tel Zé Bebelo — je me rappelai brusquement — quand il était mal luné ou lorsqu'il voulait effrayer le monde entier, et qu'il bramait : « Le Nord de Minas ! Le Nord de Minas... ! » Et il avait raison. Mais Zé Bebelo était un homme à toujours faire des projets. Moi, j'allais selon mon constant pressentiment. Utilisant n'importe quelle aide dès lors qu'elle se présentait, mais sans cesse prévenu contre le Malin : qui est ce qui rancit, ce qui aigrit. Ses ruses sont neuves à chaque instant, et tellement nombreuses qu'elles sont comme les minuscules grains de sable qui s'amoncellent sur une grève. Je ne le savais donc pas ? !

Ah, j'étais quasiment en train d'y penser, lorsque l'homme se mit à bougonner. Ce qu'il était, cet homme, en qualités, je décris : un mulâtre, râblé, la peau très foncée, sale caractère, fils de je ne sais quelle terre. Tel que, d'une race de gens ?

Ah, non. Grâce au ciel, j'avais tout mon bon sens. Presque trop. « Je m'en occupe pas ! » — je dis, c'est-à-dire : j'y pensai en le disant. Je ne voulais à aucun prix me mettre ça sur le dos ; parce que je flairais l'Autre : ces stratagèmes. Le tintouin du démon... — je vis la manœuvre. « Eh bien, en ce cas, paix... » je dis, je me dis « ... Je ne m'en occupe pas... » — je me promis. J'avais plus d'un tour dans mon sac. Je balançai un moment, en équilibre. Je réfléchis un tantinet. Mais tout était effleuré très vite, très vite, comme lorsque le cheval pressent la fureur du taureau.

Là j'entendis la voix — sa voix chevrotait nerveuse, comme celle d'un cabri ; et la manière dont il cria — appelant la bagarre. Un malheureux. Je levai les yeux.

Ah, qui était cet homme, je le savais déjà, il s'appelait Treciziano.

421

La brute : pour parler avec lui, uniquement le bâton. Je savais. J'avais rudement bien fait de soupçonner le démon. Ce Treciziano pour l'heure était pauvre en patiences, ou était-ce — à voir comment frémissaient ses narines — qu'il endurait une plus grande soif que les autres, et qu'il avait attrapé le coup de bambou ? On disait qu'il souffrait de maux de tête, et pâtissait d'éruptions et de dartres. Il était en train de protester contre moi, de vitupérer, il me lança une injure. Un homme hors de lui, les yeux comme de la braise. Moi, comme j'ai dit, seigneur de mes intelligences. Je pouvais réfléchir au pas d'une mule. « Laisse le prêtre dire sa messe, camarade... » — je me dis à part moi. Premièrement, je voulais supporter : parce que le démon n'était pas homme à m'en remontrer et me faire perdre patience. Il suffisait seulement d'imposer le calme, avec précaution ; puis, au moyen de quelques paroles bien senties, d'éviter soigneusement une rixe qui pourrait être meurtrière, et de tancer ce Treciziano, en usant de mon autorité personnelle, mais non de pierres ou du bâton. Que cette fois — moi, le chef — le Dit n'allait pas m'y prendre...

Mais — ah ! — l'un fait, l'autre commande, comme on dit. C'est ce qui s'est passé, qui est arrivé. Que je vis. Qui souffre de la soif enfle, se plaint des yeux, et finit par perdre la vue. Mais, je vis. Cela dura la seconde. Comme par distraction : une fraction de seconde, et vous perdez le sens pour dix ans. Je vis : là — le chapeau de traviole, le poignard qui dépassait largement de la ceinture, le toupet sur le crâne, les changements de mine... lui, là, sous mes yeux, il était le démon... Le Démon ! Il fit une grimace. Je sais comme elle reluisait. C'était le Démon, venu me narguer. Le Démon en personne !

Et se dirigeant droit sur moi, il lança le cheval... Le démon ? Droit sur moi. Qu'il se damne ! Il fonçait, terrible, avec cette agressivité de taureau sauvage. Je me dressai sur mes étriers. Hé-là, hé ! La lame siffla-scintilla, il rugit de haine pour embrocher transpercer, tout le corps projeté en avant. Il donna l'estocade. Je parai, au corps à corps... Grâce à un faux mouvement, la pointe vint se ficher dans mon équipement, les choses que j'avais à la ceinture et en bandoulière : elle resta prise là, une chance. Mon coutelas s'envola, poignard — glaive fidèle — dans ma main sûre, je saisis l'autre par en dessous, je taillai-retaillai, à hauteur de la nuque — le fer crissa en glissant autour de l'os, déchirant la trachée-artère, il fit jaillir le sifflement de caverne, et son sang gicla très haut. Je tranchai au-dessus de la pomme d'adam... Lui, l'autre, tomba à bas du cheval, ses durs yeux éteints avant même de toucher le sol... Il mourut maudit, il mourut la gargamelle ronflant dans sa gorge.

Et ce que je vis ? Le sang sur mon couteau — le bel et bon éclat, comme un vernis velouté... Et lui : il gisait dans les épines d'un mandacaru. Tel qu'il était tombé. Ah-oh ! Aoh, mais personne ne voit le diable mort... La dépouille, qui était là, était bien celle de Treciziano.

Sa mort fut une bonne chose. Une chose ainsi qu'elle devait être ? Ainsi qu'elle devait être, pour autant que le démon n'existe pas ! Les embûches, les machinations... A dater de ce jour, je n'allais plus jamais vouloir penser à lui. Ni au pauvre Treciziano qui gisait là, décapité, Treciziano que j'avais... Un froid pénétrant me fit frissonner. J'endurai l'effroi de constater — que notre main est capable d'agir sans que la pensée ait eu le temps...

Simplement, tous me félicitèrent, avec force louanges et paroles agréables, parce que mon autorité ne lambinait pas. Je l'aurais fait au rifle, ils ne m'admiraient pas autant, ma réputation à la gâchette étant déjà ce qu'elle était ; au couteau, hein, je l'avais fait ! Et du groupe le plus proche sur notre gauche, encore qu'à bonne distance, quelqu'un qui avait vu ou entendu, accourut. C'était Jiribibe, le petit Jiribibe, sur un cheval noir lancé au grand galop. Diadorim avait tiré un coup de feu au hasard ; de nervosité. Avant peu, ils allaient tous être au courant de l'homme bel et bien mort, cette prouesse : autour de la coupure — là, — en haut, la peau repoussée, gondolait, et l'autre en dessous était retombée très bas : presque sur les mamelons ! Ces peaux découvraient un trou effrayant, horrible, où apparaissait toute la chair. « A ce que je sais — m'éclaira alors Alaripe — celui-ci était de la Serra d'Umã... » De si loin, ce crapaud venimeux ! Certains tripotaient le corps — il n'avait pas un poil sur la poitrine. Ils voulaient soulager ce corps des principales choses de valeur. De ce que quelqu'un dit qu'il gardait sur lui : un colifichet, un petit bijou en argent ; et les éperons, en bon métal, étaient excellents.

Je ne me troublai pas. La mort de ce type était du domaine des suicides. « De la façon qu'il est mort ? Il est allé en enfer ? » demanda sérieusement le petit Le-Jaco. D'abord, qu'est-ce que j'avais à voir avec ça, qu'ils m'aient tous félicité ? Que la mort — c'était de ma faute, je le sais ; mais dites-moi, cher monsieur, dites-moi : la seconde, la petite seconde, où ça s'est passé ? L'aveugle Borromée se mit à déclamer d'une voix nasillarde, à coups de litanies et de chapelets. Peur d'aveugle n'est pas peur du réel. Diadorim me regardait — comme s'il me voyait de l'autre côté de la lune. Alors seulement, je revis le sang. Ce sang, sur mes vêtements, l'emplâtre rouge fétide. Je me nettoyai vaguement le menton de ce sang étranger qui me poissait épais ; mais moi qui ai horreur du sang, j'en laissais, en guise de rappel ? Ah, non ! Car là, une horreur plus grande m'assaillit.

Le sang... Le sang est la chose qui doit toujours rester cachée dans les entrailles, une étrangeté à ne jamais voir. C'est peut-être pour ça également qu'est tellement immense la gloire occulte, la grandeur de l'hostie de Dieu dans l'or de l'ostensoir — blanche si blanche ! — et que je vénère tant, de mes deux genoux agenouillé sur le sol dur ?

Pour le reste, le corps restait là, à l'air de ce désert. Nous filâmes, vu qu'il nous fallait poursuivre, plus avant. A aller au train du voyage, je pensai bientôt à autre chose. Et même à des alléluias !

Tout, comme je vous raconte. Le destin s'acharnait sur la triste fin de ce dément de Treciziano. Car à peine parcourues trois lieues, nous sortions du Plan, comme à point nommé : nous débouchâmes sur une petite vallée verdoyante, et un contrefort de montagne ; des chapadas, je veux dire ; je mis pied à terre sur un sol chrétien. Nous allions bientôt voir ces étendues de *crondeubais,* les palmiers des terres de Bahia.

J'allai le premier, très pacifique, demander une gorgée d'eau dans la cahute d'un homme célibataire ; il m'informa que dans un rayon de dix lieues, le village existait, pas à hésiter. Sans autre, nous poursuivîmes. Avant d'arriver là, on était passé à Carinhanha-le-Haut — c'est là que le Lucifer se peint le visage en noir. Nous étions désormais à proximité tout près, de l'endroit que nous convoitions. A un jour et demi de marche — en suivant la bonne direction que nous découvrîmes très vite — devait se trouver la maison de la race d'Hermógenes ! Nous allions régler l'affaire en démarrant au point du jour, et en prenant tout ce monde au dépourvu, promptement, à l'improviste. Hermógenes qui faisait en ce moment du surplace au loin, à recroiser mes anciennes traces, était à cent lieues de deviner ces traits de génie. Ça c'était ma contrepartie. Ah ! — qui sort du nid, couve mal.

C'est pourquoi, on ne lanterna pas ; qu'ils n'aient pas vent de nous à l'avance. On ne prit même pas un jour pour souffler. Au trot et bon train, la distance fut franchie en une grande nuit — et nous déboulâmes là aux premières lueurs de l'aube. Nous nous déployâmes en cercle autour de l'endroit, gardant le contact les uns avec les autres, au moyen de signaux : qui étaient le chant du secrétaire et le cri du singe. Parce qu'ils devaient avoir comme toujours, quelques réserves pour la défense : des hommes de main, des carabines. Puis, il n'y eut plus qu'à attendre le premier rai de jour sur l'horizon et le lever trépidant du matin. Selon notre usage. Nous ouvrîmes le feu.

Je dis franchement : affreux l'événement, affreuse la narration. Je sais. C'est bien pourquoi je résume ; je ne commente pas. À vous, à la fin, de compléter. Mais, ça faisait un bout de temps qu'on ne combattait pas, et ce qu'on se proposait c'était les éléments déchaînés, ce genre de férocités.

La maison de la fazenda — ce trait clair blanchi à la chaux ; mais c'était une grande bâtisse coiffant le sommet du tertre ; trompeuse, elle avait presque l'air de guingois. Nous déchargeâmes un tir nourri. Et, ce que ça criait ! : des braiments d'âne...

Ceux qui vivaient là étaient des hommes ordinaires — ils s'effondrèrent sous le pied de mes armées. Ce fut une déconfiture ! Comme ils avaient déjà les ailes brisées, ils n'essayèrent pas de résister : c'est à peine si j'entendis quelques tirs de riposte. Et nous nous lançâmes fulminants, à l'intérieur, surgissant déchaînés dans la poudre, comme une tornade. La bonne mesure. Dire ce que je fis, je renonce. Tous n'en firent pas autant ? Je regardai derrière moi, de peur que Diadorim ne m'approuve pas ; mais Diadorim, en tête, en armes, entérina. Ce qui fut tué et massacré — des bêtes et des chrétiens, jusqu'à un bœuf paisible qui léchait la rosée, jusqu'à un cochon étique à l'entrée de la porcherie. Le mal régna. Que Dieu l'extirpe de moi, qu'avec moi Dieu veuille négocier... À l'occasion.

Ensuite, par ses quinze angles morts, nous mîmes le feu à la maison avec des torches. L'incendie rugit : tout flamba, d'un coup, comme du bois d'*umburana*, l'arbre blanc de la caatinga... Et nous ne repartîmes de là que lorsque, vers le soir, le feu se raréfia. Et le matin qui suivit, on établit le camp au bord d'une eau dormante. On trépassait de fatigues, et du retard de sommeil. Mais, emmenée prisonnière et désormais bien en notre pouvoir, il y avait la bien-méritée, celle qu'on voulait tant — l'épouse légitime d'Hermógenes.

Cette femme était dure ; elle nous la tenait haute. Elle différait de toute destinée. Elle portait un vêtement noir, défraîchi, déteint ; le mouchoir noir qu'elle avait sur la tête tomba, et cela ne la dérangea pas de rester en cheveux. On permit : qu'elle puisse s'asseoir, elle s'assit. Sa respiration ne s'accéléra pas. Elle avait dû être jolie, lors des réjouissances de sa jeunesse ; elle l'était encore. On lui donna à manger ; elle mangea. À boire, elle but. Brièvement, à deux ou trois questions, elle répondit ; et tout de suite après avoir parlé, elle serrait très fort la bouche, ses fines lèvres étroites et closes. Mais elle parlait presque en sifflant. Elle ne chiquait pas, il me semble, ne fumait pas la pipe, mais malgré cela elle crachait à ses pieds ; mais elle ne posait pas sa semelle ensuite, comme on fait d'ordinaire dans ces cas-là, pour nettoyer par terre. Il me revient — ce qui ne devait pas être dans ses habitudes — qu'elle n'avait pas de chaussures, sûrement à cause de la confusion et de l'heure à laquelle on l'avait emmenée. On dénicha pour elle une paire d'espadrilles. Elle savait que nous n'étions pas du même bord. Elle soutint mon regard, sèche, sèche, avec la résignation d'une haine sereine ; jusqu'avec les ongles de pieds, si elle avait pu, elle m'aurait tué. Elle s'enveloppa le visage dans un châle vert ; un vert très consolé. Mais j'avais déjà, j'avais désormais ses yeux à jamais, dans ma mémoire. Maigre, le visage émacié, sa pâleur, mais les yeux ne ressemblaient à aucuns autres yeux, le regard noir, inattendu et soutenu, les yeux sombres taris de toute eau salutaire. Et la bouche portait la marque d'anciennes souffrances ? Pour moi, elle n'eut jamais de nom. Elle ne me dit jamais un mot, je ne lui en dis pas non plus. J'eus une inquiétude, celle d'en arriver à la trouver attirante en tant que femelle. Mais je craignis d'éprouver une ombre de peine : certes je ne tremblai pas d'oublier les raisons de son malheur. Il aurait mieux valu cent fois qu'on n'ait pas besoin de l'emmener. Être chef, parfois, c'est ça : devoir transporter des vipères dans sa besace, sans permission de les tuer... Et elle restait ainsi encapuchonnée, sans expressions, les paumes des mains ouvertes, retournées, comme pour montrer sans arrêt qu'elle ne cachait pas d'armes contondantes, ou parce qu'elle demandait l'aumône à Dieu. Je me souviens de cette femme, comme je me souviens de mes souffrances passées. Cette femme que nous allâmes chercher dans l'État de Bahia.

Il est clair que nous ne nous attardâmes pas dans le voisinage, mais nous repartîmes en faisant un détour — et n'extorquant que des avantages en argent, mais sans tuer ni dévaster — le système jagunço. Je commandai ferme, l'esprit en ébullition. Le lieu-dit La-Rhubarbe me vit, toutes les Hautes-Terres me virent. Ces districts qui avaient été en d'autres temps le territoire du vaillant Volte-Toute. Ensuite, la descente sur Goias, en flânant. Des parages très déserts, avec de pauvres gens menant leur petite vie. Mais le sertão est tout-le-temps en mouvement — sauf, monsieur, que vous ne vous en apercevez pas ; tout comme les deux bras d'une balance, sous le puissant effet de poids très légers... Battant des terres très lointaines ; mais avec une rage sourde à la pensée des grandes villes qui existent. Que je ne connaissais pas. Une rage — parce que je n'en étais pas, n'en venais pas... Et je naviguai sans frein. Il y a les tuiles et il y a les nuages... Comme si je pouvais tordre le bleu du ciel de mes mains ? ! Je tournai à la bête féroce ; je tournai vraiment au Crotale-Blanc, mais trop.

Ne valaient plus pour moi, encore que de façon brève et rare, pour ce que je comprenais de mes sentiments, que quelques substances et souvenances. Qui, par exemple, étaient les suivantes : la chanson de Siruiz, la Bigri-ma mère en train de me rabrouer ; les buritis, des buritis, leurs fruits — en grappes ; l'existence de Diadorim, la bizarrerie de ce galant oiseau : le petit-chevalier-du-banc-de-sable ; la statue de ma Notre-Dame de l'Abbaye, très salutaire ; les petits enfants, tout nus comme ne sont pas les anges, trottinant derrière leurs mères, qui allaient chercher de l'eau sur la plage du São Francisco, leurs cruches en équilibre sur le cerceau posé sur leur tête, sans temps de reste pour de grandes tristesses ; et mon Otacília.

Halé par le fil de ces souvenirs, je crois que je filtrai une autre sorte de bonté. Je dirais que j'ai bien dû aussi désirer de nouveau dans ces moments-là, les caresses de cette petite Norinha. Pourquoi est-ce que là, au moment propice, je ne le distinguai pas en clair ? C'était là, dans cette vastitude, en continuant tout droit, qu'elle habitait désormais. Oui, en marchant, dans cette direction. Mais je ne le sus pas ; et je passai mon chemin. Temps enténébrés. Ce qu'aujourd'hui mes yeux ne voient pas, il se peut que je doive l'endurer le jour d'après-demain.

Ce que j'inventai, tandis que nous allions ainsi par ces tristes parages, fut d'éduquer petit à petit ces culs-terreux, vous vous souvenez d'eux ; d'apprendre à ces pacants le maniement des armes, ce qu'il peut y avoir de pire. Ils promettaient déjà pas mal ; hé, l'âne ne regimbe qu'au début du voyage. Je me félicitai de voir Téophraste, le plus important d'entre eux, pointer le vieux pistolet à deux canons qui lui appartenait sur un pauvre malandrin innocent. Mais, qu'il tire, je n'autorisai pas. Zé Bebelo aurait-il admis de tels excès ? Là, quand je me souvenais de Zé Bebelo, c'était mes heures de grande intelligence. Ainsi, s'il était encore vivant, il ne pourrait sûrement qu'avoir un jour ou l'autre des nouvelles de ce que j'étais en train d'exécuter ; que nous emmenions la Femme ; avec elle entre nos mains, Hermógenes allait être contraint d'engager le combat.

Cette femme donc, allait, à califourchon sur son cheval, dans un farouche silence définitif, le visage dissimulé par le châle vert. On lui avait donné un chapeau en palmes d'ouricouri, pour voiler le rude soleil bahiannais. Pour le reste, on n'entendit jamais de sa bouche une plainte ou une réclamation ; pas le plus petit mot. Ce que je ne comprenais pas chez elle, était ce calme étale, si féroce : qui devait être ancré dans l'espoir ; cette capacité. Si c'était la haine, la haine uniquement, qui lui donnait cette assurance, alors la haine avait du bon, en ce sens : qu'elle se nourrit parfois d'un espoir advenu. Dieu me délivre d'une telle haine !

Mais l'homme sur lequel ce cul-terreux de Téophraste pointa son mauvais vieux pétard, était un vieillard. À celui-là, je dis : je sauvai la vie. Il s'en tira, du fait que je ne réussis pas à connaître le dessein de son existence, les raisons de sa conscience. Il habitait dans une grotte, dans une cabane très isolée, parmi les touffes de joubarbes des hauts-plateaux, et le lustre des palmes d'un pindoba.

J'étais monté, avec les autres, au sommet d'un morne, qui était un carrefour de vents. De là-haut, mon esprit avait pouvoir de vérifier de nombreux horizons. Et, voyez plutôt : d'un côté, à une quinzaine de lieues, on découvrait jusqu'à Saint-Joseph-du-Mont, une terre fleurie, où désormais demeurait Norinha, la fille d'Ana Muzuza. Une indication qu'au moment propice, comme j'ai dit, mon esprit me refusa. Là-bas, là-bas. Je n'avais pas encore reçu de sa part la lettre envoyée. Pour moi, ce n'était sans doute qu'une nostalgie à entretenir. C'est ce que je pense aujourd'hui. Norinha, fille de joie, qui accueillait tous et chacun, vivait là ; elle était jolie, elle était la toute claire, comme ces yeux qui n'étaient qu'à elle... Et les hommes aimaient à l'envi jouir de cette innocence sans pareille. Alors, si elle ne valait rien, comment pouvait-elle être à tous ces hommes ?

Mais, au retour, en descendant de ce morne, dit de Thèbes — du Morne des Offices, je veux dire — nous tombâmes sur ce vieillard, à la porte même de son carbet. Un homme dans le genre demeuré, qui parlait du temps de notre Bon Empereur. Bahiannais, une barbe comme un balai en fibres de palme : goïanais-bahiannais. Pauvre le pauvre, qui n'avait pas trois épis de maïs dans sa remise. À moitié albinos. La barbe comme du foin sale, et ses cheveux étaient une bourrasque. Je lui demandai quelque chose, qu'il ne fit pas l'effort d'entendre, et Téophraste, qui voulait maintenant se montrer jagunço accompli, ce capant de Téophraste se mit à brailler — il lui colla la bouche de son lourd pistolet sur la poitrine. Mais, macache. C'était, celui-là, le vieillard de toutes les patiences. Et patience de vieux vaut son pesant d'or. Il bavarda avec moi. De tout ce que, dans un temps de vie si dilaté, il avait appris. Dieu, que cet homme connaissait toutes les choses pratiques du labour, des travaux des champs et de la forêt, tout de tout. Mais, aujourd'hui, avec tout ce qu'il avait épargné de savoir, la décrépitude de la vieillesse lui retirait toute puissance de travail : et même ce qu'il avait appris était désormais hors des usages en vigueur. Un petit vieux, qui clignait beaucoup des yeux.

S'il était une fripouille ? Je ne crois pas. Et tout ceci, que je retrace, est dû à l'impression étrange que fit lever en moi ce vieil homme. Car il n'avait en tout et pour tout, comme armes personnelles, qu'un petit couteau, un coutelas émoussé, et une matraque — en fait une sorte de gourdin, en partie évidé et bourré de plomb, et qui valait même pour tuer. Il boitait malencontreusement : pour la raison qu'il lui manquait la moitié du pied gauche, tranchée — à la suite d'une piqûre de serpent — de l'espèce probablement du crotale à sang froid. Très à l'aise avec moi, il finit par me demander une grosse poignée de sel, et il accepta un morceau de viande-de-soleil. Car, pour son manger habituel, ce dont il tirait profit c'était des iguanes, ou des sarigues, que, d'un lancer bien placé de sa matraque, il parvenait toujours à chasser. Il me donna du — « Grand chef *cangaceiro*... »

Cela se termina que pour me remercier de mes bienfaits, il me signala, très conseilleur, que dans ce qui tenait encore debout d'anciens communs d'une fazenda abandonnée, était enterré très profond, il le savait de façon sûre, beaucoup d'argent, une quantité extravagante. Que j'aille là... — il me dit — et je déterrerais cette fortune, bien méritée, pour mes camarades et moi... — « Où, dans quelle direction ? » — je m'informai complaisamment. D'un clin de l'œil, il désigna les bois. De ce côté, à environ trente-cinq lieues, dans un hameau, Rivière-des-Âmes... Démence. Comme si j'allais naviguer pareille distance, traverser les bois, courir cette savane blanche par de mauvais sentiers, pour honorer une marotte d'étranger ? Ma guerre ne me laissait pas ce temps. D'ailleurs, s'il le savait vraiment, si c'était vrai, pourquoi n'y allait-il pas lui-même personnellement, déterrer cet or pour lui seul ? Je me moquai de lui gentiment. Pourquoi se mêler de donner des conseils aux autres ? Les poules — leurs ailes — aiment la poussière de sable... Et le vieil homme — dont je parle, qu'est-ce qu'il entendait à mes ennuis ? Je n'étais là que par procuration. Donné, le démon... Et ce que je possédais c'était mon chemin, que m'ouvrait mon cheval. Siruiz. Pur alléluia.

Et ce vieux, avec sa façon extraordinaire de se comporter et de regarder, quelque chose en moi le faisait se méfier. Mais — qu'est-ce que c'était ? qu'est-ce que c'était ?!... Il fallait que je lui demande. Et même — car il ne convient pas qu'un chef laisse les autres remarquer qu'il est anxieux, préoccupé de l'incertain, je dus demander sans en avoir l'air, recourant à une autre sorte de badinerie : « Tu es né ici, vieux frère, ou tu viens d'ailleurs ? Même comme ça, tu le trouves bon le sertão ? »

La bêtise qu'il me répondit, et me répondit tout net : je vous la dis :

« Le sertão n'est ni malin ni charitable, frère oh frère ! : — il prend ou il donne, vous est amer ou salutaire, selon ce que vous êtes. »

Il me répondit par une pitrerie, l'air de vouloir me blesser ; déjà prêt à mordre ! Il répondit en pointant le doigt sur ma poitrine. Ma petite plaisanterie ne lui avait pas plu ? Son dicton, je ne le déchiffrai pas. Homme du sertão toujours sur l'œil. Mais nous le plantâmes là, et vite, car le vieux, pour se moucher, se servait de tous les doigts d'une main, ce qui m'écœura. Nous descendîmes le reste du morne en baguenaudant. Quand nous arrivâmes sur le plat, les ramures des arbres se chargeaient déjà de la poussière du soir. Mes déserts ?

De ce que je sais aujourd'hui, je tire du prix pour mon passé ? Hé —

la faim de l'engoulevent c'est à la nuit tombante... Parce que : le trésor du vieux me fournissait une raison. J'aurais voulu courir là-bas, ces trente-cinq lieues, histoire de voir, à Rivière-des-Âmes — et le chemin passait par Saint-Joseph-du-Mont, lieu béni, où demeurait Norinha. Une seconde fois avec Norinha, pour ce qui m'est connaissable, ma vie alors serpentait entre d'autres montagnes, vers un autre estuaire. Je sens que je sais. J'aurais épousé Norinha, heureux comme le bleu du ciel ; revenir sur mes pas. Je me reprends encore bien souvent, à y penser. Si le chemin, à un moment donné, avait dévié — si ce qui est arrivé n'était pas arrivé ? Comment aurait été ce qui est ? Mémoires qui ne m'assurent de rien. Le passé — il est les os blanchis autour du nid de la chevêche... Et, n'allez pas conclure à mal, de ce que je dis là : car, en mariage je suis bien marié — l'amitié affectueuse envers mon épouse bienveillante, est chez moi de l'or contrôlé. Mais — si j'étais resté à Saint-Joseph, et avais par bonheur renoncé au commandement où j'avais nom Crotale-Blanc, combien de choses atroces le vent-des-nuages n'aurait-il pas eu à effilocher, pour qu'elles n'arrivent pas ? Ce qui est possible — ce qui fut possible. Le sertão n'appelle personne ouvertement ; bien plutôt, il se cache et fait signe. Mais le sertão tout à coup se met à trembler, sous les gens... Et — tout autant — ce qui n'a pas été possible. Vous ne trouvez peut-être pas ? Mais, et ce que j'étais en train de dire, c'est à cause de Norinha. Tout amour probable, qu'un jour on négligea, ne cesse jamais, par intervalles, de nous faire mal... Mais, en jagunços qu'on était, on fonça tout droit avec de bons chevaux frais pour la remonte. Sur les sables du haut-pays plat, plein de rien. Sur le gris, dans les sables qui prirent fin, sans montagnes pare-vents.

Avec la campagne doucement violacée, nonchalante, où nous nous enfonçâmes, chevauchant l'œil à tout et cherchant le couchant ; chapada sans frontière ni fin. Sans rien d'autre que les quelques poignées de fourrage qu'il y a là, avec leur maigre dureté. Le bon de la chose était que désormais, quand quelqu'un tomberait sur notre cortège sauvage, ce serait des gens déjà de tout autres distances, qu'elle ne connaîtrait pas, et qui ne diraient plus : « Celle-là c'est la femme d'un sieur Hermógenes, qu'ils emmènent dans quelque basse-fosse... »

Celle en question ne nous donnait guère de travail ; comment dire, la femme cachée sous le châle vert. La femme sans garant — c'est-à-dire : qui allait pour qu'un autre meure — au hasard du destin. J'avais peur qu'elle tombe malade. Je donnai tous les ordres, de la bien traiter. À telle enseigne que je décidai, j'y veillai, que nous entrions sans brutalité dans les endroits habités, et qu'on ne moleste personne, sans nécessité justifiée. Pour la raison également, que cela ne m'apportait pas de gloire, or je me dirigeai vers une noble fin. Je devins même nerveux.

Dès les carnaubas surgis en quantités extraordinaires, et les collines de sable presque blanches, avec les cigognes croisant au-dessus et le reste, j'avais tout observé. Je vis cette rivière qui devient salée, je mangeai une noix de coco d'ouricouri. Donner l'assaut, batailler, ces désordres ne me tentaient pas. Désormais, pour ces bravades et excès de jagunços — de même que pour bavarder étourdiment à bouche-que-veux-tu — je n'avais plus de temps de reste. Non par apathie ou manque de virilité ; ah, non ; tant que dura mon temps de commande-ment, et je crois bien dès auparavant, j'endurai tout ce qui est chien et inhumain. Je corrige et je dis : il n'y a que le froid que je supportai mal. Lorsqu'il gelait, là je dormis vraiment tout contre plusieurs feux. Le froid et le jagunço ne font pas bon ménage. Avançant ainsi, à même ces hauts-plateaux, nous bourrâmes nos besaces de tiges de cannelier-d'ema, cet arbuste de qualité — poussé de plus d'un mètre — bon pour allumer le feu. Le jour levé, je buvais en précaution un thé de jurema, qui me restituait tous mes esprits. Je maîtrisai mieux ensuite la froidure des petits matins. Et cela faisait beau temps, au contraire de Diadorim, que je ne me passai plus le rasoir sur la figure. Ma barbe luisait grande et noire, me conférant bel aspect — ce dont je pouvais aisément me rendre compte moi-même, en me regardant dans le miroir de l'eau, quand mon cheval Siruiz se penchait pour boire dans n'importe quel ruisseau de la largeur de deux brasses. Le quotidien !

Mes hommes manifestement, vu le besoin sincère de femmes, échafaudaient de vouloir en emmener avec eux, glanées au bord des routes, ils venaient me rebattre les oreilles avec ça. Ce que moi je réprimai et réprouvai énergiquement : on n'en était pas encore au moment de se laisser aller à pareil bon temps. L'ennui étant que ces femmes n'étaient pas assez nombreuses pour que chacun ait la sienne, et qu'en bonne règle, leur compagnie risquait dans ces conditions de compromettre notre système de vie, et de dégénérer en rixes et pugilats. Ce que nous rassemblions et que nous emmenions, c'était tous les chevaux bons à prendre. Et nous menâmes avec nous une bonne cinquantaine de têtes de bétail bahiannais ; à tout hasard. Par les champs de fourrage, lorsqu'on en rencontrait, cela allait bien entendu, sans créer d'embarras. Après, ça se corsa. Mais d'autres choses s'améliorèrent. Ayez toujours prêt votre quignon de joie, que même le sertão aride sait satisfaire.

Je dis même à mon sujet, parlant des femmes, lorsqu'on va

431

voyageant de l'avant, assis au chaud, le coussin de la selle achève ce qui parle d'amour. Je chevauchais ainsi à loisir, le pas régulier, le haut-plateau grand déployé. Là l'air est tout repos. Les hermógenes croisaient très loin. Et jamais un peloton de soldats ne s'aventurerait ici, sur nos battues. Le loisir réveille le désir. Je ne m'appesantissais pas ; mais je souhaitais une vraie fête, tomber sur un bon village, en pleine foire à bestiaux. Je voulais entendre une belle guitare de Queluz, et le battement de pieds en train de danser. Comme de juste, je sentais le besoin de nudités de femmes. Tous ces jours je modérai mon inclination. Je décrétai des ordres sévères : que tous puissent se divertir sainement, avec des femmes consentantes, sans leur causer du tort ; mais sans se livrer, envers leurs frères, pères ou maris à des brutalités, du moment qu'ils laisseraient faire. Je tenais à ce statut. Pourquoi détruire pour rien, pour rien, la vie d'un homme sain travailleur ? Zé Bebelo n'aurait pas eu d'autre règle... Et je vois, je demande, d'où venait alors le démon, la persécution ? Je dois le redire, je désirais les délices de la femme, je les désirais pour embellir les heures de la vie. Mais je choisissais — le luxe du corps et un visage gai. Ce que je n'appréciais pas c'était la vierge pincée, confite en dévotion, et la femme sans grâce, très mère-de-famille. Celles-là, les bégueules, je les rejetais. Mais c'est alors qu'on me parla de Brin-de-Romarin. Je me lançai au galop. M'empressai à cheval de courir jusque-là.

Le guide était un garçon précis, un bouvier du Goïas, de la région d'Uruú. Il me renseigna — Brin-de-Romarin n'était guère plus qu'un hameau : sept maisonnettes, entre des pieds d'agave, le long d'un ruisseau clair. Une demi-douzaine de malheureuses cahutes, le toit fait de palmes, les murs de glaise plaquée sur des rondins. Mais il y avait une grande maison, avec une véranda, les vitres des fenêtres en mica — une maison chaulée et avec de vraies tuiles, la maison des madames. Lesquelles étaient deux jolies filles, qui commandaient dans le hameau, encore que les autres habitants soient de saintes familles légales, des plus honnêtes. J'arrivai et je trouvai tout de suite qu'un tel endroit méritait le nom de Paradis.

D'abord, avant tout, vu que j'étais le chef, je me préoccupai de mes gens, que tous aient leur quote-part. Je les répartis en groupes, décidai qu'ils poursuivent, en passant par des endroits repérés. Car, ne serait-ce qu'à peu de lieues de distance, ils allaient par exemple trouver d'autres hameaux, tels que le Parvis et Saint-Pierre — et même Blanche-Terre, qui était une bourgade. Diadorim toutefois, je le dépêchai lui aussi ainsi qu'il convenait, expressément — pour commander les éclaireurs en reconnaissance. Le tout réglé, je partis, avec seulement une escorte de dix hommes. Ce que je n'ai pas dit : Brin-de-Romarin se trouvait dans un agréable vallon, au cœur d'un paysage accidenté. D'en haut, on le découvrait, du regard et d'un coup d'œil. Je piquai des deux et dévalai, à fond de train.

J'arrivai là en un rien de temps. Mes hommes, je les laissai se disperser dans les foyers, et aller s'entretenir avec les épouses et leurs gamins. Je me présentai dans celle des deux femmes. Ce fut mon choix. Bon, ce qu'il y a de loyal, c'est l'amour des prostituées. Celles-là entendent tout des pratiques de la belle-vie. Elles réservent le plaisir et la joie au passant ; et aimer les gens comme il faut, on n'aime vraiment, à fond, que sans trop bien se connaître socialement... J'arrivais à la nuit, et elles étaient là avec leur maison illuminée, pour me recevoir. C'est à croire que l'amour général conserve la jeunesse, croyez-moi — ainsi Norinha, mariée à un grand nombre et qui s'éveilla toujours en fleur. Et ceci, je le dis à contretemps, parce que ces deux ne pouvaient nullement se comparer à Norinha, elles n'allaient pas jusqu'à mériter de lui laver les pieds.

Mais que la beauté, cependant, ne leur manquait pas, certes non. L'une d'elles — Maria-des-Lumières — était brune : haute d'un huitième de cannelier. La chevelure énorme, noire, épaisse comme la fourrure d'un animal — elle lui cachait presque la figure, à cette petite mauresque. Mais la bouche était le bouton éclos, et elle s'offrait rouge charnue. Elle souriait les lèvres retroussées et avait le menton fin et délicat. Et des yeux eau-et-miel, avec des langueurs vertes, à me faire croire que j'étais à Goïas... Elle avait beaucoup de savoir-faire. Elle s'occupa aussitôt de moi. Ce n'était pas qu'une petite péronnelle.

L'autre, Hortense, une très gentille oiselle de taille moyenne, c'était *Gelée-Blanche* ce surnom parce qu'elle avait le corps si blanc ravissant, que c'était comme étreindre la froide blancheur de l'aube... Elle était elle-même jusqu'au parfum de ses aisselles. Et la ligne des reins, courbes ondulantes d'un ruisseau de montagne, confondait. De sorte que sa longueur exacte, vous n'arriviez jamais à la mesurer. Entre elles deux à la fois, je découvris que mon corps aussi avait ses tendretés et ses duretés. J'étais là, pour ce que je sais, comme le crocodile.

Au milieu de la nuit, la faim me prit, je ne voulus pas de cachaça. Je me reposai, mangeai de la caillebotte bien froide. Je mangeai du gâteau au cédrat. Je bus un café succulent, sucré avec du sucre de première, bien blanc. Parce que les deux madames étaient riches ; c'est-à-dire : elles devaient avoir de côté une jolie somme en bel argent. Leur maison, dans la région, était une halte où passer la nuit pour les propriétaires terriens aisés, une sorte d'hôtellerie, aux prix conséquents. Mais quant à elles, elles étaient originaires toutes les deux de très bonnes familles. La blanche Hortense était la fille d'un grand fazendeiro du Paraná, décédé. Elles possédaient des terres, ces cultures de haricot et de maïs en *terrasses* sur les versants de la montagne. Ici même, à Brin-de-Romarin, toute la terre arable leur appartenait. Pour cette raison, les habitants et leurs familles les servaient, menant avec obligeance et respect, une existence pleine d'harmonie et d'avantages — ainsi que j'appréciai moi-même : un système qui devrait toujours être en usage partout.

Tandis que nous buvions le café, nous entendîmes une toux, venant de dehors. Et c'était l'homme que j'avais laissé en sentinelle. Il se trouve que cet homme était Felisberto — celui qui, du fait de la balle de cuivre qui lui restait coincée dans le crâne, avait de temps à autre tout le visage qui verdissait, comme j'ai déjà dit. Et toutes les deux imaginèrent alors de faire entrer Felisberto pour que lui aussi prenne le café, prétextant que ce n'est pas juste que quelqu'un reste se geler au serein, pendant que les autres se la coulent douce. Des personnes toutes les deux, vous voyez, pleines de bonté.

À cela j'acquiesçai, débonnaire, car elles avaient raison. Sauf que, pour la bonne tenue, il n'était pas question, étant le chef, que je laisse Felisberto me voir ainsi, nu débraillé, comme j'étais. Alors Maria-des-Lumières m'apporta un vieux vêtement à elle, que je pouvais nouer à la ceinture, pour cacher les parties. Je l'essayai. Là je compris le manque de respect, je me fâchai, j'écartai la femme d'une secousse, je détachai ce chiffon, l'envoyai promener. Je me rhabillai avec mes propres vêtements, je mis jusqu'à mon gilet. Elles rirent de moi un bon coup. Elles me prenaient pour un demeuré? Je les aurais volontiers giflées — n'eût été toute leur beauté et leur gentillesse, et même leur gaieté d'évaporées, qui m'enchantait bien un peu.

Felisberto entra, il salua, mangea et but. Ce jour-là il allait bien, était normal. Sauf que, très silencieux. Je pense que ce genre de garçons, tirant plus sur le grand gaillard que dénué de charme, ce sont ceux-là que les femmes dévorent des yeux. Il devait être, à le voir, plus jeune que moi, plus calme. L'air de désirer, plutôt que les ardeurs des madames, quelque recoin où se faire à son sort petit à petit. Il n'en eut pas envie, ni de leurs bontés. Je ne remarquai pas sur le moment que Maria-des-Lumières lui faisait les yeux doux. Si bien que lorsque Felisberto, une fois nourri désaltéré, ressortit, elle me dit, tout réfléchi : que, si je ne m'y opposais pas, Felisberto pouvait aller se mettre avec elle, dans l'autre chambre, pour un extra d'environ deux heures, compte tenu que pendant ce court délai j'allais continuer comme un coq en pâte avec Hortense-*Gelée-Blanche*. Furieux, je dis que non ; et elle : « Tu as trouvé fortune ici, les fruits prêts à cueillir. Tu vas et tu viens, la chance te sourit. Tu as, et tu ne partages pas ?... » — du coup, me fit changer. Cette tête de linotte était une femme de tête. Il y a de tout dans le sertão.

Et si j'avais répondu non, c'était uniquement pour ne pas manquer à la règle : de ne jamais bambocher qu'avec une sentinelle au poste. J'étais le chef. Felisberto était la sentinelle. Cette maison de Brin-de-Romarin — les délices qui s'y trouvaient — je n'en rencontrerais point de meilleures au monde, je pensai. J'aurais voulu régner là, pour mes plaisirs. Vous savez : moi, le chef, l'autre, en sentinelle. Ce Felisberto, apparemment, n'avait pas beaucoup de temps à vivre, il se pouvait bien qu'il ne soit pas en état d'assurer son service. Mais je pensai aussi : moi, en sentinelle ! Vous imaginez ! Ah — en dépit du mauvais côté de ces aléas — je réussissais à méditer pour mon propre compte : ah, j'avais évité les cornes-du-cocu, et les pieds-fourchus... Là où je voulais régner pour mes plaisirs, pour le dénouement je passai en second. La mort était sur ce Felisberto, pauvre malheureux. Cette chose bizarre qu'une balle soit allée se fourrer dans les centres mêmes de son crâne, dans les replis de son esprit — d'où, de temps en temps, elle faisait des siennes : un de ces jours, avant peu, ce serait la mort fatale. Maintenant, il pouvait bien se faire qu'il veuille laisser tomber la vie de jagunço ? Cette histoire de la balle entrée déposée à l'intérieur de quelqu'un — et qu'on ne pouvait retirer par aucun moyen, qui ne tuait pas d'un coup, mais ne pardonnait guère en attendant — me tourneboulait. Cet homme, même avec son sérieux et sa bizarrerie, je pouvais encore vouloir de lui dans ma bande ? Les deux femmes, jolies à plaisir, les petites mignonnes, dispensent ces délices... J'eus une autre idée. Je suis le seul à savoir : moi en sentinelle. Sauf que je ne peux pas vous faire une description de l'état de mes pensées, de mes impressions ; je sais seulement dans les grandes lignes.

Il fit bientôt clair. Mais Maria-des-Lumières n'était pas profiteuse, je m'en rendis compte, en voyant comment elle regarda Felisberto avec des airs caressants. Qui sait si ce garçon n'avait pas envie de rester là pour toujours, de façon permanente ? Je lui demandai. Felisberto se mit à rire, si heureux confus, que je vis tout de suite que j'avais deviné juste. Et elles, de surenchérir : « Laisse-le-nous ce garçon, et nous te promettons. Nous prendrons soin de lui, et tout, les gâteries et la matérielle. Il n'aura jamais à manquer de rien ! » À tant en dire, elles modifiaient tout. Des femmes ! Et Felisberto allait rester sagement, requis, soumis à ces délices ; pouvait-il trouver meilleur remède de fin de vie ? Aussi, j'embrassai le camarade et les embrassai toutes les deux, en prenant congé pour toujours et en démontrant haut ma satiété. Deux femmes qui savaient vivre ! À telle enseigne — ça se sut — qu'aux heures creuses, pour ne rien perdre, elles vivaient en amantes toutes les deux, l'une avec l'autre. Ce qu'elles trouvèrent bon de me dire, alors que j'étais sur le départ ? Ceci :

« Vraiment, tu t'en vas déjà, chéri ? Une visite de médecin ? »

Et je ne pus me retenir de rire.

Je rassemblai mes autres hommes. Je m'en allai de là. Un peu à contrecœur : j'éprouvais une certaine envie envers Felisberto. Mais, là, je considérai Felisberto comme s'il était mon frère. Comme il y a le ciel et sa splendeur, et ici-bas la beauté des femmes — qui est une soif. Ces deux-là, que Dieu les bénisse abondamment. Donc, je m'en allai, et les laissai, fleurs de ce petit hameau, comme restées pour moi au bord d'une mer. Ah : moi en sentinelle ! — vous le savez.

Aussi, ce petit congé terminé, je voulais très vite tout oublier. Mon devoir de virilité. Surtout lorsque je revis Diadorim, tel que je le découvris, en train de m'attendre avec les camarades, dans un champ de pâturin, à tirer des perdrix. Et je m'avançai vers lui, un peu perplexe. Je faisais bien ? C'est que Diadorim savait déjà tout. Comment il savait ? Ah, ce qui me concernait perdait immédiatement tout secret pour lui, l'amour voit tout. « Tu as pris du bon temps, Riobaldo, avec celles de Brin-de-Romarin... Tu es content ? » — il me demanda franchement, bien en face. Moi, plaies du Christ ! Je portais vivement la main à ma poitrine. Mais je m'étonnai que Diadorim ne soit pas fâché. Et même il rit, le ton léger, avec un air malin de satisfaction.

« Tu as déjà renoncé à elle ? — il me demanda au bout d'un moment.

— Hein ? Hein ? Elle, qui elle ? Qu'est-ce que tu veux dire avec ces méchancetés ?... » — je me contentai de répondre, ramené à la réalité.

Étant donné que : je compris dans la seconde, immédiatement. Et il arrêta là la conversation. Je venais de comprendre : celle qu'il avait évoquée était Otacília. Ma fiancée Otacília, si lointaine — son beau visage blanc montait comme de la crème, de l'obscurité.

Tout cela pour vous, mon cher monsieur, ne tient pas debout, n'éclaire rien. Je suis là, à tout répéter par le menu, à vivre ce qui me manquait. Des choses si minuscules, je sais. La lune est morte ? Mais je suis fait de ce que j'ai éprouvé et reperdu. De l'oublié. Je vais errant. Et se succédèrent nombre de petits faits.

Ce qui se passa. Je raconte ; vous m'arrêterez.

Car après ce détour, nous sommes revenus. Nous dirigeant dès lors droit vers le ponant, des terres uniquement pour des urubus. Et notre chemin, c'était de repasser par les terres-générales, des geraïs de l'État de Goïas, sur les geraïs du Minas. Nous laissâmes derrière nous des plaines et des gorges, nous laissâmes des forêts impénétrables. Le coucou modulait son refrain, triste ici, triste là pour moi. C'est-à-dire, je mens : c'est triste aujourd'hui, en ce temps-là, c'était des bonheurs. Les grands cerfs nous fuyaient, se protégeant, la tête dressée à angle droit, quasiment dans le dos, de prendre leurs bois dans les arbres. Le grand cerf suaçupucu, avec sa femelle suaçuapara. Un jour on tua un anaconda, long de trente-six empans, qui s'engrossait d'air. Il y avait des coins où, la nuit, il fallait tout à coup empoigner la crosse du revolver, ou même les carabines ; et allumer de très grands feux, parce que, bien au creux de l'obscurité, pouvait venir rôder au milieu de nous quelque animal des plus étranges : des silhouettes de grandes onças, qui feulaient en approchant, ou le grand-duc dont on n'entend pas le vol, pareil au hibou ; ou brusquement, à l'improviste, avec, porté par le vent, un fort sifflement, quelque tapir mâle : un rat-cheval. Et c'est là que Veraldo, qui était de Mont-Froid, reconnut une plante qui s'appelle, je crois, vernonia, mais que chez lui on appelle un *cierge,* car on peut l'allumer, la fixer sur un arbre, à la naissance d'une branche, et elle brûle lumineuse, claire, telle une torche.

Nous parcourûmes la campagne. Des jours, si clairs, le ciel haut de toute sa hauteur. Les plus nombreux à voler, étaient les éperviers. Goïas mettait le feu à ses pâtures. Cela fumait, enfumait, sentait le roussi. Le sol violet, recuit. J'eus la nostalgie d'autres audaces. Pitôlo mourut, d'un coup de feu qui partit sans que personne ait voulu — le genre d'accident très plausible. À Padre-Peixoto, une exploitation, Freitas-le-Mâle à son tour, mourut, de fortes douleurs dans le ventre, du côté droit. Le thé d'herbes qu'on lui donna ne produisit pas le bon effet. Alaripe souffrit d'une conjonctivite. Conception se démit le bras, et ce fut bien du tracas et des souffrances pour le remettre en place. Vous remarquez, jusqu'ici, d'incidents de ce genre, et qui se résolvent toujours à peu près correctement, je vous épargnais le détail ; je ne parlais que des morts sérieuses sereines, et autres malheurs différents, ou de maladies très éprouvantes.

Et près des fazendeiros riches et aisés, on percevait un tribut, en bel et bon argent : de cinq, dix, douze contos de reis, qu'ils s'empressaient tous de donner. Avec cela, je remplis la caisse. Et ils ouvraient pour nous des petits barils de cachaça, qu'ils mettaient en perce. Le souper était un banquet, après quoi on chantait en chœur. Parfois, allez savoir pourquoi, je pensais à Zé Bebelo, je demandais si quelqu'un jadis l'avait rencontré ; et personne, là ou ailleurs, ne connaissait cet homme. Ce dont certains avaient eu vent, c'était de la célébrité passée de Medeiro Vaz. Alors, je m'en voulais d'avoir pensé à Zé Bebelo, de l'avoir évoqué. Sottises. Et la seule fois, en chemin, où je m'amourachai, ce fut d'une femme, mariée celle-là, qui me découragea totalement en me répondant, toute tremblante : « Ah, que si Dieu veut, mon mari veuille bien... » Sur quoi je tranchai : « Ah, eh bien moi, madame, je ne veux plus. Je ne suis pas de ce bois-là. » Et, sans le faire exprès, je jetai le mauvais œil à un petit gamin, qui se trouvait là.

Ainsi nous allions. Mais, je vous raconte les choses, je ne raconte pas les temps creux, que l'on perdit. Et je commente : qu'un homme maintienne ferme, avec caractère, une opinion dans un si grand monde malléable, n'est pas facile. Vous voyagez d'immenses voyages. Vous pouvez faire tout ce que voulez, ou ne voulez pas — vous n'en décollerez pas : de toujours devoir avoir le sertão sous les pieds. Ne vous fiez pas à la quiétude de l'air. Parce que le sertão, on le connaît seulement grosso modo. Mais, ou il aide, avec un pouvoir énorme, ou il est le pire traître désastreux. Vous, monsieur...

Je pris de l'assurance dans mon rôle de chef. Imaginez que j'avais laissé de côté toutes mes interrogations sur la vie, et que j'appréciais le seul être-là du corps, au gré de journées si bien tempérées, aussitôt le ciel nettoyé. Des jours si clairs. Au point que les cigales crissaient par douzaines ; et que cela soit l'annonce d'un retard pour les pluies de l'année, certains le souhaitaient déjà. Ils se trompaient. Quant à moi, je croyais aux meilleures prophéties. Et je réservais toujours un traitement d'amitié et de respect aux hommes d'un mérite plus ancien, attentifs à la gravité de responsabilités plus quotidiennes. Ceux-là étaient João Goanhá, Marcelino Pampa, João Concliz, Alaripe et quelques autres — au mérite personnel ; et je n'oubliai pas les usages. À ceci près que je ne demandai pas de conseils. Non qu'ils m'auraient manqué : mais, demander conseil — c'est manquer de patience envers soi. Qu'on ne m'y prenne pas... Je ne racontai rien de mes projets. Le fleuve Urucuia sort des grands bois — et il ne gronde pas ; il glisse : le soleil, sur lui, est ce qui palpite là où on le palpe. Ma vie, toute... Et j'atteste que je m'élevai ; mon office de chef.

Diadorim ne me comprit vraiment pas. Cela eut lieu, je m'en souviens, un après-midi, en ces heures incertaines, alors qu'on longeait une plate-forme, une terrasse à découvert. Nous deux, un couple d'hommes, en tête ; une chaleur du diable ; et les chevaux depuis une bonne lieue foulaient un sol de cristal et de micaschiste. Le ciel et le ciel, du bleu à la grâce-de-Dieu. Vous allez voir comment, dans le Goïas, le monde tient dans le monde.

Et ce que Diadorim me dit commença ainsi, de cette façon : il me demanda, par la bande, si vraiment, je la voulais cette guerre. Là je compris amer — qu'il me réprouvait de faire tant de détours, au lieu d'avancer droit sur l'ennemi. Je rétorquai :

« Ouais, alors c'est toi peut-être, Diadorim, le patron de l'entreprise ? — et, je le mis en plus, un peu en boîte, en ajoutant : — Et, crois-moi, je ne m'en vais pas vaincre à la façon d'un Guy de Bourgogne... » — Je ne crois pas, les mots que je dis, être en train en ce moment de les défigurer.

Mais Diadorim tira sur le mors, et il s'arrêta : et, les yeux limpides, limpides, il me regarda me contemplant longuement. Et me disant, avec lenteur :

« Riobaldo, au jour d'aujourd'hui je ne sais plus ce que je sais, et ce que j'ai pu savoir, j'ai oublié de savoir que je le savais... »

J'attendis, qu'il puisse donner lui-même une explication. Et là, il me dit : « Je vais, pour venger la mort de Joca Ramiro, je vais et je fais, ainsi que je dois. Sauf, et que Dieu me pardonne, que je vais non pas avec mon cœur qui bat en cette heure présente, mais avec mon cœur du temps jadis... Oui... »

J'affirme que je n'engrangeai pas un brin de ce qu'il dit, car nos idées, à ce moment-là, étaient totalement désaccordées, sourdes, on ne régulait plus l'un par rapport à l'autre. Et le ton vraiment sérieux qu'il imposait orienta ma pensée vers d'autres sujets : l'Urucuia — là où ce sont des forêts sans soleil et sans âge. La Forêt-de-São-Miguel est énorme — elle ombre le monde... Diadorim pouvait avoir peur ? — je m'inquiétai. Depuis toujours je savais : un jour, la peur réussit à monter, elle fait un creux dans le courage du plus vaillant quel qu'il soit... Devant autant, je poursuivis et dis :

« Tout dans la vie observe cette règle. »

Je ne m'interrogeai pas longtemps. Diadorim n'avait pas peur. Il n'eut pas honte de me dire :

« Je vais moins, également, pour venger mon père Joca Ramiro, ce qui est mon devoir, que dans l'intention de te servir, Riobaldo, en mes vœux et mes actes... »

Je laissai tomber. « Bon, Hermógenes doit périr ! » — je tranchai. De voir décliner l'espoir, Diadorim allait avoir aux yeux certaines larmes. Il me contemplait, et je ne compris pas. J'en étais peut-être à voir dans sa dévotion une chose banale, méritée ? C'est possible. Je ne fis pas le détail. Mais en même temps, je suppose que je n'ai pas pu lui répondre mieux, à cause d'une diversion. Il se trouve qu'à ce moment-là précisément, arriva sur nous un essaim de fourmis ailées, ce qui étant donné leur quantité, la gaucherie de leur vol, fut pour moi quelque chose de remarquable, fut du vu jamais vu : la façon dont elles remplissaient l'espace en bourdonnant, puis tombaient, car leur loi est celle-là, tant l'arrière du corps, ovoïde, rebondi, pèse chez ces grosses bestioles une fois mûres ; impuissantes à maintenir l'arc de leur vol, elles parsemaient le sol sur des empans de teintes entre noir et cuivré, et tout sentait leur nature, exactement l'odeur du citron roux que l'on fait sauter dans la poêle. Des tas de petits citrons, tout un monde... Déjà les chevaux s'affolaient, certains, têtus, refusaient d'avancer. Et le petit Le-Jaco, le gamin de Sucruiú, se précipita, plein d'enthousiasme ; pour voir mieux que tout le monde en poussant des cris et en faisant des mines ; et cela me plut car je l'avais entraîné en voyage avec nous, justement pour qu'il apprenne le monde. Mais cet immense égrenage de fourmis s'étirant jusqu'au milieu de nous envahissait tout, elles tombaient partout, gênantes, sur les épaules des hommes, sur la robe des chevaux. J'en chassai des tas en donnant des tapes, et je dus ensuite en retirer une quantité d'autres, prises dans la calotte de mon chapeau. Des fourmis ailées : j'ai déjà ouï-parlé de gens affamés qui mangent cette immondice frite avec des farines. Et les oiseaux, eux oui, s'agitaient fort dans les champs, des petits éperviers, pour se remplir le gosier. Mais chaque fourmi savait bien, à peine elle touchait le sol dans sa chute, qu'elle devait tout de suite se creuser un trou et s'y enfiler, disparaître, dans la terre, sans pouvoir choisir son sort, privée de ses ailes qu'elle détachait elle-même, défoliée comme des petits bouts de papier. Ce qui est propre à toutes ces bestioles au monde : une coutume. Mais là, lorsque je regardai, je ne vis plus rien, Diadorim se désancra de mon regard. Il sombra dans la masse des autres. Ah, misère : et je l'avais à peine compris.

Et calez-vous dans de bons étriers : car je vous informe que ce que j'ai dit se passa bien avant que la conversation de Diadorim avec la femme d'Hermógenes ait eu lieu. Maintenant, dans ce que je sais, je vais débrouiller.

De fait, le temps prit le large. Il s'amoncela beaucoup de pluie. Devant quoi, trois pleins jours d'averse, on se fit une raison de rester ce temps-là entre quatre murs, et nous remplîmes la Fazenda Carimã, d'un dénommé Timothée Regimildiano da Silva : *Zabudo,* dans le commun. Cet homme était apparenté de près aux Silvalves, de Paracatu, lesquels avaient reçu des terres sur la frontière, de chaque côté du fleuve. Ce Zabudo : faites attention à l'homme, pour voir ce que c'est qu'une personne qui sait y faire.

Premièrement, on le rencontra à l'improviste, alors qu'on avançait sur une plate-forme — une de ces petites chapadas à l'herbe maigre. Il commençait déjà nettement à crachiner, et j'étais en train de me dire :

440

qu'il devait bien y avoir par là, pas trop loin, quelque commun ou maison de fazenda. Juste à ce moment-là, apparut cet homme. Il arrivait monté sur un cheval bai, sur une de ces selles bizarres à l'arcade très relevée qu'ils utilisent dans le coin, et enfilé dans une paire de fort bonnes bottes de cheval, de celles en cuir de serpent, telles qu'on les faisait autrefois. Il eut un choc, bien naturel, quand il nous vit.

En un rien de temps, cependant, il se remit. C'est-à-dire, qu'il sauta vif à terre, se découvrit d'un geste du bras avec la plus grande courtoisie, et déclara :

« Messieurs les cavaliers, vous pouvez passer, sans crainte et de bon cœur, qu'ici c'est un ami...

— Ami de qui ? — je lui renvoyai.

— Le vôtre, monsieur le cavalier... Ami et serviteur... »

Son souhait était de nous voir le dos au plus tôt. Je l'entrepris : où est-ce qu'il habitait ? « De l'autre côté là-bas, monsieur... Une toute petite ferme... » — il répondit sur un autre ton, fielleux, interloqué. Je l'interrompis : « Justement, nous allons de ce côté, où il pleut moins. Montrez-nous le chemin. » Là, il changea à nouveau de façon, parlant de très bon gré, sincèrement honoré. La fazenda était là, à seulement quelques pas. Ainsi il manigançait déjà.

Ce Zabudo, un homme très regardant, écœurant et sensé. Je lui demandai la prime — dont je fixai la contribution à sept contos de reis — et ça le mit au désespoir, à voir ses grimaces, et même le dos de ses mains qu'il baisa à tour de rôle, à plusieurs reprises. Gémissant sans arrêt que oui que non, il demanda la permission de me signaler combien les affaires de son exploitation, les dernières trois années, avaient périclité, avec la peste que le bétail avait attrapée et réattrapée, la maladie dans les champs de canne à sucre : raison pour laquelle, il n'attendait pas de récolte. Et, tout ce qu'il disait, expliquait, répétait, il se mit en tête de m'emmener sous la pluie battante, pour que je fasse la preuve, de mes propres yeux constate l'état lamentable de ses propriétés. Plutôt qu'une telle corvée, je consentis à rabattre, je finis par ramener la quote-part à trois contos et demi ; et par crainte également que me rattrape la poisse de ce contretemps. Encore que, replet comme j'étais d'argent gagné dans le Goïas, je n'aie nul besoin de système brutal avec quiconque. Et on régla même qu'il allait nous fournir gracieusement pour moitié, le vivre et le couvert, sans stipendier ; il chicanait, mais il donnait. D'autant que le reste, ce qu'on perçut, je le payai le prix fort : plusieurs douzaines de fers à cheval ; le maïs pour les animaux, quelques flèches de lard, et dix petits barils de cachaça — laquelle, à

441

bien dire, ne valait rien. Bon, là, c'était les cordes de tabac. Et ça allait comme ça : au bout du compte, je payais seulement pour qu'il la boucle. Pour finir, je pense que notre halte là, chez ce Zabudo, me revint quasiment gratis.

Vu, comme j'ai dit et signalé, qu'il pleuvait dans tout le Goïas, nous restâmes confinés à l'intérieur de la maison, ne sortant dans la cour que pour manger des jabuticabas. On avait des cartes, on joua, à l'écarté et au menteur, car la marmite, je ne voulais pas, je trouvais qu'il me manquait la prestesse fleurie pour les mots de passe et les cris, qui sont le propre de ce diable de jeu ; et que c'était aussi beaucoup trop un jeu de fainéant pour ma dignité de chef. Tandis les hommes se distrayaient de la sorte, Zabudo allait et venait, furetant et cogitant certainement — pour rabioter et nous escroquer à moindre peine — quelque nouvelle crapulerie, qu'il sortirait de son sac en larmoyant. Et c'est là que tout à coup, il s'amena avec celle-ci, à laquelle on ne s'attendait ni peu ni prou : — que la dame, cette dame, implorait la faveur d'un entretien particulier avec le jeune homme appelé Reinaldo...

La dame, je précise, c'était la femme d'Hermógenes, qui se tenait cloîtrée, dans la chambre à l'oratoire. Et Diadorim, vous devez le savoir, était celui connu sous le nom de « Reinaldo ».

Si cela m'alerta — vous allez me dire —, me causa une surprise ? Il y avait de quoi. J'étais dans la salle à manger, en train de jouer aux cartes avec João Goanhá, João Concliz et Marcelino Pampa. Alaripe, installé avec une petite bassine de poudre d'émeri et de l'étoupe, sur le seuil de la porte donnant sur la cour, récurait les armes. Il s'exclama : « Fasse le ciel... que le Reinaldo ne lui règle pas son compte à cette créature ! » Nous n'avons pas relevé. « Hé, ce serait pas plutôt elle qui va lui jeter un sort ? » suggéra João Goanhá, avec son bon rire. « Oh ça, pour une bonne magie qui vaille, à ce qu'on dit, y a vraiment que nègre ou négresse... » — telle fut l'opinion qu'émit Marcelino Pampa tout en ramassant le sept de carreau avec le sept de trèfle. Je jouai, et João Goanhá prit le six et le trois sur la table avec un valet, et fit le pli. Diadorim s'était dirigé vers la pièce où se trouvait la Femme, pour aller entendre ce qu'elle voulait qu'il entende.

Mon tour arriva de mélanger et de distribuer les cartes. Ou, bon, c'était peut-être quelque chose qu'elle avait à lui demander. João Goanhá était en train de dire que ce pour quoi la femme allait implorer c'était sa liberté. Et je changeai de conversation, regardant au hasard autour de moi, et d'abord le luxe de toutes les bagues dont João Goanhá aimait se couvrir les doigts ; puis je leur signalai les gouttières ouvertes dans le toit au-dessus de cette grande pièce, il fallait disposer des boîtes en fer-blanc à plusieurs endroits, et même une gamelle, au milieu de la table, pour recueillir les eaux de pluie. Mais quant à moi, j'avais désormais perdu tout entrain au jeu, je me levai de là, et j'allai traîner — comme on dit à quelqu'un : va voir si j'y suis — sur la galerie où des hommes avachis s'étaient même endormis, contrariés par une pluie aussi constante.

Diadorim n'arrivait pas, il ne semblait pas devoir sortir de la chambre à l'oratoire. Et, lorsqu'il revint, il ne me raconta rien. Il dit seulement, normalement : « Ah, elle n'a fait que pleurer ses misères... » Je n'en demandai guère davantage. Vu que je ne demandais pas d'emblée, dès son retour, requestionner ensuite n'aurait pas fait bien pour mon prestige. Diadorim s'accoisait, l'air ailleurs, ce n'était pas correct ce qu'il faisait là — de cacher les faits. Les paroles qui me vinrent sur le bout de la langue, furent celles-ci : — que je n'aimais pas les hypocrisies... Je le pensai, je ne le dis pas. Je pouvais douter des actions de Diadorim ? Lui, une créature capable, là, de trahison ? Que dalle ! Cette idée, je ne l'acceptais pas, elle n'était pas plausible. Mais son attitude me déplut de telle façon, que je décidai aussi sec notre départ, sur-le-champ, de la Fazenda Carimã, et je donnai ordre. D'amener les chevaux, et d'harnacher, sans tenir compte du temps — ces trombes d'eau, les gros nuages noirs, le ciel bouché et le tonnerre qui grondait. Des pluies telles qu'elles noyaient les chemins.

Et ils obéirent. Mais les chevaux venaient à peine d'arriver sur l'aire, qu'il y eut une embellie très soudaine — due à une levée des vents. Le ciel se rétablit, et le soleil, avec tous les signes favorables. Devant quoi l'admiration de mes gens — pour cela et pour tout — me valut de grandes démonstrations. Et je vis que : moins ils comprenaient, plus ils m'accordaient des pouvoirs accrus de grande autorité.

Seul, sachez-le, ce Zabudo restait en dehors du cercle, sans aucune influence, l'air d'un qui traficote. Sachez monsieur, qu'il vint encore me trouver, avec des mines et des embarras, pour amortir le paiement, demander des agios d'escroc, et des délais de mercanti. Maintenant, sachez encore ce que pour couronner le tout il effectua — par-dessus le marché — dans la confusion du départ... Eh bien, tout à coup il apporta et offrit à Diadorim en cadeau, une petite caisse de la bonne et meilleure pâte de fruits de Goïas, présentée comme une chose de prix : « Plus vous la goûtez, plus vous l'aimerez... Celle de Sainte-Luzia, à côté, perd sa réputation... » En faisant ce cadeau à Diadorim, il cherchait peut-être par la bande à m'être agréable, en échange de quelque avantage, allez savoir ? Qu'est-ce qu'il pouvait bien y avoir, dissimulé dans l'esprit de cet homme ? Sa façon rusée bizarre de nous regarder avec d'autres-yeux et que sur le moment je ne m'expliquai pas. Étant donné qu'il parvint vraiment, par cette gentillesse à l'adresse de Diadorim, à me flatter. Un bel idiot je fus, à comptes perdus, contre ce plein aux as du Parana. Il s'en tira quitte, c'est tout juste s'il ne réussit pas à m'emprunter de l'argent. Jusque pour les chevaux et les mulets qu'il nous céda, il reçut en compensation une égale quantité des nôtres, bien meilleurs, qui n'étaient que fatigués. On lui permit même de garder le sien, le cheval bai, qu'il nous dit représenter pour lui une valeur vénérable parce que héritage personnel de son père. Monté jovial sur ce cheval, sur ladite selle à l'arcade surélevée, il vint encore pendant un quart de lieue, comme à la fête, nous faire compagnie. Ce genre de manières, ne se voit guère. Il en voulait, au point d'oublier d'avoir peur. Sans arrêt il me regardait, finassier, plein de curiosités. Ces manières. Maintenant, vous avez bien prêté attention à ce Zabudo ? Diable d'homme. Dites-moi : vous avez conçu quelque chose, soupçonné quelque manigance ?

Nous filâmes de là. En cinq lieues, je vis la glaise sécher. La campagne reverdissait. Mais je laissai que le voyage se fasse en douceur, sereinement je voulais, je voulus. Le petit âne de Notre-Seigneur Jésus-Christ ne portait lui non plus pas un mors d'acier... Mais ceci, je rectifie, je ne me le dis pas à cette occasion. Mon idée c'était de m'accorder du temps, pour mettre mon projet en forme dans tous les détails. Mais — je vous en donne ma parole — je ne me sentais fustigé par aucun mauvais sort hérétique, et n'éprouvais quand je voyais la croix, que j'entendais prier et parler religion, aucune aversion. Et d'ailleurs, quel temps ou intérêt il me restait, pour m'occuper de ces questions ? J'étais constamment préoccupé au fond de moi, par une chose : ce qui allait suivre. Je voulais voir une autruche courir sur une seule patte... En finir avec Hermógenes. Je me représentais Hermógenes ainsi : tel un taureau qui charge. Mais, à vrai dire, aussi étrange que cela paraisse au bout du compte, je n'étais pas foncièrement en colère contre lui. Il était, écoutez voir : comme une partie de la tâche, un repaire pour mes exploits, entre le bon qui m'attendait et le Haut-Plateau. Mais comme un brouillard-brouillé, indistinct, presque un fantôme ? Et lui, lui-même, n'était-il pas mon faire-valoir — ? — obligé que j'étais de rayer de la terre sa chevauchée, pour pourvoir à ma grande œuvre ! Et je ne vis pas le danger, de même que je ne m'appesantis pas sur mes incertitudes. Le temps au vert. Hourra ! J'allais lever la main et lancer mon cri de commandement — et Hermógenes s'écroulerait. Mais où pouvait-il être ? Je n'en savais rien, n'avais aucune nouvelle raisonnable ; mais la nouvelle que demain vous apprendrez, vous sert dès aujourd'hui... Je savais ; je sais. Comme sait le chien.

Ceci — que rien ne me disait — c'est-à-dire : mon cœur me le disait : que nous allions Hermógenes et moi, sans retard, nous affronter quelque part, dans les Hautes-Terres du Minas-Geraïs. Je le savais. Pourquoi m'impatienter ? Il me suffisait d'aller, d'aller — de rejoindre la Serra des Confins ou le fleuve São Marcos. Route nationale, route du mal. De fait, elle n'était pas praticable, encombrée par des monticules de boue, creusée de fondrières, et avalait vorace jusqu'aux fers qu'on venait de mettre aux chevaux, nous exposant à des glissades et à des chutes, un des chevaux se fendit le canon et se brisa l'encolure. — « Il en veut ce chemin » — on se disait avec raison. Une folie. Et la journée de marche ne rendait pas, on ne pouvait négliger une seule foulée. On prit du retard. Un retard que je ne regrettai pas. J'allais battant les Hautes-Terres, très à mon affaire, ah. C'était ça, non ? On perdit du temps également, retenus dans des villages, des demeures de fazendas. Et tant mieux — car là aussi il fallait qu'on apprenne à rappeler mon nom. Et déjà les gens s'acquittaient de me rétribuer et réserver de bons traitements, vu cet avantage : j'allais délivrer le monde d'Hermógenes. Hermógenes — je bataillai pour me rappeler ses traits. Je ne les retrouvai pas. Il devait plutôt être comme le pire : exécré en train de nous guetter. — « Diadorim... » — je pensai — « Souffle, souffle ta bonne vengeance... » Hermógenes : le mal sans raison... C'était pour pouvoir tuer Hermógenes que j'avais rencontré Diadorim, et que je l'avais aimé, avais aligné ces mésaventures de par le monde ?

On prit du retard. Jusqu'à pouvoir enfin, rattrapée la bonne saison d'été, poursuivre au trot. Nous nous arrêtâmes quelques lieues avant les frontières, je dépêchai des sentinelles et des éclaireurs. Je contrôlai l'armement de mes hommes. Tout était au point. La levée côté Minas ou la levée côté Goïas. Du côté du Minas-Geraïs, s'avançait une forêt paresseuse.

Le temps se dégrada un brin, nous entrâmes dans le Minas, à flanc de montagne, avec les chevaux en difficulté. Là, un peu de tonnerre ; et quelques gifles de pluie. Le versant très à pic, une méchante rampe, mais nous prîmes en lisière de la chapada. Ce n'était pas rien, avec le vent dans les oreilles, le vent qui ne variait guère sa musique. Tout cela oui, on le connaissait bien sûr ; dans le train-train machinal et les intervalles de pluie, à mesure de notre avancée sur ces plateaux : un ruisseau se formait, en dessous, entre les jambes de mon cheval. Le sertão vieux de bien des âges. Parce que — une montagne en appelle une autre — et c'est de leurs crêtes que vous voyez bien : comment le sertão va et revient. Ça ne sert à rien de lui tourner le dos. Il côtoie ici, et s'en va côtoyer d'autres lieux, très distants. Le bruit qu'il fait s'entend. Car le sertão est l'espace du soleil et des oiseaux — l'urubu, l'épervier — qui lui volent sans cesse au-dessus, à perte de vue... Une traversée dangereuse, mais qui est celle de la vie. Et le sertão se hausse et s'abaisse. Mais les courbes des terres s'étendent toujours plus au loin. Là le vent vieillit. Et les bêtes farouches, dans ses fonds...

Plus le tonnerre. Le tonnerre tonnant des Hautes-Terres, constant, continûment... Je pouvais encore faire demi-tour, je pouvais, non? Ou est-ce que, non, je ne pouvais plus? Les ailes frêles, je ne me connais pas. Les ailes frêles... Je sais, ou c'est vous qui savez? La loi est ailée, elle est pour les étoiles. Peut-être tout ce qui a déjà été écrit est-il constamment repris — mais nous ne savons pas en vue de quoi — en bien ou en mal, et se répare-t-il à longueur de temps?

Mes hommes envoyés en avant-coureurs revinrent, et ils revenaient avec une nouvelle : les hermógenes, une bande énorme, se pointaient dans les parages — avertis déjà, pour sûr, de mon itinéraire. C'était le dû. On frissonna, d'impatience. J'avançai. Nous avançâmes. Nous tombâmes sur quelques bouviers et autres gens, qui vaquaient ou qui redescendaient le bétail dans la caatinga, pour empêcher que toutes les bêtes meurent en broutant l'herbe fraîche des Hautes-Terres, qui pousse pleine de sable. Mais ceux-là ne savaient rien de rien de la moindre petite chose. On fit un détour pour arriver les premiers chez Nestor, à Mi-Clairière, puis chez Coloriano, au-delà du Mujo. Le Val-du-Mujo, je crois bien que c'était ça le nom, également. Ce Coloriano habitait près d'un lac, au milieu d'un bois de buritis, et il fabriquait des chapeaux de paille : ce qu'il y a de mieux. Il fallait qu'on se dépêche d'arriver chez lui et chez Nestor, avant Hermógenes — car il y avait là une cache de munitions. On fit le détour. Beaucoup de mares et de marigots avaient déjà réapparu. L'eau des rivières trouble, les petits anarcadiers sauvages en fleur. Mais le courant dans les rivières, charriait beaucoup d'écume mousseuse à la surface — signe qu'elles entraient en crue, en raison de très fortes chutes de pluie aux sources. Malgré cela malgré, on ne manqua pas d'arriver rapidement et de ramasser les munitions qu'on voulait, la totalité entière. On fit bonne mesure. Maintenant, c'était l'heure. Qu'est-ce qui manquait? Qui veut le combat — autour de moi! — avec moi, mes gens...

Mes gens. Tous. Et il y avait des moments où je sentais que je les aimais bien, comme s'ils étaient mes frères, engendrés, naguère, de la semence d'un père et de la matrice d'une mère. Mes fils. Pourquoi les évoquer, raconter de l'un et de l'autre, faire des résumés? À propos de Dimas-le-Fou — qui insultait jusqu'à la branche d'arbre qui lui fouettait le visage, jusqu'aux moustiques maringouins. De Diodôlfo — qui remuait sans arrêt les lèvres, en bis-bis : parce que sans se lasser il priait tout bas, ou, se parlant à lui-même, débitait des choses peu recommandables sur la vie d'autrui. De Suzarte — dont les yeux enregistraient tout, sol, arbres, poussières et manières du vent, pour garder dans sa mémoire ces lieux hasardeux. De João-un-Tel, allant son train sur son âne ; et d'Araruta — un homme de toute confiance : celui-là avait déjà à son actif plus d'une centaine de morts. De Jiribibe, toujours en train de courir de l'avant-garde à l'arrière-garde, pressé par la nécessité d'écouter, d'apprendre, de reraconter. Ou de Feliciano — qui ouvrait grand son œil sain pour mieux entendre ce qu'on disait ? Du petit Toscan-Caramel, qui chantait, une jolie voix, des chansonnettes sentimentales. De João Concliz, relançant à tout bout de champ un long sifflement sans fin, comme font les muletiers des terres de Goïas. Ou de José-la-Pointe menant avec Crocodile les mules chargées de sa batterie de cuisine...

Mais je rapporte des détails. Les menues choses qu'on entrevoit sur le moment, et qui ne s'oublient quasiment plus, ou difficilement. Et je pensai rapide à la responsabilité qui était la mienne, quand je voyais un homme d'âge respectable, comme Marcelino Pampa — et qui avait été chef jadis — marcher à son affaire avec les autres, ou retenir son cheval par la bride, et le maintenant ainsi arrêté sans même tourner le visage vers moi, baisser un peu la tête et rester écouter et méditer mes conseils. Ou quand l'un de ces jagunços plus âgé recommandait à une jeune recrue comment faire attention en maniant ses armes au milieu des autres, et avec des munitions plein son havresac : car, en silence, ils veillaient à tout ; et l'impression alors c'était comme être en train de vivre quelque chose du temps de paix, des menus préparatifs faits à la maison. Ou même lorsque j'apercevais un des culs-terreux, tous ces gens emmenés, déportés par moi de leur propre terre. Ils avaient ceux-là, bonne opinion de moi ? Ah, je crois. Ou, plutôt, ils avaient une crainte admirative, la peur profonde. Et il y en avait certains — comme je vous ai dit, je me souviens de tout — ainsi, Assomption : lorsqu'on parlait de combattre, il se penchait aussitôt le corps en avant, à moitié tordu ; et il était maigre, mais à moitié bedonnant, le ventre comme un œuf ; et n'importe quel simple chapeau de n'importe qui, mais un peu plus neuf ou garni, il le dévorait aussitôt stupidement des yeux... Mes fils.

Mais je n'en restais pas là, en un rien de temps j'agitais de nouveau mes vastes plans, plus fort ; je bouillais. J'étais ainsi. Je le suis ? N'en croyez rien. J'ai été le chef Crotale-Blanc — après avoir été Tatarana, après que j'ai été le jagunço Riobaldo. Ces choses je les ai larguées,

447

elles m'ont largué, dans le temps jadis. Aujourd'hui, ce qu'il me faut, c'est la foi, plus la bonté. Sauf que je ne comprends pas qui se satisfait de rien ou de peu ; moi, ça ne me sert de rien, de humer le relent de l'excédent — je veux plutôt brasser la pâte à pleines mains et la voir monter... Autre saison, autre temps. Je m'apprêtais, sans le savoir, à souffrir. Et, voyez, on allait ; puis je commandais : « C'est la guerre, Sus, en guerre ! jusqu'à ce que la peau du fauve... C'est la guerre !... » Tous m'approuvaient. Même lorsqu'ils chantaient :

Ollé, ollé, bahiannaise...
J'y allais
et je n'y vais plus...
Je fais,
oh bahiannaise :
comme si
j'y allais
et je rebrousse chemin !

Tandis que l'autre — celle que vous appelez : la chanson de Siruiz — moi seul la chantais, mon silence...

Ma superbe mise à mal et l'amour s'affirmant, je sentis, comme j'ai déclaré, ce que je voulais : qu'une fois terminé, j'allais épouser en mariage Otacília — soleil des fleuves... L'épouser, mais tel un roi. Je voulais, je voulus. — Et Diadorim ? — vous vous inquiétez. L'ingratitude est le défaut qu'on reconnaît le moins en soi ? Diadorim — il allait d'un côté, moi d'un autre côté différent : tout comme, sortant des marais des Terres-Générales, une vereda se forme du côté du levant et une autre du côté du couchant, petits ruisseaux qui se séparent définitivement, mais courent, eau claire, à l'ombre de leurs palmeraies de buritis... À d'autres moments, je revenais à cette idée : que me souvenir d'Otacília était très légal et fallacieux ; et que Diadorim je l'aimais d'amour, et c'était impossible. Oui. Écoutez voir : vous vous y retrouvez ? Prenez patience ; je raconte. Pour l'heure, ce qui comptait, c'était d'aller — je corrige : d'arriver. Même sans recevoir aucune nouvelle d'Hermógenes, j'en avais. Je flairais tous les vents avant-coureurs. Hermógenes, avec ses gens — rampant, comme sinue, large et long, un vol de colombe, mais sans tapage, à l'abri des feuilles sèches... Malgré tout, je n'étais pas dans mon assiette. Je me réveillais certaines nuits au beau milieu, et j'étais dispos comme si c'était grand jour. Le creux de la nuit, quand les bois commencent à s'emplir de rumeurs d'accalmie. Ou lorsqu'il y avait clair de lune, comme cela se produit dans les Hautes-Terres, avec les étoiles. Le clair de lune ; pour que règne une pareille lumière bleue : uniquement grâce à une étoile très puissante.

Et nous arrivâmes ! Où donc ? Où vous arrivez, c'est aussi là où vous veut l'ennemi. Le diable veille, ce que le diable veut c'est voir... Or donc ! Sincèrement, monsieur : la plaine de *Tamandua-tan ;* l'ennemi arrivait, tous, les cavaliers au trot, très enlevé. Et les chevaux se désunirent... La plaine de Tamandua-tan — ici écrivez : vingt pages... Dans la plaine de Tamandua-tan. Ce fut une grande bataille.

Qui ne fut pas préparée. Ni même annoncée. Je déclenchai le combat. Ainsi : loi contre loi, et feu contre feu. A la force de la lune.

Tamandua-tan, c'est la plaine — qu'on découvrait du haut d'un escarpement ; et on la rejoignit en descendant par un couloir raviné, presque une gorge, entaillant le versant. Mais plus de mille bœufs, ou quelque huit cents chevaux et juments auraient eu de quoi paître, si nécessaire, de part en part de cette basse-plaine. D'un côté, masse obscure, c'était un rempart de forêts. De l'autre, un autre bras de forêt. Ce qui fait, qu'une fois contournée cette forêt, on était toujours dans ce qu'est Tamandua-tan : la plaine, immense. Parce que le nom, pour le tout, était seulement ceci : les Grands-Bois de Tamandua-tan et les Petits-Bois de Tamandua-tan, et ainsi de suite. De même, Tamandua-tan c'était également la maison de maître de la fazenda — une fazenda d'une époque très reculée, lorsqu'elle comptait encore des habitations d'esclaves et un moulin à sucre en bois. Mais elle était déjà oubliée, désaffectée, les charpentes effondrées, avec des restes de murs en ruine enserrant la végétation poussée en haut des monticules de pierres et de terre : — au dernier degré de l'abandon. Vivaient, non loin, probablement quelques pauvres gens arrivés là, qui cultivaient : à ce qu'on voyait de champs plantés, des champs de maïs et de haricot noir. De gens, on en vit à peine. Et faisait partie de Tamandua-tan, la Vereda, avec sa haute futaie de buritis et le clapotis de l'eau, donzelle en blanc, sans un seul litre de boue. Il paraît que là, on pêche, et de gros piabas. Je sais qu'au-dessus on tire beaucoup. Il y avait une auge dans les champs ; le bétail nous avait entendus et il se sauvait, farouche. Mes hommes se lancèrent au galop en zigzaguant — tout autour de la Vereda — comme s'ils étaient le serpent surucuiú sans femelle, dans son parcours fou... Et l'ennemi reculait. Ils ne trouvaient pas où se cacher... C'est ainsi que tout commença.

Au vrai, comment est-ce que je vais donner, à la lettre, les différents emplacements, vous les définir ? Seulement si j'utilise une feuille de papier, avec un croquis. Vous dessinez une croix, bien tracée. Qu'elle ait quatre bras, une pointe à chaque bras : chaque pointe bien nette... Eh bien, celle du haut, c'était d'où nous venions, et le couloir. À main droite, c'est-à-dire du côté du couchant, les Grands-Bois de Tamandua-tan. En face, la pointe à main gauche, les Petits-Bois de Tamandua-tan. Et la pointe en bas, l'extrémité de la vallée — qui était le mur soudain dressé, brutal, de la Chaîne de Tamandua-tan, une horreur, avec des escarpements et des failles. Des escarpements grisâtres, présentant des bosses et des creux, des escarpements très bizarres — comme les dos de toute une file d'animaux... Mais, maintenant, remarquez, ici au milieu, entre, en gros, l'endroit où se trouve la Chaîne de Tamandua-tan et les Grands-Bois de Tamandua-tan : vous avez les vieux restes de la maison de maître, si effondrée qu'elle n'est plus que décombres ; et en vis-à-vis, sur le chemin menant de la montagne aux Petits-Bois de Tamandua-tan, les lopins de terre de ces pauvres paysans. Là vous la tenez, on y est : la Vereda. Elle fend, partage la plaine, en biais, depuis l'entrée des Petits-Bois jusqu'à la grande maison, et c'est un vert revigorant, mais ondulant, une suite de courbes courtes, comme le parcours succinct d'un serpent quelconque. Voilà. Le reste, le ciel et les champs. Si vastes, comme lorsque je les vis, quand à la fin : j'entendis seulement, sur la grand-route, des cris et les hennissements : les nuées de poussière de la débandade, et les chevaux qui détalaient.

Mais d'abord, il y eut le commencement. Et ce qui précéda le commencement ; qui était — nous, qui arrivions, qui arrivions. Et qui arrivions à point nommé. Sauf que d'arriver ainsi, juste à point, on ne s'y attendait pas si tôt. On finissait d'atteindre la fin de la montagne. En haut de la chapada. Il ne restait plus qu'à descendre, et à franchir les champs, cette étendue de plaine. Des autres, de l'ennemi, on n'avait aucune nouvelle, pas un indice. Je pouvais savoir ? J'étais une terrible innocence. Et ce sont de toutes petites choses que je donnais à manger à ma joie. Ainsi, par exemple, lorsque je voulus tester la valeur de mes capants. L'un d'eux, Aux-Anges il s'appelait : celui-là adorait montrer comme il s'y entendait : il maniait prestement son comblain. Le petit cliquetis rapide quand il le rechargeait, m'amusa. Mais c'était une arme sans robustesse et très vieille, pire que les pires, et le canon déjà bousillé. « Montr'voir ton arquebuse, vieux frère... » — je cherchai à la prendre. Mais — comme il me dit, tout triste : « C'est ma combia à moi... » — il ne voulait pas la lâcher, et il la contemplait préoccupé. Celui-là méritait qu'on lui trouve une autre arme, plus adaptée — un rifle en acier, ou une winchester calibre 27, ou n'importe quelle carabine tirant des balles de plomb. Cela fait, cet Aux-Anges m'offrit volontiers son vieux tromblon ; le bon garçon me regardait, plein de confusion... Mais Marcelino Pampa — lui, je crois — une fois fini de rire, eut un fameux souvenir : il dit, que dans un creux de rocher, à mi-côte vers le sommet de la montagne, Medeiro Vaz, un jour, avait laissé un faisceau d'armes de l'armée régulière. Qui étaient cinq fusils Mauser, bien huilés, rangés dans une caisse, et cachés au fond d'une grotte, dans la paroi. C'est ce qu'il disait. Si bien que pas une bête sauvage, le singe excepté, ne s'aventurait là ; raison pour laquelle, assurément, ils devaient être en état d'usage. — « Pourquoi est-ce que Medeiro Vaz les a cachés ? » — « Parce que, à l'époque, on n'avait pas de munitions qui servent... » — « Et maintenant qu'on les a, ça ira ? » — « Pour sûr. »

Je vous l'ai dit : je ne savais rien de l'ennemi, et l'ennemi rien de moi ; et nous progressions pour nous rencontrer. Alors ? Ah, mais je m'arrêtai plus haut — je me trouvai vraiment beaucoup plus haut ; et ce fut ainsi, par surprise. Car on changea aussitôt de chemin, pour remonter la pente, jusqu'à ces grottes. Et de fusils, on n'en trouva pas un à l'intérieur de la caverne, qui était très spacieuse, habitée seulement par quelques chauves-souris. Et moi, une envie qui me prit, je dis que j'allais monter plus haut, jusqu'au sommet. Rares furent ceux qui m'accompagnèrent. Les hauteurs.

Rares ; je me souviens d'Alaripe. Vu que, bon, ce qui arrive arrive. On faisait déjà demi-tour pour descendre, le vent à nous faire l'idiot dans la figure — et la belle-vue devant nous, largement décrite. On avait même en marchant roulé une cigarette, pas facile à allumer, vu la petite colonne d'air qu'il ventait. On s'arrêta. Alaripe alluma un briquet. Mais, se ramassant, tout à coup, le corps incliné, il désigna, en s'exclamant sourdement : « Ah, là-bas : dans le *touniquet*... » — ce qui dans le parler de chez lui signifiait : dans le tournant, dans la descente. Et en effet, loin là-bas, sur le versant, en bas de la chaîne de Tamandua-tan, arrivait un cavalier. Et ils étaient toute une quantité.

Eux, c'était eux ! Mais nous nous étions déjà embusqués. « Pour le coup... » — je dis. Et ce que je sentis, ah, ce ne fut ni crainte, ni stupeur, ni la gorge dans un étau. Ce que je sentis ce fut, rien, rien du tout, le blanc, tandis que je me mettais en mouvement...

Tels qu'ils venaient, en si grand nombre, on allait combattre ; mais un chef est toujours une décision. Je parlai. Et quand je m'en rendis compte, j'avais déjà décrété les ordres nécessaires appropriés ; tout bien cogité, voyez, etc. Premièrement, que trois hommes aillent emmener à l'abri de ladite caverne à flanc de montagne ceux qui n'étaient pas des hommes d'armes : le petit Le-Jaco, l'aveugle Borromée et la femme d'Hermógenes, qu'ils attendent là que tout se termine. Je choisis pour ça également ce cul-terreux, Aux-Anges, et je vis tout de suite que j'avais bien choisi, vu que la première chose à laquelle il pensa, fut la quantité de nourriture qu'il fallait leur laisser.

Puis, les ordres de guerre, concis, simples : répartir les hommes en trois contingents, car nous allions descendre de la montagne par trois défilés différents. Moi, avec les miens, au plus court, le chemin normal ; João Goanhá prendrait à main droite ; Marcelino Pampa à main gauche : qu'ils les contournent, chacun de son côté, puis reviennent et attaquent, en les prenant à revers.

En une seconde. Tout réglé de la sorte, les hommes se préparèrent à descendre, ils s'ébranlaient déjà ; un jagunço ne s'étend jamais. Mais, d'abord, ceux de João Goanhá, et de Marcelino Pampa, qui avaient plus loin à aller. Moi avec les miens, qui avions plus de temps, mieux valait même qu'on traîne. Je comptai les chevaux. « Arme-toi bien, Diadorim ! » — je dis. « Arme-toi bien, mon frère ! » Pourquoi est-ce que je le dis ? C'est donc, vous constatez : que je n'étais pas un ingrat, et que Diadorim était toujours au cœur de mes soucis d'amour. Et l'amour est ceci : le bon-vouloir et le mal-faire ? Je palpai ma selle, que mes jambes échauffaient. J'empoignai mon parabellum. Plusieurs de mes hommes profitaient encore de l'attente pour manger un morceau, et l'un d'eux voulut me faire la gentillesse d'une moitié de galette de maïs, à grignoter, et un autre, qui transportait un plein sachet en cuir de cajous jaunes et rouges, la même chose. Je refusai. Bien que ce jour-là, je n'aie avalé au petit déjeuner, qu'une bouillie de manioc relevée d'une goutte de cachaça. Je ne voulus pas fumer. Pas par nervosité. Mais je savais ce qu'était la minute et que ce n'était pas l'heure. Et celui au sachet plein de cajous, qui était un certain João-Prématuré, de Diamantina, me dit, décidément très aimable : « Aujourd'hui, Chef, après qu'on aura gagné, on fêtera ça par une bonne rasade ? » Oui, pardieu. Et tout à coup je me pris en train de lui dire : « Toi, petit, tu viens en tête, mon garçon, à mon flanc, vieux frère... Tu me portes chance ! » Nous piquâmes des éperons.

Descendant par ce défilé, on avançait par bonheur à couvert. Et, aussitôt en bas, juste à l'entrée de la vallée, c'était un fourrage très vivace, ces étendues de hautes herbes des fonds de vallée bien arrosés. Une herbe plus haute que moi — où l'on disparaissait. Avec cette coïncidence que, mêlés au vert des touffes, on distinguait quelques papillons, pris dans un labyrinthe, et battant des ailes, pour exister. Du sucre tombé dans le miel ! Car il convenait qu'on puisse également prendre un moment par la bande ; et de tête, je séparai tout de suite un groupe d'hommes, qu'allait emmener Fafafa : ceux-là avanceraient les premiers — comme une sorte d'appât et brouillant les calculs de l'ennemi, au donnant donnant. Nous soufflâmes un temps, dans ce transitoire. Embusqués, le visage démangé par les pointes du pâturin, qui donnaient envie d'éternuer. Le seul bruit qu'on entendait, c'était les chevaux mordant à pleine bouche. J'avais hâte d'en finir, mais ce qui se produisait surtout en moi était un labeur de patience : la capacité de pouvoir rester à m'attarder là la vie entière. Pristi — et je pouvais tout autant, d'une bonne détente, bondir brusquement. Je vis : qui sait combattre c'est l'animal, ce n'est pas l'homme. La végétation répartissait tout diversement : la touffeur de l'air et la fraîcheur que l'on trouve dans une grotte — du froid et du chaud, à côté l'un de l'autre, à même les fines feuilles des feuillages. Mais, le chaud, c'était le long de mes jambes qu'il me remontait dans le corps : car j'avais les pieds en sueur, de chaleur. Et je ne distinguais pas le sol, mais l'odeur de cet endroit était une odeur de glaise jaune, compacte. Même à l'arrêt, on bambalottait sur la selle, d'un côté, de l'autre, dans ce mou — selon cette modération dont l'esprit avait besoin. Car nous étions tous très calmes, afin de ne pas effrayer les oiseaux qui mangent les semences des graminées, car leur envol aurait averti l'ennemi.

Là-dessus, je dégageai un pied de l'étrier, je m'agenouillai sur le coussin de la selle. Le moment était venu de regarder ; j'observai et je vis. Comment l'ennemi arrivait : les hommes sur plusieurs files, les bêtes de somme : passant la centaine. J'embrassai tout du regard, ils étaient encore loin. Fafafa posa deux doigts sur mon genou, comme s'il voulait pouvoir, même muettement, recevoir ordre de... il attendait l'instant précis de ma respiration. Je tapotai de la main sur l'arceau. Tour de l'un, tour : de tous et tous. Que je vous dise le dicton des jagunços : qu'ils n'arrivaient pas eux-mêmes à savoir s'ils avaient peur ou non, mais qu'à la mort aucun d'eux ne pensait ! Et qui jure et maudit, c'est pour le sang d'autrui.

Puis je regardai de nouveau. Je m'aperçus qu'ils approchaient — et ils avaient détaché une petite escouade au galop, une petite escouade qui filait en avant à bride abattue, dépêchée par précaution, pour surveiller le défilé et le passage au pied de la montagne. Je fermai les yeux et je comptai. Jusqu'à dix, non, je ne pus tenir, que déjà, à sept, je décidai : « Toi, à toi, Fafafa ! » — je dis. Et il cria : « Sus, on y va ! » — et il piqua des deux. Et je vis la volte-face des chevaux — qui démarrèrent comme des flèches, couchant l'herbe sous eux. C'est-à-dire que les hommes pour accompagner Fafafa je les comptai et les lâchai, ainsi qu'on ouvre la barrière pour le bétail : et il en passa un peu plus de vingt. Et je retenais à grand-peine les autres, qui voulaient également y aller. Diadorim parmi eux. « Moi ! » dit Diadorim. Je dis : « Non ! » et j'attrapai par en dessous la bride de son cheval. Pourquoi je le fis ? Mon ordre suffisait. Ce geste n'avait pas de sens. Je le fis uniquement parce que je voulais Diadorim avec moi ; et nous

453

tenions dans la trame verte des hautes herbes, de sorte que je distinguais Diadorim, comme s'il était auréolé. On entendait de grands cris et des tirs : qui étaient ceux de Fafafa en train de démanteler l'avant-garde des opposants. A cheval sur cet instant, j'eus cependant le temps d'avoir honte de moi, et de sentir que Diadorim n'était pas mortel. Et que j'étais sans pouvoir sur sa présence. Je sais : qui aime est toujours très esclave, mais ne se soumet jamais vraiment.

Là, je me dressai et je réalisai : que c'était le début de la grande bataille. Fafafa en tête, lancé comme le vent, suivi des siens, poussait des hourras.

Là-dessus, les autres, les hermógenes, qui d'abord formaient une seule masse, se déployèrent rapidement dans l'espace, en s'écartant les uns des autres — une forêt de cavaliers. Ils fulminaient ainsi, bramant brayant, le grand nombre qu'ils étaient ; eh, c'est qu'ils savaient foncer, rabattre. De vrais coups de feu, j'en entendis peu ; mais, sur la route de terre sèche au milieu des champs, s'éleva un panache de poussière. Je ravalai ma salive : je veux dire que j'attendis encore un temps. Tandis que volontairement Fafafa — parce que les autres pouvaient leur réserver un piège — allant seulement un demi-galop, très trompeur, ralentissait son avance. Pour mieux voir, je me dressai quasiment debout sur ma selle, mon cheval sous moi sagement immobile, car c'était un animal consciencieux. Mais sachez, monsieur, ce que je fis pendant ce temps ! Je fis le signe de la croix avec respect. Et c'était le geste de quelqu'un qui a fait pacte ? Le geste d'un fils du démon ? Non cent fois non ; je proteste. Et même je me souviens de ce qui m'arriva : j'étais persuadé, dur comme fer, que celui qui, au démon, au Chien sans muselière, appartenait, c'était lui — Hermógenes ! Mais je voulais avoir la témérité de Dieu ; est-ce que je ne l'avais pas ?

Puis ce fut l'instant dans le temps qui était le moment. J'appelai seulement João Concliz : « Maintenant, c'est maintenant... » Et je m'élançai : « Sus, toute ! » Mon cheval démarra en donnant des coups de tête. Et tous derrière moi, à l'arraché : c'était vraiment le monde. Je clamai des sus ! sus : « *Treize à la douzaine ! — Treize à la douzaine !...* » avec des transports dans la voix. Et eux, les miens, criaient si féroces, qu'ils semblaient survenir sur l'air. Je ne vis pas grand-chose. Mais Tamandua-tan entière s'embrasa du feu de la guerre.

Retenant mon souffle — qui, là ? — j'échappai, tirant sur les rênes, d'un bond de côté, avec mon bon cheval. Je ne bougeai plus. J'étais sous un arbre très fourni ; un canjoão. A ce qui me sembla. Et les tirs fusèrent, la mitraille, dans un nuage de poudre. Jusqu'à l'herbe qui sifflait. Autant je voulais tout voir, autant c'était terriblement difficile, et demandait du temps avant que l'œil puisse se poser sur quelque chose de précis. Cela ressemblait, pour ainsi dire, à une grande table mise, ce luxe, lorsque quelqu'un tire sur la nappe, et, bon, fait tout valser... Qui allait pouvoir mettre de l'ordre là-dedans, pour à la fin obtenir la victoire ? Et des balles crépitèrent. Je renfonçai le pied dans mes étriers, pressai le mollet contre les panneaux. Il fallait que je donne des ordres. J'étais seul. Et, quant à moi, je ne guerroyais pas. J'étais Zé Bebelo ? J'attendis. Je pouvais tout observer avec froideur, toute peur drainée. Je n'étais pas en colère. Ma rage était déjà ébranlée. Et même, voir, dans cette confusion, à quoi ça me servait ? Je gardai mon revolver au poing, mais je croisai les bras. Je fermai les yeux. Par la seule pression constante de mes jambes, j'enseignai la quiétude à mon cheval Siruiz. Et tout, passager, passa. Ce qui me regardait, qui était ma part, c'était cela : commander. Autant dire que je pouvais aller là-bas, me mélanger à tous, pour diriger ? Non ! Je commandais seulement. Je commandais le monde, qu'ils étaient en train de démonter totalement. Car commander c'est seulement ceci : rester calme et s'inventer plus de courage.

Plus de courage que tous. Il y eut quelqu'un, à ce moment de ma vie, pour me l'enseigner ? On me vit ! Il se trouve que, pour le courage, il y en a toujours un capable d'en déguster davantage et d'endurer le pire : à la façon de l'air : qu'on peut toujours absorber en excès à l'intérieur de la poitrine, aussi pleine soit-elle, en prolongeant la respiration... Parole, je le fis. Si je ne me pris pas pour Dieu, ah, je ne m'accrochai pas non plus — je précise — au démon ; mais je ne prononçai qu'un nom, dit tout bas avec fermeté, et pensé avec encore plus de force. Et c'était : — Crotale-Blanc !... Crotale-Blanc !... Crotale-Blanc !... Et c'était moi-même. Je savais. Je voulais.

Puis la guerre revint lécher de mon côté, telle la flamme tout à coup quand le feu prend. Ils se rapprochèrent. Et les coups de feu — les leurs. Les balles claquaient et reclaquaient. Elles fauchaient l'herbe à hauteur du sol et l'arrachaient avec une poignée de terre. Elles s'ectionnaient dans les branches au-dessus de moi des gousses de robinier, et je reconnus alors l'arbre pour ce qu'il était. Je restai calme. J'étais le chef, n'est-ce pas ? Même qu'une décharge de fusil s'enfila dans mon chapeau-en-cuir-de-vache, et qu'une autre, vrombissante, frôla mon gilet. Je ne remuai pas un doigt, mais, fichtre, j'éprouvais du mépris. J'aurais allongé le bras et bougé la main pour riposter de plusieurs coups de mon revolver, je me retrouvais mort — tant j'étais cerné de balles traçantes, et rasantes, brûlantes même — *Crotale-Blanc...* — je me rappelai seulement, un murmure heureux, comme lorsqu'on fait la cour à une tendre jeune fille. Une rasade de cachaça pour ma joie. Au vent. Et des balles, rien d'autre, plus que jamais ; pendant l'éternité d'une minute. Mais, bon : bouger de là, surtout pas. Si je mourais — j'eus la paresse de penser — alors je mourrais trois fois sur pied, en vaillant preux : comme l'homme au monde le plus vaillant, à l'heure de sa plus grande vaillance ! Parole, ce fut ainsi. Fils si tranquille, que je devins eau dormante.

Et, brutalement, tout changea. Ceux d'Hermógenes firent volter les chevaux pour repartir en sens inverse et s'égailler au loin. Et c'était parce que ceux de João Goahná, qui finissaient de contourner, débouchaient à l'extrémité de la forêt, et attaquaient par-derrière à grands cris, le gros de l'ennemi. — « Dia ! Dia ! A mort ! » — ce qu'on dit. Car nous devions l'emporter et vaincre. Et l'avant-garde envoyée par Hermógenes détalait, à toute bringue. Il y en eut un, monté sur un cheval noir, il hésita, et Paspe, Suzarte et Sesfrêdo déboulèrent sur lui au galop, une mêlée ! — ils formèrent un méchant nuage. Et son corps, fut projeté au ralenti, mort : il s'arqua raidi en l'air, rebondit : comme un morceau de bois... Un autre, qui avait perdu la tête, la même chose — João-le-Vacher, qui était descendu de cheval, l'atteignit à plusieurs reprises. Celui-là s'enroula — tatou et tout. Il vint tomber, juste à côté de moi, et, à l'entendre gémir, très gravement blessé. « Désarme-le, mais ne l'achève pas, vieux frère... » — je dis à João-le-Vacher. L'homme, cet ennemi terrassé, se plaignait, cherchait à rentrer les ongles dans l'écorce d'un arbre, ce crissement. Ce dont il se plaignait : que d'être venus montés sur des chevaux aussi mal en point, et lancés dans une entreprise aussi adverse, ils ne pouvaient évidemment que perdre... Il vidait son sac, jurant là, doucement, avec trois côtes écrasées. Mais il réclamait, en chrétien, un peu d'eau. La soif est la seule situation qui est la même, humaine, identique, pour tous. Je me penchai et je lui mis dans les mains ma gourde, presque pleine, et qui était commode comme un pichet. Bardé, je fermai les yeux, pour ne pas m'apitoyer sur ces malheurs. Et je n'écoutai pas ; car l'oreille elle aussi se ferme. Je me tenais droit, sur mon cheval. Le domaine qu'il me revenait de commander, celui-ci : tout chez moi, mon courage — ma personne, l'ombre de mon corps sur le sol, ma présence. Ce que je pensai très fort, un millier de fois : que je voulais notre victoire : et je le voulais serein : comme un arbre de belle hauteur !

La fusillade diminuait.

Puis les gens de Marcelino Pampa apparurent également, brusquement, pour le plus grand dommage des hermógenes. Nous les décimâmes. Nous les prîmes par le flanc. Je raconte comment.

456

Monsieur : on n'entendit que le tir répété — des carabines. Le Feu de Tamandua-tan : sachez-le. Et, pan ! Encore au plus fort du combat, je devinai, je sus : que mes ordres avaient marché, et qu'il ne s'en faisait plus que d'un cheveu, pour que tout soit déjà gagné, le dénouement final conclu. Il restait juste à cueillir le fruit mûr, et je pourrais survivre. Je sais que je pris un risque — je me lançai au galop, dans la mêlée. J'arrivai là où tout grondait. Je poussai des cris. Je me servais de mon rifle ; et je tuais. Où était donc Hermógenes ? Hurlant derrière un groupe d'ennemis, nous nous lançâmes à la queue-leu-leu à travers la vereda. Chaque buriti prit une balle.

Pour la suite, l'ennemi n'avait plus de recours pour reprendre position — déjà, ils perdaient leurs chevaux. Et parce que la vallée à cet endroit n'offrait aucun sous-bois où se mucher pour une embuscade à la manière des jagunços. Et rares furent ceux qui parvinrent à atteindre les fourrés éloignés, ou le gros des hautes herbes, d'où nous n'arriverions plus à débucher personne. Ceux-là devaient être en train, le couteau vengeur au poing, de se faufiler comme des serpents — on ne pourrait désormais les prendre qu'en lâchant des chiens-maîtres, dressés à chasser les gens, ce qu'on n'avait pas. La plupart, s'enfuirent en débandade, la bride folle, tant bien que mal sous la mitraille. Bien peu réussirent à passer. Nous continuâmes comme le vent en rase campagne, à les pourchasser. Il y avait un petit val, nous traversâmes des buissons de lobélies. Là c'était le côté des nouvelles cultures. Des petits coteaux ; nous ouvrîmes le feu. Une maison en ruine, une autre. Nous ouvrîmes le feu. Peu, très peu d'entre eux réchappèrent. Ceux qui ne s'enfuyaient pas tombaient sous le feu de notre arrière-garde. C'était un beau spectacle fatal...

Mais, un homme de haute taille — qui sauta à bas d'un grand cheval qui avait été blessé — trouva moyen de courir jusqu'à découvrir, en face, une petite cabane. Il entra. Sûr que, embusqué là, il allait canarder. Alors, renonçant à poursuivre le restant plus longtemps, nous encerclâmes tous cette cahute, à distance régulière, en cherchant le moyen de nous mettre à couvert. Ç'allait être épouvantable. Et cet homme, qui était-il ? « Ah, Ricardo ! » criaient mes hommes. Et je le savais. Je donnai ordre de tirer. La cabane de buritis frémit, elle parut se tordre sur place, se fendit. À canarder et canarder comme nous faisions, elle n'allait guère tarder à disparaître, disloquée. Mais je donnai ordre de paix. « Et où peut-il bien être, lui, Hermógenes ? » — je demandai. Quelqu'un savait. Pour avoir entendu l'un d'entre eux, blessé ou fait prisonnier, dire : qu'Hermógenes ne faisait pas actuellement partie de cette bande — mais se trouvait en ce moment, en train de faire route avec un autre contingent, en direction du couchant, vingt lieues plus avant. Mais, alors? Et presque tous les nôtres arrivaient déjà pour apprécier les derniers instants debout de Ricardo. J'ordonnai :

« S'ieur Ricardo, montrez-vous, sortez!... » — Je criai du couvert où je me trouvais.

Il ne répondit pas. Alors : « Feu, mes gens! » — je décidai. Les balles crépitèrent. La cahute, pendant ce temps, commençait à voir sa fin. Mais de l'intérieur personne ne riposta : pas un coup de feu, rien. Il était mort? Il n'avait pas de munitions? J'attendis, le temps d'avaler trois fois à sec. Là, je criai de nouveau : « S'ieur Ricardo, sortez! » Et lui, bizarrement, répondit : « Je sors! » — crié d'un ton très naturel. J'ordonnai à mes hommes, énergiquement, la plus grande paix. Et le silence complet. Je guettai.

L'homme là-bas, ouvrit lentement les débris de la porte. Il sortit, fit quelques pas. Il avançait ainsi, très grand, le chapeau sur la tête, et même à demi souriant. Il n'écarquillait pas les yeux. Il imaginait peut-être qu'il allait y avoir un jugement? C'est ce que je me dis. Et il n'était pas blessé. Il fit quelques pas de plus. Alors — et, ça, j'y avais pensé? — ah, non; mais je vis que Diadorim, dans sa haine, allait lui sauter dessus, sortir le couteau. Je ne fis que metrre fin le prenant de court : je tirai, un coup de feu, un seul. Ricardo baissa les bras, traversé par une balle, le corps scié à mi-hauteur. En tombant, il envoya une jambe à droite, l'autre à gauche. Il tomba, se coucha. Il se coucha, presque comme s'il ne savait pas qu'il était en train de mourir; mais nous pouvions déjà voir que déjà il était mort.

Je crois vraiment que tout le monde respira avec soulagement. Je veux dire que c'est ma main droite, d'elle-même quasiment, qui avait tiré. Pour ce que je sais, elle restitua Adam au limon. Ce n'est là que façons de dire — des fantaisies...

« N'enterrez pas cet homme! » — je dis.

La justice. Mais, réellement, comment allait-on pouvoir enterrer la quantité, qu'ils étaient, morts ce jour-là?

Tandis que nous retournions vers la montagne, j'allais en regardant le ciel de temps à autre. Un premier urubu passa — il venait des parages de La-Bretelle-du-A — celui-là évolua gentiment, ce qui me parut un salut amical. Bon vol!...

Mais — ce qui ensuite allait succéder!

Je sais peu de chose, et je raconte sûrement très mal ce que furent les trois jours qui suivirent. Soyez prévenu, car nous allons déchanter; préparez-vous vraiment; car vient la terrible, terrible fin...

J'avais quel pouvoir? Comment est-ce que je vais savoir si c'est avec joie ou dans les larmes que je me retrouve logeant, encastré dans

458

l'avenir ? L'homme va comme le tapir : vivant la vie. Le tapir est l'animal le plus ignare... Et moi, tout fier, de ma victoire ! De même que me faisait plaisir la déclaration de l'aveugle Borromée, qui ignorait la tristesse : « Ah, je n'avais jamais mis le nez avant dans ces parages... » Je souscris. Mais, lui, ce qu'il avait besoin de savoir, il s'arrangeait parfois pour le demander. Il réclamait la description naturelle de ces lieux. Ainsi, il glosait :

> *Tillandsia étoilée*
> *qui t'a collé tant d'épines ?*

Diantre ! Moi non. M'en remettre à d'autres, demander ce que je ne savais pas moi-même, c'est-à-dire : dans ces Hautes-Terres où j'étais le commandant en chef ? Il n'y avait personne pour me répondre. Personne, absolument personne. N'est-ce pas marchant le dos tourné que nous vivons ? Je prie. Ce qui est, ce qui est : existe comme le fond de l'eau. Maintenant je soupçonne que l'aveugle Borromée lui aussi ne demandait que ce qu'il savait déjà. Sinon, sinon, référez-vous à la Sainte-Bulle : elle n'est pas publiable cette citation :

> *Tillandsia étoilée,*
> *dit le figuier de barbarie :*
> *— Aime-moi bien, sapotier,*
> *car je suis celui qui t'aime, chéri...*

Je déchiffrai tout. Voilà comme il chantait. Derrière, sur un autre cheval, le petit Le-Jaco prenait de la bouteille. Et la femme d'Hermógenes, à cheval elle aussi, allait maigre maussade, comme si elle chevauchait un nuage. Elle se découvrait le visage, écartant ce châle vert sans aucune gêne et ce qu'elle scrutait chez les gens c'était en dessous du menton. Qui sait de l'orgueil, qui sait de la folie d'autrui ? Elle mangeait ; elle buvait ; autrefois, jeune fille et ravie, elle s'était mariée ; cette femme, je ne l'entr'aperçus que revenue des plaisirs de la vie... Je ne lui dis pas un mot. Patience. Le jour maintenant était haut : le soleil fendait les glèbes. La femme, le gamin et l'aveugle — ceux-là s'en allèrent, je les éloignai. Je les avais fait chercher dans la grotte de la montagne, mais pour être emmenés, toujours sous bonne garde, au village de Parados : flanqués d'une escorte de dix hommes.

La raison était celle-ci : qu'Hermógenes, débouchant par l'ouest, pouvait arriver. Qu'il arrive et vite ! Sa bande s'était grossie — on l'apprit — d'une quantité de bandits jagunços — et certains de ceux rescapés vivants de Tamandua-tan devaient déjà avoir couru le prévenir. Je lâchai mes éclaireurs en avant-coureurs — pour évaluer les distances nous séparant de leur arrivée. Ah mais, à mi-chemin vers Parados en direction du couchant, le passage sûr dans la montagne était un endroit très plausible, qui s'appelait Cérérê-le-Vieux. Nous nous y rendîmes.

Sans lanterner, en marchant bon train. Jusqu'à ce que la brume de chaleur batte des ailes. Il y eut un coup de tonnerre, avec des rafales de vent. Ce qui fit dire à tous — qu'il allait bientôt pleuvoir — pour mon désavantage. En bordure du bois, à Cérérê-le-Vieux, on tailla au coutelas des branches et des lianes, pour dresser des tuteurs et un toit au-dessus des hamacs. Le temps s'améliora, au fur et à mesure ; le vent arrêta son roulis. Mais ce travail était nécessaire, on ne put guère chômer ; même pas le temps, je me souviens, pour que je puisse dire un mot, comme chaque jour, à Diadorim. La nuit vint. Comme je me souviens que j'allai dormir, vermoulu de fatigue. Dormir guère bien longtemps. Ce qui advint, et ce que mon esprit ne voulait pas. Car, brusquement, je me réveillai.

L'aube de la mi-nuit. La lune était déjà très réduite, les monts et les bois confondus. Je jetai un œil alentour. Le monde entier dormait. À part le susurrement de la nature qui sort de dessous les silences, et un ô-ô-ô de crotale, très haut, très triste. Ensuite, j'entendis le hululement prolongé d'un chien. Tous les camarades endormis, et moi seul éveillé, sur pied, en pleine nuit. Le cœur commença à me peser. Dû à ce chien mal-hululant ? Il me vint une idée tristounette. Parce que j'étais le seul à m'être réveillé, avant l'heure, tellement avant les autres ?

Mais je voulais profiter d'avoir ouvert les yeux, j'en avais besoin. Ce qui m'importait, c'était de tenir jusqu'à ce que se desserre l'étau autour du cœur. Dieu qui me punissait — il a son heure — ou le démon qui commençait son marchandage ? Et je compris que je pouvais choisir de laisser aller mon sentiment : vers la tristesse comme vers la joie — loin, très loin, jusqu'à la fin, autant que le sertão est grand...

C'est alors que, levant les yeux, je regardai le ciel. Ces étoiles qui ne tombent pas. Les Trois-Maries, le Chariot, la Croix-du-Sud, la Queue-du-Tapir, la Voie Lactée. Cela me créa des envies. Je devais rester grand éveillé. Puis, je vis le ciel se couvrir de nuages. J'allais attendre, en faisant une chose ou l'autre, jusqu'à la venue du jour définitive, le soleil levé pour chacun. Je me débrouillai tout de même pour extraire du bruissement de la nuit ce final, les vers d'une chanson :

Paix sur les eaux du fleuve immense...
Dieu ou satan, dans le sertão...

Le jour se leva avec la pluie. Le monde blanc, strié d'éclairs. Il y eut la foudre, il y eut le tonnerre, on ruisselait trempés ; et tout ce qu'on pensa, ce qu'on fit, ce fut en pataugeant dans des montagnes de boue. Oui, dites-moi : c'est ainsi le jour-de-la-veille ? Je craignais seulement pour les chevaux, qu'ils se sauvent. S'échappent — ils savent comme sont spacieuses les Hautes-Terres, comme, dans le Haut-Pays, il arrive ceci : que, passé une nuit très sereine, s'abattent soudain au matin ces cataractes de pluies... De fait, le ciel se dégagea, tout aussi brusquement, avant midi, tel était le calibre des vents. Le soleil se montra : et c'est rapidement, à vue d'œil, que ce sable sèche ses états... Je mesurai les heures. Rien d'autre que le va-et-vient de mes cavaliers, tous en selle, qui remplissaient et peuplaient leur musette, telles des abeilles dans un tronc d'umburana... Je pense à l'instant qu'ils savaient ce qu'ils ne savaient pas : ils avaient des façons fort inquiètes.

Et les veilleurs revenaient, patrouille faite, trempés comme des soupes. L'un d'eux dit : « Y a personne au loin, qui se dirige de ce côté... Sauf s'ils ont pris du retard... » Hermógenes, où pouvait-il être ? Le ciel se chargeait de nuages. Puis, un second : D'eux, pas trace... » Et j'en expédiai d'autres, qu'ils partent et qu'ils aillent et inspectent, plus efficaces, battent tous ces abords, et au-delà. Quelque chose m'avertit du vide du temps alentour — et je me dis à part moi : « Le sertão est en marche ? » Il l'était. Je claquai des dents. Je mordis la main du destin. Parce que c'était le jour de l'avant-veille : écoutez voir. Mais cette chose, tellement sur-pied, tellement proche, amoncelait encore ses nuées, dans l'occulte du futur. Qui sait ce que ces pierres autour de moi sont en train de réchauffer, et si elles ne vont pas à un moment donné se transformer, au cœur de leur dureté, comme naît un oiseau ? Je ne vois que des secrets. Mais que l'ennemi approchait, je le pressentis ; on le sait, à l'oppression du corps, comme s'il voulait avoir des yeux supplémentaires ; et jusqu'à on-ne-sait-quoi, ancré dans la poitrine, dans les tripes, les cavités. Hermógenes s'affairait dans les ténèbres, prêt, par rancœur, à donner l'assaut. La guerre avait fixé le lieu de la bataille, ici, à Cérérê-le-Vieux ? Mais mes hommes, à les voir, les vaillants et rugissants jagunços, qu'un mot de moi rassérénait, attendaient maintenant ma décision.

C'est alors que réapparut Suzarte, que j'avais dépêché dès Tamandua-tan pour qu'il aille épier et espionner très loin, et qui courait depuis comme chien aux vents. Il arriva, il semblait galoper sur un cheval déjà mort. Il s'arrêta. Le cheval bai, comme désarticulé — il cambrait tristement les jambes de devant — se laissa aller tout le corps à terre, le sang lui jaillissait par la bouche et les naseaux : de ses estomacs et poumons éclatés. Mais Suzarte, qui avant même le grincement de la selle, avait déjà libéré ses pieds des étriers et sauté preste à terre, prit une seconde, et rapporta : « Ils sont là. » Et — pour le reste — il montra du doigt.

Hermógenes, maudit suprême. Il arrivait, à mon insu, avec les siens, les hermógenes. Ils faisaient le coup de contourner par le nord. Suzarte avait surpris, la veille, le mouvement des veilleurs et des vachers, et évalué à distance le corps de la bande : la poussière de quelque quatre-vingts hommes... C'était Hermógenes. Il nous contournait, madré, tel un rapace, vu qu'avec moi il n'avait aucun contrat légal ; et c'était son droit, de faire la guerre à contresens ! Pour un mal, le mal ; mais pour l'heure, la menace du stratagème se déplaçait sérieusement. Car ils pouvaient venir et survenir. Ou moins directement ; ou, même — tandis que nous relâchions ici, gibier au nid — ils avaient également loisir de remonter à l'improviste par un autre côté, jusqu'à Parados, s'emparer de la Femme, en faisant contre mes dix hommes isolés ce que bon leur semblerait ; puis d'obliquer ensuite sur Cérérê-le-Vieux, pour nous tomber dessus, avec toute l'arrière-garde... En un clin d'œil, je vis le tableau. Je brandis haut et clair mon commandement. Mes jagunços attendaient la bonne décision ; ils ne me regardaient même pas. « Parfait... » — je dis. Et je résumai. Bon sang, ce qu'au son de ma voix je m'entendais dire, c'était ce que doucement, par petites touches rapides, m'enseignait le nombril de mon intelligence. Et c'était le plan tout tracé.

Alors je donnai les ordres. Répartir mes effectifs — il le fallait — c'est ce que je décidai. Moitié-moitié. João Concliz et Joã Goanháo avec les leurs restaient, perchés, ici à Cérérê-le-Vieux, assurant une attente courageuse. Et j'appelai les autres, avec Marcelino Pampa comme aide-de-camp : nous partions pour Parados. On se sépara aussitôt dans une virevolte des chevaux, en quatre groupes. Déjà on se déployait en arc de cercle dans la campagne, déjà on partait à l'amble. Et, lorsque je me retournai, Diadorim, qui chevauchait à quelques mètres derrière moi, je vis mon sourire sur ses lèvres. Nous allions, les rênes tenues résolument, le dos au soleil couchant. J'eus idée de ce qu'allait être la guerre, brute-bestiale. Aller ainsi à cheval, était ce que je trouvais préférable et de moindres risques.

De Cérérê-le-Vieux jusqu'à Parados, six lieues ; et il me fallait laisser au moins un homme en station, à chaque demi-lieue, pour le cas où il y aurait quelque message à transmettre, de tous à tous, à la vitesse qu'exige la guerre. Je le fis : ce n'était que de le faire. Et pour le reste, quoi qu'il y ait, la même chose. Mes hommes exécutaient, entièrement. La joie des jagunços est de se mouvoir au galop. La joie ! Je l'ai dit ? Ah non, moi non. Rabattez vite ce mot de retour, aux portes de ma bouche.

Ce que j'ai voulu dire ?

De nouvelles nouveautés.

Cependant nous allions, à sérieuse allure, et nous étions déjà bien à une lieue de Parados, lorsque apparut Feu-au-Cul. Celui-là revenait d'avoir battu tous les abords côté sud, et il était à jeun, vierge de nos derniers renseignements. De sorte que, d'Hermógenes — il ne savait rien. Mais il voulait à toute force faire son rapport. Il déballa des choses sans intérêt. Il déballa. Quel besoin il avait de m'échauffer l'esprit, et de me rafraîchir le sang dans les veines ? !

« A Saz — une petite vallée, trois lieues plus bas, Chef... Un bouvier que j'ai rencontré, il m'a dit, un message de bric et de broc : qu'un homme appelé Abraham, avec une jeune fille bien habillée... Ils arrivent en longeant le fleuve, et ils transportent leur bagage à dos de mulets, sous l'escorte de deux camarades... »

Il dit. Et ce fut, de ma vie, la chose la plus imprévue. Otacília ! Comme tout peut arriver en ce monde, et comme j'eus vite fait d'extraire des paroles de mon éclaireur toute leur vraie signification. Je complétai à part moi : — *S'ieur Habaham ? Savoir s'il amène avec lui une très belle demoiselle, ou s'il n'amène qu'à-peine une désillusion...* Et Feu-au-Cul le dit, il compléta. C'était elle ! Otacília. Otacília. Il fallait que je l'entende une seconde fois. Feu-au-Cul en savait moins que la vérité des choses. Imaginer, j'imaginais. Otacília — sa venue, au cœur du sertão, à cause de moi, pour me retrouver et me revoir... Mais elle rencontrait la fureur guerrière de tous les jagunços de ce monde, se déchaînant dans les Terres-Générales. De terribles désordres partout autour d'elle, loin de la maison de son père, sans garanties aucunes... Quelle protection allait pouvoir lui donner ce sieur Habaham, avec deux pauvres piètres camarades, dans la situation malencontreuse où ils se trouvaient ? J'avalai une salive amère. Mes hommes m'entouraient, leur silence me comprenait, comme s'ils étaient au courant. Je redemandai : qui sait, puisqu'ils s'arrêtaient ainsi au bord du fleuve, s'il ne leur avait pas fallu alors rebrousser chemin, et se diriger également vers Parados ?

« Ah, que non, Chef. Le bouvier m'a dit : que c'est de là à là, qu'ils faisaient route... Fuyant le danger vers le dangereux. Et, à Parados, proprement dit, il n'y a déjà plus personne à demeure. Toutes les familles, les habitants, se sont sauvés, débandés, dès que la peur est arrivée là... La peur est beaucoup trop grande... »

Je tremblai, plus fort. C'étaient mes heures. Rien que d'entendre parler vaguement de Parados, mes gens écartaient les chevaux, voulant déjà repartir au galop. Je compris et fis plus que comprendre, je me passai la main sur le visage. L'incertitude du chef n'a pas droit d'existence — je le savais. Mais j'étais ici, chargé du commandement, avec mes hommes qui attendaient, et Otacília là-bas avait besoin de mon soutien. Avec la guerre qui, le temps d'un lever de paupières, ou même avant, pouvait se mettre à recommencer. Que faire de moi? L'homme a divers genres d'honneurs différents, contraires les uns aux autres. Dans cette urgence, sans temps à moi, je pouvais abandonner mes hommes? Il fallait que j'aille. Non pour me la couler douce, ah. Mais mon Otacília arrivait, à un moment si risqué, le pire de tous. Je pouvais demander l'amour : — *Donne-moi le printemps?* Je me vis, atterré, totalement indécis — les pierres noires dans l'herbe, les champs à l'infini. Tout ce dont je fus capable, sous la pression de mes sentiments, fut cette prière comminatoire : — *Donnez-moi seulement ce qui est à moi, et qui est ce que je veux et reveux!...* — à l'adresse du Démon ou de Dieu... J'allais y aller. Otacília n'était-elle pas ma fiancée, que je devais choyer comme bientôt ma femme? Le milieu du monde.

Bon, et je dis : que j'y allais, le temps d'un aller-retour, et sans attendre. Un saut — comme on dit. Je devais avoir le temps et de revenir, et d'ouvrir le feu. Que pendant ce temps les autres poursuivent, qu'ils rallient Parados.

Sauf que, vu le propos, plusieurs se mirent en tête de m'accompagner : alléguant que, en tant que chef, une pareille équipée, il ne fallait pas que je veuille y aller seul. Je secouai la tête. Finalement, j'en acceptai deux : Alaripe, et Goal — une compagnie qui me suffisait. Je n'allais pas tout chambarder, affaiblir le gros de mes gens, en prélevant davantage d'hommes. Voilà comme les choses devaient être. Je lançai mes ordres, éperonnai mon cheval.

Cependant, cependant : comme je partais, je m'arrêtai net. Je m'arrêtai, pour renvoyer Diadorim, qui arrivait derrière moi. — *Eh là, qu'est-ce qu'il y a?!* — je dis, acerbe. Que Diadorim veuille m'accompagner, les raisons, je m'en doutais. Il ne répondit pas. Je lus en lui l'expression d'une colère, à la façon dont il cligna les yeux en direction de l'horizon. — *Tu ne vas pas à Parados? Tu as peur?* — je raillai encore. Diadorim me compliquait les choses. L'étincelle de haine, chez lui, c'était à cause d'Otacília... Il m'entendit et, écartant son cheval, ne répondit rien. Il regardait vaguement à terre ; cramoisi de honte. Il me servait là une offr'offerte d'amitié, — et je le repoussai, le repoussai. Et comme ayant perdu toute raison, j'éprouvai le besoin urgent d'être méchant, plus dur encore, de la dureté de l'ingrat. La manie de Diadorim de se comporter comme il faisait renforçait mon obstination. — Tu fais demi-tour, frère. Je suis le chef ! — je prononçai. Et lui, exprimant une affection d'une innocence sans bornes, dit seulement :

« Tu as tout le temps, Riobaldo, été tout le temps mon chef... »

Je vis encore comment — de sa main, qui était si douce dans la paix, si ferme dans la guerre — il caressait l'arceau de la selle. Je lui renvoyai une vilaine insulte. Que je bramai, parce que ce prétexte de Diadorim me bouleversait. Je donnai de la bride. D'un galop rapide, je rejoignis Goal et Alaripe qui m'attendaient plus loin. Je ne regardais pas en arrière — pour ne pas voir si Diadorim m'obéissait, tel qu'il devait être resté, planté là, jusqu'à me voir disparaître. Injustice. Mais l'obligation du jour me requérait. Et je ne pensai pas à tout, tandis que je me hâtai à mes affaires, avec le cœur qui battait la chamade. Vous allez me dire, vous me direz : pourquoi, à ce moment-là, Diadorim et moi nous sommes-nous écartés l'un de l'autre — comme, dans la même eau, une pincée de sel et une pincée de sucre... J'allai, mes désirs partagés.

Une chevauchée d'enfer — nous trois : Goal, Alaripe et moi — à moitié au hasard, c'est ce qu'il fallait. Je revis les choses froidement. Mais, les premiers galops, je n'y arrivai pas. Mon esprit divaguait : — *Diadorim est fou...* — je dis. Aussitôt, je me repris : c'est que « Diadorim » était le nom du secret, à nous réservé, que jamais personne d'autre n'avait entendu. Alaripe fit mine de n'avoir pas compris, il dit seulement : — *Hein ?* Mais là, je dévoilai le secret, donnant le passé pour passé ; il ne m'importait plus : aussi j'expliquai : — « Diadorim » c'est *Reinaldo...* Alaripe garda le silence, pour mieux me comprendre. Mais Goal se mit à rire : — *Didourine... Un joli surnom...* — Il parlait comme s'il disait le nom d'un oiseau. Je me fâchai. — *Reinaldo est vaillant comme personne, le plus vaillant homme du sertão. Et un sacré jagunço...* — je dis plus haut. — *Un sacré jagunço...* — je répétai. Respectueux, Alaripe confirma : — *Ça oui, un sacré jagunço...* Pourquoi est-ce qu'il ne se débrouillait pas lorsqu'il me parlait pour aligner autre chose que ces révérences ?

La nuit s'était déjà faite obscure, sans la lune encore apparue, je ne pouvais pas voir son visage pour me faire une opinion, les paroles que je prononçai demeurèrent comme sans propriétaire. — *Otacília est ma fiancée, Alaripe. Tu te souviens d'elle ?* Avant que s'installent d'autres silences, il me répondit : — *Je me souviens... C'est une bien bonne grande fazenda, là-bas...* J'en avais jusque-là du zèle avec lequel Alaripe me frayait constamment le chemin, de sa diligence pour écarter les ramures et les branches d'arbres afin de me rendre le trajet plus commode. Nous allions maintenant au pas, quasiment. Je renonçai tout à fait à poursuivre la conversation. D'ailleurs l'obscurité obturait toute bouche.

Et j'allais où, pourquoi ? — me conformant à mon devoir. Mais mon Otacília n'aurait pas dû choisir précisément cette circonstance, tellement hors de propos, pour venir risquer au milieu d'hommes-de-mort sa délicatesse, sans aucune protection, de fille de famille... Alaripe et Goal ne négligeaient pas un instant de faire attention à tout, alentour et sur les côtés — se figurant que pouvait surgir à chaque instant des fourrés de la nuit, pour mettre à mal, puisque c'était temps de guerre, quelque ennemi-le-moins-attendu. Où allions-nous ? Dans la direction indiquée, droit sur la Vallée du Saz, ou continuant plutôt, une fois rejoint le Paracatu, de remonter vers les sources ? Tout de toute façon me mettait en rage — à cause de ce bouvier messager. Je ne savais même pas avec certitude s'il s'agissait de sieur Habaham, s'il s'agissait d'Otacília...

Presque la moitié du ciel avait ses étoiles, découvertes entre les nuages annonçant la pluie. Ainsi la Pléiade, à une brasse de distance, côté ouest : il devait être dans les neuf heures. À ce point, on entendit un grand remue-ménage agitant l'enchevêtrement de branches à l'intérieur des fourrés. Nous restâmes en arrêt, le rifle à la main. — *C'est le tapir...* — dit Goal, preste connaisseur. Quelque onça, guettant la lune ? Pour peu que mal conseillée, Otacília était exposée à tous les dangers. *Sieur Habaham lui a remis la pierre d'améthyste...* — je dis. Je le dis tout haut ; et je ne voulais pas qu'Alaripe reproduise en écho : « lui a remis la pierre... » C'est-à-dire : la pierre était une pierre de topaze ! Ce n'est qu'à l'instant de vous raconter, que je mélange et me trompe — cette confusion. Peut-être, qui sait, Diadorim souffrait-il surtout à cause du cadeau fait de cette pierre. Otacília n'aurait pas dû venir. Moi... Ces équipées ! Où est-ce qu'on avait chance maintenant de rencontrer un voyageur, ou ce bâton-de-merde de bouvier, pour exiger plus de détails. Et ce bouvier ne devait guère avoir un gîte fixe. À toujours suivre son troupeau urucuianais. Tout le monde se sauvait, de Parados et de partout, le ballot sur le dos. Et lorsqu'on découvrit un petit feu dans un champ, un peu plus loin, je pensai : sans doute des gens qui font halte à la belle étoile, en route vers nulle part. Ce n'était rien de cela. Seulement un petit feu aux flammèches bleues, s'éparpillant au vent léger : un poulpiquet, un feu-follet. C'était juste ce que j'avais en tête qu'on ne trouvait pas.

J'étais différent des autres ? Je l'étais. La stupeur — lorsque je m'en rendis compte ! Alaripe et Goal, même leur silence sans visage, devait être différent du mien, moins chargé de pensées. Qui sait ? Je sais qu'ils devaient sentir d'une autre façon l'étreinte des odeurs de la nuit, entendre autrement que moi le long déplacement de tous les milliers de grillons des champs. Cela me défrisait — mais en même temps me consolait un peu — un mélange. Comme lorsque voyageant ainsi, au creux de la nuit, la tête pleine de tourments, un des chevaux souffle tout à coup, en agitant les traits flous de sa tête blanchie, et ramène l'attention sur l'odeur de sa sueur, qui vaut par sa persistance, sa patience responsable... Cette nuit se faisait plus puissante que ma décision ? Si je l'ai su, je ne sais plus. Nuit déposée en moi, du serein à la rosée du matin.

Je revis l'aube naître, lorsque nous nous arrêtâmes pour une halte, près d'une clairière sans nom de baptême. L'aurore : c'est le soleil à son surgissement — et les petits oiseaux, abasourdissants. Au-dessus de nous, le soleil se teinta. Là je retrouvai un tas de souvenirs insouciants, comme dans ma vie d'autrefois. Ce qui manqua ce fut un café ; mais nous mangeâmes une farofa, avalâmes une gorgée d'eau. Goal cueillit une pomme d'anone mûre, il vivait préoccupé de trouver des fruits dans les arbres et les halliers. Alaripe rassembla des fagots et alluma un feu ; uniquement pour la chaleur et l'habitude, vu qu'on n'avait rien à chauffer ni à cuire. Je réfléchis comment un plus grand oiseau allait bientôt chanter habile et en appeler d'autres et d'autres, pour leur concert, qui ressemblait à un travail. Ils me donnaient des envies, à la pensée de ce que devait être le nid qu'ils construisaient — à petits gestes si menus, mais conçus à la mesure de leurs faits-et-fins. Et je pensai alors : que l'eau de cette clairière, de toujours avait été là, entre les fourrés de sassafras, les buritis des vents — et qu'il avait fallu que moi, ce jour-là, et seulement juste ce jour-là, je vienne là, pour avoir à les découvrir : cela, pourquoi ? Ah, sottise... J'étais fatigué, avec une douleur dans la hanche.

Pour chasser l'ennui, je bavardai. — *Ton avis, Alaripe : quel nom elle devrait avoir cette clairière, quelle dénomination elle mérite ?* Alaripe accroupi à deux pas de moi, arrêta de souffler sur le feu et se retourna : — *Elle doit bien déjà l'avoir son nom, sauf qu'on le connaît pas. Suffit qu'on le demande à un habitant du coin...* — il me répondit avec raison. Mais je contredis à ça, ce n'était pas la peine. Je me fis un petit creux, pour faire un somme. Il fallait de toute façon que notre halte à cet endroit dure un moment, pour défatiguer les chevaux. Vu la journée qui se préparait, ils avaient besoin de repos et de nourriture ; les chevaux, ça leur est égal de dormir, vous savez : un animal qui se suffit de manger, de manger, de manger. Le sommeil me prit. Je dormis comme un plomb dans les deux bonnes heures.

Pourquoi est-ce que je vous relate tout, d'autant de moments ? Ah, pour ceci que lorsque je me réveillai, retenez ce qui suit. Je me réveillai mécontent et mal en point. La bouche amère. Je devais avoir des coliques. Ces malaises, et même une autre fatigue. Comme si le repos de ces deux heures n'avait servi à rien. Ainsi : je me sentais sans aucune assurance, mais plein de doutes, et je ne savais plus ce qu'il fallait que je fasse. Je me réveillai au bruit des voix d'Alaripe et de Goal, déjà prêts en train de m'attendre, et d'échanger leurs banalités quotidiennes, des choses sans aucun fondement. Ensuite, Alaripe tira de sa musette un carafon où il y avait de la cacháça, il m'offrit la première gorgée. C'était un carafon de taille moyenne, clair, pareil à un flacon de remède. Je bus, avec soulagement. Mais c'était un soulagement malgré tout un peu triste, incrédule : et j'eus envie d'évoquer certaines notions : — *Qu'est-ce que tu penses de ce que tu penses, Alaripe ?* Il ne me comprit pas : il se mit à parler de Parados, de Cérérê-le-Vieux, d'Hermógenes. Je l'interrompis : non, pas ça ; mais de la vie, comme elle tourne, en résumé ? — *Ah, bon, de ça... Est-ce que je sais, homme ? Vu tout ce que j'ai déjà vécu, en gros, j'ai épuisé la capacité de chercher à me comprendre en quoi que ce soit...* C'était parler, et bien parler. Mais je le houspillai : — *Ne pas comprendre la raison de la vie, c'est seulement comme ça qu'on peut être un vrai bon jagunço...* Alaripe qui s'apprêtait à couper en deux une palme sèche de buritirana, s'interrompit. Il me regarda, me dit : — *Si c'est seulement comprendre, moi, là, je comprends. Je comprends les choses et les gens...* Il me répondit, bien dit. Moi, alors, il me comprenait ? L'idée insensée qui me vint. J'allais ici même, former le cercle avec Alaripe et Goal, leur raconter à tous les deux ma vie par le menu, chaque malfaçon de mes pensées et de mes sentiments, chaque événement le plus ignoré : les vents et les soirs. J'allais narrer le tout, et ils devraient faire attention à bien m'écouter. Puis, la carabine au poing, j'imposerais, je les obligerais : ils devraient rendre la sentence... Bonne ou mauvaise, peu importe, elle serait ma sentence. Ainsi. Je serais dès lors qui je suis, j'implorerais pour ma vie un autre rachat — de l'autre rive d'une autre paix...

Je le pensai, je le dis quasiment. Cela dura le temps d'une virgule dans l'air. J'aurais dû ? Ah, non, cher monsieur. Un moment passa, qui suffit ; pour me tirer de là. Un vertige, une folie de l'esprit... — retrouvant mon assiette, je réfléchis mieux. Ouh ! L'yod d'une mule, voilà ce que j'étais — un crétin, Dieu me garde, avec des oreilles d'âne ? Ici j'étais le chef, j'étais là pour commander et condamner. Les procès, c'était à moi de les faire. Alors, je dis :

« Allez seuls, vous deux. Cherchez le long du fleuve. Je ne peux pas continuer plus loin, à cause de mon devoir. Je repars, sur-le-champ, pour Parados... »

Alaripe intervint de nouveau : « Nous aussi — ça se peut qu'on fasse défaut là-bas... »

Mais je tranchai. Puisque je ne pouvais pas moi-même, au moins je les envoyais. Qu'ils aillent, partent à l'instant. Il fallait qu'ils trouvent mon Otacília, et lui assurent une bonne protection. Nous nous mîmes en selle, tous les trois. J'attendis de les voir partir.

Je me souviens même qu'au moment de saluer et de démarrer, Alaripe, rétif, montra encore la ligne des bois, au-delà de la clairière, en considérant : — *Il me semble que derrière les arbres, je vois passer un cavalier en marche...* Ce n'était pas vrai. Ce n'était pas vrai, parce que Goal ne vit rien, comme il le dit, qu'il n'avait pas vu. Et Goal avait un sacré œil d'épervier. Là, je me dis : est-ce qu'Alaripe serait en train de se faire vieux ? Mon ami — et mon étranger. Je pensai même à ça, je me souviens.

Je fis demi-tour tandis qu'ils partaient tous les deux dans l'autre direction. Maintenant j'étais différent, et pour ces raisons : je frissonnai sous l'influence des effluves de la guerre. J'arrêtai de me faire du mouron, de la même façon, que juste un moment avant, je m'étais laissé décourager ; ah, on a vite fait de larguer le réel de ce genre d'états. Ma joie désormais était davantage mienne. Pour un autre destin. Otacília allait avoir bonne garde. Et alors, pour une fois, je me mis à penser librement à Diadorim, avec un certain effroi. La façon dont je me le rappelai : Diadorim, sous la pluie, à Cérérê-le-Vieux — pareil à lui-même, comme toujours, comme auparavant dans le froid sec de l'hiver. L'eau de pluie dégoulinait, elle scintillait, léchant de tous ses petits ruisseaux, le long de sa casaque de cuir. Seul isolé, j'éprouvai seulement ces pressentiments. Le sertão se démontait ?

Je fonçai. Mon cheval, dans cette course, s'inventa dix jambes. Et j'arrivai à Parados, avec les derniers bons rayons du soir.

Diadorim m'attendait, plus que jamais. Je vis encore la joie sur son visage.

Parados. Notez-le. Comme s'envole une grosse mouche bleue de là où on a tué un bœuf. Tout était parfait tranquille. Diadorim — avec son chapeau relevé : l'auréolant. En lui, nul déni : dans son port de tête, dans la courbe des lèvres, dans le rire de ses yeux, la finesse de la taille ; ni dans la croix tordue des cartouchières sur sa poitrine. Les

469

autres s'occupaient de leurs armes, les doigts couraient, palpaient en caressant. Je bavardai avec chacun. La guerre présente — puisqu'ils voulaient la guerre. Même mes culs-terreux : qui prenaient des visages de démon ; le plus laid dans le démon, ce sont le nez et les lèvres...

Je contrôlai les sentinelles. J'allai voir où ils avaient mis la Femme — remisée dans une chambre, dans la maison bourgeoise. Qu'elle reste enfermée là, sous bonne garde. La maison marquait pratiquement le milieu de la rue. Mais, pour des hommes sur le pied de guerre, de quel intérêt ce village entier, si désert ? Je décidai : de laisser sur place seulement un petit nombre, en sentinelle. Quant au restant, je les emmenai tous, une affaire d'environ deux cents brasses, prendre position à un endroit qu'on apercevait plus haut, qui devait être la voie d'accès, d'où qu'on vienne ; un endroit très approprié pour résister. Nous nous employâmes aux bons préparatifs. Ma mère elle-même, si elle avait vécu et vu, n'aurait pas eu une négligence à me reprocher.

Ainsi j'appréciai mes hommes — parce que farouches, parce que doux — mes jagunços. Ils étaient maintenant en train d'arranger le monde d'une autre manière. Chacun faisait le compte des munitions, le rifle et le fusil étaient passés en revue. La guerre était l'affaire de tous. Je devais avoir le bon sens de ne pas trop faire le maître, qui prescrit tout : parce que chacun avait la susceptibilité pour se fâcher ou s'offenser, en jagunço averti de l'honneur de sa profession. C'est à travers leurs façons que je pouvais me connaître, incontesté, évaluer si j'étais en bonne voie, si j'étais le vrai chef. J'avais peur, si tout en prenant des formes, je déclarais : « Hé, un tel, fais attention ; ici c'est bien : mais ça serait pas mieux là-bas ? » — de m'entendre répondre que non et expliquer pourquoi, non, c'était non. Je me demandai, à part moi, s'ils n'auraient pas dû s'entraîner à plus de rage. La rage bâillonne l'espace de la peur, tout comme la peur vient de la rage. Je remarquai une chose : comme aucun d'eux ne prononçait le nom d'Hermógenes. En quoi ils faisaient bien — car l'ennemi, la veille, on n'en parle guère. C'est à peine si quelqu'un dit : « *Il est pas le cordon : il est la boucle...* » — Ou un second : « *Il rend fou...* » Mais les autres ne faisaient pas de commentaires. Ce qui me plut. Ce qui me démangeait, c'était uniquement qu'il prenne à l'un d'eux d'ajouter au gré des vents — *... Il a fait pacte...*

Ah, et si ça arrivait ? Le mentionner n'était pas se prévaloir d'un quelconque privilège. Le démon n'est-il pas l'affaire de tous ?! Mon cœur me le souffla : je devais emporter la victoire... Quoi qu'il arrive, Hermógenes ne sortirait pas de là vivant, je m'y engageais, couché sur mon testament. Je le haïs ? De mille haines. Sauf que je ne savais pas pourquoi. Je crois que ma haine, je la tirai d'une autre haine, comme en train de revoir, ainsi que l'on coud à rebours, ce qui allait suivre. De sorte que le point d'orgue de ma vie, à compter de mon enfance, c'était d'en finir définitivement avec Hermógenes — en ce lieu, en ce jour. Je bataillai pour retrouver ses traits, et la vision que j'imaginai fut celle d'un homme sans visage. Sombre, et ne possédant pas de visage, comme si j'avais moi-même écrasé ce vide, sous mes balles... Une vision qui me donna la nausée. Je n'avais pas peur. Ce que j'avais, c'était la fatigue de l'espoir.

Je voulais aussi que tout ait bien vite un dénouement raisonnable, afin de pouvoir alors laisser tomber la vie de jagunço. Mon Otacília, devait en ce moment, grâce à Dieu, avoir fait halte, protégée bien gardée, à bonne distance d'ici. Dès que tout serait terminé, j'accourrais là-bas, je la retrouverais, la guiderais. L'office de jagunço, l'imposture du commandement, dès lors je n'en ferais plus cas. Le chef, je sais quel il est ? Uniquement le chien de l'arme-à-feu, et les aiguilles de la montre. La seule chose sensée, c'était de sortir du milieu du sertão, et d'aller m'installer dans une fazenda, à proximité d'une ville. Ce que je pensai : ... le fleuve Urucuia est mon fleuve — sans cesse à menacer par intervalles, de se sauver du sertão à la ronde ; mais il dévie et retombe clair dans le São Francisco... Alaripe et Goal, à cette heure, devaient normalement avoir bel et bien trouvé mon Otacília, très loin, en amont du Paracatu : et cela ressemblait à une invention que j'aie été moi-même en chemin également, ce même matin, à marches si précipitées. Une devinette. Je connais le grand sertão ? Le sertão qui le connaît ce sont l'urubu, l'épervier, la mouette, ces oiseaux : ils sont toujours là-haut, à palper les airs de leur patte qui pend, de leur regard en train de remesurer la joie et toutes les misères...

À ces choses et bien d'autres très extrêmes, ma pensée revenait, partagée, au milieu de mes occupations pour-de-vrai. Quant aux obligations, désormais tout était prêt — en dehors de l'attente, qui est ce qui se rédime et recuit. La nuit se réchauffa suffisamment. À ce point, également, on n'allumait plus les feux, qui vous signalent. Mais la campagne grouillait de vers-luisants. Et les hommes rassemblés par petits groupes, bavardaient, accroupis. Ce qui maintenant allait presque de soi, c'était de se moquer les uns des autres, de mettre au défi les moins courageux ou ceux dont le courage était incertain. Cela répartissait entre eux une confiance supplémentaire, tandis que j'écoutais satisfait les quolibets qu'ils se renvoyaient : « *Hé, le petit crabe, tu y vas sans cachaça ?* » — « *Dis donc, toi ! Va-t'en plutôt saluer le bétail !* » À la façon dont ils se distrayaient, riaient et plaisantaient, je percevais leur ferme certitude. De chacun d'eux, d'ici peu, comme du crapaud lorsqu'il éternue, il allait être dangereux de s'approcher. « *Je te l' dis : attache ton âne, que le chargement est pour toi...* » — « *Avec moi, il a pas à craindre, le chargement... Mal ou bien, ô gens, je veux voir ce que je vais voir...* » Ils plaisantaient de la sorte entre eux. À coups de bons mots, comme s'ils jouaient aux cartes, mais sans aucune carte. Pourquoi est-ce que tout cela me plaisait ? Et Diadorim se tenait silencieux à côté de moi, et lorsque nos deux pensées se rencontraient, je percevais le flux de sa présence. Pareille à un amour dans l'obscurité, une tendresse qui rôdait. « *...La fusillade que ça va être ! C'est là que je vais en voir un plus novice que le J' bibe...* » — « *Si tu ne le sais pas, tu vas le savoir, que ma réputation, je l'ai déjà faite...* » — « *Jiribibe ? Bon, celui-là, eh : il demande l'aumône au roi...* » Et ils répétaient un tas de ces boutades. Ils étaient maintenant familiarisés avec le ton de l'heure, et frais pour n'importe quel imprévu. Comme le bétail — qui arrive sur un nouveau pré, et va et flaire partout en reconnaissance, mais ensuite accepte tout et commence alors sa réfection. Maintenant oui, maintenant, mes hommes étaient au point pour le combat. Le mieux, c'était même de ne pas aller dormir, avant de tomber de sommeil, afin d'éviter l'insomnie d'une créature seule aux prises avec l'apprehension d'une mort éventuelle. J'avais pitié d'eux ? Si je le disais, vous pourriez rire de moi, carrément. Personne ne s'est jamais fait jagunço malgré lui. Les hommes du sertão, écoutez voir : le sertão est une attente énorme.

Au bout d'un moment, je demandai à Diadorim : « *La Femme, qu'est-ce qu'elle a dit ?* » Je ne savais pas pourquoi je posais cette question. Ce n'est pas apprendre si la femme avait dit quelque chose de banal, qui m'importait. Ce que je cherchais à savoir — c'était si quelque idiotie de prophétie n'avait pas été prononcée ? Diadorim dit : « *Non.* » Mais il devait être en train de remâcher une autre hantise à propos d'autre chose. Je savais fort bien ce que c'était : ce qu'il avait tout le temps en tête — ce qu'il imaginait à propos d'Otacília. Après avoir laissé s'étirer tout un silence, il se découvrit : « *Et Alaripe, avec Goal, où est-ce qu'ils sont restés ?* » Cette jalousie de Diadorim, cette fois, je sais pas pourquoi, ne me procura pas le plaisir de l'avantage. Et je laissai tomber négligemment, une demi-réponse : « *Par là...* » — je dis. Par là, c'était le chien de la nuit, que je désignais des lèvres. Les vers-luisants, par milliers. Mais le ciel était couvert, obscurci. Je réfléchis. Me repentant à demi de ce que je venais de dire, je changeai de conversation : et Diadorim par un summum d'habileté, me contraria en négligeant de répondre. Je me souviens de tout. Ça me mit en rage. Mais, peu à peu, cette rage s'évanouit en plaisir consenti. Je me laissai faire. Je vous le dis : si je consentis, sans aucune honte, ce fut à cause de l'heure — si peu de temps de reste, sans rien de possible, et la guerre bientôt là. Au point que je me vis affranchi. Je laissai mon corps — mon âme? — désirer Diadorim. Je me souvenais de son odeur. Même ainsi, dans l'obscurité, je savais la délicatesse de ses traits, que je ne pouvais distinguer, mais me remémorais, évoquée au gré de ma fantaisie. Diadorim — tout preux valeureux qu'il fût — appelait beaucoup la tendresse : mon envie soudaine était de baiser ce parfum, là, dans son cou, où se dissolvait et s'apaisait la dureté du menton, du visage... La beauté — qu'est-ce que c'est? Et jurez-le-moi! La beauté, la forme du visage de quelqu'un : et qui peut être pour l'autre une injonction, c'est pour que le destin destine... Et je devais aimer Diadorim comme un conspirateur, et taire toute parole. Il aurait été une femme, aussi dédaigneuse fût-elle et le prenant de haut, je me faisais courage : je disais ma passion, et dans l'action je la prenais, l'amadouais : la serrais dans mes bras. Mais deux guerriers, comment était-ce possible, comment auraient-ils pu se plaire, ne serait-ce qu'en se parlant simplement — bardés d'armes et d'amours-propres. Plutôt nous tuer, en combat, l'un l'autre. Et tout impossible. Tant et si violemment impossible, que j'oubliai de faire attention et je dis : « *S'il faisait jour, mon doux, je pourrais distinguer la couleur de tes yeux...* » — je le dis, perdu dans cet oubli, simplement comme vous traverse une pensée, comme on récite un vers. Diadorim eut un mouvement de recul. « *Vous ne parlez pas sérieusement!* » — il coupa et me lança, très mécontent. « *Vous* », il m'avait dit « vous ». Il rit méchamment. Avec un frisson je revins à moi, furieux contre mon faux pas. « *Ne te fâche pas, Frère. Je sais que tu es courageux...* » — je déviai, redonnant à ce que j'avais dit, comme si je ne l'avais fait que pour jouer, par plaisanterie, une autre signification. Et je me levai, l'invitai à faire quelques pas. J'avais besoin d'un peu d'air. Diadorim m'accompagna.

C'était une nuit des profondeurs. Il soufflait un vent étrange pour la saison, un vent qui un moment venait du sud, et le moment suivant du nord, ainsi qu'on s'en rendait compte en craquant une allumette, ou en jetant en l'air une mince poignée de sable clair. Nous marchâmes. Mais j'avais déjà transformé mon sentiment, qui n'était plus maintenant que de l'amitié, une amitié envers Diadorim, réelle-royale, forte et sûre, au-delà même de l'amitié. Cette sympathie en moi, qui me grandissait. Au point que j'aurais pu lui dire en toute honnêteté le bien que je lui voulais, la constance de mon estime.

Je ne le dis pas. La raison pour laquelle je ne dis rien, fut que le danger des circonstances m'alerta : je me dis qu'une conversation affectueuse de ce genre, une veille de combat, pouvait être de mauvais augure ; Diadorim — à quoi pouvait-il être en train de penser ? ; c'est ce que je n'ai pas su, que je ne sais pas, la question que je pose encore à l'orée de la mort... Ce qui est sûr c'est que nous parlâmes seulement de choses quelconques, sans autre implication. Jusqu'au moment où le vent tourna ; il changea totalement de bord, ne venant plus que du nord, comme je le ressentis sur ma joue où il se fit plus violent, rafraîchissant. Le sertão venta rauque. De telles façons qu'on s'avisa immédiatement que pouvait survenir une grosse pluie, et il fallut nous résoudre à revenir, pour aller dormir à l'abri dans les maisons du village, en ne laissant qu'une poignée d'hommes en sentinelle, là-haut, sur la colline tutélaire. Et c'était ce qu'il fallait faire, mais cela me déplut énormément et me fatigua, plus que les autres péripéties. Vous vous souvenez que la nuit précédente je l'avais passée à voyager le parcours entier des étoiles, et j'avais remis ça tout le jour, en dehors d'un léger somme, aux premières heures de l'aube. À peine j'aperçus un lit de camp, je m'écroulai. Je fis encore une recommandation : que, sauf cas d'urgence, on ne m'appelle pas, quelle que soit l'heure. Je dormis mortellement. Cette nuit fut celle où je dormis : en étant le chef Crotale-Blanc, autant dire — le jagunço Riobaldo...

Je m'éveillai le dernier. Le soleil haut à pouvoir s'y ébattre. Déjà, les bandes d'oiseaux ne passaient presque plus. J'en déduis : que le jour allait certainement se maintenir au beau. La chaleur se renforçait, et elle séchait rapidement le sol, les quelques mares de boue, et les arbres qui gouttaient — car il avait bruiné durant la nuit. Je bus mon café, mangeai une tranche de viande grasse, passée dans la farine, et mastiquai un bout de cassonade. Je m'aperçus que mes gens discouraient dans les mêmes dispositions, animés comme la veille. Nous retournâmes à l'endroit indiqué pour l'attente, chacun cherchant où se retrancher. Cavalcânti apparut, venant de Cérérê-le-Vieux, pour aviser : aucunes nouveautés. Je retournai le message à Cérérê-le-Vieux : aucunes nouveautés de mon côté également. Ce qui était positif, et que confirmaient mes guetteurs postés aux alentours. Et même, aussi prévenu que je veuille demeurer, le jour était de paix. Tous le perçurent. C'était une paix criante. *C'est-y qu'ils ne vont pas venir ?* — jura quelqu'un, appuyé sur son rifle. Regardant à mon tour, j'eus un doute. De ne pas les voir venir — et le fait d'avoir à remettre à plus tard la fin, le recommencement, de devoir à nouveau rouler de par le monde en chasse vaine, finit par me déprimer. *Ah, non !* — j'évaluai de nouveau. Pas un homme ne pouvait laisser ainsi sa femme asservie aux mains de l'ennemi, et s'entêter à renoncer à attaquer. Pour venir il viendrait, ou plus tôt ou plus tard. Tous attendaient. Et moi-même je ne quittai pas mes armes, lorsque je descendis un moment me laver dans le fleuve. Qui était proche. Et d'où je ne pouvais perdre un mouvement des miens.

Une prémonition ? Si je les perdis de vue, ce ne fut pas du regard, mais dans ma tête. Cette affaire de me débarrasser de mes armes et de mes cartouchières, et le temps que je pris pour me déshabiller et me tremper les poignets, et me disposer à entrer confortablement dans l'eau — ces gestes tenaient à l'état où je me trouvais, soulagé d'aise. J'étais persuadé d'avoir devant moi des heures de paix. C'est le démon qui me le dit ? Il le dit ; mais de cette façon : par des coups de feu !

Quel choc je pris — ce fut comme un coup de tonnerre. De partout les cris fusèrent.

Les cris, des tirs. Qu'est-ce, réellement, que j'entendis en premier ? En premier, d'un sacré bond je fus sur pied, attrapant mes vêtements, mes armes à toute vitesse. Et je vis un monde fantôme. Mes gens — bramant, et qui s'interpellaient, qui déchargeaient : et déboulaient également de là-haut, essaim-essaimant d'abeilles sauvages. Mais, pourquoi ? — je ne compris pas ; puis de nouveau je compris, et beaucoup trop vite : que l'ennemi venait de surgir, totalement à l'improviste, de l'autre côté, l'endroit d'où il ne devait pas venir, où on ne pouvait imaginer s'attendre à lui. Ils étaient un monde. Et ils avançaient, crûment, cruellement, comme si déjà ils s'emparaient de Parados, des maisons au bout du village. Je fus atterré. Que sous la pression de mon absence, une telle part du monde soit en train de s'écrouler. Tout différent de la donne. Et je sais ce qu'est la stupeur : j'avais ramassé mon pantalon et ma chemise, et je restai en plan au beau milieu, en train de me rhabiller, évaluant, le cœur au ralenti : *Je n'arrive pas à temps... Ça ne sert à rien... Jamais je n'arrive à temps...*

Allez savoir combien de temps ça dura ? Et je voyais mes hommes avancer également avec bravoure et diligence de l'autre extrémité, pour empêcher que le village soit pris... Parce que Parados entier n'était qu'une rue ; et cette rue devint un couloir de balles — en enfilade. Mais de même qu'avec une stupeur stupéfiée je voyais cela, je pensais péniblement : que j'étais un enfoiré, un âne, mille fois imbécile, car mon aubaine était désormais irrémédiablement gâchée, et la guerre dérapait, hors de mon pouvoir... Et je finis de me rhabiller, mal maladroit, et j'entendais ces voix : *N'y va pas, tu es fou ? Ça ne sert à rien... N'y va pas et laisse-les s'en tirer eux-mêmes tous tant qu'ils sont, vu que maintenant ils ont tout commencé de travers et autrement, sans aucune perfection, tu n'as plus rien à voir avec ça, puisque la guerre ils te l'ont gâchée...* Voilà ce que j'entendis, un susurrement très doux, une petite voix très amicale en train de me mentir. Ma peur ? Non. Ah, non. Mais mes poils se hérissaient sur tout mon corps. Cette horripilation. Due à l'écœurante douceur de cette voix. Et je sentais mon corps immense. Je me traitai de tout. Un individu arrivait en courant, je faillis lui tirer dessus. Un déserteur ? Ah, non, c'était Sidurino, qui se précipitait pour prendre un cheval. Ah — et que tout se passe bien ! — il allait retourner à Cérérê-le-Vieux, appeler, ramener du renfort, pour donner l'arrière-garde. Et j'enlaçai mon rifle, je m'élançai, m'élançai. J'ignorai toute espèce de peur. Vivant, en vie, je rejoignis les camarades. Mes hommes — je donnai des ordres. Les balles crépitaient.

Ce fut un feu serré. La dévastation qui surgit de là où on ne regarde pas ; tel un soldat féroce ; et qui surgit comme le soleil naissant ! Les balles fracassaient, mettaient en pièces. Elles auraient pu arracher l'écorce des arbres d'une de ces forêts tout entière... et les airs jubilaient.

Ah mes pauvres jagunços — piètre armée esbouillée — ils se creusaient une tranchée dans le sol et partout. Ils savaient combattre, ils le savaient d'eux-mêmes, comme s'ils l'avaient toujours su, dès leur mère, dès leur père. Les clameurs n'étaient que rugissements et hurlements. Puis — j'arrivai et je pris position. Il fallait voir — commander ? Je criai : « Plaies du Christ !... » Les miens criaient de plus belle. La carabine en main, chose efficace. Nous tirions de l'intérieur des cours, nous avancions. Et de l'arrière des maisons. Tenant l'entrée de la rue sous notre feu. Cela se lit ? ; cela s'écrit ! La machine ici, c'était le tir. À un certain moment, passèrent, tout près, groupés : cinq d'entre eux, cinq doigts, cinq mains. Il fallait creuser, s'enfiler dans ces trous. C'est la tête qui va de droite et de gauche, même dans l'abri, comme pour se déporter. Mais personne n'a peur de la dépense. Je disais : *Canailles !* — et je plaçais la balle dans le chargeur. — *Mollo !* Je ne voulais pas que Diadorim s'expose... Diadorim dit : « Fais attention, Riobaldo... » Les cheveux de Diadorim s'envolèrent joliment sur son front, son visage tenait dans ses yeux. Je commandais ? Celui qui commande le fait au jour d'aujourd'hui, il ne le fait pas au jour d'hier. J'étais Crotale-Blanc ; mais il fallait que je sois le rentrayeur. Tatarana, celui dont la mire était la meilleure. La peur, la vache, ne m'effleura pas. Ma carabine. Celui qui me prit dans sa mire et que je pris dans la mienne, et qui réchappa : miracle ; et que je ne sois pas mort : miraculeux. La mort de chacun est déjà édictée. Mon jour de chance. Ce que je dis et dédis ; écoutez bien. Mais l'ennemi se déchaînait — un tir général.

Tout ici tournait à la malédiction ; les semences de mort. À force d'entendre les balles crépiter ouim-ouim à ras de nos cheveux — ils se soulèvent, d'eux-mêmes — on finit par en avoir mal aux nerfs ; mais une douleur réelle, à croire que certaines balles traversent les orbites jusqu'au fond de l'œil, le genre de douleur qui transperce le palais et atteint les os, stridente, comme parfois, lorsqu'on mange une glace... C'était le visage même de la mort. — *Av'ave*! Marcelino Pampa, lui justement. Il ne regarda personne. Il se courba, le corps pratiquement cassé en deux, alla heurter le sol du front ; il s'affaissa comme un pantin, les mains ballantes, et plusieurs gerbes de sang, de son sang, lui jaillirent de la bouche. Il donnait l'impression d'avoir été piétiné par un taureau... Et je tirai à dix reprises, sur ce que j'avais devant moi, qu'il soit vengé. Puis, j'observai. Un homme meurt plus qu'il ne vit, sans l'effroi de l'instantané, avec encore de la chassie aux yeux, de la morve collée au nez, de la salive dans la bouche, et l'urine et les excréments, et des restes de repas dans les tripes... Mais Marcelino Pampa était en or, il méritait les larmes d'une femme auprès de lui, une main tremblante pour lui bien fermer les yeux — parce que quelqu'un comme lui, d'une valeur si légitime, et sachant être et valoir, sans chercher à paraître, ne se rencontre pas deux fois. Et une bougie allumée, une seule au besoin, afin que la flamme éclaire le premier itinéraire de son âme — puisque, dit-on, seule la flamme veille sur les deux rives de la mort, celle de là-bas et celle d'ici... Et je le pris, traînai le corps pour qu'il ne reste pas sur des traces de gadoue — car il avait plu la nuit à cet endroit. Diadorim ramassa le chapeau-de-cuir, il en recouvrit le visage de son propriétaire. Paix dans le Ciel, et paix en ce jour, pour ce camarade, Marcelino Pampa, qui aurait sûrement été un grand homme-de-bien, s'il était né dans une grande ville. Ah pan-pan-pan ! mon feu parla. Tout autour explosait, volait en éclats sous les balles.

Mais nous avions réussi à tenir bon — et à conserver une bonne moitié du village, de la grand-rue. La maison à étage nous resta. Je regardai avec inquiétude, pour bien voir la riche demeure, sur le côté droit de la rue, avec ses portes et ses fenêtres peintes en bleu, si bien équarries. Elle était la demeure la plus haute de Parados, elle surplombait toutes les autres. À l'intérieur, recluse et sous bonne garde, il y avait la Femme. Avec le petit Le-Jaco et l'aveugle Borromée, à l'abri. Dans l'embrasure des fenêtres à l'étage, et celle des portes, au rez-de-chaussée, mes hommes déchargeaient à tour de rôle. Cette maison, la maison à étage, se dressait là sereine — elle me plaisait, souveraine.

Aller là-bas ??

« Pour l'heure, au premier, ils sont deux : l'un d'eux est José Gervásio. Et quatre environ, en dessous, dans les magasins... » — ce fut Jiribibe qui me donna cette information, et il dut crier dans mon oreille, tant la fusillade résonnait.

« C'est peu, pour opérer. Vas-y, Riobaldo... » — Celui, alors, qui me dit cela, ce fut Diadorim. Une volée de mitrailles vrombit. Le tac-tac-tac des balles, et celles qui frappaient le sol, rageuses, faisaient gicler la terre.

Je tirai, sec. Dans les trois ou quatre fois. Je chargeai de nouveau.

« C'est ici qu'est mon devoir, Diadorim. Parce que c'est ici le plus dangereux... » — je dis, très sur mes gardes. Tout ce que Diadorim conseillait, je le mettais en réserve, comme par une sorte de pressentiment.

« Vas-y, Riobaldo. C'est là-bas, en haut, qu'est la place du chef. Et c'est ton devoir, à cause de ta mire imbattable, de là-haut, tu porteras plus loin... Ici, l'affaire est déjà garantie... » — il dit, doucement, de manière à me persuader.

Je changeai la carabine pour le mauser, levai la main, feu ! Je ne sais pas, ce coup-là, si je tuai. Requis par la maison là-bas, que je regardai et admirai de nouveau. Mon poste ? Je contemplai tout autant, longuement, Diadorim : lui, l'air ferme, telle la biche qui vient se montrer et détale, volontairement, se faisant faux appeau, afin qu'on ne découvre pas son petit faon, là où il est bien caché... Cette demeure était la tour. C'était de là-haut qu'un chef, supérieur s'assumant, devait commander — régenter le canton entier de la guerre.

« J'y vais... » — ; j'allai.

A mon poste, je laissai João Curiol qui avait grande valeur. Je rampai, m'avançai à découvert, comme il fallait que je fasse, par les arrière-cours des maisons. Je me retournai encore, en lançant un regard. Je voulais ne pas cesser de voir Diadorim. Notre affection au moment de la séparation entre un sourire et un sanglot, en ce milieu de vie.

Je rampai, me glissant de cours en vergers derrière les maisons, mes armes au-dessus de moi, et tirant mon barda. Partout de ce côté, il y avait des hommes à nous, qui me saluaient à grands cris : comme c'est normal, quand un chef fait preuve d'un courage majeur. Des hommes comme Jõe-le-Grêlé, surnommé « l'Espadrille ». Et il y avait aussi João-Prématuré, qui portait chance, avec sa bonne tête. J'avançai, franchis une haie de bambous, contournai un pan de mur, où Paspe avait foré des moellons, en guise de meurtrières. Et je me rendis compte que Jiribibe se glissait derrière moi. Le brave gamin. Ses petits yeux, on ne les voyait que parce qu'ils étaient d'un noir incroyable : « Savoir si de ce côté, ils font ce qu'il faut, les carabiniers ? » — il me dit. Ah ça, pourquoi il me le disait ? Il ne savait pas que le jouet maintenant était mortel ? Là-dessus, il éclata de rire, en me désignant : ce qui était dans la terre meuble, sous un rosier, un petit chat noir-et-blanc, dormant, lové, parfaitement tranquille, comme s'il était sourd, il avait même joint les pattes... Mais arriva près de moi, un grain d'acier, qui sectionna en plein un pied de papayer : « Attention, couche-toi ! » — je fulminai à l'adresse de Jiribibe. On entendait le rauquement, les imprécations déchaînées, de l'ennemi, avec, chanté faux, un refrain selon lequel nous n'étions tous que de sacrés fils-de... Les canailles ! Mais Jiribibe ripostait, les injuriait de plus belle. Puis, nous hâtant, nous atteignîmes les tranchées derrière un four à pain ; et une salve de détonations crépita dans notre direction, on aurait cru une rafale de graviers. Sale coin ! Nous attendîmes, à plat ventre. « Sauve-toi, Jiribibe, y en a, je crois bien, qui canardent de là-haut dans les arbres... » — je lui conseillai absolument. Nous avons continué à ramper. Il n'en manquait plus que très peu pour atteindre la cour de la grande maison : rien qu'une haie étroite, avec un plant de christophines d'où pendaient des grappes de fruits : des christophines énormes. « J' m'en vas, chef ! » — cria Jiribibe. Et il tomba raide mort, là contre moi — atteint au front. Je ne criai pas, rampai encore. En donnant une dernière poussée, dans la porte de la cuisine de la maison, je fis rouler une grande bassine, restée appuyée là, debout. Et j'entrai. La bassine derrière moi reçut une charge de mitraille, qui la fit résonner entière, vieille carcasse en fer-blanc... Lorsque j'entrai, ceux que je vis à l'intérieur m'acclamèrent : « Hé, chef, salut ! » — « Hé, salut ! » — je répondis. Et je me dis, à cet instant : que la guerre cette fois devenait une folie. Et je n'eus pas peur. Je gravis l'escalier.

Écoutez battre mon cœur, prenez mon poignet. Voyez mes cheveux blancs... Vivre — n'est-ce pas ? — est très dangereux. Parce qu'on ne sait pas à l'avance. Parce que c'est bel et bien apprendre-à-vivre qui est le vivre. Le sertão m'a produit, ensuite il m'a englouti, ensuite il m'a recraché de la chaleur de sa bouche... Ma narration, vous y croyez ?

Je gravis cet escalier en colimaçon, écoutant le bois sous mes pas, et prévenant : « Qui vient là c'est moi, mes gens ! » à plusieurs reprises. Tout cela un peu lugubre, l'impression qui se dégageait était celle d'un dimanche d'autrefois. Je m'aperçus que je soufflais un peu et que j'avais soif. Il devait bien y avoir par là — j'imaginai — une cruche d'eau fraîche. « C'est moi, mes gens... » Même comme ça, au début ils s'effrayèrent, ensuite ils furent contents de me voir. Dans la pièce donnant sur la rue, il y avait là : Araruta et José Gervásio, occupés à tirer ; et le petit Le-Jaco et l'aveugle Borromée, assis sur un banc

479

tourné vers le mur. Tout près l'un de l'autre, ces deux, et qui tremblaient un peu ; ils devaient être en train de prier.

« Et la Femme ? » — je demandai.

Le petit Le-Jaco voulait me montrer : elle était prisonnière dans une chambre. En train de prier elle aussi ? Un vieux corridor, et sur lequel donnaient un tas de portes : la femme était enfermée derrière l'une d'elles, dans une chambre. La clef était dans la main de l'aveugle Borromée. C'était une clef vraiment énorme, il fit le geste de me la donner ; je refusai. « Il y a une jarre avec de l'eau, par là ? » — je dis, j'étais en proie à une hâte désordonnée, faut croire. « Paraît que là en bas, y en a... » me répondit le gamin à sa manière. Je compris qu'il mourait de soif également, et voulait venir avec moi — il avait sûrement peur de descendre l'escalier tout seul. Et l'aveugle Borromée pareil, qui ne répondit pas, mais remua les lèvres, la bouche molle, molle, faisant le bruit de quelqu'un qui arrête de mastiquer de la cassonade. Cela me dégoûta : mais il n'avait rien mangé. Je ne tins plus : « Tu m'entends, insolent, tu m'entends ? C'est comme ça que tu me respectes, et que tu remercies pour le souci de m'être occupé de toi, et de t'avoir emmené partout en ma compagnie ? ! » — je dis. Il dit : « *Dieu vous protège, Chef, et nous prête main à tous... Et je demande pardon pour tout.* » Il s'agenouilla. D'entendre, de voir ça m'embarrassa, j'éprouvai déjà une pointe de remords. Parce que cet homme, sans vision charnelle, et qui n'était d'aucun emploi, c'est ma méchanceté qui avait fait son périple, depuis l'endroit au départ, où il menait sa vie. Et il lui fallait maintenant endurer une peur redoublée, à imaginer que tôt ou tard, on allait se tirer, et qu'il resterait en plan derrière, entre les griffes des autres. Mais le déroulement de toutes ces pensées dans mon esprit fut trop rapide, elles ne donnaient sur rien. Je m'en souviens à moitié et si je raconte, c'est uniquement pour renforcer mon talent. Comme la vision fugitive que sur le moment, sans trop de raison, j'eus d'Otacília. Et j'allai à la fenêtre, imaginant presque y mettre l'œil et, pour ne pas rater de voir d'aussi loin, l'endroit où elle menait sa vie. Je raconte pour que vous sachiez la quantité de choses bizarres, qu'agite l'esprit, au cœur du tourbillon de la guerre. Et José Gervásio et Araruta, accroupis chacun dans l'embrasure d'une fenêtre, leurs carabines à la main, les cartouchières pleines. C'est de mon côté qu'ils regardaient, attentifs, attendant un signe quelconque. Et là une balle siffla en l'air, elle suivit isolée sa trajectoire, très rasante, avec un bruit de musique qui me fit reconnaître qu'elle était tirée d'un comblain. Il fallait tout de même que je donne du nerf à ces deux-là. De la vigueur. J'allai à une fenêtre. Et je serrai ferme mon rifle. Je jetai un œil alentour. Moi — le chef !

Sachez, monsieur : j'étais là, comme le parâtre de tous, en l'air et à l'abri, comme sur la plate-forme de branchages dressée pour l'affût, afin de châtier la onça assassine. Je vis ou ne vis pas? J'observai seulement. Aux aguets, maître de ce que je récoltai. Quelques-uns, là-bas sur un terre-plein, manœuvraient à leur affaire, avec de mauvaises armes. Je visai. L'un était un colosse, tout à fait l'air, dans son accoutrement, d'un bahiannais. D'une petite détente, un rien, de la gâchette, je réglai son sort. Celui-là tomba de traviole ; l'autre suivit. Ils étaient trois : le dernier s'aperçut qu'il y avait le ciel, et se mit à courir en jouant des flûtes. Zoumb'! il prit je ne sais combien de plombs, dans le plat du dos... Vrai, là, d'où j'étais, ça valait le coup... De même, lorsqu'ils se revanchèrent, avec quelques bonnes décharges, bien envoyées. Je m'écartai, mais continuai, embusqué, de dominer la situation. Cela faisait bien deux heures que cette bataille avait commencé. On avait midi au zénith.

Seul le bœuf, la vache exceptée, meugle gratis. Sûr que rien, cette fois-là, n'allait se terminer sans une fin — entendu qu'Hermógenes n'était pas le genre de chien à lâcher son os ; et il arrivait de cinquante lieues ! Il était temps que la chanson fasse son temps. Et il y a une vraie façon de tout raconter — de pareils moments de vie ? Les tirs, les cris, l'écho, le fracas des corps qui tombent, les hurlements et les choses fracassables. Il y avait même le silence. Parce qu'il y avait des variations dans cette cadence : canarder, crépiter, craquer, éclater, tonner — bang ! — et le feu cesse ; et puis le marasme, le silence installé brusquement, ou qui s'essouffle petit à petit, au ralenti. Le temps prit ma mesure. Le temps ? Si les gens s'arrêtent pour penser — il se passe quelque chose ! — : ce que je vois c'est le temps nu qui sourd d'en dessous, mol, sans vagues, comme monte l'eau d'une inondation... Le temps est la vie de la mort : l'imperfection. Je divague — ne faites pas attention. Mais c'était sur ce genre de sujets, j'y reviens, que j'aurais tant souhaité interroger Diadorim la veille au soir, lorsque je m'étais promené avec lui. Cela me travaillait, à ce moment-là, de demander à Diadorim :

« Tu ne trouves pas que tout le monde est fou? Qu'on cesse d'être fou aux heures uniquement où on se sent un grand courage ou de l'amour? Ou aux heures où l'on parvient à prier ? »

Je n'avais pas demandé. Mais je savais la réponse que Diadorim n'aurait pas manqué de me donner :

« Joca Ramiro n'était pas fou le moins du monde, Riobaldo ; et lui, ils l'ont tué... »

Alors, je pouvais, je rectifiais :

« ... Mais, pourtant, quand tout cela va prendre fin, Dia, Di, et que je vais me marier, il faut que tu viennes vivre avec nous en notre compagnie, dans une fazenda, sur la bonne rive de l'Urucuia. L'Urucuia a lui aussi, près de la barre, de beaux bancs de sable, et il forme des îles, avec des arbres verts et inclinés. Et là, il y a plein d'oiseaux : les mêmes oiseaux plaisants que tous ceux de la Rivière-des-Vieilles, la regrettée — le jaburu et la poule d'eau et l'aigrette blanche, l'aigrette rose qui passe et repasse dans la vastitude du ciel, pareille à une robe de femme... Et le petit-manuel, le petit-chevalier-du-banc-de-sable, qui sautille et s'ébouriffe, plein d'élégance — n'est-il pas plus qu'aucun autre, le petit manuel, le bel oiseau d'amour ?... »

Ç'aurait pu être ? Possiblement non.

Je n'avais pas été capable de demander ces viatiques à Diadorim, nous n'avions parlé en effet que de choses et d'autres, le tout-venant à propos des munitions et de mes armements, les préparatifs de guerre. Une veille. Ce sont ces heures qui configurent le lointain. Mais maintenant, là, en situation de mort, j'y repensai ; et même, qu'aurais-je pu dire, chevauchant cet instant, si Diadorim s'était arrêté auprès de moi ? Aujourd'hui, je ne sais pas : comme je n'ai pas su, tous ces auparavants. Là, à l'endroit où je me trouvais, j'imprimais très discrète la main de la mort ; tel un bouvier, qui, sur la porte, la fenêtre, le mur de la maison ou le bois de l'enclos, partout où il passe, grave le chiffre servant à marquer au fer son troupeau, pour le reconnaître. Ainsi. Et je me souviens que j'avais mal à la tête ; c'était un très fort mal-de-tête, ancré dans une seule plainte, et forant comme une vrille. Je supportai. Ce devait être à force d'avoir soif.

Puis, ça reprit : des balles oiseaux-mouches. Des zum-ums — qui lacéraient les jambages des fenêtres, déchiquetaient, réduisaient les linteaux en miettes. Certaines tombaient comme recueillies, à terre sur le plancher — elles ricochaient une petite danse — et elles restaient là, bosselées, semblables à un bout de tuyau, ridées comme des noisettes mûres. Celles-là pouvaient refroidir, lentement. En même temps que cette chaleur mauvaise, qui aurait pu prendre la vie d'une personne, elles perdaient leur valeur. José Gervásio et Araruta reculèrent au milieu de la pièce, ils me recommandèrent de faire attention. Mais je ne bougeai pas. Je dis que non, non, et non. Mes deux mains s'étaient prises de tremblements, mais ce n'était pas de peur fatale. Mes jambes ne tremblaient pas. Mais mes doigts tressaillaient par à-coups, tapotant, repliés, comme si je jouais de l'accordéon. Là, je criai : « Saloperies ! » Ils canardèrent. Un feu nourri, les charges de poudre, et la salve, et le sifflement — comme roule le vent, à la fin des pluies... Malgré cela j'insistai, je visai, et je ne bougeai pas de là, de l'embrasure ouverte, ne cédai pas mon pouvoir. Je tirai bien. Plein de mépris pour la façon dont fouettaient leurs balles sifflantes... Je ne courais pas après la mort — comprenez-moi bien. Je m'entraînais à plus de courage. Viril, avec mon fusil d'ordonnance, je tirai salves sur salves. J'avais le corps protégé par un sort ? J'espère que non ; je ne souhaite pas savoir. Je ne mourus pas, et je tuai. Et je vis. Sans danger pour ma personne.

Là, lorsque ça arriva, monumental, j'eus un choc : car en bas beaucoup de choses changeaient. Et ce fut simplement, qu'inopinément, une partie des hommes d'Hermógenes, qui étaient si nombreux — cette racaille ! — et qui étaient parvenus à contourner les miens, débouchaient au bout de la rue, en arrière-garde. Ils allaient l'emporter ? C'était possible ? J'eus peur pour tous. Ah, non, ils n'allaient pas vaincre. 'Cor'aujourd'hui, je vois mon ami João-le-Vacher : plus homme, plus sombre, jurant contre tous ces macaques, sans perdre une goutte de sa sueur... Ce qu'il vêtit, revêtit, c'est du cuir... et je le vois s'en aller, tournant le dos... attaquant, fonçant, seul contre les autres, contre tous... Il mourut, car ils le fauchèrent. À une affaire d'environ cent brasses.

Ah, non ! Les nôtres faisaient front, gare, ils tiraient, balles sur balles ; ce fut un feu d'enfer...

Et moi, flageolant sur mes pieds, je repris confiance : l'espace d'un instant, et je sus ce que je devais faire. Descendre, me joindre là en bas, aux miens, pour donner un coup de main ? Je ne pouvais, ne devais pas ; là, je reconnus. Qu'il fallait qu'un homme, un chef, demeure — à la place où j'étais, dans la maison à étage. Mais je dépêchai résolument Araruta et José Gervásio, qu'ils aillent, mais qu'ils aillent. C'était tout ce qu'ils voulaient. Ils descendirent l'escalier. Le volume de cette fusillade était une pétarade à ne pas croire. Tout cela c'était la guerre ? — je compris. Un chaudron sur le trépied, que l'on faisait bouillir... J'attendis. La fin se profilait, et j'étais là, largué, seul tout seul, avec ces deux. Le petit Le-Jaco, une de ses mains comprimant le dos de l'autre, et le visage contracté de tremblements continus, mais les lèvres restées entrouvertes sur une grimace de douleur. C'était un enfant. Et l'aveugle Borromée fermait les yeux.

J'eus pitié. Je n'entendis rien, je dis : « Vraiment ? » Je dis : « *Prenez patience, mes fils. Le monde est à moi, mais il prend son temps.* » Je promis de cette façon : que, plus ça croulait, plus ça tonnait, plus on l'emportait : on l'emportait... On l'emportait ! Et je frappai d'une main ferme sur le plat de ma crosse. La victoire ! Ah — la victoire — et moi au milieu, que les vents entraînaient.

Je me trompais ? Il s'écoula une demi-heure, même pas, et je distinguai une autre agitation, mais à l'autre extrémité, et qui me réjouit, apporta le miracle — *Hé, là-haut! Hé, Commandant!* Ce qui se passait, c'était que : brusquement, mes gens laissés à Cérérê-le-Vieux, les partisans de João Goanhá, débouchaient à leur tour en attaquant les hermógenes dans le dos — ils donnaient toute l'arrière-garde. De joie, je tirai coup sur coup. La guerre, maintenant, était devenue énorme.

Faites le calcul : de part en part, se déployaient tout additionné, dans les trois cents et quelques hommes — faisant chacun régner le vacarme du jagunço en action. Il restait encore quelque arme à feu de fortune à travers toutes les Hautes-Terres? Pas une. Tous étaient là pour faire la preuve de courage contre le courage, jusqu'à épuiser toutes les munitions. De cette façon embrouillée : comment mener une bataille de l'intérieur, et une autre de l'extérieur, chacun étant à la fois celui qui encercle et celui qui est encerclé? Comment recomposer cela, pour le final? Seulement par la victoire. Je ne balançai pas. Je suis né pour être. Maintenant ce moment en arrêt, j'étais moi, une bonne fois, au nom de tous, j'étais, colossal, ce qui se dressait le plus en vue. Et je sus : la tâche, réelle, de mon destin, était de ne pas avoir peur. De n'avoir aucune peur. Je n'en eus pas. Que je n'en aie pas, et tout allait se démonter délicatement, loin de moi, pour ma victoire : île baignée d'eaux claires... Je sus. Je remplis mon office. Jusqu'à ce que quelqu'un, comme j'entendis, se mette à rire de moi. C'était un rire dissimulé, un rire aussi net en moi que moi-même, mais étouffé. Ce qui m'alerta. Ce à quoi je ne voulais pas penser, je n'y pensai pas ; et je flairai que c'était une bonne idée fausse, facile. Et comme j'allais dévoiler le nom, lâcher la formule : ... *Satanas!*... *Salaud!*... à son propos je dis seulement *S*... — *Sertão... Sertão...*

Dans ce demi-suspens, j'entendis un grattement de gorge. Je me retournai. Ce n'était que l'aveugle Borromée, qui agita les mains, les bras ; laid, pareil à un noir en train de charger un tromblon. Sans même savoir pourquoi, je demandai aussitôt :

« Tu es le Sertão?

— Parfaitemain', monsieur, parfaitemain'... Je suis l'aveugle Borromée... Monsieur mon bon monsieur... — il me rétorqua.

— Toi, ouais! Je comprends pas... » — je bégayai.

Bègue, non, bégayeur. Car, alors que j'allais continuer de parler, je sentis que ma langue se retournait contre mon palais, et que chaque partie de mon visage se mettait pareillement à trembler : les lèvres, les joues, jusqu'à la pointe de mon nez, de mon menton, agitées de petites secousses. Mais je me repris. Pour ce qui est d'avoir peur, je n'eus pas peur. Je commandai à l'aveugle de s'asseoir, et il obéit, il était hébété ; mais il ne s'assit pas sur le banc ; il s'accroupit plus confortablement et resta accroupi. Il rit, à me donner la nausée. Mais la nausée, n'est-ce pas, la nausée, c'est la peur ? Dieu ne m'accordant pas plus d'intrépidité, je retournai me poster à la fenêtre, d'où je mandais et commandais. Je regardais en bas. Ah, que les mausers et les winchesters sifflotaient joliment. Et le chuintement des vieux fusils de jadis. Il plut des plombs. Ceux-là fauchaient. Je précise également que je ne m'obstinai pas là, à l'écart de tout, en pure perte ; bien plutôt : qui se montrait, s'écroulait... Ma carabine.

Je résume ce qui se passa, tant d'heures, tant de déflagrations, de fracas détonations, l'entrecroisement des balles fouettant-cinglant sans arrêt. Sans arrêt. Et je demeurai là, transcrivant mon destin. Mais, comment vous le raconter ? Je raconte, mais tout est si froid, inanimé, terne-et-plat. Vous ne voyez pas, vous ne savez pas. Je raconte ce que je fis ? Ce qui advint. Que je m'activais à la mire. Je tirais, je tirais. Et que je n'émettais ni insultes ni cris, simplement parce que ma bouche, du fait de ce tremblement précis, m'obéissait à peine. Je trépignai, une fois, frappai du pied, avec le bruit sourd d'un pilon sur les lattes du plancher — vous êtes capable d'entendre, comme j'ai entendu ? Et la fureur de la guerre, là-dehors, là en bas, d'une certaine façon s'emparait de moi, au point que je cessai de m'apercevoir du mal-de-tête qui me faisait si mal, qui me faisait très mal depuis le voile du palais, d'où il avait gagné peu à peu, dès que le combat avait commencé. Et je n'avalai pas une goutte d'eau, ne fumai pas une cigarette. Soufflant de l'espoir à mon destin : pauvre de moi. Moi ! Moi...

Comment vous raconter, et que vous sentiez mon état ? C'est dans cela que vous avez mordu ? Que vous êtes né au monde ? Diadorim, monsieur, vous l'avez connu ?... Ah, vous croyez que la mort est pleur et leurre — terre accueillante, et les os au repos... Il faudrait que vous conceviez quelqu'un qui fut l'aurore de tout l'amour et mourut pour la mémoire d'une seule personne. Il faudrait que vous ayez vu des hommes s'entre-tuer pratiquement à bout-portant ! Et comment fit l'un d'eux : tac-tac, le coup de feu — et comment l'autre s'avança au couteau, par saccades, dans la fumée : il était, déjà défunt, celui qui tuait le plus... Monsieur... Accordez-moi un temps de silence. Je vais raconter.

Tout était tellement suspendu au final... Je me retournai encore une dernière fois, pour secouer derrière moi l'aveugle Borromée ; et j'avais les bras endoloris, pleins de fourmis. Le culot de cet aveugle, sans cervelle, accroupi là, sur ses talons. Tout ce qu'il sut ânonner, stupide : « Qui me donne un qué'que chose à manger ? » Ma réponse : je le rabrouai. Ah, et quoi encore ! Qu'il sèche là, tout seul, à mastiquer son mauvais tabac et à cracher jaune et noir... Je me liquéfiai de sueur. Et l'autre alors soudain, à tue-tête : se mit à chanter, il était en train de chanter un laudate.

Je ne sentais plus mes bras qu'à leur poids... Cela me parut même étrange, lorsque je me rendis compte que la fusillade dans la rue, avait pris fin ; je calculai que ça devait faire une bonne minute que le feu s'était assoupi. Oui, ils s'étaient arrêtés. Mais ils criaient, vociférant et se prenant à partie les uns les autres, à tour de rôle. Ils avaient épuisé toutes les munitions disponibles ? Je regardai, sans comprendre. J'aurais pu tirer ? Je crois que je voulus crier, et j'attendis, je remis. Car je vis : ce méli-mélo. Et qui sortait d'une porte, pour aller rejoindre toute la bande — il arma, braquant devant lui la gâchette d'un pistolet à deux canons, et visa — qui ? Téophraste le cul-terreux, comme s'il était un véritable homme d'armes ! Et qui je vis, en train d'apostropher les siens : Hermógenes ! Le chapeau sur sa tête était une grosse gamelle ronde... Un homme hors de ses gonds.

Je compris. Venez-moi en aide.

Je sus ce qui allait arriver : que les siens et les miens avaient échangé un fol et grand défi, à voir ce qu'ils se disposaient à accomplir, les uns et les autres, en formation, aux deux extrémités de la rue ; et ils dégainaient à froid. Et voyant cela, je vis Diadorim — comment il se mettait en mouvement. Je voulus pousser mille cris, et je restai sans voix, démis de moi, j'avais le vertige, le cœur au bord des lèvres. Et il y avait l'enfer de cette rue, comme une longue souricière... On m'avait enlevé ma voix.

Voici qu'ils arrivaient, de là-bas et de là-bas, en formations adverses, l'arme au poing, les cartouchières en bandoulière. Tirer, j'aurais pu ? Une crampe me tordit et m'engourdit les bras, me neutralisa. Du haut en bas de ma colonne vertébrale, je suai un long filet vertigineux. Qui me paralysait les bras et m'entravait, broyant mes forces ? « *Ton honneur... Mon honneur de vaillant preux* !... » — je gémis au fond de moi : âme qui a perdu son corps. Le fusil m'échappa des mains, et je ne pus le bloquer ni sous mon menton, ni avec ma poitrine. Je vis que mes prises ne valaient plus rien. Je faillis m'abîmer d'horreur dans un blanc précipice.

Diadorim arrivait — il accourait du fond de la rue, le poignard en main, fonçant fanatisé.

Cette fois, ils arrivaient, ils s'affrontaient au corps à corps. Les trois cents pas. Tandis que me liquéfiant vivant, je tombais. Eux tous, en furie, avec une telle animosité. Sans moi ! Qui m'arrachais les cheveux de n'être capable ni de tramer une consigne ni de clamer un conseil.

Pas même de me chuchoter quoi que ce soit. Ma bouche s'emplit de glaires. Je bavai... Mais ils s'amenaient, ils arrivaient, un coup-de-vent, une cohue, ils bramaient et ce fut la mêlée... Sur quoi — ce fut la fin et ils se massacrèrent. Et je vomis, dans la hantise d'une délivrance... Quand je voulus prier — ne leva, en moi, qu'une seule pensée, comme la foudre et la foudre. Et vous savez laquelle?... *le Diable dans la rue, au milieu du tourbillon*... Si vous saviez... Diadorim — je voulais voir — le soutenir de mon regard... J'entendis clairement la peur dans mes dents... Hermógenes : ignoble, inhumain — dans l'échevelé de sa barbe... Diadorim se jeta sur lui... Il le provoqua d'une feinte de tout le corps, l'esquiva... Et ils se déchaînèrent, s'emmêlèrent, se confondirent. Tout à coup... et rien d'autre...

Et moi, ce spectacle sous les yeux! Cela tournoya, compact, féroce, dans cette confusion, se contorsionna et moulina des bras et des jambes, projetés dehors dedans, comme lorsque quelqu'un court en se prenant les pieds... *Le Diable dans la rue, au milieu du tourbillon*... Le sang. Ils débitaient du lard sous des peaux humaines, tailladaient les chairs. Je vis une chemise de flanelle, et je vis le dos de l'homme voltiger, retomber à terre, comme le corps d'un porc flambé et équarri... Je tentai de prier, et impossible, je titubai. Les couteaux, rouges, ferraillèrent, s'enchevêtrèrent. Ils se lacérèrent au couteau. Au couteau jusqu'à leurs bretelles... *Le Diable dans la rue, au milieu du tourbillon*... Ainsi, ah —j'observai et je vis — clair, et clairement : Diadorim empaler et saigner Hermógenes... Ah, il fora — sous la clavicule — et un jet de sang gicla : il s'acharna pour bien tuer. Je ne pus pas même un sanglot, mer dont je réclamais le secours d'une prière, fût-ce un mot, un seul, hurlé ou muet, asséché; et tout ce qui perla en moi, par un prodige dû à l'extrême de l'heure, fut de pouvoir imaginer ma Notre-Dame, trônant au milieu de l'église... Gorgée de consolation... Tandis que là, en bas, c'était le fiel de la mort, sans aucun pardon. Que j'avalai à vif. Les gémissements de haine. Les hurlements... Et, brusquement, je ne vis plus Diadorim! Au ciel, un rideau de nuages... Diadorim! Voyant cela, alors je pus, sous le tranchant de la douleur : je me remuai, me mordis la main, à me refaire mal, de colère contre tout... Je montai aux abîmes... De plus loin, arrivaient maintenant quelques coups de feu, ces coups de feu venaient de profondeurs profondes. Je m'évanouis.

Je suis, rescapé des orages.

Vous ne connaissez que broutilles de moi ; vous en savez pas mal ou très peu? L'Urucuia est impair... La vie désormais accomplie de quelqu'un, les chemins arpentés derrière lui, cette histoire a quelque peu instruit votre vie? Vous remplissez votre carnet... Vous voyez où se trouve le sertão ? Ses abords, son centre ?... À part ce qui vient du ciel, c'est vraiment de bien sombres trous que tout sort. Je sais.

Je raconte encore. Comment, beaucoup plus tard, je revins à moi, ne m'y retrouvant plus, et cherchant à refaire un nœud dans le temps, tâtonnant encore de mes yeux sous mes paupières closes. J'entendis les suppliques du petit Le-Jaco et de l'aveugle Borromée, qui me frottaient la poitrine et les bras, et je compris à leurs dires que j'étais resté sans mes esprits à cause d'une attaque, mais sans avoir ni bavé ni écumé. Je surnageai. Ensuite, je ne sais plus très bien, d'autres me secoururent — Crocodile, Pacama-les-Crocs, João Curiol et Acaouã — : ils humectaient mes joues, ma bouche, je léchai cette eau. Et je me réveillai tout à fait — et à l'instant je sus, comme l'on sait, alors que le tonnerre n'a pas fini de rouler, que la foudre vient de tomber...

Diadorim était mort — un millier de fois mort — mort à jamais pour moi ; et je le savais et ne voulais pas savoir, mes yeux étaient noyés de larmes.

« Et la guerre ? — je dis.

— Chef, chef, nous avons gagné... Nous les avons réduits !... João Goanhá et Fafafa et quelques-uns des nôtres se sont lancés à la poursuite des survivants, pour achever le travail... » répondit João Concliz. — « Hermógenes, mort et remort, a été tué... » — celui, là, qui parla, fut João Curiol. Mort... Remort... Le suppôt du Démon. Il n'existait plus aucun Hermógenes. Son compte réglé sans conteste : à la façon dont quelqu'un poignardé, se vide par la faille ouverte au creux du cou, de la totalité du sang : il était aussitôt devenu jaune, entièrement, couleur ocre de terre, avec le parfait air goguenard de quelqu'un qui cherche à se moquer du monde — une face de cimetière... Un Hermógenes.

Et tous maintenant, des gestes et de la voix, expliquaient : car de cette triste façon, en effet, nous avions vaincu. Terminée la folie de la main-de-la-guerre dans la rue, João Goanhá avait chargé ceux de leurs bandits qui donnaient l'arrière-garde, et les avait écrasés... Tout cela n'avait pas de sens. Je levai mes mains. Je vis que je pouvais. Seul mon corps était encore un peu dur, mes jambes s'entêtaient à demeurer raides avec une obstination qui faisait de moi, par instants, un empaillé. Car je m'étais relevé, en m'appuyant, et je fis quelques pas : je tournais le dos à la fenêtre.

C'est à ce moment-là qu'arrivèrent Alaripe et Goal. Ils devaient avoir des nouvelles d'Otacília ; j'avais du mal à me souvenir de tant de choses. Ils revenaient étrangers à tout ce qui s'était passé, et revenaient déçus de leur voyage.

« Non, ce n'était pas votre fiancée, Chef... racontait Alaripe. L'homme s'appelait seulement Adam Lemes, et il accompagnait sa sœur, une fazendeira, du nom d'Esmeralda... Ils rentraient chez eux... Alors nous les avons laissés à Port-d'Ici, au confluent de la Blanche. »

Tant de gens au monde... — je me dis. Tant de vie, pour la discorde. Je remerciai Alaripe, mais je me tournai vers les nôtres; je demandai :

« De morts, beaucoup ?

— Bien trop... »

João Curiol me répondit, obligeamment, à la façon d'un ami. Je ravalai à sec un sanglot sans écho. Quelqu'un me signalait maintenant : que certains se relayaient, munis de pelles, pour travailler à creuser des tombes pour les sépultures. Alaripe roula une cigarette, il voulait me la donner, je refusai. « Et Hermógenes ? » — ce fut cette fois Alaripe qui s'enquit.

Ils étaient allés ouvrir cette chambre, et arrivaient dans le couloir avec la femme d'Hermógenes. Pour qu'elle voie. — *Madame, approchez-vous de la fenêtre, regardez dans la rue...* — lui dit João Concliz. Cette Femme n'était pas méchante. — *Reconnaissez un homme, madame, qui fut un suppôt du diable : mais il a déjà commencé à sentir mauvais, occis par la vertu du fer...* Cette Femme allait souffrir ? Mais elle dit que non, secouant seulement légèrement la tête, avec le sérieux du respect. — *Je le haïssais...* — elle dit, ce qui me fit trembler. Ou je n'étais peut-être pas encore bien remis, mais la douleur qui m'étourdit fut telle, que je dus m'asseoir sur le banc contre le mur. J'entendis vaguement comme dans une torpeur, dans une demi-conscience, des bribes de conversation agitée. — *Les vêtements de la femme, ils les ont pris ? Ils l'ont laissée nue ?* C'était la Femme, qui parlait. Ah, et la Femme les priait : — d'amener le corps de ce jeune homme, remarquable, celui aux yeux si verts... Je m'effondrai. Je laissai venir mes larmes, et ordonnai : « Amenez Diadorim ! » — puisque c'était lui. « Allons le chercher, camarades. Celui-là c'est Reinaldo... » dit Alaripe. Et je restai là, entre le petit Le-Jaco et l'aveugle Borromée. *Aïe, Jésus* — ce fut tout ce que je saisis dans le vacarme des voix.

Cette Femme n'était pas méchante, pas du tout. Et de grosses larmes me réchauffaient le visage et me salaient la bouche, mais elles roulaient froides presque immédiatement. Diadorim, Diadorim, oh, ah, mes buritis fringants, verts de ce vert... Buritis, aux ors de fleur... Ils montèrent l'escalier avec lui, il fut déposé sur la table. Diadorim, Diadorim — je ne l'avais peut-être mérité qu'à moitié ? Les yeux brouillés de larmes, je regardai confusément — comme à travers un vol d'aigrettes... Et qu'ils s'arrangent pour trouver des bougies ou une torche de cire, et allument de hauts feux de bon bois, autour des ténèbres du village...

Je suffoquai, étranglé de douleur. À cause de ce que dit la Femme : qu'il fallait laver et habiller le corps. Avec quelle commisération elle imbiba elle-même un linge, en nettoya les joues de Diadorim, les épaisses croûtes de sang, plaqué. Et sa beauté demeurait, elle demeurait intacte, plus impossible que jamais. Même ainsi, gisant dans cette pâleur de poudre, pareil à une chose, à un masque, desséché. Ses yeux restés ouverts pour nous voir. Le visage émacié, la bouche fendillée. Dans les cheveux la marque de la permanence... Je n'écris pas, je ne parle pas ! — pour qu'ainsi cela ne soit pas : cela n'a pas été, cela n'est pas, cela ne peut demeurer d'être, Diadorim...

Je disais que la Femme allait laver son corps. Elle récitait des prières de Bahia. Elle fit sortir tout le monde. Je restai. Et la Femme hocha lentement la tête en poussant un petit soupir. Elle ne comprenait pas ma présence. Elle ne me montra pas le corps volontairement. Et elle dit...

Diadorim — nu de la tête aux pieds. Et elle dit :

« Rendue à Dieu. Pauvre petite... »

Elle dit. Et je sus. Ce que tout le temps qui a précédé, je ne vous ai pas raconté — et ne m'en veuillez pas : — mais afin que vous découvriez avec moi, d'égal à égal, l'exacte âpreté d'un pareil secret, et appreniez seulement à l'instant ce que moi aussi j'appris seulement alors... Que Diadorim était un corps de femme, une jeune fille dans sa perfection... je restai atterré. La douleur ne peut pas plus que la surprise. Un coup de crosse.

Elle était. De sorte que l'enchantement se dissolvait dans un enchantement plus terrifiant : et je levai la main pour me signer — mais c'est un sanglot que je bâillonnai, des larmes plus fortes que j'essuyai. Je criai. Diadorim ! Diadorim était une femme. Diadorim était une femme tout comme jamais le soleil n'enflammera l'eau de l'Urucuia, tout comme je sanglotai mon désespoir.

Ne faites pas attention. Donnez-moi un peu de temps, que je raconte. Jamais la vie des gens n'a de terme réel.

Je tendis les mains pour toucher ce corps, et je frissonnai, retirai mes mains, comme si j'allais prendre feu : je baissai les yeux. Et la Femme déplia le linge sur les parties. Mais je baisais ces yeux, et les joues, la bouche. Je devinais les cheveux. Les cheveux qu'elle avait coupés avec des ciseaux d'argent. Des cheveux, qui laissés à eux-mêmes, devaient descendre jusque sous la taille... Et je ne savais pas par quel nom l'appeler ; je m'exclamai douloureusement :

490

« Mon amour !... »

Ce fut ainsi. Je m'étais penché à la fenêtre, pour ne pas avoir à assister au monde.

La Femme lova le corps, elle le revêtit de la meilleure pièce de linge qu'elle retira de son propre bagage. Sur la poitrine, entre les mains jointes, elle déposa encore le cordon avec le scapulaire qui m'avait appartenu, et un chapelet, fait de petites boules d'ouricouri et de grains qu'on appelle larmes-de-Notre-Dame. Il ne manqua — ah ! — que la pierre-d'améthyste, si longtemps transportée... Goal arriva, avec des bougies, que nous allumâmes aux quatre coins. Ces choses se passaient près de moi. Et ils étaient allés, en chrétiens, creuser la fosse. Révolté et me faisant violence, je décidai, dans un premier temps : « Enterrez-le à part, à l'écart des autres, en lisière d'une vereda, où jamais personne ne puisse le retrouver et jamais ne l'apprenne. » Tel que je dis, je n'avais plus ma tête. Je retombai dans les stigmates de la souffrance. Quand réellement je revins à moi, j'étais dans les bras de la Femme et nous pleurions tous les deux sans retenue. Et tous mes jagunços pleuraient décidément. Puis, nous nous en allâmes et la laissâmes dans la tombe, enterrée dans le cimetière de Parados, dans la terre du sertão.

Elle m'avait en amour.

Et cette heure était celle la plus tardive. Le ciel descendit. Je vous ai raconté. Peut-être, dans ce que j'ai raconté, trouverez-vous, plus que moi-même, ma vérité. Ce fut la fin.

Ici l'histoire prend fin.

Ici, l'histoire est finie.

Ici l'histoire finit.

Je m'en allai de là comme un fou, résolu, au grand galop. Mais, auparavant, je distribuai l'argent que j'avais, je retirai le ceinturon à cartouchières — je mis fin au jagunço Riobaldo ! Je dis à tous, pour toujours, adieu. Je n'allais emmener avec moi que le gamin, l'aveugle, et ceux de mes capants réchappés vivants : je devais ceux-là, les ramener de retour chez eux, dans leur pays. Et je pris également congé de la Femme, apparemment de façon bizarre, sans donner de suite à la suite. Je recommandai encore à João Curiol, qui était en paroles et pour le caractère, un brave bahiannais, de veiller à son retour, où qu'elle veuille désormais aller.

Je me dépouillai.

Où j'allais, même dans ma folie, je ne l'oubliais pas. À un seul endroit : *aux Veredas-Mortes...* De retour, de retour. Comme si, revoyant, reparcourant tout, ce qui n'avait pas eu lieu puisse à nouveau m'être proposé, que je puisse rendre Diadorim à la vie ?

C'est ce que je pensais, pauvre de moi. Je voulais étreindre une chaîne de montagnes ? Mais, de cette partie-là, je me souviens très mal, à cause d'un revers de santé. À mesure que j'allais, des vertiges tout à coup me prenaient, la tête me tourna plusieurs fois, jusqu'à devoir me retenir, jusqu'à tomber ; et, ensuite, je restais de longs intervalles, sans me souvenir de rien, ni de qui j'étais ni de mon nom. Mais Alaripe, Pacama-les-Crocs, Goal, Triol, Jesualdo, Acauã, João Concliz, et Paspe prenaient soin de moi ; ceux-là avaient à toute force voulu m'accompagner, ils venaient avec moi ; et aussi Fafafa, ainsi que João Concliz et compère Cyril qui nous rallièrent plus tard. Mes amis. Je chevauchais ainsi en leur compagnie.

Le plateau. Morte la mer, qu'il fut.

J'allai. Je luttai. À la grâce de Dieu. Comment est-ce que je parvenais à me détourner de ma tristesse ? J'allai, comme j'ai dit, tout tracé. Dans un endroit, je me souviens, avec un nom de perruche : je dus changer de cheval. Et un fermier, à Lèche-Miel, expliqua — que ce coin de marécages, où nous nous rendions, ne s'appelait pas le moins du monde *Veredas-Mortes,* mais bien Veredas-Hautes, une chose que me confirma par la suite mon compère Quelemém. C'est alors, plus loin, que je fus pris de frissons de fièvre. La fièvre tierce. Mais le sens du temps vous le comprenez, ce compte rendu d'un voyage. Vous devriez chanter. Chanter sur moi, sur ma misère. Je tombai amoureux d'un palmier, à l'heure du crépuscule...

De langueur, je m'écroulai, n'en pouvant plus. Ils me transportèrent d'abord, à tour de rôle. Puis ils me mirent dans une très pauvre misérable maison. Je m'abîmai dans la maladie. Au dernier moment où je perdis connaissance, ils étaient en train de m'étendre sur un grabat.

Ce fut, me dirent-ils, la fièvre typhoïde, mais doublée de la malaria, et une malaria particulière, épouvantable — des pires ! Et je faisais une telle fièvre, comme jamais on n'avait vu — Alaripe me le dit après — que je délirais au cours des accès. Et de l'entendre raconter me rappela l'histoire d'un fazendeiro, le pire des mécréants, auquel, étant donné ses vilenies, le démon finit par s'en prendre : et qui possédé par le maudit, et hurlant au loup dans sa chambre, dans la maison, suppliait qu'on le soulage de cette chaleur d'enfer, au point qu'il fallait même constamment, que les esclaves l'arrosent de pleins récipients et seaux d'eau, afin d'éviter qu'il finisse, à force de brûler de ce feu dévorant, par propager l'incendie, et mette le feu à la chambre... Folie. Dans une danse de démons, qui n'existent pas. Alors la maladie, à elle seule ne suffisait pas ? Ce temps où je restai détenu, sans mémoire. Combien dura-t-il ? Mais, lorsque je revins à moi, guéri et mes esprits retrouvés, le jour sans soleil, écoutez bien monsieur, je n'étais plus dans le refuge de cette pauvre maisonnette, mais ailleurs, dans une grande fazenda, où l'on m'avait transporté sans que je le sache.

J'étais à Barbaranha, au Pied-de-la-Pierre, hôte de sieur Joseph Ornelas. Je bus, un bouillon de poule, couché, le dos appuyé, dans des draps blancs. Et ce chagrin qui me brisait, s'était maintenant un peu éloigné. Je me souviens de tous, du jour, de l'heure. La première chose que je voulus voir, et cela me fit plaisir, ce fut la marque du temps sur un petit calendrier pendu au mur. Je laissai du lest à mon être. J'étais comme en train de m'attendre, au frais, sous un arbre. Sauf qu'un quelque chose, une chose, me manquait. J'étais un sac de pierres.

Mais ce sieur Ornelas était un homme d'une grande bonté et de beaucoup d'honneur. Il me traita sur un grand pied, je fus un prince dans cette maison. Tous — sa femme, leurs filles, leurs parents — s'occupaient de moi. Mais surtout, ce qui me revigora fut d'avoir des preuves sincères et répétées qu'ils appréciaient en moi un homme-de-bien de grand talent, et louaient mes actions : que je sois venu, courageusement, renverser Hermógenes et nettoyer ces Hautes-Terres du banditisme jagunço. Jour après jour, je me remis.

Jusqu'au jour, où, tandis que je me reposais, le jour étale, dans un hamac de coton brodé, un sentiment heureux me réveilla, un pressentiment. Lorsque je regardai, je vis, une jeune fille arrivait. Otacília.

Mon cœur recommença à battre, et ce qu'il me disait : le vieux est chaque jour nouveau. Je vous affirme, mon Otacília me parut encore plus belle, elle me salua d'une caresse secourable, gage d'amour. Elle était venue avec sa mère. Et sa mère, ses parents, tous autour d'elle se réjouissaient, tous me la donnaient, mon Otacília, ma promise.

Mais je dis tout. Je déclarai très grand et véridique l'amour que je lui portais ; mais que je venais de perdre récemment, du fait d'un destin antérieur, un autre amour, également nécessaire. Je le confessai. De sorte que j'avais encore besoin, pour le deuil et la réparation, d'un peu de temps. Otacília me comprit, elle approuva quoi que je lui demande. Elle passa là encore quelques jours, à me tenir compagnie, belle et charmante...

Elle avait l'assurance que j'allais revenir à Santa Catarina, renouveler ma demande ; et revêtir un costume de serge, avec une fleur à mon revers, pour la fête des épousailles. J'y allai, la joie au cœur, j'étais très épris d'Otacília. Ainsi, je me mariai, et je n'aurais pu mieux faire, puisque aujourd'hui encore elle est ma très proche compagne — vous le savez, la connaissez. Mais cela eut lieu nombre de mois plus tard, lorsque les champs reverdirent.

J'étais déjà tout à fait remis, sur pied pour reprendre la route, lorsque là, à Barbaranha, surgit la visite, également pour moi, de sieur Habaham ; ils avaient fait la paix entre-temps, sieur Ornelas et lui. Un homme les pieds sur terre. Il se montra très heureux de me voir, ne m'apportait-il pas en cadeau un nouveau cheval — lequel était un pie-tigré, de prix et belle allure ? J'acceptai, très sincèrement flatté. Mais il venait pour une affaire plus importante — qu'il était allé certifier et vérifier, et négocier, en proposant ses bons offices. Et c'était que mon parrain Selorico Mendes était mort et s'était éteint en me bénissant et en faisant mes éloges, fier de mes entreprises ; et que par lettre testamentaire, il m'avait laissé ses deux plus grandes fazendas. Sieur Habaham voulait sans attendre m'emmener à Curralinho, et à Corinto, pour que je prenne pacifiquement possession de mes biens. Je refusai, remis à plus tard, je veux dire. De fait, lorsque j'y allai, j'héritai légalement, sans avoir besoin de déposer des demandes, faute d'autres héritiers plus légitimes — ce que je dois également à l'avocat qui s'occupa de la succession, Maître Meigo de Lima.

Sauf que ce fut beaucoup plus tard.

Car, auparavant, j'avais un autre pèlerinage à accomplir, selon l'ordre que me soufflait mon cœur. Je remerciai pour tout, je pris congé, de sieur Ornelas et des siens — gens à coucher dans les Évangiles. J'emmenai seulement Alaripe et Goal ; les autres, je les laissai attendre mon retour, afin de ne pas faire lever des soupçons, en voyageant en trop nombreuse compagnie. Mais, avant de partir, je demandai à Dona Brésilina, un morceau de tissu noir, que je fixai en brassard à mon bras.

Je me rendis à un endroit, dans les Geraïs de Lassance, un lieu dit Os-Porcos. Ainsi nous y allâmes. J'interrogeai tout le monde, frappai à toutes les portes : pauvre et triste fut ce que je récoltai. Ce que je pensai retrouver : quelque vieille femme ou un vieillard, qui connaissent l'histoire — se souviennent d'elle au temps où elle avait été petite fille — et que me soient alors exposées les raisons passées de bien des choses, de nombre d'événements. De cela nous ne trouvâmes pas trace. Nous fîmes route alors pour un plus lointain pèlerinage : Juramento, Poisson-Cru, Terre-Blanche et La Chapelle, La Chapelle-au-Plomb. Je ne trouvai qu'un document. Cette attestation que je rapportai — de baptême. De l'église paroissiale d'Itacambira, où sont enterrés tant de morts. Et où elle avait été portée sur les fonts baptismaux. Enregistrée ainsi : un 11 septembre des années 1880 et quelques... Voyez, lisez. De *Maria Deodorina da Fé Bettancourt*

Martins — qui naquit avec le devoir de guerroyer et de ne jamais avoir peur, et pour en outre beaucoup aimer, sans avoir droit à jouir de l'amour... Priez, monsieur, pour mon âme. Vous ne trouvez pas que la vie est bien triste ?

Mais personne ne peut m'empêcher de prier ; qui le pourrait ? L'exister de l'âme c'est la prière... Quand je prie, je suis à l'abri des malpropretés, à l'écart de n'importe quelle folie. Ou peut-être prier est-il le réveil de l'âme ?

Et, pauvre de moi, ma tristesse me retardait, me consumait. Je n'avais pas compétence pour vouloir vivre, tant j'étais exténué, même l'effort de respirer m'éreintait. Et Diadorim, je me rendis compte que le regretter, bien souvent ne m'apaisait pas ; non plus que l'imaginer. Car j'avais nié cet amour au fond de moi tout au long de ce temps de vie, et dès lors l'amitié avait été faussée amère ; et l'amour, et même sa personne, elle me les avait niés. Au nom de quoi, allais-je parvenir à vivre ? Mais l'amour de mon Otacília croissait également, au berceau tout d'abord, et s'ébauchant lentement. Il était.

Passé ce temps, je ne m'attardai plus.

Mais alors, comme, faisant demi-tour, je m'en retournai, je récoltai à la barre de l'Abaeté une information inattendue. Sur Zé Bebelo ! Ça devait arriver. Je ne sais pour quelle raison, cela me fit renaître. Zé Bebelo habitait quelques lieues plus haut, près de Saint-Gonzague-d'Abaeté, à Port-des-Oiseaux. Je m'y rendis. Et comment se faisait-il que jamais auparavant, jamais, je n'aie pensé à Zé Bebelo ? Nous prîmes le trot, arrivâmes en longeant le fleuve. Vous le savez — le fleuve Abaeté, si insolent de beauté, qu'il vous attriste : si large, de morne à morne. Et déjà je pensais à ma vie.

Zé Bebelo s'écria : « Sapristi ! Sapristi ! » — et il me donna l'accolade, en ami cordial, ravi de me voir, comme si rien n'avait détruit nos habitudes. Je peux dire qu'il était le même, dispos et conciliant.

« Vive nous ! Riobaldo, *Tatarana,* Professeur... — il résuma. — Tu as voulu la paix ? »

Il me contemplait, de son air rusé, il ne lui manquait plus que de me flairer, comme lorsqu'un bœuf et un autre bœuf se rencontrent de nouveau dans l'enclos. Il dit que j'étais heureux, mais amaigri, et que j'avais les yeux encore plus creux.

« J'ai pris du recul... Sais-tu ? j'ai vendu un troupeau. J'ai changé mes objectifs. Gagner beaucoup d'argent — c'est ce qui compte... Poudre d'or en poudre... » — voilà ce qu'il me dit.

Et c'était pur mensonge. Mais peut-être vrai tout autant.

Vu qu'il avait besoin pour vivre de ces fanfaronnades, où il était passé maître. À preuve, la façon dont il m'épingla aussitôt :

« Vive toi ! Tu as liquidé Hermógenes ? C'est bien. Tu as été mon disciple... Tu l'as été, non ? »

Je ne relevai pas : ces jactances ne me dérangeaient pas. Mais alors, ne me comprenant pas, il s'arrêta et se reprit. Ainsi :

« Bon, bon — il me dit — je ne t'ai pas enseigné ; mais je t'ai appris à bien connaître la vie... »

Je ris, de nous deux.

Trois jours pleins je fis escale chez lui, là, à Port-des-Oiseaux.

Et Zé Bebelo développa, pour mes oreilles, quels étaient ses projets. Et alors là, les fanfaronnades ! Il ne voulait rien savoir du sertão, il allait maintenant s'en aller, pour la grande ville, la Capitale, se lancer dans le commerce, étudier pour être avocat. « Et je veux que ce que j'ai fait sorte dans le journal, avec des photos... Que, célébrité méritée, soient décrits les grands moments de nos combats... » « En ce qui me concerne, non monsieur ! » — je coupai, péremptoire. Distraire les gens avec mon nom... Alors il changea de conversation. Mais, durant ces trois jours, il ne démordit pas de vouloir me soulager, et d'échafauder d'autres plans pour mettre ma vie sur la bonne voie. Qu'il ne puisse indemniser complètement ma plus grande douleur allait de soi. Sauf que Zé Bebelo n'était pas homme à ne pas s'obstiner. Ce dont je remercie Dieu.

Car, à la fin, il réclama toute mon attention, et dit :

« Riobaldo, je sais de quelle amitié tu as besoin maintenant. Va là-bas. Mais, promets-moi : n'attends pas, ne le prends pas de haut. D'ici, c'est tout droit, tu pars et tu y vas. Dis que c'est de ma part... Il est différent de tout le monde. »

Il écrivit même un billet, pour que je l'emporte. Et quand je pris congé, et qu'il me donna l'accolade, je sentis l'affection qu'en pensée il me portait. Est-ce qu'il avait toujours ce sifflet, dans sa poche ? Et il cria : « Sapristi ! »

Et pour ça, ce ne pouvait être que Zé Bebelo. Zé Bebelo, et pas un autre, pour commencer de sauver mon destin. Parce que le billet était pour mon compère Quelemém de Goïs, à Jijujá — Vereda du Buriti-Gris. Que dire de plus ? Allez-y. En période de mai, quand le coton est en fleur. Si joliment blanc. Le coton est ce qu'il plante le plus, de toutes les qualités modernes : le *bibol* et le *moussoulim*. Vous allez voir une personne d'une telle rareté, que tout le monde auprès de lui s'attarde rasséréné, et souriant, bienveillant... Jusque Vuspe, j'ai rencontré là.

Mon compère Quelemém m'accueillit, il me laissa raconter mon histoire jusqu'au bout. Je vis comme il me regardait avec cette infinie patience — le temps que passe ma douleur; et comme il pouvait attendre un très long temps. Ce que voyant, j'eus honte, énormément.

Mais à la fin, je me refis courage, je demandai tout :

« Mon âme, vous croyez que je l'ai vendue, que j'ai fait pacte ? »

Alors il a souri, prompt et sincère, et il m'a payé de cette réponse :

« Ne t'en fais pas. Pense à ce qui t'attend. Vendre ou acheter, sont des actions, parfois, presque identiques. »

Et je conclus là-dessus, écoutez voir. J'ai tout raconté. Je suis ici maintenant, riverain quasi. Je m'achemine vers la vieillesse, dans l'ordre et le travail. Si je me connais ? Je m'acquitte. Le fleuve São Francisco — qui se donne à voir dans sa grandeur — ce dont il a l'air, c'est d'un énorme tronc en bois, debout... Vous m'avez écouté bien aimable, vous avez confirmé mon idée : que le Diable n'existe pas. N'est-ce pas ? Vous êtes un homme souverain, circonspect. Nous sommes amis. Que nenni ! Le diable n'existe pas ! C'est ce que je dis, quand bien même... Ce qui existe, c'est l'homme humain. Traversée. ∞

NOTE DE LA TRADUCTRICE SUR PRESTES

Le nom de Luis Carlos Prestes, mort le 7 mars 1990 à l'âge de 92 ans, est associé à l'histoire de la gauche brésilienne depuis 1924, où, jeune officier, il entraîne ses compagnons de régiment, révoltés comme lui par les inconséquences des politiciens de Rio de Janeiro, dans une marche sur la capitale. C'est la fameuse « colonne Prestes » — dont les effectifs grossiront au long des 2 500 km et de deux années d'une sorte de pré-guérilla. Prestes n'est pas encore communiste, il le deviendra à la suite de son exil à Buenos-Aires. Après un passage à Moscou, il anime contre Vargas et sa dictature l'Alliance nationale révolutionnaire (ALN). Emprisonné avec sa femme, Olga Benario, d'origine allemande, à la suite de l'insurrection manquée de 1935 : Olga livrée par le Brésil à Hitler met leur fille au monde et meurt en camp de concentration (cf. *Olga*, Fernando Morais, Éd. Stock, 1990). Prestes ne sort de prison qu'en 1945. Dès lors, secrétaire général du Parti communiste brésilien (PCB), il lutte jusqu'après le coup d'État de 1964, alors clandestinement de l'intérieur même du Brésil. Les terribles années 1968-1973 l'obligent, en 1971, à se résoudre à un nouvel exil. Rentré au Brésil, il tentera jusqu'à sa mort, de ruptures en alliances avec anciens et nouveaux compagnons comme avec les figures marquantes de ces années 80 (Lula, Brizola), de ranimer un combat, ainsi qu'il finira de s'épuiser à le brandir, véritablement « marxiste-léniniste ». Homme de conviction, plus que stratège politique, il est sans doute aujourd'hui la seule figure assurée de l'estime générale de l'ensemble des Brésiliens.

GLOSSAIRE

Anta : mammifère *(tapirus terrestris)* de couleur grise, pouvant atteindre jusqu'à deux mètres de longueur et un mètre de hauteur, quatre doigts aux pattes antérieures, trois doigts aux pattes postérieures ; se distribue dans la partie centrale de l'Amérique du Sud, depuis la Colombie jusqu'au nord de l'Argentine. Animal totem des « Chemises vertes », l'équivalent des Chemises brunes de Mussolini, dont le nom reste attaché à la première dictature Vargas (1937-1945).

Cachaça : eau-de-vie de canne.

Carnaúba : plante à grandes fleurs jaunes ornementales dont on extrait une cire du même nom. Également utilisée pour la fabrication de cirages et de vernis.

Cerrado : végétation d'arbustes et d'arbres de petite taille, robustes, rabougris, recouvrant à l'occasion un tapis d'herbe rase, ce qui distingue le cerrado du maquis. Brasilia a été gagnée sur des étendues de cerrados.

Chapada : replat, plan, plate-forme ; plateau, « étendue surélevée dominant les environs ». *Chapadão* (traduit dans le texte assez incorrectement par « haut-plateau ») désigne, nous dit Guimarães Rosa, « une grande chapada ou une suite de chapadas ».

Conto de reis : de *reis,* pluriel de *real,* l'ancienne monnaie portugaise et brésilienne. *Conto de reis* : mille reis.

Farofa : accompagnement typique de la cuisine brésilienne, à base de farine de manioc passée dans l'huile ou tout autre corps gras jusqu'à obtenir une consistance plus ou moins dorée et granuleuse. Sophistiquée, la farofa peut s'enrichir, selon la cuisinière et les reliefs de la maison, de minuscules restes d'œufs frits ou viandes cuites, de petits cubes de bananes également frites, de raisins secs, etc. Certaines farofas sont succulentes.

Fazendeiro : propriétaire d'une fazenda, plantation ou domaine d'élevage.

Geraïs : geraïs (terres-générales) désigne globalement les terres de l'intérieur du Nordeste brésilien et du planalto (plateau) central. Comparée à *sertão,* geraïs a un sens plus topographique, mais les deux expressions peuvent se recouvrir : mêmes zones immenses de pâtures, ou presque désertiques ;

même population rare, éparse, « flagellée » par l'âpreté des lieux et le climat progressivement continental.

Gravatá : plante épiphyte (broméliacée), uniformément présente dans les sertões des Geraïs. Ses baies sont des fruits très rafraîchissants et ses fibres utilisées pour la fabrication de ficelles.

Jagunço : les grands propriétaires de l'intérieur du Brésil, souvent mêlés (manipulateurs comme manipulés) à la politique des États et du gouvernement central (« fédéral »), s'appuyaient sur des bandes, véritables armées parfois, à leur solde. Les jagunços sont ainsi des hommes de main, mais non point toujours des mercenaires. Le texte l'indique : ils étaient attachés à leurs chefs, fazendeiros ou alliés, parents de fazendeiros. Dans les dernières années du XIXe siècle et quasiment le premier quart du XXe, de telles bandes armées se sont livré de véritables combats et adonnées à des expéditions punitives, qui dégénérèrent en mises à sac, destructions, et massacres sanglants et meurtriers.

L'organisation à l'intérieur de ces bandes, telles que décrites par Guimarães Rosa, semble décalquée de la hiérarchie régnant dans les chansons de geste. Une dimension quasi utopiste n'était pas absente de certaines de ces formations. En bref, selon le sentiment que lui-même a de son « office », le jagunço peut tout aussi bien être le pire brigand ou l'homme preux, et parfois même, au gré des circonstances, l'un et l'autre à la fois.

Onça : félin propre aux forêts brésiliennes, proche du jaguar. Évoque ici, en arrière-plan, le léopard de la *Chanson de Roland.* Ne pas confondre avec la « once » ou panthère des neiges de l'Asie centrale.

Sertão : désigne, au sens large, ce qu'on entend par arrière-pays. Dans un sens plus étroit, celui qui prévaut ici, sertão s'applique généralement aux régions semi-arides de l'intérieur du Brésil, à population clairsemée, inexistante parfois, où prévaut l'élevage du bétail. Pluriel : *sertões.*

Urubu : de la famille des valturidés : vautour noir. L'urubu est le charognard.

Viande-de-soleil : la *carne-de-sol* est la viande du sertão. Il s'agit de pièces de bœuf mises à sécher, suspendues, légèrement salées, au grand soleil, et de ce fait également appelées *carne-de-vento,* viande-de-vent.

STEVEN MILLHAUSER
    traduits de l'anglais (États-Unis) par Françoise Cartano :
Martin Dressler. Le roman d'un rêveur américain, prix Pulitzer 1997
Nuit enchantée
    traduit de l'anglais (États-Unis) par Didier Coste :
La vie trop brève d'Edwin Mulhouse, écrivain américain, 1943-1954, racontée par Jeffrey Cartwright, prix Médicis Étranger 1975, prix Halpérine-Kaminsky 1976

MIA COUTO
    traduits du portugais (Mozambique) par Maryvonne Lapouge-Pettorelli :
Les Baleines de Quissico
Terre somnambule
La Véranda au frangipanier
Chronique des jours de cendre

GOFFREDO PARISE
    traduit de l'italien par Philippe Di Meo :
L'Odeur du sang

MOSES ISEGAWA
    traduits du néerlandais par Anita Concas :
Chroniques abyssiniennes
La Fosse aux serpents

YASUNARI KAWABATA / YUKIO MISHIMA
    traduit du japonais par Dominique Palmé :
Correspondance

JUDITH HERMANN
    traduits de l'allemand par Dominique Autrand :
Maison d'été, plus tard
Rien que des fantômes

PEDRO JUAN GUTIÉRREZ
    traduits de l'espagnol (Cuba) par Bernard Cohen :
Trilogie sale de La Havane
Animal tropical
Le Roi de La Havane

TOM FRANKLIN
    traduits de l'anglais (États-Unis) par François Lasquin et Lise Dufaux :
Braconniers
La Culasse de l'enfer

SÁNDOR MÁRAI
    traduit du hongrois par Marcelle et Georges Régnier :
Les Braises
    traduits du hongrois par Georges Kassai et Zéno Bianu :
L'Héritage d'Esther
Divorce à Buda
Un chien de caractère
Mémoires de Hongrie

V.S. NAIPAUL
    traduits de l'anglais par Annie Saumont :
Guérilleros
Dans un État libre
    traduit de l'anglais par Gérard Clarence :
À la courbe du fleuve

GEORG HERMANN
    traduit de l'allemand par Serge Niémetz :
Henriette Jacoby

AHLAM MOSTEGHANEMI
    traduit de l'arabe par Mohamed Mokeddem :
Mémoires de la chair

NICK TOSCHES
    traduit de l'anglais (États-Unis) par François Lasquin :
La Main de Dante

YASUNARI KAWABATA
    traduit du japonais par Liana Rossi :
La beauté, tôt vouée à se défaire

JOHN MCGAHERN
    traduit de l'anglais (Irlande) par Françoise Cartano :
Pour qu'ils soient face au soleil levant

VANGHÉLIS HADZIYANNIDIS
    traduit du grec par Michel Volkovitch :
Le Miel des anges

ROHINTON MISTRY
    traduit de l'anglais (Canada) par Françoise Adelstain :
Une simple affaire de famille

VALERIE MARTIN
traduit de l'anglais (États-Unis) par Françoise du Sorbier :
Maîtresse

ANDREÏ BITOV
traduit du russe par Antonina Roubichou-Stretz :
Les Amours de Monakhov

VICTOR EROFEEV
traduit du russe par Antonina Roubichou-Stretz :
Ce bon Staline

REGINA MCBRIDE
traduit de l'anglais par Marie-Lise Marlière :
La Terre des femmes

ROSETTA LOY
traduit de l'italien par Françoise Brun :
Noir est l'arbre des souvenirs, bleu l'air

EDWARD P. JONES
traduit de l'anglais (États-Unis) par Nadine Gassie :
Le Monde connu

Composition et impression Bussière, avril 2006
Éditions Albin Michel
22, rue Huyghens, 75014 Paris
www.albin-michel.fr

ISBN 2-226-14182-0
N° d'édition : 21892. – N° d'impression : 060830/1.
Dépôt légal : avril 2006.
Imprimé en France.